目　录

短篇小说 / 1

散　文 / 199

第一辑 / 201

LUDI WENJI
DUANPIAN XIAOSHUO
SANWEN

陈南南　陈田田　整理

陆地文集

第四卷

短篇小说　散文

广西师范大学出版社
GUANGXI NORMAL UNIVERSITY PRESS
·桂林·

短篇小说

乡　间

这里,只有石头才不会饮泣!

——[俄]涅克拉索夫

一九三八年初夏,我在"广西合作人员训练所"学习了三个月业务的生活,终于结束了。省政府委派到武鸣县去推行"信用合作社"工作。到县政府住了一星期,把下乡的手续办妥了,在一个晴朗的夏早,搭上汽车,朝着号称"模范乡"的苞桥圩出发。

"往后的日子要在乡间过了。"我在汽车开动后,独自遐想,"也许乡下生活怪有趣的?我分内的职务是组织信用合作社,替农民银行向农民放农贷。说是为了改善农村经济的社会事业,工作本身应当是有意思的吧?何况我当借此机会亲眼看到新闻报道上经常鼓吹的'模范乡'的乡间实况了呵!"

一路上,坐在车里,自己跟自己对话,心情充满着好奇的憧憬。

汽车在夏日的南方炎热的阳光下,喘着气似的突奔。乡间,那翠绿的色调,那清丽的溪流,那清脆的布谷鸟的啼鸣,和我喜悦的心境连成了合唱。

"乡村多么美呀!"我不禁由衷地唤起美感。

过了一点又三十分,汽车在一个圩场停下来了。问问卖糖水、凉粉的摊贩,才看到前面那簇新的二层洋楼的门首,挂着长条的牌子,上面写着这样一行大字:

武鸣县中区苞桥乡乡公所

公所里很静,显得空洞,客厅里的长方桌子上放着几张破破烂烂的《民国日报》,旁边的长条凳子印满了小孩的泥脚印,墙上挂的是好几张二十五年度(一九三六年)的"人口统计表","各村物产产量比较表","村甲长花名一览表"……日历几天不撕了,要不是我刚从县府下来,也许会把日子弄错的。

当我一个人正陷入怅惘、踟蹰之际,忽然,有一个青年人进来。他穿着乡下少见到的服装。一件白亮的长袖针织线衣,一条黑色的印度绸,长到脚踝的裤子,拖着一双漆皮拖鞋,头发梳得比那双拖鞋还要亮。一句话,十足的像个城里书店的店员。面貌也挺秀气。他一见了我,就马上停住脚,对我端量了一下,问道:

"你找谁?"

口气是带着诧异,又有几分轻蔑和傲慢,大概看我没有佩戴标明是政府里的公务员的襟章。

"找王乡长。"我回答也简短,随即递给他一张名片。

"啊!是省政府来的合作指导员吗?乡长下乡去了。"他颓然变得卑顺了,还做着不自然的笑脸。

"那么,副乡长呢?"

"也下去了,晚上才能回来。"

我觉得没有什么可消遣的东西,去图书室看了一看。可是,也没有什么可看的。摆在桌上的几十本书全都给尘埃封满了。要是你不把它吹去,书面上的字就无法看得出来。桌子和凳子，东歪西倒的，好像搬家后，剩下不要了的东西似的。

由新的环境给人新的刺激，我是有着满怀的兴奋，总想找人谈些什么，或者听人讲些什么。独居和默想，此时此地对我来说是不合适的。

我到圩场去了。

今天不是集市，圩场很冷落，在集市时摆摊用的案板上，聚着一些因为天旱不能下种而空闲着的庄稼人。他们懒散地在那儿，乘凉、聊天和下棋。

“难道天要收人吗？又是打仗，又是天旱。”

一个老头子独自喃道。随即将长长的竹筒烟斗含着。

“现在怎么又不征兵了呢？妈的，我宁愿被征出去，好得家里免工免税。”说话的人是个小伙子，衣襟敞开着，胸膛赤铜似的发亮。

“别想得美，你不见覃外屯的肇基吗？他还不是去年八月第一批给征出去的，现在他的家得免了什么？还是像大年的好。”这是一个在旁边看别人下棋的人说话。他患角膜炎，一只苍蝇在他脸上绕着飞来飞去。他一挥手，苍蝇飞开尺来多远，不一会又在耳边落下了。他一面挥动手，一面继续说，“是的，像大年那样，现在来侍候乡长，既不当兵，又能免工免税，多好！”

“那当然好啰，可你知道，先得有家伙作底子才行呢。”另一个带着讥讽的口气说。

“哎！真是世界越变越奇，从前人家用钱买官做。”老头子又叹了一声。

“他妈妈的，说什么‘抗战抗战，有钱出钱，有力出力’，见鬼去吧！”

一个原本是直挺挺地躺在一张桌子上的大个子，猛然翻起身来，要揍人的样子，瞪着眼，瞅视那庄严的乡公所……

乡公所的客厅，有一架帆布躺椅，这使得我可以在上面躺着歇一会。我回味着在圩场的人们议论的闲话，这才恍悟到刚才那位乡丁所以这样傲慢是有来头的了。

“嘘，……嘘，到了！乡长在吗？”

呼哧呼哧的声音从屏风外面传来，跟着便是一个老婆婆扶着一根手杖走进，她那多皱纹的额角淌着汗珠。她见了我，半惊半喜地直起腰站稳脚跟。干瘪的嘴唇嗫嚅了好久才说道：

“乡长，你是乡长吧？”

“你有什么事？”我站起来，郑重地问她。

“我，我走来，来求你乡长施施恩呵。我是卢家村的，姓卢，是英才的母亲。我的英才去年不是征兵去了吗？他到山东还有一封信来过呢。你看吧，这不是？”她用颤抖的手从怀里掏出一封磨破了角的信套，“哎，当时我就是听说有儿子出征兵，家里就受优待，说是每年公家给三担谷子，还说免捐免税什么的。这样，我才叫我的英才去的呀，要不，我这个过继来的孩子，哪里该征到他呢？”

“现在村长不给你谷子，免你的捐税吗？”我不免诧异。

“就是呀，你看，乡长，你……哎，村长说我的英才在前方逃跑了。三担谷子他早就按家照户的摊派得来了。可是他不让我去领。他拿去借给旁人收利息。不给谷子还不算，公家派什么捐啰，税啰，样样都叫我照样的出。我家的媳妇常常被叫去，说是修路呀，搭桥呀，做这样做那样的，三天两天不回家。哎，真是！……乡长，你替我做做好事吧。我的英才实在是到前方去了呀，昨天我到庙里，卜了个卦，神明还说他正在当什长（班长）哪。要是他真的逃跑了，怎么不见人回家来？就算他不记挂我这个老人，他的媳妇前年才过门，两口子平时好好的，难道他能……”

“阿婆，你不要难过，村长不能那样乱来的。”

“乡长，你能替我说说公道就好了！吓，我们村那个村长可太狠了。他说他是民团干部学校毕业的，谁敢碰他一根毫毛？说是县长还让他几分哪。真的吗？”老人家抹一抹脸上的汗水，望着我，等待回答。

“不管他什么学校毕业，也得照公事办才行的。你放心吧，等一下，乡长就回来了。你随便歇歇吧。”

“呵！那么，你不是乡长？”老人家不禁愕然，失望地审视着我。

终于，她在门角里坐下来。靠在一条长约三尺，宽约五寸，上面写着“军棍无情”的扁担上。

“哎！”她寂寞地叹了一声。

三点半钟了。阳光从西边的树林斜照下来，蝉声叫得那样的哀怨。没有一点风，天井里的几盆凤仙花的叶子，萎垂下来，屋里完全寂静了。

过了将一个时辰，蓦然，屏风外面传来音响，脚踏车的铃声、轮子声，逐渐逼近，接着便是听到这样的对话：

“刚才你看到的，哪个最漂亮？”

“我看那个还留长头发带银镯子的，可够得上八十分。你知不知道这是哪个村子的？”

“你还不知道？是卢覃村的！”

“有主了吧？”这句声音特别低些。

“还不是叫村长包办了！”

“是不是‘不落夫家’的家伙？”

“哪里，她男人是卢英才，前年才娶。”

“呵，卢英才？他不是去年被征兵去了吗？”

这时候，快要睡着了的老婆婆，突然睁开眼睛，探望着从外面进来的人们，带着满心欢喜地叫道：

“是呀，我的英才是去年征兵出去的。”

进来的是两个二十五六岁模样的人，都穿的整齐的公务员的制服。而且佩挂着乡长头衔的襟章，他们料不到竟有这样的人突如其来冒犯他们的尊严。因而，表示异常厌恶与恼怒，其中的一个高个子恶狠狠地对着老婆子吼叫，

“什么，你到这里来干什么？”

“我……我，唔，……乡长！我是英才的娘。我来……来……来请……唔，请乡长做做公道……”老婆子颤抖着，急得额上又冒出汗珠子来了。

“什么事？”

另一个瘦个子也吼了一声，走到茶几那边倒茶去了。高个子坐下，开始脱他那沾满了泥浆的裤子，安闲地，顺便搔着脚趾间的痒处。这老婆子在他们看来，只是一只饥饿的猫，任她再叫、再说，他们也不在意。连我这个陌生的客人，不知他们是顾不到来招呼，还是见我没有别上标明官职的襟章而视为乡丁，不屑于理睬。看见他们的疲劳(？)烦躁，我也就不愿马上去对他们作自我介绍，只好不作声，坐着。

“你们刚才不是也说英才去年征兵去了吗？现在我们覃村长又要我的媳妇去修铁路，派我出钱什么的。乡长，行行好吧，我是穷人家，没有人做工……”

“你有一个漂亮的媳妇就够了……”

那个瘦个子喝完了开水，转回望着老婆婆，表示可厌的样子，皱着他那又粗又浓的眉毛，挥着手，说道：

“回去，回去，听村长的话不会错。你难道说村长不公道吗？人家是干部学校受过训练来的，什么事办不公道？可比从前土豪劣绅好得多了吧！吓！”他随即走进“乡长室”去了。

老婆婆急了眼，茫然地看着我，眼睛含着乞怜的神色，却淌不出眼泪。

“行行好吧！哎！行行……”

“不要在这里唠叨！村长的话你不听，你来这里干什么，出去！”

高个子把脱下的裤子，打着尘土，一面挥着手，指着门，大声呵斥地驱逐老太婆……

“老百姓就是这样可恶，天天都是拿这样的事来麻烦你。其实，我们这一批年轻的乡村长，哪一个不都是大公无私地为老乡们服务？”

过后，乡长这样对我说，好像是被人冤枉了，受了委屈似的。

载于1942年11月6日《大公报》(桂林版)文艺副刊

参加“八路”来了

为了检查连队的教育工作，我从旅部下到驻在黄河西岸的某团。刚到不两天，该团就要参加“百团大战”去了。在没有月亮也没有星光的夜里，我随着队伍，被送上木帆船横渡波涛汹涌的黄河。

过河后，我们就用双脚去改变敌人的足迹。我们的宣传员就在敌人贴过告示的墙上，刷上石灰，写上鲜红的标语：“武装保卫秋收”。我们就在每天的午夜或拂晓，捣毁敌人的交通线和碉堡。

这样，半个月过去了，我们在离敌人稍远的村庄休息下来，我的本身任务到这时候才开始。为了下连队去，每天得翻两三架大山，走二三十里地，有时把道走岔了，有时虽然走到了目的地，而队伍却突然转移了，因而很少能在预想的终点得到休息。

这一回，虽然没有走错道，连队也没转移，偏偏遇到连里的战士到山沟里洗衣服去了。连部只有一个文书闷声闷气地趴在沾着油腻的小桌面上，填写什么表格。他好像顾不上跟我讲更多的话，我只好一个人到村里去逛逛。

一个人走着走着，总觉得有点无聊。刚巧在村子东头有个关帝庙，旁边还围绕着几棵枣树，我就在枣树底下坐下来。

枣子已打尽了。树根铺满了黄叶、枝条和稀疏的影子。间或在石头下边和草丛里发现一两颗被忽略下的枣子。

山野是寂静的。单调的蝉声把人催得昏昏入睡。

突然，高粱地发出嚓嚓的声响，高粱梢也随着摆动。我凝神一瞅，两位大高个的老乡从庄稼地钻了出来，蓦然站到我跟前，使人不禁迷惑。

他俩一个穿的是蓝色军衣，腰间挂一支土造的盒子枪，枪柄系着一条红缨，裹腿打得挺结实，个子挺魁梧。另一位，胸前插着两颗晋造的木柄手榴弹，看那神气，好像三天没有睡好觉了，眼皮都抬不起来似的。

他们毫不迟疑地在我旁边坐下。

“同志抽烟吧！”穿军衣的把烟袋给我递过来。

我说不会，谢绝了。他们各自吸起来。

这样，我们开始拉起闲话。他俩是游击队小组的，穿军衣的是组长。刚从敌人据点附近侦察回来的。

“敌人可真吓坏了，这一下子给咱们闹的白天也不敢露出他的乌龟壳了。”

穿军衣的人，得意地对我讲。他说这次“百团大战”，鬼子怎样地狼狈，他们游击小组配合八路军作战怎样地活跃，这样那样说得活灵活现。

“今天晚上我们打算再去搞他一家伙！”他敲一敲烟袋，然后吹了吹，放回挂包里去。

我仔细端量着穿军装的小组长：瘦长的脸，鼻子两旁堆积着一层尘埃，两只眼角大概因彻夜未眠，结有眼屎。我正要问问他的游击小组的活动情形，他却已经站起来，说是要到村公所开会去了。

他俩走了，我直瞅那小组长的后影，终于，枣园的绿叶把他遮住了。然而，他那盒子枪的红缨，那结实、魁梧的身影，却在我的脑子里留下很深的印象。

夜间，听到有人来报讯：说是附近三十里敌人的碉堡着火了，不知是哪一个部分的队伍干的……

“谁呢？”我有点诧异。

“还不是我们的游击队闹的。”

连长不经意地说了一句，报讯的人刚一走，马上又打起呼噜来了。

我却因此怀着诧异的心思，脑子里老是出现盒子枪的红缨和那结实魁梧的身影……

第二天早晨，我到一个小学校去看看。学校的教员正在门口贴一张“百团大战”的捷报。我也就凑上去瞧瞧。蓦地，我的肩上被拍了一下，转回头一看，原来是昨天见到的那位游击队小组长。他头上还蒙着一块白布，盒子枪好像从来就没离开过身似的，依然在腰间挂着，红缨依然那样耀眼，裹腿也一样打得扎扎实实的，只是多沾了泥土。

“到我家去吧，走！走！”他拉着我的袖子，就像对一个老朋友一样亲热。

他的院里跟凡是遭受敌人蹂躏过的院套一样：那些破水缸，那些烧了半边的木器，那些羊骨头和那些鸡毛……乱七八糟搁在一堆，屋檐下堆积着好些鸽子粪。

“昨天夜里，咱们又烧了敌人一个乌龟壳！”他让我走进屋里，招呼我坐好了，然后，一边得意地谈起他的英雄的故事，一边拿着一只陶瓷碗盛起满满的一碗鲜枣，真情实意地递到我的面前。

“吃啊，别客气嘛，咱们都是一家人！”

他发现桌子上凌乱得不像样，赶紧把一只南瓜搁到腌酸菜的缸上头去，将散乱的筷子和碗收起，把那面倒下的镜子挂上墙壁的木钉上，然后，伸着脖子吹着桌面上的尘埃。

“我很少在家，婆娘嘛，也天天开会，家里什么事都顾不上。呃，吃嘛！”他自己也拿了一颗半青半红的枣子往口里咯嘣咬了一口。

“你家有几口人啊？”我问。

“就是我跟婆娘两口，有娃娃可麻烦了。”

他对家庭的事不感兴趣，只管叨咕着昨晚烧碉堡的故事。完了，他望着我眼睛问：

“你没打过游击吧？那才好玩呢！只要你两条腿走得动。你的鞋——”他发现我穿的鞋小趾头已经露在外面来了。于是，把话头一转，说：“你们部队的鞋子快弄到了，妇救会眼下正为这个事忙着哩。唉，你也知道，饿一两顿没吃的还行，没有鞋穿，那，可是一里路也走不动呵。妇救会眼下正为这个忙着呢！”

我们谈着，谈着，过一会，他说马上得到抗救会去商量慰劳咱们军队的事情。我也就站起来要走了。他索性把那碗枣子往我口袋里倒，说：

“带回去吃，别客气呵！”

我们走到院套门口，碰见一个上穿青色衣裳的妇女走回来。她脸儿圆圆，短短的头发油黑发亮；手里拿着一支没有纳完的鞋底。她对他微微地笑，可是不讲话。

“会开完了吗？回去把南瓜煮上。真饿坏了！”他对她说，脚步不停地继续和我朝外走。

“是你的婆娘吧？”走了一段路，我问。

“你看她怎么样？”他对我开玩笑地问一句。

“满好！”我说。

“哪里，坏透了！”他含笑着说。

“噢，怎么回事？”

“唉，你说吧，怎么不坏呢？我就为了她，要不，我也早该是‘八路’的了！”他带着快活的神气，笑着说。

“她扯后腿？”我问。

“不，不，可不是她……唉，我，我自己有点……”他脸红了。

此后，我在连队的几天里，时常见到他。由于他的性格开朗、豪爽和憨直，我们彼此产生了友谊。

他说他不是纯粹的庄稼人，十多年前，因为弄死了地主一匹牲口，怕赔不起，逃跑了。跑到一个军阀队伍去当了勤务兵，后来又转到太原兵工厂当工人。直到“七七”抗战那年冬天，日本鬼子打来了，才跑回老家来的。他说他曾经拿着别人的“良民证”，伪装成买卖人混到城里去探听过敌人的消息，有时还到大同去买手枪……

“我的故事可多啦，明儿再扯吧。”他常常用这样的话来结束他的故事。

不两天，我忽然得到团部叫老乡送来的一封鸡毛信，急急忙忙回团部去了。

当时曾经为着离开他这样一个朋友,心里着实有点儿舍不得的。

隔了一个星期,部队要打仗了。那天晚上,我和一位副官,照着政治处的指示,“到离火线五里地的一个村子去动员担架,负责照顾从火线下来的伤员”。不料,那个村子只有三户人家,一个老头给我们拉风箱煮稀饭,另外一个孩子帮我们招呼琐碎的事情,剩下的就是一位六十来岁老太婆,哪里来的民伕啊?我们心里很焦急。

“年轻人都当‘八路’去啦,哪能住得下这鬼地方。鬼子三天两头来一趟,哎!”老头向我们诉苦。

“那怎么办呢?我们的任务……”我对自己承当的任务顿然感到沉重起来。

“那有什么办法,那只好怪民运科的人,事先没有调查好。现在已经快一点半了,两点钟就要结束战斗,你说怎么办?”副官看看手表,抱怨不迭。

枪声,手榴弹的爆炸声,在宁静的夜里震响。屋里很静,这时,传来狗叫的声音,公鸡开始啼鸣。

不一会,屋檐下一只狗,警觉地嚎了一声,跳到院中心去,附和着邻家的狗汪汪地叫起来。一会,脚步声、人语声越来越近了。老头停止拉风箱,沉着气在谛听。

“出去瞧瞧,看是谁?”副官对小孩说,把盒子枪上好了子弹。

“你们干啥来的?”小孩对着门外,高声的问。

“干啥来?来抬担架嘛!”来人回答。

副官立即惊喜地走到院子里去,问:

“什么?你们来抬担架?介绍信呢?”

“咱们是自动来的,没有介绍信。”

这个声音,听来耳熟,可是一下子又想不起是谁。

“那,先来一个人说话。”副官说。

大门“呀”一声,小孩叱责狗的狂吠。

“你是哪个村子的?”当他们走到门口时,副官问道。

“附近这几个村都有,我是宋家庄的。”

进来的人个子挺高。在被水蒸气迷蒙着的灯光里,我还没认出他是谁,他却猛然抢过来拽住我的胳膊,眼睛露出惊讶和喜悦。

“陈干事,你也在这……”他几乎喊叫起来。

我这才端量他。一会,我对副官说:

“他是宋家庄的游击队小组长,在九连我们见过。”随即我问他:“带来多少人?”

“二十三!”他豪爽地回答。

“叫他们进来吧!”我对副官说。

副官同他出去,招呼老乡们都到隔壁的房子住去了。等他们转回来时,屋子里充满着欢笑。副官竟乐得哼起小调儿来。小孩也跟着问这问那。

我看了看小组长,这时,他腰间没有那红缨的盒子枪,只有一个草黄色的挂包。

“你的枪呢?”我问。

“你还是外行啊,来抬担架带枪干啥?放在家给婆娘带着啦。呃,你别小看娘们,如今时势变啦,她们打起枪来,怕你还赶不上哩。”

他把蒙在头上当作信号的白头巾拿下,随即把它塞进胸膛和腋窝去抹着汗,自己喃喃地说:

“咱们怕赶不上,大伙都拼命跑,流了一身汗。”

副官给他一支纸烟。他把它看了一下,珍惜地噙在嘴里凑近灯光燃去。

外面的枪声稀疏了,下弦月洒下朦胧的寒光,公鸡唱第二遍了。

“该走了吧?”副官看一看表,问我。

“就走吗?我得吃东西才成。你们吃不吃?我这儿有馍馍。嗯,真饿坏了!”

他从挂包里掏出好几个小米面做的黄色馍馍分给我们,接着又说:

“我晚饭还没赶上吃哪,只听说你们打仗去啦,我就打这跑去找人,找绳子,找门板什么的,在路上猛跑。”

他一边吃,一边叨咕。

老头给他端来一碗烫热的稀饭。凑近他面前时,两人互相对看了一会,老头仿佛做梦似的,迷惘地嗫嚅着,问道:

“你？是……”

游击队小组长猛然想起来了，连忙说：

“我是——你是树春的……啊，对对，李伯伯！我从前跟你的树春来过这儿。不过，好像不是这间房子了？唔，树春现在当‘八路’可好哩，捎信来没有？”

老头告诉他说，前个月接到他儿子一封信，说是在部队里一边学习，一边下地种庄稼。首长和弟兄们可是像一家人，日子过得挺好……

“好！‘八路’可真是呱呱叫！”他一边吃馍馍，一边说，话语说不清楚。

等他吃完第七个馍馍，又喝干了那碗米汤，随着就拿起白头巾蒙住了脑袋，转回头来对副官说：

“走！”

他跳下炕来，大步跨出门槛。

听见他在院子里和民伕们说话，好像是个惯于率领队伍的指挥员，话说得挺干脆、有力。

等他把民伕们都带走了，老头对我说：

“他有能耐，咱们这儿方圆百来里地谁不认识他呀！他就是胆子大，天不怕，地不怕。有一回，也是这时候了，他跑来把我的树春打铺盖里拉起来。两个人出去不多一会就割了敌人十来斤电线回来。真是，人也一代比一代强了。”

一会，民伕们下来了。这回仗打得好，伤员少。这位游击小组长，只背了一支刚从敌人手里夺过来的三八式步枪。枪尖上一把雪亮的刺刀还没有取下来，他喜爱地抚摸着。

天色快明了。当我们走了十多里路时，一路上的村子就出现一些天真活泼的孩子，善良的老太婆，他们都提着一桶一桶、一罐一罐的开水、米汤，来到路边等候着我们。

“辛苦啦，老乡，喝碗开水吧！”老乡们亲热地招呼着。

“敌人的乌龟壳给拔掉了吧？”

“拔掉了！”

“唔，这回该安心过日子啦！”

“当‘八路’可是带劲啊！”游击小组长给自己讲似的，喃喃地说。

“您也来参加吧?”我问他。

“唔,来！就是……可是你们啥时候走呢?”他问。

我告诉他,什么时候走,可没有准。要参加的话,到处都有“八路”的。

沉默了。不知他想的啥,我却疲倦得懒开口了。等到爬了一个山头,休息下来了,他才又冒出了一句,问:

“当‘八路’不兴带婆娘,是吧?”

我对他讲了些八路军的规矩。他迟疑了一阵,但马上高声地对我笑着说:

“那么,你也没有婆娘吗?不能吧?哈哈。”

一个月又过去了。

我们完成了“保卫秋收”的任务之后,“百团大战”胜利结束了。终于把队伍拉了回来。那是已经下着薄霜的秋夜,月光或明或暗,几颗寒星在稀薄的云层闪烁,黄河的涛声凶猛地呼啸。鸡叫一遍了,我们团司令部的人员才最后一批上了船。

正在船伕要开始摇橹,准备放开嗓门呼喊吆喝的时候,突然,岸上有人大声地叫唤,一阵风似的奔来:

“喂！慢点,我来了!”

随着岸边就出现一个魁梧的人影,头上蒙着白布,两只手焦急的招摇:

“我参加‘八路’来了！我……”

大家都感到愕然。警卫员却机警地端起了枪,直盯着来人。

“谁?”团长问。

“他是宋家庄的游击小组长!”这时,我认出是他来了。

“对对,是他！家伙,他真的来了。”副官也乐得连声说道。

“可以让他来吧?”我向团长请示。

“让他上来吧!”团长点点头,立刻对船伕说:“喂喂,停一停!”

岸上的人等不及船往岸上靠去,已经把衣服脱光,放在头顶上,跳下河里来了。

船上的人都鼓起掌,欢呼着迎接他。

1942 年 6 月 23 日写于延安

钱

一

王励本从银行回到队上来的时候，什么声音也没有，静极了。他疑惑地把这个窑洞那个窑洞的门全都给开开，铺盖、挂包、草帽和茶盅都不见了，屋里空空洞洞。“人都到哪儿去了？难道已经出发了吗？”可是仔细一瞧，牙刷和手巾还在窗台边上安安静静地搁着，跟平时一样。老程准备行军用的拐棍，依旧靠在屋角；门外晒衣服的绳子上，挂有几件半湿不干的袖子。

“对了，一定是临时有什么报告，大伙听去了！”

王励本这才同做完了一场噩梦，松了口气，顺手抹一抹额上沁出来的汗。他额角上布满了皱纹，稀疏的鬓角隐约地显出几根白发。人总是那样精瘦，眼睛又大又深，脖子显得那样细长，打后边看，可是有点像白鹤的后脑瓜。这几天，天气热了，他就爱穿齐到膝盖的短裤和用布条打的草鞋，虽然天气挺热，可是，他的皮腰带照例总是要扎的，后面还别上一条手巾。

他现在心静下来了。一个人坐在炕上,缝着一条带子。带子缝好了,他就把刚从银行换来的七块银洋装进去;为了防备银洋在里边互相摩擦,又在带子外边把银洋一个一个隔开,缝了一道圈圈,然后把带子捆在腰上。

“这又怎么放呢?”他又从小布包里拿出一只韭菜边的金戒指,套上无名指去,然后将手指伸直,比了比,觉得黄澄澄的,亮得挺耀眼。“咱这只粗手不要这个玩意!”他带着厌恶的感情,把它取下来,可是往哪儿放呢?想来想去,最后,才用棉线一道一道地缠起来,不多一会金戒指变成一只小白环子,不再耀眼了。这才把它套到右手的无名指上。按习惯,人家戴金戒指都套在左手的,他却以为右手灵便,容易照顾。另外,他还有一大沓绿色的国民党中央银行的关金券,一大沓太岳解放区的钞票——八百元晋西北边区银行发行的农钞,他都用一块小小的黄色油布,包得牢牢实实的放在口袋里,扣了扣子还怕掉了,别上一只别针。好了,他什么都准备齐全了。现在就等待命令出发了。

傍晚。

队上的人从飞机场听完报告回来了。人们像一窝蜂,有的解开沾满了灰尘的裹腿,有的匆忙解开衣领,将手巾塞进脖子和胸膛去抹汗,有的用嘴吹着茶盅的热开水,有的却忘了口渴,兴奋地议论刚才听到的中央领导同志的报告,有的把草鞋往地上一放,坐在帽边上,掏出旱烟叶来卷烟卷,慢吞吞的呼出氤氲,留意听旁人的发言,等待一有机会,自已也插上嘴,参加这场欢喜的谈话。

王励本听得心动了,从窑里蹦了出来。睁着迷惑的眼睛,看望每个兴奋的脸庞。

“王老汉,你今天到哪儿去啦?听报告你怎不去?”谁在人群那边远远地向王励本叫唤。

王励本说不出话来,显得很拘束。心想:“是呀,中央同志报告没听到太可惜了。”一会,憋不住了,才向坐在土墩上的老程悄悄地问道:

“老程,倒是听了谁的报告啦?”

“毛主席!”老程停止了吹气,喝了一口开水,得意地回答,好像参加打了一场胜仗似的神气。

“真的?”

“那可不，你怎不去？”

“哎，谁知道是这样！”王励本跺了跺脚，很遗憾似的，“为什么早上不通知呢？”

“你为什么不在家，到哪儿去了？”

“我去银行换钱嘛。哎，要知道是毛主席报告，我……我不要这些钱也心甘情愿！”王励本也蹲下来，靠在老程旁边。

“那，拿钱给我，我把毛主席的话给你传达一遍。”

“好，你说吧。不过，老弟，你可不是毛主席啊。”

“反正我把意思传达给你就行了呗。”

“好，你讲吧。”王励本稍为想了一下，说。

“拿钱来。”

“哎，你这个人，可真是那样爱钱。”

“嗨哟，老王哥，你不爱钱？为了这几个宝贝钱，报告也不去听了，还说漂亮话：不——爱——钱！”老程把最后三个字拖得挺长，带着嘲讽的口气。

王励本好像受了一肚子冤枉，哑巴一样说不出话。

老程停了一会，带着半开玩笑的口气问：“王老汉，我问你，你倒是哪儿弄来这些钱？”

“哪儿来的钱？还不是革命给的。”

王励本说，长征时，他在腊子口参加打的最后一仗，左胳膊挂了彩，成了三等残废，以后每年领四次残废金。另外，还有保健费。加上他个人这两年种了两三亩麻和山药蛋等等，挣得的钱，都把它放在合作社去入了股，慢慢就成了大数目了。

“怎么不把它花掉呢？”

老程是工人出身，有着直爽的性情，爱痛快。有钱就花，自己花，给朋友花，满不在乎，见人存钱觉得奇怪。

王励本和老程可不一样。自从他把地主的犁耙丢下，参加了红军，这十七八年来，都保持勤俭的习惯，钱不到该花的时候，他决不轻易开销，不管是公家的开支还是个人的使用。

他说；

“做什么用呢？有吃有穿，这两年又赶上边区军民大生产运动，‘自己动手，丰衣足食’，公家供给的都用不完，自己还有什么好用场呀！”

老程马上接着说：“那，你走的时候把钱交给公家算了，还带它干啥？”

“这又不同啦，到前方去不能像在延安一样啦，比如说，要经过敌占区，经过国民党区，就是经过旁的解放区吧，怕也不能跟延安一个样啦。比方说，买点茶水什么的，不得花点零钱吗？”

“你想的倒是挺周到。”老程回了一句。

“唔。……不过，我没有听到毛主席的报告，可是比掉了钱还难过！你想吧，咱们这回到前方去，什么时候能再听到毛主席报告呀！他今天倒是讲了什么呢？你给我传达传达！”

“好吧，我传达，你给多少慰劳？”老程掉过头来盯着他。

“你讲吧，反正你真是需要钱的时候，我保证给！”

“好，你听着：第一，毛主席告诉咱们说，时刻记住……”

“唔，记住什么？”王励本插了一句，异常专心地听。

老程接着说：“毛主席讲，要记住咱们是为老百姓当勤务员去的，不是去当官。一定记住自己是老百姓的子弟兵，不能是旁的什么人。一定记住把军民关系搞好！”

老程讲到这就顿住了，掏出烟叶来卷纸烟。王励本却急着问：

“第二呢？”

“第二要有‘愚公移山’精神！”老程一边吸着烟，一边回答。

“只说两条就完了吗？”

“对啰，毛主席说：大家都把这两条做好了，其余第三、第四条都能办好了。”

“唔，……有理！”王励本点点头。

当天晚上，大家都快要睡觉了，队部的小鬼来说：

“哪一位是王励本同志？队长请去一趟。”

王励本问：“什么事？”

“谁知道，你去就明白啦。”小鬼说完回头就走。

王励本一边走，一边嘀咕着："怎么回事呢？……就是今天没去听毛主席报告吧？要挨批了！该倒霉，革命那么多年还真没挨批过哩，这回可……哎，早知道，那些钱……不过，这不能怪我，有报告为什么不先通知呢？我出去时候是跟班长请过假的。"王励本想到这，已经走到队部门口了。他鼓起勇气喊了一声："报告！"他小心地走进队部去。队长正在审阅一堆"鉴定表"，人进来了他才抬起头，细细打量进来的人。

王励本站得直直的，膝盖要发抖的样子，心里想："糟糕了！"

队长问："你就是王励本同志吗？"

"是。"

"好！你抽烟吧？啊，你请坐嘛。"队长亲切地说。嘴上含着一支纸烟，凑到灯火去点燃。

王励本坐在队长左边的凳子上，心里还在狐疑："怎么回事？"

队长喷出一口烟雾，带着微笑说："你还是个模范工作者哩！"

王励本的脸发了一阵热，嘴唇颤了一下。

队长说："这样吧，咱们这个干部队的同志都是从各个不同的工作岗位调来的，彼此都不熟。你嘛，在原来机关是搞总务工作的，我们的意见，想在行军时期请你来做管理员，把咱们的伙食闹好一点，叫大伙能吃饱，走得动路，是不是？"

"是的，是的。有理，有理！"王励本点点头。

队长把烟头捻灭了，两只手抱住膝盖想了一回，又说："励本同志，这是比较艰苦的工作啊；不过，大家的事情，反正总得有人出来做，对不对？"

王励本疑虑打消了，人变得活泼起来，看了看队长才说："那当然。我老汉不懂得多也懂得少，歌子不是唱过吗？'一人为大家，大家为一人'。我旁的记不住，这两句歌倒是忘不了。咱们革命可不就是这个道理吗？"

队长听着，高兴地笑了。

但，过一会，王励本忽然迟疑起来，想要说什么，又不敢说。队长问："你还有什么意见吧？"

"没有！"王励本机械地答了一句。

队长沉了脸，又抽出第二根纸烟来点燃，慢慢地吸着。

“不过，队长，我得有个声明。”王励本突然说道。

“可以的，什么事呢？”

“我个人身上现有七块银洋、一只一钱半的金箍子、六千元国民党关金票，还有一千三百元太岳票、八百元晋西北农钞，都是我多年的残废金、保健费和生产攒下来的。”

“那当然是你个人的东西。”

“唔，不过也得先讲明。日后咱管伙食，人多，大伙又不熟，摸不透咱这个人心地好赖，怕别人多心，有什么闲话就不好了。”

“不会的。俗话讲的‘立得正不怕影儿歪’，是不是？”

“那倒是。那么，没旁的事，我回去了。”

“回去吧，明天你就上任！”队长笑了笑，站起身来送他出了门口。

二

队伍出发了。

这是三伏天气，行军很容易疲劳。每天一到宿营地，人们就忙着找房东准许下门板架床，找没烧火的炕头，急急忙忙安置铺盖休息。有的则去远地找小河沟洗澡。只有王老汉走马灯似的转，不是从区公所抱柴草走来，就是在太阳下举起瘦棱棱的手，拿斧子劈木柴。他的眼角近来常常有一泡白眼屎，眼眶加大加深了。然而，他一点也不憔悴，仍旧那样带劲。

要开饭了，他就到每个班的住屋去摇醒睡得太熟了的人，亲切地喊：

“吃饭啰，等一下就要洗锅还老乡啦！”

队长一见他就说：

“王老汉，你也该休息了，有些事情可以让炊事员他们做，用不着你亲自动手嘛！”

他虽然点点头，表示同意，可是事情一来，他又亲自动手做去了。好像旁人干的活他放心不了似的。

一次开饭时候，有人吵嚷起来，你一句我一句的追问：“怎么回事呀？炊事员打瞌睡吧？菜不搁盐怎吃？”

炊事员受了委屈，气虎虎地声明：“盐才有那么些，叫我们怎么搁？爱吃咸的自个买去。”

“王老汉同志呵，怎么搞的？”谁在大声说话。

“什么？”王励本不慌不忙地应了一声。

“盐也不给够，怎么吃？”

“少吃点算了吧，路还长呢：这地方缺盐，一斤盐顶得上买一斤猪肉了。”

“哈哈！王老汉，盐也节省？真是成了‘悭吝人’了。”好几个声音同时笑起来。

“节省多少，将来还不是归大伙，又不归我个人。”王励本这下可有点生气，嘟哝了半天，走开了。

现在，王励本他们住宿在黄河西岸的一个小镇上，人们大半都睡了，王励本才开始脱下他的草鞋，坐在用门板在屋檐下架起来的床铺上，只是想：

这几天，在陕甘宁解放区，一路上都有老乡们慰劳，用不着什么钱；明天过了黄河要到晋西北新区去了，可不能一样了吧？路上买点茶水、米汤，总得花些零用不是？得拿出一部分西北农钞出来预备……

王励本把别针取下，从口袋掏出油布包来，轻轻地解开外边的小绳子，然后再翻开油布，油布里边还有一层牛皮纸，最后才是票子。票子压得实实的，比早先紧多了，他放心不过，数了一下，才安了心。最后，拿出三百元来，其余的又包扎好，放进口袋去，别上别针。临到要睡的时候，照例摸一摸腰带上的七块银洋，摸一摸右手无名指上的“疙瘩”。

为了避免白天行军疲劳，夜里，鸡才叫第一遍，队伍就起来，在半明半暗的灯光下，匆匆忙忙地啃冷硬的馍馍，准备出发了。锅少，开水来不及预备。大家的水壶空空的，挂在腰上直晃荡。一路上大伙都嚷着口干。过了黄河以后，王励本就报告队长，说是他先走一步，到前面该休息的村庄烧好几锅开水等着大家。队长答应了，并且叫他顺便熬些米汤。

路上他走的急，也真渴得难受。他想："这回见到鸡蛋什么的，一定得买它几只，只要有稀饭，管它多少钱也要喝它两碗再说。"三伏天的太阳真厉害，刚冒出地面，露水很快就不见了，蜜蜂在金黄的瓜花上，闹哄哄地吸着花汁，脊背叫阳光晒的发烫。

前面就是索达干了，这是滨临黄河边上的大村庄。街道打扫得怪干净。走进村头，一眼就看见老乡的房屋门口摆下饭桌，上面搁着陶瓷的水罐子，装有小米熬的米汤，旁边摞起两摞大小不一的饭碗。几位穿白粗布衫的庄稼人守候在那儿。他们一见这位穿军装的"八路"，马上就迎上来热烈地招呼：

"同志，辛苦啦，坐下喝碗米汤吧！"

"好，我喝。"王励本坐下，捡了一只大海碗，一咕噜喝完了，接着，又舀了第二碗，第三碗，完了，才打了个饱嗝。掏出昨天夜晚拿出来准备零用的三百元农钞，问：

"老乡，多少钱？"

"我们不要钱。"

王励本诧异地问道："不要钱要啥？"

老乡说："咱们这是为同志们过路预备的，不要钱。"

"啊，啊……"王励本眼睁得圆圆的，说不出话来。他摸摸票子，想给一点，可是，看样子人家的确不是买卖的饭铺。迟疑了一会说：

"我们后面还来队伍哩，要好多开水才够，老乡，你再去烧两大锅来吧，我们给钱！"

老乡问："你们倒是来多少队伍呀？"

王励本说："多了，千把人吧，光是咱们一个队就一百多。"

"那不愁。这一路上家家户户都准备上了，就等同志们来啦！"

"你们怎么知道我们来啦？"

"咋不知道，前两天就听说有队伍过，要到鬼子的屁股后面去解放老百姓。"

"啊，啊！"王励本连声啊啊的，拿起草帽，向老乡说一句："谢谢！"马上往街上走去了。

大街上每条胡同口，果然都摆着一张桌子，放上装米汤和开水的罐子，同样也有摞起尺来高的粗细不一样的碗。有的还搁着一小碟咸菜。米汤的表面,凝成一层薄薄的发皱的饭皮。人们都注意望着村口来了八路没有,顾不上赶苍蝇,以至饭皮上落下一两只苍蝇。老乡们一见到王励本,就包围过来,你一句我一句,亲切地招呼:

“同志辛苦了!”

“喝水呵……”

“抽烟吧!”一个老头拿着一盒纸烟抽出一根来,凑到王老汉的跟前,闹得他挺窘,直摇手说不会抽烟,给挡回去了。

“八路同志,喏,给你熟鸡子!”一个小孩从小篮里掏出两只染红的熟鸡蛋,使劲地往王励本的怀里塞。

王励本连声说:“不要,不要。我不吃鸡蛋。”说完,急忙拔开腿就走。前面同样又有人包围过来了。一个小孩追到他背后,敏捷地把鸡蛋往他的挂包塞。像是赛球投进了篮球似的,欢喜地笑着,骄傲地跑回来对他的小同伴夸口:

“我给八路同志两只了。”

“糟糕!”王励本摸了摸挂包里的鸡蛋,回头去看看小孩,小孩已经走远了。等他回转头来时,另一个小孩端着一碗开水堵住了他,说:

“同志,请喝水。”

“谢谢,我喝饱了。”

“不,不行,得喝一碗。”小孩固执地呶着嘴,要哭的样子。

这叫王励本毫无办法。突然,身上的水壶和茶盅碰着发响,他才想到,水壶还空着哩,正好把它灌满。他停下脚步,接过小孩的水碗往水壶里灌。因太兴奋,倒着,倒着,水壶一下子满了,水溢了出来,把衣襟湿了一大片,孩子们哈哈地笑着,满足地走开了。

王励本冒了一身汗,才走得出索达干村口来;找个树荫歇下,抹抹额前的汗珠,拿起草帽扇风。开水不必费心去张罗了,任务算完成了,不由一阵轻松。可是,一摸到挂包的鸡蛋,心里头仿佛长个疙瘩,浑身发痒。寻思起来:“‘三大纪律八项注意’不是说不拿老百姓一针一线吗?怎么白拿人家的鸡蛋不给钱呢?这不是犯了纪律了吗?糟糕!不行,得还回去。”一想,取出两只鸡蛋,瞧了瞧,鸡蛋特大。其中一个圆乎乎的,说不定是双黄呢;糟糕,说不定会孵出两只鸡娃哪!……王励本越想越不安,忽一下,站起来,自语说:"还回去!"

当他刚走到村口,队伍已经涌到街上来了。同赶集一样,声音喧闹开来:

"同志,辛苦了,喝水,抽烟!"

"辛苦了,同志,抽烟,喝水!"

王励本拿着两只红鸡蛋,在人群里穿来穿去。小孩那么多,认不出谁是这两只鸡蛋的主人了。

"王老汉,咱们烧的开水在哪儿?"老程一把抓住他的衣袖,问道。

"米汤开水到处都是,你还要什么样的开水?"王励本不在意地搭上腔。

夜里,王励本想:我这三百元农钞又没啥用场,该把它包回去,免得弄丢了。不过,刚才队长说,前面五十里地就是离汾公路,那是敌人的封锁线。咱们在这休息两天,然后,夜里通过。夜里过封锁线得准备些干粮吧?这恐怕要各人花钱买的了,钱,还是别忙包回去。

两天时间过去了。早晨,队长告诉王老汉:下晌队伍要出发,提早开晚饭。王励本把这意思跟炊事班长交代完了,自己就到街上去想买几个烙饼做干粮。一连走了好几家铺子,拿起烙饼掂了掂分量,问一问价钱,都嫌贵了一点,要买不买呢?他迟疑起来。……蓦然,又想起忘了告诉炊事班长一件什么事了,急忙跑回。刚一进院门,大家一个一个都拿着干粮袋等着领干粮。不知是谁一见到他就喊:

"王老汉你到哪儿去啦?找你好半天不见。人家老乡送来干粮,等开条子哩。"

"啊,啊,现在呢?老乡在哪儿?"王励本环视着周围的人。

"队长代开了,你快点去帮分到各班上吧。"

王励本马上解开腰带上的茶盅,先问炊事班长,每人该发多少,然后,照着一茶盅一茶盅的分给各人。

这是掺着枣泥的炒面,颜色同咖啡的一样。每人拿到手,都尝了尝,赞不绝口:

"甜!甜!嗨,好吃!"

“先别吃啊!”王励本叮嘱大家,一脸都是汗水也顾不上抹一下。

给大家发完了,王励本才把自己一份,装进猪大肠一般的米袋子去。心里一边在想:

“太好了,样样都给想得那样周到,我的钱得包回去了。”

三

通过了离汾公路以后,部队进入吕梁山脉。这儿是日寇“三光”政策的“屠宰场”。走了两天路程,经过好些个村镇,再也看不到一片完整的瓦,看不见一缕炊烟,井口被填平了,整个村庄家家户户长满了蒿草,山头的松树和白杨绿得那样凄凉。

队伍凭着干粮、溪水解救着饥渴,凭着树枝和叶子架成A字形的草棚。人们就在这样的草棚度过他们的夜晚,山沟成了长长的街道。队伍在这儿等待着通过同蒲路的封锁线,通过汾河——这条难渡的天险。

那是带着露水的早晨,支队司令员对着一千多人的队伍讲话,说是:从这儿再往东走五十里山地,就是平坝子了;队伍要赶在天黑时候出山,继续走八十里平地才到汾河;过了汾河再走十五里才是同蒲路;过了同蒲路还得走四十里才到达我们太岳区抗日根据地。全程一共一百九十多里地,要求在下午三点钟到明天天亮以前通过完毕。一路上都是敌人的占领区,碉堡特别多。因此,部队号召大家发扬革命友爱,体力强的帮助体力弱的同志,并肩前进……情况是艰苦而紧张的,说不定要跟敌人开火。最后,司令员用镇定、果敢、带着乐观的语气说:

“同志们!我们有信心克服困难。困难是拦不了我们前进的。大家把草鞋带检查一下,准备走路!”

司令员讲完后,全队的人都动起来了。有的重新认真地检查鞋带,有的检查干粮袋,有的给水壶装满开水,有的精简多余的背囊,好像暴雨要来以前的蚂蚁,紧张而纷忙。

王励本更忙，他忙着交代炊事员准备饭菜、开水，忙着动员炊事班互相帮助。直到晌午，他才坐回棚里来，将腰上的银洋带子解开，看了看，白带子变黑了，显出七个黑圆圈。他先用小刀将缝在银洋周围的线头割断，再从帽檐上取下一根针，闷声闷气地把线脚一针一针地挑开。挑了两道圈圈，他就把针别回帽檐上去，从带子里挤出一块袁头和一块墨西哥鹰洋。完了才把带子又缠回腰上去。

他拿这两块银洋在周围的同志当中找来找去，找了好半天才在半山腰的松树下见到了老程。老程可是不在乎地躺在一张油布上睡觉。一只小蚱蜢在他的胸脯上跳。王励本坐到他身边去，扳起他的肩膀摇了摇。老程醒过来了，揉揉眼皮，看了一下，冷淡地问：

"什么事？"

王励本焦急地说："你怎么还睡觉？要出发啦！"

老程却不慌不忙地答道："就是为了出发才睡觉嘛！"老程讲完了话，又倒头就睡，王励本却拉住他说：

"老程，队长叫我先到前面去买干粮给大伙作补充。我先走了！"

"什么？你先走？一个人？"老程这才关心地，睁着眼睛看这位老王头。

王励本平静地说："不，不止我一个人，有向导引路。"

"嗯，不过，得小心啊，敌占区可不是好玩的。"

"老程！"王励本说，"我这两块银洋给你吧。说不定跟不上队伍什么的。一百八十里路哩，谁能保险一定……反正有几个钱在身上预防是好的。上一回你给我传达毛主席的报告，你不是要钱做慰劳吗？这回怕要用钱了，你拿着吧，我先走了。"

王励本把钱塞进老程的口袋里，站起来要走了，老程跟着站起来，心里一阵难过，半天才说：

"好！——你把我这条棍子带着吧！"老程顺手将那条榛子木拐棍给了他。

"你自个不用？"王励本问。

"咱们人多，走不动时准有人搀，你拿着吧！"

王励本想了一下，点点头说：

"唔,有理,有理!"

老程看王励本走远了,才又坐下来,掏出两块银洋细细地瞧。他对这个肥头大脑的袁世凯头像啐了一声,喃喃地咒骂:

"死顽固! 老独裁! 卖国贼!"

当夜,队伍进行英雄的跋涉了。巨流般穿过平原,穿过密如棋布的敌人据点。当中,向导在网一般的道上迷失了预定的宿营点,临近汾河边时,启明星已发亮,鸡声从四近的村庄啼叫起来,东边升起一片橘色的云彩。支队司令部传来一道紧急命令:说是队伍马上渡河,迅速通过同蒲路,不休息了。立即,队伍最后鼓气,有如山洪,排山奔泻,终于跨过了最难渡的汾河和森严的同蒲铁路封锁线。

当队伍进入太岳山地,休息下来时候,干部队的人发觉管理员不见了。同志们如同孩子失去母亲,谈起来,都为他担忧。

"王老汉怕走错了道? 要叫敌人俘虏去,可糟了!"

"真可惜,那么大年纪了!"

"这两天没了'管家婆婆',饮食弄不好了!"

老程比旁人有着更多的怀念,然而比谁都缺少着语言。这两天他老把那两块银洋拿出来细细地鉴赏,鉴赏得无可如何了,又照例地,对袁世凯的头像憎恨地咒骂:

"老顽固! 卖国贼!"

好像王励本的不幸,也是这位独裁者嫁给的灾难。

一天傍黑的时候,炊事班的院里拥挤着一大堆人。

"喂,王老汉回来啦,咱们的'管家婆婆'回来啦! ……"

老程一听,急的帽子也忘了戴,连跑带跳地往人堆里挤。他一把抓住穿一身农民衣裳的王励本,哑巴一样,讲不出句话,呆了半天。等到见王励本手上拿的棍子,才喊道:

"啊呀,棍子,你还拿着哩!"

王励本倒是平静地带着微笑说:"你当是我丢了吧? 我什么也没丢。你怎样? 好吧? 两块银洋花完了没有?"

“没有,你的呢？怕花完了？”

“哪里话,我一个钱也没花。”

王励本说,他当初怕敌占区是人家鬼子的世界,以为要用到钱。想不到敌占区的老乡也跟解放区一个样,只要你把两只手指比个八字,保管你会同走亲戚一样,到哪家都受欢迎。

“我这几天可是享福了,走了几天亲戚,有吃有喝的,夜里还睡得安稳。哈哈！”王励本小孩一样天真地笑起来。

大伙也哈哈地跟着一阵笑。

晚上,老程到王励本的炕上来,把两块银洋还给他。说是没用上,叫他存起来。

“你为什么不花呢？”王励本严肃地反问。

“花什么呢！那天一直都没停过脚。再说,一路上老乡又是茶又是水的,往你跟前送,有钱也没处花。”老程说。

“那,这两天休息,买些鸡子喝喝补一下嘛！”

“嗨,炊事班长还没有告诉你吧？这两天太岳军区尽是送来猪肉、豆腐,大伙都吃饱喝足,你还说……”

“明天还得有两顿吃哪！”旁边一个炊事员插了一句。

“那你留着以后用。”王励本说。

“不,还是你带着吧,我带不惯钱！”

最后,老程把银洋丢在炕上走了。王励本只好把它捡起来,又装进袋子里去,却没有照原来的圈子道道缝起来。

四

八月中旬,日本帝国无条件投降了。

抗战队伍的进军路线有了更改。原先是要到美丽的南方开辟新区去的,现在却转向冰雪的东北进军——赶去接受日寇的投降。

天气一天一天变凉了。躲寒南去的雁群像部队一样飞过明净的高空。绿叶落尽了，庄稼收完了，放眼遥望，华北平原宛如海洋般辽阔。早起，地上铺着一层白霜。

王励本到底是年岁大了，这两天里常被冻醒过来。“光盖被单不行，得絮棉花了。”他自己嘀咕着。队伍到新镇时候，队部传下通知，说是明天不出发了，就地停下休息。

翌日一早，队上又来通知，叫每班派两个人到队部集合，其他人员在家休息，不准外出上街。这可把王励本急坏了。他早上还盘算好了的：要上街买棉花絮被子，被面盖五六年了，要是布料便宜，也想换一床新的。抗战胜利了，换一床花被面不能算腐化吧？再说，早起凉飕飕的，穿件单褂顶不住，要有毛衣卖也要买一件，一个金箍子总够了。总之，算盘打得很好，不想却来这样一个通知，叫人多憋气！

正当王老汉一个人发闷、怄气时，老程来了，一见他就嚷：

“老汉，今天喝两杯吧？”

王励本满不高兴，反问一声：“你请客？”

“嗨，你那么多钱还不请客，留着干啥？再过十来八天就出关了，听说一出山海关就坐上火车了。你的钱……哎，留着干啥？”

“你讲的倒轻巧。就算到目的地了，也不能胡花钱呀，这一路来吃的还不够好吗？”

“那倒是。不过，今天不能上街玩，就在家喝两杯，大伙乐和乐和。”

“不准上街，你往哪儿买酒去？”王励本问。

“具体问题具体解决嘛，请假去！”

“能吗？”王励本又问，“我倒也想上街买棉花絮被子，又怕不准请假，真为难！”

老程笑着说：“絮被子，你别操那份心吧，今晚上，保管你当新郎——盖上新被子。”

“你也别骚情，哪里来的新被子给你？”

“你不信，咱俩打赌怎的？”

“赌吧！”

“好，找证人来咱俩打赌：要是今晚上，有新被子盖，你就请客——喝酒？”

“行。要是没有呢？”

突然，门外嚷起来，谁大声喊：

“王老汉，到队部去！”

王励本应声就走。老程在他后面追着说：

“老王，记住请客呀！”

王励本赶到队部去一瞧，啊，可不是怎的，炕上全是崭新的棉被、棉袄、鞋子和袜套，一大堆，王励本的眼睛都看花了。同志们一个跟着一个排着队，每人分到一床崭新而素净的细布套被子，一身铁灰色的棉袄，一双布鞋和一双白布袜套。

王励本满满地抱了一大堆回来，一样样的过细欣赏一番。最后，拿起袜子来，反复地看了又看，接连着说：

“这袜子可结实了，够穿两三年！冀中的婆娘真有耐性，一针一线纳得那样细密；被子也絮的那样好……”说着掂起被子，摩挲半天，心头充满着说不尽的欢欣。

王励本藏不住他的欢欣，马上找老程去了。东找西找也找不见老程的影子。“找不到可不能怪我。”王励本这么一想，心又平静下来，急忙回班上来，又把棉袄、鞋袜、铺盖一样样过细欣赏一番。最后把棉袄穿上试试。向炊事员拿来一面银元一样的小镜子，照了照风纪扣扣得正不正。

炊事员端量着他说：“管理员年轻了！”

“管他年轻年老哩，暖和就行！”

五

队伍终于来到沈阳了。

城市刚解放，敌情还待肃清，情况复杂，暂时不准上街。王老头是个本分人,每天老老实实在屋里呆着。有时只到门外去观望观望树林一样的烟囱、电杆,有时听听远远近近的机器的噪声和火车汽笛的吼叫,有时,盯着屋里挂着磨砂的乳白的灯泡出神。

“革了十多年命,总算盼到头了!”他满足地,嘴边浮上微笑。看他确实没啥心事了似的。连腰带的银洋,手指上的金戒指,口袋里的钞票,也都忘了一样。

一天,招待所请他们去洗澡。王励本到了澡堂,找到座位,也同旁人一样,脱下衣服什么的。忽一下,他发觉腰带上的银洋。跟着,记起了手指上的戒指和口袋里的钞票。“这些往哪儿搁呢?”他迟疑起来。心想:“这种地方人多手杂,自己人都进池子去了,各人的东西谁管呢?”想了想又把衣服穿起来,痴呆地坐着。屋里一股闷热的水蒸气叫他冒汗。一位熟人从池子出来,见到他坐着不动奇怪地问:

“王老汉,怎么还不脱衣服进去?”

“我……我不……”王励本害臊似的,抹抹额头的汗。

到底他没有洗澡就回来了。一路走一路想。觉得留着钱是没有用场,带在身边反而累赘。

晚上,公家又招待大家看电影,王励本没有去。他一个人独自想:看电影、看戏也不用花钱,洗澡、理发,公家都管,个人留着钱有啥用呢?他一边想一边把装银洋的带子解出来,用小刀把线割断,然后一个一个圆圈把它挑开,将七块银洋都挤了出来;接着把金戒指外面的线也解了,这金色的光泽在电灯光下特别耀眼。王励本看了看,才把它搁在银洋上。

另外,包在油布里的关金券、晋西北的农钞、太岳区的票子,和一路来公家津贴的伙食补助金、零用费什么的,都掏了出来,他数一下,然后把它们包在一起,一声不响,拿到队部去。

队部队长和政委没去看电影,两人正在核算路上节省下来的伙食尾数,准备分给大家。队长一见王励本来了,迎头就说:

“老汉来了,正好,我们正要找你呢。”

“什么?”王励本愣了一下,站着,直瞅着队长。

政委对他说:“请你坐下谈吧!”

王励本坐下，摸不清怎么回事，咽一口唾沫，嗫嚅着说：“队长、政委，你们让我先说，我一开头打延安出发时候，不是有不少钱吗？——”

队长惊讶起来，打断他的话，问：

“唔，我知道。怎样，现在丢了？”

“不，银钱这东西得来不易，哪能随便丢了。”

“花了不少了吧？”政委愉快地抽着烟，问。

“没有。一个也没有花，倒是多了一千七百块晋察冀票。”王励本回答。

“那你现在——”

队长想说，现在该花的就把它花了吧。王励本接过来说：

“现在我把它全拿来了，统统作党费交给组织吧！”

队长和政委不禁诧异，说道：

“那为什么？不行，不行！”

王励本平静地说：

“什么也不为。就是觉得吃穿什么也不用自己发愁，觉得钱拿在手上没啥用。”

王励本把七块银洋、一个金戒指和一包油布包的钞票，都放在队长面前，好像一个虔诚的香客献上了供品，完却一番心愿似的。立即转身就走。

政委说：

“那不成，还给他！”

队长拿着钱，追出门去叫：“老王，励本同志，请回来——”

1946 年儿童节于哈尔滨
1948 年 4 月发表于《东北文艺》
1948 年 8 月苏联《旗》文学期刊译载
1987 年入选建国前 30 年(1919—1949)《中国现代小说选》第 7 卷

最后的夜晚

这是一间新开办的、东北革命大学分校。校园是占用原先伪满一座警尉大队的营房，房屋建造、操场设施，都具有相当规模。办起三五百人的短期干部学校是绰绰有余的。分校是两个月前——日本投降不久，打关里出来的工作团队筹办的。为这一带地方的失学、失业青年男女，提供学习、工作的机会。学生进校，一般都要接受三个月到半年的马列主义基础理论、中国革命运动和革命传统作风的教育以及必要的军事训练。目标是培养、造就一批青年干部，分配到各条战线，参加革命斗争和生产建设各项工作。学生随到随考，经过一番测验、口试、审核，一般的没多大问题就得通过入学了。第一批收了一百八十七人，第二批上星期才截止，收了二百三十五名。跟普通中学校不一样，学生年龄、学力是不整齐的。有学校直接来的学生，也有社会上失业的职员、教师，兼收并蓄。反正革命是座熔炉，人经过陶冶、锻炼，是钢是渣，到底成材还是废品，自会分明。一场马拉松赛，起步的，何尝不是成百上千，最后能到达终点的，却寥寥无几。但，这不应是：令长跑者却步，叫炼钢者松手，使办学育才的志士消极。

虽然，此地离山海关、营口不是太远，国民党军队已在那儿燃起了战火，这些下山抢果子的鹰犬来势汹汹，妄图从人民子弟兵手中将刚从日伪铁蹄的蹂躏下解放出来的土地攫夺回去。战云密布，环境并非一片升平。然而，广大人民毕竟是经受了漫长的十四年奴役的苦难，一旦挣脱了枷锁，对和平、安定、自由的渴望是不容干扰的。人民军队深知这一点，因而，只好以“内紧外松”的姿态出现在群众面前，免得引起不安情绪。

就说今天吧。

今天，依然还是平静的。农谚说“七九河开”，校外一条小河的冰面开始有裂缝了，不时发出碎裂的声响，混浊的河水欢笑地朝前奔流，浮在河面的冰块一片片相互撞碰、追逐；湖面般的蓝天，衬着绚丽的晚霞，把天幕染得那样美。尽管不免伴来春寒料峭，到底严冬是过去了。看吧，鸟儿也那样喜悦呐，不管是屋檐下的鸽子，还是树枝上的家雀，它们都在唧唧咕咕，歌唱初春带来的温暖。校内，操场地面的坚冰化了，铺上一层细沙。同学们趁着周末空闲，三三两两，都到屋外来了。有的逍遥自在地散步，有的紧张激烈地赛球，有的使劲掷手榴弹，有的蹲在地上聚精会神下牛角棋。有的被新出的墙报吸引去了，不少人聚在廊庑下，一心一意注视墙上的文章，看看谁写的诗，把春天歌唱得那样扣人心弦；又看看谁洋洋洒洒，大谈特谈什么人生幸福、社会进步的宏论……

这时，金明云——一位十八岁、娴静而敏慧的姑娘，从要好的同学傅钊家出来，独自赶回“革大”分校，低个脑袋，边走边盘算着心思。

本来这官办的干部学校，服装、膳食、学习一切生活费用都是学校包干的供给制，新生入校就发给一套衣服鞋帽，第一批来的，个个都领齐了的。第二批先来的也有穿上的了，只有后来的少数人，不知为什么，还未见发下来，各人仍旧是自己原先的穿戴。金明云她现在身上就披的是一件半新不旧的平领雪花呢外套；傍晚起风，头上用块紫色的围脖包着，两手插在棉制的手闷套里，一双又沉又笨的棉鞋，在又冻了冰的街石上嘎嘎响。一段不算太远的小街终于走到头了。一跨进校门，那双习惯深思的眼睛睁得溜圆，左瞧右看，要寻找丢失了的什么玩意似的。从寝室到音乐室，从音乐室到院里，从院里转到大操场。在大操场找来找去。“明云，你找谁?”一位正在篮球场抢球的姑娘，突然站住，睁眼盯她发问。明云看了看对方，沉吟片刻，欲言又止，说声“不！”转身走回廊下。终于在墙报跟前发现两个背影：一个穿的是深蓝色旗袍，罩着藏青色呢料坎肩，两根乌黑发亮的辫子搭到肩上；一个是男女不分的棉袄军装，一顶厚厚实实的棉军帽压住小小的脑袋。金明云注视这两个背影，半天才认得：穿军装的是谢新霞，扎两根辫子的正是刘朴心，叫人好找。

“哎哟，可找到你俩了！唔，谁的杰作呀，瞧你俩读得那样入神。”

明云边说边插进两人中间，胳膊抱住胳膊，歪个脑袋朝两人挤眉弄眼。

两根辫子的默不作声，戴军帽的盯住对方不自然的神色，调皮地诘问：

“坦白交代，到哪儿疯去了？”

两根辫子抢着说道：“哪儿去？嘿，还不是找人家的——嗨，不讲了，看，脸红了不是。”

“讨厌鬼，就你嘴尖。”明云往朴心肩头捶了一拳。“有件事，正说要找你俩拿主意呢，可你们……”明云撅起嘴赌气。

新霞收敛笑容，拿姐姐的架子，拉过明云的两只手，盯她的眼睛问：“什么事？讲！”

明云瞟朴心一眼，还在生气。朴心像小孩失手打破碗似的，怪难为情，向新霞使一下眼色。

“明云，你讲吧，我们听着。是什么事？”新霞温柔而体贴地给明云扯下包在脑袋的围脖，替她把脖子围住。

“一桩惊人的秘密！”明云莞尔一笑，讳莫如深地将新霞的手捏了一下，还神秘地往左右瞧瞧。

新霞伸出胳膊一左一右挽住明云和朴心，往僻静的图书室门口的排椅坐下。

“说吧，什么秘密？”新霞望着明云悄悄说话。

“我讲，你俩可不许再告诉别个啊。”明云把嗓子压得很低。说因傅钊病了，她下晌请了假去傅家慰问。听傅钊的哥讲八路军要往北开，他学校——军政大学要随军迁移；听人说，“革大”分校也要北去。这地方，国民党要来，共产党恐怕守不住。

明云讲述时情绪紧张，心头发跳。

“学校要迁走？我们怎办？”小刘（朴心）惊讶，眼睛睁得溜圆，向大谢（新霞）讨主意。

新霞到底是大姐，遇事显得老练、镇定，重新伸开胳膊紧抱两个伙伴腰肢。“有什么了不得。反正我是嫁给革命了。嫁鸡随鸡，嫁狗随狗，哈哈。学校要搬家，我就随它。唔，你俩怎样？明云……”

“人家心头正是十五只吊桶打水——”

“七上八下！嘻嘻。”小刘顽皮地抢过明云的话头取笑。

“把桶统统放下，不打水，不就完了吗？”大谢坚决地盯着明云迟疑不定的目光，“得了，道路传言未必确信，等学校正式通知再说。要是真的，咱仨一道，刘、关、张桃园三结义——不同生、共同死。不挺风流万世吗？”

明云被大谢这样一逗，心头倒像愁云漏出了阳光，把手和脸搁到对方肩上，瞅着新霞畅亮的目光，表示由衷的敬重。“大谢，你真行，什么事都难不了你！”

冰河，在春天解冻；

万物，在春风中复生。

风琴独奏引起了谁的歌声，一个声音引起了多声的合唱，欢乐笼罩了校园的气氛。倘在平日，即便习惯于深思的明云也会受这激动心弦的歌声而暗自低声哼哼的，可，此时此刻，为那样一件突如其来的消息扰乱了的心绪，一时还平静不下来。小刘却真单纯得可爱，她那样天真，什么事也不挂心上，她一听歌声，像触到电流，立即引腔合唱，把身旁的伙伴撂开了。谢新霞呢，公鸡嗓，合唱队没她缘分。此刻，明云的消息把她引到另一个境界去了。果然，革命是将见之于英雄行动了啊。往日，在书本里，秋瑾女侠的传奇，赵一曼烈士的英雄悲歌，《夜未央》里索菲亚，《前夜》中伊林娜的音容笑貌，一个接一个在眼前闪烁出现，眼前幻变出一条阳光普照、伸展无边无际的坦途。跟大谢小刘对照，明云却仍在十字路口徘徊。令人踌躇的，不仅是母亲慈祥的容颜叫人揪心，同时也还有他——那位叫人倾心的骑士——志伟他那优雅、洒脱的风度，一直叩击她的心扉哪！怎么办呢？能一下子撒手不顾地一走了之吗？想起妈，再想他，哎，心坎将是装满着一片和煦、明媚的春光啊，现在，一旦要背离她们去了，那是什么滋味？但是，学校不迁移，傅钊她哥不是说，他"军大"已有正式通知要北上了吗？"军大"北去，他不走吗？……明云尽想的自己个人情感的归宿，心绪如同搅乱的线团，越缠越乱。

不知什么时候，歌声停了。朴心拉起新霞的手，催道：

"走，回宿舍。天气变冷了。"

三人站了起来，慢慢绕着操场走。一时都不吭声。

"云姐，你十五只桶还七上八下呀。"小刘看明云一直闷声不响，又拿话来逗她。

"你呢？"明云反问。

"我就一只桶。"

"饭桶。哈哈。"

"好，你骂人，还笑！"小刘顺手捉住明云腋窝抓痒。

两人扭成一团。

"别闹了，出街买东西吃。我请客。"

大谢挣开两人，拉她们往校门走。

小刘辫梢的花结散开了，明云替她系上。小刘歪过脑袋来瞅明云，看她心事挺沉，又在追问：

"云姐，别瞒我，你倒是想些什么？"

"小刘，看你，又来了。"

"不，你一定有心事。"

"哎，怎么说呢。"明云被拗不过，叹口气，"我一直在纳闷：学校正叫人过得好好的，忽然要搬走了，真霉气！跟着走吧，怕母亲难过。不走，又舍不得和你们分开！"

"我刚才不是说了嘛，消息不一定确实。不要自寻烦恼吧。"大谢宽慰着伙伴。

"要是真有那回事呢？你一点也不在乎吗？"小刘观察大谢的表情。

“我已经讲过:学校去哪,我去哪。”新霞真是那样截铁斩钉地说话,一点也不含糊,“谁没有爹妈。女儿总有一天要出嫁,迟早都得离家。”

“哎,我说大谢你,真是电灯泡不通气。人家云姐也不单是为她妈一个人。”

“唔,还有别个?”新霞转向明云看她眼睛,意思是问:“谁呀?”

明云低下头,举起手闷子捂住脸。

“哎,到了。你俩爱吃什么,报名!”新霞在十字街口的糖果摊停下。

“水果糖。”小刘头一个表态,“最不喜欢嗑葵花籽啰,嗑老半天,等于什么也没吃,白费口水。”

“明云你说。”大谢逗金明云开口。

“买包榛子吧,拿回去慢慢嚼;边聊边嚼,多有意思。”明云说道。

“意思,意思。就只管自己想心事,一句不哼。”

“就你多嘴,成天哇啦哇啦。”

“好了,明儿给嘴贴封条,保管不给你的秘密泄漏出去得了吧。”

“你真行,看我把你耳朵拧下来。”

“哎唷,我的妈呀,大谢姐,你替我揍她!”

明云她们三个回到学校大门一瞧,整个校园沸腾一片,到处嚷嚷,电灯亮得耀眼。男女寝室都成一窝蜂,人来人往,你喊我叫,显得那样拥挤,那样嘈杂。人们不知疲倦地一边收拾铺盖、包扎衣物,一边诅咒、怨恨国民党反动派撕毁停战协定,破坏人民和平生活。有的人在议论吉林、长春的风光;有的人在打听哈尔滨、齐齐哈尔和佳木斯的气候;有的人手上在干活,嘴巴吹口哨、哼哼进行曲……

指导员找到谢新霞她们三人说:学校迁移,是为了避免国民党反动派入侵可能带来的损失,同学们如有不乐意、没下决心跟学校北上的,可随个人自便,学校并不勉强。叫她们自己拿定主意,后天出发。

大谢和小刘,当面对着指导员表示了决心:

“服从集体行动,学校到哪里跟到哪里!”

只有明云低下脑袋,脸泛绯红,紧揉两只手闷子。

指导员看在眼里，面带微笑，抚慰着她：

“你先不用讲，回去想好，下定决心再说。”

明云不知向指导员说句什么话没有，大谢和小刘又怎个走开的？她都没了知觉似的。面临这一抉择的时刻，竟拿不了主意。她没有马上回寝室，一个人在寒风里独自焦急而徘徊。

“走呢，不走呢？”打心坎里自己问自己。

这时，操场特别空旷，靠墙一排柳树挂下的丝条，长出点点的叶芽来了，地面出现淡淡的疏影；天上半圆的白月，让朵朵流云从身边飘过。蓦然一声北归的鹤唳，掠过苍穹，声音那样凄凉，难道是只失群的孤雁？

金明云忽一下，血冲心头。“走吧，跟大伙一道，学习、劳动、娱乐，小组讨论，集体活动，都是你帮我进步，我为你解决疑难；阶级友爱，人人都是姐妹，个个都叫同志。多新鲜，多快活，多称心的新式学校啊！离开了，哪儿去找到这些呢？大谢、小刘不是要走了吗，傅钊病好了还不是回文工团随部队开走！周围还有谁可以谈心呢？志伟他，早就想要漂江过海，寻自由，奔光明去了，如今已入了革命队伍，还会留下来？……走吧，雁要结队成阵翱翔，花应向阳光开放，我为什么自甘落后？走！”明云想到这，转身向寝室往回走。

回到寝室，同学们都忙各人的事，新霞和朴心也没留意到她悄悄进屋。她也就不敢声张动手收拾衣物。这当中，从抽屉里拿出一册硬壳的大厚本日记簿，顺手翻了翻，不想掉出两张一大一小的相片：四寸大的是她妈五十寿辰照的，两寸的是志伟前不久，进“军大”时的纪念照。母亲是那样慈祥可亲啊，看她眼睛，凝视着女儿，多么深沉，多么亲切，多么眷爱！明云注视良久，突然，一个问题在心上炸开：“妈能让走吗？”这，叫她不能不考虑的啊。“此去，自己倒是结队成阵地任意飞翔了。可，母亲，不是成了孤寡无告的老人了吗？”想到这，照片的目光叫人越看越揪心。母亲太可怜了：十年前父亲因下乡买回大米自家调剂饮食，被警尉告发，成了国事犯，终于病逝狱中；五年前哥哥应征服兵役，战死在太平洋“圣战”战场。如今要是自己走了，家里只有寡嫂和六岁的侄子，孤儿寡妇，日子是够寂寞的！明云瞅着照片，照片渐渐发濛、发灰，模糊一片了，人，情不自禁让泪蒙了眼睛。

明云怕叫人见到落泪,不由自主地、患梦游症似地,自己又悄悄溜出寝室。

新霞收拾了东西,焚烧了旧日的书信,这才发觉明云的铺盖还是整整齐齐的。人,没回过寝室吗？哪儿去了呢？不是回家去吧？赶紧叫小刘。小刘也说没注意到她回来过没有。两人马上出门去找。大操场、花圃、音乐室,到处都去了,到处都没见人影。最后,总算小刘眼尖,在贴墙报的廊下一个角落发现一个黑影蜷缩在那儿。

"云姐!"小刘叫一声,立即跨步上前,把人拉起。

"明云,怎么回事?"大谢凑了过来,和小刘一左一右把人挟住,尽力抚慰着伙伴。

明云叫大谢这么一来,眼泪迸发,居然哭了起来。

新霞懂得了明云的心事之后,和小刘一起把明云带到教务处见周主任。

主任操着两只手搁在桌面,注意听完谢新霞代明云的叙述之所以不能随学校迁移的苦衷。对明云一边打量一边思忖,片刻才说:

"既然这样,明云同学有老母亲离不开,就暂时回家陪老人过些日子,日后,什么时候能来了,再来。我们随时欢迎。干革命是不分先后,重要一条是必须自觉自愿,不能勉强。往后,'参军'的机会还不少,革命队伍不会拒绝一个要求进步的青年的。"

"周主任……我……"明云低着脑袋,欲言又止,尽瞅自己臃肿棉鞋,右脚鞋脖上的一滩油污,是昨天食堂加菜,端碗坛子肉打泼沾上的。

"唔,思想有矛盾是不是？要有话就直说,有问题就把它解决,不要藏在心里。"主任说道。

"不,没有,没有。真的没有问题。"

主任看出姑娘的发窘,带着微笑抚慰她:"你们思想状况,猜都猜到差不离的,到底我们也曾经是过来人,也从家跑出来寻找光明,追求自由,投奔革命的嘛。你一时还不能一道出发,也不要紧,人还年轻,革命的路长着哩,有的是机会。好了,回家替我们向老人家问好。"

"谢谢主任关照!"明云还没摆脱东北沦陷时代的影响,给周主任行九十度鞠躬礼,逗得小刘吃吃地发笑。

当晚,明云终于卷起铺盖搬回家来了。

这时,她已没了矛盾,没了踌躇,有若从喧嚷的闹市逃至寂静的旷野,让她得到平展舒畅的呼吸。

这是个宁静而温暖的家啊,她闺房原先是父亲的卧室,父亲去世后,哥哥接着住,嫂子娶过门时,觉得房子小,不够摆布,洞房安在南屋,这间小厢房就给明云一个人居住。母亲住对面。

房间东向,倒是敞亮洁净的,北墙一架书籍,是父亲的药书古籍,哥哥的学校课本和他零零散散买来的中国古典以及一些外国小说,这些都成了她闺阁的"密友",陪伴着她的少女生涯,东窗侧面,墙上的镜框里装有几帧亲戚故旧的照片;一尊古式的彩瓶,瓶口结了蛛丝……

房间每样东西,对明云都是那么亲切啊。明云她现在一个人歪躺在微温的炕上,爱抚地环视这一切旧物。看着看着,视线慢慢地从这儿离开去了。恍恍惚惚走进另一个世界:啊,多热闹的场面,看大谢、小刘、傅钊……哎吔,一大帮天真无邪的同学哪,她们都在那儿。看,她们闹的多欢,干什么呀,开体育运动会!真好玩,好多旗子,好多队伍,好大的声音呀,人们都张开嘴喊什么呀?不,不,她们都在大块镜子面上你追我赶哪?唔,不对,她们划船,一艘、两艘、三、四、五……哎呀数不过来,她们那样高兴,那样疯狂,那样拼命地划龙舟……嗨吔,船翻了!志伟!救命哟,呜呜,他掉下河去了!……

明云失声绝叫,张开眼一瞧,对面衣柜镜面正是自己惺忪而迷惘的眼睛窘惑地瞅着自己。

原来是一场幻梦啊。梦给她带来一阵空虚,孤寂抓住了她。多想有人来说话呐,多想问问这倒是什么?可是睁眼一看,镜里还是自己的眼睛凝视无言。镜框里的照片,父亲、哥哥,依旧默默地注视着她,好像要跟人说话,却听不到他们声音。

"哎!"明云无可奈何地,迷迷糊糊,也不知什么时候,脱鞋解袄上炕钻进被子睡了。

当她醒来时候,黎明的曙色已染满窗楞,昨夜的心绪却并未在她脑里消散。她拿过妆台小座镜正要梳头,活动的镜面,滑翻过背面,志伟的半身胸像,无意中映入眼帘。“又是他，什么时候装上去的呢？原来不是放哥哥照片的吗？也许是嫂嫂换走了？”

她忘了梳头了，对着照片痴痴地瞧了瞧，其实，人比照片还俊呢，叫人见他总觉愉快，他那谈吐比这曲线分明的嘴唇动人多了，不知什么魅力，把人吸住，叫你总舍不得从他身边走开。走开回来不管是一人独处，还是跟妈、跟嫂子和侄儿一道，心头总是感到空空洞洞，眼前一片沙漠。什么道理呢？难道就叫作爱，男女间的爱情？他心中有我这种思念吗？他对我，会不会像我对他这样呢？已经四天了，怎么没有来信呢？“军大”既然要随军北迁，他跟不跟去？难道他一点也没有我这种矛盾：想家，想……唔，人家“军大”也有女生，像他那样——一表人才，还愁没有志同道合的对象？……怎么办，让他去吗？

金明云正在遐想的入神，嫂子轻轻掀起棉帘，露半个身来招呼小姑早餐。明云这才一愣，回眸瞧见嫂子。嫂子这几年突然老了似的。瞧她握住门帘的手，粗糙的像老姜了，眼角有了明显的鱼尾皱纹。明云无意识地回头瞧瞧自己双手，这倒还是葱白似的，白净而纤细。“将来也要变成老姜吗？”她只管胡思乱想。

“姑姑，走吧，等会凉了。红枣熬小米粥送窝窝头，你不是喜欢吃的吗。”

“现在没胃口，不想吃。”

“那，给你搁锅里留着，我们先吃了。”嫂子放下门帘咯哒一声走了。

明云望着窗外嫂子走到院里的身影，不禁怜悯地叹口气。回头看看墙上挂的哥嫂婚照，曾几何时，嫂子早先那俏丽的丰采，随着岁月流逝，已经消失了。好比书本里采集来的蔷薇，已失掉了芬芳和鲜艳。“难道这就是女人永远改变不了的宿命吗？难道这也就是我未来的写照？”

明云苦恼透了，心潮掀起一浪又一浪，老也平息不下来。

“母亲，谁没有母亲，能陪你一辈子吗？”

“生来是个女子，迟早都得出嫁！”

大谢、小刘的话又沉重地叩击她的心扉。

房间忽然变成囚牢似的，觉得那样狭窄，那么气闷，叫人烦躁窒息。明云走出厢房，到院里，两只狮子头大鹅伸长脖子迈开大步，迎着她一步一步走过来，似乎要跟人亲热。明云蹲下来，拿剥剩的椰菜叶子去逗着玩，一只大点的，呷一声，张开翅膀扭着屁股跑开了，一只小点的，拉下一泡屎，满不在乎地一步一步撵它的伴侣去了。

明云在院里盘桓一阵，觉得无聊，回房间拿起巴金的《家》来翻翻。不看还好，一看，字里行间却出现新霞、朴心、指导员、周主任，还有志伟……这个那个人的脸、眼睛，个个都瞪着窘惑的目光盯她，好像要她回答什么！冰河在春天里解冻的歌声隐隐约约在耳边激荡……

沉重的空虚，窒息的无聊，无事的烦躁，叫人实在受不了。明云对着镜子，将头发拢了拢，披上外套，围上围脖，拿着手闷套子，恍恍惚惚出了家门，上到街坊。到那儿找谁谈心去吧。踌躇半天，还是再去傅钊家。说不一定遇到她哥，能打听到志伟他到底跟不跟"军大"走；也问问傅钊本人要不要同文艺工作队上前线？再就是，听听傅钊对她——明云自己的去留，发表什么意见。

傅钊她二哥，后天将随校从军出远门去了，少不了到几位亲友家走动走动。此刻，家里却来了几位送别的客人，一间对面炕的小屋挤得满满的。傅钊妈盘着腿坐南炕为将出门的儿子钉衬衫扣子，傅钊正为北炕的客人张罗烟茶，提进一筒茶炊给瓷茶壶添开水。客人随意嗑葵花籽，抽纸烟，唠嗑（聊天）。这些男青年有两三位是傅钊她哥的新同学，明云跟他们第一次见面，傅钊也不给介绍。只好默不作声，尽可能回避他们的目光，拉住傅钊的手，上南炕西头，翻翻傅钊从文艺工作队带回来的脚本歌谱什么的。耳朵却注意着这些客人高谈阔论。

一位穿一身关东军将校呢军装的大个子，他坐过南炕上来，凑近傅大妈跟前，细声细气地嘀咕什么，大妈听了，撂下手上针线活儿，叹口气，说她本意并不反对老二跟学校开走。"鸟儿翅膀长硬了总是要飞的，为娘拴不住了！不过，不瞒你同志说句本心话：为娘的拉扯养大一个子女，可不比菜园里栽根葱那样轻松活路哩。说走，一句话好出口，可到什么年月才再见到一面啊！孩子都是娘身上掉下的肉呀，你同志出门时候，你娘就那么轻易放过的吗？对嘛，人心都肉长的不是。"

"老人家尽管放心，咱们共产党比小鼻子关东军、比国民党反动派都不一样:革命队伍就是个大家庭,兄弟姐妹多着呢。年轻人学本事,为国为家立功劳,老人家也荣耀嘛。”

“那倒也是。这些日子来我就品了你们弟兄,个个为人行事,跟伪满洲国的宪兵警察是不一样。孩子跟你们去,放心是放心的,就是年纪小,没出过远门这一条,心里不踏实。”

“年纪小不怕。如今我们好多个带十万八万兵的首长,‘参军’时候才是十二三岁的红小鬼呢。还不都是经过学习、锻炼,一步一步成长起来的。”

“这个人是谁?”明云望着说话的大个子,跟傅钊悄悄耳语。

傅钊也拿手掌遮拦嘴巴咬耳朵说话。说他是打关里来的八路军干部,是她哥“军大”学校的指导员。“好人一个!”最后一句傅钊说得很响。

“唔,我都把话讲完了吧。”大妈想了想,终于鼓起勇气,“我老二几年前就把亲说定了,茶礼都送过了的。他这番一出去,得啥年月能回来呀?媳妇那头能等得了吗?”大妈说完,将两只手往袖筒一拢,瞅着大个子同志笑笑。

大个子一听,态度严肃起来,认真地问道:“是什么姑娘,上过学吗,老二他个人意思怎样?两人都中意不?”

大妈说:“同志,这事你们关里的,兴许不时兴了。我们关外这边,老百姓还是按老规矩的办,男婚女嫁仍旧听老人说了算。老人听谁来着?还不是两人自己的年庚八字早定下的姻缘嘛。原先他俩都认可的,没听有什么反对话。都说等学堂毕了业,就把人要来了,谁料偏偏遇上变了新世界……”

“世界变的好嘛。新世界样样都将会变好,变得自由,变得进步,变得光明。媳妇嘛,也会娶到。而且会更加美满、幸福。要我说,要是老二他本人不那么满意,对方又不肯等待,就退掉也没什么紧要。反正媳妇是跟儿子过日子的,不是跟父母老人过不是?还是让他们后生人自由找的好。找个可心的,两人学习、工作都在队伍里,互相帮助,共同进步,日后抱个小孙子回来看望老奶奶多好!”这时,指导员同志笑了起来。

明云听到这,跟傅钊的目光相遇,不觉红了脸。

“说得倒轻巧,你自家也娶到媳妇啦?”大妈问,把眼光瞅了瞅女儿她们两个。

指导员说，结婚几年了，爱人在县妇联工作。

“你们女同志也挺能，啥时候带来咱们瞧瞧！”大妈说。

“革命队伍，不拘男女，都一样。”指导员说。停了片刻，朝傅钊问道：“小傅，你那位女同学肯不肯去，决心下了没有？”

傅钊答道：“她自己决心是下了，就是她妈不让。”

“谁？”明云轻轻问。

“汪树芬。”

“她？她也会走？”明云打心里诧异，自己问自己。

汪树芬是明云原先学校的同班，长相、功课平平常常，并不起眼。平日明云以为她懦弱，没志气。可如今，人家在紧要关头，倒能下大决心，要展翅高飞了。自己反而踩在烂泥塘，拔不开腿……

“唉！”明云不由自主地叹了一声。

“脚长在自己身上，要走，当妈当爹的也不能拴得住。”指导员把话讲得那样轻松、平常。

傅钊说：“说走就走，那么简单呀，上街还要——”

“还要照照镜子，打扮一下？哈哈。其实，重要的是要拿定主意，别的什么也不必考虑。以前我打家偷偷逃出来，连袜子也没穿，到了革命队伍，就像在家一样了，吃、穿、住、行——学习、工作，样样都有公家供给、关照，不用个人自己操心。甚至找对象、结婚，组织上比自己父母还关心呢！不笑，这是实在话。我爱人就是组织上帮忙解决的。自己工作实在太忙顾不上生活问题呀。”

接着，指导员如数家珍，讲了好些他个人过五关斩六将的传奇故事。叫在座的人听得入神，谁也不作声。

明云觉得不自在，悄悄对傅钊说“头疼”，轻轻走了。傅钊送她到院里，她哥正回到来，抬头瞥见明云，顺手给她封信，说是志伟托他代交的。明云胆怯地接过信，情不自禁地红了半个脸，心口激烈跳动；既没向带信的人说声“谢谢”，也没顾得上跟傅钊说“再见”，立刻转身就走。走过了街头拐弯地方，才用发颤的手撕开信口。这时，暮色已浓，可见度很低，信上的字是认不清了，只好塞进袋里，急忙往回走。

冷风在屋顶和电线上呼啸。较大点的商号都上板关门了,小点的杂货店和一间点心铺还有些青年学生进进出出。他们为着明后天出发,准备路上吃用的糕点和捆扎行李的麻绳什么的,看他们个个都那么高高兴兴,有说有笑。明云本想要买松子回家,却怕同熟人见面,立刻改变主意,索性不买了,加快脚步,往家直奔。

回到大院门口,邻近街坊的梁老婆子迎面走了出来,兴致勃勃向明云招呼:"嘻嘻,姑娘回家啦!"

明云莫名其妙。心想:"奇怪,她今天怎么啦,拿这样眼神瞅人?讨厌,爱管闲事的多嘴婆。"

要来的事终于来了。明云刚进房间,嫂子迫不及待地跟着就到。嫂子也是异乎寻常地脸上挂着笑纹,意味深长地向姑娘问道:

"梁家老婆子刚走,见到了吧?"

"她来干什么?"

"恭喜来的呗。"

"怎么回事?"明云忽一下握紧嫂子长了茧的手,仿佛溺水者求人打救似的。

嫂子凝视姑娘惊惶的目光,将手抚摸她额前的刘海,柔情脉脉地告诉小姑说:"梁老婆子来跟妈说亲,要把你说给张家油房的大少爷。妈应承是应承了,只怕你自己不情愿,还得问问你再作定夺。"

真是一声霹雳,明云的手指顿然冰凉,手心沁出了汗。呆呆地望着嫂子。嫂子那布满鱼尾纹的眼角,那长了茧的双手,深深触动着她,一片阴霾占据了她整个的心,喉咙好像突然被扼住,拼了全力挣扎而爆出一声绝叫:

"不。我不情愿!"说罢,眼泪成了解冻的冰柱,滴答落下。

"是件喜事嘛,怎么哭呵。"嫂子极力抚慰倒进怀里的小姑。其实,她自己也失了主意。

"什么喜事呀!好嫂子,你说你原先也是情愿的?"

给小姑这么一问,沉潜了十来年的往事,顿然泛起伤心的记忆。她木然睇视镜架的照片——那些青春的倩影,那些花一般的岁月,火一样的雄心,而今,而今都同流水般逝去,冷灰般熄灭了!

嫂子深知,再劝也徒然,语言是劝不转小姑的心的。何况联想自己身世,不免也迷乱了心窝,只叹了一口长气,默默地走开吧。

桌上的双铃闹钟,嚓嚓地自走它的行程,夜声消失到无边寂寞的海去了,月影穿过浮云在院里徘徊。埘里的公鸡为着月光错认了时辰喔喔啼了两声。

明云抹干眼泪,从口袋把信掏出来,就着灯光看下去——

明云:

原谅我用这样的方式来告别吧,实在是,事不由己。

本来以为,在伙伴中选择了你,我俩会携手同仇,齐肩并进,共渡狂涛,同登彼岸。没料到,正当紧要关头,狭小的家庭牢笼,竟能缚住高飞的翅膀,一片忘我许世的赤诚,竟为私心的母爱而抛弃!

相濡以沫,不如相忘于湖海。离岸的船,将会愈行愈远。朝前看吧,回首当年徒然消蚀奋发的锐气!

……

"吓,这样小看人!也许我们彼此原来并不了解!"

明云没把信读完就撂开了。

"走,走给他看!"

沉思片刻,一股闷热的心境,突然闪现起雷电。明云决然走出房间,直奔学校去了。

这时,"革大"分校教务处的灯正亮着哩。一颗跳动的心敲开了门。周主任和颜悦色,用心静听学生金明云激动而颤声的申述,不时点头微笑,完了,抬起头来盯住对方,温和地说道:"好,年轻人要求进步,应当支持。'革大'的门是为革命青年开着的,什么时候来,我们都欢迎!"

"现在,现在就报名。明天,跟谢新霞、刘朴心她们一道出发!"

"准备来得及吗?"

"行!"

……

明云赶紧往家跑，回到房间时，妈和嫂子的房间已熄灯下火。她卷起铺盖，拿两件替换的小衫，从书架取下一本《夜未央》，从枕边收起《家》放回书架，想从案头小镜背面拿出“他”的半身照夹进日记簿带走。看看照片，终于负气地撂下了，只把日记本和书塞进挂包挎到肩上，掂了掂铺盖卷，就这样简单的包袱背上身，吹灭了灯，轻手轻脚溜出院里，悄悄走到大门口，正要跨出门坎时，心头突然一悸，脚步又收回来，觉得应当再看看妈一面。妈到底年过半百了，此去能不能再见呢？想到这心软了下来，放下包袱，空手踮脚走回西厢房，踌躇片刻，推门，门上了闩，推不开。转出窗外，鼻尖贴着窗纸，死劲往里瞧，即使借着微弱的半个月亮也是一片朦胧。轻轻的鼾声响得挺匀称。人睡得好熟啊。想上南屋去，也看嫂子、侄儿一眼，一想，嫂子的房门更严，惊醒了她，能让脱身吗？

“唉！妈，嫂，保重！”

明云鼻子一酸，眼眶淌着泪水，稍站片刻，终于移步了，到大门口拎起挂包、铺盖卷，一步一步踏着淡淡月色朝“革大”分校走去。耳边老响着周主任的叮咛：

“什么时候来，我们都欢迎！”

1946 年 8 月 16 日于哈尔滨

在抚顺炭矿的日子

这儿，我写下感激和信任，记念着一位难忘的友人。

事情的起始是在三年前的秋天，当时，我正在抚顺炭矿管看仓库的活计。整年整月的守在低湿的房子里，时间久了，就跟囚在笼里的鸟儿，两只翅膀渐渐麻木起来，两只膝盖每当下雨刮风的日子就感到微微的酸痛。有人说，这可不得了，搞不好可能会成瘫痪哩，叫我多走动走动。

从此，我才学会散步这个玩意。

我散步的路线老是在附近的一条通到炭坑去的路上。这当中就得经过一座为着监视工人进出炭坑的岗楼。

看岗楼的是一个瘦长瘦长个子，有着白净的脸面和细小的、可是笔直的鼻梁。他看人总爱深深的凝视。每次从岗楼经过，他总是用温和的、询问的眼光看视着我那只走得不大灵便的左腿，好像要问：

“你的腿怎么啦？”

然而，他一直都没有问我，只是在嘴角上挂着一丝笑影。

“这个人可真有意思哩！”我这样想。

往后，我也用友谊的眼光回答他，也没有跟他讲话。但，这种情形并没有继续得很久，我们终于说话了。

那是一天下午，我从公司里领到一大堆表册回来，走过岗楼不远，后面突然响着一个陌生的可是亲热的呼唤：

“东西掉了。”

我回头一瞧，就是那个瘦长瘦长的看岗楼的人，从地上拾起一本硬皮的“物品登记簿”，带着微笑，恭恭敬敬地送到我的跟前。

“谢谢你！”我只说了一句，再没讲别的了。他好像要问我什么，嗫嚅了半天，也没有说成，两个人就走开了。可是，我觉得他还在我背后用温和的讯问的眼光看视着我那只走得不大灵便的腿。

本来，像我这样一个二十来岁的年青人，应该有着美好的学校来培育技能，应该有着温暖的家庭来陶冶健全的心灵的。可是呢？因为贫穷，说得确切一些，因为受日本鬼子迫害——日本鬼子来了，才使我家一爿杂货店破了产，我的父亲由一个小商店的掌柜变成了小贩。我在伪满国高没有毕业就离开学校了；以后就在这个阴森森的鬼矿山度过寂寞的日子，青春逐渐消磨。除了跟仓库的杂物打交道，再什么也没有了，没有朋友，没有欢笑，没有会心的谈天。

现在，发现了这个人，这稀有的微笑，使我感到畅快，有如经久的雨天那样，忽然见到了阳光。

第二天，我照例地，可是怀着企望的心情到岗楼去散步。我是多么想从那瘦长的看守人那里，分到一些欢乐啊。

“十二点了吗？”当我快走到他的前面时，他对我打着招呼。

“不，十二点早过了，现在，怕有一点多了吧！”我在他跟前停下脚步。

“你不是每天晌午出来走的吗？”他和善地看看我的眼睛，然后才看看我的脚，再想说些什么，却把话咽住了。“今天要做月终结账，忙一些。”

接着是他问我的职务，姓氏，籍贯和年纪。想了一下才决定请我进入他那间低矮的岗楼去坐坐。

其实，要坐是很勉强的，里边就是一张长长的木板，用两块不整齐的石头撑着，算是凳子，别的什么都没有了，圆形的屋里显得空空洞洞，墙壁有两只观察外界的洞眼，透进阳光和空气。

“你的腿怎么回事？”他让我坐定了，才温和而关心地问道。

“谁知道呢，大概是宿舍太潮。人家都说是寒腿，叫我多走动走动。

“是膝盖上的吗？”他走过来，叫我把裤管挽起，让他按摩了一阵，再叫我把左脚架在右脚上，然后在我的左膝盖轻轻地敲了两下，脚一动也不动，再敲一下，右脚尖这才稍微往上跳了跳。完了，他抬起头来看我，像一个老练的医生，窥探着他的病人。

“关节炎！”他思索了一会，然后又说，“还轻。不过，你这样小散步不行的，治不好——得要‘大散步’！”

最终一句他却带着幽默的口吻说话，意味深长地端量着我。

“什么大散步呢？每天多走一段路吗？还是跟早先在学校那样，每天早起跑步？”

“不，不。”他笑着，摇了摇手。

“那是什么意思呢？”

他静静地对我仔细端详好一会，才说关节炎不能拿散步来治得好的，只有迁移住处；所谓“大散步”，意思叫我离开这个低洼潮湿的地方。

“要是不能‘大散步’呢，那，勤晒被窝，每天在太阳下，挽起裤管，让膝盖晒它一两个钟头。”

看他那副认真而郑重的神气，感到有点滑稽。

“你不信？我是当过医生哩！”他止住了话，转过来庄严地望着我。

“真的？那你过去是……”我这才惊讶起来。

“过去——不说了吧。过去的事没啥好讲的。”他马上带着几分戒心改换了口气，随即沉住了脸。

我也不作声，重新审视着他的神情。他，看样子是快近三十岁的人了。有着一双深沉而富于思考的眼睛，有着坚定和果断的嘴唇，有着一双细瘦而白皙的手，这些都标明他曾经有过良好的教养，也有过不少的人世的磨练。可是，他又怎的改行，干了这样的差事呢？真是一个“谜”样的人！但因为彼此都不很熟，话总是说了这句没了那句。而且我也有事情得办理，不能同他扯的太多，便告辞回来了。

从此，我和他慢慢地更熟悉一些，以至成了朋友。虽然照他说，小散步医不好我的关节炎，然而，为了能看到他，跟他聊天什么的，每天我总要到岗楼门口走走。

他一见我来了，总是带着微笑，问："怎样？不忙吧？"接着，总是他唱的独脚戏：讲"水浒"和"三国"故事，议论武松、花和尚和孔明、曹操、刘、关、张和孙权等等那些英雄。他给赵云好多的赞美，他说他年青时可爱，年老了也还是令人钦佩。

"这回我再看了一遍'三国'，觉得关公这老家伙可要不得，杀了颜良、文丑，替曹操做事，是变了气节嘛。你说对不对？"

有时他自己讲得多了，也来一下停顿，征求我的意见。等我表示不很明白而谈不下去的时候，他就引导我谈些炭矿里的情形，或者问起炭矿附近的住户都是些什么人，过去一些矿工是怎样逃得出去的，等等，一些七七八八的问题。我从来也不去想，他为什么要打听这些，只是照着自己知道的都告诉了他。凡是我讲的他总是很留心地听着。这不仅是白天，就是夜里，该他守夜班的时候，我也常常到那间圆屋的岗楼去，陪着他坐着，静静地听他讲不完的故事。

是的，他爱讲故事。不光是讲赵云、马超，讲武松和鲁智深，他也爱讲关里抗战的故事，爱讲那个跟老百姓成了一家人一样的队伍。但是，他却不爱讲他个人的经历。

然而，关于他的身世，却有着各种各样的传说：有的说他是中央军的什么医佐，是个学医的大学生，在山西打仗被鬼子俘虏来了。有的说他先头是中央军，后来对中央军的黑暗腐败不满意，投到共产党八路军去了。一次小鼻子日本鬼实行大扫荡，他为救伤兵自己负了伤，才被俘的。他在工人里头，人缘不坏，讲义气，随和，好多工人都肯听他的。鬼子怕他聚众闹乱子，才把他调开来干这行当。看他一举一动跟别个看守岗楼的就不一样，不跟把头他们勾勾搭搭，欺负工友。

虽说这样，他对我依然是"谜"样的人物。我几次想问他，可是，他不爱讲他自己的，只是爱讲别个故事。我除"三国""水浒"，还爱听他讲关里抗战的故事,爱听他讲那支跟老百姓成了一家人的八路军的事。

不久,我的父亲从邻家赵太叔那里打听到我常和他一道闲聊,对我就狠狠发了一顿脾气,说是听赵大叔讲,姓张的这个人,是“特殊工”,是共党。把头老郑就暗中留心他的举动,叫我以后不许再去同他接近了。

“不是说,共党跟‘红胡子’一样的吗?像老张这样,为人正直随和,待人真心实意,怎会是跟鬼子们说的‘共党’一样呢?如果共党是同老张这样,那倒是天大的好人党,为啥不敢跟他亲近?嘿,把头老郑,他妈的,什么玩意?”我这一想,可有点气愤。以后还是偷空到他那里去。

但是,不久我突然病了。

公司里对我这样的人,死了也不作数,当然没有人来理睬我的病了。只得让高烧整天整夜的煎熬着。母亲总是埋怨父亲不想办法,可是父亲能有什么路数可想呢?上一个月为着买粮已经问人家借了五十多元了,现在又去哪儿借钱来买药?

弟弟和妹妹为着我的病,为着家里的贫困,眼光痴痴呆呆的巴望着,像都成了哑巴。

病人的心思总是特别复杂的。此时,老张曾经描绘给我的,这样那样的故事,都杂乱无章的挤到我眼前:我瞥见好多人争着为一个垂死者输血,瞥见共产党抗战军队自己背粮,走过浮着薄冰的河面的情景;也瞥见赵子龙怀抱“阿斗”,从千军万马的重围中杀开一条血路;……忽然又见到武松在鸳鸯楼上蘸血写的“杀人者武松”的情景……

“真有这样事情吗?不信!”我烦恼地从这些幻想逃开。眼前却是站着弟弟,呆呆地巴望。

猛然,门开了,透进一丝凉风。

“小李,病啦?”

一个焦急而关切的呼声,随同脚步来了。来不及转过头去,人已经站到了床前。

他就是瘦长瘦长看岗楼的张树德啊!

“怎的?不碍事吧?”他在我的床沿坐下,摸摸我的额角。“哎呀,温度很高!”

随即问我“病历”。弟弟看我说话艰难的样子,抢着替我回答,母亲却又拦住弟弟,将我这三天来发热、讲胡话的情形告诉了客人。

“那,一定是害的回归热了。老太太,尽管放心,没啥要紧。”

“这时辰看是好些了,可一发起烧来,那真是——”母亲诉起苦来。

“每天都是什么时候发的烧?”

“就是晌午和夜里吧,早上好些。反正总说不准。”

“嗯。”客人点点头。

客人默默地坐着,也不多跟我说话。默默地环视我简陋的屋子。在他目光里,每件破旧残缺不全的家具,都像是在风雪中哆嗦的叫化子,引起他的怜悯。随即,他深沉的目光凝视着我,半天也没说话,比我发病的人还痛苦似的。

“我明天再来!”他说着就走了。

到门外,碰上母亲打水回来,听他又在嘱咐母亲怎样怎样照顾我。母亲一进屋就问:

“才来那个人是谁?”

我照实告诉了妈。

“看人,倒是个好性子的。鬼子真把什么好人都坑坏了。唉!像他这样的人,能犯啥罪?乃森,真是不懂事,该留客人喝杯水再走嘛!”

“我们都很熟了,他说明天还来。”我说。

但是,母亲总觉过意不去。唠唠叨叨说什么,就是没有茶,也要喝杯白开水,才不失礼。

第二天,他果然来了。带来一支“606”,一支蒸馏水和一管注射器。

“哪里来的这些东西?”我诧异地问。

“针药是自己买的,注射器是药房里借的,不过,拿钱作了抵押。”他和蔼而轻声地对我说道。

“多少钱?麻烦你已经够了,还叫你破费!——”我痛苦地感激不已。

“你别管这些。”他怕我难过,极力拿温和的话和诚实的眼睛来抚慰我。

“你……你不是说,钱是你的血液,是你的——”我听说他很珍惜钱,每个月拿到几十元钱,都把它藏得很严密,连纸烟也戒了,不敢花钱买。

“就是血液也能给你,你不能太激动。要知道,你现在是病着哩！看,你又要发烧了!”他按着我的额角说。

等我静了一下,他才仔细地替我打了针。完了,就静静地坐在我床沿,为我驱赶着苍蝇。当我睡醒过来时,妹妹说,等我睡定了以后,他才走的,临走,还交代妹妹,不要把我吵醒了。

经过药针的注射,病倒是不再发了,身上却是一点力气没有,暂时在家休息着。老张隔一天来看一回,叫我不要劳累,不要吃生冷东西,否则,病会复发的。只要不复发,一个星期就会好转。

“你交的这个朋友还差不离!”待朋友走后,父亲对我赞叹起来。

原来我这朋友给我探病时,有一回,他跟我的父亲谈了许多话,不论是贫苦人的生活情况还是我家过去遭遇,他都表示极大的同情。同时总是安慰父亲说:“石头还有翻身日,穷人总有一天能见到好世界的!”

随后,父亲又说:“起始听老赵说,把头老郑讲他怎样怎样不好。现在看来,人家才是好样的哩！真是一面之言不可信。”

不多日子,我终于又回到原来工作的“转盘”上了,一天又一天地照旧转。老张也依然看守他的岗楼。

一个月过去了,两个月过去了。

奇怪的是,这几天,见老张神色显得有点不安,脸上不那样安静了,话也说得很少。另一方面却像有什么更多、更紧要的话要同我讲。可是,总也没讲出来。

“什么事呢?”我也满肚子的狐疑。

是一个夜间,他要我到他的岗楼去。等我坐下后,他就深深打量着我,那眼光就像是心事很沉。

“发生什么事吗?”我战战兢兢地问一声。

“我想起——”

“啥?”

“我想起一位聪明能耐的年轻人,可惜,跟附近的杏树一样,长在不适宜的土地,长不成好花果!”

“谁？”

“他……”他把话咽回去了，目光定定地瞅我，流露着惋惜的神情。

“那，你说，什么地方的土地才合适呢？”沉默片刻，我问。

“地球那么大，还怕没有合适的地方吗？这里没有合适的土壤，那里总会找到合适的田地。东边不亮西边亮嘛。”他忽然来了一股火热的气概，站了起来踱了两圈，然后停步伸着脖子朝两只洞眼探望，若有所思。

外面是静寂的，只听到远处送来起煤车的轰鸣。

“这个地方对我不合适，对你也是不合适。”

他好像经过好大的努力才把话讲出来，讲完了顿时感到平静，可是又感到惶恐。

我们又沉默了。远处又传来起煤车的轰鸣。

“小李，你家真是靠你挣钱过日子吗？”停了好一会，他才又提问题。

“是。”我答了一声。

“小李，听我说，千万别忘了自己是中国人啊！”

又静了一阵，老张才没头没脑地说出这么一句。

我默默地点了点头。心里却有点不服气：“我什么时候忘了我是中国人呀？吓，瞧着吧！”但是，当我把眼睛移向着他，他那不安，急躁，怜悯和惋惜的复杂而矛盾的神情，一下子传染给了我。

“老张，你……”我带着颤声，艰难地说不成句话。

他一惊，瞅住着我，一时没言语。起煤车的轰鸣，霎时间停了，夜静得那样冰冷。

“小李！”他坐到我身边，握住我的手，捏得那样紧。

我分不清这是喜欢还是悲哀，呆呆地望着他。

“我，我也害得关节炎了！”他放开我的手，站起来，来回地走动。

“那末，你要……”

“我总不会死的。将来——”他突然充满着信心。但话老是讲半句，留半句，没讲完，就又吞回去了。

“不早了，回去睡吧！”过后，他把我打发走，那声音带着无边的依恋。

不知怎的，这时，我很不想离开他，却又怕违反他的意旨，只得回来了。

第二天，检验仓库，没空去散步了。到夜晚，当我又到岗楼去的时候，有个矮个子，长着满脸胡须的中年人，在老张的岗楼。他睁着发光的眼睛迎着我走近来。然后神秘地向我招手，意思是叫我进入岗楼去。我心跳得很厉害，预感到，有件什么不吉利的事情要发生了。等我进了岗楼，那矮个子才机密地从衣兜掏了半天，摸出一张字条，交给我说道：

“老张给的。”

“他呢？”我拿着字条，手头发颤。

“不要问。回去看！”下命令式的口气，络腮胡，猛然变成黑森林一样威严。

我立时将手插进裤袋里，手心紧握着字条，生怕它溜走了似的。

我赶紧走回家。一进屋，母亲迎头就问：

“张先生不是说要来玩吗？怎的，你老不叫他来？

我一时说不出话。只顾拧开电灯，拿出字条来。见上面写这样的字：

小李：

我“大散步”去了。本来该约你一道的，可惜，你家需要你，一时不便离开。不过，要不了多久，我们就会回来。等着吧，后会有期。

给你字条的是个老实人，我的事他会告诉你。

你的一个朋友——“长工”，临去之晨。

“哥，你那个朋友呢，带我找他玩嘛！”弟弟摇撼我。

我却站着一动不动，不知说什么好。

“咱们明晚包饺子，去请他明晚来吧。”母亲很虔诚，瞅着我说道。

这是伪满康德十年秋末，树叶子落了的时候了。今天，我看到，接触到了好多好多的人民解放军，好多好多的共产党员，引起我对老张无边的思念。

1945 年冬于哈尔滨

发表于《东北文化》创刊号

大家庭

一

晌午，响汽老半天了。工友老崔头赶紧把晌饭吃完，一边收拾饭盒子，一边就催李树森说：

“走吧，人家都走啦！”

李树森慢慢腾腾的，连连打了两个饱嗝，完了掏出烟袋来，装着烟叶末子。烟末子不多了，掏了三四回也装不满。他满不在乎地自个喃喃说道：

“饭后一袋烟，赛过……”

老崔头又皱着眉眼喊：

“走嘛，人家都开过半天会了！”

“你爱走不走，我把你的腿拴住啦？”

老崔头气得没法，走了。

李树森看着他一抹身走了，也一赌气站起来，拿烟袋往吸烟室走去。嘴里还说：

“反正你说了算？刚才响汽了，你还要铆两眼，现在迟到一会，又急眼！”

李树森是个袖里藏棒槌，直进直出的性子。老崔头倒是细心谨慎的人。他俩是同在一个工作小组干铆钉活。老崔头管风握子，干的年头不老少了，学到一手好把式；李树森管顶把，年轻，心眼灵，进步快。两人在一堆干起活来满带劲。别看他两人嘴巴子嘈嘈的，心里倒是挺热乎。

李树森到吸烟室，把烟点着吸了两口，一寻思，觉得分外寂静。桌上的闹钟唧唧地发响，一看，正是十二点四十分。“真是，人家开了半天会了！”他把烟弄灭，赶紧往学习室走。

当李树森推开学习室的门进去，里边全坐满了人。好在大伙都注意朝台上瞅，没留意他迟到。

台上现在正站着一个工友，结结巴巴急得说不清话。老崔头直瞅台上那个人，李树森在他旁边挤了个座位，他也不发觉。

突然，噼噼啪啪，一阵鼓掌，台上的人一晃就不见了。李树森迷迷糊糊地捅了老崔头一下，还没开口，老崔头一愣，慌忙地分辩说：

“什么？我没有！”

李树森很奇怪，盯了他一眼，问：“你没有啥？”

“没有，没有，没有回忆！”老崔头怪难为情的样子，眼皮耷拉下来，也不敢瞅李树森。

“好家伙，怎没回忆？没根没梢的说啥？”

“我回忆！”这声音跟爆豆那样，嘣一声叫唤，在顶后尾那排座位站起来一个满脸漆黑的小伙子。大伙都回过头去瞅他，一边噼噼啪啪鼓掌。

小伙子上台去了。他把早先伪满时候的“战斗帽”一抹，揣到兜里，显出发亮的头发，向大伙鞠一鞠躬，说：

“现在大伙都要回忆不是嘛，我也要回忆回忆：我叫赵辉德，打‘八一五’日本投降以后，眼看工厂就跟病得没治了的一个样，要散荒了。大伙都往外拿东西，我也……我也就拿了一捆石棉绳，一个手锤和一只水压表。那时候的思想，就是光顾自个利益；现在知道工厂就是咱们工人的，工厂的东西就是咱们大伙的财产。我今天先回忆出来,赶明儿就把东西往外交。”

这时工会张代表站起来,举起手领着大伙喊口号:

“向赵辉德工友学习!”

“回忆要彻底!”

老崔头也举了手,可是没开腔,嘴唇直哆嗦。李树森看他脸色发青,脑盖直冒汗。问他说:

“老崔头,你咋整的?你看你的脸色?”

“哈叱!”老崔头打了个喷嚏,“嗯,昨晚打更,衣服穿少了,脑袋晕。”

“后晌请个假休息吧!”

“不,不碍事。”

不多一会,汽笛呜——呜的响了起来。晌午四十五分钟的政治学习时间过点了。工友们一个一个从学习室走向旋车床、铁炉、火车头的汽锅和烟管清锈机的旁边。一个人拿起一个人的活,又开始活动起来。机器叮当转动开了,火炉立刻煽起火焰,电焊那边闪烁着宝绿色的电光,旋车床的轮带不停的飞动,钻眼的风钻发着踏踏的响声。

老崔头跟李树森拿起他们风握子接上风带,完了戴上手套,等着火炉那边烧钉的抛过来火红的钉子,把汽锅的钉眼一孔一孔的铆起来。一开动,风握子就跟机关枪那样哒哒的直叫唤。也不知怎的,老崔头的胳膊发软,把不准风握子的震动,钉子铆差了。李树森过来看了看,说:

“咋整的?我说你病了不是!钉子铆不住啦!”

“不,不。——你顶的太使劲嘛。”

“哪能呢?这明明是——”

老崔头撅着嘴,不吱声了。一会,李树森又说:

“不过,老崔头,咱们别嘈嘈了,今天咱们再使把劲,赶上昨天的数!”

“喂,来了!”管引钉的工友钳着火红的钉子,赶紧往钉眼塞进去。

老崔头和李树森马上拿起风握子,一人一边,顶住冒出来的钉头铆起来。机器又哒哒的响着,这回老崔头使劲把准了风握子,全副精力都搁在上头了。完了李树森过来一瞧,这发蓝的铆钉,就跟棋子一样,匀称得可爱。他高兴地拍拍老崔头的肩说：

“行!”

老崔头不在意地嗯了一声。

“怎的啦？老崔头！看你这两天心里有啥事似的?”李树森奇怪地问。

老崔头却弄的挺窘,说不出话来。

这恐怕不止两天了,自从工厂发动回忆运动以后,老崔头就常常发愣发呆。一听大伙在一堆说话什么的,不管是不是说到他本人,他都多心,怕人家对他有点干啥。有时候,大家问他什么,他就愣头愣脑的说：

“没有,我没有。”

“没有啥?”人家问。

“嗯,我没有……”他又照样地回答。

说起老崔头来,大伙都知道他本来是庄稼人,小时候家里还是不愁吃穿的。赶到后来父亲死时候拉下一身债,日子就过得艰难起来。他的女儿出世的那年秋后,闹着灾荒,交不上租子,叫地主把地收回去了。加上三天两头闹胡子,乡下待不住了,只好跑到这城里来。碰巧遇上一位远房的表亲,给托了人情,把他推荐到工厂来当学徒工。凭他小时候上过几年私学,认得几个字,工厂的活计不久也就摸上门道。十多年来他就每天听着汽笛,上班干活,下班回家。在伪满那年月虽然也觉得叫日本人当牛马使唤,心里好抱屈呵！可是,不干嘛,又上哪儿去找个手艺来做,养活一家人呢？买卖没本钱,种庄稼没田地;再说,给地主扛大活,还不是跟在工厂干活一个样,工厂活好赖还不要去担心水涝旱灾的呢！没办法,他也就认命了。可是,有时看那些日本鬼子同那帮狗腿子欺侮人太甚了,也忍不下去,心里也是狠狠的咒骂,跟大伙那样总在盼望有那么一天：中国人当家作主,杀尽这群狼心狗肺的家伙。

二

五点钟了,汽笛呜呜地叫唤起来。今天厂里放粮放炭。下晌的技术学习不上了。工友们一个个放下活计，去到他们自个修起来的翻身浴池，把一天的汗和油腻都洗个干干净净，完了又换了干净的制服，挟着空饭盒子，拖着斜长的身影，一伙跟一伙，打各个支厂走进一条直直的林荫道，走回各人的家。有的人还背着沉甸甸的麻袋，里边不是厂里放的粮就是煤炭，或者是制材厂剩余的刨花木片。这时，工友们都是满足而愉快地，高声议论着今天干的活计，和回忆会上的情况。

老崔头却闷着走，特意掉在后面，省得跟人说话。自个老是来回的寻思："这几天别人干什么老盯着我？刚才支厂长干嘛对我笑？老王这两天见我也不招呼了？……"

李树森从后面赶来了，喊一声：

"老崔头，急啥？一块走！"

还没等老崔头回过头来，李树森已经热乎乎地凑上来，跟他挨着肩走了。没走上两步，李树森赶紧问：

"你出来没看到'功过板'吧？"

"没看。怎的啦？"

"你上了'功过板'啦！"

老崔头"毛"了，要哭的样子。说：

"我没有，上啥板？"

"怎么没有，你昨儿没有上班？"

"昨儿上班呀，干啥？"

"你干啥？"

"干活呗！"

"干活就对啰！昨儿咱们不是铆了七十四眼钉吗？今儿'功过板'把咱俩的名给登上了，说是大大超过了任务，记上一回小功呢！"

"呵，这个！我道是说的啥。"

老崔头这才透了一口闷气，脑袋不那样沉了。心想："共产党办事就是公道，讲民主；有功就赏，有过就……"

他反过来转过去的想，一下子就走到大门口了。大门口两根柱子新写上耀眼的红色标语。他一看，上面写的是：

工厂是咱们的家，咱们要诚心爱护；

工厂是咱们的学校，咱们要努力学习。

“嗯，真是！”老崔头半给自己说，半给李树森听。可是，半天也听不到对方哼声。回头一看，李树森不知溜到哪儿尿尿去了。一会，他才边走边提溜着裤头，赶紧撵到老崔头身边来。

李树森真是好叨咕，有他在，话就不能停。他说：

“老崔头，我说，咱们工友眼下干活可没二话了。就是工具缺，你信不信？咱们铆工组要多有一两把风握子，那，‘五一二’号机车那锅炉的钉眼，不到月底就能完成。你说，不超过任务有鬼！”

“风握子？”老崔头一听到这名字就跟挨了一棒槌一个样，耳朵嗡一声，头又沉了，脊背要冒汗。李树森见他不言语，又说：

“不是嘛，要有工具，小梁跟佟家宝他俩也能干铆钉活了。”

“嗯。”

“风握子这玩意，眼下多少钱也买不来。老崔头，我想起了，咱们早先在三棵树使唤的那一把，可带劲哪。后尾搬家，一胡弄，不知到哪儿去了！你说气人吧？”李树森惋惜不已。

老崔头这下不敢说啥了。总想躲开这位伙伴，故意把脚迈小一点，让他先走。可是，他就那样别扭，死缠着人。他走到前面去了，回头一瞧老崔头落在后面，他又停下来说：

“看你累成这样，连话也不说。”

“哈叱！”老崔头张着鼻翼又打了个喷嚏。

“看，你昨晚着凉了吧！”

三

老崔头的家，起先是住在三十六棚的小胡同里，房子阴暗潮湿，一落雨，门口就放不下脚去，都是烂泥。屋子窄得透不过气。赶到民主政府解放军的宋厂长来了，才把日本鬼子早先住的铁路公房分给了工友。老崔头也就在那座红楼分到一间又明亮又清洁的洋房。“这是早先日本鬼子才能住的呵，现在让咱们也住上了!”老崔头想想自个一家人安顿下这样的房子，感激得也不知怎的说才好了。

有一回，宋厂长跟大伙讲话，说是，乡下的农民翻身，斗争地主，分到田地；咱们工人翻身，就是斗争汉奸、特务，清除坏人。爱护工厂，好比农民爱的田地，工厂就是咱们工友的大家庭！老崔头过细寻思，这话可也实在。如今工友真是翻身了，组长是工友们自家举的，班长工长也是工友们自家举的。都是工友里头谁能办事就让谁出来管“家”；谁干活有了成绩，谁就叫大伙选做英雄模范。当了英雄模范，吕局长、张主席、李司令还请去一个桌子喝酒，另外还照相，听戏，看电影，送这送那的。要在旧社会，哪能有这样呢？

工厂每天后响五点钟下班。下班后，工友们洗完澡，又上一个钟头的技术课才回家。夏天日子长，下完课，日头还吊在那么老高。老崔头心想那么早回家也没啥事做，心想公家对工友照顾那样周到，不多做一点活太对不住良心了。因此，时常自动要求加点；或者等工友们都走净了，他一个人小心谨慎的到处转一圈。看看火炉、电门、水管和仓库……看这些都封严关好了没有？左看右看，反复好几回。完了才提起他的饭盒子，戴上破草帽，放心回家。有时，等他回到家，星星已经出来了。

可是，今天是他这半年来第一回这样特别的了。回来早不说，脸上却变成那个闷样，要病又不像病。女儿小桂在楼上纺纱，见爸爸回来了，冷丁把纺车停下，站起来欢喜地说：

“爹，今天回来早啦？妈包饺子，还怕你回来晚了哪！”小桂跨过纺车推开门，喊："妈呀，爹回来了！"

崔老太婆四十多岁的人了，长的粗壮，四方脸，像个男子汉。一看就觉得她是心广体胖的人。她一边忙着照顾烧水下饺子，一边还要包最后的几个。汗水把她薄薄的洋布大褂都弄湿了。一见老崔头就说：

"今天怎的回来这样早？"

"嗯。"

老崔头他是个慢性子的，说话总是初一一句，十五一句，从没大声嘈嘈过。今天更加闷的叫人难受，老也不吱声，把饭盒子照老样，往窗台一搁，草帽往墙上钉子一挂，屁股就要往床上蹲下去。一看，床上正搁着用纱布蒙住的两案板饺子。他只好呆着，直直的站在那里，老伴当他是要帮拿饺子往锅里下呢，马上拦住说：

"你别动了吧，让我自个来。"

"哈叱！"老崔头打个喷嚏。

"你看，你都给饺子加酱油了，你就好好歇一会等着吃得啰！"

老伴拿走一案板饺子，转回去揭开锅盖。锅里水早开了，她赶紧把饺子往锅里下。锅里溅起烫热的水点，使得她好几次把手缩回来。下完了，盖上锅盖，又蹲下来，看看火候，添柴。

小桂的纺车呜呜发响。

老崔头昨晚轮到打更，没睡好，又着了凉，是有点困了，连连打呵欠。脑袋好像戴上铁帽，沉得难受，鼻子又不通气，加上赵辉德的回忆，李树森的话，支厂长的微笑……一想到这些，就使他坐也不是，躺也不安，可不自在啦。

"唉，早不该……"他一想，就叫刀子拉了一口那样疼的难受。饺子煮好了，老伴把它盛了两大海碗，再拿预备好的醋、酱油和捣好了的蒜泥，筷子，碗碟，一样一样往桌上摆好。完了才往门外喊：

"小桂，你就记得纺纱，饺子也不吃啦？"

过一会，小桂才进来。她十七岁了，可是早先那些饥饿的日子，使她没有足够的营养，长成那样的瘦；穿一身蓝布大褂，衣襟沾着几点稀薄的棉絮，手里拿着一穗纱，凑到母亲的面前，说：

“妈,你瞅瞅,我这穗纱够得上做头等吧?”

老崔头这才开了心说:“拿来我看!”他把小桂纺的纱穗接过来看看,点点头。

老伴急着说:“得啰,快点坐下吃吧!”

一家三口,把鞋脱了,都上床来围坐在小饭桌旁,开始吃晚饭。这饺子是白面猪肉馅呵,在伪满时节,大年夜也吃不上的东西,可是,现在小桂却爱吃不吃的,只管叨咕。

“爹,你们工厂选英雄,咱们纺纱的也要选英雄哪。今儿我去交纱,主任说:这个月要大伙比赛,到月底看谁纺的多,纺的匀称,不糟蹋花,谁就够条件当英雄模范。还说要劈红啥的。”

老崔头问道:“劈啥红?纺一斤纱算一斤工钱,哪来的红劈?”

小桂只管她自个心里高兴,紧接着就说:“哪来的红劈,主任说,合作社买了一百斤花发给各户纺,完了把纱卖出去,除了照样给大伙纺纱工钱,还能挣了不老少一笔呢。这笔钱不能都叫他们合作社办事的人自个分了,得拿来按各户纺的纱多少、好赖,给大伙分摊。”

老伴说:“可也真是民主政府才能这样办事,要说以前伪满那时候呀,嘿,不克扣你工钱算不得了了,这挣下的钱还不早就进他们的腰包了?”

“爹,咱们家属要成立妇女会哪,说是要工友家属都要生产。纳鞋底,纺纱,还要学文化。那是你们宋厂长帮合计出来的好主意。刘家大嫂邀我也参加,你说好不好?”

“那还不好!”老崔头应了一句。

老伴马上说:“现在你也说好啦?起先人家解放军刚来那工夫,你还说这样的军队,穿的戴的都不像样,怕成不了事,担心把工厂给胡弄荒了呢!”

几句话好比把镊子,挑开人的伤口,老崔头听了就一愣,饺子吃得没有味道了。他想起,去年四五月吧,苏联红军要走了,解放军进来。当时瞅着这支队伍,土里土气,哪能管理得好工厂呢?工厂要荒了,一家三口哪儿来的饭吃?那时候,工友们大伙都把工厂的东西往外拿。老崔头寻思:工厂要真荒了,只好跟人家包零活去了。可是做零活就得有个工具。本来,他平素是个厚道人,不敢做那些犯法的事，可是为着活命，也顾不了那些了。一天，正是下班回家，他故意慢走一步，等旁人都走光了，悄悄拿一把风握子挟在大衣的腋窝里边，溜出了支厂。那时候，管门岗的几个人也就闭半只眼，让工友们胡弄出去了。这以后，有时看没了人，他又拿了钻头、螺丝扳子啥的小零件东西。拿回家来，他就用麻袋装起，搁在床底下。怕生锈，隔不几天，等老伴女儿都串门去了，才把房门关起，取出麻袋把风握子掏出来看了又看，给抹上一些凡士林，完了又小心地放回去。

打今年三月以后，宋厂长到厂当厂长，教大伙工友们上课。发动劳模竞赛，号召爱护工厂啥的，闹得大伙干活都挺带劲。他每天从厂里回来都要傍黑了，再没心思去管这件事，甚至都快忘了。这两天厂里发动回忆运动才叫他又想起，“这事要不要向大伙回忆出来呢？现在工作学习都差不离，回忆这事，不是有了缺点了吗？反正我一样积极干活，努力学习，那，不就得了吗？……不过，刚才李树森说的也实在，风握子这玩意，厂里确是不好找！”

晚饭算吃好了，老伴还想要他多吃几个，可是再也吃不进去了。只好让小桂来收拾碗筷。小桂一边收拾，忽然想到说：

“爹，刚才隔壁刘家大嫂找麻包，说明天工厂放粮，咱们也明天领吧？”

“你把麻包袋倒腾出来呗！”

“你叫她往哪儿倒腾？上月的粮还有半拉袋没吃完呢！”

“爹，壁炉上不是有个麻袋吗？搁在那儿半年了，里边装的啥？”

老崔头窝火，马上拦住说：

“你啰嗦啥？女孩子没家没教！”

“我说你昨晚碰上啥鬼怪了吧，哪来的这样大脾气？”老伴看看丈夫今天实在别扭，要就是蒙着不吱声，要就是一张开嘴就是气话。她可耐不住这个闷气，拿起一只没纳完的鞋底到旁的工友家串门去了。

小桂收拾好了桌子、锅灶，看看天还早，也出去了。门外呜呜的又响着纺车的声音。

屋里只剩下老头一个人。他这才瞅到搬家以后搁在壁炉上的麻袋。寻思了半天，最后鼓起勇气，把门轻轻闭上，又小心地上了闩。完了搭上矮凳子，把麻袋拉下来。半年没去动弹它了,麻袋长了毛茸茸的一层灰尘。一挪动就飞满了一屋子,呛得呼吸都不顺畅。他解开了袋口,倒出来一把风握子、三个钻头、一块碗大的小砂轮和一把螺丝扳子。风握子起了星星点点的黄锈了。可是,上面的洋文还是老样子。他不懂,却挺熟悉。他同李树森两人使唤了好些年头了。这时门外有脚步声,他一听,赶紧把这几件工具往麻袋一塞,使劲推进床底下去。等到脚步走远了,才又小心拖出来,仔细地看了又看。

四

夜里……

老伴上床睡觉的时候说:

"明天上班记得带麻袋去把粮领来吧!"

"麻袋呢?"

"你问我要麻袋?壁炉上不是麻袋?看你又做了好人,借给谁去啦?"

"好了,好了,别烦你了,我自个找。"

"你爱找不找,起先咱们不是有好几条麻袋来的,都叫你拿去给工厂做擦油布了。真是,明儿你就搬进厂里去住得了,别回来!"

"嗨,你哪来这么大火?"

"啥火不火的,本来嘛,公是公,私是私,谁跟你拖拖拉拉,闹不清!"

"哎,别说了,没有今天这工厂就有咱们这个家啦?刚才你怎么说来的?"老崔头认真气虎虎的把被头一拉,躺下了。

老伴忍不住噗嗤一笑,说:"我说你呀,肚里就那样窄,搁不住人家一句话。心里要真有啥,叫人一激,包管都漏出来了!"

老崔头却赌气不搭理她了。

老伴见对方不吱声,停一会就问:"怎的啦,不言语了?"

老崔头真是不言语了。想早点睡,明儿好上班;可是真怪:眼皮老合不上,耳边老是李树森的话,赵辉德的回忆;加上支厂长的微笑又在眼前晃。……他寻思:明儿拿回去吧?!不说工厂不会荒,倒是一天天进步;别再发愁没工做,要自个去包零活了。这玩意厂里正需要,把它白搁着,不是……不过,拿回去又怎么个说呢?也得上台去回忆吗?上台去,那么多人瞪着眼瞅你,完了还噼噼啪啪鼓掌……我现在回忆出来,正是思想有进步,把工厂真是当作大家庭哩!

老崔头反过来转过去的寻思,合计,到老半夜,窗上的月色都落了,他才迷迷糊糊地睡着。

第二天,老崔头一早起来,头也轻了,鼻也通气了,身上来了一股劲。脸都顾不上抹就只管捣动麻袋去了。他把麻袋解开,用手捅进麻袋里去,把里边那几样东西,一件一件都摸到了才放了心。老伴弄好饭,帮他把饭盒子装好,又用手巾包了,搁在窗台上。完了才催老伴吃饭。

老崔头吃过饭,没等工厂响汽笛就背着麻袋走了。老伴在后面拿着饭盒子撵上两步说:

“看你急得饭也不带啦?——袋里装啥?又拿啥东西往厂里搬啦?”

“拿来,拿来!你嘈嘈啥!”老崔头接过饭盒子走了。

厂里现在还挺静。昨晚下过雨,这碎石铺的道,好比洗过的一样干净。客车厂门前蹲着好几辆卧车、邮政车和头等客车。都是刚釉得挺新,玻璃那样明亮,里边绿色的丝绒窗幔,配乳白的灯罩,可美的不能说了。老崔头留意看了看,觉得这都是大伙工友一样一样做起来的,心里可乐了。

今天又数他头一个先到,厂门还关着。他推开大门扇上的小门洞进去,把银洋一样大的铜号牌往牌板挂上,完了他才到他的工房,开开衣柜,把肩上沉甸甸的麻袋放进里边去,又脱下蓝色制服盖在麻袋上,然后将油腻的工作服穿上。工厂还睡觉哩,白天那样嘈嘈那样爱动的机器,现在都不声不响,一动不动的蹲着。

老崔头到处都看了一遍。看看“五一二”号车头锅炉的钉眼都铆得差不离了。他伸手去摸了摸,自个点了点头。最后才走进学习室去。黑板上贴着一张写得整整齐齐的正楷字。这是昨晚新贴上的吧?他上去一看,原来是调整工资的条例。上面说明,有那几样条件就升级,犯了那几样就降级,啥条件就能保持原俸。他看一条寻思一下:

“咱合哪一条呢？‘第一，工作一贯积极负责’……这条咱有，比方去年冬天佳木斯江桥那份活，有一回组长不在，支厂长说，要赶一星期工夫完成，我就领着大伙，猛干三个夜也没睡，这能算上积极负责吧？‘第二，学习努力，思想有进步。’这我也差不离……”

老崔头把能升级的六条都拿来跟自个平时的工作学习比量了一番，认为有五条是够格的，心里可乐了。一个人坐到每天坐惯的座位去，等待上早课。

这时，好几道金色的光线，射到南边的窗户里来，窗台上一盆凤仙和一盆海棠开着火红的花。麻雀在屋外的树上唧唧喳喳的闹着。

老崔头又寻思：

“晌午开回忆会时候，我就第一个上台去。我说：‘我也有回忆！’……不，我先不说话，我提溜麻袋往台上的桌子一搁，叫大伙都注意。完了我说：‘大伙同志们猜猜，里边装的啥？’紧接着，我就说：‘我对不住工友和同志啦，我不该自私不是？我拿了工厂东西，我是个人自私。现在我脑筋也开了，工厂是咱们工友自个的大家庭。我把东西都拿来了！’完了，我再把麻袋解开，第一个拿出风握子来……”

老崔头正想到这，门口叮当开了，支厂长走了进来。他一见老崔头，照样是眯着眼笑，说：

“今天又数你头一个先到的吧？”

老崔头怕人家知道了自个才想的事似的，脸一红，站起来发愣。支厂长朝黑板上摆了摆头，问：

“你看了吧？调整工资条例你有啥意见？”

老崔头顾不上回答，倒是认真地问：

“工资啥时候讨论呢？今天不回忆了吗？”

“回忆还是要回忆，晌午开。讨论工资就搁在早上文化学习那个钟点吧，你说怎样？不行吗？”

“行。哪能不行呢？……”

支厂长看看老崔头想要说啥的样子，马上接过来问：

“那你……？”

老崔头说:“我说,支厂长,反正我这个人你是明白的不是? ——”

“那,我明白,咱俩在一块干活,不多也有十来年了,谁……嗯,坐下谈吧!”

他们两人就坐下来。老崔头挺认真,也挺不好意思地直瞅着台上,避免同支厂长的眼光相遇。停一会,说:

“你知道我是不会说话的人。”

“是的是的。我们都知道你是个好工友——埋头苦干!”

“那,我回忆时候不上台去说行不行?”

“回忆? ……不上台,可以呀!”

“你帮我对大伙说行吗?”

“行!”

“我刚才自个想了老半天了,就怕一上台去又说不出来。”

这时,支厂长严肃地盯着他问:“你要回忆什么呢?”

“我要回忆早先拿的东西。早先不是吗? 大伙都……”

支厂长赶紧问:“你拿了啥?”

“风握子! ……”

“呵! 那好,好! 拿来了吗?”

“拿来了,还在衣柜里搁着呢!”

支厂长马上站起来,拍拍老崔头的肩,说:

“走,走! 咱俩去看看! 噢,多一把风握子,咱们厂的活,不到月底准能完成了!”

晌午,工友们正吃晌饭时候,职工总会又照例开始广播音乐、时事、各支厂消息了。工友们都端着饭盒子凑合到扩音器的跟前去。一边吃,一边听。

扩音器说话了:

“工友们请注意,工友们请注意! 铆工厂工友崔诚恩,他早先拿回家去一把风握子和其他零件工具,今天回忆出来献给工厂了! 这种大公无私、真正把工厂当作自个家的精神,值得咱们大伙工友学习……”

大家听到这，一呼啦，都乐得嚷起来。李树森冷丁一蹦，端着饭盒子找老崔头去了。口里还一边吃饭，一边嚷：

“老崔头，老崔头……”

1947年10月雨天写于哈尔滨

同年发表于《东北日报》

好样的人

我一到屯上，就同土改工作队的一个小组住在老百姓家。天亮就到农会开小会，到各农户访问，夜晚开大会，不到头遍鸡叫也散不了，房东的掌柜也是起早摸黑的在外干活开会。来了四五天了，跟他都还没工夫遇上见个面。

“咱们房东是个啥样的人？”有一回，我问起小组长老陈。

老陈回答很简单：

“他成分贫农，是个劳而又苦的庄稼人。我在这儿住，就舍不得他和他的娘。”

大娘六十多岁的人了，两眼老眯着，看不见东西了；可是，很快就能从我们组里的几个人各自的语气和脚步声分辨出谁谁来。每天半夜，我从农会回来，她总是亲切地告诉我：

“老李，是你回来啦？被窝替你铺上了。”

大娘怕我们回来太晚，炕上的热气跑了，每晚都把铺盖铺得好好的，让我们睡觉时候不至于受冻。

这两天，大娘不再提铺被窝的事了，话题和口气有了改变。外屋的门才一响，就听到她问：

“谁？……老李呀？！”

“大娘，您没睡？”

“嗯哪。老也睡不着呀，见我儿子回会上了吗？”

“没有。……他到哪儿去了？”我也分担她的焦急。

“你不认识他？晌天黑夜上站去记公粮账嘛。嗳，那么晚，还不回来！”

“热心给大伙办事，很好嘛。”

“那，谁不说呢。老李，我倒不为的啥，就担心他饿了；黑灯半夜的，又是大风大雪。”

有时，我已经迷迷糊糊快要睡着了，还听到老大娘独个儿嘀咕：

“我的儿子呀，那么晚还不回来。”

农会“放地”——分田——那晚，我服下两片阿司匹林，很早就躺下了。

半夜里，迷迷糊糊地听到是村长的声音在门外嚷：

“大娘，四叔回来没有？去会上‘挑地’——选领田地——吧。”

大娘答道：“你四叔没回来哪，你就替他挑一块得了！”

村长说：“哪能呢。这不是旁的，挑选田地是个人分内的事，倒是要整块还是挑零碎的，得自个挑可心的才行哪。”

四嫂子醒了过来，嘟嘟哝哝在抱怨：“爱挑不挑，明知道今晚要挑地，也不早点回来。”

大娘说：“媳妇，你这就去得啰。”

“他为公家干活，大伙就不兴帮他挑地？”四嫂还是在抱怨。

“四婶来吧！真对不起了，这不比旁的活路，别个哪能包办代替。来吧，大伙都等着哩。”

“去吧，去吧。挑北昌垄那边拉地好，不怕涝。要是旁人挑完了，就要南坡头那疙瘩也不孬！”大娘叮咛着媳妇。

“知道，知道。你叽叽啥？”四嫂把门砰一下，往回关上。

接着，院里雪地上响着嚓嚓脚步声，狗汪汪地直叫。

"我的儿呀,那么晚还不回来!"大娘又独自个嘀咕。

第二天一早,老大娘和四嫂子娘俩,不知嘀咕的啥,把我弄醒了。细听,老大娘问:

"我说,闻学,你又不吃饭就走啦?"

"站上有饭。等会,会上送去。"这男人的声音听起来挺熟似的,好像在会上常听到,就是联想不到他的脸面是怎个样儿。我掀开被窝,想看看。屋里还是一片昏暗,什么也认不清。

四嫂尖起嗓门喊:"你就不能少去一天?"

"少去一天?人家赶夜还怕送不完,倒有你说的……"

"得了,别充能耐。会上那么多人,没你这块料能怎的?再说,谁同你那样:王八吃秤砣,死心眼。"

"人家也没有你这样,就知道护己!"

"啥虎鸡虎狗的?你怕我担心你……嗳,我不说,随你爱怎的就怎的。等别人都送完了,把自个的拉下,过了期限,看你怎整?"

大娘这才插上嘴说:

"对啰,闻学,把咱们公粮也送了吧,你就不能少去一天?"

"嗯哪。"闻学哼了一声,好像正寻思着哩。

稍停一会,闻学忽然欢喜地说道:

"妈,别着忙。还有两天,咱们赶后尾送,能赶上趟。"

门砰一声关上,院里的雪地上嚓嚓地响着脚步声。

晚上,大娘知我还不舒坦,没到会上去。媳妇抱小孙子开会去了,屋里只剩下我和她两人。

外边落着雪花,豆油灯的火光异常柔和而宁静。大娘拨开火盆里的草灰,点燃她的长烟袋,长久地吸着。完了,又向我继续诉说昨晚没讲完的旧世界那些悲苦日子:

她说,这个尹闻学原来是她姑姑的儿子,姑姑孩子多,日子过的艰难,闻学生下来时候,他娘都不想要了。闻学才四五个月,大娘就把孩子抱过家来当做自己生的一样,拖带起来。虽说自己也缺吃愁穿,可是,一想到日后年纪大了,有个人照应啥的，也就甜的苦的把他拉扯到今天。闻学十二三岁就给人当半拉子，到二十岁才跟地主耪青，种上一垧来地，后尾就在大地主家扛大活。上过三年冬学，自己挺用功，晚间要看书没油点灯，就点香头照亮，一行一行照着读。就这样，认到几个字。在这屯子，除了人家地主那些秧子会写会算，穷哥儿们都是“两眼一线黑”。闻学能认几个字，如今会上有啥文书公事来往，就得摊到他的份上来了。

大娘还说：“闻学这孩子就是胆子小呀，做啥，也不敢有个错。”

紧接着，大娘还告诉我：去年村上叫闻学领弟兄们上拉林县去拉砖瓦，给他带两千块钱做吃喝。去了两天一宵，才只花上三百块。回来把剩下的都还回去了。村上公所会计说：“就买一斤豆腐干和几斤麻花对付着吃了。”说得大伙打心眼里高兴，都说：“闻学，你给大伙办事嘛，该吃还是吃。吃不饱也干不好活。”

“老李，我的儿子就是个实心眼的孩子呀！”

经大娘这么一讲，叫我好奇更大了。心思：到底哪一个是闻学呢？是不是在农会里，成天挂着只小皮包，成天闷声不响地趴在桌上，计算着土地分配数的文书员？是不是老在会上热情地照领着小伙们维持会场秩序的那位穿斜纹布衣服的高个子？是不是为着赶不上参加去南满的工作团而懊恼好几天的小矮个？是不是那天在出公的粮会上第一个上台，哑着嗓门说话，把自个的产量彻底报出来的那个人？要不，可就是每天开会之前，领着大伙唱歌的那位宣传员？

几天来，接触过好些穷哥儿们，他们都是那样敦厚可亲，都是那样整天整宿地为着大伙的福利而忘了睡眠，忘了自个的家。

可是，闻学到底是个咋样？有一回，我向农会一个干部打听。那位干部答道：

“可老实了，好样的！——你不是住他的屋吗？”

“老遇不上，一直没见过面啊。”我只好感慨一番。

现在，小学校的教室点着七八盏豆油灯，六七十个贫雇农分成了小组，一堆一堆聚到灯光旁边。

我从这个小组转到那个小组，听听农友们怎样合计，怎样写下的人名：

“尹闻学，中！好样的，写下。”

在这个组,听到如此肯定,到那个组又见在候选名——尹闻学名下打圈圈。我还疑心他们马虎、随大流,听到旁人说要选,自己也就照样行事。没料,再往细听,其实,人们都是压着嗓门交头接耳说悄悄话,不说别组的话听不到,就是本组的人说话要不留神,也不易听得清。

一会,开票结果,黑板上尹闻学的名字下面,得一个"正"一个"下"。有人就问:"一组一票,总共才有七个组,干啥尹闻学得八票?"

"有张票写他两个名。"唱票的人说。

"那不算。"

坐在桌子上的一个老头说:"拿我看,也算。多写他两回,可见他就是好样的,有人拥护嘛。办事能带头,有号召力,难怪大伙拥护是不是?"

"嗯哪!"好几个声音一齐附和。

这时,工作队老陈悄声对我说:

"乡亲们的眼睛真尖呀!我打心眼捉摸的几个人,也都叫他们看中了!"

候选人都得上台讲话。这时,心想:这回可好好认识我的房东了。看他是不是我早猜想的那几个人里头之一。我极力朝前挤,好看个够。谁知道,唱票人唱到尹闻学名字老半天了,也没见人站起来。

"尹闻学!"谁大声地再喊。

"当干部还摸不开哪!"

"又不是新娘子,害啥鸡巴臊!"

人们你一句,我一句,带着笑声。

"他在站上记公粮账还没回来吧?"

"他不在也中,反正他为人是好是丑,谁不明白。"

候选人个个讲完话,紧接着就选举。结果,尹闻学被选为以贫雇农为骨干的新农会的带头人了。

我满怀欢喜地回住处,一进屋就赶紧向老大娘报喜:

"大娘,闻学哥叫大伙选做农会主任了!"

"嗯哪!"

老大娘也乐了。紧接着说:

“你的四哥早先也在农工会当干部来的——”

“啥时候？”我赶紧问道。

“打小鼻子日本才走不多时候呗。那时辰吧，咱也不知道干啥，反正呀，人家叫去就去呗。尾后，看农工会那些个人，有的贪污，做坏事，有的做地主狗腿子什么的。你的四哥是个正直人，又说不过他们，我就叫他干脆不要去了，省得日后沾包。嗳，真有报应呀，前几天大伙斗争那些个人，见到了吧？他们就是早先当狗腿子的坏蛋呀！”

“现在不是以前的农工会了，现在是贫雇农大伙当的家。”

“那，我明白。要不，我能让你四哥起早摸黑地给会上弄这弄那嘛。今儿个，才真是咱们穷人捞到好处，真正翻身，是不是？不过，老李，你看你四哥当主任能行吗？”

“行！不行大伙还能选他嘛！”

“嗯哪！”

这是偶然一个机会，我朝火车道的一个小站去了。

这里成了临时的公粮接收站。农民们为着支援前方的自卫战争，在这里，他们用战斗的姿态，驱赶他们的爬犁，紧张地搬运麻袋，虔诚地倒出支援前线的公粮——豆子、高粱和谷子，人们那样川流不息，那样欢欣鼓舞地奔波，雪花在乳白的天空静静地落着……

我正在凝视着这庄严的场景，一个声音，冷丁地呼唤着我：

“老李，你来啦，冷啊！”

回头一瞅，一个中年人对着我微笑。冰霜把他的帽檐全封住了，就像镶着一圈棉花似的。他身上的军用大氅破衣啰嗦的，衣领的羊毛脱了大半了，腰里扎一根麻绳，靴的顶尖堆满了雪。他，高高的鼻梁，黑黑的眼珠子。是个常见的善良朴实的农民。

“你不认识我吗？”他的眼光好像这样问着我。

我正在疑惑，秤台旁边一位农会的财粮委员记完了账，过来对我说：

“老李，不认得？他就是你房东掌柜尹闻学哪。”

“呵，呵……”我可乐了，习惯地除下手套要跟他握手。旁边冷丁一呼啦：

“搬吧，快搬！”大伙都往秤台那边拉去搬动着粮袋。

尹闻学也赶紧凑过去，很快就扛上沉甸甸的一只麻袋，往粮堆走，一晃，挤进纷忙的人群里去了。想跟他多说句话，已找不到他的影子了。真遗憾！不过，即使是仅仅见一面，我却像跟他作过促膝长谈似的，心里很是快慰。

1947 年 12 月 14 日作于拉林尹木铺

发表于同年《东北日报》

还　乡

火车在一个小站停下来了。

孙玉宝穿上棉大氅，背上背兜，扎着腰带，正要下车。他把门一拉，冷风挺硬，脸像叫刀割似的，赶紧把狗皮帽耳朵拉下来，顺便把大氅的领子使劲往上掇，车台的铁栏杆冰得都要沾手，哈出来气，一落在帽边上就冻成霜了。天气冷得叫人都怕出门。站台上只有一个管红绿信号旗的人，冷冷清清，看不到往日站台那上上下下忙碌的旅客。本来，孙玉宝心想会在站上遇上个把熟人一道回家的，可是现在看这情形，只好自个儿走了。他蹲下来，系上乌拉带子，等列车开过去以后，就跨过铁道，朝西边的小道走去。

昨晚间落了一宿大雪，如今地头无边无际，好大一片都是一色白的，就同镀过银一样。

晚晌了。日头好比切开半拉的咸鸭蛋，挂在乳白的天边。一只狐狸拖条长尾巴在坟圈子前面寻食，耷拉个脑袋，拿鼻子往地上直拱。孙玉宝停住脚，仔细一瞅，认出是狐狸来了，乐得了不得，赶紧往肩上取枪，一摸，这才发觉枪不在肩上好些日子了。自从那天在火线上大腿上受了伤淌了一滩血,他的枪就叫排长暂时拿回去了。后来他就昏昏沉沉躺在担架上,醒过来时,已经是躺在白布单铺着的病床上来了。躺上个把月工夫,就像过了好几年那样长。真恨不得又拿起他的“三八”大盖,背上炸弹,又像那回攻打四平的白楼那样,一个人就撂倒七八个,打开一个大口,等到二排全上来了,一鼓气,把敌人的据点拔掉了。那样的战斗,多么痛快、利索啊!

本来经他三番两次地叨咕,上级已经接受了他的请求,让他提早回前线去。因为一时没有车,走不了。这么一来,他就想起了他那一辈子挨饿受冻的母亲。现在人家旁的地区,穷哥们都斗了封建地主,分了胜利果实,过了好日子。“咱的屯子怎的了?备不住还闹‘夹生’啥的,老百姓还是没真正翻过身来?回去瞧瞧,看老财们要是不垮,非烧它一把火,把它搞透不解。一定得使后方的‘小蒋介石’也垮个溜干二净!”前天晚晌,他把这个思想告诉了上级。昨个下晚,上级跟他说:“趁着新年回家一趟也要得,可别叫扯后腿呵!明天,最晚也得后天准定回来!”这样,他跟政治处取了路条就回来了。

这只狐狸好像也知道他没带枪似的,一点也不怕,照旧耷拉着脑袋,拿鼻子往地上直拱。孙玉宝干发急,两只手乱摇晃“啊——啊——”吆喝了半天。狐狸一惊,拖起尾巴跑了。

孙玉宝又继续朝前面的屯子走。道上的雪有寸来深,见不到一个脚印,驴粪蛋也都叫雪盖了半拉,小道不好认出来。可是,这嘎哒,就叫孙玉宝把眼睛眯着走,也不会掉到雪坑里去的。他当小猪倌、羊倌、半拉子、榜青、扛大活,这么些年,就在这近边打转转。不管是道道、田园,还是坟圈、树林,这些就跟他自个衣裳的纽扣那样认得准。就说是那样大的雪,把地面盖的那样严实,他也能指出这几垄早先是谁租崔胡家的十垧地,那几垄是谁跟大粮户赵大院榜青的两垧平川。他知道这一片地,要种豆了,一垧地不离的都能打四石;要种高粱,侍弄得好,打六石还挂点零……

孙玉宝看了看,心想:

“道南那两垧才是二洼地哪,旱涝都不愁。这是崔胡他家的地,那年跟他好话说了九千六,怎么的他也说不零租。他妈巴子,这回看他还零租不?……嗯,看今年种的啥?”他当真走到地里,拿乌拉去踢开雪。“麦茬!这两垧准打上八石!哎,要是家里分到这块地就带劲了!”

去年也是十冬腊月时候,屯里才嚷嚷要斗争恶霸、地主,要劈地、劈房子啥的,人家大地主正要往城里躲。紧接着村里就来了打胡子的八路军。起始他也跟大伙一样,不摸底,赶到后来慢慢的知道这八路军挺好,跟穷人一家子人似的。等到他们开走的时候,他就跟着参军了。在旁的地区,他看到老百姓起来闹翻身,诉苦、清算、斗争、砍大树、挖浮产,真是轰轰烈烈。有几回,见旁人诉苦,他就想起自个在早受的那些罪。他寻思,那年跟崔胡家耪青,起早贪黑的,把人困得早晨吃饭时候都打盹,一边还怕人家打头的骂,手直哆嗦,筷子掉下地也迷迷糊糊不知怎么回事。再说,爹死的那时辰,眼皮都没闭上呵。临死前,爹含着眼泪说:“玉宝,你爹去后,怎的也给找几块板凑合一副料子啊!”可是,到底爹还是没有棺材,只用秫秸卷上就埋了……他一想到这,鼻子就酸酸的,眼泪淌下了。真想也上台去,把地主揍一顿解解恨。

现在,他回来了,心思:“今个晚上,农会要是开会,我得坚决上台去诉苦,把那些个冤屈事都兜出来……完了,顺便宣传前方打胜仗的消息。大伙准是欢迎唱歌子吧?唱个啥?《没有共产党就没有新中国》?老掉牙了,人家还能不会吗?唱个《参军去》?嗯,这不着忙,临时再说。只怕老百姓还没发动哪!老财垮了不呢?要不垮,我非烧它一把火不解,狗日的!……崔胡家,他妈巴子,看他还有啥招!……”

他一边走,一边想,已经快到村边来了。村边这趟榆树,全都挂了“树挂”,就像三月天开满了花的梨树园。一只喜鹊在树枝上一飞,雪,一片,一片,像梨花一样落在他的衣领上。

孙玉宝的家就在东南拐,是一间单独的小房子。他抬头一瞅,房子还是那个样子,屋檐挂有几码苞米穗。烟筒上见不到冒烟,心里不觉凉了半截,早年凄惨的情景又在他眼里晃起来。他寻思:“难道妈又……”好像头一回上火线那阵,心跳起来了。

他拉开门进去,屋里比外边还冰凉似的,北边拉墙,全是白花花的霜。里屋的门,挂的是草袋子做的门帘,当间还破了个大窟窿。他越看越懊丧。心里不觉说了一句：

“这叫啥翻身呀？还不是外甥提灯笼——照旧！”

他掀开草袋子门帘，进里屋去。一看，炕梢的柜子没了，露出半截炕没炕席。上面，尽是些破烂：乱麻绳、“破铺陈”、缺把的茶杯、没有缝上的鞋帮啥的，还有撒了一炕绿豆和茴花子。在炕头，一堆麻袋和破烂的尿臊被下面露出一头蓬乱的头发。哼哼唧唧的。

“妈！”孙玉宝叫了一声。

蓬头发蠕动一下，睁开眼，迷迷糊糊瞅一眼，马上耷拉着眼皮，又钻进尿臊被里去了。

“这是谁呀？倒是咋的啦？”孙玉宝可是急了。这早先明明是他的家！不，不是自个的房子，是租人家崔胡家的。备不住这一年来，大哥遇上啥变故，交不起租啥的，叫人撵了？旁处人家穷哥们翻身，房子、地、马匹、衣裳……说那样那样不缺。咱们这地方怎么弄的？准定是“夹生”？坏人捣鬼！他妈巴子，等我收拾他一家伙！玉宝这十八九岁的小伙子，脾气可是好炸，一劲的火往头上冒。

他出门外来张望，也拿不定先干啥去。看人家西边拉的大院套跟那几家老财的烟筒冒的蓝烟多欢呀！他恨恨地骂道：“他妈巴子，这嘎哒地主有鬼了，还不垮！”

这时，西边街上来了一个穿新蓝棉袄的小嘎。老远就喊：

“同志，找谁？”

孙玉宝当他是老财家的小犊子，装作没听见，只管朝前街走。小嘎三步两蹦地赶上跟前来，热乎乎地拉住孙玉宝的手。

孙玉宝觉得这人怪陌生，想不起这是谁的小孩，加上自己懊恼得不得了，对他爱理不理。

小嘎看他有点“隔路”，马上收住笑，机灵地，眯着眼打量他一下，问：

“你到这嘎哒来干啥？”

“回家来呗，干啥？看你问的？”

“你回家，干啥到这地方来……？”

“这不是我的家吗？”孙玉宝眼睛往小马架瞟了一眼。

“这是人家老财的屋了。”

“他的屋子怎的？我有钱给租，他还不给我住？”

“啊！你是？”小嘎歪着脑袋瞅了瞅。完了，他问明了孙玉宝的名字。才笑着说：

“喏，你是金宝的兄弟呀！你闹错了！你才到不是？我说呢，我当你是谁哪？你家不在这啦！……”

“在哪？……”

孙玉宝又惊又喜，摸不开倒是怎么回事了。

小嘎说：

“你还不知道？来吧，跟我走。我领你去。”

这时，孙玉宝问起他来，才知道他是今年六七月打三区搬来的新户，姓阮，小名叫拴住。

走到半道，看老远来了一个穿青花旗的羊羔皮袄的人。孙玉宝低声问小嘎：

“谁？”

“你认不出来？”

“赵大院的二秧子吧？”

“赵二秧子早都垮个蛋的了，还让他这样神能得了？”

穿皮袄的人到跟前来了。他小时候也给崔胡家放过马，脑盖叫马给踢了一个窟窿，差点没死。现在左眉毛上还有个疤。人比早日胖了，要不是这个疤，孙玉宝就认不出来。

“佟二哥，好吧！”

“啊，你是……玉宝吧！穿上这西服，都认不出来了。才到吗？正赶趟，去吧，晚上咱哥俩再唠。”

他好像才喝过酒，脸上发红。

小嘎一边走，一边告诉孙玉宝说：他原先住的屋给了崔胡家了，他的家劈的是崔胡大院套的东上屋。军属的都劈到好房。劈的东西也是比别人劈的多些，还让在头前先挑……

孙玉宝边走边瞅,这一排房子周围也都翻了个的样子,家家户户都围上鲜红的秫秸。屋前屋后堆着谷草、滑秸。院里拴的不是马就是牛。小鸡三个五个的,到处都是,有的屋前蹲着几只鸭子。

正是早日崔胡家的大院套。一进了正门楼,一匹黄骠马叫啸起来,拿它一只白蹄敲打地上。孙玉宝一看,上屋的东屋门窗,挂上一张木板牌子,上面写是:

参军真光荣

孙玉宝在早是个一斗认不出三升的睁眼瞎子。到部队去一年,学了文化,才半拉咔叽的认得几个字。他对这牌子瞅了半天才认得“参军”“光”。“真”字和“荣”字就跟夜行军看树林子似的,密密登登,认不出是啥。可是他心上忽一下闪亮了,分外乐得不得了。这还不是因为自个的家搬到暖坑上来了,而是心思这院里没有老崔的声音了。在早时候,他走过这东屋的窗下,都得加小心哪,脚步也不敢迈大了。有一回夜里,他出外,才拐过这窗下,打头的老佟,在黑地里吓唬他一下,他当是有鬼,发了毛,只顾得拼命跑。惹得崔胡发了脾气,吹胡瞪眼地把他喊到炕前来,叫跪下。那老家伙抽了半宿大烟,迷迷糊糊睡觉了,到鸡叫三遍也没叫他起来。打那以后,这地方就同阎王殿一个样,路过时,魂都得掉半拉个。如今,可倒过来了。小嘎说:“刚才躺在那小房子的蓬头乱发的婆娘就是崔胡家的大媳妇,她正耍花招,装病哪。”

孙玉宝家口少,就是妈妈,一个哥哥和嫂嫂,还有一个抱在怀里的侄子。现在不知到哪了,屋里一个人也不见。一会,西屋老苗家的老大娘听有人来,过来看看。她在早也是没房没地,一家人就靠卖功夫过日子,吃不上穿不上。现在也好了。穿一身青斜纹棉袄,棉裤腿还扎一条青腿带,戴顶黑绒帽,嘴边吊个翠玛瑙嘴子的长烟袋。她告诉玉宝说:她妈叫农会请去坐席哪,还没回来。大哥去南屯起果实,嫂嫂抱着小孩到妇女会的屋去开会。

老大娘有好多话要问孙玉宝似的,才要往炕沿坐下,她的小孙女在西屋就哇哇哭开了。

“你看,又闹了！什么呀？哭,哭!”老大娘叨叨叽叽的走了。

孙玉宝取下背兜,找不到地方挂就撂在炕上。对小嘎问:

“农会今天办啥事要坐席?”

小嘎说:今天是农历大年夜,农会特意做了些菜,请村里的军属去吃顿饭。另外,昨个还给每个家军属五斤面,五斤猪肉,叫明个包饺子。

“你真有口福,回来正赶趟!”小嘎说。

孙玉宝这才看到北墙边的柜上,搁着一块猪肉,一盆白面。旁边还有三四棵白菜和一把葱。

本来,规定没有房子的,五口人,劈两间。因为孙玉宝他家是军属,给劈了两间半。里屋还有南北两铺炕,是他哥嫂住,这外面是他妈。这是瓦房,板棚,住上两辈子也不爱坏的。人少,家私也少,显得空一些。可是,收拾得倒挺干净利索。炕梢被格子的玻璃,东大墙的躺箱,大镜,两尊兰花的掸瓶,一只坏座钟……样样都擦得净亮。门楣上还挂一张架,画的银松树,旁边立着一只鹤,东边冒出柿子一样的日头。这些都是劈来的东西,标价的“飞子”还贴在上边。另外,还有一个青绿色的大玻璃瓶,装着多半瓶清水,里边有两条泥鳅游动得挺欢。

孙玉宝看了看,好像那回挂彩昏倒,醒过来时候,见到同志们围在身旁,可是乐得了不得。

他在车上熬了一天一宿,困的不行了,就躺在炕上歪躺着。小嘎爬在炕沿,不肯走,耍癞皮似的,央求道:

“你教咱们唱新歌子吧!”

“不会,我不会新歌子。”孙玉宝笑着回答。

“哪能呢？人家去担架队才几天都学了不老少,你参军那么些日子,还不会？你不唱,等下叫大伙来‘悠’你!”

小嘎十三岁了,鼻涕还是老没个断,鼻孔外面像两条水沟似的。可是,眼睛倒是挺灵,两条眉毛像倒写的八字,好像啥事在他眼里都漏不过去。

孙玉宝觉得穿大氅躺下鼓鼓囊囊的,怪别扭,起来把它脱了。这一下,他怀里别着的两只耀眼的小牌显出来了。小嘎一瞅,歌子也不要听了,两只眼睛直直地盯着这新鲜的玩意。这两只小牌子，一只是银色的五角星，中间是毛主席的像；一只上半拉是白洋磁底，中间是红鲜鲜的五角星，两边是两穗金色的麦穗护着，下边就是红底金字。

“多神！是个官儿吗？”小嘎一下子摸不开说啥，直瞪眼珠子，不动。

“怎么的了，不哼啦？”孙玉宝又躺下来，把大氅盖上。

小嘎还是不吱声。他瞅了瞅板壁的一张小镜框，那上面是两个人合照的六寸相片。是夏天的军人打扮，两个人都是十八九岁小伙子。身板直直的，像学校操场的两根架起单杠的柱子，推也推不动似的。小嘎看了老半天，完了才回头来，对这大眼睛的孙玉宝仔细比量一下，意思好像是说：“照片就是你吗？”

孙玉宝想眯一会也眯不成。睁开眼睛来，见小嘎还痴痴呆呆地趴在炕沿。对他说：

“拴住，上炕吧，来，咱俩好好唠个嗑。”

小嘎爬上炕来了。

孙玉宝问他：

“咱们屯的地主老财都垮彻底了没有？”

“不垮也差不哪去了……”小嘎说。

这下说到节骨眼上来了，人分外有了精神，他把村里搞土改、斗恶霸的情形，比手划脚地一五一十告诉了玉宝，临末还说：“咱们算是彻底翻身过来了！”

“‘眯’在外地那样的，还有没回来的吧？”孙玉宝问。

“咱们村的几个，早先有跑出去的，现在有的叫找回来，有的自个就回来了。”

“跑了怎么自个还回来呢？”

“他不回来往哪跑？到哪村里住得下？现在没有户口，就是黑人，没有路条，一步也不能走。”

小嘎一边说，一边比划。

孙玉宝方才一团狐疑，好比打春后的冰雪，慢慢化开了。在前方见到老百姓白天黑夜斗争地主、打倒封建的情景，又在眼里出现。他心想：“老百姓到处都是的，只要有共产党给他们撑腰、领路，早日受过那份苦楚、冤屈的，谁也忘不了，谁还不起来斗地主、封建？要早知道屯里已经打垮了地主老财，翻好了身，我也用不着白操那份心，空回来一趟了！咱回前方还得加油干，彻底打垮蒋介石，保住果实……”

“现在要谁当农会主任？”

“刘文河。”

“是他吗？好家伙，看他一扁担打不出个屁来，现在当起干部了呵！”孙玉宝心里乐的说着话就淌出泪来了。

小嘎说：

“看你说的，别把人看扁了。人家在早不爱说话，那是受地主的压迫，没咱们穷人说话的份。现在一翻身，脑袋瓜开了，不是哑巴，谁不能会唠两句。再说，他，人可是老实厚道，老百姓就乐意举他，在早那些光会说会唠的二流子都垮了。”

“村长是谁？”

“是东道沟老吴家的老大，吴海峰？那小子可不‘善’，今年七八月间出担架，他负责领咱们五区的担架队，扛了一面模范大旗回来。”

“吴海峰？就是那小子……”孙玉宝自个打心里捉摸起来。在“八一五”以前，他牲口吃了孙玉宝的苞米，两人打了一仗，后来两人见面一直也没有说过话。现在听说到他，心里还是不舒服。心思：“别说他的事了吧。”

他赶紧问小嘎说：“人家农会啥都好，你们儿童的组织起来了没有？”

“咱们不敢说好，可也不落后，吓！”

“谁当儿童团长？”

“当团长不当团长还不是一个样。反正都为人民服务，大伙的事大伙办呗！”

“是你的团长吧？你还是个‘官’哩！敬礼！”

小嘎脸红了，却马上带着骄傲的神气，盯着孙玉宝，好像问人家说：“你笑啥，笑我不行？吓！”

孙玉宝瞅着小嘎，自个在心里打算盘：“农会，民兵，儿童……”

“妇女也发动起来了吧？”孙玉宝问。

“哪能不起来？人家可积极哪！”

“谁当的主任？”

“你问她干啥？不告诉你！”小嘎顽皮地，歪着头瞅孙玉宝。顺手去摘人家怀里的小牌。问：

“这是啥牌子？”

孙玉宝按住，说什么也不让动。后来叫缠得没法，就说他要认出上面的字就让他摘下来看。在孙玉宝心思，小嘎在早时候，成天就跟几只猪屁股转，哪去认得上面的字？这故意给他出的难题，省得给他打麻缠就是了。谁知道，小嘎今年翻了身，上了一年学，东一个西一个的认了不老少的字了。他就先在银色的五角星上，一个角认出一个字。一字一句的念起来：

“为——人——民——服——务！你说对不对？给摘下来！”

“不，念完第二个一块给你摘！”

“好！你把手放开。”

这是细小的字，小嘎把眼睛都贴到上面去了，半天才认出一个“战”字。第二个像个“开”又不像。后面那两个更加困难了，密密麻麻，啥呀？小嘎的鼻尖都冒汗了。

眼珠睁得铃一个样，也不哼。

“认输了吧？这下看你可没咒念了！”孙玉宝笑着问。

小嘎好不服气，可是，又说不出话。

孙玉宝把两个牌子都摘下来给小嘎看，还对他指点说：

“这个五角星是花钱买的，谁也能戴。当中是咱们毛主席。上面五个字你刚才说对了，‘为人民服务’！是毛主席告诉咱们的话。另外一个就不是买的了！”

“捡的吧？”

“捡的？好玄！那是豁出命换来的哩！上面不是写的四个字吗？‘战斗模范’。”

接着孙玉宝告诉小嘎这个奖章是怎么得来的故事：说是今年夏季攻势，打四平，他一个人背上炸药冲到一个地堡，炸开了，打开了前进的道。他自个先冲到前面去顶住了一刻钟,支持到后面部队赶上来;结果,夺取了阵地,胜利地完成了任务。

小嘎听的挺过瘾。一边寻思:“人家在前方可不是拿出命来为咱们保江山怎的?咱们真该拥护前方!出点公粮,还有啥不愿意的?……”

孙玉宝又说:

“你不知道,第一回上火线,刚听到枪响,怎么的也有点‘毛’。可是,他妈巴子,枪炮一响多了,就像早时候过大年初一那样的,听惯了也不怎的。打仗可有的是乐的哩!”

小嘎点了点头。可是又挺懊恼地说:

“我今年去了三回参军,都叫验回来了。都说我人小,扛不动枪。这回我跟你一块去,中不中?”

“中!”

“说正经,不兴撒谎?”小嘎乐的跳起来。又问:“你使的啥枪?套子?三八大盖?匣子?嗯,你怎么不带回来?带回来打狐狸多好,前天民兵打了一只。狐狸皮一万多块钱一张,自个做个帽子、衣领子啥的,可美哩……”

孙玉宝拿银色五角星对小嘎说:

“这个给你吧!”

小嘎忽一下抢过来,乐得不知怎的好了,一边看,一边问:

“真是给我怎的?给我我就要了?”

孙玉宝说:

“你拿去吧!不过,有个条件,你得好好的记住上面的五个字:‘为人民服务’!”

小嘎正要说话,外屋的门吱嘎一声,进来的人跺一跺脚上的雪,完了才进西屋去。小嘎睁着眼细听,说:

“妇女会主任来了。”小嘎一蹦就蹦起来,拿起银色五角星,哗嚓推开门过西屋去了。

西屋不知唠啥?嘎嘎的直乐。

一会,小嘎回来,使劲吸了一口气,把淌下的鼻涕倒抽回去。完了,跳上炕来，把两只手对孙玉宝摊开说：

“牌子给妇女主任抢去了！”

“她咋要去了？”

“她说拿过去看一看，就不给了！抢也抢不过她！”

“她来干啥？”

“来叫西屋老苗家媳妇晚上去开会。还问你来的。”

“问啥？”

“她问你咋来的？是的，你请假回来的不是？你倒是有没有……”

“有没有路条是吧？”

“你知道就好。”

“没有咋整？”

“咋整？那，还能客气啦？照公办事，谁也不兴向情！”

紧跟着小嘎说：他们儿童团前两天才卡住一个外县的地主。那地主跟一个赶车老板，赶一挂两匹马的胶皮轱辘大车，朝哈尔滨的电道走。向他要路条一瞧，是村农会开的。村农会的路条到外县去能好使嘛？他们几个小嘎一合计，知道准是有招，便把人和车马都叫到农会来了。还没怎么追问，那家伙做贼心虚，就承认他是个地主，路条是假的，打算把车和马拉到哈尔滨卖了，就在那边“眯”起来。

最后小嘎说：

“你看，眼下没有路条，长翅膀也飞不掉！你倒是有没有啊？”

他们正谈得起劲，孙玉宝的妈回来了。

本来，孙大娘在农会坐完席，主任、村长、大伙才正在唠嗑，说前方这两天正打胜仗，打到奉天南边去了。几个老太太惦念自己的儿子，要请文书员帮写个信。妇女主任冷丁进去嚷：

“孙玉宝回来了！孙大娘快回家看去吧！”

孙大娘一听，跟做梦一样，来不及细问，连跑带颠地奔回来了。

“玉宝，真是你呀？”孙大娘推开门进，对着炕上穿黄棉军衣的一喊，“嗳呀，你咋来的？坐爬犁？要来也不先捎个信。你看，昨儿个农会送来五斤面五斤肉,叫包饺子。你嫂嫂呀,成天开会,我又忙这忙那,饺子也没空包。今个晚说是过阳历年,农会请咱们军属去坐席哪!你还没有吃的吧?看你,棉袄、棉裤、新乌拉,还有棉大氅,嘻,可没有冻的了。拴住,你也去得了!”

“谁不说呢,就人家嫌乎咱小嘛。”小嘎说。

孙大娘也上炕来,把玉宝的背兜拿去找钉子挂,掂了掂,说:

“你这是啥?”她伸手去摸,“嗳哟,书本子!我道是啥?那么沉!你们军队的也兴上冬学?咱们屯上妇女也快要上冬学啦。”

孙玉宝只是不说话,瞅着妈妈这个乐劲。她好像喝了两杯似的,话说那么些,把背兜挂好了,马上坐回来,凑近儿子身边,低声说:

“这两天听说又打胜仗,‘中央’胡子来不了了吧?”

“跑都没找到道跑哪,还来?!”

“嗯哪!我说呢!那,你还去不去?”

“咋不去?明天不等天亮就得走。”

“准定得那样紧怎的?好不容易回来一趟,等过完年再走呗。今年咱们穷人可是要美美的过个好年了。可惜,你爹没赶上!……我说,你回来一趟不容易,差不几天了,过完年再……”

“今天不是过了年了吗?”

“我说是咱们庄稼人过的旧历年呀!”

孙玉宝不知心想的啥,直瞅着炕梢被格里,叠得干豆腐那样整齐的麻花被。孙大娘又叨咕说:

“嗯哪,玉宝,你走了,农会可是照顾咱们呀:分地让我替你先挑一垧好地,劈果实、劈屋子也先照顾军属。你看看,这屋要不是翻身,咱们一辈子就说置一根檩子都怕置不起呵,别说盖这样大房子了!”

“咱们挑的地是哪嘎哒?”孙玉宝问。

“我说要挑赵大院那块靠路东的地,你大哥说啥‘场远地近家中宝’,嫌远了。就挑近边路南崔胡的地了。人家今年种的麦茬,你刚才回来看到了吧?地可也行,在早有钱也摊不到咱们买呀。嗳,翻身可是没啥说的了,样样叫人称心如意的。”

孙大娘只管她的高兴,孙玉宝也只管听他妈欢喜叨叨了,小嘎啥时候溜了号,他们也不知道。

一会,那只白蹄的黄骠马在院里嘶叫。孙大娘接着又说:

"对啰,还有外面的大黄马,那也是劈的。人家说啥'孤蹄缨榜不发家',都不乐意要。我脑筋可开了,不信那一套。看我好好侍弄庄稼,今年明年要不闹旱灾雨涝的,看我家发不发?"

孙大娘挺利索一个人,二十多岁守的寡。就凭她能耐,把玉宝哥俩拉扯大。现在快平五十了,人还是结实像颗核桃。

有人来了。院子里的雪地,吱吱嚓嚓的响。人还没进来,先就听到声嚷:

"玉宝快走,到农会去!来了,怎么不到农会去?过年嘛,难得遇上。咱们庄稼人现在都兴过阳历年了,你参了军倒不兴过?"

主任一边嚷一边推开门进来,伸手抓住玉宝的胳膊。村长在后面,玉宝瞅他一眼,觉得挺别扭似的。人家倒没有那么回事,就同见了老伙计那样。他们都特意瞅他怀里的牌子。玉宝把手握住,怪难为情的样子。主任马上挣开玉宝的手,说:

"你别装迷糊了,你送给人家能行,我瞅一瞅不中吗?"玉宝一听这话,脸红了。把手一松开,那只耀眼的奖章,主任、村长看了,又惊又乐的。村长说:

"可不是怎的,'战斗模范'!中!咱们村也光荣!老大娘,玉宝兄弟当了战斗模范啦!光荣加上光荣,好样的!"

孙玉宝听村长这样说,心里更加惭愧,觉得早先同他闹别扭,干的仗,全是自个不对。

主任真是比早日变了,变得会说话了。现在他就坐也坐不住,站也站不住。催玉宝说:

"走,走!到农会去!"

"玉宝,今晚上你给大伙演说演说前方胜利的消息吧!"

"对,对!走,走!不冷,不穿大衣行啦!"

"帽子,帽子,不戴帽子等会着凉!"

孙大娘把狗皮帽子给了玉宝。玉宝叫主任和村长呼拉出去了。

孙大娘想打玻璃窗朝外瞅他们,挺厚一层霜把玻璃封的挺严,看不见。她机灵地赶紧拿火盆里的“烙铁”往窗上一烙,吱吱发响,霜花立刻化了,玻璃亮了一大片。她把鼻尖贴上去,瞅见玉宝他们三人平排着走。她看到玉宝的新乌拉,看到他打得结结实实的绑腿,看到他轻巧地踢着雪地上的冰块。末了,听到他们三个嘻嘻哈哈的笑,随着风吹到窗纸上来。

1949 年 3 月于松花江

载《文艺生活》1950 年新 5 期,篇名为《新年景》

一对夫妻

亚茂跟兰英两人是一个村子里的。可是，在土地改革以前，他们两人从来也没讲过话。土改当中，两个人都是乡里的活跃人物，开会常常在一起，日子长了，两人慢慢的才亲近起来。到土改完了的时候，两人就结婚了。

老辈人看来都认为他俩不般配。有的就为兰英惋惜：不该退掉原先的那头婚姻，说是那人也正青春年少，跟兰英才是鸳鸯燕子一样般配呐；有的就讲：兰英这么个精细的人，挑三拣四的，倒是挑上亚茂这个人了，真是“眼镜合了眼”；有的人就奇怪，说是原先看她同振才挺亲近的，怎么一下子倒反叫亚茂拉过去了呢？不管旁人怎么说去罢，总也变不了兰英的心了。

亚茂本来是农家的儿子，十八岁那年给国民党反动政府抽丁出外当了几年兵，原先勤劳节俭的品性变了，倒是学会了一套交际手段，能言会道，见什么人说什么话。兰英感到他工作积极，又比没出过门见过世面的年轻小伙子懂事。新婚期间，两人过得倒还亲热。

冬至日子短，新婚的欢乐很快就过去了。过完了年，很快就到了打春时节，乡下的人马上要忙起来。区上派来工作同志，号召组织互助组，开展爱国增产运动。兰英跟其他青年一样，近来为着组织起来发展生产的事，整天忙来忙去，亚茂就有点不满意。

一天晚上，亚茂从外村一个做生意的朋友家饮了开年酒回来，兰英同他商量关于参加互助组、春耕生产的事，他趁着半醉不醉的神气，很不耐烦地粗声粗气地应道：

“好了，好了，这话题你说好多次了，别啰嗦了好不好？今天才开年，忙什么？不到巴掌大的地，还怕它荒了？”

“你就会讲大话。”兰英怨烦地说，“人家的粪去年早都送完了，我们家的，一铲也没有动呢。叫你砍两根竹子来编对箕子，好把粪也起了，你却东游西逛，什么也不放在心上。”

“什么东游西逛？还不就是这两天过年才去朋友家走走，你就吃醋啦，去年一冬不就守着你了？”

“呸，谁要你守着我？人家区上有同志下来啦，叫大家都要组织起来，成立互助组，发展大生产。人家讲的条条是道理，今晚各小组自己开会讨论，参加的就报名。看你什么也不打紧，不要成个落后分子啦！”

“我落后是我的名分，你爱光荣，好面子，你干你的去。我头晕要睡觉。”

“看你，越来越……”

兰英正气得没把话讲完，门外忽然有秀英的声音，叫她开会去了。

亚茂一个人躺在床上，盘算他今天同那个做生意的朋友商量的事情。

他越想，越觉得那朋友讲的对：“人无横财不富，马无夜草不肥。光靠做田工，一辈子也还是个穷。从前给地主老财拴了手脚，翻不过身来没办法，现在……”想到这地方，他更下定了决心，找老板下本钱，做买卖去。

当晚兰英开会回来，亚茂已经睡得死死的如同一座小土堆，兰英搬也搬不醒他。第二天清早，兰英才告诉他说：昨晚她已报名参加互助组了，今天就开始工作，先给振才家种玉米。亚茂一听，喊了起来：

“为什么先给他家干？是凭他年轻漂亮吗？”

“你这人怎么变成这样？要先给我家干，我们能来得及吗？田里一点粪也没有送上……"

"好,好,都是你有理。你参加是你的份,我那份地留着给人种。"

"给人种?"

"唔,给人种怎么的?政府不是有话说,土改以后,田地可以出租吗?"

"你忘本啦!你不种地干吗去?政府说的土地能出租是指没有劳动力的人家讲的。"

"你不管。现在我是翻身了,再没有地主能把我当牲口拴在地里打转转了。"

过不几天,亚茂真的离开了家,同他那位做生意的朋友一起,找到一个商人下本钱,然后到边界做贩牛生意去了。那边是盛产牛的地方,牛的价钱便宜,贩牛一趟就能赚大钱。有本钱有人力的话,一年走它三五趟,回来再碰个彩数,卖得个好价,是很容易发财的。解放前,那些大胆冒险,敢走夜路,敢偷漏关卡捐税的牛贩子,就有这样的话:"走一趟夜路,三年不饿肚。"可是,如果遇上税局的缉私队,或者牲口得了瘟疫,那就戳破了沙煲,什么也完了蛋。

兰英到底是年轻人逞能好胜。丈夫走后,有两天,心里是有点不舒服。过后,因为互助组工作搞起来了,自己又是个副组长,早上催人起床上工,晚间开会评工记分;妇女会方面还有这个会那个会的,把她弄得小风车一样团团转,时常三更半夜才回来,一上床倒头就呼呼睡了,很少再去想另外什么心事。她婆婆开头对这位能打能挑、能犁能耙的媳妇,是千谢万谢共产党毛主席给她儿子带来的福分呵。只是近来,儿子不在家,媳妇老忙,有时候缸里都晒得谷了也不见媳妇挑担水,逼得她六十多岁老太婆,又要自己去提水来煮饭,夜里还常常起床给媳妇开门,害得她睡觉也不得安稳。李大娘有时想不通就要后悔,心想:"当时没有把两人的八字叫算命先生合一合看,至少他俩结婚那日子,别人就说不太吉利。但是,亚茂脾气就这样横,急得等不了,拦也拦不住,马马虎虎就成了亲。现在弄成这样:一个东,一个西,媳妇不像媳妇,儿子不像儿子。古话讲'积谷防饥,养儿防老',六十岁的人不巴望儿子媳妇早晚在身边,还巴望什么呀!"

因为才搞完土改,互助合作怎样办,大家都没摸到经验。村里互助组,虽然普遍组织起来了，但是，人心总是不齐的，参加不几天意见都出来了：不是抱怨你出工晚了，就是嘀咕我的玉米地给耽误了。有的丈夫愿意参加，老婆扯后腿；有的地里忙下种，正需要人工，组里的人却要去赶圩游逛。一些没有参加的就在旁边讲风凉话，唱歌谣：

互助组，互不助，

裤子破了没空补。

不久，村里一些不是自愿互利组织起来的互助组都垮了。兰英这一组，问题也是有些，兰英只好日夜奔波，到这一家那一户去串联谈心，讲道理，召集开会什么的要把互助组坚持下来。顾得大公家就顾不了小家庭，弄得家婆懊悔怄气。

时光过得也真快。旧历四月初八节过了，农村里正是青黄不接的时候。一天傍晚，亚茂回来了。他可变了个人样：一件白柳条的府绸上衣，一条滑溜溜的点梅纱的裤子，手上还带只法国的防水表，嘴里还镶了颗亮闪闪的金牙。手上提着斤多两斤的五花肉和一串油炸豆腐，胳膊上挂着一把新的洋布伞，伞把挂了条皇后牌新手巾。老母亲做梦一样，擦擦眼睛，半信不信的瞅新媳妇似的望着儿子。儿子把伞往墙上挂了，转回来就问：

"兰英到哪去啦？"

"谁知道，三脚猫一样，哪处不去？谁管得住她。"

"做饭吧，我买回猪肉油豆腐来了……"

"做饭，没水怎做？"

"她连水也不挑，干什么去啦？"

"不挑水打什么紧。我又不是鱼仔虾公，干死不了。只是年轻轻的妇道人家，每天三更半夜才回，太不成话啦，成日成夜什么互助合作的，闹来闹去，人家的闲话能装成几箩了……"

"算了，别啰嗦，挑水煮饭去吧，今晚同她算账。"

"挑水，桶早就脱了底啦。"

“再买个新的嘛。没有桶就不吃饭了?”

“哪来的钱买。”

“有的是银子,没有钱?”

亚茂摸摸他鼓胀的口袋,气愤愤的往门外走去。

晚上,吃完饭,兰英忙着要去开会,没心思听家婆的啰嗦,也不理丈夫叫她帮洗汗衫什么的,才放下碗筷,就到互助组开会去了。亚茂先也不理会她,一个人自己忙着算账、数票子。邻居们知道他赚了钱回来,都来寻他玩。有的是来打听外边的新闻,有的是目前青黄不接,生活有困难,想来跟他借点钱应急。亚茂一高兴,人就显得慷慨起来,马上答应向他借钱的何三叔说:

“借是可以。不过,我的钱是做生意的,好比你们养母猪,要生猪仔。你看现在借十元,到秋后给多少吧。真的,总不能同借把斧头,使用两天又是原样还回来,是不是?”

就这样,除了何三叔说要借十元来帮补买口粮之外,还有黄福堂、丁亚桂,好几个人也都说要借。有的想借二十元三十元的来买牛、置犁耙什么的,都愿出三分利,明早立个契据借条来拿钱。中农周肇丰同亚茂商量:要把他的旧油榨开起来,本钱由亚茂出,人工和家什是他的,利润对半分。亚茂也答应了。

大家见他手头那样宽裕,不觉羡慕起来,你一句我一句地称赞了一阵。亚茂非常得意,一边抽着香烟吞云吐雾,一边说道:

“同你们一样做工是没出息的。老人都讲过:工字不出头。还是我这个商字有头顶的那一点强。”

“你才做了几天商家呵!”谁在别人后影顶了他一句。

“你不管我做了几天。革命叫我翻了身,反正我不会再同旧时那样,没办法才做苦工了。”

坐在床头的丁亚桂说:“看你们两口子唱对台戏啦。一个拼命抓互助组不放,一个一心要经商。”

黄福堂也凑上嘴说:“是呀,你两人唱的不对板路呀?”

亚茂冷冷地答道:“老公老婆,凑米下锅。合就来,不合就散,她爱怎样就怎样,各走各的路,我可不在乎。妻子当衣服,有钱就换新的,有什么要紧!”

亚茂这话讲得太没情理了,在老实农民听来很刺耳朵,大家都不作声。过了一阵,亚茂翘起两只腿,一边继续抽他的香烟卷,一边说:

“说实在话,我们当农工的可真是太不上算。就准说如今没交地租了,可是一年辛苦三百六十天,至多也只收千把斤谷,那才值几文钱呀?六七元一百斤谷,一年才七八十元。听说现在大家为互助组一点点小事情还闹意见,何苦!哎!”

何三叔越听越不顺耳,但自己既然要向人家求赊借,又不好顶撞他,只好说:

“我们从小就在田地里长大,离不了干这活路,哪里能比得上你漂江过海的人呵!”

丁亚桂觉得再谈这些就没味道了,有意引他谈起边界地方的风土人情。亚茂一讲到那些事情就精神了,言语之间,添油加醋,讲得有声有色。兴奋起来还要手脚比画。最后从口袋的皮夹里拿出一张照片来叫丁亚桂看。大家都很新奇,那上面原来是个卷头发红嘴唇、上着颜色的女人照片。何三叔不觉摇摇头。

夜已很晚,这些邻居告辞回家好久了,兰英还没见回来。亚茂也不打算再等她。等他睡了一觉,正要翻翻身,才听到门外狗叫,人声和脚步声,慢慢走近。其中就听到是兰英和另一个女子——好像是秀英的笑声,加上振才的说话。亚茂仔细听也听不清他们讲的什么,只觉得兰英还是老爱跟振才在一起,谁知她会闹出什么名堂呢?越想越窝火。兰英在门外敲了半天门,他也不理会。后来还是李大娘醒过来,才去把门开了。

兰英以为亚茂是睡着了的,上床来时,动了动他,要他翻过身来。没提防,叫亚茂狠狠地把胳膊一甩,兰英哇一声,掉下床来了。不知道是哪地方给摔坏了,只听兰英在黑暗中忍痛愤恨地说:

“好!你能做得出,也不要怪我走给你看!”

跟着,砰的一声,门关上了,脚步声慢慢在静夜中消失了。

李大娘问:“兰英走啦?”接着又嘟嘟哝哝地说:“半夜三更还不睡,有什么好闹的。”

亚茂一肚子的气说:“走就走,还怕没老婆。”

李大娘叹了口气说："我都讲啰，两人性情都是那样横，油是油，水是水，溶不在一块！……我反正是黄泥快盖到嘴巴边了，由你们自己闹去吧，我可管不了！"

"你怕没有儿媳妇？你要几个都有。第二趟回来，红花女都能带一个回来给你。"亚茂安慰自己，也安慰他老母亲。同时，摸摸装照片的皮夹子，深怕丢掉了似的。

过了两天，原先说要同亚茂借债的何三叔、黄福堂他们，都没见找证人来立契据借钱。第三天丁亚桂才来告诉亚茂说：他本人已经在人民银行那里借到农贷，够买一头小黄牛了，何三叔和黄福堂有互助组帮助解决了困难，也不需要了。亚茂一听，不觉恼火起来，说道：

"好，你们舔互助组的臭屁股去吧。我的钱留着不会生虫。你们可记住，以后再想借就不是那样容易了。"

这一来，在亚茂这面，感到互助组就是同他对顶，而互助组就是兰英个人在那里硬撑的，越想越气。在兰英这方面，则自从那天晚上跑回娘家，一次也没有回婆家来。只是，她一样领着互助组抢插中稻，村头村尾到处跑。

秀英她们姐妹和青年团支部书记振才，乡农会主任，都劝兰英和丈夫和好，要她劝说亚茂也参加互助组，把生产搞起来。兰英本性挺倔强，说是如果亚茂不愿同农民兄弟一样，走在一条道上，她也不一定要跟他过。

一天，亚茂在村头遇到她。她衣襟上别着一只银色的和平鸽小牌子，跟振才的正是一个样，心中更加狐疑。开头两人是吵嘴，跟着就扭打起来。最后拉拉扯扯到乡政府找乡长，提出离婚。乡长同大伙劝了半天，两人都在火气上头，旁人劝解没有什么结果。过后，兰英虽然为了使得丈夫回心转意，回家来住了几天，劝告丈夫不要再出门做投机生意了，老老实实生产，反正如今不受人剥削压迫了，衣食总是不愁，何必出去冒风险。可是，亚茂什么话也不听她的。一天，兰英替他洗衣服，在口袋里掏出那个皮夹子，发现那张女人照片，顿然明白亚茂为什么那样对待她，于是，一气又回了娘家。两人又提出离婚。乡长再调解也没办法，只好介绍他们到区政府去办了手续。

亚茂闹了这一场，觉得在村里多待也没味道。后来给了周肇丰五十元本钱开油榨，另外留十元给老母亲做食用，就找他的同伴做买卖去了。

兰英自从同亚茂离了婚，起初，想起来总觉得有件什么东西牵肠挂肚似的。后来，因为正组长调到区上工作去了，互助组的事全是由她个人领头干起来。一个人工作一紧张，一些闲心思也就少了。再说，秀英她们几个姐妹也劝她说："反正自己年纪轻轻的，还怕找不到好对象？亚茂这人，既然不改正过来，他就同我们农民兄弟不是一路上的人，跟他分了也不可惜。"

可是，兰英到底同他好过，曾经把真心给过他呵，现在落得受他这个欺负，总有点委屈。只有经过这回区上新来的林同志说她互助组办得好，鼓励了一番，心上才敞亮了些。

一天，林同志参加他们互助组开的计工评分的会，说道："你们办得好是好，但是，还要向外地学人家的好经验才能进步。"有人就反问道："我们都是没出过门的农民，也不知道哪地方办得好坏，哪里学去！"林同志说："专区出的《农民报》常常有关于农业生产互助合作的工作介绍，在那上面就能够学到别人的好办法。"他这么一讲，各人都点头说是。

有人还说："'秀才不出门，能知天下事'。往后我们也该订份《农民报》，叫认识字的人给大家念。"

林同志待了半个来月就到旁的乡去了。临走时，他还特意到兰英的家去，对她说：

"兰英，你好好的领着大伙干吧，争取晚造再增产，一亩打六百斤，当个劳动模范！"

兰英鼓足了勇气答道："好！我一定记住林同志的话。"

林同志带着笑说："不，你不忙答应那样快。要当个劳动模范单单是自己一个人生产好了还不算哩，还得带动更多的人也跟你一样进步才行呐。希望你好好领导大家，把互助组办好，争取明年转为生产合作社，早点奔社会主义。"

兰英一边笑，一边蛮有信心的应着："好，好。一定照着办！"

打这以后，兰英越发一心一意把互助组当作自己的家一般的料理起来。他们果然订了一份《农民报》。在村口的榕树根上挂只小木箱，写上"王兰英互助组报箱"，叫邮递员路过时把报纸往里投放。报纸是三天出一期，她们读报也只是逢圩日,拿到报来才读一次。的确,读报使他们懂得更多的革命道理。他们知道别处的互助合作的好办法好经验以后,更加有信心了。

转眼又是晚造要熟的时候了。

青年团支部书记振才,要在收获之前同秀英结婚。互助组的人,这两天白天正忙准备收割,夜里就为秀英和振才两人张罗结婚的事。有的要买块镜子作礼物,有的要买皇后牌手巾,有的买支自来水笔、一本红皮小本子给他们学文化。只有兰英忙互助组和乡妇女会的事,脑子里塞了一把乱麻一样,没工夫去想送礼物的事,表面上倒像是对他们两人冷淡了似的。

为振才同秀英结婚的事,街坊邻舍的三姑六婆少不了议论起来:

一个说:“这两个人,才是一对哪,可不能同兰英那样了!”

另一个接着就讲:“兰英这样的人才,你还怕她剩下了?只是人家如今为公忘私,顾不上就是了。”

第三个自已瞎猜着说:“说不定亚茂以后回来,又捡起来——”

这话没讲完,马上就有人顶过来说:“你说得好听,人家兰英是什么人?那样容易叫人不喜欢就扔掉,喜欢了又捡起来?如今世界可不比旧时了。”

“不管今时旧时吧,打碎了的坛罐再合起来是难了!”

“你说兰英就没那个心,也不见得。近来她不是常常去李大娘家帮这样帮那样的……”

“那是人家互助组的章程,对鳏寡孤独的要照顾。再说,兰英这个好心人,对亚茂就是没感情,对老大娘还能没一点情谊吗?”

“亚茂半年都没个音讯来了,谁知道人还——”

“哎!李大娘命也真苦!”

其实,亚茂仍旧活着。当振才和秀英结婚那天,太阳正要落山的时候,他回到家来了。他这突然归来,叫李大娘又好像是做梦一样,揉揉眼睛看了看。是亚茂!只是这回,儿子的神情有点不对,好像没了油的灯,变得好暗淡。鞋子满是黄土,鞋尖还露出个脚趾头来。原先那把洋伞的钩把断了。人好比斗输了的公鸡,进门来,爱理不理地应了老母亲两句,就往床上一横,两只手枕在头下,眼瞪瞪的望着屋顶上的蜘蛛网和已经空了的燕子窝。

李大娘素知儿子当几年兵变坏了的牛脾气，不敢惹他，轻轻地叹口气，正要往门外去抱茅草回来烧饭。亚茂忽然问道：

“妈，周肇丰的油榨开的怎样啦？这几个月他没给你点钱使用？”

李大娘见儿子口气温和些，自己一肚子闷气正要找人讲，一下子把烧饭的事也忘了。她停在门槛上，回头对儿子说：

“你说肇丰吗，别提他了！你是不是给了他五十块钱？五十元能买多少谷子呀，这时候能买千把斤了。我有上千斤谷，都够我两年吃的了……”

“你又啰嗦到哪儿去啦，我问他的油榨到底怎么个样啦？”亚茂急躁地打断了老母亲的话。

李大娘嘟嘟哝哝地说：“油榨？谁知道他弄的什么妖魔鬼怪。起先听人说，赚了好大笔钱了。跟后又说是合作社也开了两条榨，公家本钱厚，为的是给老百姓谋福利，不在乎赚钱，收豆子出高价，卖油秤头足。卖豆买油的，谁不都是往合作社的门奔！”

亚茂越听越不耐烦，又顶住老母亲的话头说：“你就是会啰嗦，问你现在肇丰的油榨还开不开？”

“开不开我哪能知道。谁还有力气走十来八里地去瞅他。人说早就歇火了。可是肇丰这野仔，从来就没来露过面，说一声。”

亚茂脸色越发颓丧，过一会，才想起来似的问道：“那样，这几个月你哪来的钱过生活？”

李大娘又气愤又感激地说：“哪来的钱？‘车到山前必有路’，归根到底还不是凭靠他老人家——”

“什么老人家？”

“什么老人家，不是毛主席还有谁？”李大娘望着墙上毛主席相片说。

“你真是老糊涂了，讲话总是扯三拉四。”

“我可不是糊涂。你说要没有他老人家领着闹革命，把地主推倒，分田分地又叫大家伙组织起来，成立互助组合作社，就凭你留下十块钱，凭靠肇丰那个没良心的野仔，今天还有我这个老婆婆呀？”李大娘一边说，一边都要落泪了。

亚茂这时为老母亲的话所感动，口气变和缓了些，说道：

“互助组和你又有什么关系吗?”

母子两人正谈到这地方,兰英提只小篮子来了。到门口她一见到李大娘就欢喜的把篮盖揭开,叫李大娘看。里边是一大盘菜肴:有几块梳子一般大的扣肉,有花生豆炖的猪蹄膀……还有一瓦罐的白细米饭。兰英说:

“大娘,今天是秀英同振才结婚。她说怕你老人家走不动,叫我把饭菜给你送来。你赶紧趁热吃了吧!”

李大娘接过篮子说道:“生受了。难为你们想念,我还没有给他两人送个利市呢。”

兰英说:“大娘别客气了。谁还不知道你老人家困难。如今结婚又不同旧时——”讲到这,兰英才发现床上躺着一个人正翻着身把脸转向墙边去。暮色朦胧,辨认不清,她随口问一声:

“谁?”

李大娘难为情地嘟哝道:“不就是他,还有谁!”

李大娘接过兰英的篮子走进厨房去了。

兰英往床瞅了一眼,见了蛇似的,愣了一下,感到又厌恶又气愤,默默地把眼光移到别处去,好像要找寻什么东西来分散她这种难堪的情感。

原先她房子的门楣上挂的小红绸,已经落了一层灰尘了;那上面别着一只和平鸽的小银牌子,马上吸引了她的注意。这是当时振才从城里买回来的一对小玩意。这一只是他送给秀英,后来秀英又把它转送给她的。开头也戴了些日子,一天,她换衣服就把它别在这地方。现在,她正愁没找到合适的东西给秀英,心想:“拿这玩意送还她,使两人一人戴上一只,正好是一对儿。”

兰英拿下这和平鸽的小牌牌之后,李大娘也拿回篮子和空碗盘出来交还了她。她问一声水缸还有没有水,转身就要走。

李大娘看一眼床上的人,然后对兰英说:“不多待一会再走?”

兰英脸一红,不好意思地说:“不了,他们还等我去张罗呢!”

李大娘望着兰英的背影,轻轻叹口气。

一会,亚茂才问:“兰英是不是常来?”这一来,李大娘把这几个月来的事,从头到尾都讲了。自从他出门不久,她自己就害了一场疟疾,逢圩日就发一次。

到中药铺抓了几剂中药，把钱都花光了，病也没见好。后来区上来了卫生员，给几颗药片，吃了两回，病才脱身。病后，要钱没钱，要力没力，兰英的互助组来帮她把田工做了。平日兰英和秀英还替她挑水、找柴火什么的。农忙时候，她自己也自动去帮参加互助组的人家照顾小孩。就这样，才把她生活维持下来。

经过老母亲这样一说，亚茂懊悔万分。他下了床来往门外就走，好像要拿什么东西追去还给别人的样子。

李大娘伤心地追上一步，喊道："你不吃饭再去？"

一会，乡支部书记同一位才从县上来的梁同志进来了，说是找兰英来的。

李大娘又惊又喜地问："怎么，你们又判兰英回来了吗？我亚茂回来啦。秀英今天大喜，刚才叫兰英给我送饭菜来，亚茂又跟她出去了。"

听李大娘这一说，梁同志同乡支书交换了眼色，意思是说：

"怎么回事？"

乡支书说："大娘，我们是来叫兰英去省城——"

"去省城？"李大娘惊讶地说，"到老远地方去吗？真是，两人的命注定是合不在一块了。好容易才盼到一个回来，现在一个又要走！"

原来是省里要开一次全省的农业生产合作代表会议，要各地办得比较有成绩的互助组组长去参加。县里派人下来了解，决定兰英这一组要她代表去出席。后天就要到县上去集中，现在来通知兰英准备。梁同志对李大娘说：

"兰英这回去省城是为大家办公益事情，同亚茂去游江湖、贪玩好耍、谋私利的不是一条路。兰英本来是个好姑娘，都怪亚茂自己不好，错怪兰英了。婚姻是各人自主，政府可不能强迫。"

李大娘说："你们同志什么都好呵！替我把亚茂劝导劝导吧，别叫他再出门去了，他人原本是挺安分的呀，就是叫麻风'蒋该死'把人抽丁出去当了几年兵，人也变野了。这回又是叫外村一个做买卖的人引诱走了邪道。哎，把好好的一个媳妇也丢了！你们帮我劝他以后不要再出门想发什么洋财了，反正如今自己有了田地，肯劳动就有吃喝穿戴了的不是？"

梁同志说："这回他要去，也去不成了……"

李大娘不觉高兴地接过来说道："那就好，天保佑他不再去了吧！外头就有金子也是假的。什么能比人贵重？我六十多岁的人，早晚没个亲人依靠不行呵。这几个月要没兰英和互助组的乡亲好心肠，我这老婆子不是要讨吃的了？”

在往回走的路上，乡支书好像跟自己说似的，喃喃地说：“亚茂这家伙好比放野了的马，怕拴不住。”

梁同志才告诉他说：亚茂这趟出去搞走私漏税，叫税务局抓住，罚了一家伙，牛又犯了瘟病，死了好几条，把本钱几乎搞光了。末了，梁同志说：

“浪子回头金不换，往后抓紧帮助他，可能把他改造过来。”

乡支书说：“帮助他是我们的责任，不过，能不能改好，还得看他个人的决心。”

1954年1月20日

原载于《新生活的光辉》

中　途

一

那年，正是抗战的烽火燃烧着大片国土，“到前线去，到敌人后方去”的歌声，时刻在召唤着广大的青年。我经过多次的申请和要求，终于争取到一个机会，参加一支战斗队伍。从延安开往敌后去开辟抗日根据地。这就要经过敌我犬牙交错的插花地带；经过日寇“三光政策”浩劫下的“无人区”，经过敌人重兵封锁的汾河和同蒲铁路。

这天，是我们部队开到山西“无人区”的第三个早晨。薄雾还笼罩着林梢，鸟儿刚飞上枝头，歌唱一天的开始。地方上的游击队员带着一身露水，找到了我们林中的营地。据报告，昨天夜里，敌人从太原调来了两三百人，准备在一两天内进山扫荡。这就是说，我们这支队伍的行踪泄了密，必须马上转移。开过早饭，我们就同新搭起的草棚告别了。走了一天，才翻了两座大山，仍旧没有走出“无人区”，我们又得在松林里露宿。

“还是接受大地的母亲给我们的恩惠吧!”

谁又讲起俏皮话了。虽然遇到眼前的艰辛,部队总是保持着乐观的情绪。即使我们这帮还不大习惯军事生活的干部队的同志,经过一个多月的行军,特别是几天来在“无人区”的活动,对露宿的军营生活,也逐渐适应起来。

现在,一当部队停下,大家就都忙开了。有的去砍松枝搭棚,有的在山坡挖灶做饭,有的寻找水沟饮马,有的四处采野菜和草菌,有的却拿着草帽捉蝴蝶,谁还带着口琴跑去山顶吹奏:

在密密的树林里,
到处都安排同志们的宿营地,
在高高的山岗上,
有我们无数的好兄弟。
……

歌声,这里唱那里和的喧嚷起来,卸下鞍的战马,一匹匹引颈长嘶,奔跑、打滚,炊烟从树林升起,引来苍鹰在天顶上盘旋,寂静的山林顿然沸腾起来。

这时,从晋绥分区介绍来的一位新伙伴到了我们班上。人是高个,戴副眼镜,脸皮细嫩,样子挺斯文,眼光放得挺高,什么也不屑理睬似的。

“我就是任远。”这位新伙伴大模大样地把名字说了,那神气仿佛说:“这个名字你们应该知道的,我就是这个名字。”

班长看了看他交给的介绍信,转向我说:“好,你们在一个小组吧。”

“把挂包挂在树上,我们去弄树枝来搭棚。”我邀他一块走。

他同我往树林里走,边走边说:“搭棚干嘛,这样好的天气怎会下雨?真是‘天下本无事,庸人自扰之’。算了吧,我们玩去。看,那边有酸枣!”

从他自我介绍中,知道他原籍广东,父亲是邮局里的职员,已经迁居北平好多年了。一九三七年全面抗战爆发时,他正在大学对康德的二元论发生兴趣呢。当时大部分同学都参加救亡工作或者随着学校迁入内地,他却不信日本的侵略能持久,和少数同学留下来,本想把他的哲学专业学完,不想,日寇进城后的兽行，欺人太甚，稍有民族自尊和正义感的人，实在忍不下去。终于，他也不得不投入流亡学生的行列。起初，到山西，在阎锡山的第二战区参加牺牲救国同盟会。这在当时的山西是唯一的比较进步的抗战团体，以为多少也在为抗日出力的，谁知阎老西这老狐狸，口头上标榜什么“民族革命”，实际上是挂羊头卖狗肉。后来连“牺盟会”这一点点比较进步的作为装点抗日的门面也索性给拆台了。

“庙已经拆了，和尚往哪投奔呢？”任远继续说，“古人说得好，‘良臣择君而侍，良禽择木而栖’。阎老西既然暴露了他的反动本质，我何苦又在那里恋栈，幸好当时有位同志跟我商量，鼓动我另找出路，我同意了。今年年初的一天夜里，我们两人终于不辞而别，逃出那肮脏的地方。我们的目标本来是要奔延安去的，到了晋西北就给八路军晋绥军分区留下了。开头，在军区直属队当文化教员，大概是我这个教员不受‘学生’欢迎，两个月后就把我调到晋绥抗战报社的资料室去剪贴报纸，搞了半年多。这回听说你们这支队伍是要到两广去开辟抗日根据地，我沾了祖宗的光，因为是广东人，组织上准许了我的要求，让我加入你们的队伍……”

“到八路军来，过得惯吗？”我打断他的话。

“在直属队当文化教员时，同志们给我的评论是‘缺乏军人姿态’。你看是不是有这么一点？”

我认真地向他端量一番，也许是他的眼镜，或者是随意搁在脑袋上的帽子，的确把他的“军人姿态”给否定了。

黄昏，班长来找我，他是我们的老大哥，乐观而幽默。一来劈头就问：

“为什么没有搭棚呀？”

“没找到刀子砍树枝。”我只好找这条理由来搪塞。

“不。”班长掏出小布袋来，取出斯大林式的烟斗，吹了吹气，然后又放进小布袋去装了烟，斯斯文文地划洋火点燃，一边吸一边沉吟道：“这只是一方面，主要的是好听的废话把你给绊住了！怎样！新伙伴合得来吗？他有好多故事？是的，故事，它是一缸蜜糖，多有滋味呵。可是，不少的蚂蚁却在那上面拔不出勤快的腿呢，要我看，还是留心每时每刻发生的新闻吧，别老回头去咀嚼那些叫人叹气的故事。”

班长抽掉一袋烟，把烟斗往左手掌打了两下，弹出了烟灰，然后又装上新的烟叶，低下头去拾起没有熄灭的烟头点起来。眯着眼瞅着我。

我有点窘，怎么说好呢？

“我的意思不是要你马上和他开展斗争。思想斗争是免不了的，对错误思想采取自由主义态度同样是错误的。斗争、批评，目的是‘治病救人’。因此，就得考虑对象不同而给予不同的对待，注意方式看场合，等待时机。总之，要有耐心。他，到我们地区来的时间还短，觉悟程度还不够，对他得慢慢来。组织上要求你平时多多注意帮助他。他脑子太发达了，要压缩一下；帮助他把手和脚锻炼得结实一些，好赶路。跟大家一块前进！走过这段路程就是一次考验。懂了吧？唔？”

“懂了。”我本来要说什么的，只说出两个字就没有了。

“唔。”班长点点头，“懂不懂还得看做得如何。好，多多帮助他。他，人是好的，有颗善心，可惜，就缺一点——唔，再说吧，你要多多帮助他！”

班长站起来要走了，我用眼睛默默地接受他的吩咐。

班长站起来迟疑一会，要走不走的，望望天空和树林，沉吟地说：“嗨，天气这样闷，看，树叶纹丝不动，可能要下雨。”接着他又望我一眼，关心地问：“你们没有草棚怎么办？”

“我们有油布，树叶挺密，露水是可以顶得住的。任远说今晚不会有雨。”

“不会？根据什么？他是孔明呀？”班长有点火，但，又压下了。“好吧，让他看看。自己的账总是要自己算才数得清的。”

班长走了。

任远走过来问我。“他来说什么？”

“他？你说班长吧？他批评我们不搭棚，说是可能要下雨。”

“可能什么，干脆不会。看吧，今晚要下雨，我的‘任’字倒过来写。”

对方既然这样主观，而且下雨不下雨，一时也做不了结论，同他饶舌是犯不着的，只好不哼气。

“他还说什么，我看你们谈了很久。”停了一会，任远问。

“还说，自己的账总是要自己算才数得清的。”

“那就说，让事实教训我，真理通过实践才被认识。唔？工农干部可敬的地方就是斗争经验丰富，对真理有朴素的感觉。可惜，往往不能把经验提升到理论。可惜！”

“你说我们的班长不懂理论呀？你真是从门缝看人，不知道自己的眼界狭窄。因为你来的日子还短，还是让时间给你证明吧。”我看他一眼，不免发生反感。

“我看他就像个事务长，太工农化了。”

“工农化有什么不好，你想化还不容易呢。”我说。

看他那神气不屑再讲什么，昂起头望着天空。

晚上，我同他拔了一些草，选比较密一点的树丛下面铺了一块地，把油布垫上，拿口盅反过来当枕头就睡了。夏夜的山野是活跃的。蟋蟀在身边唧唧的鸣叫，萤火虫到处闪呼闪呼的飞来飞去，远处时时传来蛙声。下弦夜，没月亮，天特别黑，星星时隐时现。

“你看，星星不是出来了吗？我说就不会有雨，要下雨把我的‘任’字倒过来写。”任远仰望着天空，满有自信。

“算了吧，谁跟你打赌。”

“好在没有人跟我赌，要不，输家肯定是他。”

“此公怎么这样武断？”我心里打个疙瘩，回过头来看他一眼。

他直直地望着天，好像周围一切都不存在似的。

“你到晋西北来，没有参加整风吧？”我问。

“没有。没有赶上。”他答得很干脆，那口气满不在乎。

“一个绝好的机会，可惜你没赶上！”

“可惜的事多啦，‘一二·九’运动你没有卷进里头去吧？”

“没有直接参加。”

“是呀，但是并没有影响你后来走上革命嘛。闻道有先后，是不是？客观事物往往是后来居上哪。”

我想：此公空道理倒是挺会说的。一时不想跟他扯，不作声了。

停了一会，他问我：

"没有睡吧？想什么？准是想起那……如花美眷……唔？你恋爱过吗？"

他把话引到这上头来。接着自己津津有味地追忆着他的罗曼史。他说他为了一念之差，把他难以描绘的美人丢在北平了。

夜，很恬静。星星不再出现了，猫头鹰不时叫两声，牲口不安地嘶鸣，蝙蝠在头上掠过，露水越来越重了。不知我这位伙伴的故事讲到哪里，我已迷迷糊糊，打开被单来蒙着头睡了。

半夜，发觉脸上落下几点凉凉的水，以为是树上的小鸟拉的屎，摸了摸，又不像。接着，水滴稀稀拉拉的洒下。

"哎呀，下雨！"同志们惊呼起来。

"下就让它下呗，嚷什么？"谁抱怨地嘟哝着，翻了身，又打起呼噜了。

雨，慢慢下起来，树叶淅淅沥沥的响，蟋蟀不叫了，牲口却嘶鸣起来。

"老兄，这回你可输了。起来吧，下雨了。"我摇了摇我的伙伴。

"是雨吗？下霜吧？你别弄糊涂呵。"

"你才糊涂哩！才七月，哪来的霜？快，把油布翻过来顶雨。"

我们不能再睡了，两人背靠背坐着，顶着油布。雨滴滴答答往油布打下来。

"糟糕，我的干粮湿了！"

"哎唷，我的文件……"

"把牲口拴好，别让它们跑了。"

人们都醒过来了，你一句我一句地嚷着。雨，越来越大，越来越密了，一股凉丝丝的冷风到处钻，油布慢慢湿透了，冷冰冰的贴到手臂、肩膀、脊背。

"好呵，今天没找到水洗澡，这下子得淋浴，多痛快！"有人嘻嘻哈哈的笑道。

黄河之滨，
集合着一群，
中华民族优秀的子孙
……

谁领头唱起“抗大”的校歌，接着大家都欢欣地跟着唱起来。

“嗬，年青人真行，什么也难不倒。”是我们老大哥班长的声音。他往我们这边走来了。

“喂，你们两只不会做窝的‘乌鸦’怎样？来吧，到我的棚里去。人在哪儿？”黑暗中，班长说话。

“我们在这儿呢，谢谢。”我应了声。

“不用卸了，套着走吧。”谁在讥笑。

“看你们还有兴致说笑话。来，跟我走。”班长在前头引着我和任远。

我们一脚高一脚低地跟着，到一个棚子旁边，班长停下来说道：

“这是我的窝，你们快钻进去吧。”

“你呢？”我问。

“我，你不用管。有办法，老乡说的‘车到山前必有路’。”班长说完走了。

我同任远弯着腰钻进棚里去。棚子很窄，刚容下我们两人。我们还是背靠背的坐着。雨滴答滴答往棚顶打下，水滴溅到我们身上。

“搭了棚还不是不顶事？”任远又找到话来证实他的预见。

“到底还是比油布强。”

“五十步笑一百步，差不多的。”

我想这个人就是“死鸡还撑硬颈”，懒得跟他辩了。雨哗哗的越下越大，帽子、衣服，都湿了，帽沿不断的往下滴水。

任远两只手臂紧紧抱在胸前，把头缩进怀里。一会，抽抽噎噎的，泣不成声。

“老兄，病了吗？”我转过来摸摸他的头。头上的帽子是湿的，额角也是水。

“我的日记本湿了，她的照片也完了！”他好沮丧呵，把胸口的小袋子捏的更紧。

“哎，原来是为的这个呵！”

“我错了。”他擤着鼻涕，自言自语喃道，“我不该一时冲动，参加这次行军。哎，我……”

“你老兄是外强中干，经不起风吹雨打。”我说。

对方却好像没听到我的话,独自抽抽噎噎,擤鼻涕。

一会,班长揭开棚口的油布,伸进脑袋来问:

“喂,衣服湿了吧,走,跟我来。我找到一个山洞。都来吧。”班长向全班的同志招呼。

我们一个个跟着老大哥走。这时,雨下得小一些了,树枝和草丛把水往人身上洒,裤腿越来越沉,鞋子里灌进了水,发出吱吱喳喳的声音。

“黑乎乎的瞧不见路,点支洋蜡吧。”任远说。

“真有学问,在雨地里能点着蜡?”有人在嘟哝。

老大哥领着我们走了几百步,然后爬下小斜坡就叫大家停下,他一个人先蹲着,抓住树根,跳下小小的悬崖,再回头来伸上手臂,接我们一个个跳下。

这是一个小小的洞穴,地面是干燥的。谁划了火柴照了照,洞壁是水成岩,渗透着水,上面长出碧绿的青苔和水藻一类植物。地面可以容下二三十个人。各人莫不喜出望外,心情舒畅开了。“真该感谢我们老大哥呵!”大家都异口同声的嚷嚷。

“天快亮了,各人把衣服拧干,找地方就地休息,天亮再找柴禾烤衣服。”班长慈母般的关照着。

“好了,这一下雨再大也不愁了。”

“老天爷可别再下了吧,还有好些同志扯着耳朵挨淋着呢。”

同志们有的在谈论,有的一声不响的靠着洞壁眯眼。不多一会,天开始蒙蒙亮。

天晴了,班长号召我们抓紧时间去找柴禾来生火,把打湿了的衣服、被单烤干。各人纷纷响应走了,任远迟疑地边走边嘀咕:

“柴禾又生又湿,怎能烧得着呢?”

“你随便把什么树枝都给我找来,等会烧给你瞧。”班长说。

“嘿,就会卖狗皮膏药。”任远好不服气。

“要烧得着,‘任’字倒过来写?”我朝着任远,学他的口气开玩笑。

“你瞧着好了!”任远很有把握似的顶我。

大家拖来了一大堆松枝,而且都是湿的。班长同别的同志把它架起来,在洞里捡到一些老乡们遗留下的秫秸做火引子。秫秸着了火,青青的松叶在火里渐渐变成焦黄终于燃烧起来,松枝丝丝冒出泡沫,慢慢变干,一会,也一块着了火,烧在里头,成了熊熊的篝火,把大家的脸庞映得红红的。好舒服呵,各人脱下湿了的衣裳,围着火堆烤起来,冒出缕缕的蒸气。

班长一边含着斯大林式的烟斗一边说道:

"湿柴禾当然不同松明,一下子是点不着的,有的甚至烟得熏人哪。可你就不要靠它起先锋作用嘛,先叫它放在火上,让它的水分烘了,变成了干柴,它自然也就烧在里头了。凡事都有个过程,有的人干革命还不是一样,开头不一定那样自觉,那样热烈坚定,中间让他经过实际斗争,把乱七八糟的思想泡沫挤干了,最后才把自己也烧在里头,发出火来的。"

"怎样,这些道理跟你的哲学联系得上吗?"我用膝盖撞了任远一下,轻轻的问他。

"难说。"任远拿小枝子去搬弄湿木头冒出的泡沫。

大队部的通讯员来请班长开会去了。一会,回来传达两件事:一件是,供给处和民运科正在想法到附近去搞给养,各人所带干粮不得随便动用;另一件是,各人的衣服、被单湿了的,赶紧烤干,随时听命令出发。

我们班上的同志,衣服倒是快烘干了,就是肚子咕咕的叫,饿得提不起劲来。

"我可饿的不行,多少要吃一点。"任远解开干粮袋,舀了一勺子吃起来。

"不行呵,违反纪律。"我说。

"纪律总不能拿饥饿去交换吧?"

"那要看在什么情况下。个个都同你一样,还要不要纪律啦?"

"事实上也不会个个都跟我一样,起码你就不是嘛。"

"你这是诡辩!"我有点火了。

任远却满不在乎,照样吃着炒面。

晌午,云要往遥远的天边飞散,阳光从西边天露了脸。大队部的炊事员抬来两大桶麦饭。一人给舀一口盅。头一回吃这样的麦饭,细细嚼起来,也满有滋味。

刚刚吃完，队部就传下话来，马上集合，准备出发。

二

下午三点来钟，队伍出发了。千多人的大队伍连成一条铁索似的，跨过丛林，攀着山岗，迈开坚强的步伐，走上新的路程。

夜色跟着我们走进了村庄。我们到来时，见到前头的队伍已经停在那里休息、喝水。我们刚一停下，每个人就拿着口盅和水壶到处找水，到处的水桶都是空空的。原来是老乡给预备的，前头的同志已经舀光了，第二锅还没烧开。有的人迫不及待，到井台边去绕辘轳，井水也要喝它两口了。任远也到了井台，是不好意思呢，还是娇气，他不肯请同志们帮忙，接过辘轳来自已绕。因为不会往下甩桶子，绕了半天，那柳条水桶上来时还是空的。他急得满头大汗，但又不服输，再抛下水桶，辘轳呼噜噜的直转，咔嗒一声，辘轳的摇把擦到他了，“哎唷，我的妈呀！”他失声一喊，捂住左边太阳穴。我跳上去扶着他走下井台来。人没有受伤，眼镜的一边腿给打断了。

“糟糕，这怎么办？”他哭丧着脸望我。

“到老乡家去找根线拴起来吧。”我说。

我正陪着他找老乡家去，班长在后头喊道：

“你们往哪儿跑，集合！”

不知什么事把老大哥惹火了，气鼓鼓的查点着我们。

“班长……”我转回来，正要把任远出的岔子告诉他。

他好不耐烦的顺口就问：“什么事？又是那样湿木头吧？”

我一时答不上话来，默默地看着他，这位老大哥马上换了语气，幽默地笑道：“咦，准是又出花招了，你把它烘干嘛。”

“不容易呀，湿家伙，不但烧不着，还要冒烟。”

“可见你自己还没有燃烧起来。加油吧，不要乱跑了，大队长马上给我们讲话。”

班长说完就往前头干什么去了。

“一根湿木头,哈哈,老大哥想的真绝。”谁笑起来。

“你别开心,想想自己吧。”

“我,可摊不上这雅号。”

同志们你一言我一语地谈话。

任远绑好眼镜,回到班上来时,大队长正要开始讲话了。大队长告诉大家,从这个庄子走下山去就是平原了。路是比山地好走,但那是敌占区,三五里地就有敌人一个碉堡。我们的任务就要在碉堡的封锁网中穿过,天亮以前要赶九十里,赶到汾河边的滩头村隐蔽下来。明天白天休息,到晚上再渡过汾河,然后通过同蒲路。平川地的村庄密,如同棋盘上的棋子,走起来容易迷路。每一个人一定得紧跟前头的同志走,不得拉下,各人把白手巾围在脖子上,做个标记,好让互相见到,不得讲话,不准点火抽烟。通过了封锁线就是胜利。

“以上要求,同志们都能办到吗?”大队长最后提高嗓子问。

“能办到!”大家异口同声地回答。

大队长讲完了话,走到我们跟前来问这问那,给我们打气。任远迎上去要跟他说什么,他却开口先问:

“任远同志,走路没有问题吧?这是一场革命意志的考试,等着看你考试的成绩吧!你的名字起得好,任重道远!应该名副其实才好呵!”

“任重道远好办,可骆驼它还有个水囊呢,我们现在空空如也。”任远说。

“什么,骆驼?这比喻不恰当,骆驼走的是无人烟的沙漠,可我们走在群众中间。只要有群众的地方就有水喝,你等着吧。”大队长说完就随着通讯员走了。

“等着吧,嘿,还不是望梅止渴。前面是敌占区,怎么会有人给你送水?”任远嘟嘟哝哝的说道。

“前面要有水喝,你的‘任’字又得倒过来写了?”我朝着他谑笑。

“再倒过来一次,不是就正了吗?”

“但愿如此!”我说。

队伍同报数一样,前头一个接一个的把话传下来:“继续前进!”队伍又开动了。天色已经黑了下来,星星不见出现,四处都是黑魆魆的。各人只能跟着前面的人一步接一步走。一出村庄就是下山,路很陡,尽是些经过山洪冲洗而裸露在地上的鹅卵石,看上去挺滑,眼睛又见不到路,一脚高一脚低的乱蹦一气。好不容易才到了平原,脚步才好迈一些。不料,前头就传来一句口令:“不许讲话!”心情马上吃紧,脚步迈得更快。当中谁要拉下两步,后尾的就被拉下一大节,往往要用小跑才能跟得上。但是,走一段又被拉下了,又得小跑。这样,循环反复,弄得又紧张又疲乏。口干得喉头要冒烟似的,汗水挂满了脸颊。队伍一直往前奔流,走呵走呵,什么也见不到,什么也不容你思索,一心只知盯住前面那白手巾跑吧。“不说话,快走!”紧张的气氛随着这句话,一个传给一个,一直贯注着整个队伍。

“我实在渴得不行了!”任远在我后头叫苦。

“忍耐点吧,伙计。”我只管边跑边说。

“嗨,一条河!”有人欢呼起来。

我抬头一看,真有一条白晃晃带子似的河水横在前面。就像鸭子见到水,队伍浮动起来。有的解下手巾走出队列,快步奔向河边去,将手巾打到水里,拖回湿漉漉的水,一边抹着脸,一边跑步赶上行列,有的拿着口盅舀了水就喝。“别乱跑,快跟上!”焦急的声音在后头催促。

“我也去!”任远从我后面走开了。

我机械地紧跟他走,走几十步就到了河边。他拿手巾浸了水,抹抹脸,然后把它蒙上脑袋,接着解下水壶,将它往河里一甩,想舀水。不慎,脚跟一滑,扑通,“哎哟,我的妈呀!”他叫了一声落下河去了!“哎呀!救命!”我失惊的叫起来。

“谁?”班长已跟在我身边,马上俯着身伸下手去,“老任,来,拉我的手,上!”班长使劲一拉,人爬上岸来了。

“没有问题吧?”我问。

“没有。裤子湿了,倒是挺凉快!”

“快走,等一下掉队了。”班长催着。

再走不远,队伍就地停下休息了。

“叫不准离开队列,你们偏要自由行动!”班长向我和任远提出批评了,听他口气是挺不高兴。

“不是有人先干的?”任远答道。

“不干的人多着哩,你为什么不向好样的看齐?”

“口干的实在顶不住。”任远顶着嘴。

“自己的账总是要自己算才数得清。”我是这样想,可没有说出来。

半块的下弦月不知什么时候已经到了天顶了,露水落在肩上有点潮。不远的村庄传来一阵阵的鸡啼。

“同志们,再加把劲,快到宿营地了。”

队伍又前进了。大队长到我们跟前来鼓动情绪。人们一个紧跟一个,脚步一步一步的接着。仿佛走了几天几夜,走了几百几千里了,两条腿越来越沉,脚步稍为走慢一些,眼皮就睁不开。心想,快进庄子了吧,能躺下来睡一觉那太美了。但是,队伍却老走呀走的,而且越走越急。

“快走,还有三十里。”

前面传来的话。但是,东方的启明星渐渐消失它的光芒,灿烂的霞光散布了大片天空。三十里地老没完,火红的太阳倒从遥远的地平线拨开紫色的霞幕,露出头来了。做向导的同志认错了村庄,天明之前我们进不了宿营地,千多人的巨流完全裸露在平川上。太阳升上树梢,队伍才步进村庄。支队司令部传下通知:我们的目标暴露了,防备鬼子出击,各单位立即弄饭,烧温水洗脚。争取时间休息,随时准备出发;同时通知整个支队编成两个梯队。干部大队编在第一梯队,跟在司令部后尾从汾河上游徒涉。抢在敌人赶到之前,迅速通过封锁线。

三

新的行程又开始了。这么大的队伍在大白天通过封锁线,在当时是少有的战斗行动,像我们这些没有战斗经验的“新兵”多少有点慌张。从滩头村到汾河的渡河口只有五里地,到了那里,可以望见平遥县城的城垛,那跨过汾河的铁桥就在我们渡河口右侧四五里。这是鬼子盘踞的巢穴和交通的大道,离敌人那么近,心情不免紧张起来。一位参谋长指挥着部队隐蔽到河岸上的玉米和高粱地里,然后按着行军序列,一个单位跟一个单位渡河。过了河,人一个接一个,采取长蛇式的一路纵队通过同蒲路。参谋长还嘱咐:河水浅,可以徒涉,不过,河床淤泥很深,不小心会把人和牲口吞没。各人必须按次序跟着老乡领着过去,不得乱走。

轮到我们干部队过河了。我和任远到了河边,正要挽起裤腿,准备下水,任远突然蹲到沙地上,握着左脚的腿肚,脸色苍白地望着我哀告:

“糟糕,我的小腿抽筋,走不动了!”

“谁走不动?”一位壮实的老乡听到声音就凑上来,蹲下地帮任远揉腿肚。“好了吧,来,我背你!”老乡转过身来把任远的两只手拉到肩上,抖抖擞擞往河里走。

“同志,一个一个跟着来,别抢先。”

老乡们有的牵着同志们的手走在前头,有的站在河中间招呼我们。

那位老乡,一直把任远背上了岸,然后放下来,热情地问:“腿没事了吧?别害怕,鬼子不敢出他的乌龟壳的。好走!”话一说完,马上转回头又往河中间去接别的同志去了。

“谢谢你,老乡!”任远这下可感激地望着老乡的后影叫了一声。

“哎呀,没有这位老乡,我可完了。他叫什么名字,你看,我忘了问他了。”任远抑止不住激动的边走边讲。

“你记得是老乡们干的就是了。其实,哪里完全出于某个人的好心,这些都是集体的力量,是我们地下党的作用。”我乘机向任远解释一番。

任远好像要说什么,但是一时找不到恰当的话。后头的同志催着我们快走,大家又都一心一意的赶路了。

不觉太阳已经到了天顶,湿手巾慢慢变干,口又渴起来。队伍在干燥的沙土道上扬起一道尘埃。“轰”一声,炮弹在附近爆炸了。是城里向我们队伍开迫击炮。接着左侧方传来猛烈的机关枪、手榴弹和步枪的声音。

“第二梯队打上了！”有人担心的谈论。

“轰！”

“轰轰！”

城里的迫击炮弹从我们头顶飞过，在邻近庄稼地爆炸。

“同志们别惊慌，不要走成一堆，一个跟着一个，快走！”司令员骑着马赶到队伍来指挥我们。

这时候，人们全部精神都集中到如何应付眼前的战斗，如何摆脱危险。疲乏没有了，饥饿忘记了，瞌睡消失了。只是喉头几乎要冒烟，渴得不行。但，脚步不能停。走着走着，铁道横在眼前了，附近出现村庄。前头部队进了村，当我走到村头时，一种景象真叫人喜出望外，多好呵，从村头到村尾，两边街道都摆下水桶，而且不少的小孩端着一碗一碗的水跑上队伍跟前来，十分亲切的叫唤：

“八路军叔叔你喝水！”

同志们有的接着碗，边喝边走，小孩边说边跟着跑，取回碗来又舀一碗递给第三或第四个我们这些八路军叔叔。我们同志有的自己拿着口盅，弯下腰来往桶里舀上一盅走了。水桶空了，大奶奶大嫂子又从屋里提着另一桶热腾腾的出来。

“这真是活命汤呵！”任远舀了一盅来喝了，对老乡又表示一番谢意。

“你把壶里昨晚灌的河水倒了吧，换上这开水不好？”

经我这一提，任远记起他的水壶来了。原来他昨晚灌的是黄泥水，他一路倒一路喊：

“哎呀，我的妈呀，怪得我昨晚喝了一口，牙齿沙沙的。”

“告诉你前面只要有老乡就会有水喝，你不信。”

“哎，人生一世，难免不做点傻事的。”任远找到了这句自我解嘲的话，“你的水壶不灌吗？我给你去弄。”

我这位伙伴这下子倒是热情起来了。我不觉由衷地感激他，对他笑了笑，说我今早在滩头村灌上了。

我们出了村庄就跨过铁道。前面还是一马平川，队伍继续往前奔流。迫击炮又在五百米左右的瓜田爆炸，腾起一股浓烟，当中夹杂着瓜藤什么的，在空中飞扬。一匹驮着两只铜锅的牲口,脱了缰,往地里奔跑,炊事员在它后头追赶。右侧方的枪炮声越发密了。

“加油,同志们! 再走一段就走出敌人炮弹的射程以外了。”后面的同志大声喊。

往后,我们越走,枪炮声越远了,回头看,同蒲路已落在后头好远好远。前面,平川的尽处隐约出现一带山峦。在不远的小坡地,有几位同志站起向队伍说话:

“同志们慢点走吧,看,前面山脚就是我们游击区的天下。”

“呵,你们来了! 来,歇一会再走。”班长在坟地坐着,见到我和任远好高兴呵。

“怎样?熬得了吧?”班长看了看任远问。

“总算过来了。考试快交卷了。”任远呼了口气。

“不行,还有一大节,够你啃的呢,你别看那山脉望得见了,在城里时,不是吗,见到水塔好像是挺近的,走起来可要老半天。从这到山脚,至少也得三四十里,还得加油。行百里者半九十,路越到后头越要考脚力。‘谁笑到最后谁笑得最好’是不是? 我们现在还在中途呢,加油吧。我要赶到前面去招呼大伙,你们俩歇一会就来吧。队伍是在前面赵家庄大休息。”班长说完,把烟斗弹了弹烟灰,插入小布烟袋,站起来就走了。走出两三步又转回来对着我们两人说道:

“你们干粮不多了吧?来,给你们。”班长从干粮袋里掏出一大把干馍馍片,分别塞到我和任远手上,“快点吃,我在前面等你们!”

任远默默地目送着班长的后影,颇有感触地,是要承认他昨晚上看不起人的狂妄的错误吧。可又有点矜持,好面子似的什么也没讲。

班长给的干馍馍片,全都叫任远吃了。他说他自己的干粮在昨天吃麦饭之前就偷偷的吃光了。

“昨天说了你,你还不服气。你老兄太任性了。这是坏脾气,在集体生活中算什么呢? 缺德吧。总之,应该受批评。”

“怪我没有预见。”任远这回倒不顶嘴,口气和顺一些了。“要知道,预见是从经验的土壤长出来的。我没有这方面的经验,预见性也就谈不上。”任远借题发挥,津津有味地谈他的哲学。

“什么预见不预见,主要是自己太相信自己了!要不改过来,终归是要碰壁的。”我说,看了看他。

他的断腿眼镜,给一根黑线套在耳朵上,有点滑稽。人,流露着微微的苦笑,意思表达不很明确,是笑着别人不了解他的“高超”呢,还是笑着自己的可笑的自信?

忽然,后卫部队的同志骑着马奔跑来,叫没有武器的同志快走,有武器的战斗员留下,就地抵抗!原来是鬼子的钢甲车来了,后头还出现骑兵。

仿佛一声霹雳,我不觉一惊,拉着任远站起,撒开腿就没命的跑,前面扛着枪的战士停下了,没有武装的同志潮水般的向前面赵家庄拼命的跑。我也不知哪儿来的这股力气,刚才那样疲乏,那样酸疼,这时候一急,全都没有了,两条腿忽然来了神力,跑的可快了,好像不太费力就奔到了庄子里。

这里,支队政委、司令员站立在街当中的石磴上,以镇定的态度指挥我们这些没有战斗经验的队伍。我们一见到几位首长,就同迷路的小孩见到了亲人,心上的石头落下了。“同志们,沉着!别慌张。到处都有我们的人,几百个鬼子算得什么!后面有我们的武装队伍顶住。前面就是我们的家——太岳抗日根据地了。千万的老乡已经准备好东西迎接我们。大家再加一把油,前进……”陶政委沉着而镇定地向大家鼓动。

队伍稍微静了下来,陶政委和雷副政委分头带着大家往东南两个街口走。这时我才发觉任远和班长都不在,急得到处找也找不着。同志们都要走了,我只好走在雷副政委的牲口后尾,走出南门。

大约又走了三十来里路,我们才到了山脚,进到了我们抗日游击区的前沿。

四

从前天下午三点钟开始,当天晚上赶了一夜的急行军,第二天又整整的跑了一个白天,一直到昨天半夜,我们才结束了二百三十多里的战斗路程。人实在太乏了，我一进了村，就倒在炕上，迷迷糊糊地睡了，再发生什么事也不知道。

早晨，醒起来，太阳已经上了屋檐。我爬起来下地找鞋子，觉得脚板生疼，咬着牙往院里碾盘边坐下，举起脚板一瞧，呀嗨，两只脚板全都起了黄豆一般大小的透亮水泡，筋骨绷得胀梆梆的，到茅房蹲不下来，吐出一口浓痰，尽是混着黄泥。一会，班长到我这院里来了。他逐个院子去寻找我们班上的同志。见到我高兴的不得了，紧紧的拉着手，拍着肩膊，凝视我的眼睛笑道：

"好呀，我们打赢了一仗了。昨晚什么时候到的？"

"不知道。"我笑了笑。

"昨晚吃过饭没有？"

我摇摇头说："不知道。"

"真有意思，你好像没睡醒的吧。"

"真是做一场梦似的。记得老大娘说等会再来叫我吃饭，她一走，我马上睡着了。不知后来吃了没有，好像是没有吃。"

"唔，这一回，大伙倒是尝到滋味了。对啰，任远呢？"班长把话头一转，望着我，等回答。

他没有来吗？我不禁诧异。

接着，我把跟他分手的情景讲了讲。

"可能他跟陶政委那一路走。"末了，我补充一句。

"可能吧。你进到赵家庄不是就没有见到他吗？"

"找了，没有见到。"

"是的啰，你没有完成任务呵，你把伙伴丢了。"班长半开玩笑地责备我。

"你不是说，'自己的账自己算才数得清'吗？对他这样的人没有办法。"

"办法是有的。"班长拿出烟斗来装上烟，吸起来，埋在自己的思想里。

"可能他也进了赵家庄的，那么多人，哪里能见到。"我说。

"也可能。唔，你吃过早饭了吗？没有？去吧，好好吃饱饭，狠狠的睡它一天。脚上的水泡不少吧？同老大娘拿根缝衣服的针，在灯上烧一烧，消消毒，把它挑开，把水挤掉，两天就好了。"班长说。

经过三天的休息，各人脚上的水泡结痂了，精力恢复过来了。部队继续向太岳根据地进发，走到第二天的晌午，到沁源县姚壁村的河滩上。我们与陶政委那支人马汇合了。在危急中大家走散了，一旦又在一块重逢，欢呼、握手、拥抱，掀起一片热情洋溢的战斗友谊。走散的人和单位都回归原来的建制了。我们班的同志又都在一起生活，只有任远一个不见归来。

"我看任远出事了。"班长伤感地对着同志们说，"都怪我工作没有做好，没有把他带得过来。"

"这首先是我没有尽到互助的责任。"我说。

"没有把湿木头烘干让它烧起来。"谁轻轻的说了一句玩笑。

"你别笑话，管他怎样，一草一木对我们革命事业都是一份财富。"

班长的态度严肃起来，大家也磨不开说什么。

"看来可能是敌人骑兵出来的时候把他……我还得到大队部去报告，想想办法。"

班长带着忧郁的情绪走了。

我顿然失掉一位伙伴，不免感到空虚，这空虚越来越沉重。这些天来，那断腿的眼镜老在我眼前出现，他那言谈、笑貌、思想和爱好，时时缠着我。"他要是被俘了会怎样呢？他经得起折磨，抵制得了诱惑吗？他会不会乘此机会开小差，逃回北平去找他舒适的家庭和甜蜜的爱情呢？……"

大约有半个来月，脑子总也去不了这些胡思乱想。

一个月过去了。队伍到了太岳根据地的中心沁源县郭道镇停下来休整。总结前一段路程的行军经验，展开批评与自我批评。准备下一次渡过黄河，直趋豫西。

这天，正是"八一"建军节，部队休假，我同班上的伙伴们拿着被单的四边角绑在两条柳枝上，做成一张网，到小河沟去捞鱼虾。这时，大队部的通讯员领着一位老乡远远的走来，见到我们就喊：

"喂，你们看谁来了？"

大家丢下渔具就往岸上跑。来人是老乡打扮：头上包着羊肚手巾，腰间扎根带子，肩膀挂个褡裢。

"谁呀？"大家望着走来的人诧异。

“认不出来了吧?”来人抹下头上的手巾,朝着我们笑。

“呵,老任,是你!胖多了。”我乐的跳起来,抓住他的手直摇,“你的眼镜呢?”

“不戴了,是个二百五。”任远笑道,“戴不戴没关系。跟老乡在一起,戴它反而碍事。”

同志们都围了上来,七手八脚的把他拉到河滩的石头上坐下,你一言我一语地要他讲他的“历险记”,把捞鱼的事都忘了。

五

“那天,我同你在坟地休息。”任远望着我,开始讲他的经历:

“我一听鬼子的钢甲车开到了,骑兵出来了,可就毛了,撒开腿就跑。身上的水壶和挂包晃晃荡荡,挺碍事,把它们顺手一掷,身上什么也没有了,无牵无挂,走起来倒挺轻快。我见你走到前面去了,路上的人挺挤,往村里走又是个大弯弓,我索性打红薯地里跑,抄近路。没料到,刚跑到地里,叫红薯藤绊倒了,急忙爬起来才走上两步,小腿肚又抽起筋来!蹲下来揉搓了半天,稍微缓和过来,正要站起迈开步子,腿又举不起了,绞的生疼。又得蹲下,两手握着它,使劲的揉呀揉的,汗珠子直往下掉。后头的同志潮水似的涌上来,枪声和手榴弹跟大年夜的鞭炮差不多,把人的心都要炸开。看看同志们都在大路上直跑,谁来注意到地里有我这个人呢。我想不成啦,当俘虏不完蛋?这时,我看旁边就是一块高粱地,灵机一动,用两只手爬着,匍匐到高粱地里。这时,全身一点劲都没有了,抬一抬脚都很难。说来也奇怪,人到这地步,思想倒单纯了,至多就是死吧,闭着眼等死就是了。但,又想:死并不怕,只是未免太年轻,好比正当早晨,生命的门扉才打开,人世好多美好的东西都还没见到,一旦就把门户给掩了,不免遗憾!再说,在那遥远的地方,爱人那双深沉的眼睛,老不离开我。我们分手时,她是赌过咒的:要等我一百年哪。她现在哪里知道我就躺在这里结束我的青春和事业呢?再说,这时候我想起了同志们,特别想我们的老大哥。我觉得我一开头错怪了他，我心里有话要对他说，现在没让我说出来就闭上眼睛了，心里怎么也是过不去。怎么办呢？想着想着，没想到一条出路。思想乱极了，像叫一窝蚂蚁在上面爬。后来，枪声渐渐减少，渐渐疏远了，夜幕悄悄地落到身边。我困得实在支不住，迷迷糊糊的，眼皮睁也睁不开。后来，不知什么时辰了，恐怕是半夜了吧，一只粗壮有力的手，摇着我的肩膀。我昏昏沉沉的听到喊：

"'同志，醒醒！'

"我睁开眼一瞧，黑魆魆的两个人影蹲在我的身旁，不知是人是鬼。我不觉惊叫：'什么？你……你要干什么？'我猛一下坐起来，心跳的厉害。

"那两人几乎同时说道：'别惊慌，跟着我们走吧。你抽不抽烟？'

"其中一个划根火柴，点着旱烟袋吸起来。我从火光里窥见他们的脸孔。两人的模样儿还是厚道淳朴的庄稼人。我疑惑地问：'你们要把我弄到哪里去？'

"不抽烟的中年人简单的说了两个字：'回家！'

"抽烟的人鼓起腮帮吹掉了烟灰，把烟袋往腰带一插，然后动手去将绳索套上门板，转来对着我问：'不是彩号吧？抽筋？坐上门板，咱们来抬。'

"这时，我可以走得动了，谢绝了他们。那年纪大些的人看我不放心，才解释说：'同志，别误会，咱们是自家人。是负责收容同志们来的。'

"我想，事到如今，既然落到这步田地，逃跑，走不动。抵抗，手无寸铁。什么都是徒劳。没再说什么，默默地跟着他们走了。

"他们把我领到一座小院里。进了屋就上炕坐。那年纪大些的马上给端来大盘雪白的馒头，苞米渣熬的粥，一碗腌酸菜。年轻些的说，屋里的走娘家去了，孩子没人带，回去了。剩下这屋的主人陪着我吃饭，主人很殷勤，很诚实，看我大口大口的吞着，就说：'饿坏了吧，敞开肚子吃。这就到自己家一样了，别客气！'

"我一边吃，一边打量着对方。对方永远都是那样老实厚道的面孔，猜疑逐渐消失了。一会，一位四十多岁的大婶端来一碗热腾腾的羊肉炖汤，搁在我面前。用手背抹了抹额前的汗，说道：'同志，多吃点呵！做的不合胃口吧。'

“主人对我笑道：‘她是我老伴。还是老来俏哪。’

“‘看你就会耍嘴！’大婶瞟了老伴一眼走了。

“‘我还没请教你的大号呢。’我问。

“‘我叫赵成玉，排行小辈，庄里人都叫大叔。’

“‘我叫任远。’

“‘呵，听你是北方口音，是京里人吧？’

“‘正是，这庄子离县城不远吗？’

“‘不远。十来八里地，抛块石头都到了。’

“‘那……’

“‘任同志你是说……，你放心，城里我们的人都是进进出出的。来到我这里，你只管睡大觉，什么都对付得过去。’

“我把饭吃饱了，大婶来收拾碗筷，抹好炕桌，大叔又拿旱烟袋来慢慢地抽烟。我说：‘昨天我们过汾河和铁道，没有老乡帮助，真是口干得差点把人渴死。’问他：‘离鬼子那么近，老乡也敢公开支援我们，是为什么道理，凭什么那样干？’

“‘凭什么？哈哈，问得好。你看，咱们就凭这个——’大叔从怀里掏出一小册油印的文件在我面前亮了一下。

“我瞧见那封面是铁笔刻的‘支部’两个双线笔画的油印大字。接着，他歪着头看着我问：

“‘你刚才一个人躺在地里怎么想的？等死？悲观失望？哈哈。现在你知道，你那想头是过虑的了。其实，你比别的同志走运哪，不必一股子劲的拼命跑了，在青纱帐里休息一番。夜里就有人来请到家去做客，安安逸逸地在灯光下吃白馒头喝羊肉汤。你看，叫鬼子知道了，该气死了吧。’

“‘人家跑了一天一夜该累了，让同志早歇吧，你一说就没个完！’大婶拿着一个枕头来给我，向老伴盯了一眼。

“第二天，我起得晏，起来时，屋里静悄悄的，不见动静。我刚走到院里，门外进来一位十六七岁的姑娘。剪个学生头，上身是花洋布短袦，裤子是湖水蓝的士林布，不像是乡下的打扮。手挽只小篮，里头装的是枣子。

“‘同志,请吃枣。’她把篮子伸到我跟前来。

“我迟疑地,想拿又不敢伸手,瞟了她一眼。

“‘拿嘛,拿嘛。’她一边说,一边自己拿了一只往嘴里放,‘咯嘣’吃起来。

“我终于拿了一只,但没有吃。

“‘吃嘛。唔,你别乱走,回屋吧。’

“我疑惑地望着她的背影,跟她走回屋里。

“‘我就是这家的姑娘,我爹开会去了,娘去地里摘豆角,叫我在家侍候你吃饭。你等一下,我就去给你端来。’

“她马上给端来一碗面片,上面还搁韭菜炒鸡蛋。

“‘我也是昨天才回家来的。’姑娘说。

“‘婆家是城里的吗?’我顺嘴就问。

“‘咦,人家……’姑娘抿着嘴瞅我一眼。

“我觉得问得唐突了,怪不好意思的,只顾低着头吃饭。她倒爱说话,说她叔叔在太原铁路上一个工段做技工。她小时候,巫婆说是命里克父母,给了叔叔家去养活。在太原护士学校还差一年就毕业了。今年放暑假,想来乡下吃瓜果就回来了。

“‘太原我还相当熟呢。抗战前跟父亲在那里读过书。’我说。

“‘是吗?太原不好。不如我们这个庄子好玩呢。你吃饱了吗?来我们家就别客气呵。’姑娘把桌子收拾走了。

“一会,她拿来一套灰色斜纹布袿子,一件线衣,叫我把脏衣服换下来给她洗。‘这都是我哥去当八路之前留下的,你将就穿一下吧。’姑娘说。

“我真交了什么运了,碰到一桩又一桩,都是新鲜的事新鲜的人。

“晌午,赵大叔和大婶都回来了。大叔说,区委要他负责把我暂时隐蔽下来,等待有机会再送走。‘这,你就安心住下吧。组织决定这样办。’大叔最后说道。

“我就这样住下来。没有想到,当晚,我就一阵冷一阵热的打起摆子来了。把房东一家人折腾了一夜。

“第二天,那姑娘拿来一小筒奎宁药片,说是她知道乡下每年秋天总是流行疟疾,带回一些来预防。想不到就用得上了。问我昨晚什么时候发病,要我今晚提前两个小时服用。

"'你叫什么名字?'我这才想到还没知道她的名字。

"'我叫赵桂兰。'

"赵大婶提着小篮豆荚回来,见着闺女就高兴的责备道:

'任同志要养神呐,你老来打扰他。'

"'妈,晚饭你给任同志做啥子吃嘛?包饺子好吗?'

"'好,好。你给我和面去。'

"'呵,我的好妈妈!'桂兰拍着手蹦起来,'我这就去!'

"我就这样在温暖的气氛中'落难'。同桂兰有时在村边摘杏子,有时到地里捡猪菜。白天是过得踏实而自在的,最可怕的就是一到夜里,老也睡不稳了。梦里总是见到同志们,特别是过路这一段情景,好几回把我惊醒。每每半夜醒来,恍恍惚惚,感到空虚、孤单和寂寞。一想到同大家在一起无忧无虑,什么也不用担惊受怕,只要诚心为革命,学习、工作、生活,样样都是自觉自愿的,不受拘束,不受限制。现在一旦离开了,不免感到是挺不自在。什么时候又回到那样的生活去呢?想来想去,心就烦乱起来。

"有一回,桂兰要我一块去浇菜。她见我摇了半天的辘轳,笨手笨脚的,老也打不上水来,尽发笑。可能是看我太窝囊了,过来教我:'等水桶落到井底的时候,再将井索往上提起,然后使劲投放就行了。'她还给我做了示范,然后看我照着做,懂了这个要领,果然打上了半桶多的水。桂兰看我获得成功,出了口气地说:'再打两回就熟练了。你真是道地的城里人。在我们这地方能惯吗?'桂兰掠了掠遮住前额的刘海。直瞅着我,叫你无法回避她锋利的眼光。

"我说,'慢慢会惯的。'

"'可见你现在还不惯。唔,我下星期就回学校了,你同我去好吗?'

"桂兰这话问得挺天真,但问得太突然,弄得我磨不开,挺窘。半天,我才吞吞吐吐地说,'我是从城里逃出来的,这个时候怎么好回去?'

"'那,为什么呀?'

"'那是秘密,不能告你。'我笑着说。

"'呵!'桂兰拉长着声音,恍悟似的叹了口气,'是为干革命! 那,我叔叔在城里还不是一样干。'

"'你叔叔?'我一愣,'别说了吧,你这个丫头心直口快。小心祸从口出!'

"突然,大婶来到跟前,问道:

"'你们两人瞎嘀咕什么?'

"'娘,我说要任同志跟我回太原,他可是个迷糊哪,说话半吞半吐。'

"'我说你这傻丫头就不懂事,乱说话。'

"本来平静了的心境,叫桂兰这一搅,多少又烦乱起来。这之后,有好几天,那城市的霓虹灯不断地在我眼前闪耀,什刹海的溜冰场,昆明湖的划船,琉璃厂的书市,香山的红叶……一切的一切都涌进脑子来了。可是,我同时又想起半年多来和同志们相处的日子,想起这两个月行军的经历,想起过路前后的情景。我觉得,好像是冬天,同志们都围着火盆坐着,有说有笑。我却一个人走开,去寻找别的去处,岂不太渺茫了吗?何况我总记住老大哥那回讲'湿木头'的话,过后老想,班长说的是我吧。我虽然来革命队伍好几个月了,还有那么多的水泡,没有被烘干,还不能燃烧起来,发热发光。一句话,还是一段湿木头。到哪里也没有用场,结果还不是被抛弃?同志们想想,我的思想多复杂呵!"

大家听到这里,有的同志就插上嘴笑道:

"是呀,这是职业特点嘛。哲学家的脑袋到底比较发达一点。"

另一位同志可是正经地问:

"后来你怎么回来了呢?"

任远望了望天,估计是什么时候似的,干咳一声,扫了同志们一眼,继续说道:

"后来嘛,就在那几天里的一个晚晌,赵大叔从集上割回两三斤羊肉,叫他老伴和闺女马上剁肉、和面、包饺子。然后轻轻拉我的衣袖到外屋来,对我说,这两天晋西北那边有部队过路。组织上叫他等部队过来,就要把我送走,问我有什么意见。我说,听组织决定吧。

"大叔对咱说:'本来想留你在这跟我们一块干的,后来想了又想,觉得你还是到部队去有利。'

“我说：‘我懂了，走，对我个人更需要。’

“大叔说：‘那好了，我们的意见一致了。’

“大叔回到屋里叫他老伴多和点面，要烙几张饼。桂兰知道是给我上路预备的了。吃过饺子，她就替我收拾她们给我添置的手巾、牙刷、替换的衣衫，以及大婶和她两人给赶做的新鞋。另外她还把她带回家来备用的‘仁丹’‘无极丸’和‘十滴水’这类成药，放进她缝的小手袋里。把褡裢装得鼓鼓的。晚上，她又拿来一个小本本，上面用浅蓝的士林布缝了封面。她先望了望我，不觉红着脸说：

“‘给你一个本子。’

“好呀，谢——’我伸手去接。

“桂兰马上把手缩回去，盯着我说：‘先别谢，你得依我一件事！’

“我愣了一下，摸不着她要耍什么花招。

“‘给你！你先别打开，等我不在跟前再看。’她把本子给了我就走了。

“我等她走到里屋去了，才打开来一看，原来是一本马头牌的袖珍笔记本。扉页上新写上几个这样的钢笔字：

希望你把战斗的事记在这里！

“礼轻仁义重，虽然是一个小小的本子，却给我精神上极重的负担。我把它夹住我那女朋友的照片，装进胸前小口袋里。好久，心情也平静不下来。我好像受着很重要的委托，那委托又是那样纯洁、崇高而真诚。

“半夜，大叔把我叫醒，桂兰端来一盆热水，让我抹了抹脸，大婶把面条和馍馍拿来。我和大叔吃了就准备走了。临行，桂兰一半是对她爹妈，一半是对我，撒娇撒痴地说：

“‘我想不回学校去了，我也要到山区去！’

“‘傻丫头，你到山区去能干什么？’大婶瞪女儿一眼。

“‘样样我都能干。反正我不愿回那个鬼地方去。’桂兰撅着嘴。

“‘好吧，好吧。你的事以后再讲。我们先走了，回屋吧。’大叔从女儿手里

接过褡裢来，然后向我说，‘咱们走吧！’

“‘大婶，桂兰，我走了，再见！’

“‘再见，一路顺风！’桂兰深切地望着我。

“我转身跟上大叔走出了院子。大婶在背后补说一句：‘好走，别忘了我们！’

“我就这样离开了大叔的家，当天赶到游击区，由地方党组织介绍给准备到山东去的干部队，走了五天才到太岳军区。军区政治部的同志说，我们支队还在这里休整，要我休息两天再叫人送我归队。昨天有通讯员来大队部，政治部就派一匹牲口让我骑。总之，太幸运了！我的‘历险记’就如此这般结束了。”任远讲完了话，欢欣地拍拍腿上的尘土。

我问：“见到大队长没有？”

“见到了！他还幽默地对我笑道：‘你这场考试成绩不佳呵！幸好没有交白卷。下一回补考吧。’唔，瞎吹了半天！咱们的老大哥班长呢？”任远热情地问道。

“他有好几天不痛快哪。”我说。

“呵，为什么？”任远一惊，睁着眼望我们。

“就为你老兄掉了队。说他没有完成任务呗。”另一位同志说。

“呵，糟糕！是我表现不好，纪律性差……以后不会再让老大哥操心了。”

这时，班长从村头走来，远远的就望着我们喊。

“伙计，回来啰，你们干啥子哩，躲在这块来摆龙门阵呀？”班长边喊边走来。

“班长，你看谁来啦？”有个同志说。

“噢，班长同志，你好！”任远站起来，张开胳膊要拥抱的样子，终于，两只手抓住了班长热烈地摇了摇。几乎把眼泪都淌出来了。

“呵，好呵！好呵！恭喜你终于过来了！你回来正巧，今天太岳军区和地方抗日政府慰劳我们，送来好多的猪、羊肉和白面，同志们回去包饺子吧。我们就顺便给任远同志接风！唔，你们出来捉了一天的鱼，鱼在哪儿？”班长回头向大家笑着问。

“小鱼没有捉到，大鱼倒是捉到一条。”

“大鱼在哪儿?”

谁噗嗤一声,忍不住笑出来。

“这就是大鱼啰。”一个同志推了任远一把,“我们听他讲的故事,小鱼也不想捉了。”

“那,罚他做什么呢?”班长高兴地问。

“包饺子我能行,这回在老乡家学会了一门把式。”任远说。

“不,让你烧火好了。”我对任远看了一眼。

“对啰!”好几位同志附和,意味深长地望着他。

“怎样,这回不会是湿柴禾了吧?”班长眯着眼睛瞅着任远。任远红了一大半个脸,谦逊但很有自信的应道:

“保证烧得起来!”

1963年3月5日定稿于柳州羊角山

牙科大夫

三十年前——一九五一年，我左下边一颗大牙龋齿，第一次同牙科大夫打交道。从此，三十年间，断断续续，总因龋齿而常看牙科：或作根管治疗，或拔除，或镶补，找牙科大夫的次数实在不少。大夫们知道我是搞文学的，有的问借小说，有的抽空谈论电影、戏剧，对我这个病号特别感兴趣。有一次，我问一位大夫，说我遇到过一些医务人员，有不少人都喜欢文艺，不知是什么缘故。原先学医而后来成了文学家的，就有俄国的契诃夫，中国的鲁迅、郭沫若；当今卫生部的一位副部长，也写过好些短篇小说。"是不是医生和文学有特别的缘分？"

"讲缘分就讲不清了。恐怕是我们当大夫的，长年累月日日夜夜面对着愁眉苦脸的病人，下班休息的时候，就想看看电影，听听音乐，读读小说，调剂一下，轻松一下。如果说，我们当大夫的给病患者生理上解除痛苦，那么，作家就是在精神生活上给人以安慰和鼓舞吧？"

说这话的，是一位三十六七岁的年轻的牙科医生。人长得挺帅，谈吐谨慎，举止敏捷。在华西大学学的口腔医学专业，毕业那年正赶上全国解放，由于成绩优异,分配到首都口腔医院开始他的牙科大夫生涯。在给一位姑娘作门牙的根管治疗中,经过几次交谈,知道对方是在清华大学读经济学的,但对文学却特别爱好。大夫向她借阅《远离莫斯科的地方》,一借一还,互相有了交情,不想竟成了伴侣。组织上为了照顾他们的关系,毕业分配的时候,本来把他爱人安排在首都中央经济部门工作,过了两年,她因在报刊发表过几篇小文章,于是,雄心勃勃,企图挤上文坛,施展其抱负,趁机关精简下放干部之机,主动报名申请下放,志愿到边疆来,以便汲取写作源泉。丈夫为了迁就爱人的志趣,只好牺牲首都工作和生活的优越条件,随同妻子一道到了边疆。按他的说法,一个人只要能为别人得到幸福,使对方快乐,自己的损失也就得到了补偿。也许就由于这一信念的力量在驱使,这位牙科大夫的工作态度一直是好的,精力充沛,情绪高涨,对待病人很有耐心。一九六〇年春节,他领着夫人沈璧和女儿欣欣来我们家,知道我女儿盈盈外语成绩不佳,便主动提出每周抽空给盈盈做义务辅导。我说:“这不剥夺了你的休息、娱乐时间了吗?”他说:“不要紧,只要用得着,自己又能尽了心,也就是娱乐嘛。”看他态度是真挚的,并非敷衍的客套。春节过后,他果然每周三趟——二、四、六晚上,骑着自行车来履行他的许愿。从七点半到九点,一个半小时,风雨不误。有时,辅导完了,见我没紧要的事就聊上几句才走。

记得一回。我问他:“沈璧同志近来写些什么吧?好些日子不见了。”他说,她就穷忙,写不成东西的。说一九五八年那阵,她到了京郊,从通州来信,兴致勃勃讲她在那儿发现民间歌谣丰富极了,要在那里辅导社员做诗,争取放文艺卫星,做到人人都成诗人。“你讲,这不是滑稽吗?”大夫说,他盯着我的眼睛。也许见我发窘,没等我开口,又说他看他爱人对文学那样兴致勃勃,精神可嘉。“可是,老实讲,她后来写的东西……很遗憾,不敢恭维。”他看着我迟疑的目光,稍停一会,又喃喃自语似的说:“我以为小说、诗歌,应当是表现喜怒哀乐的情感,是写人和人之间悲欢离合的遭遇什么的,对吧?即算在革命运动、阶级斗争中人也不能没有个人的感情。可惜,如今的文艺作品尽是喊的政治口号,讲的革命理论。我说,这样,只要理论家和新闻记者就得了,何必还要文学家呢?老实说,当前有些东西我就欣赏不来。白天开会听报告,看报纸,听广播,道理都听得多了,晚上看电影、读小说,还是那些话,真是受不了。你说,墙上贴的这些卫生挂图,人物透视也许不差,但你能说它是美术作品吗?不能吧,这是机械的图解模式,缺乏起码的感情,怎么能算作文艺作品呢?《三国志》是一部历史著作,《三国演义》却是一部文学作品。《三国演义》的张飞大闹长坂坡,貂蝉戏吕布,曹操横槊赋诗,都是有血有肉的个性鲜明的人物,故事安排既合情又合理,叫人信以为真,情感上受它感染。当前流行的作品,有些就叫人感到虚伪造作,味同嚼蜡。我有空时是喜欢读小说的,却不大看当代流行的作品。正如我虽然尊重、支持沈璧的爱好,却不那么欣赏她的东西。她写了也不愿给我看,她抱怨我太苛求,筷子穿莲藕专挑眼。为此,我们往往闹得不欢而罢。"

听他这一番话,心想,他对文艺是未免苛求了,但也不无道理。

有一回同他一道去看苏联影片《攻克柏林》,完了,他开口就说不真实。"一个优秀工人入伍,开头当个普通士兵是可以理解的。但经过战争的锻炼,战士的能力也应有所提高。这是生活的逻辑吧。何况,这是个战前就受过斯大林接见的优秀的炼钢工人,战争一开始就应征入伍,参加过斯大林格勒那样大小的多次战役,军队又发展那么大,兵员扩大、补充那么多……可遗憾的是,历经四年的战争,一直打进了柏林,而战争却几乎没有使他发生多少变化,这就真是令人难以置信了。当然啰,这也许是我又在吹毛求疵。但是,俗话说,一粒老鼠屎弄坏一锅汤。一个情节不合情理,整部作品就会失真是不是?对不起,我又在阁下面前发海水,班门弄斧,哈哈。"

"听你这样一讲,你可不仅是个牙科大夫啊。"我不禁脱口说道。

大夫却腼腆地说:"见笑,见笑。对文科来说,我这胡诌可是庸医误人了。"

过后,他爱人的单位搬家,离医院远,为了照顾爱人上下班方便,他把医院的房子退了,每天骑自行车上班。一来离我们家也远,二来我女儿上了高中,到学校住宿去了,他就没再常来,我们见面聊天的工夫就少了。

那天,我的晨跑去迟了半小时,马路开始出现三五个赶早班的人影了。在街头拐角地方,一个呼声把我叫住,抬头一瞧,一位俊秀的高挑个伫立在我面前,旁边还有一位八九岁的小女孩叫我一声:"伯伯,你好!"

"哎哟,古大夫!你们父女俩也——"

“不，”古思今大夫抢着说，他不是晨跑来的，因为搬了家，孩子转到新的学校，他带她先试走一趟，看需要多少分钟，好计算每天出门的时间。我对他笑着说：

“阁下真不仅是好大夫，还是个好父亲呐，处处都为他人想得那样周到。”

“老婆孩子算什么他人啊，你不说我太自私吧？唔，沈璧最近写篇东西，想烦你给她看看。”

“你看呢？”

“我看不怎么样。”

“写的什么？”

“写农村阶级斗争新动向，赶浪头的玩意。其实，她出生在城市，对农民生活原来就是陌生的，现在下去才几天，东西南北，方向还认不清，人生地不熟，感情从何而来？没有真情实感，怎能写成文艺作品嘛。文学创作不能跟我拔牙那样，凭机械和力气吧！”

“那，你为什么不同她谈谈？”我陪着他父女往前走，边走边谈。

“没用。”古思今说。停了一会儿，又说：“不知阁下有没有这样体会：两口子谈问题很难靠拢。同样的道理，别人讲，容易接受，自己人说，偏偏不以为然。她要同你保持平等，听了你的，自己就像比你矮了半截似的。可笑的自尊，真叫人哭笑不得。……”

这次见面以后不久，我下乡搞“四清”运动去了，一直到“文化大革命”爆发，一年多的时间，我们就没有相见的机会。“文化大革命”一开头，我首当其冲，被公开点名批判，戴了文艺“黑线人物”“三反分子”的高帽，成了“过街老鼠”。自己丧失了自由，亲友们也断绝了往来，思今大夫当然也是见不着了。

一九六七年春天，对我批斗的冰雹告一段落了。造反派内部开始打派仗，对我个人的专政放松一些了，放到郊区一个养鱼场去劳动。规定每天到附近的村头田边割一担草或捡满一担牛粪往塘里投放，就算交了差事。

一天，早露才收，我已经割满了一担蒿草，正打村前大队部的门口过，看到大榕树下——村人夏季乘凉憩息的地方，一群小孩围着一个圈圈，眼睁睁地瞅着一个师傅给他们的伙伴理发。他们边看边吵，惹得坐在旁边破篾编筐的老头，抖动一束长长的篾片，对小孩嚷道："吵什么！走，走。谁要剃头，按先后轮着来。"

"对对，要理发可不得造反，排队，一个一个来。该谁了？"师傅理完了一个，将深蓝色塑料围布取下，抖了抖；抬头见我来到跟前，不禁一愣，伸着食指正一正眼镜（眼镜左边的腿架断了，用细绳子绑起，套到耳朵上），睁着疑惑的目光瞅着我，嘴唇嗫嚅，说不出话。在他眼里，也许我的外貌变多了。但是，我一眼却把他认出来了，激动使我忘了禁忌，脱口叫了一声：

"古大夫！……"

"噢，是你啊，久违，久违！"

我把担子撂下，他上前一步，伸出长长的胳膊抓住我的双手，紧紧握住不放。上下把我打量一番，眼眶噙着泪水：

"你，头发太长了。来，给你理理。"

"不，不，该我。他后来，没排队。"一个小孩坐上了条凳。

古思今看着我。我说："先给他们理吧。"

"我是尽义务的。"思今小声对我说。

一个十二三岁的男孩向理发师傅指着我说："他是牛鬼蛇神，你敢为他服务？"

旁边编筐的老头瞪小孩一眼，生气地使劲抖动一捆篾片，吼一声："阿木，你吠什么？你再不老实，就叫师傅不剃你的癞痢头。"

孩子们都剪完了，轮到我的时候，古思今才悄悄告诉我：有半年多了，每逢星期天，门诊轮不到他值班的时候，他就下附近这几个大队来，为老乡们理发。有空跟纯朴的农伯聊聊，总比在家白待着踏实些。我问他："从前不是拿小说当朋友聊天吗？"他说，什么书都被看成"四旧"，论斤当废纸回炉了，小说没得看了。这，对我个人是领教过来了的，对一个医生，也未能幸免，却是料想不到。但是，他总还有个平静而温暖的家吧，何至于精神无所寄托呢？这心思，虽然想不开，却未向他深问。倒是他关心到我的牙病，问有没有新的病灶。我说，右下边第五颗牙又找麻烦来了，早晚漱口，一碰上冷水就酸疼。上个月出现牙周炎，几个晚上都睡不成觉，服止痛片，却引起局部皮肤过敏，打了青霉素才使炎症消了。他说,治标不是办法,不根治,日后还得复发。他叫我去医院彻底治一治,说龋齿不同于其他病症,不可能自愈,早发现早治疗,是上策。

既然如此,我终于请得看牙科假条,跑医院去了。头一回门诊,说是龋齿,照了 X 光片,一个医师看了说,拔掉省事;另一个却说,做根管治疗还可以挽救,拔掉就没有了。两人争执不下。古大夫在旁边,赞同后者的主张。不过,说是要跑四五趟才完事,而且他们医院做根管治疗,每天只能预约十个人。病人每天半夜就得来排队,来迟了拿不到号。问我有没有这份工夫和耐心。我心想,既有希望治愈,何必自暴自弃呢,牙齿也是帮助消化的工具,多一个总比少一个好。生活的欲望强烈地怂恿着我,于是,点点头表示接受治疗。

"那就得早啊!"古思今伸出食指正正眼镜,睁着热切而会心的目光望着我。

我点头答应转身就走。走了很长一段路,不,一直回到养鱼场大门,他那非同寻常的目光似乎还盯在我背上,仿佛每天晨跑,见到的最后一颗消失于微明的天边的启明星。

回到养鱼场跟同伙们谈起来,大家把看牙科的艰苦,讲得很玄乎。说拿牙科号,可是一场紧张的战斗,非得半夜起床就走不可。还说有的人干脆就在挂号厅里席地过夜,等着窗口打开。多年来生活教会了我,危言未可轻信。不过,我还是比我习惯的晨跑时间提前一个钟点出门,往医院跑。到门诊处一瞧,哎唷,可不是怎的,五官科的窗口已经排了长龙了,挂钟的指针才指在四点上。还好,最后一个——第十号的牌子轮到我手上了。心上挂的石头落了地,总算没有白跑。七点半开诊,还得三个半钟头,等吧,既来之则安之。我只好在候诊的走廊一排椅子上找个座位,用幻想来打发时光。

这时候,古思今和他夫人沈璧,以及他们的女儿欣欣的音容笑貌一齐都到面前来了——

"请大诗人发言吧。你——"沈璧对我说,同时瞟了丈夫一眼:"老脑瓜,跟你谈不到一块。文艺是生活的镜子,你不紧跟时代行吗?鲁迅早就讲过,没有现在也就没有将来。你不赶时髦就得落后。不要自命清高……"沈璧娇嗔的丰采,活现在我眼前。她好胜逞能,有生气勃勃的朝气,有爽利、敏锐的谈锋,娴雅中不免有点掩饰不住的造作。不过,大概这只是瑰玉的瑕疵吧,也许正因为有这一丁点儿缺陷之嫌，倒反显出她与众不同的特点呢。如今，她怎样了呢？还是那样急于求成，不甘寂寞吗？这场触动灵魂的"大革命"会不会挫折她的锐气呢？那天在村头好不容易见到古思今，为什么不问候一声啊，未免粗心怠慢了。说不定她会抱怨丈夫，没把她的景况告诉我呢！还有，他们那宝贝女儿欣欣，该读四年级了吧？……

我就这样枯坐在暗淡的走廊的候诊椅子上，独自遐想。病号越来越多，座位越来越挤，来得早坐得久了的人也不敢离座走动走动：你一离开，座位就被占了，回头只好靠边站。七点开始，医务人员陆续到来，打开房门，穿上罩衣，分别戴上大夫、护士不一样的帽子；先集体朗诵"老三篇"和语录，然后才戴上口罩，朝走廊那些鹄候多时的病号叫号。我是镶补室的第十号，也是末尾的一个，不会那么快轮得上自己，心里倒也不焦急，也不大留意旁边的人谁托着腮帮进去了，谁又咬紧牙出来。只管自己做气功似的端坐不动，独自遐想。一直等到第九号被叫进屋了，才从遐想中醒过来，聚精会神地面对现实，急切地看着人出来，静听护士叫号。这时，突然来了三个气派非凡的角色，目空一切地大模大样直往镶补室涌去。不一会，九号出门来了，往痰盂吐水。我立即站起，正要往房间进，不想，一位戴着大口罩的大夫探出脑袋来，几乎碰到我的额角，露出难为情的小眼，对我说：

"你是十号吗？对不起，请等等。唔，不，今天恐怕轮不上了，明天再来吧。"说完正要转回头去。

我朝他追问一句："那，明天，我算头一号吗？"

"不，明天另外挂号。"

"哎哟，大夫……"

大夫没耐烦听我哀求，赶紧忙不迭地照顾那位已经坐在椅子上，表现很不耐烦的病人去了。旁边另一位大夫抬起头来，一见是我，透过白边近视眼镜以目示意，叫我不作声；然后走过来，拍我肩膀，把我拉走两步，除下大口罩，我一瞧，原来是古思今。

"你——"我正想请他帮忙通融一下。他却不让我多嘴，悄悄同我耳语："工宣队的大员，没办法……这样吧，这个星期天我值班。你午晌十二点来，我给你做。”

等到星期天我去了。这时正是午休，停止了门诊，治疗室很清静，除了值班大夫和护士俩就没别的人。护士在别的房子收拾医疗器械，治疗室只我和古大夫。他一边给我病牙打钻，一边悄悄问道：“这一下你可受苦了吧？”我等他换钻头的空隙才开得口说了一句：“历史的悲剧！”停了一会，看他不作声，我又喃喃自语地说：“记得金圣叹临刑时讲，‘杀头至痛也，吾于无意中得之，大奇！’”他对我凝视片刻，流露苦笑，仍旧无话可说。用注射器从口盅汲起温水往我患牙周围冲洗，让我漱了口，再塞进药棉，给龋齿病灶钻起来。一分钟三十万转的钻头，咝咝发响。

“你不知道吧，”大夫悄悄地同我谈话，“在‘横扫一切牛鬼蛇神’那段日子，我也很玄啊，硬说我是你的文艺黑线的吹鼓手，又说是六十一人叛徒集团的走卒，又说是苏联特务，帽子一顶比一顶大……”

我惶惑地望着他。他体会了我无言的询问，稍停片刻才解释道：

“大概是五十年代我在北京口腔医院时到过苏联开办的国际红十字医院见习几个月，在那里给中央组织部长补过牙……”

我想：这，又是谁给揭的呢？但是，一分钟三十万转的钻头仍在咝咝地响，舌头不听你使唤。

“现在，同你在一道的是什么人？”他突然问，盯我一眼，不由伤感地叹口气，接着，怀着好心规劝我说：“平时讲话得留点意啊。”

听得出，他话里有话，可是，生活已给我不少教训，用不着向他盘根究底。

大夫钻完了牙冠龋齿的病灶，取出药棉，又用注射器从口盅汲起温水冲洗，让我漱口。完了，挪动小圆凳，靠我身边坐下；从小小玻璃水盂捡起细如发丝的不锈钢针头，跟X光小底片的牙根比了比长短，才开始往病灶深处钻探。

“一个护士结婚，对方也是低工资，”他说，“我好心送三十元给她办喜事，却成了收买拉拢喽啰的罪证！”停了一会，他又自我安慰地小声说：“不过，我也并不后悔！”

探完了根管，搓根细细的棉针，蘸上药水，敷住病灶。第一次治疗就结束了。古思今对我嘱咐：

“下星期三再来换药,星期二也行。不过,还要早点,争取不再拿十号,哈哈。”

他好像还有话要跟我深谈,护士却进来了,我只好告辞。他却依依不舍,把我送下楼,一边走,一边喃喃自语:“含情欲说心中事,鹦鹉前头不敢言。”到大门口,分了手,他才记起来似的,诚挚地追问:

“唔,嫂夫人和盈盈好吧?请代向她们问候!”

“好,好,谢谢,她们还好。”我回头用感激的目光望着他。

走到路上,不禁懊悔,觉得自己太粗心了。为什么忘了问候他夫人呢?一个热情奔放,逞能好胜的女性形象,马上在眼前活跃起来,那笑靥迎人的丰采,那高谈阔论的谈吐,是不容易使人淡忘的。在这场大风暴中,哪个人都不免卷进了漩涡。她到底过得怎样?为什么古思今他也闭口不谈呢?下星期三见他一定问问。我一边走一边想。

下星期三凌晨,我比上次提前一个钟头去门诊排队,拿到第三号。这回只换药,也没遇到突如其来的闯入者的拦截,过程很顺利。可是,古思今大夫却未见到,他爱人的消息也就无从问起。接着,三天两头去换了三四次药,总也没再碰见。最后一次是除下假补的胶粘,补上合金粉,把病灶填充,疗程就算完了。我迟疑了半天才试探地向主治医师打听古大夫的消息,说是这个月轮到他在病房,不来看门诊。看这位医师挺热情好说话,于是问他:

“古大夫爱人也还好吧?还有他女儿欣欣?”

“这,怎么说呢,”主治医师迟疑一下,终于说道,“沈璧……她……你不知道?这回,可是出了大风头啰。串联了全国,游了名山大川,跟些人搞什么‘三结合’,写了一出‘三突出’的样板戏,听说上北京参加调演,得到文艺旗手接见什么的,总之,风头不小。”

“是吗?”我不由大吃一惊,“是怎么一出戏,报上没见她名字?”

“现在都是提倡‘三结合’,‘三名三高’不时兴了,哪有署个人名字的。不过,虚名没有,实际却很吃香,比老古强多了。”

“啊。原来是这样!”我透了口气,“他女儿呢?”

“女儿倒还肯听父亲的话,规规矩矩在家自修外语。”

“那,古大夫他俩口……”

我的话没说完,主治医师听护士来说有电话找,就对我说了声“对不起”,走了。

我的治疗既已完成,不便逗留,只好怀着一团疑问离开。主治医师提供的消息,一直萦绕着我耳边。但,当时的处境又不可能让我的疑团得到解开,不久也就不再徒劳去猜它了。因为那些年月,自己的命运,社会的问题,国家的前途等严重得多的问题,尚且捉摸不定,对别人的事,也就逐渐淡漠下来。

从此,七年的风风雨雨,我们都没机会再见面了。一九七七年初夏,我终于侥幸“死去活来”——重操旧业,下乡访问农村。头天,下榻县委招待所。半夜,被一阵惊慌的嘈杂声闹醒。原来是隔壁住的所长突然发病,县医院副院长同一位老中医来“望、闻、问、切”,说是绞肠痧,就是西医讲的阑尾炎。病情急剧,中药无能为力。副院长说,既然如此,除非开刀动手术,没别的办法。但县医院外科设备条件差,外科主任又不在,到医学院进修去了,别的大夫开刀没把握。所长爱人极力主张把人送去地区医院。副院长担心病人在车上颠簸,途中出危险,如何是好?大家只干着急。旁边一个公社书记说,他公社卫生院有个省医院下放来的大夫,能拔牙也能给难产的孕妇破肚取婴儿,本事过得硬,周围社员有病都愿找他。请他来看看不好吗?老中医师嘟哝道:“再大的本事也不过是个牙医罢了。山中无柴茅草贵。唉,死马当作活马医也罢!”副院长果断地马上叫救护车来把病人送医院,所长爱人也陪伴着去了。所里又恢复了深夜的宁静。我却再也睡不成了,脑子顿然活现着淡漠多年的牙科大夫古思今的影子。七年前他最后送我出门诊部时说的话,又在耳边响起,当时他那沉静而真挚的神情,又出现在我眼前……

吃罢早餐,所长爱人回来了。进门一见到我就笑逐颜开地说,病人脱险了,幸亏公社卫生院那个大夫,做事干脆利落,大胆给开了刀,把化了脓的盲肠割了,人已经清醒过来。

“真该千谢万谢那个大夫啊,没有他,让别人七嘴八舌瞎嚷嚷就耽误了!那大夫真是个好人。”

“他姓什么?”我问道。

“你看,该死,心一乱忘了问了。人长得挺秀气,戴副眼镜。”

公社书记在旁边插嘴说:大夫姓古,从省里下来快一年了,又说他不但是个医生,还是个义务的理发员……我猜想,一定是古思今!信口就说:“我认得他。”公社书记说:“你不是要到我们公社去吗,那正好,你们可以见到了。”

“不,我现在就去医院看他。”我激动得马上就要走。

“不用去,”所长爱人拦住我说,“他连早餐也没吃就走了,说公社有病人等他。”

本来我打算在县里再待一天才下公社的,一听古思今在那里,迫不及待地当天就走了。公社离县城三十多里地。步行半天也就到了。一到,立刻就往卫生院跑,到门房一问,看门的老伯说,吃罢午饭才放筷子,又叫附近大队的赤脚医生拉走了,说那边有个人给鱼骨卡了喉咙,务必请他去一趟。这样,我只好回公社来休息。昨晚没睡好,又走了大半天,实在太乏,一下子就睡得很熟。当我翻身醒过来时,古思今已经坐在床前的椅子上,翻阅我带来的一本《天安门诗抄》。

“古大夫!”我不禁惊呼,马上起身下床,拉他的手,凝视他的眼睛。

“休息好了吧。”他含笑让我坐下,“你怎么知道我在这儿?这回,你可是离开了牛棚了吧?算了,算了,还是先去我那儿再好好聊聊。你没事吧?”

不由分说,就把我拉走了。经过菜市,他顺便买了一条八两多重的斑鱼,又买了小把紫苏、葱、蒜和西红柿一类蔬菜回到他的住房。这是一间新起的单间平房。厨房是在另外地方的,他为了同我聊天,把切菜的砧板搬到房间来,放在小矮凳上,一边剖斑鱼——刮鳞、剥皮、去骨、切片,一边向我问这问那。

“我们有七年不见了吧。自从那次补牙以后,后来,你又——”他问。

“一言难尽。”我打断他的话。“你呢?”我反问他。

“彼此彼此。哎,别提了,往事不堪回首。这回,妖魔不会又重来了吧?”

“怎么,你以为历史会重复吗?”

“历史也许不会还原,但牙根的病灶,消毒不严,治疗不彻底,还是会复发的。”

我留心观察他那间约摸十四平方米的房子。家具、摆设很简单,都是一些单身汉的生活用品，墙上挂着一枝猎枪，旁边墙缝，别有雉鸡翎毛和箭猪的白黑相间的针刺。

“晚上你同我到附近树林去打斑鸠吧。斑鸠白天挺精，你躲到树根下边去等，也不易打到它；夜晚却很老实，在树枝上蹲着睡觉，你一边拿电筒照，一边瞄准，准能打到。一夜出去，打它十只八只不成问题。这里的老乡说，男鸠女鸽，斑鸠的营养对男人特别合适。唔，我看你脸色，身体不大好吧，脑力劳动，特别需要蛋白质。你现在在省里住什么地方啊？这样吧，我以后打到斑鸠、野鸡什么的，把它晒干，托人给你送去。”

他情绪很高，很兴奋，话一讲开没个停。

谈到这儿，门外进来两个十岁上下的农家小丫头。小妹捧着一把金黄的枇杷，姐姐挽着小篮，里头装有四五条新采下的、青绿青绿的鲜黄瓜。姐姐一进门就朝着古思今喊：

“医生叔叔，我爸叫我们拿瓜果来给你招待客人尝新，喏，我搁桌上，我们走了。”两姐妹把东西放下，不容分说，拔腿就走。古思今望着她们后背小辫叫道：“丫头，替我谢谢你爹爹！”

“我看你的人缘很好嘛！”我随口说道，视线从他眼睛转到桌上的枇杷，枇杷新熟，鲜明透亮的金色，供观赏比供啖食还诱人。

古思今继续切鱼片，颇有感触地小声说：“我发现工农群众确是纯朴可亲，跟他们在一起，就像寒冬腊月抱着膝盖坐在火盆旁边，又暖和又安全。”

接着，他告诉我，年初他原单位派人来找他谈了，说他的问题一笔勾销了，“六十一人叛徒集团”“文艺黑线”，都已平反，他个人当然也就不存在什么牵连的瓜葛，要调他回原岗位。他却没有答应。说，这倒不是他还计较当时的造反英雄们对他的虐待，而是舍不得离开这里的老乡。“像小猫找到了暖和地方，就懒得挪动了。”他口气很平静，跟从前一样，仍旧那样真挚。他的眼镜换了，现在戴的是黑色粗边的镜架，显得朴素、庄重。

我沉吟一会，终于问他：

“小孩没有跟你下来吗？”

“欣欣下来了，在县里上高中。”

"她妈呢？沈璧同志——"

"她……"

古思今欲言又止，把切好的鱼片端起，用抹布将砧板抹净，切开姜片。我也不作声。屋里一阵沉默，令人难受。

"啊，你不尝尝枇杷？这儿的枇杷真好，比北方的杏子还大。"他把话题岔开，有意回避触动伤口似的。这，反而叫我更加疑惑。他见我不作声，于是叹了口气，感慨地小声说道：

"我们早就分手了。她倒好，走遍了全国，阅历了名山大川，开拓了眼界……"

"读万卷书，行万里路，旅行对写作倒是一种恩惠啊。"

"那，还得看对谁讲。营养再好，还要看你能不能消化得了。"

"女作家太少了，有才华的往往夭折于毅力的不济。"我信口开河，发起议论来。

古思今说，别人他接触的不多，不好妄加评论，只是沈璧这个人，他是略知一二的。他说，人家既然有那样浓厚的志趣，事业心那样强烈，总应当尽可能地协助、成全她。他认为，一个人在事业上取得一分成就，对社会也是一分贡献。不论谁，都应当鼓励的。"不过，"他说，顿了一下，"沈璧她……想当作家，有志者事竟成，谁能预言别人的成败呢？我只发现她自身有个最大的障碍，妨害了她，那就是——她了解人的能力太差火，或者说，对人关心不够，知人处世不深。这不能不局限她写人的深度。唔，这点你比我懂得多，不用讲了。我总以为，要写小说、戏剧，你不了解人不行吧，好比我们搞外科手术的，你不掌握人体解剖的腠理，手术刀能乱动得的呀！唔，我这是乱弹琴。好了，进伙房烧菜。对啰，你这几年，牙齿没出毛病吧？"

晚餐，我们还喝了两杯。是他自己泡的三蛇酒，说可以治风湿病什么的，不喝酒的人每晚睡前，喝上半杯，舒张舒张血管，有好处。

掌灯时候，有三四个男女青年，手上拿着本子，到门口叫唤："古大夫，到点啰！"

"好哩，我就来。"古思今应声，回头对我说："他们都是赤脚医生，要我去给上课。在这儿，我可是成了万金油啦。"

公社离卫生院并不太远，我不让他远送，径自要走，他却拿着电筒，执意非送我过榕树塘边的小道不可。说那边小路草多，说不定路上有蛇。路上，他边走边说：

“阁下下来准备待多久？这儿的老乡挺好客，很快你就会交上朋友，写作应当有个故乡啊。”

“你真的不想回省里吗？”我问。

“做大夫的，只要有病人，哪里都一样。省里，病人要讲究特效药，这里，万金油就求之不得了。我怎好走开。好，前面就是公社了，再见！”

我站着，望他走回了树荫。只见电筒光柱的明灭，人影看不到了。转回头来，朝公社移步。

第二天，公社召开各大队支书会议，听汇报春插进度，叫我列席。正开着会，古思今来叫我出去一下。说他接到电话通知，要到地区出席先进医务工作者会议，想问我拿《天安门诗抄》去看看。我便到房间拿书给了他。

在公社那几天，同一位文教助理到各大队去跑了几个地方。每到一处，几乎都听到大伯大婶们同助理员谈起老古的话。不少人指着这个小孩或那个大人说，谁谁的命都是古大夫给捡回来的。背后，文教助理跟我讲：古大夫为群众服务的精神是不错，不过，也没老乡们讲的那么神，其实，有些小病，不用吃药也能自愈的。这，我想也是。然而，口碑到底不是有形的实物，你也不好推倒或纠正。

走马看花，跑了四天，县委召开三级干部大会，请我参加。我未能等古思今回来就离开了。县里开完会，机关来电报，叫马上回省，参加“大庆油田参观团”去东北。匆匆忙忙就走了。在大庆，左边的第五颗牙也闹开牙周炎，到医务室去看牙科。大夫听我说是广西参观团的，就说他有个华西同学，姓古，从北京下放的，问我认不认识？说他是个书呆子，死心眼，却找了一个同他性格完全相反的爱人。不知他们现在过得怎样？我不好正面明讲，只说：“天下大事，合久必分，分久必合，个人小事，恐怕也是这个规律吧。”那位大夫点点头说，明白了。说十年前，她串连到大庆，见她同一位造反头头好像很热乎，问她老古的事，她极力回避，顾左右而言他。

从大庆回来不久,一天午晌,一位十七八岁的大姑娘同一位六十来岁的农伯来敲门。农伯背只鱼篓,姑娘肩上挂只帆布挂包,两人站在门口。老伯问了我的名字,然后指着大姑娘说:

“她就是欣欣!”

“伯伯……”姑娘叫我一声,羞涩地低下头,不敢看人。

“啊,长成大姑娘了,请进,请进!”我让他们进屋,边让座,边向姑娘问,“你爸呢?”

姑娘一下子拧过头去,趴在椅子的扶手上,肩膀在抽搐,泣不成声。

这,可叫我发愣。

“咳!”农伯深叹一声。

屋里一片沉寂。

过了将近五分钟,农伯才睁开凄凉而哀伤的目光望着我,讲开古大夫的不幸:说十天前,人已入土了!那天一早,他还是精神抖擞地给他一伯爷的儿媳妇做剖腹产,大人、小孩的性命是救治了。大夫却累了整整大半天。午晌又没休息,骑自行车搭欣欣上车站,赶去专区参加高考,马不停蹄,一口气跑了十多里地。下午,又有手术,一直干到傍黑鸡要进窝时分,才离开手术台。就这样劳累过度,回房间又没人照顾休息,入夜八九点钟时候,隔壁家的人听到呻吟声,过来推门,一瞧,人从床上跌下地,自己无力爬起来。大家都慌了手脚,急忙打电话叫县里来救护车,拉去专区医院抢救。不想,车上颠簸,人到半路,心脏停了跳动,脉搏也没有了……

一阵辛酸揪住了我,不由发了呆,屋里又是一片沉寂。

半天,农伯从鱼篓掏出一包东西来,放到我手上,说是从前有天晚上,古大夫听说他要到省里来探望女儿,拿去请他帮带给我的。解开麻绳一看,是晒干了的斑鸠,一共六只。农伯看我手上打颤,说不出话,小声说道:

“老古的心可是金子铸的啊!他可是一举一动都想着别人。”

一会,我问欣欣,高考成绩怎样?她说,得到入学通知书了,志愿表填的是学医。

我说:“好哪,好好学习,接爸爸的班吧!”

姑娘点点头。从挎包拿出本书来说："爸讲，是伯伯的书，给！"

"你就留着吧。"

"谢谢伯伯，这书现在也能买到了。"

书皮用了牛皮纸包得整整齐齐的，拿起它，如同握住故人的手，一股热流涌上胸口……

事隔两年，某天，在烈士陵园参加一位老红军同志的追悼会，我终于在草坪等候的空儿跟沈璧相遇。十年风霜对她的容貌似乎没有多大影响，只是那两根长辫不见了，现在是一头蓬松的卷发，上面贴着一顶军帽，上黄下蓝的海军装束（后来才知她在某舰队当文化处副处长）。她还是那样热情洋溢，笑脸迎人，主动跟我握手言欢，不失故人之谊。我问她还在写东西吗？她先摇摇头，马上又补充说，业余时间还写一点。末尾，着重说道："'四人帮'的污秽是应该用笔杆去把它打扫干净的。"

"老古的事知道了吧？其实，他的为人倒是可以写一写的。"我说，盯着她眼睛，留心她的反应。

她满不在乎，撅起嘴："他，太老实，有啥味道。"

我沉吟一会，说："不过，依我看，老古自有其难能可贵的品质啊。再说，他对你还是……"

她不等我说完，抢着问道："你最后见他是什么时候？"她认真地瞅着我。"他真的没有骂我吗？"

我把我们在公社相见的情景说了说，最后讲，在他还我的书里，发现夹着一张字条，是写的一首七言绝句，似乎是为她写的，可见他并不完全像她所说的那样迂。

"别说了，他写什么？你背得来吗？"

"四句话，倒还好记。"我说。于是，向她念道：

一场春梦觉已迟，

信誓长留两辫丝；

诗成欲寄柔肠断，

心皱难平事事非!

沈璧听罢,从鼻孔"嘿"一声,然后说:"还说没有怨气呢,这明明是泄愤嘛。当初,我们正在恋爱的时刻,是开过玩笑来的:我说我的辫子,可作爱情的见证,将为他长留一辈子。他也说,他的心肠是拴在我的腿上了,他心上的皱褶只有我的手才熨得平整。你说,这种梦话,能当真吗?刻舟求剑!你还说他不迂哪。"

听她侃侃而谈,不禁愕然。

追悼会开始,打破了我们的僵局,彼此都默不作声,走进灵堂。

散场出来,她正要跟一位首长钻进一辆上海牌小汽车之际,回头见到我,想起什么似的,立即跑到我跟前来,小声说道:"你回头把那张诗笺给我好吗?"

我盯着她的眼睛,点点头。

汽车响着喇叭叫唤,她说声:"好,再见。"转身走了。

旁边一位报社副刊编辑,见我站在一边发呆,望着一溜烟飞走的汽车,回头问我:"你认得她?"

"你认得?"

"一个不甘寂寞的人。"

编辑同志见我不作声,又喃喃自语道:"她写稿很积极,总是写这写那;笔名原先叫蓝青,现在又改海岚,名字也是变来变去,花样翻新。"

1981年4月谷雨

载《当代》1981年第6期

不速之客

省委整党领导小组派出一行三人，来到江口市委指导工作。下车伊始，到今天才不过七十二小时，消息却传出来了。两天来，宾馆里的小会议室从早到晚，接连不断有人来访，要求向上级党委领导同志申诉什么的。

夏日天亮得早，组长徐老同志虽然每晚工作到深夜，还是坚持他起居生活的老章程，不等太阳露脸，他就迎着闪烁的晨星，走出户外，在宾馆的草坪做完八段锦，然后绕着游泳池的林荫道慢跑两圈，回头再进早餐，开始一天的工作。

不想今天出乎意料，时间表给打乱了。当他悄悄将楼房大门的门把吱嘎一声拉开半边，骤然间，迎面来了一位中年妇女。看她像是来上班的勤杂工，又像是乡下进城走亲戚的姑妈、伯娘，她怀里揣着一只蜡染的土花布包包。

“大嫂，你……”老同志觉得面生，警惕地端量她。

她也瞟对方一眼，以为是看门房的老头，理直气壮地说道：“我来找省里来的工作组。”

“有事吗？”

"真出奇,没事来干什么。"

"嘴巴真厉害。"老同志心想,重新打量她。她三十出头了,四十岁还不大像;中等身材,扁平的塌鼻子,配上薄唇、小嘴、圆脸,倒也挺协调;眉毛是做了绞面,用心修饰成的一弯新月,头发往后梳,前额显得白净光洁。这似乎不是为了今天要来告状才如此特意打扮,而是平日在家也照样过惯了的。瞧这老头居然这样盯着看人,真出奇。他,一身上下穿的是白底蓝条棉绒,像医院病人的衣裤,但他不是病号,看他满面红光,一头银发,眼神慈祥和气,也不像是看门的那种老头。"他是不是省里来的头头?"她心里嘀咕,不免发窘。

那老同志脸露笑意对她打招呼:

"大嫂子你来早了,办公时间还没到哩。"

"不早来能轮得到吗,昨日个不是?只差一步就排不上队,今天我就是要非见到人不可。你?……"

"唔,好嘛。"老同志说,"请,请进屋谈吧!"

老同志正在让客的时刻,门口出来了一位二十六七岁的女同志,向老同志招呼:

"徐老,您早!"

随即瞥见来访客人,拿诧异的目光询问组长。

徐老马上说道:"噢,小叶,你招呼客人进屋。好!大嫂,你跟这位同志先谈。"徐老对着女同志示意。

小叶会意,点点头。对着来访者说:"大嫂子,请!你昨天好像来过是吧?"

"可不是。城里跟乡下真不一样,看病买东西要排队不说,连办公事也排队,真出奇。"

"大嫂,你贵姓?坐下谈吧。"

客人不客气地往沙发一坐,沙发的弹性使她不由得一愣,两手紧抓住布包,揣在怀里。看女同志一眼,想了想才开口说话。说她娘家姓伍,小名叫肖妹,大跃进那年上过几天夜校,老师给起个学名,叫伍超美,那三个字,怎个样,怎个写,都记不起了。"反正用不上,谁有空去理它。生成是管家婆的命,成天跟瓢盆碗盏、尿布、背带打交道,缝缝补补,忙这忙那,哪有工夫像人家那样舞文弄墨什么的。”

“你说，有什么事要找我们讲的吧？”小叶听她啰嗦，赶忙插上话。

“当然有嘛，没灾没难的，谁还上庙求神问卦？找你们来总是有事要讲的嘛。”

小叶不作声，心想：别看她文盲，嘴巴可不饶人哩。

“我讲，你们是省委派下来办整党工作的不是？”来访者盯着小叶，“那，我问一句，党员缺德，你管不管？”

“看是属哪方面的事吧。”小叶同志答道，给对方倒了杯水。

“我是苗家人，长大在山旮旯，进机关来当了十多二十年家属了；公事没亲手办过，可有眼睛、耳朵，没吃上猪肉也见过猪跑。见过听过的事也不少，好人坏蛋，总能猜得八九不离十。”看她把话讲得那么自信而执拗。

沉默片刻。来访者看小叶低着头修剪指甲在沉思。于是，单刀直入发问：“汪延国这个人认识吧？”

“不，不认识。”小叶停下动作，瞅着对方，“干什么的？”

“嗨，不认识？人家自称是什么痴（诗）人、坐（作）家哩。弄文墨耍笔杆的呗。难怪你们省里报纸、杂志不登人家的文章，牢骚可多着哪。不过，不给他登那么一些不咸不淡的屁痴（诗）也好，少来点招风惹草，免得神魂颠倒。”

小叶猜想，十之八九是两口子闹别扭了，索性直截了当问道：“你说他是谁？是你——”

“是我男人呗。”来访者抢着回答，“真瞎了眼，受骗上当，嫁他这么个花头鸭。亏他还是个党员，又当什么政策（协）委员哪。呸，我说他不配！可不是吗，做个丈夫都不老实，还能当党员，还能当党员什么的吗？我这就要来告他的状！你们不是整党的吗，像汪延国这样的，就应当整治整治！”

小叶透口气，总算明白了客人的来意。

本来这正是清官难断的家务事。可是这位执拗的大嫂硬咬住被告不仅是个党员，大小还是市一级的文化一行的头面人物，当什么文化馆的副馆长又是什么副主席；但品行不端不正，竟跟自己的顶头上司——文化局副局长白天黑夜老在一起，拉拉扯扯，躲躲闪闪，不阴不阳地不知干些什么见不得人的勾当。

小叶说，一个文化馆头头跟一个文化局负责同志是上司下属关系，工作上的接触、来往是正常的，不能没有根据地随意说他们歪风邪气。

“他们要是正经的办公事，谁还讲二话。”来访者马上反驳道，“我说叶同志，你还不知道那个副局长是什么货色吧？人家原来是演《刘三姐》媒婆的！可厉害哪。‘文化大革命’一来就跟我这一口搭档闹造反，一个出前台唱戏、一个在后台提词，闹得显眼着哩，可人家是造反有理，‘支左’的解放军同志也很看得起，我能扯后腿吗？不想，‘大革命’那个乱劲早过了，他俩各自大小都当了这样那样的头头，何况各自都成了家，养儿育女，为什么还这样？真想不开！再说，政策落实下来，平反冤假错案，一位老大姐又回来当副局长，同样也是个上级领导，为什么待她就不那样亲亲密密，有说有笑呢？”

小叶等对方的话稍为停顿，便问她丈夫和那女局长的来往有哪些不正常，请她举些实在的事例。

“事情不是明摆着的吗，你也是个女同志，这种事还不懂得？一个人在外头野店要不是喝足吃饱了，回到自己家为什么没了胃口？嘿，这种事是最瞒不过人的！”

小叶不禁红了脸，一时不好开口。停了两分钟，才郑重地盯着这位大嫂问道：“那……你是要跟他离婚？”

“离婚？才不那么便宜他哪。孩子都那样大了，要离婚还真舍不得。只是，叶同志，你听我讲吧。这一年来，听说要‘处——’（遗）‘查三种’什么的了，那狐狸精可又骚起来了，常来跟他嘀嘀咕咕，我那个人跟人家白天还说不过瘾，还一宿一宿的不睡觉，总是写呀写呀，写个没完；有时等我同孩子睡了，自己又偷偷爬起来，拿报纸罩住灯泡，又在写。问他写什么，他给你支支吾吾，说写稿。写稿不是得稿费的吗？为什么老不见有钱寄来过？直叫人纳闷。叶同志，我不认得字，真太苦了，不得已呀！这两天，听说你们来整党，整党员歪风邪气。我这就趁他出差前天夜里就撬开他的抽屉，拿到这包玩意。唔，你看吧。看我说的是不是实话。”

来访者将蜡染土布包袱解开，拿出两袋文件卷宗递给小叶。

小叶接过来，抽出两三份翻了翻，瞪着迷惑而怜悯的目光，凝视片刻，才叹口气说:“大嫂,这样吧,文件先留下,我们看看是什么事,再请大嫂来谈。放心,我们会保存好的。”

“那就好,我先回了。”

小叶送客出门。来访者边走边问:“刚才那位老同志是领导吗?”小叶点点头。

“什么叫三种人呢?听那狐狸精总找我男人讲这个。”大嫂快走下台阶了,还有话要说。

小叶看看手表,说:“这样吧,我另外找你细谈。”

“绿素同志,你先谈谈刚才那位大嫂来访的情况吧。”

早餐后。省委整党指导工作三人小组照例碰头开小会,商量一天工作。组长徐老望着小叶说。

“又是告状的吧?”徐老等不到小叶开口,又说道:“俗话说‘恶人先告状’。我们可不能那样看,要讲民主,尊重客观。对上访的申诉,要作具体分析,千万别先入为主,轻率地作主观片面的论断。唔。”

“是呀!”另一位组员李明,拉长腔调表示附和。

小叶睁大眼睛,摸不准领导的潜台词,却有恃无恐地盯住面前两大袋卷宗说:“看来,她是不像个恶人。她的问题是:猜疑丈夫有了外遇,整天跟别人来往诡秘,整夜偷偷摸摸写情书,因而冷淡了她,搞得家庭不和睦。”

“‘清官难断家务事’,算什么原则问题嘛。”李明不以为意地点起支烟,吸了一口。

小叶瞪着李明说:“怎能这样讲呢?她讲她丈夫是个党员,败坏了党风,问我们管不管?”

“她丈夫是干什么的?”徐老问小叶。

小叶将方才那位大嫂讲的情形作个大概的汇报,最后指着茶几上的两袋卷宗说道:“喏,这就是她抓到的把柄。”

“都是情书吗?”李明兴致勃勃地伸手拿起卷宗。

“看。”徐老催两位助手。

两人分头把文件袋打开,拿出信笺来翻阅。原来都是用复写纸复写留下的底稿。要说是情书,那是叫人扫兴了。小叶顺手捡起一份搁到组长面前:“是信,却不是情书。”

“我这里,信也不是,全是告状的底稿。徐老,你看,怪不怪!”李明将组长面前茶几上的茶杯移开,腾出空位来,把部分底稿平平整整搁下,让徐老过目。

徐老拿起稿子,浏览了两三份,不由得气愤地向两位助手指着稿子,厌恶地说:“这……这跟大鸣大放的大字报没什么差别嘛!都看完了没有,全部是这类玩意吗?看,看他到底是搞什么名堂!”

“噢,小叶你瞧,是奇迹吧?”李明递给小叶一份从印刷品剪下一个一个铅字,缀连贴成的一封告状信,喃道:“百样米养百样人,真是无奇不有!”

小叶看完,说道:“匿名已经够了,还怕人认出笔迹。做人做到这步田地,也真够他苦的!”

服务员照例进来收拾、打扫房间,静了一会。等服务员走后,李明才又把几份东西同小叶看过的那部分作交换,说:“这几份是退稿。你看,一份是独幕剧脚本,写反击右倾翻案风的,批科学发展规划提纲的四株毒草。哈哈,好在没有给他发表。”

“真逗。那位大嫂还以为是自己男人给别人写的情书呢。”小叶一边看,一边低声自语。

徐老看完几份有关整党、处理遗留问题的中央和省委的红头文件,取下宽边黑框的老花眼镜,朝着一男一女的两位组员发问:

“看完了说说,到底是什么问题?”

李明先说他看的部分,除了几件退稿,其余,有的是告文化局局长,说他是三种人,靠派性保驾提升的第一把手。有的是告分管人事的副局长,说她派性严重,违反中央三中全会、十二大路线,抵制落实知识分子政策;该平反的不给人彻底平反,结论上或多或少都要留点尾巴;该调整工资的不给调整,不该调整的反而升两级。举了一个不点名的例子:说有一位少数民族青年作家,创作上有一定成就,该算有贡献了吧,调整工资为什么不得两级?不是对少数民族歧视吗?但——小叶不等李明讲完,抢着插话:

“我这里有一封是说，文化局三位正副局长，其中两位紧跟‘四人帮’不说，论年龄都超了，可一位副局长，休而不离——长期领干薪不办事，正局长嘛，离而不休——文件早下了，还是赖着不肯罢手，仍然遥控局面。另一副局长倒是既年轻又有业务能力，但是，不仅不给考虑进新的领导班子，反而在前一段处理‘文革’遗留问题中，被勒令（‘文革’中的词汇也用上了）叫她回避，制造舆论，硬说人家有‘三种人’嫌疑……”

“等等。”徐老听到这，蓦然想起什么事，拦住小叶的话头，起身进卧室拿出手提的黑皮包，打开暗锁，取出牛皮纸的大信封，说是临来时，省纪委信访处交给一包匿名信。是这里一个什么人不断上告的，要我们结合整党，把所告的人和事调查了解一下，然后同市委联系，看怎样解决。“在车上我大致看了看，其中好像就是纠缠你们说的那些是非。你们拿去对照研究研究，看是不是那位仁兄的手笔啊？”

李明、绿素两人接过匿名信，进行查对，徐老问小叶，刚才那大嫂的丈夫叫什么名字。

“姓汪，还是姓王，”小叶说，“名叫源国还是元模，她口音咬不清楚。”

“是汪燕戈吧。”李明搭上话，“似乎是个小文人；‘四人帮’那年月，报屁股久不久出现这个名字。”

“他那口子讲他自称是诗人作家。”

“也不知是写诗还是杂文了，反正常见其名，而不知所写何事。”

电话铃响，小叶拿起话筒答道：“是的，是的。什么事？哦，等等。”她捂住话筒，掉过头来向组长发问：“徐老，门房有位政协委员要来面谈。”

“政协委员，什么人？！……”徐老稍微沉吟，终于说道：“让他来吧。你俩拿稿子回房间看去。”

李、叶两位起身正要往外走，徐老想了想，叫住绿素：

“小叶，你留下。听他要讲什么，记记。”

一会儿工夫，来访者由服务员领进套间，小叶迎上去招呼。人大模大样、满不在乎地看徐老一眼，问道：

“哪位是组长同志呀？”

“找他有事吗？你请坐！”徐老指指旁边沙发。

两人一齐坐下。小叶给客人倒茶。

看样子，来访者三十出头，头发已出现花斑，矮登登的个子，长一脸横肉，那神色好比年三十晚登门要债的少东家。

“我是无事不登三宝殿。”客人说话了，并架起二郎腿，伸开巴掌罩住茶杯盖子，把眼光移到对面墙壁一幅草书的横披，流露出得意的神气。

“同志，你贵姓？”徐老问。

“免贵，敝姓王，延国，延安之延，喏，墙上这幅字就有——唔，随便写的，料不到竟挂起来了。”

小叶跟着往墙上的横披望去。那是用镜框装的草书，字体像一堆蚯蚓。回头瞥视客人一眼，不好意思恭维。客人看她发窘，就说：

“认不出来，很遗憾！”

“原来还是书法家啊！”徐老言不由衷，讲句应酬的话。

“见笑，见笑！逢场作戏，附庸风雅罢了。”客人口气，谦虚中包含得意。“唔，言归正传吧。我本名叫王延国，写文章嘛，有时署名燕戈、原模，有时也姓汪。为的都是人怕出名猪怕壮呀。十年动乱，多少名人成了牛鬼蛇神，苦头吃的真不少。你老恐怕也……彼此彼此，哈哈。”客人转向徐老，不想对方沉着脸，态度严肃。不敢再往下扯了。

徐老望对方一眼，问：“你当过红卫兵吧？”

“嗳，别提了。生逢那个非常时刻，谁敢不响应伟大号召呀。”

稍停十来秒钟，客人接着说下去：“当时，哎，哪个能预见到今天是这个样子呢？今天来就想谈谈这个问题，或者说，与这个问题有联带关系的一些事情。开门见山谈吧，这回整党，清查‘三种人’，这本来是中央方针不是？可事情一到下面，往往打了折扣，往往有这样那样的不同解释。比如说，‘三种人’不能进领导班子，这谁也不会说二话，可问题是对‘三种人’的理解，伸缩性就很大。比如讲，凡是参加过红卫兵，现在在机关、学校做一般普通工作，担任一定职务什么的，是不是都算造反起家，都属‘三种人’呢？”

“你说呢?”徐老瞅着对方挑战的目光反问。

“我说不算。要算的话,‘三种人’就太多了,比如我个人这样的:‘文革’前高中毕业,而且上大学读了半个学期,笔杆子要得一点。这样那样的文艺东西,都能来得;大小还是省作家协会会员,该称得起是个知识分子了吧?一个知识分子,从六六年到今天,十七年过去了,才当个文化馆副馆长。即使没有‘文化大革命’,我王某不是也会爬到这起码的一级台阶吗?怎么能算是直升飞机、靠造反起家呢?这点,我怎么也想不通。”

“是组织上划你为‘三种人’了吗?”

“没有明讲,不过,在酝酿新的领导班子人选,把我的名字,悄悄抹掉了。我说,组长同志,我说,要是极左的仍在作案,‘文革’遗留还处理不掉,整党靠谁呀?”

“靠党员的党性。”徐老一句话,斩钉截铁,毫不含糊。

客人不觉一怔。

房间静了下来。小叶放下笔,给组长和客人添开水,服务员送来两份今天出版的《江口日报》。徐老拿起报,瞄了一下要闻版新闻,再翻过二、三、四版,也只看看标题,没细读正文,就将报纸收起,搁在文件包上,回头望着谈话的对手。客人两支胳膊撑着膝盖,眼睛呆呆地盯住地毯当中的圆形图案,正在思索着什么。

“谈到什么了?”徐老说话。“我看,大家都忙,别绕弯好不好?谈具体些。”

“那,我再讲件事,”客人说他是市文化馆馆长兼市文联副主席,一个门面两块牌子,两个单位一摊人马。说是业务分开,行政合一。实际上什么权力,全都由秘书长一手包办完了。他文联副主席这一角,实际是被架空。可文联是群众团体,委员,正、副主席都是民主选举产生的。要这样——让官方派遣的秘书长当家,岂不是强奸民意,明目张胆地践踏了民主选举的神圣法权?江口市委这种做法,是不是违反组织原则?整党该不该整?

客人把问题提得如此尖锐,望着徐组长等待回答。

“你文联副主席是专职不是?”徐老问。

“不是。我专职是文化馆副馆长。可我的文联副主席是经过群众民主选举出来的。”

“群众选举不可否认。我只想知道,选举之前,是不是由党组织提出的候选名单?”

客人一时语塞,瞠目无言。

“文联建立有党组吧,谁负责?”

“书记嘛,文化局长兼,副书记就是秘书长。都是老化的老化,外行的外行。一个离而不休,老马恋栈,一个休而不离,尸位素餐。嘿,看怎么个搞‘四化’,创造精神文明财富吧。”

听到这,徐老凝眸注视说话的人,问他:“你是不是党员?”

“入过党,总也过不了转正关。”

“哦?”徐老诧异,紧追着问,“为什么?”

“大概是‘臭老九’吧,要不,能有什么理由呢?”

“‘四人帮’早垮了,还有‘臭老九’?”小叶插话。

“垮了不等于绝种,‘左’的幽灵还在游荡哪!我方才不是讲了嘛,派性还在某些人脑瓜里强占党性的位置哩。”

“这里头(就是说,在转正的问题上),难道就没有一点自己本人的主观因素吗?”

“这个……”客人踌躇了一下,马上含糊地说,“世上没有绝对的事物是不是?人无完人,我个人也不例外。缺点毛病人人有,谁敢拍胸膛讲硬话?问题是,一棵树不等于一片森林,对不对?”

“唔。道理你懂得不少嘛。”徐老说着喝了口茶。

客人自以为得到了赞赏,于是壮了胆,当仁不让地作自我标榜:说他虽然大学只读了半个学期,文凭是拿不到,但是,十年的社会大学,经风雨见世面,跟高尔基《我的大学》差不离;文科水平,自信比在校四年光啃书本的强。何况在文艺界,他闯出了一条路子,拿到了本省作协分会的会员证,难道一个作家会员证不顶一张大学文凭?大学毕业生千千万万,称得上诗人、作家的能有几个?说到这他不禁自我陶醉,忘乎所以。

但是,他回眸一瞧,徐老不动声色,甚至表示不耐烦了。不得不紧急刹车,把话头收住，喝口茶。心想：要自重而不至于傲慢，要谨慎而不自卑……一时没再开口。

“你单位‘处遗’工作，搞得差不多了吧？”徐老问。

“看怎么讲吧。表面化了的、人所共知的案件是处理了一些；那些事太明显了，不作处理行吗？问题在于隐蔽的人和事，时至今日，还是不见动静。遗留，遗留，好比垃圾，旧的处理了，新的又会出现。”

“是这样吗。能不能讲具体一点呢？”

“你们不是管整党方面的吗？”

“整党、处遗两者并不对立嘛。处遗不彻底，‘三种人’拉不下来，整党一来，到底是谁整谁呀？”

“对，对，太对了。徐老真知灼见！我们市里的事……唉，积重难返啰。”

“没那么严重吧。依你看，主要问题在哪？”

“一句话，党性与派性的矛盾。”客人说完，自鸣得意。

徐老注目对方，意思是说：“难道事实是这样的吗？”对方不动声色，表示“信不信由你”的姿态。

这时，李明进来，手拿两份信件。睨视客人一眼，然后弯腰凑到组长肩膀，耳语两句，将信件递到徐老面前。徐老不禁惊愕地打量着客人，接过信件翻了翻，沉吟片刻。李明给小叶使眼色，顺手给客人换茶水，等待组长吩咐。组长抬起头，会心地望着李明：

“你去吧，逐件逐件核对。”

徐老回过头来，跟客人继续对话：“我们刚才谈到什么地方了？看看我的脑子，不行了。后生可畏，该你们中青年接班了。唔，对啰，这回下来之前，省纪检会给我出个难题，要我们工作组结合查访一位经常写信上告的人，要我们一定找到他本人当面谈谈，把事实核对，弄清是非，不然老缠着，影响团结、影响工作就不好了。可写信的人不肯署真名，只写什么‘下里巴人’啦，‘小小老百姓’啦，‘不平则鸣’啦。叫我们哪里去找？难道要我们跟‘四人帮’查‘反标’那样，把人统统集中，叫人写大字报来对笔迹？”

徐老有意盯住客人脸色，客人不免局促，不那么自在，但马上警惕起来，佯

作镇定,颇有斟酌的说道:

“古人有云‘匿名勇者不为’。何况越级上告是允许的嘛,为什么不敢署名呢?其中必自有苦衷。不过,问题是看其所告的内容是不是事实。是事实,就不必去追查信是谁写的了。”

“事实真相如何,是要核实的,同时也不能不查明原告。如果原告是造谣中伤、诬蔑构陷别人,那是要反坐的。”徐老又一次审视着对方眼神。

对方脸色顿显微赧,耷拉眼皮,拿出手绢紧抹着汗。

小叶起身去开开电扇。风一吹,哗啦一下,茶几上的记录纸散落地下,害得小叶赶紧去捡,李明进来看到,帮忙拾起两张,一边交给小叶,一边对组长说:“有位老大姐,说她是文联党组副书记。让她等一下,还是——”

“让她到小会议室,你先同她谈。”

客人瞅着李明转身出门的背影,喃道:“有些人早该离休了。偏偏不甘寂寞。硬是霸占茅房……”

“那,为什么?”

“说穿了还是为个权字!哎呀,不早了,很抱歉,耽误你老半天。”客人已经站起。

“我们就是要多听听意见的,你不是要谈‘三种人’的吗,你看哪些人是造反起家的?”

“唔,有些事不必也不便多讲。不平则鸣,相信会有人利用信访的合法方式向上反映的。你们忙,不多占时间了。有必要我改日再来。”

客人拿起手提包,边说边跨出房门。

“情况复杂,争夺尖锐。前些年吧,斗!这两年呢,争!”客人看徐老不作声,又喋喋不休,“恶人先告状,贼喊捉贼,跳梁小丑还有哩,很值得提防!”

“放心!”徐老马上回答,“我们是辩证唯物论者,会实事求是办事,不怕恫吓,也不会轻信。搬弄是非,造谣生事,在这里是找不到市场的。”

客人显得尴尬,回过头来,不好意思地说:“请留步,留步!”随即伸出手跟徐老礼节性地轻轻握了握。当他也要跟小叶握手时,小叶巧妙地把右手收起,握住挟在左腋下的文件袋。客人狼狈地转身走了。徐老望他的背影说一声:

"好走!"

小叶转身向徐老问道:"刚才他说什么'贼喊捉贼'?"

"夫子自道!"

"哈哈!"

"你笑什么? 小鬼!"

"我笑,唔,想起弥勒佛那副对联'开口便笑笑天下可笑之人',哈哈!"

1983年5月2—22日写于南宁文化大院

载《金田》1986年1月号

老教头

在跟他相识之前,他的名字以及他的事迹我已经有所听闻了。

一九五〇年"五一"前后,华南分局宣传部在广州梅花村召开各地、市委宣传部长会议,我作为梧州市、地宣传部负责人出席了那次会。当时,去华南文联筹委拜访周钢鸣,动员他回广西老家工作。他说自己不一定去得成,但有一位现在已回博白老家养病的陈肃同志,倒是可以请他出来工作的。说他是老同志了,一九三九年抗战时期,桂林成为文化城,他曾经是中华文艺界抗敌协会广西分会的秘书长,作为地方代表人物,跟当时在桂林的许多文化人都有广泛交往。夏衍、胡风、艾青和木刻家刘建庵都同他相当熟,要他出来主持筹建省文联是合适的。再说,他多年在中学教书,桃李满天下,广西地下党的人现在可能要负责各部门领导工作的好多同志,不少是在他影响下参加了党的。

我问:"他什么病要回家养呢?"

周说病是不太严重的,神经受刺激,不太正常。当时在香港难找安静的地方,只好送他回家休养吧。现在可能已经恢复了的。"不过,"周谈到这,表示有所顾虑，说，“他上省里工作，有件事是要注意的。他神经之所以失常，一方面固然是由于对党组织对胡风的文艺思想进行批判，脑子转不过弯来，钻牛角尖，固执己见，跟大家闹对立。另一方面，私生活上受到刺激。对象正是他的得意女弟子，女方对善良、正直的老师由于崇拜而产生师生之恋。从桂林撤退，一路到香港，两人又都在文化圈子活动，相濡以沫，生活在一起。不想，老夫子的结发妻从家乡赶来，拆散了那个暧昧的局面，火上添油，精神便失了常态。”

“估计休养了一段日子会恢复正常了的。”周说，“阁下回去转告省委，对他的情况了解一下吧。是个老教头，工作挺热心。二十年代大革命时期，就是广西最早的党负责人朱锡昂同志介绍入党的老同志了。”

之后，我从梧州上调省委宣传部。一九五一年冬吧，全省第一届人民代表大会开后不久，在一次省委扩大会上，听各地、市委书记汇报农村土地改革和城市民主改革试点工作情况。玉林地委韦树辉讲到最后，说他们博白县一位出席省人大回去后，即擅自声言执行省人大会议决议，动手在其宗族中宣传、推行土地改革实验。把本族人所有土地不分彼此，统统归到一起，不问地主、富农或佃户，全在一个集体里共耕共收，平均分配，实行和平土改。韦说：“老夫子有股怪劲，一意孤行，凭他在地方上有一定威望，倚老卖老。我们都是他的后辈，不好阻挡，建议省委考虑，将他调上省里来安排，免得在下面碍手碍脚不好办。当然，老夫子倒是个老好人，一心想干番事业的。只是在下面对他是无用武之地，实在拿他没办法。”这前后两次间接介绍，我脑子可就产生好奇的悬念：难道还真有个堂吉诃德再世？多久才能瞻仰他的风采呢。

记得是个十冬腊月的某天午后，我从中南局开完推行宣传员、宣传网的会议归来，办公室蓦然闯进一位客人：瘦高个，脸色灰黯，神情深沉，胡须拉碴，有三五天没刮了。长长的脖子，粗毛料的中山装的领口，显得又低又松，颈核突出，扯动着绉褶，仿佛仰首的吐绶鸡脖子。人总有半百之年了吧。只是面色青癯，显得精干不俗，仿佛印度的甘地。在他身后跟进来的是部里的滕秘书。秘书向我指着来人介绍：这是省文联筹委秘书长。

“我叫陈肃。”客人伸手来把我握住，“专程来向你副主委领教啊。”

“请，请，随便坐。”我顺口招呼，颇觉茫然。

秘书小滕在旁给说明，在我去中南开会期间，省委决定成立省文联筹备工作委员会，从广州调回周钢鸣做主委，副主委要我兼任，而秘书长就是这位同志担当，主持日常工作。

“哦，久仰，久仰！”我也未能免俗，说句客套话。“我恐怕只能挂个空名罢了，实际工作还是借重你老多操点心。钢鸣同志是专职，事情你俩商量着办就是。”

“按说是的。不过钢鸣他，头衔挂的也不少，一天上午、下午、晚上，三节时间全泡在会议上了，机关工作难得商量。何况阁下是亲聆毛主席‘讲话’的所谓得风气之先，领略、体会怎么也比我们在桂林、香港的强。”

“那倒不一定。”我漫应一声。

几句见面应酬的话过后，他便迫不及待地申明来意了。认为如今文联工作应该区别于当年的文协，那时要拿相当一部分力量来向反动政权抗争，如今自己当了家，就应该着重考虑培养人材，鼓励创作，歌颂新社会。基于这一观念，他拟议建立“作家之家”，每个会员便是“家庭”之成员，搞五代同堂，形成一个大家庭的集体，会员稿费收入统统归集体所有，拿来作创作基金，消除苦乐不均，贫富悬殊现象。在创作少，收入不丰的时期，要求政府拨款，维持作家一定生活水平，免得为柴米油盐酱醋茶而分心于写作，也防止少数多产丰收的作家变成巨商，脱离群众。

“阁下以为怎样？”讲完，他将茶杯往茶几一搁，睁眼盯我，搓着微颤的双手。

“设想是不错的，可现实往往不是人们所想的那样天真。”面对严肃的问题，以为不便也不应回避，只好直言，即令不那么叫人顺气也不应含糊敷衍。

也许他敏感到我们话不投机吧，那神情活像泄气的皮球，不像方才进门那阵神气活现了。

“不过总要做一番事业的，不能满足于泡在会议上。”

接着转换什么话题记不起了。最后，送他出门握手道别时，彼此还是客客气气的。

也许正是因为此言，认为我并不是那种言不由衷，空讲“官”话的人吧，此后，继续交往，我们竟成忘年之交，真诚相与，彼此谈心。

土地改革成为一场空前轰轰烈烈的政治运动，全国到处燃烧起了大火。所有力量几乎全都投入到这战斗的序列了。从北京中央机关干部、大专院校师生，到省、县各级政府职员以及群众团体干事，全都编队下到农村基层，跟广大农民实行“三同”——同吃同住同劳动，投身于改造客观世界，同时也在改造自己的斗争。

北京来的工作团成员就有如此著名的一些人物：哲学家胡绳，戏剧家田汉及其夫人安娥，诗人艾青、李则蓝，画家李可染、张正宇，音乐家江定仙，清华吴景超、燕京徐毓枬教授以及社会活动家唐明照、吴寄寒等等。

广西省委工作团员和中央工作团合编在一个集体里。我和艾青在一个中队担任副队长，唐明照则作为队员，大家一起住在邕宁县华安村。一天，陈肃带两位省文联的青年干事下来，找到我们住处。见到艾青拿火柴燃着一根又一根，炙烙着剥了皮的白木拐杖上面的节眼毛毛。

“嗨，诗人不摄桂冠倒反玩起了土‘的士’来了。”老夫子开起玩笑。

诗人不动声色，先丢掉火柴梗，举起拐杖观赏一下，然后信手一挥，瞅着老夫子：“小心你的地头蛇！”

“直来直去的木棍是打不到蛇的，还得拜老农为师吧。”

“好为人师，你呀，好个老教头。”

不知什么动机怂恿的他，竟向土改团提出他不回机关了，就这样留下参加土改，而且就在这到处是橄榄树的华安村——我们的第三中队当队员。正副团长们商量，认为老人家精神可嘉，只因岁数大了，作为队员要跟农民真正“三同”，是吃不消的。但是不管怎么讲，都拧不过他的执拗劲。末了，双方作了妥协，同意他留在三中队参加活动，不列入正式队员编制，待多久随他。

这样，他当真留下不走了。当晚便同村里一位贫雇农睡一张床。第二天，那同来的两位干事才用单车给他驮来一床从信托商店买到的美国鸭绒睡袋、替换的内衣内裤和牙具什么的。另外，一只内里染成了黄色茶碱的白瓷带盖的茶盅最为显眼。

“拿来茶盅，没带茶叶，这叫作顾此失彼，知其一不知其二，缺乏辩证法啊，青年人！补救之道，学习。学习、学习、再学习！伟大革命领袖的话可要时刻记住啊。”老夫子一本正经，对两青年训导。仿佛在教坛上授课，态度严肃，口气却是和善可亲，平易近人。

正是由于他这点和善而平易的态度吧，来不久，队里的清华、燕京大学的男女学生可就好比在大沙漠里发现了绿洲，有空便往他身边围拢上来，听他讲故事，谈人生。一位清华的学生头头吕森知道他嗜茶成癖，每早照例必到，殷勤地为老人家生一炉炭火，火旁搁上一只沙煲，泡壶茶侍候；有的女同学见他衣扣掉了，主动帮他缝上。总之，充分表示着敬意。到底是革命前辈的长者啊，叫纯洁、天真的青年怎样表达其崇拜，都不为过分的。何况老头的确与众不同，其令人可亲的魅力，如同冬天的火盆，给人温暖的抚慰。

然而，“革命，是非常的举动，斗争，是无情的，生活，何尝同理想那样单纯呢？”

一次，全团召开的全体干部“练兵”大会之后，他好像获得新的发现而向我作如此感慨。往下细谈才懂得来由是，吕森——这位曾经叫他另眼相看，特别器重的积极后生，在会上进行“反飘浮，反特殊”的揭发批判时候，居然向他老夫子首先发难，慷慨陈词，批他为“游离于运动之外，清谈于炉火之旁，天天一壶茶，甘心特殊化……还不说是剥削他人的劳动了！”

“如果是别人，从形式上看，说说倒也罢了。”老夫子继续感慨万分，“可，可爱的吕君，他配吗？茶，都是他每天自作多情给弄的嘛，怎能说我剥削了他人？真是冤哉枉也。跳梁小丑，在旧社会是司空见惯了，何足怪哉！只是，只是如今我们都已经生活在五星红旗下的呀！生活在五星红旗下，难道还要依靠列祖列宗留下的遗产过活吗？不过话又说回来，君子不记小人过，罢了，罢了！”说话口吻带着宽容大度。

事后，吕森见老头并不因受批判而挨什么处分，自己也就若无其事，照旧每天为他烧一壶茶。老夫子对此既不拒绝，也不责怪，只是半开玩笑说：“这，不是给我制造特殊吗？”吕森不好意思地辩白：“请原谅。那次揭发是违心之言啊，为的是响应上头号召嘛……”

“你也别说了，言者无罪嘛。不过，千万要记住，实事求是！”

这一天，天气好，阳光普照，无霜的地面，到处暖烘烘。人们走出冰冷的小屋，陆续聚集到暖烘烘的打谷场来参加斗争大会。斗争对象是一位大官僚李岱年——原广东省田粮处处长，多年随从桂系头目黄绍竑左右，是黄绍竑投降了南京的蒋介石之后，留在两广的钉子，准备为黄氏的有朝一日卷土重来做内应的鹰犬。我解放大军渡江占领了南京后，这位出外为官几十年的游子，某夜突然潜回老家；带回的细软箱笼，一共二十四件，满装了一船。回家后，多方讨好乡亲，请客送礼，尽其拉拢之能事。在我们工作团下来之前一个月，听到了风声，便将一枕头箱的田、塘、房舍的契约文书，拿来自动捐献给农会，表示拥护新政府土地政策，企图逃避清算斗争。按说，乡村地主恶霸在即将到来的风暴时刻，往往是朝大城市逃亡的。这位政客为何相反，潜回乡下？事有蹊跷，令人难免发生疑问，于是才有今天的大会。

大会进行大半天了。由于李岱年早年离乡在外，其先人对乡民的剥削奴役，他并没有亲身参与，与乡亲也就没有直接恩怨，农民对他仇恨不起来。会上，除了三五个积极分子大声疾呼外，其余群众多半打不起精神，会场气氛显得冷落，掀不起高潮。主持开会的农会骨干和我们的队长，感到没辙，只干焦急。

蓦然间，老夫子扒开围观的群众站到场中央，惊得全场为之愕然。千万只眼全都被他吸住了。看他双手叉腰，神气凛然，目光炯炯地面向耷拉着脑袋的对象吼一声：

“李岱年，你抬头起来瞧瞧，我是谁？”

这人举起沉重的脑袋，睁开发木的目光，似识不识地惶惑不知所措，膝盖和垂下的双手尽打哆嗦。

“你记得一九二七年四月的南宁那场大屠杀吧，我就是你要杀的马培之！你，你就是杀人不眨眼的黄绍竑的帮凶，刽子手！狭路相逢，你大概不会想到，我们到底有缘，居然在此相逢。警告你，别做梦了，新桂系也跟被它推翻的老桂系一样，滚下历史舞台，绝不可能有卷土重来的了，历史的车轮绝不会回头，你必须交代，你潜逃回来，目的何在？要你向乡亲讲明，你拉拢他们，假装开明，交出契约文书，动机又是什么？说！”

“要他讲！”全场吼一声。

老夫子点燃了愤怒的大火,全场掀起了狂潮。

当晚,唐明照、李则蓝和吕森,我们几个都到老夫子的小屋来“炉边闲话”。吕森对他在今天的斗争会上,一炮打响,扭转了僵局,表示十分赞赏。要求把二十年代那场大革命风暴的往事仔细地谈谈。老头看看这位好奇的后生,沉吟片刻才说:

“有趣还是老唐谈谈纽约的摩天楼吧。”

“美国离我们太远了,回顾往事又叫人忘了前进,还是谈眼前的好。”唐明照变得严肃起来。

“是呀,眼前最实际。不过,则蓝同志,你是诗人,你说,没有梦幻,不是庸俗了吗?”老头呷口茶,望着正要打哈欠的李则蓝。

诗人说:“正如艾青说的,‘在这儿,我们失掉了一个冬天’,要我说呢,这儿,幻想的翅膀折断了。只有实事求是,可又不能说是庸俗。”

“那就讲实的吧。”老夫子说。

他说,从今天的斗争会,大家都看出来了。地主和农民并不都是天然的仇敌啊。地主也不个个都是黄世仁,有的佃户还认为他的东家是恩主呢。谁养活谁是个问题,多数农民还待教育。要是人为地硬要开展斗争,冷场总会要出现。“所以我说,与其耗费那样大的人力来搞运动,还不如由政府出张布告,照章规定,没收地主的所有和富农的多余部分土地,统一分配给农民,真正实现耕者有其田,干脆利落,何必一定要来导演一场既费力又费事的戏?”

“你这是违反《土地法大纲》,我坚决反对!”轰一下,吕森丢下夹火炭的竹筷子,眼睛鼓得溜圆,直瞅着老头。

老夫子受这突然冲刺,脸色更加灰暗,尴尬地苦笑。

屋内立即静了下来,闷得叫人窒息。

“你给我滚!”老头猛吼一声,“左派幼稚病!”

吕森负气站起,开门走了,门扇咔嗒一声关上。

静了片刻工夫,唐明照才对气虎虎的老夫子委婉地劝解:

“你只知畅所欲言,可得要提防小人出卖啊。”

“出卖!”老头接着就讲,“出卖不是说明我还有一定的价值吗?让他利用吧。正反两面都是有益于革命的精神财富,个人荣辱得失算什么呢。”

“旷达,旷达!”李则蓝由衷钦佩。

老头岸然不动,那神情告诉人:“我就这样。”

又是春意盎然的时节了。野地万物,正是活跃十分。蛙声咯咯,布谷咕咕,杜鹃“快快割禾”,鹧鸪“行不也哥哥”,还有淙淙流水,农民叱牛的吆喝:一首悦耳的田园交响曲;粉红的杜鹃花,粉白的金樱,占满了山头,村前的杏花开了,村道上铺了一地的桐花:一幅明媚的春光。

农历三月初三这一天,在这儿正如北方赶庙会的节日。青年男女成群结队往集市赶歌圩,找寻各自的相好;当家管事的伯爹、大婶呢,也都趁在下田插秧大忙之前的这个传统节日,来到圩上,购买种籽,添置农具,储备油盐,作插田的日用。

我们工作队这天也放了假,让各人就近赶一次麻子畲歌坡,看看热闹。平日,全队三十来个人是分散在相去不远的自然屯,来往见面是不多的。这天好不容易得个假,大家都高高兴兴聚到圩上来了。米粉摊和糕点铺成了最大的吸引人的地方。等到各人都喝足买够之后,村头的歌坡已是歌声此起彼落,人头攒动的天地了。山歌,既然能叫人如痴如狂,自然会有它的魅力吧。遗憾的是,我们外来人不懂乡亲们讲的方言土语,靠着翻译总不免渗进水分,稀释了精华,不能保持原味了。看看也没趣,只好跟唐明照、李则蓝和老夫子在山坡附近那面临大河的岸端,见到一株合围的樟树,树根摆着几方石牌,平时人们把它坐成了光滑的石凳。这时人们都往对歌的山坡挤去了,此处显得冷落僻静。我们三人便在这儿得到憩息的好去处。老夫子从口袋里掏出马蹄(荸荠)来,打开很不起眼的平南小刀,慢慢削皮;唐明照拿出一包鹅油酥饼叫大家“共产”;李则蓝含着斯大林式烟斗,目不转睛,睁睁地盯住一个方向。看得那么入迷,看什么呀?心生诧异,顺着他的目光瞅去。啊,原来两位女学生朝我们奔来哩。

两位神爽潇洒的少女终于站到眼前来了。两人都穿着铁灰色的解放式长裤,一位披着红色毛衣,一位穿件麂皮夹克,都挂着草绿的帆布挎包。

“嗨,坐呀,喏,马蹄,清甜解渴。你们有小刀吗?”老夫子以长者口气对女学生招呼。

“你的小刀也太次了。”披毛衣的金再及说，掏出一把法国立人牌的钢把小刀，挑了个大的马蹄。

“嗨，真是有眼不识泰山。别小看我这刀子，可是呱呱叫的名牌货哩，拿铁片来削给你瞧。”

正当两人要比刀子时刻，李则蓝的公鸭嗓子嘀嘀咕咕，跟穿夹克的薛思钊说悄悄话。人家薛姑娘大大方方提高声音侃侃而谈。目光与老夫子相遇，立即从挂包掏一本旧报纸包好的《贵族之家》朝着老头送：“书看完了，真好。能再另借一本来吗？”

“那，我得考考你。你说丽莎怎样？”老夫子拿出老教师考问学生的姿态。

“什么怎样？”

“她对拉夫列茨基那么崇拜，虔诚地献出了少女纯洁的心。你，能吗？”老教头拿眼睛盯着我。

薛思钊不禁脸色绯红。停了一会才说：

“要是现实生活里真有那样的好人，为什么不应该崇拜呢？”

“那，我给你介绍。”老教头又把目光指着诗人则蓝。

“不，介绍用不着。拉夫列茨基是丽莎的心自己感觉到才是的，别人无能为力。”

“那，恕老夫冒昧，对不起了。请吃马蹄。”

“没胃口，还是借书吧。”

“喜欢什么呢？”

“不一定，随你。”

“思钊，走，瞧对歌去。”金再及收起小刀，拉起伙伴便走。思钊走了两步，又回过头来朝着则蓝叫：“诗人，来呀，给我们做翻译。”

老夫子盯着跑开去的背影，催则蓝：“去吧，去吧。”

“我可不敢自作多情。”诗人说。老夫子马上顶嘴：“哪里会呢？你不看她眼睛？眼睛是泄漏秘密的窗口。莎翁不是说‘爱情，诞生在眼睛里’，准没有错，去吧。”

则蓝浩叹一声，自我伤怀似的，低声喃道：

“拉夫列茨基毕竟太善良太老实了，悲剧呀！”

“拉夫列茨基把少女的眼睛比做星星。确实，星星是诱人的啊，唉，前尘往事，真是不堪回首话当年啊！”老教头感慨万分。

“哦？当年是什么呀？”老夫子的自叹自艾，提起了我的兴趣，专注地反问他。

“当年，”老夫子说，“当年也正是你们的今天吧。”

“好呀，讲来听听。”唐明照也发生好奇。

下面便是老夫子的当年：

一九二五年老夫子在上海中国公学学成归来，得到同学朱光的引荐，认识他伯父朱锡昂。朱是共产党人，日本留学归国后，在郁林高中任校长，掩护中共广西省委从事活动。老夫子二十四岁年纪，正当踌躇满志，意气风发的岁月。上海十里洋场，风起云涌的革命风气，跟着他吹到闭塞的边地来了。校长既然是党的领导人，对侄子推荐来的年轻而进步的教师特别器重是不待说的，不久，校长便做介绍人，把他吸收为预备党员。

通过教学，在国文课的教学、学生作文的命题和评改过程中，由于灌输着唯物论观点，提倡诗言志，讲真话，打破旧的传统观念和八股文章的陋习，无疑给学校带来了生机，突破了以往“死读书，读死书”的死气沉沉的局面。在学校中，呈现一派民主、自由的活跃气氛。学生会出起壁报替代了旧时少数的优秀作文“贴堂”；课堂的提问答辩代替了传统的填鸭式硬灌的教学方式。

这样一来，这新来的老师便成了盗火给人间的普洛米修斯，成了学生们特别是女生们崇拜的骑士。一次，在他让学生辩论《陌上桑》的课文中，一位男生发言，认为“罗敷对她丈夫有什么值得夸口的呢？‘四十专城居’，丈夫当太守已经是四十岁了，女方自己才是‘十六尚不足，十五颇有余’，岁数相差一倍多，能说是般配的吗？”男同学拿眼睛意味深长地盯住一位女同学。女同学脸色微红，意识到话是指她平时对马培之教员的仰慕了。她可不甘示弱，忽一下站起，带着红脸说道：

“不。我不同意这种说法。真正的爱情是年龄限制不了的。孙总理的岁数比宋庆龄大多少?”

这一炮炸开,全堂鸦雀无声。

老师这才注意到,这姑娘神采出众,眉眼飞扬,端庄不俗,给人印象极深,芳名叫黄若素。此后,她不但不顾忌同学们说三道四,反而跟老师更加接近了,常从老师这里拿书去读。《少年维特的烦恼》《呐喊》和《少年漂泊者》等等,她一本一本借去还来,还来借去,来往无间。老师曾为她写过一首诗,岂料好事多磨,诗还未得到酬和,校长找他说了话:党组织要他跨党,加入国民党。跟着便上调国民党省党部,和李岱年在共产党的黄日葵和国民党的黄华表下面做干事,这期间,若素高中毕业,给老师来信,希望能来省里一道工作。组织上却认为她不过是追求时髦的小姐吧,没个定性,未经考验,不宜马上吸收进来。于是人分两地,工作又极端紧张,来信也都写得少。到了一九二七年四月,省长兼省党部书记长的黄绍竑,出席蒋介石在上海密谋反共的会议回来,悄悄将他至友黄日葵礼送出洋,放手让秘书长黄华表掀起清党的恐怖运动,对共产党员实行“宁可错杀三千,不准漏掉一个”的血腥大屠杀。由于李岱年向其主子黄华表极力挑拨,把马培之列入了黑名单。幸亏事先闻讯,从此长期亡命他乡。

以后,他到日本读了几年书,“九一八”回上海,参加“左联”,认识了胡风。听说朱光跟沈泽民他们一道撤退进入大别山到鄂豫皖苏区去了,他伯父朱锡昂成了烈士;而黄若素参加地下斗争,不幸被捕,在狱中跟一位同志成了患难夫妻,经组织多方营救出狱,两人到桂林教书,一个教中学一个教小学。而马培之自己,虽然留学海外,父母亲却硬是将曾经凭媒订过婚约的一位世交的闺女,迎娶过门来了,只等他有朝一日归家洞房成亲。正是由于有这桩尴尬婚事作梗,马培之一直在外漂泊,双亲弃世,也不见回来奔丧。

一九三六年暑假,桂系联络广东陈济棠的地方军阀势力标榜抗日救国,网罗海内知名的进步人士,厉兵秣马,妄图问鼎中原。一位经历二万五千里长征,从延安来到上海的文学家冯雪峰,代表党找马谈话,要他回广西工作,以教书为掩护,在知识界进行活动,培养骨干,见机行事,配合斗争。其次,在这当中,要他私下查访红军长征路过越城岭时，有意留下那一部分人员的情况。八月，马来到桂林，化名道成，通过某些社会关系，在以李宗仁夫人名义开办的德智中学接替去职不久的教务主任职务。此时，学校气氛比起二十年前，真是恍若隔世。由于当局供助开明进步的社会舆论作为声势，为其野心做幌子，“一二·九”的救亡运动思潮，涌进了各个学校，学生们一面接受严格军训，另一方面却可以大肆传播艾思奇那种——如何认识客观世界，如何理解变革现实的大众哲学观点。德智中学也许凭借将军夫人的声威，反动特务不敢插手，学生中的救亡火炬比旁的学校举得更高。老马处于如此优越环境，因势利导，讲爱国，讲革命，讲高尔基的《海燕》，讲鲁迅的《出关》，讲民族革命的大众文学等等，在学生的心目中，第二次成了偶像。傅作义十九路军在百灵庙打败了日军的入侵，全国欢呼。桂系当局别有用心地以“抗日救亡”为榜样，在工农商学各界民众各自选出代表，组成广西慰问团开赴绥远。学生代表人选，马培之极力主张拿学生头头（女生）黄步青参加全省评选。结果，由于德智中学这位代表，风姿绰约，谈吐出众而获选。

步青慰问归来，给老师带回一小袋红枣和小米。师生之谊更深了。老师一直本着爱才的心，待学生如同当年若素。步青毕业后，考入广西大学历史系，成为校花，十分活跃，没到毕业便被保送重庆三青团中央训练班受训。师生相隔遥远，纵有书信也不能如前常互相晤面深谈了。何况步青既入了三青团，出山泉水，很难再保原来清白。在老师这边，情感慢慢地也就淡漠下来。对私淑弟子，原先的信誓旦旦，渐渐打了折扣。关于她的消息，一说去了延安，一说受训回来便在三青团广西省工委服务。闪烁其词，没个定准。总之，社交场合，其踪是消失了的。

一九三九年夏季，学期终了，马培之结束他的粉笔生涯，离开了德智中学，出任中华文艺界抗敌协会广西分会秘书长，主持日常事务。日日夜夜与从外地涌进桂林的好多名流周旋，实在也没空儿顾及其他。

一九四一年初，皖南事件发生，桂林上空笼罩一片阴霾。一天入夜时分，老马被敲门声震惊。桂林八办（八路军办事处）一位平日互有联系的同志突然来到跟前,刻不容缓地说,华南局组织部出了叛徒,所有地下活动的干部都得马上转移。要老马迅速赶到漓江码头,在桂安船上有一位二十二三岁,穿银灰色旗袍的女士接应。暗号是:“对方戴墨镜,见你上了甲板,取下怀表看时间而瞅你嗔道:‘爸,都什么时候了,船快要开了。’你从容不迫地答道:‘表停了,什么时候了?’这样,你俩便以父女关系到梧州转船下香港,不要上岸,一切由‘女儿’出面招呼。”

就这样,老马依计而行。赶到码头即登来往抚河航道的轮船。甲板上果然有一位亭亭玉立的女士。当她除下墨镜,更是光彩夺人,风姿妖娆的丽人啊。她嫣然一笑,给老马一个眼色,叫一声“爸”。“噢,原来是步青嘛!”老马打心里惊喜。随即闪念:“她不是三青团的人吗?”不由发生惶惑,步青却处之泰然,以目光给老师暗示:“放心!”接着,找到了话题:“你不是爱吃苏打饼干吗?给!”她把铁盒揭开,捧到老师面前。

“爱吃苏打饼干?”老师寻思一会,终于想起来了:那是她一九三六年赴绥慰问,行前老师送给路上吃的点心。已经五年了,亏她还牢记不忘啊!

五年来,时光给师生两人都抹上了重彩:老师已减几分英气和潇洒,而显见其干练、沉着了;学生刚脱掉了单纯、稚气,而增添娴静、端庄。学生对老师的仰慕,不觉愈益热切,老师对学生的怜爱,不禁令人动心。只因船舱人多眼杂,彼此都感到“含情欲说心中事,鹦鹉前头不敢言”的压抑。表面上只能是,一个是道貌岸然的“父亲”,一个是矜持自重的“女儿”,两人默默相对,心照不宣,以沉默打发令人窒息的漫长旅程。

第二天傍晚,船泊抚河河口的鸳鸯江畔(西江水浊,抚河水清,两水到此,江染两色),因船迟到半小时,下(香)港班船已经开走了。不得已,两人只好就在江边住进专为接待客人的小艇投宿。夜间,艇家上旁边的大船睡去了,小艇空留给客人。周围格外清静。入夜,“女儿”铺好被褥,叫“爸”就寝。老师却靠着桅杆,抱膝仰望繁星,往事萦怀。步青说声“我先睡了”,人是睡下了,眼睛却没阖上。半天,看老师还在凝眸湛蓝的星空,就找话来问:

“哪儿是银河呀?牛郎星在哪儿?”

“喔,你没睡?”

“睡不着。”

“别胡思乱想,睡觉。”

“唔,人家睡不着嘛!”

老师一怔,不知如何是好,讲不出句话,心头咚咚乱跳。

半天,步青梦吃唏唏的啜泣成声。老马一惊,当她得了急症,赶紧凑近她枕边问:“什么,生病了?做梦?”他伸手拨开被头,按抚她前额,她忽一下,伸出胳膊激动地紧紧握住男人的手,颤声嘟哝:“我……怕,有人追来……唔!”老马的胳膊无意触到滑腻的肩膀,再往下滑便是一尊温暖凝脂的玉石雕像,不禁全身酥软……

天蒙蒙亮了,步青早起对镜梳头,回眸看见躺着未醒的人,心胸淌着一股暖流,难以抑止的悸动;躺着的人,脸色那么清秀,深沉,仿佛丹顶鹤那样招人。老马侧过身醒了,两眼惺忪盯着梳妆的背影,两只秀美浑圆的胳膊往上拢墨绿的浓发,透露白嫩如脂的脖子,如同一幅西洋名画。定眼凝视半天,好像才头次发现,老看不够。梳妆人从镜面发现含情脉脉的目光,不禁红了半边脸,一会,沉住了气才开口喃道:“二十世纪四十年代的人,还不如十七世纪的张君瑞呐,身为革命家,却满脑子封建。”

“嘘!谁是革……”老马指嘴示意对方。

吃早点时,老师一边啜猪红粥,一边望着步青欢喜地说,夜里脑子填了一阕词,现在只记得最后两句了。

“念来听听。”

老师瞥了学生一眼,喃道:

“好梦,好梦,一船风月朦朦。”

步青多难为情呀,又红了半边脸。静了片刻才喃道:“其实,人家苦苦等了五年了。”

老师不禁愕然。用感激的目光凝视娇羞的粉脸:怎么说她美都不是,只觉得老也看不够。胸口燃起一股火,全身好不自在。

又是第二个早晨,两人踏上了香港码头,住到海陆酒店,老师听从步青张罗办理住处。开了一张两床的房子。两人什么关系,是父女还是老夫少妻?陈肃没有过问,只是两人用事先讲好的化名。老马叫陈肃,步青叫汪云初。

“好了,这地方说话,不怕别人听见了。”

白天,步青跟老师找到了约定的地方,跟党组织接上了头。组织上要她暂住饭店,另外,再找个时间去谈工作。她便欢喜雀跃,晚上挽着老师胳膊,亲昵地在浅水湾海边漫步。

“你怎么偏偏要叫这个化名呢?有什么特别含意吧?”步青问。

“我母亲姓陈。”老马说,“肃字嘛,怎么说呢,纪念一位难忘的人罢了!”

“你也有难忘的人啊?”

“怎么没有呢,难道你不也一样?”

“不一样。我见了初……唉,不用解释了。”

“初恋的人吧?”

“呶,你真是!”她抽回手,避开去好几步远。

后来,两人坐在面海的铁条靠背长椅上,旁边来回走过对对情人,半圆的月光照在寂静的海面上,海滨船上灯火跟天星连成一片。

“你五年前是什么意思啊?”

“这还用问吗?”

两人好久没作声。

“那,五年来,你到底干什么去了呢?”

“唉,身不由己;革命,就不免牺牲。不过,这不是好了吗,回来了吗?你不相信?”

老马感慨万千:“信,凭着感觉,深信不疑。”老师忘情地握住细嫩的手。

“步青,你没有再到我书房来,你没见到,你的照片,五年来一直挂在原处呢。这,不仅是你给我做老师的莫大安慰,还是你太像我年轻时候第一个闯进我生活里来的人了。原谅我吧。”

“她就是肃吗?”

“不,这是谐音,她是朴素的素。”

“素?”步青像触电,迅速反应:“全名叫什么?”

“黄若素,——”

"噢,我的天呀!……"

步青蓦然失声扑到老马胸怀,两肩颤动。老马一时发窘,搬动两只抽搐的肩膀,抹拭脸上泪水,连声抚慰:

"步青,步青,怎么啦?好好说,别……"

"我大姐啊!"

老马仿佛挨一棒,脑门嗡一声,几乎晕到,"若素!"无声的闪电掠过心空。

"原来是这样,难道……"

步青喃喃自语。抬起泪眼望着眼前发痴发呆的人。

步青说她大姐若素,十年前得了肺结核治不好故去了;姐夫徐图,因叛徒出卖,第二次入狱多年,到抗战开始,才作为政治犯获释,出狱后即去了延安。

"合该有缘吧,"归途,步青宽慰地挽着老师胳膊信步而行。"姐姐的恨海,由我来填!"

她望着寂静的大海。海面荡着繁星。一边走,一边吟道:

天,俯贴着海面。
海,凝视着蓝天。
如愿,如愿。
海天浑成一线!

两人工作安排下来了,欣幸各得其所。老教头,还是干他老本行——到党在香港为培养干部而开办的达德学院讲授中国文学史;步青在《侨声报》编《年轻人》副刊。两人同住一套公寓,成了暂时鸳鸯。在法律上却彼此保持相对的自由。

生活总算平静地过下来了。

这时间,由于内地文化人纷纷来港,文艺界空前活跃。抗战前,胡风的现实主义没有结论的问题,在这又掀起一场风波。陈肃在争论的问题上,思想情绪是倾向胡风一边的,这就难免与党的立场矛盾,可又不肯做违心之论。于是,在表态的会上,采取了绕弯子,回避中心问题而讲其他,说什么"胡重要的毛病是,文章佶屈聱牙,晦涩难读,文如其人。所以说他的文艺思想也就莫名其抄了”。由于故意俏皮,将“妙”字读成“抄”字,引起全场哄笑。会后,党小组长找他谈话来了;严正地指出他的发言态度暧昧,旗帜不鲜明;本来是一场尖锐的斗争,叫他引人哄笑,把严肃的气态给冲淡了。实际上是帮了胡风大忙,给对方作了解脱。小组长以“左”的观点,给他扣了大帽子:说什么共产党员在斗争面前,不战不和,十足的调和派,无异托洛斯基分子。要他对这有失立场的错误作出书面检查。

这真是一头雾水,叫他懵了头。精神上顿失平衡,烦躁不安。在平时往来的熟人、同志面前,感到自卑,多疑,以为别人有意孤立他,表现郁郁寡欢。有天周末,步青见他苦恼难排,要他上公园散散心。一路,一言不发,进了公园,找到了坐凳,沉默了半天他才抓住步青的手,发出颤抖的声音:

“步青,我们结婚吧!”

步青一怔,心头怦怦乱跳:

“你怎么啦?”

“我感到孤独啊!”

步青不知所措。

“我需要一个知己!”

“难道你怀疑眼前的事实吗?”

“事实也会有这样那样的解释啊。”老马木然感到压抑,浩叹一声。

当他俩回到住所,另一桩意外的刺激终于发生了:房门口居然有位女客,不期而至。她坐在包袱卷上,一心要等开门。这真是晴天霹雳,叫老马、步青极大惊愕。那女人站起,直直地瞅着面前的男人,那目光充满着疑惑和怨恨。

她高挑身材,面貌端正,鼻子微翘,嘴唇线条分明,配合着眼神,显示坚决的意志;四十来岁的中年妇女模样,穿一身素净的豆灰色旗袍。三人对视约三分钟,步青打破僵局,先开口问道:

“不是找错门的吧?你找谁?”

“找我丈夫,这不是马培之的屋吗?”

哎呀,这怎么说的呢?两人不能撒谎,不能说也是来找人的,不能回头就

跑。步青只有拿出锁匙,老老实实开了门。那妇女提起包袱闯进屋里来了,拿出一个信套往桌上一搁:

“喏,看吧,这是你马家给我的聘婚书。还以为你在外头干地下,想不到你改名换姓藏在这里,搞见不得人的勾当,男盗女娼。嘿! ……”

步青无言以对,哇一声夺门而出,直冲往楼道奔跑。“步青,你到哪儿去!”老马立即撵去。

屋里一片沉寂。女人颓然坐下,用手支着阵痛的脑袋。

原来,这位银行的小职员,得到她在这做记者的内侄何似去信,把她这位未履行结婚仪式的丈夫的情况告诉了她。鼓动她来拆散步青与马培之的关系。何似在桂林碰过步青钉子,一直嫉恨在心,跟马培之也有种种芥蒂,有意给他们制造纠纷。

老马因“批胡”一事受组织指责,感到委屈,心情本来已极度抑郁,如今再加上这一挫折,精神上便失了自控,言语行动都出现了反常。那何似还主张在党支部的会上,对他进一步揭发斗争,更是促成了他精神分裂症的恶化。

组织上为了避免他在外人管辖的地方惹出更大的麻烦,派人护送他回老家安静养病。全国解放的喜讯,终于给他带来了喜悦,精神上才慢慢恢复过来了。

以上便是老教头当年一段漫长而曲折的故事。

为了发动群众,推广土改运动的进程,省土(改)委和省委宣传部联合组织一个“土改展览”,以实物实事来揭露地主剥削农民的种种罪恶。我的土改试点工作尚未完成,便提前离队,回机关筹备“土展”工作了。老马在队上的情况,也就没仔细过问。只隐隐约约听到一些传言:试点工作结束后,中央工作团的人全都回京,本省部分机关干部则返回原机关照顾日常工作。老教头却以老当益壮的姿态,坚决要求参加全省铺开的土改运动,申请到边远的老革命根据地凤山县去。半年之后,已是一九五二年秋季了,有天,他突然来访,兴致勃勃地对我说,他比工作队话剧团的人晚来几天;凤山那边的耕牛便宜,花了八十元买得一头水牯。步行赶回来,要送给华安村他原先的房东。说房东分得了田地,人手少,畜力又缺,总算给解决了点困难,为贫苦农民出点力,精神上也得个安慰。

之后，到了一九五四年六月，《人民日报》公开了胡风给舒芜的信，加了权威性的按语。事情的性质变了，胡风顿时成了“过街老鼠人人喊打”的反革命集团的罪魁祸首。事发的第一天，他特意来找我，谈他的看法。说方管（舒芜）是熟人，《论主观》的作者，人也真有才学的。遗憾的是，他这回交出这样的私人来往信件，岂不成了出卖朋友了吗？当然革命是铁面无私，大义可以灭亲；为革命嘛，可以六亲不认。可，这信是给私人的，人家并未公开广播，并未见之于行动，充其量是思想问题嘛。

我只听，没有说话。一会，他又说道：“其实，跟胡风有书信来往的岂止一个舒芜呢。我跟他和他夫人梅志，来往写的信也不止一封，并不认为问题那么的严重。”

当时认为他说的是真心话，所以不当他是什么别有用心，非得当面批他，或者背后非向组织汇报不可。

不想，过不几天，公安厅来了一位文保处长找我，说公安部直接来了长途：陈肃给梅志写过几封信。组织上意见，暂不立即拘留，先组织个专案小组，对他实行隔离，作为重点审查对象。这样，公安厅文保处，中苏友协（当时他是该协会总干事）和宣传部各派一个人组成专案小组对他揭发批判、斗争。当时我因掌管日常工作，“反胡”运动的事没直接过问，对他的案情发展，只偶然听到一些反映。斗争达到紧张阶段的那些日子，参加他专案组的一个女同志小琴说：“老教头，真拿他没办法，软硬他都不在乎，装聋作哑，哼也不哼。今天下午，正要向他摊牌了，不料他在房里出人意外地，将一条被单扯成布条，挂到门窗拉手上，抓着布条顺着墙，蹓下地面，声言他要去跳河了。桌上留了一张字条，说他唯一可纪念的两卷《海上述林》叫转给省青委黄步青。书的装帧可真的堂皇，是皮革做的。你说他，古怪不古怪？”

运动到了甄别定案阶段，中央十人小组有人下来逐案核查。说，像陈肃这样的，思想上与胡风有过联系，写过信，属一般思想问题，还不应划为胡风反革命集团分子。结案时并没有给他任何处分。只是他精神上一直处于不正常状态，发誓不吃公家的饭，泡茶连开水也不肯用。不得已，由他一个十四五岁的侄女来料理他的生活。后来，他稍为恢复正常了，安排到教师进修学院讲课，开头他答应好好的,给他拿去了课程安排表。等人家照例向他先要教案去过目,他马上敏感起来,以为人家不信任他,把课程表撕了。

从此,反反复复,时好时坏。当年,在香港主持批判胡风的同志有次从中宣部来广西,曾关心问到他这位第一批全国作协会员,想见见,但因他精神状态不佳,只好罢了。

到一九五九年时候吧,具体日子记不清了,当时在区党委统战部任秘书长的黄步青曾把话传出来对我讲:陈肃老夫子在广西是有名望的,应当给他有个安排,是不是让他到政协做个驻会委员。算是落实政策,给他应有的荣誉。这样,我和一位对他素来敬仰的同志寻到原中苏友协宿舍,一间二十平方米的底层楼房见到他。

他变多了,比起土改时候,变多了。头发白里显黄,脑袋活像罩着一把麻,目光无神,手脚动作迟钝,脸庞和手背都出现显眼的老人斑。一张写字台上,搁着书报,茶杯,肥皂盒,碗筷,几本中学课本和珠算算盘,大概是教侄女学习吧,靠墙一边的桌面竖起十来册书,其中《海上述林》规规矩矩地平放着。

他并没有忘记我们,一下子便认出来了,闷声闷气地轻轻说句:“请坐。”

接着没有下文了,举目看望桌上竹壳的暖水瓶和错落散放的两三只茶杯,似乎很抱歉。

我开门见山,把统战部的意思和盘托出,去掉多余的绕弯子的客套。他一听,迅速作了反应!

“啊,要我当民主人士呀?我不是党员吗?”

我们俩不禁愕然。

“不是这么说,政协委员也有不少党员嘛。”

“嘿!”他哼了一声。把目光移到别处,不屑瞅着我们。

一位十四五岁的姑娘从门外端着一盆热水进来,轻手轻脚地搁到他跟前,再拿来一条印有“祝君早安”红字的、当中已磨破了的手巾,搁进盆里。老夫子拧起毛巾往脸上抹了一把,然后挽起裤脚将两只瘦长瘦长的脚伸进盆里,让水泡着。这些动作都不把旁边的我俩放在眼里。停了片刻,抽起脚板搁在脸盆边边上等待风干。

“你们说说,胡风是什么问题呀?”

真想不到他竟提出这样一个敏感的问题。沉默了快一分钟,同来的同志才开腔:“这还成问题吗,《人民日报》的按语已讲得清清楚楚了嘛。”

“嘿,清清楚楚。我敢打赌,胡风就不是反革命!”他居然气急败坏地振振有辞,两片发乌的嘴唇微微哆嗦。

侄女把水端出门泼了,回头望望老人:“伯爷,吃饭吧,绿豆稀粥——”

“不吃。”

过一会,见他的气消了一些了,我们告辞,请他保重。他动也不动,并不起身送我们出门。

到此,跟老教头交往的门算是关上了。

另外,也还是自己不久便下乡搞“四清”。运动还未结束,接着,“文化大革命”一场大火,也把自己烧在里头,成了人人“共讨之”“共诛之”的过街老鼠,所有亲朋故旧,生生死死都断了音讯。及后,出现“九一三”事件,“文革”的势头煞住了一阵。在这空当中,我才侥幸死去活来。

这时,只有这时,我才听到外界曾经有过如同隔世的奇闻怪事。其中最叫人感慨的就是前面讲的老教头这个人。

说是“文革”一开始,正当红卫兵们拿着《横扫一切牛鬼蛇神》当作令箭,到处捕人抄家,到处抓人游街示众的非常时刻,一群男男女女的红卫兵气势汹汹逼到老教头面前,勒令他老老实实交代:其一,跟胡风反革命集团的罪恶勾当。其二,跟破鞋黄步青玩的什么政治把戏。说黄步青是叛徒,同国民党三青团的人睡过觉而被派进来当内奸。质问老教头:当时跟黄步青到底干了多少肮脏的买卖?必须一一交代!对此,老教头镇定自若,一声不哼。一位梳小辫的女娃等得不耐烦了,紧催:

“你快说话呀,耍死狗是过不了关的。人家黄步青都交代了,你还为她留什么面子!”

“最高指示!”另一位红卫兵猛叫一声,“‘马克思主义的道理千条万条,归根到底只有一条……’你讲,只有一条什么?”

“对,对,要他背语录。”

“要他讲,只有一条什么?”

老教头环视围在身旁七嘴八舌的男男女女,摇摇头,感慨万分地喃出了声:

“悲剧啊,历史的悲剧!”

“什么,什么?造反有理,你说什么势利悲剧?老不死的家伙!”

“打倒牛鬼蛇神!”

……

老教头就这样地被戏弄了一场,尔后是不是还有二场、三场的滑稽戏不太知晓了。

等到一九六八年八月中旬,邕江大水,空前暴涨,竟达74.68米,洪峰冲垮了大堤,低洼的街道都先后注满了水。老教头住处的大院,夜间,地下水道冒出了水,早起,人们发现床前的鞋子似变成小孩玩的小船浮上水面。服侍老人的侄女催他快离开自己的平房,移到旁边的楼房去。他却毫不在意,对侄女说:“你怕,只管自己走,别啰嗦。”

不一会,水漫过大街,大院门口进来的水和院里的地下水合流,逐渐涨高,眼看都要淹没门口了。一位好心的邻居回头来要背他出门,发现他床上搁着一张饭桌,他老夫子安详地端坐在桌面的凳子上,仿佛入定的和尚。叫他赶快下来上楼去。他还是不动声色:“我就不信水沟的水能冒顶。”

水越来越猛,房门口被封,好心的邻居,在屋顶揭开瓦盖,伸下手去拉他逃命。他站也没站起来,仍然正襟危坐,不动声色。怀里揣着书。再催他,他把书塞给伸下来的手,不耐烦地摆摆手说:

“去吧,去吧!”

顷刻间,哗一声,屋顶上的人往揭开的瓦盖口看去:人随凳子和桌子一道倒下水了!……

好心的邻居拿上来的是两大本绒布面装帖的《海上述林》,扉页上写有这样的字——

给步青:学习、学习、再学习!——鲁迅说过:唯有敢于抚哭叛徒的吊客那种勇气的民族,是不会灭亡的!

书的著作者，在当时是被批为叛徒的，书的受赠者，当时还被列入专政对象。谁敢去完成老教头临终这一重托呢？这真是给好心人出了个大难题。

如今，党的十一届三中全会之后，拨乱反正，瞿秋白恢复了革命烈士的荣誉，八宝山那块周总理题字的丰碑又重新树立起来了；胡风的反革命集团，历史证明不过是一场误会；黄步青的冤枉，也都得到了昭雪。老教头泉下有知，也该宽慰的吧。

1986年6月于桂林龙隐

载《柳絮》1987年11月号

一顶草帽

三伏天气，又是“双抢”——抢收抢种大忙时刻，我们学习班全部“专政对象”，都要到人民群众中去立功“赎罪”——拿实际行动体现为人民服务精神。有半个月工夫，天天都得起早贪黑，随星星伴月亮地排队步行到十多里外的村庄去给生产队帮工：为早造抢割、快运，为晚造扯秧、抢插。立秋前插不完，到扬花时节，一遇上寒露风，禾苗就只能当作稻草喂牲口了。农谚“春争日，夏争时”的说法，是有实践经验作根据的。中小学校的师生，每年到这时候，都得放农忙假，把田头当作校园。

学习班是昨天开始投入这一行动的。我在养猪场干活，头天就没被派到这份差使。晚上临睡时，排长才来通知，说生产队双抢进度慢了，学习班决定：要尽最大限度集中人力下去支援突击；养猪场和种菜园的都少留人。连里指定我从明天起，参加下乡为农民扯秧。

天没见亮，我们同房的人都纷纷起床，急忙在灯下吃罢早餐，待命集中排队出发。见到伙伴们个个除了背上铝制的军用水壶、草帽,手上还拿着一只"T"字形的小木架,说是当作小凳下水田扯秧时坐的。说它是凳子,却少三只腿,唯有这样,陷入泥里才易拔起,挪动地方;没有它,弓着腰扯秧是熬不过的。这叫我临时哪儿去找尺来长、半尺来宽的小木板和一根二尺长的圆木棍呢? 急得没法,只好拿张小矮凳先将就一天再讲了。草帽是甘蔗专家老彭拿他一顶不用的旧帽给的;带子他早解下了,没带子也能勉强扣得住脑袋不用急着去寻找,免得掉队。没料到,走过跨度百米的澄水河桥中间,一阵狂风,把帽子吹走了。看它在空中旋转,落下江面,随波漂流,引起大家一阵哄笑:"脱了帽子,还不好?!"旁边有人挤眉斗眼,向我逗乐呢,叫人啼笑皆非。

午前,没草帽还不觉得怎样,到晌午就不行了。特别是今天我们小组被指定扯旱秧。蹲在旱地作业,有草帽戴的人,还要跟社员们学样,就地砍下灌木的枝叶,架起伞棚遮荫。我没了草帽,虽然拿湿手巾包住脑瓜顶着,可湿手巾经不起炎热的阳光蒸发,慢慢变干了。黄豆一般的汗珠,弥漫着额角、脸庞和胳膊,一颗一颗往下掉。

天气实在酷热,抬头看到远处山坡,熠熠闪动着一股蒸气的火焰。在晒谷坪干活的小伙子,吹着口哨,呼风唤雨,草丛树梢却纹丝不动,秧鸡不时啼唤两声,蝉儿叫个不停。

"扯秧的加油啰,插田的等着哩!"

附近稻田的插秧姑娘嘻嘻哈哈,有的还唱着秧歌。

挑秧、担谷的,在纵横的田塍上,穿梭似的来去……

十来个穿着花布衫的姑娘,挑着空筐,朝我们这边来了。领头的一位,来到前面不多远就在老彭身边蹲下,不知她嘀咕的什么。老彭回头张望,发现了我,向她摆头示意。姑娘见到我是唯独一个不戴帽的,瞪起诧异的目光,凝眸注视片刻才起身。跟其他姑娘一样,俯拾我们扎好了的一把一把秧苗往筐里垒。赶到我身边时,她一边放慢动作,一边从侧面端详着我,眼神流露着同情和关怀。她的一对筐子终于装满秧了,她掂起担子,试试两头平衡的重量,忽然想起什么来似的,脸色一沉,将挂在背上的草帽取了下来,解开打结的带子,往我脑袋轻轻一扣，悄声说道：

“戴上，小心中暑！”

不容你作声，她已挑起担，燕子似的飞奔去了，两根黑油乌亮的辫子，在我眼里留下生动的影子。过了一会，我才取下草帽来，琢磨一番。

草帽并不特别，也是普普通通的，帽沿的圆围上，印有“毫不利己，专门利人”几个大红字，带子也是一般的鸡肠布带；只有仔细观察才在里面穿带子的眼孔旁边，用圆珠笔写上一个“丁”字，不知是名是姓。好在当时没有“监护”人在场，事情也就平安过去，没引起麻烦的事。

当晚子夜，轮到我同老彭值夜，在宿舍周围，执行游动哨的勤务。在宁静的星空下，徘徊踯躅于覆盖着林荫的道上。附近河流落差的哗哗水声，银河上闪烁的星群，不时忽一道流星，飞掠苍穹，坠入天际；昆虫在路旁草丛呢喃着梦呓……心坎的尘埃，到了这儿全都洗涤净尽了，秋露微微侵袭双肩。

“两条腿拖不动了。唔，到前面小桥磴去歇一会。”老彭提议。

我们在小桥上的石磴坐了下来。

静坐片刻，老彭见我不作声，便先开口问道：

“你在想什么？……啊，诗人、文学家，真羡慕你们这一行！”

“已经够受的了，还羡慕呢。”我实在是感慨得很。

“要讲这些就难讲了。我跟甘蔗打了大半辈子交道，结果，现在还不是同你一样？谁想到我们居然成了‘同学’。哈哈，你说滑稽不滑稽。”

老彭是农学院二级教授，解放前去过一趟台湾。不想成了严重的政治历史问题，加上甘蔗专家的学术权威，道道地地的双料货。但是，他性情开朗，一向挺乐观。每天清早，喝两磅冷开水，跑三千米，出一身汗，洗盥吃早餐。有钱难买老来瘦，老彭虽年过花甲，手背和脸上都还未出现老人斑，白头发也不多见。也许正因为他胸襟坦荡，为人随和，每当跟他单独在一道干活的时候，我们就敢掏心里话。

“老弟，不要自暴自弃嘛。”他见我不作声，又给我打气。“国际歌不是这样唱的吗？‘不要说我们一无所有，我们要做——天下的主人！’”

老彭竟唱起来,冲破深夜的寂静。

"真佩服你了,老兄真有一套!"不禁受他情绪的感染,也高兴起来。

"我这一套没意思,比不上你……唔,你知道今天那丫头为什么给你草帽吗?"老彭问。

"谁懂得,你知道?"

"昨天你没有去,她可是从这个连问到那个连,到处找你呢。"

"干什么?是好奇吧。她们不是省里下来插队的吗,大概是游斗那阵子,她没见过我。"

"不,不,绝不是好奇。完完全全真心诚意的崇拜!作家、诗人,咳,真了不起,居然赢得这样天真纯洁的心,特别是在这个时候,这个地方,太难得了!这丫头也真够大胆的。"

"反正再怎么说,我只不过'枉与他人作笑谈'也罢。"

"不,你这就误会了人家了。"

老彭口气是一片诚心,我却守口如瓶,一言不发。稍停片刻,他又说,他虽然不能替代那丫头来辩解她的动机,可当面恭维,也不是他的德性。说他始终认为,文学家的工作是高尚的,值得敬重。末了,他念起李白两句诗:"生不愿封万户侯,但愿一识韩荆州。"

"这样说,你老兄当初为什么不专修这一行呢?"

"为什么?哎,一言难尽,我自己也解释不清。假如人能返老还童,我一定换取你的位置。"

"是为了想得到一顶草帽吗?哈哈。"我跟他开了一句玩笑。

夜静无人,天地如此辽阔,仿佛只剩下我们两人似的。我们好像是走出令人窒息的密室,一旦呼吸新鲜空气,心神爽快,没了拘束,天南海北畅所欲言。

老彭说他年青时候,起初是在岭南大学文学院英语系,选的是西洋文学专业的。学了一年,遇上农学院一位学园艺的大家闺秀,被她俘虏过去了,改了专业。毕业前,为了写论文,到过台湾考察甘蔗的种植。那位学园艺的女士呢,若即若离,跟他捉迷藏似的要着玩,仅仅维持在友谊的水平线上;临解放,跟她乃父(一个国民党的简任官)逃亡台北,后来又到美国去了。说他就因为缠上这些倒霉的瓜葛,运动一来,竟成了重点目标……

“哎,正如鲁迅说的:‘夜正长,路也正长!’”这时,老彭也难免不叹口气。

“走,该换班了。”我站了起来。

我们回走不远,换岗的人迎面来了。

但是,回到床上,我却没了瞌睡,睁眼直到天明。

支援生产队“双抢”完了,我又回到养猪场继续剁薯藤,捞水葫芦,拌中曲发酵,压缸,喂猪。

场里几把打扫猪栏的扫帚都秃了。一天,组长——一位兽医技术员对我说:“今天派你一个美差——上街把鹅、鸭毛和猪鬃挑去土产收购站卖了,回头,买几把扫帚和竹刷回来。”

“一个人去吗?”我问。

组长点点头:“一个人。你的问题,不是写了材料了吗?顺便替我买一斤烤烟叶,拿去叫切烟的切了,等着取回来顶火。”

吃罢早餐,我赶紧收拾东西。鸭鹅毛不等价,得把它分开放,猪鬃是要扎成把的,否则收购站不肯过秤。我把东西一一收拾停妥,找来一对篮筐装好,挑上就走了。心情可是好比飞出牢笼的鸟,不禁雀跃地跟进城赶集的老乡们一道,大摇大摆走进大街。

在收购站,碰上收购员的情绪特别好,交易顺利办完了。正要转身出门,迎面进来两位插队的姑娘。两人身上都挂着一色的帆布挂包,包盖一样绣着“为人民服务”的红字,梳辫子的一位,手上拎着一只小鸡笼,里头装的是几只鸽子。鸽子还有未褪完的细细的黄黄的绒毛,发出吱吱的叫唤。短头发的一位,一眼碰到我的目光,立即把身边的同伴的衣角扯一下。拿鸽子的转过脸来,审视我一眼,不禁高兴地“啊”了一声:

“嗨,是你!……作家!”

我含笑点点头。

认出来了，她就是那天给我草帽的姑娘啊，叫我一时发窘，笨拙地嗫嚅着说：

“你……那顶草帽，……忘记戴出来了。”

姑娘却挺爽快，笑道：“哎哟，一顶草帽算得了什么呀，还放在心上。你给人的东西不是更多吗，叫人怎样报答呀？”

我不好意思正视她射来深情而真挚的目光，转睛望她身边的伙伴，不知该说什么好。

她拎鸽到收购的柜台去了。她伙伴瞅着她的背影问我：

“你认识她吗？她可是个敢于‘抚哭叛徒的吊客’！嘻嘻。”短发姑娘笑着，歪着脑袋盯我。

“她叫什么？”

“丁子，嘻嘻。你不信？你自己问她去。”姑娘说完，转身到她伙伴身边去了。

此后，生活中又接二连三刮起几阵旋风：先是批“先验论”和“天才论”，报上又放出排炮式的一篇又一篇大文，指责我的书，放了这样那样的毒，其中说我某篇作品里，一个叫“涂为人”的人物，名字就是寓意“伟人”，可见是“天才论”的吹鼓手！我个人本来早已被搞臭了的，不想又挨折腾了一阵。接着，一次所谓“文艺黑线回潮”；一次“批林批孔”，掀起一场令人啼笑不得的“儒法斗争”，大批特批《水浒》。运动一浪推一浪，一直发展到“反击右倾翻案风”，使人喘不过气来。

心想，人家月球都能飞得上去了，可我的生活天地，却越来越局促。

糖，到底是人们日常生活必需的，甘蔗专家彭教授终于先我解放了。临别，他才有所感悟地对我表示无限惋惜，悄悄跟我耳语：

“草帽，是真的不好戴啊！”

不过，到这时节，我倒反变了腔调，对他笑道：

“也许没有糖那么必要，不过，天晴出大太阳，草帽还是有用的。”

“但愿如此!”他紧紧握住我的手,说声:“保重!”

不久,霹雳一声,阴霾消散,“四人帮”跟在林彪之后,走到了末路。一场历史的悲剧,终于关了大幕。

我回来了。“前度刘郎今又来”,生活对我来说又熟悉又陌生。熟悉的,有的同你疏远了,陌生的,却逼迫着你去熟悉。生涯又得从头开始。

一年以后,有天接到一封上面没有注明寄信人地址的信。里头的信纸,写的是这样的话——

……作家同志,您恐怕没有忘掉那顶草帽吧?我这儿倒不是为了引起您去想那些不堪回首的往事,而是由于见到报上终归为您公布了平反的消息:撤销了1966年给您“撤销一切职务的决定”的决定,不禁由衷的欢欣!

老马识途,但望珍重,焕发创作的青春,为我们提供更美好更高尚的精神食粮!十年灾荒,广大的读者实在饿得发慌哪!

作家同志,十年风雨,您经受艰巨的考验,终归活得过来,无疑是难能可贵的啊。可您未必知道,就是像我一个微不足道的普通小兵,也是顶着风雨,跋涉于坎坷的路上,也摔了跤,沾了一身泥。如今,作家同志,您的“文艺黑线头目”的冤案,倒是得到平反了,可我的“文艺黑线走卒”——您大名下的“忠实走狗”,什么“抚哭叛徒的吊客”等等罪状,却仍躺在本人档案里睡大觉,迟迟未得翻身!不过,我现在已不那么看重它了,相信这场悲剧,不会成为保留节目,再来重演了的!您信不信?

本来我是从省里响应号召,自动报名下来接受再教育的。一起下来的同学都先后回城,或上大学,或当兵,或进工厂去了。还记得那位在土产收购站见到您的姑娘吧,人家由于表现积极(给我扣上“吊客”的帽子),头一名作为工农兵学员上大学读中文系,她没有去拜访您吗?人各有志,这些,我都不去羡慕谁,也不抱怨谁,也不是吃上柠檬就说柠檬甜,回不了城就讲农村好。而是一位回乡知青在和我相处过程中,成了我的终身选择。我们是在粉碎“四人帮”的欢庆声中结婚的。他现在是在公社做共青团工作,我在小学教小孩。小学生天真烂漫，生活在她们——“祖国的花朵”中间，大人也将感染到天真活泼的情趣。

作家同志，孩子们的求知欲多旺盛啊，给他们送来多点精神文明的食粮吧，这也是写这封信的动机！临末，让我和孩子们一起，在这儿遥致崇高的敬意和殷切的希望！

丁podcast

1978年儿童节

信读完了，肩上仿佛增加了重量。多年风吹雨打，草帽已无踪影，那情景却活现于眼前……

1981年5月

载《长江文艺》1981年11月号

散文

·第一辑·

农村速写

爬　犁

柳树，梢林，柴垛，村庄……全披上了白幕，一眼望去，那样平坦，辽阔，不定是一百里一千里，连到天边去了，尽是一色白的。

大地成了雪的海洋。

爬犁，疾速地奔驰，一台接着一台过去了。

“老乡，到站上吗？我跟你一堆走！”

“呵，老陆呀！”一位农民转过被冰霜封住的脸面望着我，说，“上爬犁吧！”

“吁——吁——”爬犁站住了。

“坐上吧，坐上，快！得快去快回，今天得赶三趟，要不，送不完！”

爬犁继续飞掠过雪的海洋，枣红的牲口，逐渐变成乌锥，变成银白了。

“冷的蝎虎！”我说。

“那算啥，前方打仗都抗住了，咱们送两趟公粮啥也不算啥呀！”

车站的小红砖独立房屋叫雪盖住了,左近却出现耀眼的黄色“小山”。人们,蚂蚁似的从“山”顶到“山”脚奔忙,旁边接连成一条“链子”似的爬犁和车辆。

“嗳呀,三区的也到了！得等老半天才轮到呢!”老乡带着欢喜的歉意跳下了爬犁。

爬犁停在长长的“链子”的后尾了。

我顺着这条链子走进粮站围场去。

老头的胡茬,小伙子的黑眉毛都变白了,有的帽檐全挂了冰柱。

“冷的蝎虎!”我心里自个说话。

而老乡们的眼睛却有着同样无声的语言:

“那算啥,前方打仗都抗住了,咱们送两趟公粮啥也不算个啥呀!”

“同志,别着忙,得按先后来!”木屋里的门岗拦住了我,那么和蔼地说话。

经过我自个介绍以后,我进铁蒺藜围着的场里去了。

这是战斗的行动:抢时间,为着减除后面等着的人的寒冷,为着节省夜间的灯油,为着最后的一袋公粮在五天内能放上秤台去。时间成了金钱！而每一个动作都是作战!

“快,快搬！下晚辟地,咱们得赶紧回去分田地哪!”

接收员记下了数目字,管它是不是自个缴的,一呼啦,秤台上那沉甸甸的麻袋,都移到人们的肩上了。

耀眼的黄色“小山”,更高了,更大了。

爬犁往回飞,燕子似的掠过雪的海洋。

这是农会小组长,年轻的小伙子,硬把我拉上他的爬犁。他那样好唱好闹呵！寒冷也封不住他的嘴。

皮鞭在空中摇晃,“噼叭”,响着清脆的音乐。

“人多吧！你送几趟了?”迎面来的焦急地问。

“老鼻子啦！……”轻快的回答也抵不住疾驶的爬犁,话头给打住了。

“老陆,你瞧我这匹马多大口?”

“看不出来!”

“牲口是好是孬不在口多少,是不是?”

“多少钱买的?”

“不要钱——是打今年五六月砍挖时候,分的果实。”

没有共产党

……

“嗯,你教咱们农会唱新歌子吧!”

小组长转过脸来,热情地看着我。

豆油灯

三四只碗的豆油灯点着了。屋里一股烟,熏得像早晨的雾。被举出来做带头人的十多位贫雇农,一个一个都来了。炕上和靠火炉的两三张条凳,慢慢的坐满了人。

组织起来嗨,

武装起来嗨,

这些人们只要一聚在一堆就要唱,好像不唱就不能表明心的欢欣。

“大伙来齐了,咱们开个会!”

工作队的老陈停止了他长久的默想,抬起头来,望着大伙。

歌声冷丁止住了。炉上的洋铁水壶咝咝的发响。老吴头挑一挑灯捻,靠窗台的人顺手拿下油瓶往灯里倒。

“灯油点了不老少了。”老陈说,“咱们闹了半个来月,阶级划了,成分定了,地也分了。现在白天送公粮,晚上咱们该找啥活来干呢?大伙核计核计看!咱们这些人们是骨干,是先锋队。大伙都拿出主意来,干!”

一个五十来岁的老头站起来,两手往袖筒一笼,不慌不忙说道:

“拿我看呀,咱们得整理组织,考查考查咱们农会会员。早先的不算,来新的。早先那些坏蛋,狗腿子的,这回一对比,哨号,都哨出来了,咱们能要他吗?"

"咱们会员定出条件来,不够条件不要!"

"不够的往外刷!"

"懒蛋的不要。"

"大排,砸孤丁,抽大烟的不要。"

"跳大神,扎吗啡的还能要了?"

"有毛病的不要!"

声音像爆豆一个样,你还没说完他就抢上来了,分不清那一句是谁说的。一个十五六岁的小嘎,从炕上蹦起来,说:

"为个人自个儿积极的也不要!"

一个穿着黑棉袍的中年人,含着尺来长的烟袋,凑到灯边去对火,顺便就站在大伙中间,说:

"以我看,咱们屯上斗地主富农还不彻底,还得斗!"

"对啰,得先彻底打倒封建,割尾巴。"

"我说,"一个愣头愣脑的大个子,嗓子都哑了,"咱们农会武装委员那姓刘的小子,他娶地主的姑娘做媳妇,咱们是不是要他坦白坦白!"

"对,对！叫他坦白坦白,娶地主姑娘是个啥意思?"

小嘎又尖着嗓门,嚷起来了:

"咱们贫雇农也还有替地主富农藏东西的,这回都得彻底整。"

门冷丁开开,一个长头发的人伸进头来,低声问坐在门边的人:

"你们谁会写……?"

"干啥?"

"我们妇女团斗出地主宋二家的东西来了,你们谁去帮记一记?"

"什么?"老陈问。

"她们妇女的斗出金钳子(耳环)来了!"

"你看,地主的花招真多,不简单,说是没有没有,一斗又出来了!"老陈乐得笑了,"老关,你去帮她们记一记吧。"

屋里暂时静了,大伙都被新的事件引起无声的惊异。

"'烂了的船帮还有三千钉',这话不假呀!"老吴又过去挑了挑灯捻,自个咕嘟着。

"没油了吧?添!把灯捻挑大。这下一支金钳就够买百来斤油了。"

老陈又恢复他素常的庄重而深沉的口气说话了。

"我看,大伙提的这些个意见,都对,都正确。可是,得照量照量,看拣哪一样活来先干,凡事得有个先后轻重是不是?"

谁在炕里边原先躺着来的,一咕噜坐起来,说:

"整理组织先别着忙,先割尾巴要紧。先复查,彻底打倒封建。封建没了,咱们就考察会员,大伙定出条件来,谁不够会员的,就给他都诌出来!会员弄好了,就举干部。把咱们农会弄得扎扎实实,铁蛋似的干得一楞一楞的。真正是有内容,不是空壳螂。"

"对啰!"谁又从炕上坐起来,把帽子戴上,准备要说他自个的意见。

……

子弹

区政府的南北炕都坐着两三个人。看样子,他们正在商量什么事情,等我进去时才把话给打住了,大家静下来。由于我的服装的缘故,很快就把他们的疑惑消除了。我坐下来,看他们都用亲切的眼光望着看我,好像对待自己的亲戚。

他们每个人手上都拿一支步枪,在军用的黄大衣,或不合身的黑呢子大氅外面,扎着一根皮带,有的别着一个皮的子弹盒。人都是挺结实的小伙子。

这里的主人是区委民运部陆部长,是个女同志。她招呼我坐好以后,才又转去对这几位拿着枪的农民,母亲一样关心地问:

"你们走,不叨咕家吗?"

"叨咕它干啥?"

这是比较年轻的小伙子,回答挺利索。

"等会火车来就上车了,你们看还短什么东西不?要短啥快吱声,好照量办。"停了一会,陆部长又问。

在北炕上,一位仰躺着的,这下叮当坐起来,捅了捅旁边一个穿短棉袄的人,低着声说:

"你说呀,你不是……"

那人怪难为情的样子,红脸了,要说不说的忸怩着。

"什么事?"

"他的子弹少了!"

陆部长默默地寻思一会。完了,对他说:

"等着吧,我去找找看有没有。"

陆部长出去了。

"陆部长要拿来了,有我一半不是?"

"什么有你一半,真会剥削人!你这不成了地主了吗?"

看他们的神气,像参军又不像。不是吗,参军哪能自个带枪呢?

"你们打胡子去吧?"我问。

"虎死?"

他们好像听不准我的南方口音,或者我问的意思对他们已经生疏了,好几个人都瞪着眼直瞅着我。可是,有一个人接着说了:

"地主都垮了,哪来的胡子!"

"说打胡子也对,不过,不是在咱们地方打。"

"那,你们要到哪儿去?"我越来越奇怪了。

门猛一下开了,外屋煮饭的一股烟气,冒进来。跟着进来一个满嘴白霜的老头,对这几位拿枪的农民热呼呼的问:

"你们快上站去了吧?"

"早哪,七点钟车才到,得待一会。"

老头坐到炕沿来,两只手都伸到草灰的大炉上去。

"我说,你们去到那边,得好好干,可别想这边……"老头亲切的说。

"咱们这边还有啥不放心的。会上工作,有大伙一条心在干,家里方面,劈了地,劈了房,牲口家具啥的,说不十全吧,可也差不离了。就说日后粮短些,有你们大伙照量,还能怕饿死了吗?再说,咱们这边解放了,是不是也得去帮助那边新区,使得咱们穷哥儿们都一个样翻身?”

“那是!天下穷人是一家。人多势大,把咱们穷人都翻身了,昨晚咱们劈的地才能保的牢靠。”

陆部长拿回两排九九子弹来,问:

“谁少?”

“我!”

“给我!”

大伙一呼啦都伸开手来,就跟小孩抢母亲手上的糖果一个样。

“到那边去得好好的对准中央胡子、地主的脑瓜打去吧!去那边撒种子,扎根!”

晚间,我同区中队的队员在一个炕上睡。火车叫的时候,一个队员怪犯愁似的自个嘟哝着:

“到南满去的工作团走了吧,咱就摊不上去,妈的!”

“啥时候扩兵,咱们到前方干去吧!”另外一个解开裹腿,说。

“去就去,咱还怕咋的?嘿!”

1947年12月12日于拉林伊家木匠铺

小姑娘

一个十六七岁的小姑娘。戴一顶兔皮的日本军用皮帽,一件打着补丁的短袄罩上一件崭新的海蓝色布大褂,扎着皮腰带,挂着挂包,扎着裹腿,脚上是一双春天穿的单鞋;这双单鞋却老在雪地里走来走去。

“你老到外边跑,不怕冷呀?”房东的老太婆关心地问着。

“不冷。我一进屋就热,鼻尖直淌汗。”

真是,老太婆把炕烧的太热了,小姑娘的鼻尖果然冒着汗珠儿。

她是外屯的妇女会主任,到这屯跟工作队学习工作办法来的。在家时候可封建了,要她同不认识的男人说句话可困难。现在也不知怎的,变得那样快。

一位打区上刚下来的同志,才坐下,她马上大方地问他:

“同志,贵姓呀?”

这位新来的同志惊异地,把名字告诉她。

“咱们啥也不明白,希望卢同志以后多多帮助!”

看样子,她是刚从学校出来的学生,其实,贫穷把她一直阻拦在学校的门槛外,在一个月前,自个的名字都认不出来哪。

一天,她妈打家里坐爬犁跑了六七里地来了。

说是今年夏天开来的六七尺水淋布,拿去叫她姐帮缝条棉裤。现在听说,姐姐她婆家是富农,怕六尺水淋布也叫大伙斗了。叫她去姐姐家看看,能取得回来不。

“我不去!谁去她那个地主富农家?”

她撅起小嘴,回答得那样脆。

妈瞪起眼,半天才柔声地问:

“那你不穿棉裤啦?”

“不穿能怎的?多少年没穿还不一样抗过了!”

她出去了。让妈自个坐在炕上,去拨开炉里那快没火星的草灰。

“我这丫头的脾气可倔了,真拗不过她!”妈对着才进来的房东老太婆说。

老太婆也有同样欢喜的感慨:

“哎,这年头年轻人都一个样呀。我的孙女还不也是这样的。成天就在外边跑,开会,调查地主浮产啥的,没个回来时候。”

小姑娘学习半拉月,回到本屯领导妇女们打倒封建的斗争去了。

有一回,农会两个民兵到一个富农老石家去借马。老石这尖头的富农,他冷言冷语的说:

“不知道你们农会要使唤马,要知道,早给你们买两匹!”

民兵心思:“你这鸡巴地主富农,还不服气怎的?说风凉话哪!”两人都上火了,气呼呼的,马也不借了。

老石知道惹了“不是”了,赶紧跑来找小姑娘她爹,说明了这件事,完了哀求说:

“老和头,你帮我这一回吧!这回能过去了,我……”

老和头说:

“老石,这不是在早那时候了。眼下农会换了那伙人,反正你也明白,哪能有我说的?!”

“不是要你说呀,要你姑娘说一说,准能成!”

老和头寻思一会,说:

“我丫头?可也行!等她回来给你说吧。”

小姑娘今天刚好就回家来。她爹就对她说了:

“凤云,刚才老石家来说,农会民兵来借马,他说了两句不好听的话,他知道错了!日后可不敢再这样。你到农会跟主任说说吧,说老石家一时糊涂……”

“糊涂?别耍尖头啦!”小姑娘锋利地截住了爹的话,眼直瞪着爹说,“叫他别逞那屁威风啦吧!你还替他卖人情哪……”

“哎,你……”

“我,我怎的?你再说,连你也非揪到农会去斗不解!你心思还要当两面光哪!”

小姑娘急眼了,打炕上叮当跳下地来,推开门,直奔农会去了。

1947 年 12 月 19 日早于拉林家窝棚

宣　誓

这里,灯光代替着太阳,黑夜成了白天,人们忘掉了睡眠。

“谁是咱们的头行人,谁能领咱们往好道引?”

大伙打心里捉摸好半夜了,说呀,如今是咱们贫雇农坐天下,旧的不算了。想想,举个好样的,跟咱们一条心!

"拿我看,小疙瘩关振英不得离,能带头,斗争可坚决了!"

"人家王占海那一样也不孬,讲人品,讲正派也属他头一名!"

大伙的嗓门都说话说的哑了。

快亮天了,邻家的鸡已经啼叫。

冷丁,一阵掌声压住了鸡鸣。一个人叫掌声催得站起来了:是个魁梧的身影,是个老老实实的庄稼人。

"呵,呵,看他——新娘子一个样!"

"头回穿新棉袄吧? 人可年轻了不少!"

"听他说吧,别嘈嘈了!"

会场肃静。

他说话了:

"……大伙举我到这里来,我心思:不干嘛,是违反民主,大伙都是民主举的我,反民主是不是不好? 干嘛,咱是个头疙瘩,不会说也不会道,啥也不当……"

"你管朝前领,咱们大伙跟着干,怕啥!"

人们热情地呼啦嚷成一片。

他咽了口唾沫,又说了:

"嗯哪。大伙这一说,可也是。反正农会是咱们贫雇农一家人的事,办好办孬,大伙都有一份。好比说嘛,三股绳要往外拧,越拧越批,要往里拧呢,可就越拧越紧! 咱们大伙说,朝外拧还朝里拧?"

"朝里!"几十个声音喊成一句话。

"嗯哪,大伙都得朝里拧,一条心向农会! 我王占海一定得跟大伙一堆干到底!"

"彻底打倒封建,贫雇农翻身!"

几十个人喊成一个声音。

会议继续了两天一宵了。

好多人都说,妇女也同男人一样,个人分到八亩半地,一份浮产,自个还有个妇女团。咱们也该同男子一样，当掌柜，有话要说，有活要干！

现在，第一步先整理咱们的队伍，队伍整齐了，好跟地主富农干仗去。

个人都得对大伙坦白呵，好比有病的人，得老实告诉大夫，在早曾经害过的病症。

你说，你曾经有个糊涂的思想，替地主亲戚把金钳子往头发里藏。

她说，她素常有个不好的品性，好唠闲嗑什么的。

我说，早先做的事讲起来太不好听了，贪小便宜，拿过别人家东西。

人家倪家大婶同贺三娘她们，说的多利索呵：

十六岁过门，十八岁养娃娃，十九岁薅草，给家里做饭，做针线活，旁的也没干啥。

是有毛病的都往外刷！五十七个才剩了二十五名了。

这都是好人品，劳而又苦，正派的姑娘，媳妇，母亲。

为着彻底撂倒封建的枷锁，为着永远作主人，为着日子过的富裕、安生，妇女团的几位头行人，先起誓了——

听，一个穿着蓝色夹袍，袖筒露出红袖的老吴家新娘子说了：

“我日后一定得跟共产党走，我掌柜要干革命去，往好道走的，我个人一定不能扯后腿！”

含着长烟袋的老大娘，从嘴里拔开烟嘴，往地上吐了口水，说：

“我不造谣言！”

她，头顶挽着发髻的刘家二媳妇，坚决的说：

“我往后要当两面光，出门就叫大车轧死！”

谁在炕后尾大声说了：

“不成，咱们不兴赌咒。赌咒是迷信，封建！”

谁也接上来，尖着嗓门喊：

“大伙空口说白话谁能不往硬的讲？拿我说，你要真心干，就叫文书员来，把个人刚才说的话都给写上，完了，个人现在就当众打手指头扎出血来，往上面按！看你怕不怕疼，怕疼就不能算真心诚意干！”

“对，对，对！”

“来，谁有针？我先扎给大伙看！”一只戴着麻花银镯子的手腕，在灯光下摇晃。

“咱妇女不能落后。”

“得跟共产党一块儿走！”

“一直走到头！”

二十五个人，你一句我一句，联成朴素的诗章。

1947年12月19日夜深时于拉林牛家站

打离婚

农会主任、组织委员和文书员在炕上围着炕桌，正要合计成立冬学的事情。

门呼一下开开了，一个十四五岁模样的小孩进来。他睁着眼，巴巴的瞅着炕上的人，就像一只叫猎人撵了好半天的小鹿。炕上的人也都不大认识他似的，大伙愣了半天，没开腔。直瞅他这不合身段的青呢大氅，下边还露了半截的士林蓝布大褂，一顶红帽头，两边翘起狐皮“大耳朵”，好像旧剧里县令戴的纱帽。他准是打外屯坐爬犁来的了，手上还拿着一床米色的绒毯子。细看起来，会相面的先生也难猜准他的真实年龄的：人好比一只没到日月的黄瓜，干巴巴的小个。

“有事情吗？打哪来的？”组织委员问。

他嘴唇颤抖着，才要开腔，紧接着，门口就闯进一个老头来了。他也是个叫人挑剩的土豆样，小个，干瘪，猴子脸，黑麻麻的胡子把脸都长满了。

“呵，你是三道沟老郑家吧？”文书员问。

“嗯哪！”老头回答。赶紧就问：“王队长……”

组织委员说：

“王队长不在这了，你有啥事说吧。”

“你老请上炕吧。”主任说。

老头冷冷的看了看炕上的人，在地下的条凳坐下了。那小孩也在他旁边坐下，眼睛直直的望着门口。老头好像信不过这几个人，爱说不说的，问：

“王队长得多晚回来？”

“他们工作队的都到旁的村去了，你有啥事吧？要本村的事，咱们就能办。”组织委员一边卷旱烟叶，一边说。

“你就是要说老那他姑娘的事吧？”文书员跟组织委员咬了一阵耳朵，问。

“可不是嘛。”

“我说呢！嘿。”文书员瞅了组织委员一眼，表示胜利似的。

“你们心思咋办呢？今天是娶人来的吗？”主任这才正经瞅着这个打扮成新姑爷样子的小孩。

老头带着一股委屈似的，说：

“娶不娶你反正事情总得有个交代是不是？我这小子，打今年春上跟老那家他丫头过的礼，啥都说停妥了。打半年前，我就说，想把人接过去，好帮干些活计，咱们家就是人口少……”

“上一回你不是来过一次了吗？”文书员问。

“嗯哪！上一回，王队长来这时候，我来过，说是老那他丫头不乐意。可是，我心思，兴许她没见过我这小子，备不住听了旁人说三道四的，今天我把小子带来，叫他俩见见面……也不知道王队长走了。唉！”

“王队长不走能怎的？我说，凭你这个旧脑袋瓜，你就娶不到这媳妇。现在世界变啦！这位就是咱们农会新举的主任，你别看咱们穷小子，要是这屯的事，咱们就能拿得起责任来办妥！”

组织委员说完，发现烟卷灭了，又拿炉铲从火盆的草灰里挑着火红的炭来点燃。

这爹俩默默地移动他们的眼珠子，看着刚才组织委员指的主任。

主任原来是猫在被窝卷上，他为着冬学还没有核计出个眉目来，心里老惦着，对眼前这件事情就不大留意。可是，到这时候，他说了。他说：这是两口子一辈子的大事，两人都得乐意才成哪。要有一边不乐意，那，不说咱们不敢作主，就是王队长在这也不能硬压迫一个人去跟一个人过的。

"那,总得有个理呀!"老头说。

这新姑爷默默的睁着眼,望着主任。

"是呀,没有理能行啦?"主任说。

人们都沉默了。

一会,主任说:

"这样的吧,不是要他俩当面看一看吗?现在我们就去请老那他姑娘来,你们自个谈,看她个人倒是愿不愿意。她要不愿意,咱们也没啥高招。现在是提倡婚姻自主,这玩意谁也不兴压迫谁。"

主任说,完了又对组织委员说:

"老田,你去叫妇女主任请那秀琴来吧。"

老田去不多一会,妇女主任就领着一位姑娘来了,后尾还跟着好几个小女孩。她们都拥到门口来,妇女主任把门关上了,她们还在外边唧唧喳喳,往门缝里挤,抢着要看热闹。

姑娘戴着一顶蓝花布的尖顶棉帽,帽的前檐边上缝着白兔皮,把叫风吹得通红的圆脸,围了一道白圈。人长的丰满而壮实,一只手就能扛起一麻袋豆子似的,满身都充满着力气。一进来,也不要人请就马上朝炕沿上坐,伸手拿起炉铲来拨开草灰。

屋里的空气,闷着。一下子谁也说不出话。

门呼一下,开了。两个女孩叫后边的女孩推进来,"看,挤啥挤的!"小孩互相抱怨起来,马上抽回身又把门关上了。

主任说:

"秀琴,你倒是愿不愿意跟老郑家的小子过,你个人说吧。怕你在早没见过面,今天两人都来这儿了,你个人自个好好照量照量。打离婚不打离婚,今天当面把它说利索了!"

秀琴叮当丢开炉铲,仰着头,对主任说:"'人不论大小,马不论高低',个人是啥模样倒还不打紧——"

"那是为的啥?"老头惊奇地问。

"为的啥?就为……"秀琴转回头去,轻蔑地瞅这爹俩一眼。"问你,你家是不是挨斗了？”

“挨斗了怎的？”这小子忽然说话了，恨恨地直瞅着秀琴。

老头却放软了口气说：

“挨斗是挨斗，挨了斗也不能不准说媳妇。”

“挨了斗，是不是咱俩家站的阶级不一个样了？”

“那，我是今年春上才过的礼，拿着那时候说话……”

“那时候？那时候怎的？那时候我就是受爹妈压迫呗。现在，男女平等，婚姻自主，我个人就不乐意跟你地主家过！”秀琴说话一激动，脑盖都冒汗了，把尖顶帽除下。完了，又去拨弄炉铲，脸紧绷着。

屋里又像夏天的午晌打过一阵闷雷。妇女主任也不好说啥，瞅了瞅秀琴，又瞅了瞅主任。主任却歪躺在炕梢，好比卸下担子歇着的人，表示他没探过问。文书员又仔细看了看这“新姑爷”，完了又端量着壮实的姑娘，不自觉地摇摇头。妇女主任见了，嘴边露了一丝笑影。

老头站起来，怪懊糟的望着主任说：

“那我去跟老那说去！”

“也好，你个人看着办吧。这事情不跟旁的，咱们不能……”

主任坐起来，冷冷的说。

老头对他的小子说：

“走！”

小子拿起米色的毯子，静静地跟着出去。秀琴白了他们一眼，紧接着吐了口唾沫，完了大声说：

“去跟我爹妈说也不好使！我个人在这已经把话说到头了。我个人的事个人说了算，怎的也不跟你姓郑的过！”

老郑他爹俩出去一会了。

妇女主任对秀琴说：

“咱们走吧，备不住南屯的人早来等咱们合计编麻子哩。”

她俩站下地来，戴上帽子要走，主任带着笑问：

“秀琴，你爹要答应给他，你咋整？”

"不能,人家脑瓜也开了。"秀琴笑着说,满有信心的神气。

"备不住吧?"文书员也说。

"那,他要答应是他个人的,我可不应承。——昨晚分了八亩地还不够养活个人吗?往后我个人就能侍弄,个人种,个人吃,个人穿,谁咱也不指望,爹妈又能怎的?"秀琴嘴巴就不让人,一句接一句没个断。

"得了,得了,快走吧!"妇女主任一边说,一边把她往门口推。

1947 年除夕于拉林石羊屯

原载《东北日报》

称　呼

我从老百姓的家搬到办公的地方来好些天了。

是一个融雪的春日。

久久关闭着的窗扉打开了,迎进来满屋子的阳光。

笃,笃笃!谁在敲门呀,在这明媚的早晨?

"哎呀,你看树上的麻雀叫得多欢哪,你还睡觉?"

两个孩子嘻嘻哈哈,推开门进来了。原来是房东太太的小孩——大林和他的妹妹田田。大林依旧穿的棉袍子,依旧同姑娘一样文静。田田今儿打扮的花一样:两根辫子系着橘色绸子的花结,披的藕色小外套。多淘气呵,她爬到我的椅子上,去翻弄桌上的东西了。

"陆先生……"大林等我把衣穿了,才要说话。

田田却从桌子上迅疾地掉转头来,抢着说:

"不,不准叫先生,妈妈说的叫叔叔!"

田田丢开桌上的画片,跳下来,站到我跟前,拉住我的手,一蹦一跳的说:

"妈问你为啥不去找我们玩?今天得去!"

"我忙着,没空。"

“不,不! 唔,今天星期天,你骗人,你得去,走!”

“叔叔,你衣服脏了吧? 我妈说,看叔叔有要洗的衣服没有,拿去给帮洗。”大林盯视着我的衣领和快变黑了的两只袖子。

“你教我唱歌吧,唱《东方红》,唱,唱!”田田推撼着我。

“我不会,你教我吧!”我逗着她。

田田把脸一沉,咳嗽一声,张着尖嗓子,唱了:

东方红

太阳升

中国出了个毛泽东……

“叔叔,你给我一本书吧,你有没有一本《毛主席在重庆》?”大林说。

我没有大林想要的书,只得领他们到书店去,花了十二块钱买了书,另外还给田田买了毛主席的一尺二寸铜版的相片。

出来书店门口,田田拉着我的袖子,一定要我到她家去。我说我还有别的事情,不能去。

“那,把照片给你。不叫你做叔叔了!”田田鼓起嘴来,眼睛已含着一泡发亮的泪水了。

久了,家庭的温暖,犹如奢侈品一样,对我是淡漠的。此时因大林和田田的呼唤,我仿佛回到我的家,仿佛又被一群侄儿缠着。仿佛又听见房东太太在我们要走的早晨,她对我诉说的话句:

“陆先生,真不瞒你说,你刚来时候,咱们是不挺放心。这难怪呀,古话讲的‘兵家过,篱笆破’,以前‘满洲国’的兵丁,可是一群两条腿的狼哪,谁见了穿军衣的不担三分心! 看到跟你们这个好样的,真是乡下人吃挂面,头一遭。实在舍不得你走哪!”

1946 年 11 月于哈尔滨

马河图

我跟东北的老百姓有过认识，以至于后来有过交往，第一个就算是马河图了。

那是刚刚到海龙的时候，因为公共宿舍的缺少，只得到老百姓家去暂时借房子住。其时，我就跟随一位牌长的引领，到每家每户去看有没有可以借住的房子。拍拍有人家的房门，然后询问房东愿不愿意让我们借宿。

“你们要不嫌窄，就住我这屋吧！咱可没有啥说的。弟兄们为着咱们辛辛苦苦，几千里路跑来，还能叫弟兄们挨冻吗？”这位五十多岁的老头，在我刚到他屋里看了看，还没有说什么，他就从炕上连忙下来，诚恳地望着我说。

由于他质朴地请我们住他的屋，我又重新审视了一下环境。屋子是不挺宽敞，碗筷、案板、菜刀、水瓢，以及破旧的水袜子、破了洞的麻袋、黑腻的洗脸布……这些，都是东一件西一个，随便搁置着。墙上，挂着泥水匠用的一把瓦刀和一块瓦板，再往后的墙角落里，还有一个牛轭和绳索在一根木钉上悬挂着，被厚厚的灰尘覆盖了，周围全是蜘蛛网似的烟灰。朝南一个不大的方格子凹窗，用好几样写过了字的纸糊着，靠近炕头的墙上，还有一张八寸大的镜子，镜面有着好多条裂痕，显然，主人在很久以前就没有照顾它了，上面布满一层尘埃。

“地下站着冷，上炕坐吧！”

老头是恭恭敬敬的让我上炕的，但因鞋子不好脱，只在炕沿上坐下了。

他告诉我，他姓马，名叫河图，今年五十七岁了。从他那顶满是油污和破洞，连帽檐也残缺了的呢帽子下边，显露出来的发鬓，已经斑白。在这样冰冷的日子，他却只穿一件破烂的棉袄，袖子都烂到肘节上了，虽然系着一条宽边的腰带，可是，这怎能挡住寒冷的袭来呢？

“没有错，这都是日本人给咱们东北带来的灾殃！不过，现在是比早先好多了。”他这样说着，表示同意我对敌人的看法，也表示他得了救似的称心。

大概我是南方人的缘故，我们交换过几句普通见面话之后，很自然的就谈起这边的天气和食物，也就因为这，便使对方很容易想到寒冷和饥饿。跟着就很自然的想起过去那奴隶般生活。

“这真遭罪啊！就说我这一家吧，我的家起始并不这样的——”他看我对他的命运表示了同情，看我亲切坐在他的炕上，看我关心他的生计和职业，最终他就很乐意地将他所遭受的灾难都对我作尽情的倾吐。

他早先是种庄稼的，两口子和一个小孩，种人家四五垧地，除去交完租粮，一家人穿衣吃饭都不用发愁的。碰上好年成，过大年夜，不是自家杀一口猪，至少也得向旁人合伙平分一口的。赶到后来，世道可就变了，自从来了小鼻子，出了个康德皇帝，租子增多了，出荷加重了。好像日本人把天灾也带来，接连都没有了好年成，缴不起租，出不了捐税。加上孩子的妈一死，他就没有再到地里去了。

“你看，墙角的牛轭，已经快十年没动它了。唉，说来话长，你先生喝水吧，我去烧点水。”他讲得自己觉得口干了，突然想起要请我喝开水。

“不，不要。我真的不渴！”我把他拦住了。

“我说，你先生到咱们这儿来可不要客气！”他坐回去，在火盆里拨弄拨弄上面已经熄黑了的草灰，草灰里的底层偶然闪现着还没有冷息的火星。

屋里静了。封住了窗户的雪，经过阳光的融化而掉落，发出息息索索的微声。

“你不种庄稼,后来干了啥?”我问。

“后来做这个弄那个的,不一定了。人总得想法子活下去,是不是?不过我后来学了一门手艺,做泥水匠。夏天能烧窑的时候,就做砖瓦,冬天就给人家砌个灶,修个炕什么的,日子可真是不好过呀!还带着一个孩子。”

“孩子多大岁数了?”我好奇地问了一句。

“提起孩子来,可是把人气死了,他,七岁就没了妈了,这十年来我一个人苦的甜的,可受够了奔波、折磨,为的就是望他成人。人嘛,一到了年纪,总望有个亲人依靠呵!”

“如今世界不同啦,人也变了,好比小鸟,翅膀长了羽毛,就要飞的,只要他——”

“不,不!你先生弄错啦,”他立即抢着我说,“我说的,倒不是我的孩子不听话,我的孩子可孝敬我哩。我说的是日本人太狠毒!你听我说吧,我的孩子直到今年二月十五才满十八岁哪。可是那个人家都管他叫‘海龙王’的坏蛋,他硬说我的孩子够二十了,要抓去当国兵。抓到半路孩子跑了,他又转回来硬说我把孩子藏起来。你把人家活活抓走,完了生不见人,死不见尸,我不追究算好了,还回来向我要人!你先生评评看,能有这种道理吗?”

他越发激动了,嘴唇颤抖着,眼睛睁得那么大。停了一会,紧接着又说:“说实话。他哪里不知道我的孩子没有跑回家来,他故意为难我,就是要借口抓我去当劳工。因为有一个人给了他八百块钱,免了劳工,海龙王就来抓我去顶名。啥事咱都看得雪亮呵!只是咱们穷啦,没有咱们讲话的地方!”

“真是混账的世界!”我禁不住骂了一声。

“可不是怎的。我不止去一次劳工哩。头一回,去莫盘山挖水壕,人家日本人验身,说有寒腿病,年纪也大了,送了回来。谁知道,那个黑了良心的海龙王,又在半夜三更把我抓去第二回,到二十里外的地方去修飞机场。就这样,害得我父子离散,真是冤枉事讲不完!”

“海龙王是谁?早先干啥的?”我越听懂,越发觉得这个人太岂有此理了。

“海龙王,他就是‘满洲国’的区长嘛。人家又是县长的女婿,又是日本特务的朋友,完全是个坏心肝的人！你先生没见过,他可真是头上长疮、脚下流脓呢,坏透啦。提起海龙王,三岁小孩都怕他哩,人家在‘满洲国’可真威风呀,有钱又有势。”

“现在可不能让他这样霸道了！”

“那是呀！”他应了一声,马上沉默了,好像忽然想起了什么事。我才又注视着他,在他瘦黑面容上,看出他有着农民所特具的诚实,也有着在农民中不常见到的见识和聪敏,比如他的谈吐,比如他的眼光和神态。然而,他的那双眼睛此刻却还是违背了他,浅露着轻微的迷惘和寂寞。

“来了吗？快请屋里坐吧！”屋外突然有人说话,随着是脚步的声音,老马这时马上尖起耳朵来仔细听,眼睛闪烁着希望的光。但,当他听到脚步声消失在对屋时,他又回复了原先的迷惘和寂寞。

“你的孩子现在还没有回来吗？”

“他不会回来了！——他叫我找他去。”

“他在哪儿？”我不禁惊讶了。

“他——”他转过头来,老老实实的对我看,仿佛得到什么安慰。说:“我的孩子吗？他也同......唔,你是八路军吧！他上个月给人带来一封信,说是参加了你们八路军了,驻在本溪湖。他信上还说,叫我到那边去,随便找个什么工来做都好。听说你们八路军就跟一个大家庭一样。你先生说真不！”

“真！那好。那你的孩子将来会有出息的！”

“哈哈,那就好！实在,咱们在‘满洲国’真受罪呀！也该有个好日子过啦！”他变得快活一些了,从这一笑容里,我看到他曾经也是一个快乐的人,有着坦直的性格。而这个被压抑多年的本性,仿佛是经过霜雪严寒摧残的草木,一到春天的来临,它又开始复活、滋长。

“你现在想不想去找他？”

“现在交通还不方便,待些日子再说吧！不过,咱们这地方,你们也都来了,还不都是一样吗？”

“那是,我们都是一样的——都是给老百姓办事的！”

这位老头是个很能谈而且很殷勤的人。可惜,我不能分出更多的时间与他谈天，也因他的房子过于窄小，使我不能有比较长的日子和他同住。只得从他温暖的炕上走了出来。

“有空来串门，陆先生！”他一直把我送到院子外边，殷勤地说。

从此，每次听到旁人说起伪满人民生活来，眼前老是闪出老马憔悴的容颜。他因贫窘叹息，因仇恨而激烈的言语，也都常常在我的感觉中交织成绕梁的曲调似的，响着幽怨的和声。从而每次一有空闲，我就想到他最后对我说的那殷勤话语：“有空来串门，陆先生！”

然而，我第二次到他家去“串门”时，不是为着“有空”而是为着工作，为着关系到他翻身的事了。

当时，地方上正面临着肃清敌伪残匪运动，召唤老百姓起来向汉奸特务作控诉和清算的斗争。我是为着帮助这个运动的展开而到区政府去的。老马算是受伪满损害的人民的标本了，如果是控诉，他应该有发言的优先权。想到这，我访问他去了。

这是美好的春日，街道上的冰层在微温的阳光里，化成为乌黑的泥泞，挂在屋檐的黄色冰柱，逐渐地变细以至于减少了。到老马家去，必须经过弯弯曲曲的小巷的，这些弯弯曲曲的小巷就是泥泞的路。好在他的院子没有积雪，收拾得很干净。这使我感到蹚过刚才那段艰难泥泞的路后而得到了一种说不出的畅快。

我正要推开门，猛然，一个声音，使我的手在门环上停住了。“人家那样大的财户，咱们拿啥东西去跟人家拼财？”一个声音寂寞地说。声音是从里边传透出来的。紧接着就是五六个不同的语调抢着要说话。老马和他的邻居已经在商量控诉的事情了。我怕突然进去，会使他们受到拘束。因此走过窗户下去偷着听。

“我说，老徐，世界可变得大了，你还睡觉呢！你说咱们没有东西同人拼？哼，咱们就凭着大伙一条心嘛。早先，有钱人能勾通日本人，现在，哼，只要咱们联合一气，准能压住他！好比说，一个小指头没大劲，要是五个手指撮拢来，你看一个拳头哩！一个拳头就能把人打倒！”

我听明白了，这是老马的声音，我仿佛看到他黝黑而多褶的脸颊，为着激情的燃烧而绯红，仿佛看到他那双粗糙的手，握成了拳头，在空中挥动。

“对，老马讲的差不离，咱们一定得跟海龙王算账！”

“他妈的，他逼死我爸，咱明天也得上政府告他去！”

“大家如果都干，我也不怕。”

“怕啥呀，你真是！”

“现在就下定决心吧，赶到明后天开大会，咱们大伙一定得上台去控告海龙王。昨天政府说了：如今咱老百姓的话，说了算，老桥，你说是不是？”又是老马说的。

“是！”两三个声音在一起。

“是，就这样干了！”

声音又是乱哄哄的了。

“喂，”有一个提高了嗓子喊，“不是说要选个组长吗？咱们叫老马做领头吧？”

“行！”好几个声音同时叫在一起。蓦地，一双手在我肩上拍了一下，回头一看，原来是一起工作的老于。他说家里等着我回去开会。这样，就没了工夫让我在屋下逗留，继续听老马他们宣说斗争的誓言，或者让我进屋里去看看他的拳头在空中挥动的样子了。

“海龙王”被审的那一天，有一个人从人群中怒冲冲的奔上台去了。正是他的发言支配了全场好几千人的眼睛和耳朵，赢得雷鸣般掌声和欢呼声的时候，我走到近处一看，认得出来了：他就是马河图！

他愤恨的指骂那个垂下了头，站在台角边受审的罪人“海龙王”。末尾，他大声呼叫：“大家都来呵！都来跟他算账：杀人要偿命，欠债要还清！”

老马喊得嗓子都哑了，这哑了的嗓子，引发了台下山呼海啸一般的咆哮。虽然我不是一个艺术家，却深深感到这些群众愤怒的声浪，这些为着洗雪冤仇而举起的如同林木般的手臂，还有这个马老头站立着挥动着拳头的丰姿，都应该让它在画布，在浮雕，留下恒久的生命！

我忽然觉得这位马老头的可亲了。

后来，我的工作少一些了，每天黄昏，总有些闲空，因而在一天下晚，马老头的洁净的院子,又印上我的足迹。但,我正要叫他的门时,发现门上被一只古旧的铁锁锁住了,只能推开一条小缝缝。我扫兴地回来了。

街上已经弥漫在黄昏下。电杆上的路灯发着微黄的光亮,我才要从道北拐到道东,左边突然送来一声亲热的呼唤:“陆同志,上哪儿去?”

“呵,老马!”听他亲热的叫我陆同志,我也叫他一声老马,回应我的欢喜。

他如同做了新郎的人,满脸盈溢着欢欣。高兴地走到我跟前。我把他仔细看了一下:他是和以前不同一些了。头发、眼睛和鼻头,都用心洗得干净了好多。人也年轻了好几岁似的。但是耀眼的却是他胸前的红布条。原来他是被选为县区参会的议员!刚在县政府喝了酒回来。

“开会很忙吧?“我问他。

“忙一点算啥。大家都非要我出来代表讲个意见什么的,我想,这是公意,耽误些工不算个啥,只怕我年岁大了,脑筋不够使啦,得请你们老同志开导开导!”

“我刚才还去看你的,你不在。”

“那,现在去,走吧,往回走!”他再向我走近一步,想把我拉住。我说,天晚了,回来不方便,不能去了。

“那有空常来串门,陆同志!”末了,他又殷勤地叮咛。

我在往回走的路上,不断的看到同老马那样,胸前戴着红布条的人。他们三个两个挨着走,叫嚷着,谈笑着渐渐走远了,我还贪婪地回转头去看望他们,回家来了,脑子里依然出现着老马,以及同老马一样的人民议员,不论是他们的身影、笑貌,还是他们那抑止不住的喜悦的语言,都让我留下难忘的记忆,使我有着说不出的欢欣,甚至还忘记了今夜的睡眠。现在,人们都给疲乏引到温暖的眠床去了,我却静静地,给一个在遥远的南方的朋友写着一封信。我告诉他:“假如说,你问我到东北来看见些什么?那末,我应该告诉你,我看见了曾经被奴役十四年的人民,今天已经翻了身,已经变成了主人了。”

1946年3月29日,夜色下的海龙

载1946年4月7、8日《东北日报》副刊

早　晨

办公室的每天早晨都是一个样的，几个小孩子勤快地给煤炉子生火、扫地和拭抹桌子。一边做活一边说笑，吵吵闹闹的，常把晏起的人叫醒。

今天此时却挺安静，我疑心起床起早了。迟疑地把门推开，办公室的火炉边，四五个小孩有的伏在桌子上，有的恭恭敬敬站立，手上还拿着扫把。大家静静地围着一个老太太看。

“哪里来的这样一个老太太？”我很诧异地走近前去。

老太太像是个 50 岁的人了，头上一大块青布包着，穿着一身厚重的布棉袄，手腕上还有一只银镯子。她见我来了也不怯生，很亲切地微笑说：“老同志，坐！”边说边移了移自己坐着的条凳。

“她是小朱的妈，昨天才来。”小范边瞅着老太太边对我说。

“是吗？那好嘛。小朱呢？”我说完，用目光环顾四周，寻找着小朱。小朱害臊地坐在另外一张桌子旁，摆弄着一支绿杆的钢笔。

“老太太辛苦了吧！打哪儿来的？”我在老太太旁边坐下问。“本溪。”另外一个孩子抢着说。

“本溪，挺远道呵！”我吃惊地重新打量老太太的身体。她倒是健康的，瘦小个子，眼睛亮亮的，挺精神。

“可不是远怎的，都是为了他啊。”老太太回转头去瞥了小朱一眼，“早知道他在这儿安安稳稳的，咱也不必操那份心，走那样远道了！”

“昨晚到的吧？”我问。“是嘛，昨儿下晚，下了火车，太晚雇不到马车，咱就硬着头皮走路。才刚化过雪的道可真是不好走。好在走不远，碰上你们老同志的一部汽车，同志们看我这老太婆走得辛苦啦，问我到那里去，我说来报社找我的小朱。同志们就像亲戚邻舍一样照顾我，扶我上了车，还让我坐在头前司机旁边。要不然，昨晚走到半夜还不一定到呢。”老太太擤了一下鼻涕，顺手抹在鞋帮儿上。完了，她环顾四周，仔细地打量我们的办公室。

办公室每天晚上就成为勤务员学习的教堂，墙上挂着一块绿色的黑板，上面还留下没有抹掉的孩子们写的算术习题。每张桌子上都放着透明的墨水瓶，红杆或绿杆的钢笔和船型的吸墨器。

老太太喜悦地将视线收回来，看望着身旁这几个淘气的孩子，沉吟一阵，好像说：“你们这些孩子真像鸡子掉进米缸，不怕长不好了。”

老太太说，她家是种菜园子的，一家 5 口人，生活勉强能过得去。去年民主联军到本溪，住在她家附近，小朱常去找同志们玩，听老同志讲关内儿童团参加打鬼子的故事，听得动了心，也看见革命队伍里大伙和和气气，开开心心的，比家里还热闹，心就变野了。等民主联军开拔时，他就瞒着家里，偷着跟了队伍。

“老太太是不是要小朱回家去呢？”我问。“唔……本来是想叫他回家的，他不乐意。哎，老同志，俗话说的，做母亲的能养大儿子的身，可不能管住他的心啊！”

“是的。”我笨拙地回应了一句，但立刻又想起话头，“是的，我早先也是母亲不让走，是我偷偷的离家跑出来的，现在还不是一样长得蛮结实的吗。”

“昨个晚咱也想了想，小朱既然在这儿能学到好，我倒是不要强迫着他回去。你老同志日后多管教他就好了。”老太太把手伸向火炉烤了烤，虔敬地望着我。

“咱们人都是一样的，不会叫小朱他们受委屈。”

“这，咱一路来是看到了。只怕小朱自个儿淘气，不学好。”

“小朱，听着了吧，妈妈叫你以后要学好哪！”学习小组长洪任猷望着小朱说。

“妈妈，你什么时候回去？”另外一个小孩亲切地问。

“不回去了，不让回去了！”“对了，不让回去了！”

孩子们唧唧喳喳抢着说话。有的攀老太太的肩，有的拉她的手嚷着。把老太太逗得笑不拢嘴。

1946年11月4日夜，哈尔滨

刊于《东北文艺》1946年第1期

家　乡

这是一篇记录，记着一个人的倾诉——

我原先是在沈阳一家私人印刷所当排字工人。小鼻子还在的时候，咱们工友老是嘀咕："啥时候能不拣这些鬼子字呀！能把鬼子的字扔掉就好啦！"

"8.15"那一天，你没看见咱们排字房的10多个工友都乐得什么似的，把字架上的鬼子铅字扔散了满地。有的人还带着笑出泪水的眼睛望着快空的字架说："把咱们的中国字留下来呵，往后咱们还得使唤它呢！"可是，赶到国民党来了，起先大伙以为日后工作顺手了，谁知等了几个月，看到他们对文化事业并不看重。掌柜听人说饭铺和跳舞厅生意旺，利大。他只好让印刷所荒了，能值几个钱的机器都让了人，拿本钱都投到饭铺和跳舞厅上去了。

我在印刷所没了活干，在城里也没个亲戚朋友能照应，成了无头苍蝇一样，乱撞一气也捞不到活来做。古话说得好，"树高千丈，落叶归根"，我也只好回到本溪湖老家来。

回到家时，正是盂兰节才过不几天，天气闷热闷热的；小孩都在太子河里闹着玩，庄稼长成树林子一样密，蝶儿在柳树梢上叫唤，我心想：“乡下倒还安静呵，何必一定到城里去奔波，吃了这顿愁那顿呢！”我是心安理得的走回家来了。一推开院门，见到妈妈在院子当间痴痴呆呆如像做梦一样，瞪着发红的眼睛，看着我说：“呵，永年！你回来正赶趟，去吧，你大哥要去当兵啦，你马上去区政府看看他吧！”妈妈话一说完，眼泪就往外淌了，用袖子抹了抹，顺手擤了一下鼻子，还想要再说什么，可是喉咙像塞了一块棉花，梗住说不出来。嫂嫂抱着三四岁的“土豆”，不声不响从里屋出来，眼里也是含着一泡眼泪。我真纳闷：“大哥从来是离不了他那垧儿土地的庄稼人，那样大年纪了，还没在旁人的坑上睡过一夜，怎的要当兵去了呢，就是两口子吵架也不会就去当兵吧。”

我是个急性子的人，也没问好怎么回事，急忙将包袱放下就往区政府去了。刚一跨出院门，后街上已经劈劈叭叭响了一阵鞭炮。我加快了步子赶去，到街口一看，街东头正走一小队人，好比送殡的样子，头前十来八个人都低着脑袋，后面就是二三十个小学生，再后面就是小学生的教师和几个大概是区政府的工作员了，也都是静静的。旁边一个领队的人，喊了一声：“欢送出征……”口号还没喊完，可是他挺聪明的，看没有人跟着叫，也就把话收住了。

我看到大哥了。他在队伍里也跟旁人一样，像是被送往法场上似的，低下脑袋，不声不响的走去。

回到家来，母亲就问我说是鬼子都完了，怎的又要“国兵”呢？难道中华国跟“满洲国”一个样吗？再说，就要“国兵”吧，大哥在屯里抓阄时候得的是第4名，这回又只先派一个人，为啥先派大哥去呢？虽说我去城里待了五六年，不过，当时也实在弄不明白，日本鬼子倒了，还要壮丁去“征”啥。也不知道为什么先派到大哥的头上来的道理。后来听邻家赵大伯说，原来抓到第1名的，不知道怎的一弄，忽然过继了人家，成了当家人了，第2名马上到区政府去当了差，第3名说是害了心症。头前三名既然不能去，只好轮到第4名去。我听这样一说，禁不住有了疑问，说：“那，在抓阄以前不让他们抓就完了吗，为什么抓了以后……”赵大伯马上抢着说：“那可不，人家就是不那样干呵……哎，一句老话‘有钱能使鬼推磨’。这世道能有啥好讲的！”老大伯讲到这就不想再往下讲了。

一声不响含着他的旱烟袋，喷出一口一口灰白的烟。

屯里的人也都说，“满洲国”荒了，康德给老毛子抓走了，中华国来了。头前几个月民主联军在这时候，大伙可真是能有几天好日子过。赶到后来“中央”来了，大伙又是变成不死不活的，成天成夜担心打仗，担心出“国兵”，就跟小鸡害怕老鹰，躲躲藏藏的。见了我就瞪着眼向我打听：“城里倒是怎么个样呀！”我只说：“城里好待，咱也不回来啦！”“那么，你说……”我是不忍心告诉他们说：“‘中央’还比不上鬼子哪！”可是，我实在也说不出叫大伙宽心的话。

大概过了十来天啰，那是晚响了。屯西头正围着一大群人，我也走去一看，原来是大哥回来了，他正在那哈给人讲，怎样的到了沈阳，怎样的脱光了衣服给检查。“连屁股眼长不长毛都检查，可仔细了。”大哥担心别人不相信的样子，故意讲得特别明白，有时还做了比划。可是，他的声音越高，比划得越真切，我越觉得不对劲，好像是另外一个人在那哈装扮、演戏。可是我眼前确确实实是我的大哥。他说，他是因为眼睛有毛病，人家不要他的。听的人都特意望着他的眼睛，表示非常的羡慕。

妈妈和大嫂为着大哥回来了，自然是挺高兴，“土豆”一见大哥就跳着扑到他怀里去，爸爸长爸爸亲的直叫。大哥却是冷冷地沉了脸，就跟赌输了钱的神气，叹了口气，往炕上躺下。“土豆”在外边锅灶拿着刚煮熟的一穗包米进来，爬上炕去搬动爸爸的肩膀，“爸爸爸爸”地嚷，让大哥拿。“拿开，我不吃。”大哥把包米一推，又把手蒙住着头。妈妈和嫂嫂都楞住了，你望望我，我望望你，摸不开怎么回事。过一会，我把刚才在屯西头听到大哥讲的都告诉了妈妈，妈妈才松了口气说：“呵，我当是啥紧要的事，眼睛有点毛病，算个啥，又不是瞎了的，能免了‘国兵’就是谢天谢地了！”但是，大哥再也没刚才在旁人面前那样神气了。好像是挑着担子似的，晚饭也没吃就进里屋睡去了。过一会，不知是跟嫂嫂叨咕什么，一会儿叹气，一会儿两口子抱怨、争吵；一会儿，叭叭地揍着“土豆”，“土豆”哇哇的哭起来。“出了几天门，邪魔妖怪上身了吧？”妈妈带着怨烦的口气在嘟囔着。

第二天一早，大哥对妈妈劈头就说：要把耕地的小黑马卖了，理由是如今捐税多,光靠地里出的是应付不了啦,得兼做些小买卖,能填补一点算一点。妈妈说:“大年下你怎么的了,这是咱们家生的牲口,使唤那么多年了,爸爸在世的时候,再为难也不舍得卖它呀,咱们就少吃少穿点吧,别胡思乱想了,等会不要偷不来鸡还得失把米哪。”大哥满脸烦闷样,不哼声。心里好像说:“谁不是说呢,可是不卖又怎么办?”当时,我们都成了哑吧,整整吃了一顿早饭,谁也不哼气,苍蝇倒是闹哄哄的;牲口大概没人照平常时候给它牵出来让打滚,用蹄子敲着地板,秃秃的响。

大哥到底没有依从妈妈的话,他把当作自己小孩一样心爱的小黑马拉到附近的集上去了。妈妈在家整天叨咕着,越讲越气。站又不是,坐又不是的来回转。嫂嫂躲在里屋暗暗低泣,微微听到抽噎的声音。“真是扫把星,咱家以前什么没有?都是叫你们这些败家精给败光了,只剩下这么一匹牲口也守不住!看明年拿手去扒地吧。哭、哭有啥用场!”妈妈怨怒地瞅了瞅里屋。谁知道,这么一来,嫂嫂带着哭红的双眼出来,一把拉着妈妈喊一声“妈……”便冷不丁地投进妈妈的怀里,呜呜地哭起来。嫂嫂说大哥不是眼睛有什么毛病,而是到了半道贿赂了带队的人。现在人家正在县上等着要钱,三天内拿不出钱,又得当兵去……“啊呀!”妈妈惊叫了一声,面部一阵痉挛,半天说不出话来。“我的老祖宗啊,你们哪一代没修好阴功呵!”过了好一会,妈妈才又说了一句。

太阳落下去了。大哥拿着一个酒瓶摇摇晃晃地回来。到了院子还走到马房去看望了一会,完了,心疼地叹了一声。我看他的眼里带着一股邪气,定定的看人,也不同我招呼。把酒瓶往桌子使劲一搁,对嫂嫂粗声粗气喊道:“看什么,今天是我的生日,你忘了吧……给我把那只麻鸡宰了……咱们高高兴兴吃一顿……不吃还不是都让人家拿了去!”他已经喝过酒了,带着一身酒气,话是说了两句三句又停一停,“呃呃”的连打饱嗝。嫂嫂和妈妈不吱声,互相交换了一下眼色,过后妈妈盯了我一眼,好像求我来打救这个局面。可是我能做什么呢?我也只有发呆了。大伙就好比给一垛墙压倒在身上,呼吸都困难。那时候我真想大叫一声。

“为什么不上菜呀……唔。”大哥莫明其妙的叫了一声,拔开酒瓶的塞子,咕嘟咕嘟喝了半瓶子,摇摇晃晃倒到了炕沿上。妈妈和嫂嫂惊慌不已,我将酒瓶收藏。猛然,大哥睁大双眼惊叫:“什么,你们咋的都不动啦,我走到城隍庙来了……不,是马房！我的牲口……小黑马……呃!”接着大哥吐了,“呃……”吐得满地都是。“真不知上辈子哪代没修好阴功,要报应啦!”妈妈喃喃说。“土豆”哇哇的哭起来。

正在这时,听到“呯、呯”声,有人敲打院门,嫂嫂走了出去。“你叔叔永年在家吧?”随着声音闯进来两个人。这两人我都认识,杨家窝铺姓杨和姓石的。听人说他俩也是为了躲避征兵,给了区长他们一些钱,到区政府去随便当个办事员什么的。他们现在装着不认识我,装模做样的说:“哪一位是永年?”“是我。什么事?”我回答。“好事是没有。嗯,你看吧!”他们递给我一张票子。我打开一瞧,原来是一张征兵的传票！我发呆了。“区长说,明天一早八点钟赶到区政府去集合。”他们又说一句。妈妈听了眼睛瞪得圆圆的挺吓人的,嘴唇直打哆嗦,问道:“什么,他——永年也……”“咋的,当兵管吃饱饭不好吗?”他们当中姓石的家伙恶毒的说。我当时真是火了,想打他一个嘴巴,可是压下去了,故意很镇定的回答:“好！明天准定去。”这两个家伙心满意足地走了。

大哥眼睛定定的盯着我说:“什么,你走了,我的小黑马。你……你站着干吗?你是谁呀!”“永年,你怎么啦,你也要……”妈妈又哭又叫。“土豆”哇哇又哭了,嫂嫂则不停地抹眼泪。

凄惨全找上我的家门来了,就像6年前爸爸死的那天夜里一样。我一想,“好汉不吃眼前亏!”拿过大哥的半瓶酒,咕嘟喝下两口提提神,壮壮胆,把心一横,溜之大吉了。

赶到一出了屯子,月牙正要发亮了,太子河镜子一般闪眼,北斗星也明闪闪的。我就朝着这星座一直往北边走来了。

1946年12月1日哈尔滨

刊于《东北文艺》1947年第3期

节日记事

趁着国庆节的假日,邀了几位画画的同志到乡下去玩。这地方,有终年苍翠的橄榄林,有优美的河岸,有宽阔的牧场,有洋溢着农村风味的集市。解放初年,我曾经到过这里参加清匪反霸工作,环境和人情都给我留下很深的印象。特别是我曾经打扰了他们半年之久的房东哥俩,更是使我长年难以忘怀。今天好容易来了,先就拜访他的家。

他的家和他叔伯家是两座独立屋子,屋边环列着几株高大的橄榄树,环境挺静,丁口少,屋子空一些,当时的工作队同志下乡来,都愿到这两家人家来拢地方住。

现在,正是橄榄成熟的季节,我们到来时,房东的婶娘正同她孙女在院里围着一块石板,拿木棒捶着青榄,准备把它和着食盐腌成咸榄。

“哎哟,我当是谁来了,老陆呀,我说你把我们忘了哪。坐嘛,同志。小珍进屋搬凳子来让叔叔坐。老陆,尝尝吧。”婶娘又是挪凳子又是拿橄榄,招呼着我们,“老陆,你是熟人,帮我招呼同志们吧,要吃腌过、晒干的咸榄也有。青榄搁嘴里含着，咬两口能润喉。”

“婶娘，忙你的吧，我们自己来。”我说。

我们几个都在院里的小凳子坐下。画画的同志对着屋边秀丽的橄榄树、润叶阴浓的芭蕉、苍翠欲滴的竹丛和金黄的稻田很感兴趣，马上摊开画板速写起来。

“老陆，多呆一会呵，今天是圩日，你二叔凑热闹去了。你得等他回来才能走。我给你们拿香蕉吃。”婶娘站起来，拍拍衣襟，往屋里去了。

我才要站起来往隔壁找我的房东去，在过道口立即走出一位二十四五岁的后生，怀里还抱着个小孩，笑眯眯地迎着我走来，开口说道：

“陆同志，你好，还记得我吗？”

这位后生仔把我问得懵了。是我房东的哥吗？十多年了，他还这么年轻？不，他原来就比这个人大好几岁，脸上还有几点麻子，而且他不至于留个小分头的。谁呢？一时想不起来。

“你一点也不见老，我一看就认得出来。”这位后生用熟人的口气同我讲话。

“你是谁呀，我可记不清了。”我直望着他。

不等到他回答，婶娘从屋里拿出香蕉来，接着就说：

“他，你忘啦？还不是树德的老弟树生嘛。”

“树生？”我不觉一怔，重新仔细看了看对方。

他的确保留了他哥的某些神情，眼睛和嘴唇特别像。

“也难怪，你在这里的时候，他才是个十三四岁的小娃仔，现在都做了两个孩子的爹了。同志，吃蕉吧，边吃边说话。”婶娘又坐向石板旁边，拿起木棒捶青榄。

这一提，我才醒悟过来了。眼前这位后生，原来在清匪反霸时曾经帮过我们不少忙呢。帮我们送信，跟我们一块捉土匪，引我们去起赃物什么的。这当中，他以出色的勇敢和机智带进他的童年。

那故事是这样发生的：

有天，我们工作队给他一部自行车，一件黄棉袄，要他到城里去送个信。他把信送到后，就贪着玩，赖在城里看完晚上头场电影才回。那时，隆冬腊月，正是强盗、土匪拦路抢劫比较猖獗的“冬防”季节。这一天,天气阴沉,刮着小北风,特别寒冷,星星月亮都没露脸。路上行人很少。树生这小鬼凭着自行车的灯亮,壮着胆,使劲往回跑。不料,到了一处山坳,突然,从小石山背后出来一个大汉,张开手把路拦住。

“对不起,把车借用一下。”那大汉可是凶神恶煞,瞪起眼,伸出粗壮的手,抓住了树生的车把。

树生看看,对方来势汹汹,料想,明打是斗不过他的了。灵机一动,假装赔个笑脸,说道:

“大哥,你要用车子就拿吧。不过,气筒是我借人家的,得让我拿回去。”

这个强盗信以为真,让他取下打气筒后,转身正要跳上车;树生手快眼快,举起气筒,“吭当”一声,击中了强盗的后脑勺。人,被砍倒的树似的,往地里倒下。树生立即抢回车子,跳上就死劲地蹬着跑呀跑的。跑了大半天,两条腿又酸又木,实在一点气力也没有了,口又干得难受。这时,看见附近山坡上有点亮光,“一定是个村子,到那儿歇一会再说。”这样一想,推着车子朝亮光的地方走去。

这是一间独立的茅屋,四周没邻舍,也没狗叫。树生把车子放在屋檐下,然后推开门进去。屋里有个四十多岁的男人,他正鬼鬼祟祟地摆弄什么玩意,见有人闯进来,便慌慌张张把东西藏到桌底下去了。回头拿起点豆油的高脚盘灯,照了照来人。

“你是干什么的?从哪里来?”主人眼珠子转了转,猜疑地盯着人。

树生不敢就把遇险的事直说,撒了个谎:说他是什么村子的人,借了解放军同志的车子和棉袄到外婆家去过冬节,车子回到半路,又漏气又脱链子,走着走着天就黑了。路不好走,想在这歇一晚,明天再回去。

主人拿着盘灯出门去看了看,是有架车子。回转来又望了望树生,捉摸了一下,说道:

“你要住也行。跟我小娃子在里屋一张床上睡吧。”

树生瞧了瞧这屋。屋子很小,两边是泥墙,当中用篾席隔开,有小门进出,里头就是主人说的里屋。外屋这里安一张床,上面堆着破旧的棉絮,两只乌亮乌亮的竹枕，墙上挂些兽皮，也有两三件捉鱼捞虾的家具。

"你要睡就睡吧，别等我。"主人不耐烦地催着。

"我今天吃了糯饭，口挺渴。有米汤吗？"树生又撒了个谎。

主人把桌上的瓦钵盖揭开，舀了一碗稀粥给客人。树生一口气喝光了，用手背抹了抹嘴。

"瞧你还想要再喝一碗，唔？"

"不，够了。"树生摇摇头。主人把客人送进里屋去。这里四周都是密封的墙，黑洞洞。里边乱七八糟的堆着米囤、坛罐、玉米核什么的，好闷气。主人让树生睡在他小儿子床外边，看树生把棉袄蒙着头睡下后才走。

树生乍然睡在这生地方，老也合不上眼皮。屋外风吹着树林，吱吱呼呼地响，久不久又听到几声狼嗥。

快半夜了，树生才迷迷糊糊地眯了一会。忽然，外面有人敲门，把他又惊醒了。只听到外面主人起来问了一声"谁？"门外没有答话，门上又敲了三下暗号，门"咿呀"一声开了，马上又关上。

"怎样，有得捞吗？"主人问。

"不说了，撞板！差点把命都丢了。"来人的口气挺懊丧。

"怎么回事？"主人焦急地问。

"你摸我后脑勺，挨了一下。妈的，以为要到阎王爷报到去了。躺了半天，阎王爷还不肯收留，又让我爬起来了。给碗水喝吧。"

"水倒有，粥可不多了。刚才来了个小野仔，吃了一大海碗。"

"什么？来了个小野仔？是什么样？在哪？"来人惊叫起来。

"嘘，别大声嚷嚷，他同亚木睡在里头。是工作队那里的人，一架车子还搁在屋外呢。"

"好，真他妈的冤家路窄！这下子看他往那儿跑！"来人咬牙切齿地说话。"啪"一声，大概是在桌上捶了一拳。

"伙计，你说了半天，到底怎么回事？叫我淋了一头露水。"

来人把嗓子压低来说话，听不清他讲些什么。

"那一定是他了。"主人提高点声音说。"他现在就睡在亚木床外头。上面盖着他的黄棉袄。”

“嘿,他想送我去见阎王爷没送成,这一下到我来送他!”

门扇又“咿呀”一声,两人到外屋干什么去了。

树生知道不好,走进贼窝来了,心口扑扑地跳得不停。房子四周都是墙,房顶又爬不上去,要从门口逃出,他一个小孩,手上什么也没有,怎么打得过两个强盗呢?而且深更半夜,荒山野岭,正是呼天天不应,喊地地不灵,怎么办?急得他把尿都尿出裤裆来了。猛然,灵机一动,掀开被窝,看那小孩睡得死死的,还呼呼地打鼾。他轻轻地把他挪出床外边来,睡在他原来的位置,将棉袄仍旧盖在他头上,自己却睡到里边去,拉上被头把脑袋蒙得紧紧的。打算等两个家伙回来睡着了,他再偷偷逃跑。一会,两个强盗悄悄地进里屋来了,好像还拿着灯,被窝透进点亮光。

“看,那黄棉袄不是。”主人的声音。

“他妈的,小杂种。”来人怒不可遏。

噗一声,灯光吹灭了。房里一片漆黑。两个强盗一步一步逼近,树生的心口扑通扑通乱跳,头发直起来,脊背透着汗,全身都发肉紧。努力屏着气,不敢作丝毫动静。只听“咔喳”一声,旁边的身体伸了伸腿,蠕动了一下,一切都窒息了。

“怎样?”

“快,放进麻包,拖上后山去。”

两个强盗把死人轻轻从被窝下边拖开走了。

树生掀开被子,听到两人沉重的脚步声,出了房门,一步一步走远了。他立即爬起,披上棉袄,跳下床来,用手摸了摸地上,找着他的鞋子穿上。有只鞋子里头黏糊糊的,棉袄领子好像缺了一大块,湿着一片,还有点暖气。“是血吧?”树生想。这时也不知害怕了,一心就专为着赶紧逃命。他蹑手蹑脚,走出屋檐来,摸到了车子,迅速地推着就走。

到了公路上,他骑上车子就拼命地跑。跑到圩场上,找到解放军的连队,把经过报告了连长。连长马上集合了一排战士和几位穿便衣的侦察员,立即出发,让树生领着。天亮前,部队包围了那间小茅屋。树生同几位侦察同志去叫门。

原来两个家伙闹了半夜，已经乏了，埋了人回来就睡下，什么也没发觉。等到树生他们到了门口，利用他们的暗号敲门时，两个家伙还蒙在鼓里，嘟嘟哝哝地抱怨：“搞什么鬼，这时才来！”

门“咿呀”一声开了，侦察员同志冲进屋，枪口对他们，喝一声：“不许动！”

两个家伙举起手，一个还不在乎的说：

“别开玩笑吧，我的伙计——”

这时，树生才跳进屋去，对他们讥笑：

“见阎王去吧，这下子准把你送到头了。”

“哎哟！我的……”主人猛一见树生，失声绝叫，晕倒到桌子上。

“噢，活报应！你杀的不是别人，是你自己的儿子，畜生！把他们绑走。”侦察班长最后对侦察同志使了眼色。

门外的同志涌了进来，一块把强盗作了五花大绑。

第二天早饭过后，树生才骑回车子来，把文件的收条和棉袄、车子交还给我。车子没有损坏，棉袄领子开了个大口子，上面粘一片血迹。我问怎么回事。他就将上面这件惊心动魄的故事给我讲了大半天。后来，解放军的同志还在报上给他写了一篇通讯。

当时，他就要我介绍他参加解放军当通讯员，或者就到我们的工作队做小鬼。我是答应过他的。没想到，我不久就调回机关了，他的事只好托别的同志关照。那么多年来，就没有机会打听到他的确实消息。不想他已经成家立业，做了两个小孩的爸爸了。

“这是照相机吧？”树生摸了摸我身上挂着的摄影机问道。

“是呀，我给你照张相片作纪念。”我说。

“好呀。那，你在这等一等。”他从过道走回他的家去。

婶娘回过头来，见两梳香蕉没怎么动，又催着我们。

“老陆，你带着同志们吃罢。到我们这里来，没好的招待。不要嫌弃呵！”

我和婶娘扯了一些家常、年成什么的。过了半点来钟，树生才转回来。这一下他可成了另外一个人了，几位画画的同志，也都发愣。他把小分头梳了梳，换了件雪白的衬衣，外头罩上一件宝蓝色斜纹布的中山服，最惹眼的是他胸口上别着三枚闪闪发光的奖章和纪念章。脚上还换了双黄皮鞋。

“呵！照这张相可不简单哪。”我心想。

我兴奋地给他一个人单独照了一张半身的,又一张全身的,再照一张他父子三人的。他说,孩子他妈赶圩去了;他哥领着他的生产小队抢割晚稻;嫂嫂的小舅国庆节娶媳妇,她带侄子喝喜酒去还没回。全家福的相没照成。

我把相照完,就到他跟前去看他挂的奖章。原来一枚是志愿军抗美援朝的纪念章,一枚是朝鲜民主主义人民共和国颁发的军功章,一枚是全国农业群英会的纪念章。

“行,你这些年干得挺漂亮嘛！”我由衷地喜悦,眯着眼瞅着他。“当上了英雄模范！你到底达到了目的:当上志愿军。故事可不少吧?”

“没有什么,平平常常的事情。”树生倒沉住气,一本正经地说。

他说,自从那回捉了那两个土匪,他认识了解放军的连长,我走后,他自己就去找他,跟他当通讯员,后来同他一块去朝鲜打美国鬼。那连长同志后来当了团长,在上甘岭牺牲了。

“你过我屋去坐一会吧,同志们一起来！”

树生把我们请去他的屋。

这屋,我曾经住过半年,原先就他两个孤儿兄弟,哥哥当时已经是他现在这个岁数了,还是个光棍,屋子显得宽绰清静。现在,床铺、桌椅、农具、坛罐,挤得满满的了,门前的小院场,新起一排四小间泥房。

“这几间新房是我从志愿军回来才同哥嫂动手盖的。你在这里的时候,就我们孤苦伶仃的兄弟俩。现在要摆酒席的话,自己一家,可围成满满一桌子了。”树生从屋檐下搬来几只竹凳子请我们坐。

几位画画的同志,一个偷偷的速写他的肖像,一个画他的小孩。我环顾着、寻觅着我在这儿曾经留下的痕迹。

“你在这里的时候,这棵橄榄树还没有人头高吧？现在要爬上去,还不容易呢。”他指着东边菜园角落冒起有三丈左右高的橄榄树。“那是棵黑榄。前年开始结果,收了百多斤,今年丰收。只它一棵就收了三百多斤靠近四百。”

“你现在就在生产队里劳动吧?”我问。

“1955年复员回来，成了家，给秤砣吊住了，什么地方也去不了。就跟乡亲们一块闹高级社，搞水利，1958年大跃进，调到西津水电站工地，当个民工队长，干了三年，去年才调回县上管粮仓，跟老鼠作斗争。”

“你倒挺会说俏皮话。”我望着他笑道。

“你们吃过晌午饭再走吧。我也是趁着国庆节放假回来看看小孩的。乡下现在比我们机关的生活富裕。你们帮点忙怎样？打个消耗战，把他们东西干掉。不然，他们老写信叫你买这个家具那个家具来装来藏。”

有个同志说，我们还要到圩场去看看，不打扰了。

当我们又走回二叔场院时，正好见到他回来了。他手上提着斤把两斤红白鲜明的猪肉和一长串黄黄的油炸豆腐。二叔一见到我就兴高采烈地喊道：

“嗨，真是好日子，来了稀客了！来，来，屋里坐！”

我说我们来了好些时候了，该走了，改日再来。我们边说边走。

“不，不，不能走。”二叔张开两只胳膊拦住我们的去路。

“回吧，今天怎么说也得同你说说话。你别看我这点肉不够瘾，鸡鸭我们自己有，爱吃鱼生下酒也行。”二叔又张开手把我们往回赶。“我的老伴呵，客来了不给招待呀，小鸡能抓得到吗？”二叔对着婶娘问。

“你别操那个心吧。人家早把鸡抓进笼了。”婶娘从屋里走出来插上话。“就怕老陆嫌弃我们，一定要走，我一个人手短拉不住他，尽等尽等也不见你回。你又在圩场上喝了吧？”婶娘带着笑，瞪了老汉一眼。

“老陆你看，你能走呀！小珍，把东西拿回屋去。”二叔把肉和豆腐交了孙女，马上又从口袋掏出一件玩具，望着孙女喊：

“唔，回来，你看，这是什么？”

婶娘从孙女的手里把肉和豆腐接走。

小珍拿到玩具盒，打开一看，欢天喜地的嚷道：“呵，拖拉机！”

“哎，真是一代比一代强了。我在她这样年纪呀，连个电筒都当是神灯，稀奇的不得了。如今三岁小孩，什么新玩意都懂。”二叔满足而感慨地说。

1962年11月18日于柳州羊角山

巴马采风

自从歌剧《刘三姐》问世以来，在不少民歌爱好者的心目中，广西竟有“歌海”的美誉。每年春秋两季，各地区各民族都流行着各具特色的歌圩，山歌就从那里滋长。这一天，人们的精神生活得到大大解放，自由自在地交谈，你唱我和地对唱。白天唱和未能尽兴的话，夜晚再唱。往往一唱唱个通宵，甚至连唱两天三夜的都有。对唱过程中，开始一般只拿俏皮话来逗笑取乐就是了。接下去才深一步，出难题试探真情，倾诉衷肠。临别，再唱一段情意缠绵的离别歌，叮咛明年此日再会于歌场。有人是在几次歌圩上相遇而结下姻缘的。有位双目失明的歌师，他的老伴就是凭他的歌唱娶得的。

土地改革完成后，个体农民组织起来成了集体社员。在某些干部的领导思想上，认为歌圩活动有碍集体出工，于是一反古老的习俗，下令禁止，曾引起过纠纷。其实，农民一年才有一回歌圩，说耽误生产劳动，那是只见皮毛不见筋骨的瞎话。

近年来，农村生产的责任制有了改变，农民较能机动地安排自家的活路，各地歌圩才又活跃起来。这回,有机会下乡采风,来到红水河流域的巴马县,凑巧遇上寒食节——农历三月三农民上山扫墓,也正是这儿的歌圩日子,有幸身逢其盛,耳闻目睹,增长不少见识。

歌圩的现场,还是照老习惯在盘阳河边的山坡上,离城五六里地。顺着一条铺着沥青的公路走,需要半点来钟。公路上熙熙攘攘的人群,流水似地朝着一个目标涌去。不论后生和姑娘,个个都特意作了一番打扮,穿戴都挺整齐。后生仔,穿的差不多都是些透明发亮,色彩强烈而且挺刮笔直的西式衣衫。女子比较保守,年轻姑娘也仍然穿大襟民族服装——平领,窄袖,镶边,布料虽然不尽是自织自染的蓝靛土布,但是,颜色几乎都是墨绿、虾青或板栗色的。只有十二三岁的小丫头才穿花布衫。不管是青年姑娘还是中年妇女,头上一律包着一块从百货店买的印花洗脸毛巾。尼龙袜很普及了,鞋子有塑料的,也有自己绣的花布鞋。多半人手上都拿把伞。这些姑娘、媳妇,张开口来,差不多人人都露出一颗黄锃锃的金牙,有的镶在右边,有的镶在左边,都是镶在上面一排的一颗犬齿上。镶金牙,同戴手镯、耳环和戒指一样,作为一种装饰了。

我们一路走,一路听,一路看。看并肩而行或擦肩而过的男男女女,看郊外野地春光明媚,看田里的青苗、河面的绿波,听人声的歌唱、鸟语的叨絮、蛙声的喧哗和水声的潺潺。半小时的路程不觉走完了,歌坡的场地已经展现在眼前。

碧绸如带的清水河横铺在前,一条水泥公路桥跨过河腰。人们欢喜雀跃地朝着河那边的山坡走去。山坡那边,几顶彩色塑料帐篷正在向人们招引。陡坡上,密密麻麻聚着不少人。有的找到了一席之地坐下了,有的——特别是年轻姑娘和后生仔,三三两两搭帮结队,在山脚、河边的小道上徜徉。他们彼此眉目传情,寻到可心人,好到适当的地头对唱。帐篷下是摆卖的货摊,出售日用杂货,吃的用的都有。

许多人的目光都盯住红布的帐篷,那里是县文化馆搭起的歌台。县首长今天与民同乐,带头领唱了第一支山歌。歌唱文明礼貌月,歌唱五讲四美,歌唱晚婚、计划生育的好处。领导人带头唱开了,老百姓当然也就壮胆响应了。官办的歌台安有扩音器,桌面搁着大大小小好些台收录机,还有水壶茶杯什么的,场面颇为庄严。这样一来,只有老歌手才敢到这儿来表演了,而且唱的也只是一些宣传当前政策的歌,听众的反应不见得那么热烈,特别是年轻人,他们另找地方唱去了。河边、树下、桥头,这儿那儿,你唱我和,到处是歌声。对歌的双方,各有一个到两个歌伴,再加上一位躲在背后作提示的歌师。两边相距十多二十米,面对面站着,歌伴互相拉手搭肩,交头接耳,悄声细气地说话;一面留心注意对方挑战,一面回过头来接受歌师的提示,以便回答对方,提出难题。

瞧,那一组对唱的,她们把人吸引过去了。也许是她们的歌声格外悦耳、动听,也许是她们长的特别美,要不是她们的装饰分外触目?围观的人越来越多,人墙越填越厚,人们伸长着脖子,踮高着脚跟,紧往里瞧。对唱的男女双方那样的拘谨,都低着脑袋,目不斜视,只见轻声细气、机械地喃唱,如同教堂做礼拜的唱诗班。不过,她们那出口成歌的警句,那即席唱和的捷才,却引起人们一阵一阵开心的欢笑、喝彩。原来她们对唱的是这样的歌——

女:红棉对着山桐花开啰,
妹见哥来乐开怀。
三月吹来春风暖咧,
两山花儿飞拢来。
男:抬头见到红棉开啰,
心比红花开满怀。
手拿竹竿采花朵咧,
树高竿短采不来。
女:龙眼花引蜂来得早啰,
采蜜哪怕树顶高。
过河管它水深浅咧,
竹筒扎起当浮桥。
男:松木架桥经百年啰,
河东河西水相连。
只怕架起桥来人改道咧,
没人来往桥空悬。

本地的同志说，假如你离开此时此地、此情此景，只听歌词本身，那是联想不到唱的是情歌的。比如有的唱：眼前禾苗是插下田了，能不能得到好收成，还得看你肯不肯下力除草捉虫和下肥呐。一位男高音歌唱家说，这一带地方的民歌，曲调是双声部合唱，四句当中，后两句是重复前两句的，实际上来来回回就只有两句。只因词儿抓人，曲儿单纯叫人耐听。词儿是一套扣一套，联句式的接唱下去的。唱了庄稼又唱家务，唱了山水花草又唱鸟兽虫鱼，唱了风雨云雾又唱月亮星星。女方唱什么，男方即席和上，左右逢源，对答如流。

我们一行外来人，这边听听，那边瞧瞧，到处逛逛。这些不说新奇，可也真不一般。夕阳西沉，在往回走的路上，还是同去时那样，迎面走来熙熙攘攘的人，十个八个一伙，三个五个一群，川流不息地朝着歌坡直奔。本地的同志讲，这些人今天是不打算回家了的。到夜里，那才热闹呐，他们往往一唱就唱到天亮。

时到傍晚，落雨了。但是，华灯初上时，街上来人奔走相告：歌场移到城里来了！果然，街头、车站，四处洋溢着歌声。街灯透过树叶洒下隐约的疏影，这儿那儿到处都是人。有人打着电筒游动，有人伫立屋檐、树下，两三个人共一把伞。歌声悠扬地一阵一阵从伞下传开来，耀眼的电筒光柱里，闪烁着白色的雨丝。汽车站对面一座四层高楼的人民旅社门前也挤着人，楼上楼下，走廊、房间，什么地方都没个空儿，阵阵歌声飞出窗户，人们聚精会神在谛听；录音机亮着小红灯，录音带在转动。房间里，男女青年分别坐在斜对面的床沿，你唱我和地对歌联唱。此刻，不论是男是女，神情都那么活泼、大方。感情的风，把人们心灵的窗口吹开了。

我们去附近村庄访问一家歌手。那家人很有代表性，父母是歌师，四姐妹都是歌手。昨天父亲领着两个女儿赶歌圩来了。最引人注目的那两朵“金茶花”，就是他家的老大和老二。姐妹俩不仅人才出众，长的水灵、匀称、俊俏，歌儿唱的动人，而且两人的首饰别致——全场成百上千的姑娘，谁头上不是包着印花的新毛巾哪？唯独就她姐儿俩脱掉头巾，从左鬓梳着一绺长发替代刘海，贴过前额，挽回后脑勺，跟另一绺发辫结成高髻，堆在头顶，在左边角别上一朵纱带扎的红花，给人留下极深的印象。

村庄离城三四里地，散步就到了。这是一座傍山靠河，聚居二三十户人家的山村。村前展现一片平畴,秧苗在塑料薄膜覆盖下长出翠绿如茵的苗床,放眼望去,令人分外神爽。村里头,菜园的地头,墙角,一丛刺藤,盛开着片片玉色的金黄花朵,李花谢了,嫩绿的新叶披挂了一树,白色的桐花撒了满地,几只狮头大鹅伸高脖子迈开方步,悠闲地在小片草地上张望,趴在屋檐下的狗,见到陌生人,忽一下跳起来,汪汪直吠……

我们小心翼翼地躲开狗的恐吓,在村后的斜坡一间独立瓦房里,找到了要访的人家。一位五十来岁的庄稼人,走出门坎,叱住了狗,把我们迎进堂屋。堂屋相当宽敞,办红白喜事,摆下三四台席是绰绰有余的。厅堂两边用木板间开作卧室,前后左右共四间。屋子是新建的,板壁贴满了色彩缤纷的年画和印有电影明星照片的月历。辫成一串串的玉米穗挂满了横梁,那里还吊下六七条被烟熏成黄褐色的腊肉。两只紫燕轮番来去,在壁上修筑新居。主人格外殷勤,搬来小矮凳让我们就坐。谈话先从生产情况、庄稼活路扯起。主人见问到庄稼,好比被触到痒处,不由笑逐颜开,感到有话可说了。

他家大人小孩一共九口,六个劳动力。在生产责任制没实行之前,生产、分配以队为单位,一年三百六十天,虽然没短过一天工,都是老老实实听从队里安排活儿,一天干到黑,自家副业一点也顾不上,可到年终分配,口粮总共只得五千斤上下,平均一人四百多点,五百斤不到,现金,把粮食折算在内,每人分的也达不到八十元。前年下半年,改生产责任制,产量落实到户,由得各人主动安排生产活路,粮食生产不但没耽误,下的工夫倒反精细些,肥也下得足,去年口粮打了九千多将近万斤,平均一人千斤,比原先那些年翻了一番。而且还能腾出手来照顾副业,主要搞种、养两门。养猪七头,鹅三十多只,还有二十多只鸡。鹅市场价一元一斤,一只十斤算,只算鹅一笔账,就得二三百元。猪,良种大白猪养上两年,一般能长四五百斤,一头猪就有二三百元现金。不说缝纫机、自行车,就是手扶拖拉机也想买了。畜力方面有两头牛,一匹马,犁田耕地、运粮、运肥,够使唤了。银行里有千多元储蓄哪。去年他家得了几个第一:交公粮第一,计划生育第一,完成生猪派购第一……

"如今政策对路了!"主人由衷地赞赏。他说听老辈人讲:如今在中央高头管事的邓副主席,就是原先曾经在这地方率领红军闹革命的邓政委。当年他同韦拔哥下地方来教乡亲们闹过“共耕社”，懂得老百姓的活路，难怪想出来的办法就是不一样。

这位朴实的庄稼人越讲越兴奋。看看表，我们该告辞了。主人却硬拉住我们怎么也不松手，非要我们留下尝尝五彩糯饭不可。留下吃饭，还有一个原因，就是我们要访问的两朵“金茶花”还没有见到。我们是带了照相机和录音机来的，准备把姐儿俩的风采和歌声记下来。

晌午，劳动的人回家了，昨天在歌场引人注目的姐妹俩大大方方地来到我们跟前，顺从父亲作介绍。大女叫凤英，二女叫凤荣。姐俩不但心眼灵，有满肚子山歌，手工也巧，绣球、花鞋都是自己绣的，干农活又是一把好手。大姐今年二十四了，前两年结了婚，可也顺从本地风俗：结了婚却未到婆家去。结完婚过了三朝便回娘家来了。除了过年过节，春种秋收，农事大忙季节，才到婆家去住上三天五日。平时仍旧生活在娘家。即算不是父母包办的婚嫁，而是两人彼此相中的，也要等养了孩子才“落夫家”。这，一来是，由于娘家父母好不容易才将女儿养大成人，少不了要占用女儿几年的劳动力，帮助爹妈干上几年活，照顾弟妹长大。二来是，出了嫁的新娘，要是马上就落夫家，甚至回婆家的次数太勤了，要受同行姐妹奚落，被耻笑说什么“离不开男人”的难听的话。这位凤英大姐的丈夫是城里某个单位的职工，两人是般配的一对，彼此感情也挺恩爱，可也没落夫家。

饭后，歌唱家老马为了答谢主人盛情，以男高音的嗓门放声高唱一支壮族民间流行的酒歌。歌声洪亮激越，招来好些左邻右舍的乡亲，站满了门户，眼睁睁地倾听。他们听得懂了，欢笑荡漾在每个人的脸庞。我们一行人都期待着姐儿俩能跟老马对唱一轮。不知是当着爹妈的面不好意思开腔，还是因为我们是陌生的客人而不免羞涩，欲唱又止。末了，二姑娘一声不响，进寝室拿来一只系着彩带的绣球，悄悄地塞进唱酒歌的人的挂包。这是对打动人心的歌者表示赞赏和敬意吧。可是，歌唱者的老马当场并没留意，回到路上才发觉挂包多了一样东西——这可是一支深沉而无声的歌啊！

写于 1982 年 5 月 14 日

载《民族文学》1983 年 1 月号

海港沉思

一早，推开望海窗户，强劲的海风破门而入，院里木麻黄松树的梢头，摇曳婆娑。海面起风了，白浪滔滔，气温骤然下降，春衫得换冬衣。同行几位伙伴相见都说天有不测的风云，欣幸我们昨天出了海，领略到牛头岛（月亮湾）末端那罕见的大坪坡、珍珠港和京族三岛风光。要不，今天要想出海，只能是望洋兴叹了。

美丽的蝴蝶，都是从毛毛虫蜕变成的。防城港这座现代化的深水港湾新城，可就是我国进一步对外开放的14个沿海城市的一个开发点。远在1973年周总理指示“三年改变港口”而成立“322工程”之前，这突出海上约15平方公里、名叫白沙沥的半岛，原先不过是座荒芜、萧条的小渔村。离县城（防城）20多公里，附近没更近的集市了。渔民闹海捞来的海鲜，赶不上及时上市，往往成了臭鱼烂虾，终身辛劳，也难温饱。只有近年开发港口之后，旧貌换新颜，昔日荒凉贫瘠的白沙沥，发生了翻天覆地的变化。到如今，已是拥有12个泊位（停万吨级以上7个，停5000吨级以下5个）、全长1600米的大码头，分别同40多个国家和地区的港口有贸易货轮来往，被交通部列为全国18个枢纽港口之一。

昔日荒凉贫瘠的白沙沥，如今已为繁华喧闹的马路和高层楼房代替了。我们顶风在码头参观，方从加拿大远洋运来4万吨小麦的大船，正在3万吨泊位卸货；还参观了千吨的柳堡货船在5号泊位作业，装载集装箱；又看看能装50万吨粮食的庞大如山的巨型粮库……转悠半天，终于寻到大码头北端、港区的边沿地界，走进一小撮丛林，发现开发前名叫插排尾的村落遗址。人在竹丛、树荫覆盖的幽径穿行，隐约出现东一座西一座错落不齐的小屋。小屋几乎全是红砖青瓦，房顶压着块块防风的片石，面向庭院家家都开有绿漆的玻璃窗框，庭院往往挂晾鱼网和色彩斑斓的、街上流行的T恤、夹克和短裙，房顶竖起电视天线……打从门口走过，见到敞开的门厅，陈设多半是整齐干净的藤椅、竹木沙发、电视、收音机，有的还挂着毛主席像。《港区开发报》黄英先告诉我们：这都是开发后，从竹屋、茅舍脱胎换骨出来的普通人家。

报社的同志为了要在报上反映这一海隅的变化，走过一家有着围墙的独门院落，信步入门访问屋主。主人温政，40来岁，人长的结实，有如紫砂海石。见有客来，马上放下正在砌墙填沟的活儿，拍拍灰土，从厅堂搬出矮凳给我们在用钢管支撑的葡萄架下让座。主人面挂知足的笑容，口气肯定，回答我们的问题："是呀，小康之家。"说他一家5口，3个娃仔还在校上学；女人捞海，每天趁着退潮，到海滩挖沙虫、捞虾、捉蟹，平均日得二三十元不等；他本人在码头船队做水手，月收入（奖金在外）2000多元，一家食穿是不用愁了。余钱积蓄几年，凑够便扩建新屋，添置家具什么的。现在正屋有一厅两厢，打横还有间北屋和对面的厨房、厕所，自成一套完备的独门独院。比之开发前过的日子，显然有天地之差。城乡界限在这是分不出来了。

南宁市电视台专题部来人要摄制20分钟的节目，专题介绍新港的风貌。外事办周主任引领我们几位办报的跟电视台的一起，去离市中心3公里外的桃花湾观光。汽车行驶一刻钟左右，便在南防铁路总站对面，见到濒临港湾的几座丘陵山顶出现新建的亭子，吸引人们瞩目。车往左拐，绕过粮食加工厂，赶到山脚陡坡，门卫将铁门打开，眼前便见夹道两旁，碧桃芳菲绰约，仿佛一排排笑靥迎人的少女,手举一簇簇迎宾的红花。同桃花相似,令人赏心悦目的,还有沿着港湾水滨建起座座小巧玲珑的楼台水榭,和蜿蜒攀登山头的步步高云梯石级,环抱港口的两臂丘陵,满坡密布新掘的排列有序、鳞次栉比的树坑。可以想像,若干年后,花果树木满山,映衬碧海青天一线,自当相映成趣,牵动游人。眼前展现颇具规模的格局,不论是面海的高楼、濒临堤岸的钓鱼台,还是曲径、小桥、柳堤、花蹊;也不论近水处围起养殖对虾、扇贝、鸭帮,或者远地山谷放牧羊群……瞩目所及,莫不处处宜人。

港区未建公园,街上纵有卡拉OK、舞厅、海员俱乐部,也难满足职工、市民和远洋到来的海员节假日的游玩需求。有这桃花湾的去处,无疑是日益见其社会效应。创建这一设施的人,具有远见的创业精神,是令人钦佩的。遗憾的是,尚有部分正待完善的工程,却像松了发条的钟,停了摆,如同应该蓬勃热闹的春山,却像冬日公园,显得冷清、萧疏。据说,基础工程暂时建成这样了,第二期工程,怎样续工,需要重新规划。再说,前期工程乃是粮食局的加工厂一个单位独立搞起的,现在港区管理委员会准备把它纳入港区建设规划,作为对外开放的公园。但听私下传言:说原先的创建者是利用经营加工厂的正当提成几百万元,拿来作为发展企业的精神文明建设投入,意思是给港区增添一处旅游景点,增收创汇。不想善意的作为,竟招不明不白的非议:说什么一个粮食加工厂搞什么旅游景点,不仅是不务正业,而且从中拉扯关系,标榜个人声名,等等。事主终于退休,中途撒手而去。但另一说法,却说某人之所以悄然告别未竟的鸿图规划,实情在于他不肯同意将几百万元的企业收入,用于分发奖金、增加职工福利,工作上又不给助手分权,而招致了是非……

想想,事情倘若果真如此,不由想起萧远在《命运篇》说的——“木秀于林,风必摧之;堆出于岸,流必湍之;行高于人,众必非之。”创业艰难,古今同悲!只是,人生短暂,事业永恒。一滴水若要不枯,惟有流入大海。只要事业造福于世,个人荣枯得失,又何须耿耿于怀哉!

载1991年4月26日《广西日报》

柳州一日游

——1989.6.27 夜记

作为过客，我已不是头回到柳州了。问东道主人柯天国：有些什么新事物值得一睹为快的吗？柯说可看的新气象多了，可一天工夫只能选来回方便的走走吧。主人请来柳州日报社陈总编陪同，午前的目标是柳州市造纸厂。出面接待我们的是位五十岁出头的女厂长，风度落落大方，像个方从车间放下活路的领班女工。经介绍，晓得我们是宣传、新闻中人，她开口便说："工厂重要的应该是宣传她的产品，我们做实际工作的，平平常常没什么好讲。"听她讲，工厂是以生产香烟那节过滤嘴的包装纸为拳头产品的，副产品还有宾馆酒饭店通用的餐巾纸和卷筒卫生纸。部分原料靠进口，部分纸浆是国内竹木和银行送来的回炉钞票。产品销路国内国外双管齐下。一年产值，自她上任以来，从 3000 多万元到 5000 多万元，逐年递增千多万，今年是 7000 多万指标；争取再干两年有把握能创 1 亿。不过，自从 4 月以后，两个月的政治风波，使她这样小厂也都受到了不小的影响：运输一瘫痪，原料运不来，产品销不去；外商要来洽谈的不敢也不肯来了。

厂长名叫谭舜华，还说乃祖谭昌早年留学日本曾追随孙中山闹同盟会，在广东、广西都参加过多次起义；说要写柳州史，他的名分是不应当被忘记的。她柳州机工学校毕业，一心扑在科研上，如今年已半百，仍然孑然一身，工作把她全部精力都吸引住了。看她谈吐庄重、自豪，日子当会是过得很充实的。

午后，访问柳州罐头食品厂。厂坐落于群山环抱之中，格外幽雅。厂长肖刚华，30来岁，英气勃勃。进到小会客室，比他本人更为引起瞩目的，莫过于墙上挂的标明共青团中央颁发的“全国十杰”的石英钟奖品了。主人领会我们注视的目光，赶紧拿出一本剪贴编好了的厂庆纪念画册，里面有他参加全国青年企业家表彰会时的镜头。全国十杰之一，成就是非同一般。

这厂先前管理不善，产品不对路，年年亏损，不得已向社会公开招标承包。这位青年改革者本着专业知识加上敢闯敢干的气魄，看准了本地特产丰富的金桔和近地贵州的应子货源，大刀阔斧，硬是将罐头厂承包下来，转产经营糖果加工，生产蜜金桔、蜜汁应子，争取出口创汇。一年下来，竟然完成三年的承包指标，年交利税高达180万元。厂小，一年能完成三年定额。厂长觉得有劲没地方使似的，不免不甚得意。今年全国英模人选，柳州市预选，他就没选上，就此问过一位副市长，据说，他的成绩无疑是突出的，只是一山比一山高，全市60多位候选人，他还是被比下来了。

晚间，市委蒙副书记、郑副市长盛情邀请登上即将正式营业的柳州宾馆30层顶上的旋转餐厅。说西南各省区的贵州、云南、西藏甚至四川似乎还没有这样高度的建筑，柳州虽非首府却先走一步了。触景生情，联想柳宗元当年登上马鞍山感怀身世赋诗“城上高楼接大荒”，一反其意，即兴凑成七言四句，以作一日之游的尾声：

回肠江流今犹在，
虹吞两岸不需舟；
千里已无遮眼树，
一览南天有高楼。

载1989年9月11日《广西日报》

左江纪行

广西作家协会和崇左县文联合办左江笔会，送来请柬，说崇左县委书记农正斌、县长李克两位年轻人搞四个现代化劲头很足，注重两个文明建设同步兼顾。这次以左江籍的作家和书画家为主的笔会，在他们县里召开，他俩给予大力支持。农书记还特别致意：说他小时候就读过《美丽的南方》，一向对作者甚为仰慕，这回务必邀同大家一道光临。

崇左，由解放前的崇善、左州两个县合并的新县名。城关设在旧称太平府的崇善县一边，地处左江中游，也是南宁至睦南关铁路的中途站。说来是我家乡扶绥县的左邻右舍，但我解放前从未到过。1960 年 3 月，一次出差睦南关，回头曾在县招待所住过一夜。当时县里的机关刚从北岸太平府旧城厢迁移过南岸新址，那不过是片荒郊，招待所还是临时搭盖的草棚。印象最深的，只有江边花开灿烂的红棉，仿佛长列成阵的旌旗，望之极为壮观。

笔会的组织者小潘（荣才）说："比起 30 年前你所见的景况，现在是今非昔比了。"——南岸的市街，如今座座高楼坐落于平展展的市面，好几条长街，纵横交错;一座在全自治区县级市镇中都为罕见的贸易商场,正在笔会期间隆重剪彩。最值得一游的是,离城 5 公里多点的地方,发现一处稀奇的天然景区。年来引起国内外不少游客叹为观止;中央有关部门正要投入扩展开发,邀请国内园林专家来设计、规划;美国某个文化集团说定 3 月份就要来人拍摄电视片。还说县里的负责同志要求这次我们一行要笔杆的,给景区、景点赐名、题字、作画和吟诗什么的。另外,还有闻名于世的花山岩画和斜塔,加上左江两岸的风光——那清澈如蓝、可与漓江媲美的丽江倒影,足以令人流连。

风光名胜,既然说得这样诱人,东道主又如此盛情相邀,自己也就忘乎古稀之年,欣然应邀成行。几天来去,行色匆匆,走马观花,到底留下这样一鳞半爪。

连绵半月的隆冬阴雨,骤然乍晴,笔会的伙伴个个莫不精神振奋,都说天公作美,诚心欢迎我们的到来。

早餐后,趁着好天,笔会 30 多号人,同县里头头合影,然后乘上汽车南驶,不到吸支烟工夫,车便在新铺的黄土坪上停了下来,"左江石景林苑"(暂名)的停车场已在脚下了。

冬雾渐散,山野寂寥,冷露轻寒。纵目眺望,面前的丘陵坡地,隐约凸现一片灌木覆盖的石堆。黑压压,远望像乱葬的坟场,又像牧场上一群水牛聚在一起,或者像坡地栽种的剑麻、菠萝,像眼皮下小孩搬倒的积木,像大人棋罢来不及收起的黑子……既见不到奇石如林,又没看到丛莽成岭。景物一览无余,大块文章,平铺直叙。

"什么稀奇呢?"

人们初看,不免疑惑,默不作声。但随向导文(兆周)顾问沿着新辟的水泥通道,一步步走近场地,座座大石逐渐错落于眼前。石上大都长着一种罕见的猴蔗青叶,或疏或密,有如少妇的秀发披肩,或如小姑娘额前的刘海。山形左看成羊角,右看如马鞍、虎背……各人边瞧边嚷,都说:"想像、想像,越想越像。"一行游伴,本是号称"山国之民",青峰秀峦,司空见惯。看到这些,都觉"并不怎样"。赶到躬身钻出一孔两石拱成的门洞,抬头一瞧,豁然开朗。

"噢!"大家都愣了。

一会，才交口赞叹：

“这，可真是仙境呀！”

人，像着魔，雀跃欢呼。

摄影的，急忙打开相机，寻找适当的角度；画画的，拿下画夹，瞩目凝睇。

“风景这边独好！”

谁在脱口吟诗。

人在大自然的图画中，举目盼顾：石山群落，挺拔峻秀，古藤奇树攀岩附石，郁郁葱茏，好一座美不胜收的石景林苑。周围山石环抱，怀中拥有千五百亩大垌场，末端通达连水湖，全境规模，约4000余亩的景地等待开发。现在正在修整的部分地面，原来是乡民种稻、养鱼的田塘，经过设计、修建，池塘已连成一片水面，深处架起小桥，浅处沉下跳石，岸边辟成弯弯曲曲的蹊径，间隔交错、阡陌纵横。蓝天白云映照，倒影旖旎，展现幅幅清丽的水墨画卷。环顾群山，奇伟壮观。其间最为大家认同的肖像，莫过于远处昂首独步的犀牛，和睡卧丛莽的狮子了；那近在眼前的青蛙跳塘和玉兔盗草，也都令人齐声叫绝。有块篮球场大小的地坪，浮露水上，中央一大块飞来石，石上小树红叶如花，兰草若发垂髫；一株古榕，根须穿过石眼石罅，爬满石壁，显示生命力的坚强；岸边一只背披水藻、引颈吸水的甲鱼龟头，惟妙惟肖……

“是谁个仙人把山石搬了来，注入泉水，种上树木花卉，运用天斧神工，给大地造成如此一座奇妙的石景林苑呢？”

做导游的文顾问说，好景还不止此。随而引我们放眼垌场圈外。那是一脉相连的远山，山色墨绿，烟雾迷蒙，线条柔和，宛若眉黛。山形轮廓，或如卧蚕、巨蟒，或如虎背、驼峰……一个日本旅游团体对它很感兴趣，想要亲到跟前去观察。但因那里对外不开放，只好婉言谢绝。

走完水边堤岸，往左拐，曲径通幽，又是另处石景。这里有“透、漏、瘦、皱”如太湖石，有峥嵘嶙峋的石壁。甬道狭窄单行，仰望一线通天。羊肠鸟道，四通八达，弯腰低头才能过洞，到此好似进入迷宫。这才叫人想起云南石林。但这里的石顶却垂挂千年榕树的气根和不明其名的原始茑萝、藤蔓，或贴附岩壁，或悬空垂吊，把手抓紧，可作吊环运动。文顾问边走边指点，说夏日石下泉流涓涓,凉气浸人,足以消暑;园林设计处打算放养供人观赏的金鲤,助客游兴。另有一洞,可容人居。抗战时期,左江地下游击队某位名人曾躲藏洞中栖身。说来也应勒石记其事,作个纪念。

如此好山好水的佳境胜地,离城又非遥远,何以旧县志不见列为十景八景之一呢?

走了一转之后,在一块地坪上,大家聚拢了来,边围着火炭,烧烤猪、牛肉和鱼片作野餐,边抒所见。

文顾问说,作为景区的发现,是他近年离休后,偶然来走走,觉得这自有其独特可观之处,才向县里提出倡议辟为旅游观光景点。倡议不但得到县里赏识,自治区有关部门也来了人认可,拨下几十万元作开发经费。年来国内外陆陆续续来了旅游团体,对这新发现,表示十分欣赏。以为比之湖南的张家界,贵州的龙宫,并不逊色。其如桂林山水,堪称一绝。中国旅游开发公司打算追加投入,分期拓展,求其逐步趋于完美。

景观的发现,看来偶然,实际是人文地理发展的必然结果。比如30年前南岸新街,原先不过是片荒郊,如今已是鳞次栉比的楼房、马路纵横的街道。值得思索玩味的倒是时下风行的烧烤,说什么从西方引进的时髦玩意。其实,那不正是原始人类最初的简单生活方式吗?到底是谁学谁的文明呢?

左江,源出越南,流入龙州,可载机动轮船东下,直到南宁河段的江名,和从南宁西上到达百色的右江对称。当南宁至睦南关的铁路还未全线修通之前,流域两岸各县的货物运输、客商来往,全靠这条水路通航。这儿的太平府是个中心河港。

此刻,冬日江浅,渡口的南津码头,显得十分陡峭。雨中石级光滑,俯首投足,一级一级挣扎而下,纵有年轻后生搀扶,也觉吃力不胜。好不容易才登上甲板,不禁呼口长气。全国解放前,这里南北两岸交通,只凭用汽油罐架起的浮桥来回走动。现在,贴着水面的浮桥已被凌空长虹的公路桥取代。对河的太平府旧城,大半为林木覆盖,望去如同常见的江边渔村。世事沧桑,也许只有这碧绿的江水永不变色的了。人说左江是总名,左江各段,自有另外的名称。从龙州到太平府这段，河床深陷多石，秋冬两季，江水湛蓝美丽，故称丽江。江鱼多产，曾捕获过八九十公斤一条的无鳞大鱼，形同海中白鲨。都说可能是鱼苗最初从南海游入西江口，溯江而上，终于栖息在这段深水河湾繁殖的后代吧。

此刻，江静无波，远山、近竹，倒影江面，明丽柔媚，绰约多姿，不让漓江。明代旅行家徐霞客到此流连20天之后，赞美左江：不特石山最胜，而石岸尤奇——阳朔山峭濒江，无此岸之石。银山，劈崖截山之半，青黄赤白，斑斓缀色，与天光水影互相飞动。阳朔画山，竟逊一筹。果然，船航不久，靠近黄巢城景点，左岸山峦连绵不断，像堵城墙，当中一处豁口，更像城门，由此进入深谷的内城，难怪古人把它看作城堡。但唐人黄巢造反，并未到达南疆这片土地，为何冠以黄巢名字？是不是他的英雄业绩，在这里的人民心中产生深远影响？

地理名胜记载，人们只知世界八大斜塔之一是广西的归龙塔，却未必见它就屹立于这段丽江河中的礁石上，傲岸砥柱中流。塔高五层，呈八角面体，每层有窗可眺望外景；塔内有旋转石砖阶梯可登临顶上；塔身斜度为4°24′64′，向西南偏西倾斜52°16′30″。明代天启元年（1621），为太平府的知府李友梅创建。兴建时，工匠考虑江中风力和基石的因素，有意设计每层斜度的砖数，保持中心直立。300多年来，虽经风雨侵蚀，仍能巍然如初，成了来往舟船的航标。好作古体诗的两位同行，看塔歪而不倒，联想基层乡、县干部，甘于寂寞，终年默默无闻地为山区、穷乡人民服务的崇高品格，即兴各吟一首七言诗——

其一

江中一塔占鳌头，斜影直心自千秋；
不羡逐波名利客，宁甘淡泊傍清流。

其二

人世沧桑水悠悠，斜塔江中盘老虬；
无意悦人欺世誉，鞠躬正直砥中流。

想不到，丽江景色不仅美丽宜人，而且还有古迹可观，但竟也出现使人愕然的现象：一处碧绿如缎的江面，居然有股冒着泡沫的浊流注入，泛成黄汤！长此下去，倘不趁早治理，不难想像，若干年后，丽江可是要改名了！

但有人说，事有一利必有一弊。江水变色，风景改观，固然遗憾。然而，岸上建起了糖厂，原先荒芜的牧场、旱地，如今却是一望无际的绿色蔗海；原先破败不堪的茅屋村舍，如今却出现座座白壁红墙的新村。在平直宽广的蔗田公路上，拖拉机、汽车，满载甘蔗奔驶；小学生骑着自行车，相互追赶，看谁先到学校；不少人穿着鲜艳的城市服装——毛衣、夹克、牛仔裤、球鞋和尼龙袜……五颜六色，改变了往日寒碜、灰暗的面貌。

可是不管怎么说，发展经济若以破坏环境为代价，这样的发展将难以持续。宏观世界，物质文明建设的发展，与生态平衡的维持和文物古迹的保护，两者的矛盾如何统一，眼下恐怕还是个困扰人们的大难题。

1991 年 2 月 17 日写于

南宁载《广西文学》1991 年 5 月号

乡情赋

人们常把祖国比作母亲，千般眷恋；我却把故乡看成初恋的情人，永忆难忘！

转瞬半个多世纪过去了，每忆起步离她远行的故土，不禁往事萦怀，乡情依依。不说抗战前后，岁月艰难，山河阻隔，乡梦难圆；即令全国解放后，公务缠身，有时路过，行色匆匆，也都未能驻足留宿，与亲朋共话桑麻，畅叙阔别，观赏风物的嬗变。

十年浩劫中，受劳改于武鸣。于无声处，曾戏拟腹稿，默吟《乡情》诗二首，抒发胸臆——

一

冬至严寒数九天
望岁心焦正愁钱
老父编筐纳租税

儿孙剥豆换油盐
穷愁岁月枉回顾
兴旺山村乐前瞻
喜报频传乡关讯
思归入梦却闻鹃

二

千日灵源汩朝朝
何时归看邕江桥
折桂不须吴刚斧
登楼却叹乡关遥

很糟糕,当年怀乡之情,竟是如此郁结难抒!

这回,趁离休余闲,脚力尚健,下决心还乡一行:看望作为自治区文史馆馆员的90高龄的二哥,庆贺侄子因一段二级公路经过门前而拆迁另建新屋的落成,瞻仰从公社改为城镇的变化;当然,另有企望,以为可能会晤少年伙伴,相与剪烛西窗,倾诉沧桑。

一条60年前(1932年)筑成的南宁—龙州邕龙国防公路干线,如今路面铺上柏油了;从南宁到东门镇85公里,古来行旅,必须步行两天,而今,小汽车只需一个小时便能抵达。

元旦这天,侄子的工作机关放假,邀他一道还乡探亲。清晨8点启程上路,不想南宁到吴圩的一段公路,此刻正在举行体育竞赛,汽车改走七坡林场旧道,拐了半个多小时的弯路,到了9点40分才见一段宽阔崭新的二级路面展映入眼帘。司机照章交纳一元养路费,再往前开不到一公里,侄子便叫司机刹车,在老车站对面一条新街的一栋二层白屋的新楼前停了下来。

俗话说什么"三十年河东,三十年河西"的所谓"三十年风水轮流转",何况将近两个三十年的漫长岁月啊。打听一下同辈亲友的起居,都说这个那个皆已零落殆尽;前来相见的,都是贺知章所说"儿童相见不相识"的侄孙后辈了。

想起1934年暑假,初次离家东下广州,这个东门圩虽已叫作绥渌县新城,但,仍不改古来集市的可怜景象:居民不过百户,人数不满一千,惟一的一条长街也不过百米;随着邕龙公路的通车而建的车站,竟成为稀罕的洋式楼房。

如今,全镇人口已达4万,原先三面围绕若带的山塘水渠两岸,这边大片牧场坪地,那边一带丘陵的灌木林,现在,这儿那儿,到处都布满了白屋红瓦,高低参差的学校、糖厂、林场的楼房和居民的住宅。昔为山塘天然所隔的洞谷村屯,今已筑起堤岸,村镇之间,连成一片,沟通了界限。当年一间高年级小学便是了不起的惟一的学堂了,现时有了"镇中",还有农科的职业高中,从小学到高中更是划建了一个学区。

旧街——早先是三天逢集的圩场,而今一条拓宽了的5.1公里的二级公路穿过街心;当年那座鹤立鸡群似的车站,虽经过日本侵略的兵燹,但仍侥幸仅存的建筑物,现在,夹在用铝合金门窗、釉面砖建成的华屋当中,好似前辈老人跻身于青春焕发的年轻群队里,显得格外矮小、凄凉。当初公路上,一天才只有南宁至龙州对开的一次班车经过,今天,据收费的统计,每天都有2500辆左右的大小汽车来往。

由于1958年"大跃进"时在15公里外发现的东罗煤矿领头开发的带动,跟着便有先后出现的东南林场和东门糖厂等现代工农企业的设施。本来周围光秃的荒山野岭,而今都为郁郁葱葱的柠檬桉林木和青纱帐似的蔗田所覆盖。童年惟有凭西洋镜小圆洞才得以窥视外部世界的风云,此时却有了电影院、录像播放室和不少人家屋顶的电视天线,通过这些现代化渠道,扩宽了青年一代的视野。

听一位镇党委书记介绍:镇政府正在附近进一步开发地下河,提高现有供水塔的水位。不难预测,再要不过10年,这儿将会成为自治区首府的卫星城市。外商眼光看得远,已有澳大利亚一家公司和美国的某汽车行,分别在此购地兴建贸易转运站和开发一座规模可观的汽车修配城。

古老的三天两头逢集的景况,如今已被每天都有买卖的生意替代了。每天早晨,不仅有新宰的猪、牛肉和鲜鱼、蔬菜上市,日杂百货也已远非当年外地摇鼓货郎担兜售的样儿了。一爿叫菲菲的商店就有百多元一双的皮鞋,有上百元一件水洗真丝的夹克衫;一爿叫丽都的发屋,坐满了姑娘、少妇,排队等候冷烫新潮的发型。

本来是近山的圩场,穿山甲、果子狸和箭猪等等山珍,以至华南虎、金钱豹、水獭和旱獭等等皮草,在以前是并不稀奇的东西,现在呢,在圩场上连影子也不再见到了。土特产收购站早已换了牌子,改作农机零件门市部。

这,恐怕属物竞天择,生物进化的必然。人的生存环境不断扩大,动、植物的领域自应逐渐缩小。客观事物发展进化的法则,是不由人们的主观意愿所左右的。也许正是世界给人许多惊叹号(!)之同时,也带来必不可免的问号(?)?

载 1993 年 2 月 12 日《广西日报》

冬至闲话

“数九寒天”。

这话的意思，是我在西北七年、东北四载客居冰封雪冻的北地生活所品味到的——一年中开始进入真正严寒气温，是从冬至后以九天为一周期，一天天升级，直至最寒冷的高潮，有“一九伸不出手，二九三九冻死狗”的说法。

不知怎个缘故，告别北地南归，到所谓“翻风不怕冷，单怕日头猛”的亚热带家乡多年了，但每逢这个预告寒冷的节日，总也禁不住引发那么一点点回忆，即令漫长岁月也洗不净那记忆的尘埃。

那是1938年，年末岁尾的时光，我的“抗大”（抗日军政大学）三个月的预科学员生活结束了。经过一番甄别考试，大部分同学都从第七大队驻地瓦窑堡首途开拔，奔赴五台山——晋察冀抗日根据地建立分校去了。我个人则跟第三中队十多位同学一道，从蟠龙镇返回延安“抗大”校本部，编入第三大队研究班学政工。

但因自己秉性爱好，怎也丢不下对文学的追求。趁着“鲁艺”（鲁迅艺术学院）文学系仍在最后一周举行（每周举行择优考取新生一次）招收学员考试，于是，如同初恋少年，竟怯生生地伸出打颤的手去叩击文学的迷宫。

那天，记得正是冬至“一九伸不出手”的日子。接下作文试纸一瞧，头前的提示写的是这样一行油印的文字——“写一段叫你最动心的往事”。

触景生情，不假思索，脑子便出现儿时每年此刻最叫我揪心难过的情景。于是信笔写下《冬至》两字作题，叙述一段童年辛酸的记忆。

记忆太深了，谁没有过梦幻的童年呢？又有谁不巴望好不容易盼到新年的欢乐啊！可就是我，每当面临新年即将到来的时候，却往往感到一股压力：父亲的唉声叹气，喃喃自语“冬至就到年，讲过就算钱”那句口语带来的凄凉气氛。

父亲他，地主家的独生子。有过骄纵的童年，但到其自立创业时，受多子女拖累：一个接一个的男婚女嫁，家用入不敷出；另外就是这样那样的天灾人祸，生计日益艰难，真如常言所说“王小二过年”。往日祖辈世交的阔亲贵戚，如今却都成了登门催租逼债、翻脸成仇的冤家。每到这时，父亲只好东藏西躲。有时年三十晚，当别人都在欢庆团年之时，父亲却冷落妻儿，出门回避，等到子夜，邻人都放鞭炮烧香、热热闹闹迎接财神进屋时分，自己才狼狈不堪从后门悄悄溜回家。

冬至这个节日，还真不仅使人懂得一年的寒冷从此开始了，而且它叫我每每缅怀往事，勾起一缕苦涩的乡愁，想到童年黯淡的悲伤。

这是1969年，那出空前的“历史悲剧”还在连续上演。我脖子上吊挂的“三反分子”大块木牌，换成了胸口别的“专政对象”的小布条，被遣送武鸣，跟农伯们做伴，学大寨平山、造田、侍弄庄稼。一天，农家“过冬”，自己单位食堂加菜。“每逢佳节倍思亲”，一缕乡思，不禁袭上心头，满腔惆怅，无以排遣。惟有打心眼里琢磨沉吟，吐露无边感慨，终于凑够八句七言一首。但于无声处是不敢也不允许见于笔墨的，腹稿只深埋肺腑，至今仍未忘怀。下面便是当时行吟田野的《乡情》：

冬至严寒数九天，
望岁心焦正愁钱。

老父编筐纳租税，
儿孙剥豆换油盐。
穷愁岁月枉回顾，
兴旺山村乐前瞻。
喜报频传乡关讯，
思归入梦却闻鹃。

末句指的是当时因身受“小布条”所系，乃有“归不得也”之叹。而今，无官一身轻，当然大可不需登楼作赋了的。遗憾的是，人垂垂老矣，步履蹒跚，有时也情不自禁，无意弹起“长铗归来乎，出无车”的牢骚。

忆起几回见到

——纪念毛主席诞辰一百周年

临晚镜，伤流景。往事后期空记省。

——宋·张先

正写回忆录时刻，恰逢毛主席诞辰一百周年，不禁忆起几回见到的日子——

第一回，1938年到延安第二年的“五四”青年节的火把晚会上。当时我还是千千万万个为“到陕北去”的召唤而来的知识青年，列队前往北门外场地纪念自己的节日。起始，一位英姿潇洒的同龄人，擎起火炬奔跑，绕场一周，登上指挥台，点燃全场狂热的欢呼。一位我们心中的领袖从容不迫地步入指挥台中心。人，看来比想像的还要魁伟：一头浓发，目光深沉，犹似睿智沉思的哲学家，显得平易而庄重。

呜拉，毛主席！

人们打心里欢呼，全场立即肃静下来，鸦雀无声，注目于一个焦点，屏着气息，全神贯注地谛听巨人的演讲——《青年运动的方向》。铿锵有力的声音阐明了：“……全国知识青年和学生青年一定要和广大的工农群众结合在一块，和他们变成一体，才能形成一支强有力的军队。……革命的或不革命的或反革命的知识分子的最后的分界，看其是否愿意并且实行和工农民众相结合。”崇高的形象，深刻的真理，给我第一回异常新颖的印象。

第二回，1940年年末。作为青年文学工作者，到359旅防区，深入连队体验生活，半年后，返鲁艺学院。临行，王震旅长委托带只灌满酥油的羊肚，叫拿回延安送给毛主席。那天早起，送去杨家岭中央机关，不懂毛主席的特别习惯，夜里办公，上午休息。无缘见到。

第三回，1942年五月，正是延安文艺座谈会期间。一个周末下午，毛主席携同江青等几位随员骑马突然来到桥儿沟鲁艺学院。闻讯，我们住在邻近的部队艺术学校师生，立即下山赶到鲁艺礼堂，聆听毛主席作“到社会‘大鲁艺’去，学习工农大众”的讲话。

第四回，1943年7月9日。早上，主管《部队生活》报的“联政”宣传部副部长向仲华还真郑重其事地让我作外勤，下午去采访延安各界纪念全面抗战六周年群众大会。说毛主席要在会上作“动员保卫陕甘宁边区，击退反动派胡宗南包围”的报告，要我为报纸写篇新闻特写。因为要写特写，必须接近主席台，特别留意捕捉领袖的慈祥、和蔼、平易而伟大的形象和大会会场激动、热烈的气氛，感受格外强烈。始料不及，到晚上，兴致勃勃正要动笔写稿，却突如其来，党支部临时召开大会。又是早上指派工作的副部长居然板起面孔，疾言厉色地指我有政治问题——中央党校职工班某学员供出：我来延安之前“失足落水”，成了正要开展的“抢救运动”的对象。从现在起，停止自由，隔离专案审查！

第五回，1944年11月。在延安召开西北联防军区学习模范代表大会，《部队生活》报要作专题报道，需要人手。还是那位顶头上司副部长亲自到隔离审查的干部整风班来了解我的问题。知道了组织上对我审查的结论：“文艺思想有错误，政治历史却清楚，没有问题。”于是找见我说：“原来说你‘失足落水’只是一场虚惊，不必介意。报社工作紧，回去吧。”马上把我领回机关，以报社记者身份，采访全军学习模范代表大会。

那天可真是南方人难得见到的碧空如海，万里无云。骑兵旅的代表头天在飞机场作骑术表演。表演还未开始前，毛主席和江青，揽辔并骑而至。下得马来，举目环视四周。《解放日报》的同行李方立和我，趋前恭恭敬敬招呼一声"毛主席！"，伸出手去握住厚重有力的巴掌，一股温暖气流透入心胸。主席注意听我们两个自报家门，目光盯我，和颜悦色地说："哦，你是《部队生活》报的。你们报纸集中报道部队劳动英雄张治国、李位很好嘛。通过典型宣传，开展全军生产运动。这回也要找个学习模范的'张治国'来才好啊。"

这一握手和鼓励的嘱咐，使我受宠若惊。多少岁月过去了，此情却仍在眼前闪烁不灭。

第六回，1953 年 11 月，我作为全国第二次文代会的代表，在怀仁堂草坪上得到毛主席和中央首长的接见，并与他们合影。

第七回，1957 年 2 月初，作为广西省委文教部副部长，出席号称全国八百知名高级知识分子的全国宣传工作会议。在怀仁堂的会堂听完《关于正确处理人民内部矛盾的问题》的录音报告之后，同时见到了毛主席来作《在全国宣传工作会议上的讲话》，亲身接受反右斗争运动的动员。

第八回，1958 年 1 月"南宁会议"期间。某天，率领宣传、文教战线干部随同省直市直机关干部和学校师生一道，冒雨伫立南宁市白龙公园的镇宁炮台边沿，恭候毛泽东、刘少奇、周恩来等中央首长的接见。

第九回，1965 年 12 月，作为全国政协委员，出席第四届的换届会议。见到开幕式会上，主席领头步入会场，神采奕奕，满面红光，使人想起郭沫若歌颂预祝百年高寿的诗。可怎么也没想到，这回竟是我最后一次见到了！

十年浩劫，死去活来。1976 年 9 月 9 日，出差阳朔。从桂林上船，饱览漓江天然山水画廊。下午四时，船停碧莲峰下，舍舟登岸，蓦然晴天霹雳，天空播出揪心的哀乐：

呜呼！人类巨星陨落，中国革命领袖的博大胸怀停止跳动了！

全城一片默哀，街上断了行人；人们都围住收音机，倾听中央讣告。人人含着眼泪，面面相觑。

一会,个个自觉自动给胳膊套上了黑纱,有人呜咽、饮泣,有人情不自禁,大声痛哭……

从此,人,你怎么想见也见不到了。只不过,一代伟人的音容风范,却犹似昨日情景,活现于心间。

载《广西宣传》改版2期1993年11月号

耿介一世人

——悼念秦兆阳

秦兆阳,一代作家,终也放下他生花妙笔,撒手而去了!

痛定反思:人,耄耋寿终,生命的必然归宿,人世的哀荣。何况一个作家身后能有如此丰富多彩、抚慰人心的真正文学著作以及璀璨可观的书画、金石,按说应当"死去何足悲"的了。

然而在我,枉与知交于忧患,相濡以沫,情深谊重,非同一般。乍闻噩耗,顿为沮丧,不禁口出悼唁:

文章千古事　耿介一世人

人说,长歌当哭,我这谨挽短联,遥奠故人,不尽千言万语。

我想起他在1989年的《新文学史料》上连续发表《回首当年》长文,叙述他早于1939年春,从陕北公学和华君武、辛莽等同学得到学校组织的保选,进鲁艺美术系学画。这期间，打心眼里，一厢情愿，偷偷看上一位窈窕夺人的图书管理员。每天端只听课用的小板凳，坐到图书室窑洞门前的坪地画素描。这竟使我忆起那时节，自己也讲不清为什么，着了魔似的，三天两头尽往图书室跑。惹得那位美人儿诧异，问我："你那样喜欢屠格涅夫的书，是不是真要研究他呀？"在她，哪里猜得到，我是醉翁之意不在酒啊。而在我，也没想到，正在此刻，竟有位学美术的人也在把她看作蒙娜丽莎。

可见我们在那时候，就该成为"有共同语言"的跨系同学朋友的。可惜，那段日子短，秦兆阳便和大部分同学一道，由副院长沙可夫等老师率领，开赴华北前方建立华北联大去了。失之交臂，彼此也就未能相识。

等到认识这个名字，已是抗战胜利之后了。那时，我在哈尔滨、沈阳等地的东北局《东北日报》社编文艺副刊，就能看到关里来的华北局的《人民日报》，不时读到带股清新气息的《农村散记》系列短篇。秦兆阳这个陌生的名字，俨然成了引人瞩目的文坛新人。

建国后，1952 年 11 月，中宣部为振兴、繁荣新中国文学事业，从中央直属机关以及全国各省市，借调为期一年的第二批作家、诗人集中北京，学习短时间的政策文件，然后有组织、有计划地统一分派去部队，去各地工厂和农村，深入体验生活。要求这批多少具有全国水平而较有把握拿出作品来的作家，领头创作一批反映新中国当代现实生活的社会主义现实主义的作品。

当时从各个实际工作岗位能够暂时调得出来、集中于中国作协宿舍羊尾巴胡同四号学习的，记得有：北京的艾青、卞之琳、赵树理、秦兆阳、路翎和束沛德，天津的孙犁，武汉的李季、孙峻青，成都的邵子南、戈壁舟，沈阳的罗丹、崔璇（女），广西的陆地，贵州的邢立斌等二十多名。

直到这时，在学习讨论会上，我才初次见到这位《人民文学》编辑的庐山面目。

他，瘦长身躯，一脸深沉，凝重、寡言；常爱侧身枯坐于不显眼的地方，不惯或不肯在人前抛头露面。

跟他虽近在咫尺，却因彼此矜持拘谨，始终没谈过话。所以到此，仍旧不了解他起初是学版画的，曾同古元、彦涵和钟惦棐他们一道，在鲁艺学习过。而且有幅初作的木刻，为周扬主编的有全国影响的《文艺战线》采用于第四期的封面。

这之后，他重返河北农村，深入他在抗战中生活过的旧地。一年后，由于他的才华加勤奋，果然有了收成，比我们一批人领先拿出长篇《在田野上，前进!》。作品，体现了“合为时而著”的政治思想要求；作者，借此一跃而知名于文苑。

令人悲哀的是，稍后不久，一篇署名何直的专论《现实主义——广阔的道路》，作为《人民文学》的头条发表。其立论对当时正统的文艺思潮，多少带点顶风逆鳞的犯忌意味。但料不到这时，正是“山雨欲来风满楼”，骤然来了1957年那场风暴，这就无异雪上加霜。文章被指责为右派进攻的号角，作者的桂冠，就此变成了“右派分子”的帽子。于是，放逐柳州，被安排到郊区的机械厂劳动改造。两年后，“右派”帽子虽然得脱了，党籍却未得恢复。抑郁的情绪，老缠住他不放。

1960年，农垦部长王震将军来广西视察，特向区党委书记韦国清转达：说临来，周扬请他就便过问一下秦兆阳下放广西的情况。说如已脱帽，工作，广西要是不便安排，拟将他调回北京。

这时，也只有这时，区党委才要我代表组织，找秦面谈。这才成为我和他交往的开始。组织的意思：以为广西人才欠缺，诚意留他在文联做专业作家；借重于他，以影响、带动青年作者队伍的成长。他的态度，表示无可无不可；觉得回京，生活虽好，但工作上，想想，自己素性落落寡合，特别是，跟某些人实难相处。一旦回京，只怕陷于所谓“冠盖满京华，斯人独憔悴”的尴尬境地。犹豫几天，最后才同意将妻室子女接来，落户于当年柳宗元羁身之地，甘心做个柳州移民。

兆阳到底是位才气出众的作家，随手即有表现城市青年生活的短篇《一封拾到的信》问世，告慰读者对他沉默几年的期望。

翌年，正当“大跃进”的余波未消，国家处于三年困难时期。我也不免染上营养不良的肝炎疾病，去到柳州羊角山医院，住上享受特殊待遇的高干楼房，借助于食物疗法。这时，恰遇秦兆阳正闹十二指肠溃疡，也需饮食调理。于是为他特向老红军院长商量，幸得慷慨允诺，破格准予住我隔壁做伴。从此，我们两人有了进一步交往的机会。早晚一道散步、聊天，消磨惆怅的时光。

养病山林，借得空闲。我便应《人民文学》约稿，试探写起知识分子命运的一个短篇《故人》。另外，日夜思索，架构一部革命历史题材的长篇《瀑布》的工程。兆阳他则或不时应付机械厂编写厂史的工友们来求辅导，或尽日埋头苦读《鲁迅全集》，或随意磨石、刻印名章。再不，就是闷声不响，也在悄悄创作反映抗战前后的河北农村风情的史诗长卷。雄心勃勃，发誓要为中华民族争口气。私下对我讲他自我许愿，不信写不成《静静的顿河》那样的巨著。为了先睹为快，我向他要来已经写出开头十多万字的初稿看看。那里头，见他描绘华北农村的场景和刻画的人物面貌，好歹都觉似曾相识，可读、可信。因而鼓励他拿给《广西文学》发表，探听更多的读者的反映。他却谦虚："你说可以吗？只怕我现在这样身份，居然敢写长篇，别人会怎样看呢？"在他，这种过虑也许是可以理解的，在我却不以为然。好在《广西文学》主编肯听我的推荐，也就敢把它连载出来。原来草稿的篇名叫《不平的平原》，作者可能多虑，唯恐"不平"这类字眼，对当时的风气太刺激，改成《两辈人》。到八十年代出书，又定名为《大地》，是预作多部头的首卷。至于后面的部分，或许后来作者心情有了变化，或许身体欠佳，力不从心，或许专注于《当代》的编务而分了精力，迟迟不见再有续部之作了。

这，对其本人的文学生涯，不能不是令人痛惜的遗憾，对中国文坛，当然是一笔难以补救的损失！

回想在羊角山的日子，白天，我们各自闭门不出。黄昏时分，照常结伴徜徉于林下村路，闲话逸闻、往事，臧否人物，感叹人生。

某日，雨后斜阳，虹挂林梢，天地清新。饭后，和秦依旧踯躅村道，也许是如同俗话说的，"伤心人别有怀抱"吧，彼此沉默半天，等到路尽转回，秦才开口倾诉他憋了多时的心曲：说那回，我向他传达王震对韦国清打听他的事，恐怕未必真是出自周主动托王对他的关怀。说某年，他曾同王住北京医院而相识，王对知识分子是特别爱护的。可能是王拿他个人自己对待成了右派的艾青那样照顾的心情，临来广西之前，特意向周提起他的。

一场十年历史闹剧，终归落幕了。

秦兆阳不变初衷，再作冯妇。组织上尊重他的作家专长，派去都安县辅导一个写作小组，体现“三结合”集体写作一部反映山区农业学大寨的长篇。柳州的同行真诚仰慕他的才气、人品，极力挽留他定居下来，做个现代的柳宗元。

但在秦本心，以为柳州棺木虽好，却不情愿“死在柳州”。因为妻子儿女都已回京，而且自有独门独院的旧居，足以避风雨。

这事，从我个人的工作着想，为了发展、繁荣广西文学事业，理应把秦挽留下来的。但在感情上，对秦的苦衷却深表同情，也觉得他的舞台应当在首都。

1978年我去京出席筹备恢复全国文联会议，见到昔年的广东省一师同学陈涌。他老兄也是1957年和秦同命，下放于兰州。如今幸蒙人民文学出版社的照顾，借调回京，工作于“鲁编室”，从事《鲁迅全集》重版的注释。于是，灵机一动，联想秦的去留，觉得大可如法炮制。即去会见出版社负责人韦君宜，代秦走人情：说要是北京对他肯予关照，借用于他，我们广西可以放行。幸好韦系秦的华北战友，欣然同意，先用借调办法，人能回京再讲。

不久，历史的错误终于全盘得了平反。

由此，秦最终结束了长达二十个春秋的逐客生涯。回京后，做了人民文学出版社副总编辑，创办并兼任大型文学期刊《当代》的主编。1979年，当选中国作家协会书记处书记。

听熟人来信，秦回京，逢人便说：在广西二十年，要不是遇上我这个与人为善的大好人，当他正在受煎熬的考验时刻，敢于伸出手拉他一把，他可真是不可能有“死去活来”的今天这样平安的晚年了！

为了表达他的感激吧，特意给我画帧而且裱好的墨竹，还题上五言四句：

南国有绿竹，意趣超凡俗；
清风金石声，不计荣和辱。

这，与其说是对我的过誉，倒恰恰是他本人情操的概括啊！

1994年10月31日于南宁

载《当代》1995年第1期

想不到
——告别勇刹

想不到，正当成熟的金秋，一夜台风，吹倒了擎天的乔木，吹落了等待采摘的佳果！

八百位优秀的诗人、作家代表，从九百六十万平方公里的全国各地集聚于一堂，盛会空前。

你也来了，你，吹木叶的诗人啊，你说你有多少话要跟新知故旧倾诉衷肠，你说你满怀赤诚的童心，要和大家一道，为祖国欣欣向荣的春光，尽情歌唱。

想不到，庄严的礼堂，幕布拉开了来，八百位诗人、作家的代表，却垂下了头，肃穆无声，为你——一位全国著名的诗人，壮族人民的优秀儿子，作沉痛的默哀！

真想不到啊，你将在作家大会发言的《万紫千红是党栽》，竟成了绝唱！

不，你没有死！

你，吹木叶的即兴诗人啊，人们将会记起在多次文学集会上，你曾给大家带来欢乐和鼓舞。

你是那样不知疲倦地始终吹唱进军的号角，给同行们留下非凡的音响，深刻而高大的形象。

你啊，来去匆匆。

你说，你平生最爱一句名言："忙碌的蜜蜂，没有悲哀的时间。"

你，日日夜夜，为社会主义祖国的光明歌唱不已，为民族民间文学事业的发掘和发展鞠躬尽瘁，为提携后辈不遗余力。

你在勤奋的耕耘中，取得可观的收获，学问日见成熟，正待有更多的成就，攀登更高的峰顶。

想不到，你竟不辞而去，去得未免过早，过于匆忙！世上遗憾的事，莫过于此！

难道人真的回不来了吗？夜半梦回，不免惊疑、浩叹，无限惋惜。

你到底真的走了！

你，音容笑貌和举止，
你，正直无私的品德，
你，进取、向上的精神，
依然在我们心间活现。

生命有限，事业无穷。流星霎那间消逝了，陨石却将永留于大地。歌王诗传，刘三姐的歌声，也会成为精神财富，永传于世。死而有知，当含笑泉下吧！

1984 年除夕全国作家第四次代表大会期间，
于北京与遗体告别之后。

纪念黄勇刹

黄勇刹在 1984 年 12 月全国作家代表大会开幕前夕猝然以心力衰竭病逝北京,如今快满两周年了。当时,事出意外,真不知说什么好。而今,伤感的激动冷静下来之后,觉得对他是应该说几句话的。

歌剧《刘三姐》在全国各地引起了广泛的影响之后,作为五人创作组之一的黄勇刹,从一个默默无闻爱好文学的青年,平步青云,一夜之间成了知名的文坛新秀。这成就,在他来说,可不是偶然的侥幸,也非一闪即逝的流星,而正是他文学生涯的一次飞跃,是火石敲击的一道闪光。之后,他在创作活动和民歌研究方面之所以比其他几位合作者更能发挥锐利的冲击力,事业愈益长进,声名愈益显著,其故也正是他在这之前,曾经有过比较长的准备过程。他对文学的爱好,曾经是不计日夜,不辞艰辛,以锲而不舍的执著精神——“衣带渐宽终不悔”,坚韧不拔地耕耘劳动才获得的成果。

我和勇刹相识是在《刘三姐》一炮打响之后了。

1962 年秋末冬初,我到柳州羊角山养病。那时,他已从柳州铁路局司法处的承审员岗位改了行,成为柳州彩调团编剧人员。这一天,我正在柳江浮桥过河(当时跨江大桥未建),要过河北那边的柳侯公园去。方从河南这边码头一级一级往下走。迎面一位头发蓬松、衣襟敞开的青年,正从码头下面一级一级往上走来。他抬头一瞧,蓦然,情不自禁地愣头愣脑冲到我跟前,伸出两只胳膊握紧我的手,激动地欢呼(我的职称):"是陆部长吧!"

我停步一怔。

"我是黄勇刹。什么时候到的?住羊角山医院?好,太好了。明天就去拜访。嗨,'三月插田逢谷雨',太好了!"

一团火把你烘过来似的,手给抓的生疼。

日后,谈起来,他说,"那是把你看成是《美丽的南方》的作者才那样的,要是看你是个官,那,可对不起,绝不会那样诚惶诚恐地巴结;我就是那个牛脾气——'喝稀粥屙硬屎',哈哈。"

"可那天,记得你一开口便喊我部长。"

"违心之言。唔,大家都这样称呼的嘛,可见我还不能彻底免俗。"他说,"心眼里确实是当你是个作家的,要不,可就懒尿尿了。"

我们头回交往,说话便如此直率,就同他那不修边幅的衣着一样,个性突出,风格不凡。本来是规规矩矩坐着谈话的,他却常常习惯地抽起两只脚,猴子似的蹲上椅子,两只手抱着膝盖,瞪着炽热的目光,滔滔不绝地背诵他拥有的比《刘三姐》还要绝妙的情歌。说到得意处,便跳下地来,激动得浑身是劲,忘形地来回走动,似乎非得这样不足以表达他的满怀激烈。可这又不同于那种目空无人、狂妄自大的颟顸之辈的行状。

他,叫人觉得"他就是这样一个人"——真名士自风流,不存半点虚伪、矫揉造作、装腔作势。一次,在批评一位道貌岸然、所谓学术权威的伪君子时,他就敢大声骂道:

"你,什么了不起?脱下裤衩来,大家都是一样!"

说得使人忍俊不禁。

对民歌,他可真是如醉如痴。壮族的汉族的,两种语言他都精通。所以他能将丰富多彩的壮族口头文学(特别是山歌)译成汉文而不失其民族特色。壮、汉民歌,他脑子装的真是“十万八千箩”,不论你问的什么,指的哪样事,他都能左右逢源,不假思索而可以信口成歌,即席对唱如流,遣词造句,那样准,那样新颖,那样形象,意境那样深远,那样隽永,那样耐人回味。几位《刘三姐》的合作者的芳名,随着岁月流逝,逐渐为人淡忘了,唯独黄勇刹却孑然跟刘三姐的声名紧连在一起。凡有黄勇刹出现的场合,山歌便从那儿升起,无异刘三姐再世。

世人未必有绝对天才,黄勇刹在民歌的非凡造诣,也就不能否认得之家庭的熏陶。乃父乃母原是本地区远近闻名的歌手,儿子袭承先人衣钵,本是不难理解的。然而,唯有这个儿子如此,这就不得不归功于后学者专心致志的努力了。勇刹说,“家贫倒反激励人上进”。他读书求学是孜孜不倦的。文学读物的魅力,往往使他废寝忘餐。据说俄国女作家阿维洛娃的《在我生活里的安·辽·契诃夫》那本薄薄的译本,是他站在书店门市的书架前一口气读完的,后来又反复读过五六遍也不厌。文学读物加深他对民歌的爱好,而父母的山歌又诱发了他对文学的追求,相依相成。

勇刹常对人叨念一句名言“勤劳的蜜蜂没有悲哀的时间”。在他的生活中,诚然不见其沾沾自喜,满足于民歌的搜集、整理和研究方面已取得的盛誉。他的精力仿佛山间泉水,总是那样充溢,总是那样永不休止,总是那样不安分,时时刻刻都向前冲击。除了民歌,对新诗的创作,同样重视而付出了心血,极力为新的世界,新的社会,新的人民,新的英雄事业,尽情放歌颂扬,终于获得可观的成果。应当说,仅仅把他看作是一位民歌手,显然未见其全貌,诗人的行列也该有他的一席之地。漓江出版社将其遗作集成诗选问世,就是使人置信的注脚。

文如其人。诗能真挚感人,正是作者为人诚实的标志。建国初年,勇刹服务于省法院,由于勤奋从公,深得上司器重。一位可敬的老红军院长,一次特意叫侄女来家,设宴邀请秘书黄勇刹便饭。当时,勇刹并未意识到是老院长为侄女安排相亲。事后,老首长才私下问他:对姑娘印象如何?勇刹却婉言,自己已是有家室的人了。首长“哦!”一声,甚为遗憾。

勇刹早婚,可并非囿于乡间陋习,由父母包办婚姻。对方出身地主之家,双方门第并不相称;然而,两人系同班同学,也许勇刹的人品、才学,引人倾慕,竟使对方敢于冲破贫富悬殊的樊篱;为了纯真的爱情,两人对封建传统观念,进行了勇敢的挑战，并肩弃家出奔，终归结成患难夫妻。论容颜，佳人已非当年，而眼前人倒真是神采夺人。但是勇刹说了："在这方面，我素来是严肃而本分的。怎能负心去做现代的陈世美呢！"他说，"诗人的感情也许是天生格外的丰富、格外的炽热而奔放的吧，我也不能例外。不过，总以为应当把它搁进诗里去燃烧，要是让它消耗在一个人身上，那就不免太狭隘、太渺小、太自私、太卑劣、太遗憾了！"他不止一次重复讲过，说我的旧体诗里，有一句使他十分欣赏——"一滴不枯唯入海"，说要把它当作座右铭，给自己时刻敲警钟；说要把它借用写进自己的诗里，宣扬这种崇高的集体主义精神，鼓舞人们向远大的目标进军。

不幸的是，1984 年 12 月 27 日夜里十点一刻，他终因劳累导致心力衰竭而猝然停止了呼吸了！第二天全国作家代表大会开幕，八百多位同行为他俯首志哀。随即一位研究民间文学的学者，深为惋惜地对我说了这样的话：

"……像他（勇刹）那样的人才，在你们广西，再过二十年恐怕也未必能培养出来啊！"这恐怕指的——绝不仅仅是一位出色的民歌手，一位民歌研究的理论家，一位民间文学工作的组织者，而意味着他，还是当代诗坛上一位活跃的诗人吧。

1986 年 3 月末于南宁

载《民族文学》1987 年 2 月号

谭流其人

偶尔翻翻刚收的1994年第2期《南国诗报》，竟然见到广西文联党组原副书记谭流的《遗作三首》，顿觉“斯人不再，逝者长已矣！”

回想建国初年，和他共事于省委宣传部，尔后，几十年交往，断断续续，历历在目，如今一旦终成永诀，能不哀伤?!

五年前——1988年某日，传来急报：他因伤时愤世，心有不平，言语偏激，脑部溢血，入院开颅。闻讯赶去，病床方从手术室推出，人处昏迷状态。听主刀大夫宣布，手术还算顺利成功。可惜送来时间耽误了，颅内溢出83cc血，病情尚待脱险，即令生命可得延续，愈后却难免致瘫不遂。

之后不久，我亦不幸，忽患中风，从而出门活动受到障碍，彼此再难见面。不时仅从难有的来访者口中知他病体经多方求医治疗，言语、思想虽得逐渐复元，身体下部则动弹不得，只凭轮椅代步了。这当中，他还先后两次电话来问起居，略表惺惺相惜之忱。

去年11月，我因脑供血不足，体感不适，入高龄高干的江滨医院疗养。一天，信步院内，观赏毛主席诞辰100周年图片展览。身边突然出现一位陪同夫人模样的熟人。她亮开眼睛惊喜地轻声告我：她先生——谭流近来因并发起癫痫，不时发作，十分痛苦，情绪极不稳定，早上终于送来住院。说他时常叨念两个人：一个是我，一个是他在台湾的哥哥。说他记忆力还行，可以写信，还发奋想要写他的祖母……一边听熊第明同志如此细诉，一边随她引到内三病区平房322号。推门入室，枯坐轮椅上的人抬头蓦然相见，由衷欢呼：

"嗨，陆叔！……"

也许是为敬重，居然以父辈称我，替代昔年的同志相呼。觉得陌生而亲切，宛若隔世。

也许他的原名不叫谭流，却知他出身官宦之家。抗战初起，其父名为广西省三青团头脑，实系我地下党的掩蔽体，党省委领导人黄璋成了他家常客。这事他曾有篇童年回忆文章记叙他对革命党人的敬重。1945年间地下党发动一次桂东南起义，他家便成策划者聚首之所。

他，人本早慧，兼有如此进步家庭的熏陶，少年在桂平中学即被吸收为中共秘密党员，但因重庆当局掀起第一次反共高潮，广西政局受到波及，不再平静。谭流得到党支部同意，前往重庆复旦大学，借上学作隐蔽。但因久久未能接上组织关系，竟然主动向《新华日报》上"党的生活"专栏《团结》周刊作自我介绍，得与主编的宋平同志接见给予个人关系的联系。但宋说，看来党的关系，在重庆是等不来了，惟有回广西找到原支部同志才好解决。

回来广西，还等不到与党组织取得联系，自己只凭一股热情即在家乡子弟中组织、发展抗战游击队伍，并且从中发展党员，建立党支部等等天马行空的壮举。解放战争期间终与党的粤桂边纵队接上了头，做起干部团队的头头。广西解放后，以干部团首长身份带上警卫、通讯两个随员前来玉林地委报到，踌躇满志，俨然以县、团级干部自居。也许地委的南来老同志有意要压压他个人自高自大的威风，一个副县长也不让他得到，只给他出任本县的法院院长，相同于一个区长的位置，这就使他有郁郁不得志的情绪。幸亏地委宣传部长岳平同志发现他自具一定的长处，把他调到宣传部当个科长，同时让他带职到省委宣传部开办的宣传人员学习班接受必要的教育。结业后，省委宣传部从中择优留他在宣传处当秘书。

从此我们便开始了相识。这时,我正在离开机关去参加省委和中央直属部门南来的工作团联合组成的土改试点第一团,宣传部的日常工作只好交代作为秘书的他当班。这当中,省委要宣传部和省土委(土地改革委员会)共同筹办全省土地改革展览会,拿实物、图片作证地主阶级对贫雇农种种残酷剥削压迫的血腥罪行。他便代表宣传处与省土委某处负责人联手主持谋划此事。从试点土改团征用北京南来的艺术家李可染、张正宇和夏同光等组成筹备工作小组,着手从各地区的土改团队广泛征集实物来分门别类整理编目、绘图、摄影、标签说明等等系列工作,头绪纷繁。艺术家们却都能服服帖帖听从他指挥、张罗、摆布。终于真能展出首创的一次规模可观的几个展厅,配合上轰轰烈烈的土改运动的展开。先在首府南宁初展,再向全省各地专区作巡回展出。通过实物展示,教育了广大观众亲眼目睹地主阶级的真正罪恶,影响巨大。展后还编成一本画册作为保留的历史资料,里头还以我名义跟他合写一篇总结文字。他的组织才干,从此得到省委领导人的赏识。

不幸的是,正当南疆也在掀起"暴风骤雨"的时刻。其父虽为前面所述的开明地主,但因再也拿不出"浮财"来满足贫雇农眼前得到比田地更为现实的财物利益,当局者当然懂得他为谭流生父,然而为打开发动群众的僵局,不得不有所牺牲。身为人子,谭流对父亲难免的大难,在我面前不无有所言语。我作为他上司,只好向他讲起曹操借用"后勤部长"的头以安定军心的故事,劝他记住党的利益高于一切的党性原则。他果然能做到顾全大局,克服个人的私情,积极工作如初。

事后多年,他历任省广播电台副台长;后又响应组织号召,要求下放锻炼,甘当县委副书记。"大跃进"时期,自治区筹建电影制片厂,调他回来做厂长;制片厂下马,便到柳州钢铁厂当车间主任;又到梧州市委做副秘书长等等一长串大大小小当头的岗位,本身才干的优势,无疑是得到显著的表现。但在此同时,他那种恃才傲物,处处表现"不是当新郎就是做死尸"的好出风头的弱点却也很突出,因而招致"众女嫉余之蛾眉兮,谣诼谓余以善淫"的负面评价。

在以往层出不穷的阶级斗争运动年代,不"左"即"右",正直者往往如同青竹长到顶点必会弯下头来的命运。就在那个史无前例的浩劫未到之前,正当清理党内走资本主义当权派的日子,某天,他飘然不期而至。说从党委领导机关的政治舞台被拉下来了,让他到自治区文联的群众团体,搞专业创作,自我解嘲地说:“塞翁失马,焉知非福。”从此无官一身轻,自由自在;随口背诵曹丕一段话:“……盖文章,经国之大业,不朽之盛事,年寿有时而尽,荣乐止乎其身,二者必至之常期,未若文章之无穷。”我说,拿写作当作专业,正是意味要配合一定的政治甚至政策作图解,要想真的得到自由是打折扣的,文学这个窄门并不好钻。因为作为感情产物的艺术品,要写成政治概念的东西,很难取得社会共鸣的效应。纵使你有童心未泯的执着追求也未必如愿以偿。好心劝他:不如转到大专院校去当个教授,传播马列理论,倒能比较心安理得,有一分热发一分光。他说,组织部门的调令已下,说是铁笔千钧,不容更改的事。“服从组织分配,乃是考验一个党员党性的纯度标志,只有走着瞧吧,世上没有过不去的关。”看来他的才子抱负,还是经久不移。

尔后,他果真全力以赴,兢兢业业,几回拿来他为趋时应世的题材而虚拟的小说电影的构架,找我给予指点。遗憾的是,婴儿是要由母亲个人自身怀孕,分娩而自然诞生的,再熟练的接生婆也不可越俎代庖。经过几次试笔,显而易见,他那干巴巴的正确主题——政治概念,往往盖过了应有的生动的感情艺术形象。“政治第一”的标准固然达到了,问题最要紧的是,文学作品本身起码的感情因素并不丰满、完美,政治第一便落了空,比如菜里没盐。

于是,替他着想,以为像他那样——一个知识分子,半生奔走追求革命的坎坷历程,悲欢离合,不少动人的故事,鼓励他“干脆写你自己吧”。同时,将《邓肯自传》拿来翻开,将“前言”一段话念给他听:“无论男女,只要愿意如实地写出自己的生活,都可以写成一部杰作。但是,从来没有一个人有胆量把自己一生的真情实况写出来。卢梭为人类作出了最大的牺牲——把自己灵魂的真貌、最隐蔽的行动和内心思想活动揭露无遗,结果写成了一部杰作。”说他与其为宣传一个政治概念而去写自己既不熟悉又无感情的图解文字,倒真不如写出自己的真情实感的故事,这或许可以表现一代知识分子的历史命运,赢得读者欢迎。在场旁听的人却敏感地提出警告:说要是这样,不仅犯了“自我表现”之嫌,更何况是误闯知识分子题材的禁地？经这一说，叫他纵有敢闯、敢干的劲头，面对当时形而上学的极“左”风气，也不敢于为天下先。

赶到那段史无前例的悲剧年月，他为了逃脱在梧州市委时期所写的二十多篇杂文而被划为毒草的批斗，铤而走险，也卷入了造反的派性狂流，从而我们彼此咫尺天涯，再也不能来往自如了。就是后来各人幸而死去活来，重新相见，但对写作事都已视为谈虎，没了昔年那种痴情了。

不想他几乎半身不遂，不堪寂寞，竟然有如此直抒胸臆的遗作，念出对生的乐观：“日月相随逝，生命岂无涯；生死转瞬间，巨手挽狂涛。”对新时期新人新事的歌唱：“七十学举步，登临望江亭；青山环依抱，绿水绕江滨。新房鳞栉比，高楼耸入云；大地换新颜，更有医术新。”对为人民服务的白衣天使则有如此颂扬：“头戴白布帽，白衫穿在身；嘘寒又送暖，胜似儿女情。红色十字旗，纯洁且真诚；青春好年华，服务为人民。”

诗贵言志，读来一片情真，亲切感人。人云：“留皮才识豹，啼血却怜鹃。”这难道不就是他自我留下的注脚吗？

呜呼，“死去何所道，托体同山阿”（陶潜）。生来短暂，死去永恒。伤哉，谭君！

1994年5月15日于南宁纬武路150号

载《南国诗报》1994年第59期

认识严文井

和严文井同志认识，始于延安时代的鲁艺文学系。

那时，1939年秋，文学系第二期五十位学员中的大多数和美术、音乐、戏剧三个系一样，统由鲁艺副院长沙可夫、教务处主任吕骥率领奔赴晋察冀边区建立“华大”文艺学院去了，少数则同系代主任陈荒煤去太行山八路军总部所在地区深入体验生活。另外，第一期学员二十来人跟系主任沙汀、教员何其芳去冀中一二〇师贺龙部队采访未回。这时，还剩下十个八个被认为有自学能力的学员组成一个文学小组留在系里继续学习。严文井是小组的辅导员，辅导大家的写作实习课。记得他初次给我的印象：那天，我从日记簿录下一篇在投奔延安前夕打算应聘广州《救亡日报》招取文艺通信员所记下的草稿，怀着忐忑的心情，冒昧地去叩开位于山头的那排教员住的窑洞之门，将稿子交给严文井。过了两天，他叫去面谈。一见，他即开口直言：“来延安前，在外边发表过文章吧？看你这稿颇有郁达夫式的笔调嘛。是打算往下照样写几篇吗？题上标了个‘一’字。”我喃喃嗫嚅：“……当前时尚，正在大声疾呼‘报告文学’。最近读《上海——冒险家的乐园》和一本德国作家基希的《秘密的中国》，还有俄国涅克拉索夫的长诗《在俄罗斯谁能快乐而自由》，得到启发，见猎心喜，便想模仿试写若干篇文艺通讯似的报告文学，暴露暴露广西桂系当局自我标榜的'模范省'里，那帮乡、村长等农村新贵，鱼肉百姓的阴影。"严文井静听我啰嗦了半天，郑重地婉言："不过，当前现实，国难当头，时代精神在于举国上下，同仇敌忾，一致面对抗战救亡局势。写文章嘛，应以歌颂、鼓吹英雄一代，积极抗战，争取胜利的光明面。鲁迅不是早就讲过文艺是国民精神所发的火光，同时也是引导国民精神的前途的灯火嘛……"

记得我那篇习作题名《乡间》，开篇引用涅克拉索夫长诗中"这里，只有石头才不会饮泣"的句子，被何其芳拿去把它介绍给《大公报》的萧乾，后来发表于该报桂林版"文艺栏"头条。但是，严文井对我第一次有关写作的谆谆教诲，在我还是铭刻于心，永志难忘的。那时，同学间朝夕闲聊，总爱评说漫论文化名流的风流逸事。提到严文井，人说，他同刘祖春、黄照、张松如（公木）等等，抗战前都曾是沈从文门下的弟子，小京派。严文井写过一篇或出过一本小册子，叫《一个人的烦恼》吧，文坛上并不那么知名，所以在鲁艺就比不上陈荒煤、何其芳那样吃香。不过，1940 年，周扬从边区教育厅长名位调来鲁艺接替吴玉璋院长，夫人苏灵扬跟来管人事处，也许对严文井更了解，待到沙汀、荒煤、何其芳以及一批同学孔厥、康濯、岳瑟、吴微等都陆续归来了，文学系恢复原规模，严文井便从辅导员升至教员档次，还兼负责与新建的文学研究室联系。这时，我被选进"文研室"创作组，跟严文井接触就更多更密了。

1942 年延安文艺座谈会之后，"文研室"停办，成员分流，我调去部队艺术学校（以下简称"部艺"）当文学教员，严文井、杨思仲、公木、程钧昌等，则留在周扬身边作为培养文艺理论的人才。从此，跟他的交往便隔了一层，没有之前密切了。

记得在那场划时代的延安文艺界座谈会上，被列为该谴责的七八篇所谓非无产阶级工农兵的"小资"（知识分子）小说中，严文井的《一个钉子》却免在其内。意想不到我一篇《落伍者》，主题本是为独善其身者写的一曲挽歌，题材反映"兵"的炊事员在急行军路上掉队，对他表示"哀其不幸，怜其不争"，也许流露人道的怜悯多了点，不免有瑕疵之嫌。周扬让程钧昌署名写篇文章，给《落伍者》打了一棒，还派严文井、杨思仲到“部艺”来帮助我认错。记得当时严文井把《落伍者》中的一句话“神奇的胜利”拿出来，认为这是在“诽谤八路军抗战胜利是不真实的。我听了这一高论，真是惊讶无语，摇头苦笑。从此对他只好敬而远之。

说到在《东北日报》那段。我因有在延安编辑军报《部队生活》的三年经验，首批被调进《东北日报》副刊部任编辑组长。接着，严文井、华君武、穆青、华山、刘白羽等也都先后到总编室或采访部来了，真是人才济济。严文井挂报社副总编，分管副刊部。

这样巧合，和他故旧相逢相得，自应难得的幸会。严文井来副刊部见我客气地招呼：“……编报，你有经验，今后可得向你学习了！”这，严文井可说了句真言，编务放手给我，使我成了实际上的主编。不久，严文井主动要求前往由袁牧之、陈波儿两口子领导的新建的东北电影制片厂，也许那儿处在开创之初，袁、陈一时还顾不上热心于器重文学家，严文井去了不久，便重回报社跟副刊部打交道了。

这时，副刊部新来一位特善张罗的东北女作家白朗，她秉承东北局宣传部凯丰部长旨意：“副刊文章，不必硬搬关里老区那套工农兵文艺老谱，见报的诗、散文、小说，注重能为东北青年乐于接受，启发引导他们都情愿跟我们一道走就可以了。”为此，我乃遵命作文，写篇小说《叶红》，表现一位女青年走上革命道路，跟工农群众结合的故事。见报后，无意竟然引起轰动，受到不少东北青年读者的追捧。可匪夷所思的是，《叶红》居然遭当时东北文艺界权威刘白羽的批评，并在东北首次文代会上，使《叶红》枉成大会批判的反面典型。会上七嘴八舌，见仁见智，剧作家宋之的、诗人李江等就不以为然。各人嚷嚷半天，莫衷一是。舒群，会议主持者，无可奈何，只好推托严文井写篇总结文章见报作收场。可是，事后，终也未见严文于报上。不过，厄运并未从我名下消失。在那不久，组织上商讨出席全国首届文代会的东北代表团名单，严文井推诿《东北日报》副刊天天要审发一万二千字稿，少不了我个人坐班主持，因而我便不宜同严文井和刘白羽并肩齐步入京，露面于文艺界空前的这场盛会了！

新中国成立后，严文井协助丁玲执掌中宣部文艺处，还接连又是《人民文学》主编，又是人民文学出版社社长，又是中国作家协会书记处书记，等等。我个人，始终也未能走出文艺圈圈，文章要发表，著作要出版，随俗而言，应情有求于严文井通融赐予照顾的。可我素性不善，也不屑逢迎、巴结权贵，又偏遇严文井为人清高，不徇私，不苟且，因而彼此交往平淡如水，从未幸蒙其刮目相看。

以上往事点滴，纯属私见，也许有忌为尊者讳之嫌，不过直言实在，元非纪念严君名如其人，严正、善良、克己。当然，瓜无整圆、人无十全，法国作家雨果也说："任何一枚金奖牌，都有其背面。"要纪念严公可贵、可敬、可取的优良品德所具，自然随之而来的也有不免叫人对他感到遗憾的是：人，过于谨小慎微，用情吝啬，欠缺仗义执言、慷慨悲歌的豪侠风范；文呢，惜墨如金，简洁、明丽、纯清，读之虽回味有余，但予人以深思奋发，引起同感共鸣方面，则略显不足了！

2006年《南方文坛》

·第二辑·

故乡与童年

我是在岩洞里出生的。那地方，当年叫广西省绥渌县东门乡岜等村。县治原先是属于土司管辖下的羁縻州，人口只有两三万；全国解放后，和邻县的扶南、同正两个县合并，建立为扶绥县。1958年，广西省改称广西壮族自治区，扶绥县属于左江南部壮族方言区域。城镇居民先前是壮汉不分的，祖辈的传说都讲是“随狄”（随从狄青征服侬智高）南来的后裔，从来总以为自己是汉人。等到1952年壮族自治区筹建时才宣布说，凡是讲壮话的都应归属为壮族。所以到1952年以后，我的民族成分才由汉族改为壮族。

其他少数民族的住地，如瑶族，世代相传，习惯于高山密林，在贫瘠的土地上经营他们的生活。壮族人就不一样，生长养息的领域却拥有肥沃的平原，交通来往、文化生活和汉族不见得有多大区别。我的出生地之所以在岩洞，并不是由于少数民族祖先的穴居野外来的。幼年听母亲“讲古”，才知道岜等村的旧址，并不是现在的岩洞，而是在岩洞东北两三里地，在人们赶街趁圩的交通大道上。东面约四公里地方是东门圩场——二十年代中期，县城迁移来这里，成了新县城;西面七八公里又有另一个圩场叫东罗,是每年农历三月三,青年男女赶"歌坡"的地方,现在是东罗煤矿的矿山区;西南十公里是旧城,就是土司忠州所在地。正是因为村子处于要道,当太平天国前期闹"三点会"那些年月,全村遭到了劫难,居民都流离星散了,一百多户的村庄顿时成为废墟。曾祖父为逃难避乱,伙同十来户邻里一道,迁到附近这个岩洞来另起炉灶。洞穴宽阔深邃,在当中可以间隔筑屋。十来八户人家就这样安顿下来,建起新村。

这岩洞,前面是平展一片的大池塘,中间筑起一道堤,间成左塘右塘。左边是公塘,种藕种芹,供牲口饮水;右塘是供人汲水、淘米洗菜的。这是我祖父见一张塘人畜共用,不清洁,才出钱雇工挖的。塘边长着竹子、乌桕、苦楝和龙眼树。右塘岸上的小块平地是我家的菜园,除了四季种的蔬菜,园边角落还种有芭蕉、枇杷和酸梅,有株朝天椒一年四季都结椒,总是摘不完似的。从洞口往外望,每个晴日,天边出现变幻无常的霞光。霞光仿佛拉开的帷幔,伴随而来的鸟语、鸡啼、虫鸣、竹声,显得山谷分外幽静。白天,大人们都上山下地去了,传来悠扬、嘹亮的山歌回声,山鸣谷应地在群山中回荡,十分好听;这时候,村里全让给孩子们了,偶然有摇着手鼓的货郎担走村过寨,孩子们想起狼外婆的故事,谁也不敢把寨门开开。眨眼功夫,山头的阴影洒下谷里了,斜阳召回三三两两的归鸦,牧牛的老人挑着半筐牛粪,驱赶着肚皮鼓鼓的牛群回村。牛群抢先挤到池边饮水,惊起一群鸭子呱呱乱叫。

村名岜等,译成汉语,意思是矗立的山。原来附近有座高耸入云的石山,登到山顶,极目可见五十华里;从村前空口望去,活像平地冒尖的竹笋,又仿佛一支倒置的蘸满墨汁的毛笔。每当雨后,山上树木葱茏,景色如洗,显得特别挺秀。山南四五里,有座仙山,名叫岜仙岩。山不算高,腰间豁开一口岩洞,远看仿佛狮子张口,传说是神仙的住处,不知什么朝代起,人们就在此立了神庙。每年农历四月初八和七月十四的佛诞和盂兰会两个节日。除了本地还有邻县,都来不少香客上山朝拜。有的初来,或烧香许愿,求子赐福;或摇卜卦,占问休咎;有的还愿做道场,那排场就很可观:穿红着绿的人,载运物资的车马,来了一大批,闹上三五夜。在我六七岁懂事的年龄,这种盛典已经见不到了。只听长辈说,做道场那情景很不一般。举行的仪式很惊人:在一片坪场上,铺下一席有三九二十七尺长的灼热炙人的火炭,主事人手捧亲人的亡灵牌位,打着赤脚,令人惊心动魄地从火炭上超度。事先都说:只要你心地虔诚,火炭就不会烫人。其实,事后谁的脚板也不免烧灼起泡,为了不让别人讲自己缺乏真心信念,只好哑巴吃黄连,谁也不肯说疼叫苦。好在事先准备有草药敷料,皮肉的烧伤不至于致命。人们的迷信,即使有九十九次失望,总是不会计较的,只念念不忘于一次的偶然巧合。正因如此,这座仙岩在方圆百八十里地,颇负盛名。庙堂里挂满"有求必应""普渡慈航"等金碧辉煌的牌匾;石灰岩的溶洞一般都有长年不断的岩浆滴漏,这里也不例外,庙祝拿来水桶把水盛起,足够三五个人每天的吃喝用水。人们就此编出一种传说,说什么在古时候,岩顶还有一只小洞眼,每天掉下米,足够和尚们食用,只因来了一位云游和尚,为了要多得米,拿一根长长的竹竿把洞口捅大,好让米多掉点下来。神仙嫌恶贪心人,从此再没米往下掉了。另一个传说:岩洞后头连着一条隧洞,一直往里去,有条河能通达海龙王的龙宫。宫门前有两座石山对峙,像两边城门的城垛,那是龙王的金库宝箱。里头的金银财宝不少,只是惟有修道成仙的人才有福分去到,一般人想去也是去不到的,半路上有大蟒怪兽把人吃掉……话讲得挺玄,从来也没谁个亲眼见过,人们也只有姑妄信之。另外,庙门前——也就是仙岩洞的山谷下面,有一株半山高的扁桃树,从老远地方望去,树冠常年葱茏苍苍,好比长得挺茂的扫帚草,人工剪枝也没那样整齐浑圆。每年六七月间,树冠上结着许多鹅蛋一般大小的芒果型的浆果,果子黄熟时,飘来一股好闻的香气。本来龙眼、荔枝、芒果和扁桃,每年结果多少,都有大年、小年的循环轮换,惟独这株树年年一样,果实累累,挂满一树。可是果熟了,徒然任猴子、果子狸吃了,从来没人尝到过是酸是甜。这倒不是由于树高,人不可攀摘,就是果子熟了风吹落地,也没见人去捡。一代一代的老人传下来都说,原先有个人到仙岩的神案偷吃了供品,得了麻风病,死在山脚下了,没人给他收尸埋葬,后来就在那死人的地方长起这棵扁桃树。本地有种禁忌:凡是埋葬麻风病患者尸体的山场,就成了绝地,都怕传染得病,谁也不敢接近了。正因为这样,这棵树就不受人们侵犯,长得特别高大。

家乡除了这座倒立的笔峰和招徕远近香客的仙岩之外,给我印象较深的还有:春天,农历三月三前后,山前山后、地头田边的木棉树都开起一树红花,高高的秃枝,缀满鲜艳耀眼的大红花朵,招来一群一群八哥鸟啄饮花蕊的香汁,等到花落满地,孩子们从村边路旁拔来藤条,将落花一朵一朵地穿成一串串,挂在身上,像当兵哥们挂的子弹带,三五成群地分成两军对垒,用花朵当作手榴弹,双方互相攻击,打到哪边没了子弹,哪边就认输了。木棉的花期十天半个月,花落,树枝留下果荚,最多两个月后,果荚绽开,棉桃似的张口吐出白色的飞絮,满天飞舞。人们不等果荚自然绽开,就提前把它采摘下来,用刀破开皮取出棉絮,晒干,絮进枕套,轻柔而不板结。再就是,每年初秋,山洪暴发,平时干涸的山塘和洼地,往往一夜之间顿成泽国——到处都是水,地下河从山洞冒出泉水,带来泥鳅一样的小鱼。这种鱼很不一般,煎起来,自身出油,味道非常香,肉质细嫩软滑,这在别处是少见的。但是,到我十几岁的时候,这样的地下河溢水现象,已经不常见了,即使有山洪,也没再见这样的油鱼了。

我是1918年11月18日——冬季头一个圆月初升的时刻,在姓陈的农民家出生的。祖父陈继禹,是清末的武秀才,当过"三点会"的先锋。家有出租的田地,长年雇有长工。他只养有我父亲一个独生的男孩,惟恐家丁孤单,受外人欺负,为了企望添丁得男,曾讨个妾侍,偏偏没有生养。晚年嗜好大烟,家产几乎都吃喝耗费完了,家境衰落下来,到我父亲当家时,小康之家已经不太好维持了。在我出生之前,祖父母都已去世,到我懂事的时候,母亲才指着一把三叉戟和一把马刀,告诉我这是祖父的遗物。三叉戟的把柄圆溜光滑,三叉戟是乡人捕猎老虎不可少的家什。马刀又长又锋利,能斩断叠在一起的三枚铜板。母亲常就这两件遗物,对我们儿辈谈起祖父当年如何凭它们显示武艺过人的威风。父亲陈会邦,青少年时是地主家的纨绔子弟,因为是独生男孩,更加骄纵使气。也曾读过些四书五经,同窗好友有的考中秀才,成了什么廪生拔贡;有的设馆授徒当乡村学究;有的在地方成为乡绅、讼棍。他自己成家立户之后,只好凭祖父剩下百二十斤谷种的保水田和几片旱地,过着自耕自足的小农生活了。后来有了子孙儿媳,家口增多,单靠农田生产,已经难以维持日用衣食,尤其是由于匪患猖獗,岜等村的山洞故家,惨遭洗劫,被迫举家迁居东门圩上,因建新屋,购买耕畜,补置家具,日子更见艰难。父亲凭他早年结交的亲朋关系拉扯挪借维持一家生计。同时依仗其有限的文化知识,利用圩镇的条件,在农事之余,尝过酿酒作坊弥补家用。可是，生意也并不顺利，不是酒酿发酸，就是养猪碰上瘟疫；不但弥补不上农业生产的不足，债务重负反而日见增加。但他昔年纨绔子弟的气派却不肯完全抛弃，亲友来往交际，仍旧好讲究排场，大手大脚；养画眉鸟，养马代步赶圩，每天劳动回来总也离不了酒。只是有一点，他虽长期服侍祖父烧鸦片，自己终能洁身自好，没染上烟瘾，这是他常常向我们儿辈夸口的。母亲是土司衙内掌管钱粮的小吏李本荣的满女，因无兄弟，做满女的更加得到宠爱。幼年在衙内曾随同官家子弟受过塾师破蒙，读过几天"人之初，性本善"的课文，但在当时当地的风气下，女子入学是被认为不守本分的，粗识几个字，后来都随同年岁的流逝和生活的奔波而消失了，惟有当年见到、听到的一些世态人情和故事传说，倒还能记忆，闲时向我们儿孙幼辈娓娓而道，思路清晰，条理分明；有时能一口气给我们背诵长达几百句的叙事的民歌；因时遇事，讲话常能恰如其分地引用某些富于哲理的谚语、民谣；善描花样，绣巾绣鞋、纺麻织布，针线、女红样样都能做得来。母亲一生养活五男二女，所谓"七子团圆"。这在旧社会的封建观念来说，是值得羡慕的所谓有福分人的标志。但在家境日见衰微的主妇来看，却受多子之累了。我是最小的男孩，排行老五。前面四位哥哥——克忠、克孝、克廉、克洁，他们的幼年，凭祖父在世，家境还不至于那么拮据，加上外祖父母无男继承家业，对我母亲这个多子女的满女给予的周济特别多些。四个哥哥在他们入学的适龄年纪，个个都读上几年书，有的入私塾读四书五经，有的上新式学堂，学的是旧制小学的共和国教科书。四个人中比较勤奋好学，学有所成的，只有二哥一个。他是读了几年塾馆才到县城外祖母家，在那里考进县立第一高等小学堂的。当时旧制高等小学开设英文课目，学到毕业考试，他已经能用英文写信，其他各科也都获得优异的成绩。1923 年，李宗仁、黄绍竑统一了广西军政局面，在南宁建立起督军署。翌年，二哥离家谋求差事，考进了官费的军官学校。两个姐姐——亦英、亦娇，和四个哥哥，当祖父在世，家境还兴盛的时候，幼年就早已同所谓世家富户订了亲。大姐嫁本县姓梁的官绅世家，二姐的婆家是地主。婚嫁彩礼，都得彼此对等往来。做家长的，一来要顾全体面，二来也免得儿女受委屈，这就苦够了父母俩。他们为了张罗几个儿女婚嫁，只好求人告贷。借印子钱是要付高利的，这样一来，上到门来的熟人不再是笑脸相迎的亲朋挚友，而是一些认钱不认亲的债主了。记得每临年关，父亲就叹气："冬至就年，讲过就钱！"冬至过后，没现钱就赊借不来东西了。年三十晚，父亲常为回避债主上门而上山躲债，团年饭也吃得不安然。就是这些感触，世态炎凉、人情冷暖的观念，在我幼小的心窝早就埋下了根，日后长大，遇到事情，总是比别人想得多，总是好往曲折、复杂和困难方面去考虑。耽于思索怯于行动的性格，恐怕是从这里养成的。

我是从山洞的故家迁居来东门圩的那一年才开始上的小学，取名陈克惠。那是 1925 年，读的春季始业的新学制白话文课本，"国文"改为"国语"了。第一位破蒙老师叫凌宽儒（希孔），只教我们一年就由本县保送去了梧州，进入有周恩来等人从广州上来指导建立共产党支部在内的国民党"宣传员养成所"。随后他又到黄埔军校去学军事，最后再入陆军大学深造，抗战期间牺牲于广西昆仑关之役。实际上，我的破蒙应该是我的二哥。在我未上学之前，外祖母把他从村里的私塾接去县城，进第一高等小学堂。每当寒、暑假回家，常常聚集几位堂兄弟在一起，传授他从学堂学到的课文。我凑在一边旁听，觉得挺新奇有趣。有一回，过中秋节，二哥给大家讲个故事：说苏东坡被贬下放在钦州时候，遇上中秋过节，他家一个丫头来圩场买鱼，卖鱼的老渔翁有意要考考这位苏学士家的丫头，跟小姑娘打赌，要当场吟成四句诗，每句要有两个头字；吟得出来，就算赢，白送她一条最大的鳙鱼；要是作不出来，就得认输，必须帮助老渔翁把鱼卖完才得回家。问她敢不敢试一试？丫头并不示弱，说声："当真？一言为定！"老渔翁含笑点头："一言为定。"丫头沉吟片刻，说声"有了！"随口念道：

上头来赶下头圩，
丫头来买蚌头鱼；
腰头开钱手头数，
两头打赌一头输。

老渔翁听罢，哈哈大笑，真的挑了一条最大的鳙鱼递给丫头。我在旁听了，当场便能复诵这四句诗来，二哥不禁惊奇，认为我记性大不一般。于是，当我还在山洞未到东门圩上学之前,二哥已经将初小一年级的语文课本,逐字逐句地教了我。等到正式进学校时,第一册语文,我已经会认会背会默写了。也许就是这个原因,姓凌的那位破蒙老师对我特别器重。但是,在同学当中却招来了妒嫉和奚落。在富家儿和圩镇人的眼里,我是个“山里人”“土佬”,而且穿着又那样寒碜:长年打着赤脚,衣服也是捡大姐的长男穿旧了的,实在不像个样子。除了个别的穷孩子才肯同我悄悄地说到一块儿,在多数场合,我是搭不上也不屑跟人做伴的。也许正是这样的境遇,使我幼年便产生自卑而又自傲的变态心理,性情偏于内向。也许正是由于童年的寂寞和贫困,缺乏友爱和温暖,才迫使我往书本上去寻找朋友和安慰吧。回顾那些岁月,惟一能叫我开心的就只有书。书成了知心朋友,也成了我生活中难戒的嗜好。

前面已经讲了,我并非出生书香门第,书卷与我们兄弟并没有什么前世因缘。只是我二哥对读书也有特别的爱好。当他还在县城上学那个年月,一次粤军陈炯明的红头军(军帽镶有红边)追击广西军阀陆荣廷,前锋还未赶到县城,县官老爷已经闻风而逃,空留一所衙门。我二哥同他的伙伴居然敢于翻墙潜入衙内。别人捞到什么财物,没听他讲,只见他捡回好大一堆书,都是一些线装古本。后来,我家遭土匪烧劫,那些书几乎散失完了,等到我能读它的时候,只见到一套用精致的木盒装起,上面刻有篆体绿漆阴文的《唐宋八大家文集》和好几本小本的《绣像金玉缘》《三国演义》什么的。这些书,我起初是读不懂的,只是看看里面的插图。后来叫我发生兴趣的书还是我二哥到了省城,进了军官学校当学生时候,经常给寄来的新书。那些书,开头是《小朋友》,接着,就是《中学生》《木偶奇遇记》《天方夜谭》《鲁滨逊漂流记》和安徒生童话等大大小小的书籍杂志。这对我来说,真是雪中送炭,使我如饥似渴地得到饱餐。那些岁月,我的物质生活无疑仍是贫困不堪,可我的精神食粮却是富足的,在冷漠的眼前生活里我找到了温暖,在险恶的人海的暴风中,躲进了避风港。

大概就像是听人讲话听得多了,自己也想插嘴一样:书,读到一定的时候,不免触动了心,自己也想学样,悄悄试笔,以图表达自己在人前不敢或不善于表达的心曲。于是,我在高小一年级便开始写日记,接着,家里要给在外当差的二哥写家信,不必再去麻烦中过秀才的世伯代笔了。由我遵照父母亲的嘱咐,开始给二哥写信。不想二哥来信竟说,我的信比秀才世伯写的还通顺明白,期望我继续好学上进。初小的四年功课学完了,要不要让我去考高小呢？父母亲反复盘算,犹豫不决。论家里的劳动力,两位姐姐虽然出嫁了,可是四位哥哥都已娶来了媳妇,农活是不需我插手也忙得过来的。只是要上高小,虽然在家吃稀喝汤走读,不需缴纳学堂的膳费,可是,学费、书籍和笔墨纸张都得花钱,要是农事年成不佳,手头实在太紧,何况再读得两年高小毕业又有多大用场啊？要说会记账,写家信,来往应酬文书,现在已经可以对付了;在乡下,读书人除非会"画老虎"——替人写讼状(向官府告状的文书),才能从中受贿,有利可图。但,这些事,又不是像我们家的人能做得来的行业。那么,至多只能当个初小教员吧,一年得五六百斤谷子,或者一月有十来八元现款的束脩,可这又顶什么用？正当父母苦苦盘算的时候,吴亮洪、周宅康两位老师来家游说,说我勤奋好学,成绩优异,很有才气,要是从此失学务农太可惜了,劝我父亲无论如何困难都要设法让我继续升学,日后必有出息,就是借债,也不会亏本。父母亲被说动了心,决定让我去应考。就这样,我仍旧打赤脚,在本街上的县立第三高级小学走读。

前面说过,我是从山洞的故家迁居东门圩后才开始进小学的,1926—1927年正是读初小三、四年级。这时期在这小小的县份也掀起了前所未有的轰轰烈烈的工农革命运动。当时一位新上任的县长黄肖彭,路经东门圩,接受民众代表的呼吁,懂得原来的县城本是土司官衙的城池,为历代封建官僚势力的巢穴。乡下老百姓进城,往往横遭城里人戏弄、凌辱。于是他顺从民意,就在东门圩将北帝庙辟为临时县公署,县长就在这里就职视事了。东门圩变成了新县城。旧县城的衙门被拿来开办一间"农民运动讲习所",招收百来八十个高小毕业生,现职初小学校教员或具有相当文化程度的学员,经过三个月的短期训练,即分头派到各区、乡去进行支援北伐,打倒军阀,拥护国民革命,解放工农的宣传,组织农民协会、工会、商会,和妇女、学生各自的联合会等群众团体。这是破天荒头一遭的民主革命举动,到处沸沸扬扬。那县长是广东省灵山县(解放后划归广西)人,说是从广州"农民运动讲习所"毕业来的。作为县长,却不拘旧官僚的架势,上任头一件事就宣布:官员不过是公仆,为人民办事的。老百姓谁有事要向政府申述控诉的，可以直接进见面谈，不必写状纸；是土豪劣绅的就该打倒，当婢女丫头的就要解放……总之，宣布了好多好多从未听过的新章程，广大贫苦百姓都被轰动起来了，个个笑逐颜开，扬眉吐气。我们小同学也天天唱“打倒列强、除军阀”“工农兵，联合起来向前进！”和“苏武牧羊”的新歌；常常列队上街游行示威等，也觉得挺热闹。可惜，只闹了一阵子，那个县长被调走了，县党部来了什么清党委员，原先能挑得起的几个“农讲所”学员不知躲到什么地方去了，不敢再露面。我们同学又得规规矩矩听课、背书、练字、演算术。一切又恢复原样。

过了两年，我上高小的时候，有一天突然从西边龙州镇南关（解放后改称睦南关）开下来一支军队，县府的官员都跑了；军队的司令长官把地方的豪绅请去，据说见面二话不讲，就说他们是土豪劣绅，一贯欺压百姓，为非作歹，当堂拘留了他们。限令三天之内，要他们各人退出一定的赃款才放人。三天之后，军队往北边右江方面开拔去了。后来才知那是俞作豫的部队，在龙州宣布起义，成立工农红军第八军。

我读完高小后，县里没有中学，要升学只有步行两天到南宁报考省立第一中学，这对我只是一种奢望。原因不是路远交通不便，或“省一中”难得考上（当时全省仅有九间省立中学分设于桂林、柳州、梧州、玉林、龙州、百色、太平府和武鸣县），而是贫穷束缚了我求知欲的翅膀。失学一年，我却有空拿毛笔蘸水在桌面上练习写大字，朗读《唐宋八大家文集》《千家诗》和《幼学琼林》等等，在“省一中”上学的吴跋和在广东军队的二哥时常寄来新书，郁达夫的《迷羊》《沉沦》，鲁迅的《彷徨》《呐喊》，张恨水的《啼笑因缘》，苏曼殊的《断鸿零雁记》和他的诗文、书信等等，都是这时间读到的。一年的失学，反而比在学的收获更多，时光是容易过去的。

1931 年春，县里创办一间师范讲习所，要招考学生。全县历年高小毕业生和读过私塾现在正在当初小老师的人，莫不踊跃报名投考，谁都想考上这所新办的全县最高的学府，捞个资格，好在社会上谋个差事。报考人数好几百，他们年龄都比我大，有的还在别个中学读过一两个学期休学回家的，想起他们的作文、算术的程度不低，录取名额又只收一个班，五六十人，自己能不能考上呢？

心里没个底。没想到，考完放出榜来，我的名字居然排在第七。考上了，在长辈的老人看来，这无异旧时考中了秀才。父亲也掩饰不住笑容，第二年他医淋巴腺结核不治，弥留之际，不无遗憾地喃喃说道："阿五没成家，对不起他，不过，明年毕了业找个学校当个教员，总有口饭吃了！""师讲所"两年毕业。这两年，除了新书报给送来的新思潮——"一·二八"十九路军上海抗战的风云，接着，就是福建人民政府事件的变幻，都成了生活的话题；所长、教员都来自外地外省，无疑他们成了传播先进文明的媒介，加上从省会南宁到达国防对讯公署的龙州，一条公路主干线筑成通车，每天有班车来往经过东门站。我的眼界大大扩展了，思想情感也随着青春的脚步，走进幻梦的迷宫，有时，还无缘无故地产生惆怅的烦恼。我素性腼腆，与人交际不免矜持而羞涩，无奈，惟有将心事托付于幻想。从幻想中，我编出了这样那样自我陶醉的故事，在寂寞中得到空虚的抚慰，聊以满足在现实生活中不容易甚至不可能遇到的渴望。郁达夫的《沉沦》《薄奠》和《春风沉醉的晚上》等，给我提供了触媒，自己竟然学样，画起了葫芦，偷偷地挑选些感到有趣，可以寄托情思，排遣苦闷的人情世态，添枝添叶写成长短不一的散文，跳出了写日记的圈子。写来写去，总共有十多二十篇，厚厚的五十页二十四开的练习簿，写满了三本。我没有勇气叫人看，一直到毕业后，1934年上半年(离家去广州之前)，在本街小学当老师的时候，这"处女之作"的秘密终于被一位为省里政局的风浪抛上了浅滩而亡命归家的代课教员梁升俊发现了。他读完之后，对我竟刮目相看，讲了好些过誉的话。

十五岁那年，一个秋天的早晨，我父亲以五十六岁的壮年去世了。家庭顿失重心，兄嫂们都提出分家自立的要求。一分为四，每家分担二十元为父亲办丧事欠下的债务。翌年，为了糊口，我只好遵从父亲遗嘱，在本街小学执鞭任教。正当少年有为的大好时光，却因自谋衣食，竟将前程断送了。别人都为我可惜。幸好这一年，二哥得到了提升，一个月有正薪八十元银洋。二哥来信说我年纪还轻，应该多读几年书。广州学校林立，考学校容易；即便生活程度较高，每月供我二三十元是可以对付的。

这样，1934年暑假，我终于告别了故乡，同时也告别了少年，踏上生涯的新旅程。但是，在那个时代和那个社会，展现于我未来的前程仍然是迷茫的。记得当时在南宁买舟东下,临行曾吟成一首四句七言,以告别朋友。诗言志,从这里头可见忧患使人早熟。我才不过十六岁的少年,内心世界却容纳不少成年人的思虑,处处显示着那么抑郁,那么深沉。对着某些眼前的事物,在别人看来是那样知足而欢欣,我却在事物的背后看到人事的无常,预感幻灭的悲哀。这次从乡间狭小的樊笼,奔向大都市广州,广阔的天地即将在望,从此"海阔凭鱼跃,天空任鸟飞",按说应当是意气风发,欢欣雀跃,去迎接新的命运的,而我却打心眼里吐露如此伤感的语言:

如愁丝雨近黄昏,
渡头将去倍销魂;
长天失雁归何处?
离思缭乱橹声中!

看来这抑郁的情怀,恐怕不能完全归咎于苏曼殊某些诗的影响而形成的吧?

1982年12月17日于南宁
载新蕾出版社《作家的童年》13卷

童年的作文
——给二哥写信

童年的事，好多都模糊不清了。讲到当时的作文，作业簿早已丢失，无从谈起。只是还记得头回给远在外地当差的二哥写过这样一封信：

二哥：

爸的病，治不好，今早去世了！妈要我给你写信，说人死好比油干灯灭，听天由命吧，叫你也别过分伤心！妈讲，爸快咽气时含泪嘱咐，说他俩辛苦一世，抚养五男二女，六个大的都已成家，往后可以自立谋生了的；只有阿五（指我）还小，叫人放心不下！写封信去告诉老二，怎样困难也不叫小弟他失学……爸话没完便断了气，眼皮还真没合上。呜呼，“树欲静而风不止，子欲养而亲不待”。

妈还说，爸从此故去，家失了重心，看来兄嫂他们是要分家另过了；叫你在外省用些，多少也挣点钱寄回供我读书。另外，还有件要紧的事：这回为爸购置棺材什么的，丧葬费用，借人家百来元高利贷，也只有指望你拿钱回来才还得了了。

我本人读完这个学期就高小毕业了。明年本县将要开办一间师范讲习所,招考高小毕业生。全县历年没到外地上得中学的一大帮子人都在等考这间新学堂。但只收50个人,想来考取可不容易。不过,我要争口气,到时也要去碰碰运气看。若能考上,你就供给我学费吧!等到"师讲所"毕业出来,当个初小老师,至少可以糊口过日子的。

二哥,我现在好比是天旱地里的玉米苗苗,苦苦祈求春雨。盼你千万别叫我这点可怜的希望落空啊!

匆匆忙忙,写不完的话。只望你也别悲伤!

五弟克惠

九月十九日

这信,当时还作为课堂作文,教员给打98分,批语:"初写黄庭,恰到好处。"还把它贴到教室作示范。老师就此对班上同学讲:

"……作文应当同讲话一样,心里怎样想就怎样讲。人要讲真话,不要没病装病,哼哼唧唧,也不要好比伴娘代人哭嫁,咿咿呀呀。那都不会引人同感共鸣的。"

曾几何时,瞬间,一辈子很快过去了。儿时这点点滴滴痕迹,始终也没被岁月的逝水冲洗净尽,回头想来,记忆还是这样透明、清澈。

载1992年6月8日《广西教育报》

想起那段日子
——江村的中学时代

广东省立第一师范是仿效陶行知的晓庄师范而办，校址在广州市郊江村。我入学校的时候，校舍四周全是野田村舍。附近一条大江绕过江村镇上，日夜流淌，年年端午佳节，广州城里居民，红男绿女，照例成群结队，聚集江岸，争看龙舟竞渡，纵情狂欢。传说有位少妇为竞渡者掀起的激烈狂潮而忘形，鼓掌失手，顿教怀里婴儿掉下水中。平日，火车从粤汉铁路线上疾驶而过，发出巨大吼声，撕裂乡间的寂静，咔哧咔哧的机械声越去越远了，天空飘着朵朵白云。除了村舍，邻近有座教会开办的普惠医院。医院附设一所护士学校，翠竹丛中，隐隐约约露出红铁皮屋顶，宛若一幅优美的油画。这儿，每当夕阳斜照，彩霞满天时分，在秧苗如茵的阡陌间，或在那浓荫覆盖的村边小路，时时出现三三两两、洁白如羽的倩影，仿佛湖面落下的天鹅，自在徜徉。那就是护校学生给大地增添的色彩。

星期天，同学们有的乘三站火车进广州逛街、泡书店、看电影，有的去到江村、高塘两地赶集，或采购时鲜瓜果，或上茶楼品茗，或尾随普惠医院护士小姐进入礼拜堂,听听唱圣诗,瞧瞧护士小姐的花容月貌。

学校所谓仿效晓庄模式,只见其皮毛。在宽阔的校园中,曾经辟有相当一片田亩作为耕地,建起十来八座葵叶、竹竿结构的棚屋,名曰“农家”。参差错落,分布在田园的边沿,一座农家住四人,作为实验学生住处。现在农业实验停办了,田园荡然无存。惟有棚屋仍在,可作毕业班级的学生宿舍。各屋独立,布局分散,舍监很少光临,这可就给居住者提供了自由活动的方便。当时,一个地下中共党支部便利用这些“农家”作隐蔽,进行秘密活动。1935 年底至 1936 年初,为声援“一二·九”救亡运动,在全校各班课桌的抽屉,曾出现过要求“枪口对外,一致救亡”的传单;部分进步同学,私下就组织读书会在活动,座谈讨论艾思奇的《大众哲学》。

我从小一直醉心于单一的文学,到此,受到了进步思想启蒙,转向社会科学的理论。人生观、世界观跟着产生了决定性的飞跃。从消极、忧郁、伤感,趋向积极、开朗、乐观转变。对文学作品的欣赏,从苏曼殊、郁达夫转向鲁迅、高尔基。

正是由于师范的课目不必花费过多的精力去对付,不但课外有充分时间可利用来阅读当时风行全国的各种进步书刊,即便在听课堂上,也要如饥似渴地偷读小说过瘾。茅盾的《子夜》,高尔基的《我的大学》,富曼诺夫的《夏伯阳》以及曹禺的《原野》等,都是在听课时间,偷偷将书摊开在抽屉里悄悄读完。

也许是由于书读到一定时候,脑子受到这样那样的诱惑,对照自己生活的某些感受,觉得似曾相识,触类旁通,诱发了要动笔试写的冲动。

是 1937 年清明节前后吧,看到毕业班同学为了应付即将来临的全省统一会考,日夜温习功课,苦苦死记硬背条文、公式,废寝忘餐,十分可怜。心想这无非求得一纸文凭罢了,即令争得满分,又何尝解答得什么实际问题呢?可宝贵的光阴却白白消逝了!于是,信手试写一篇旨在讽刺的小小说,题目叫做《期考的前夜》。文章寄给广州惟一一家刊载文学作品的《民国日报》副刊——《学生园地》。想不到这尝试之作竟能发表。作文头一遭变成铅印公之于世,在自己,还真喜出望外;在同学,可引起一片喧哗;在教员,进步的给予鼓励,保守的却视为思想“左”倾。接下来,出于痛感东北三省沦亡而发爱国之情,灵感一动,写了一首小诗,假托一位流亡关内的游子,给母亲写信。年迈老母呼唤儿子归来而哭瞎了眼。儿子天涯寄语:誓将寻到火把打回故园,烛照黑夜,斩尽妖魔。当时进步教员创办一份铅印校刊,诗在上面刊出,写作的志趣再次得到鼓舞。

也就在这学期中,同来自海南的黎秀统同学,每天傍晚并肩散步于校外田间阡陌和村道,无意发现护校两位姑娘,几番邂逅,对方脉脉含情,在回眸凝视的秋波里,泄露她们少女单纯的喜悦,鼓起彼此交谈的勇气;朦胧的初恋火苗,不觉迸发了火花。情人眼里出西施,黎和那位长得丰满、匀称而端庄的周月金特别亲热起来了;那窈窕、秀丽而神采飞扬的黄丽清,对我却另眼相看。正如《少年维特的烦恼》书中的话说的:"青年男子,谁个不知钟情,妙龄女郎,哪个不善怀春?"四个人,两男两女,彼此都有着由衷的默契。记得我还作过一首抒情诗,开头两句是:

是宿命的缘分
还是偶然的邂逅?
谁教他和她来到
绿茵如醉的田畴!

这半年,日子过得特别快,霎时,学期终了。暑假,怀着欢欣的心情来到二哥的部队防区——广东的避暑胜地鼎湖消夏。日间,同来自省城、港澳的游客嬉戏于飞瀑深潭的清凉世界,黄昏,信步于林泉,谛听水声鸟语,遥想渺茫的未来。

此时,丽清来信吐露寂寞的心:盼望炎夏快过,凉秋早来!自己也何尝忘去江村的小路和那碧绿的田畴呢?然而,好梦由来最易醒,几乎就在心悬两地的同一时刻,"七七"卢沟桥事变,响起了抗战的炮声;接下来的"八一三",上海揭开了全面战争的帷幕;八月十七日,广州开始遭到空袭。多年国人奔走呼号的抗日救亡局面,骤然来到眼前。

作为军人,二哥整装待发,随时效命沙场。我则已无心重返学校,即令有丽清殷切的期待,也抵消不了奔赴国难的热忱。广东还未见组织全民抗战的实际行动，广西却有招考随军服务的学生军广告。于是，忍将个人一切牵挂扔了，一心投身抗战洪流，立即买船票回广西报考。

中学时代从此结束了。默默无言告别了令人流连的江村田野，悄悄关闭了美梦朦胧的初恋门扉。

半个世纪的悠长岁月流逝了。今年春节，蓦然接到黎秀统从“天涯海角”他家乡寄来一张全家福彩照。噢，原来他老伴就是当年我们年轻时候结识的月金姑娘嘛。有情人终成眷属，为他们祝福吧。只叹岁月无情，瞬间大家都已满头白霜，儿孙成行。丽清她，想来也应子孙满堂的吧？江村，那迷人的野趣风物可仍依旧？听说省一师校园早已毁于战火，如今也许正是广州西郊那片高层建筑群的新区？

1988 年 3 月 27 日于南宁

载 1988 年 6 月 5 日《羊城晚报》

延安回忆

宝塔山青，
延河水秀，
当年曾记一株柳。
促膝围炉避冬寒，
几回梦坠桥儿沟。
低徊沉吟，
年轻时候，
韶光不再水长流。
安得身轻若大雁，
一年一度回延州。

调寄《踏莎行》

这是在“牛棚”生活的那些风雨的年月，为着怀念延安故人而写下的几句话，不惭其浅陋，把它抄录于此，当作我回忆一九三九年初到一九四一年冬，在延安鲁迅艺术学院（简称“鲁艺）这段生活的引子。

一九三八年秋末，我同当时一心追求光明进步的广大知识青年一样，深受抗日救国、解放人类的革命召唤，有如朝圣的香客，从祖国南疆，不辞万里奔波，满怀虔诚之心，投奔革命的圣地延安而来。旧生活随着艰难险阻的旅程结束了，新的学习去处正待选择。当时等待广大青年到来的有这么几所学校：抗日军政大学（简称“抗大”）、陕北公学（简称“陕公”）、青年干部训练班（简称“青训班”）、马列主义学院、中央党校和鲁迅艺术学院等。到延安后，头三个月，我是在距离延安九十多华里的蟠龙镇、“抗大”七大队三中队学的军事操练和政治理论。不久，“鲁艺”招考新生，我也就趁着一九三九年元旦放假，真到“鲁艺”报考去了。

“鲁艺”创办的第一期，只有戏剧、音乐和美术三个系，到第二期才增设文学系这一专业。学院的名称——鲁迅艺术学院也随之增加了一个文字，全称是“鲁迅艺术文学院”。我报考的这一期在文学系来说，是第二期，在学院来讲，则属于第三期了。考试不是一次过后，就取录完毕的。为了不至于影响别的学校和机关的学习和工作，考试是定在每个星期天或节日举行，每次取录人数不等。以招到足够的名额为止。文学系这一期从什么时候开始招考，不大清楚，只记得我参加考的是最后一场了。第二期录取的限额是五十人，在我应考之前，已录取了四十八位。尚差两个名额，作最后的选考。

同我一道考的有十多二十个人，看着坐满了大半个小屋。考的项目倒简单：一、写两篇东西，一篇要求就你自己最熟悉、印象最深，又是最受感动的人和事写一篇散文；另一篇，要求根据自己所喜爱的一部（一篇）作品写评论。我做的散文，题目是《冬至》，写的是我童年见到父亲每到冬至这个节日，为了债务而发愁的情景。“冬至就年，讲过就钱”，这是我每到岁暮时节，常听父亲叹息的话。现在成了我作文的引句。一篇书评，是对高尔基初期几篇短小说而作的简略的分析。二、口试，系主任陈荒煤问，读过哪些作家的作品？比较喜爱的是哪些？要我谈谈见解。政治处干事王子纲问的是：对当前抗战的观点，到延安来的志愿和对共产党的认识和要求。

三天后，教务处门口旁边贴出一张信笺式的纸片，上面除了陈寒梅（在“鲁艺”用的名字，陆地是我后来的改称）之外，后面还有李清泉、丁克辛。他们两位是由“晋察冀”前方的组织介绍来的，早已住在“鲁艺”，只须履行考试手续，我却是最后一个侥幸得到录取的。到此，全班人数总共是五十一位。

一九三九年元月九日是我进“鲁艺”的头一天，也是我从事文学事业起步的日子。

我们的校舍，设在城外北门，靠西边一带半山腰上新挖开的一排窑洞里。山脚下的文庙旧址，已是一片荒丘，断碣残碑，蓬蒿覆地，石碑风化，字迹模糊不清。就在这样的基地上，我们建起了一所新型的文艺学府。冼星海中外闻名的《黄河大合唱》，就是在这儿的窑洞里写成的。

一九三九年下半年，一部分同学由于前方抗战需要，由副院长沙可夫和音乐家吕骥同志率领，组织一支文艺轻骑队，开赴晋察冀前方。留下的一部分师生（文学系去了三分之二），搬迁到离城十多华里的桥儿沟新院址。这一片座落在峡谷口的建筑，原先是法国天主教堂。房屋是用料石和青砖建起的平顶石窑。几处四合院，布局错落有致，当中有座可容五六百人的礼拜堂。院外的东面，墙边一泓溪水，从山涧流过，岸上种植成行的柳树。不用说，这里比起北门旧址，当然另是一番天地。几年前，红军来到延安，天主堂的主教跑了，留下几位修女迁移到附近山边的土窑洞栖身。教堂的整个房屋成了中央党校校舍。党中央关怀我们文艺工作者的学习和工作的特殊需要，特意将党校搬迁别处，给我们让出了这座大院。

这里不仅院里房屋比较整齐集中，便于学习、活动，周围环境也比别处幽静。延河从城北流经王家坪、清凉山，到宝塔山脚转而向东，沿着飞机场边缘，直奔桥儿沟而来。学院背依峡谷，面临河湾，只须穿过一条路店的小街，走不到一刻钟，面前便是为河湾环抱的一片平畴，人们早晚到此行吟泽畔，引吭高歌。当此烽火的年代，这无疑是一片“净土”。有创作，可以演奏朗诵于礼堂；得空余，可以信步于河滩；白昼，仰望得见湛蓝如海的晴空；午夜，不时谛听悠扬的驼铃,丁冬作响。

周恩来关怀着我们年轻一代的学习成长,特地从重庆为音乐系弄来一架钢琴,为文学系捐得一批中外古典名著的图书。这些无微不至的慈母般的关怀,使我们感铭甚深。无言之中,都觉得若不认真地用功勤学苦练,怎能报答党对我们的期望啊!

学院迁至桥儿沟,教学方针随之有所改变。在这之前,为着配合前线鼓舞抗战杀敌的士气,也为着大后方动员广大人民同仇敌忾,树立抗战到底的信心,各方面都等待着大批文艺战士奔赴疆场。学习只能采取短期速成的学制,以半年为期,甚至只要三个月工夫,就分派上前线或后方,开展工作去了。如今,抗战形势已进入相持阶段。大后方的蒋介石反动当局掀起了反共高潮,从延安派到大后方去的干部受到了阻拦;华北前线,也不再迫切要求源源不断地派去文艺干部了。面对这一形势,学院决定延长学习期限,强调苦练基本功,锻炼技巧,提倡阅读古典名著,要求提高艺术质量,以培养红色专家为目标。学习方法上,强调自学、研究为主。

文学系的主要课目。设了这几门:一、名著选读;二、创作实习;三、世界文学。此外,全院开两门必修课:一、马列主义理论;二、文学概论。这当中,普遍认为最感兴趣而收获最大的是“名著选读”和“创作实习”两门。

“名著选读”这门课的老师是周立波。他教授我们选读过这样一些中外名篇:普希金的《驿站长》《波希米人》,莱蒙托夫的《当代英雄》,契诃夫的《可爱的人儿》《套子里的人》,托尔斯泰的《安娜·卡列尼娜》,屠格涅夫的《贵族之家》,高尔基的《玛加尔·周达》,梅里美的《嘉尔曼》,莫泊桑的《项链》《羊脂球》和鲁迅的《肥皂》。

对这些名著的学习,立波同志教导我们着重于从艺术技巧方面去探索:典型人物性格的刻画,全篇的布局结构,故事情节的安排,生活细节的描写,语言文字的修辞等等;分析研究它如何紧扣着主题思想,使之达到引起读者情感上的共鸣,完成令人潜移默化的使命。由于讲授得细致深刻,旁征博引,言之成理,结果,影响所及达于全院。每当他讲课的时间,别系的同学对文学有特别爱好的,莫不端起板凳,自动前来旁听。

一九三九年冬,沙汀同志从前方访问贺龙将军归来,也担任起这门课的讲授。他曾经给我们讲过鲁迅的作品《离婚》《孔乙己》等。可惜,他在“鲁艺”只有短暂的停留,就到大后方重庆去主持《文艺战线》的编务(主编是周扬)了。后来刊物出了六期,被迫停刊,他只好写他的《淘金记》去了。

“创作实习”这门课,是何其芳和严文井两位老师担任的。其芳同志一方面接替萧三同志的系主任工作,一方面还指导我们创作实践。创作实习,有别于中学生课堂作文,不限时间也不出题目,只由同学个人从生活的体会中,选择觉得可写的人和事,随意运用自己所能掌握的形式(体裁),写成篇章。先在自愿组合的学习小组的三五个同学当中,互相切磋琢磨,然后再交到老师那里,定个时间开座谈会讨论。同学们先评论其优缺点,老师最后作小结,肯定成功的地方,分析不足之处,指出具体修改要求或今后写作应注意克服的毛病。

这些习作,大家认为写得比较出众的,就由老师作介绍,寄到大后方重庆、桂林等地的文艺期刊。茅盾主编的《文艺阵地》,周扬主编的《文艺战线》和萧乾主编的《大公报》文艺副刊等,都发表过我们同学的东西。林蓝的第一篇小说《萧宁》,发表在《文艺阵地》;发表在《大公报》文艺栏的,就有我一篇《乡间》,叶克一篇《打谷场上》和田健一篇《吃不够》;发表在《文艺战线》的就有黄钢的一篇报告文学《开麦拉前的汪精卫》和李清泉一篇小说《一颗石子》。我的一篇小说《从春到秋》,由沙汀同志带到重庆,是决定编入《文艺战线》第七期的,只因该刊出到第六期就被国民党反动当局封闭了,文章一直未能问世。

其芳和文井同志指导我们习作是热情而积极的。同周立波同志一样,对我们的初学,十分认真,对待作品和对待作者都是出于爱护、扶植的诚心,有如保姆教导孩提学步,我们后学者铭感难忘。接受这一循循善诱的教诲而居然学会创作,以至有所成就的,就有当代不少的作家。

“世界文学”这一课,是由方从苏联归国的诗人萧三和曹葆华两同志分别担任的。萧三曾作为中国作家的代表,出席过国际作家会议,会晤过《铁流》的作者绥拉菲摩维支和《城与年》的作者斐定。他讲课主要是介绍苏联文学,漫谈他在苏联那些岁月的文坛见闻。曹葆华本来是讲西欧文学史的,后来,他专心于俄文的学习去了,放松了对我们的传授。

“文学概论”课采取专题演讲的方式来进行。学院专请陕甘宁边区教育厅厅长周扬同志来讲。每一星期或半个月讲一次。但是常常因事不能按时上课。一九三九年秋后,周扬同志来学院担任专职副院长(院长是吴玉章兼任),也还未能将这门课作系统的讲授。另外还从院外请来一些名家就某个专题作演讲。先后有徐懋庸讲文学的特性,卞之琳讲诗。这期间,茅盾从新疆来,住在我们学院,艾青从大后方桂林来,住在“文抗”(中华全国文艺界抗敌联合会),他们都先后向我们作过关于创作问题的演讲。

“马列主义理论”课,院内没有专职教员,只有不固定的,请院外的专家来作报告。其中有:柯柏年讲《政治经济学》,艾思奇讲唯物辩证法,本院政治处主任宋侃夫讲共产党员的气节,等等。另外,有时请来一些老同志讲讲他们的斗争故事。张鼎丞给我们讲过红军长征后,他在闽西地区,坚持对敌斗争的艰苦经历;徐一新讲过他长征中的一段亲身历险;吕正操讲过当前冀中军民的地道战;等等。

我们这一期的同学大部分上了前方,留下的人少,学习方式比较机动、灵活,强调自学为主,老师教导为辅。同学们自由结合建立学习互助小组。发扬互助精神,互相学习,共同提高,共同进步。由于都是出自个人爱好而主动要求学习的,阅读、写作和个人的志趣比较一致,因而钻研的情绪都很高。为着创作构思发痴,为着阅读小说入迷的现象,并不是个别的。

也许正是这个缘故,虽然学习时间前后不过一年半,各人的进步快,收获是显著的。我们这一期,学到毕业的十八位同学(开始的五十一人,半年后,有三分之二转入普通班,随即开赴前方去了),就有七八位写出一篇到两篇成功的小说、组诗或论文,达到一定水平(以在全国性刊物发表的为准),而被选拔留校,进“文学研究室”,作为青年专家的培养对象。即使当时分配到报社当记者、编辑,或到学校去教书的,尔后由于各人继续努力,从事创作或理论研究工作,多数同学后来在全国文艺界都成为专家和骨干。在当时,就有一些抗战前曾在“北大”“燕京”“辅仁”等校上过学的同学,说他们过去虽然读的名牌大学,可没有像现在这样,很快学会创作。

一九三九年开春,党中央号召机关干部,部队官兵和学校师生投入大生产运动。“鲁艺”所有人员莫不踊跃参加。从此,欢快的歌声随着矫健的脚步,飞扬在沉睡多年的土地上。这些文学艺术的专家和爱好者,为着追求光明进步的目标,从五湖四海聚到一起,脱下袜子穿着草鞋,扛起锄头,走上了山岗。有时我们从河边汲水浇菜地,一只水桶,一个脸盆,通过人们的手,一个接一个地传递,个人不必走动,水却灌进了菜畦。收割庄稼时,要从山顶把谷穗搬运到山脚的晒场,人们勿需来回奔波,一捆谷穗从我的肩膀递到你的肩膀;远望山头地里的稻谷空了,回头看见晒场却已堆积如山。劳动在欢愉的歌声中得到报偿,人们的思想境界也在劳动中得到升华。一位来自上海的女同学为此给我们写下一篇赞美的散文。在文章里,她以惊喜的心情,倾诉她体会到集体和个人关系的意义。通过劳动,彼此之间,由陌生变成熟悉,隔阂得到了沟通;通过劳动,促进了团结,提高了觉悟。如果说,从此集体利益被重视,个人私欲遭到鄙夷,那应该说是劳动实践给予人们的恩惠。

勿需讳言,凡是文学艺术的爱好者,不管男女,其个性和癖好,表现是比较突出的。“鲁艺学生”,在当时的延安居然成为特别的含义,那就是与众不同。当时,延安机关干部、学校师生,每年夏冬两季所发的衣服鞋帽,都是一式一样的。但是,穿在“鲁艺学生”身上,却另有一番风姿,显得特别朴素而大方。她们一顶军帽的顶戴,一条腰带的装束,一双草鞋的编织,莫不独出心裁,非同一般。总之,处处展示各自的个性。

我们的课外——星期天和节日的活动,往往是集体的。周末晚会,有时是戏剧系实验剧团演出《日出》或《伪君子》,有时是音乐系师生联合演奏《生产大合唱》,或者是杜矢甲的男低音,唐荣枚的女高音独唱。逢年过节,美术系就开画展,文学系除了编“墙报”就开办散文、诗歌的朗诵会。

冬日夜长,我们文学系的同学往往聚在宿舍,十来八个人围着一盆炭火,抓阄讲故事。在寻找革命道路,投奔延安来的经历上,说起来都各有各的一段悲欢离合的故事,有些是令人神往的。一位姓李的大姐,讲起二十年代大革命时期,她以“武汉之花”名躁一时的妇女运动先锋,出足风头,曾同蔡和森烈士并肩战斗过。而后革命的烈火为反动派扑灭,自身经受一番囹圄的折磨。但是,坚强的意志终于战胜了敌人的凶残,她又回到党的怀抱。现实的故事,往往比人们凭空想像的还要动人。这,对有志于创作的人来说,无疑是可贵的。

有时,系主任何其芳也加入我们的“炉边闲话”。记得有一回他谈起这样的观点:认为“五四”以来,新文学创作,在写知识分子方面,获得成功的不多。像《阿Q正传》那样成功的艺术典型,也同样有待于大家努力去塑造。而在中国这一段历史发展过程,知识分子所起的先驱作用,可写之处是不少的。他说,他上过前线,访问过贺龙的一二〇师,本应是要放声歌颂那些置生死于度外,为民族独立、人类解放事业而献身的英雄的。可惜,自己一贯所熟悉的无非是一些读书人,对出身于工农的英雄人物,却隔着一层纱幕,看不清摸不熟。战斗英雄虽然坐在面前对话,彼此到底未能一见如故,思想感情结合不到一块。即使为他们也写了诗,那只不过是理智上的颂歌,不可能令人感到亲切,受到感染。

是一九四〇年元旦吧,全院各系照例都要张挂新编的“墙报”,迎接新的一年。为了打破形式主义的老一套,不去重复人云亦云、千篇一律的废话,系主任给我们文学系出了一个新颖的主意,说是墙报的总题可以叫做——希望与梦想,放手让各人自己爱怎样想就怎样写,在抒发感情方面,不要画地为牢,束缚想像的翅膀。这样一来,遮掩年青人心灵的帷幕拉开了,各人或用诗,或用散文,倾吐着真挚的心声。

有的写:

我梦见我变成一只断了线的风筝。问一声,谁肯与她随风而逝?

有的写:

我的希望和梦想搅在一起了:但愿今年能寻到女友的坟茔;

我要用胸中的烈火去拥抱落在她坟上的积雪,表白我的无言的倾诉!

有的写：

我是一条笨拙的春蚕。
吃的是败叶，吐的是缕缕金丝。
装饰了别人，束缚了自己。

有的写：

你哟，你是我心的黑夜的灯光，
我呀，同影子一样，永远依伴你的身旁。
你和我不离开了，
我再也不去渴望着天堂。

这，别开生面的、发自肺腑的青春的呼声，在全院范围内引起了波澜，大家议论纷纷，有赞成也有非议。这时，荒煤同志方从太行山前线归来，看了这样一些抒发小资产阶级个人情绪的玩意，很不以为然，认为这些与前方军民浴血抗战的精神太不协调了。于是，连同萧三同志提倡开交谊舞会的现象一起，引起一场所谓不健康风气问题的讨论。周扬同志说：有些同志刚从前线回到后方来，身上还带着火药味，看不惯这些，是可以理解的；其实，交际舞在外国是平常的社交现象，到了我们半封建半殖民地的中国，却被当作肮脏的交易了。问题是看你拿什么态度去对待它。

在"鲁艺"，文学系比别的系是较沉闷的，没有戏剧系和音乐系那样活跃。为了冲破这沉闷的气氛，黄钢自告奋勇，带头和几位同学搞起一个课外的学术活动的组织——"文艺俱乐部"，学院给腾出一间屋子来，作为活动的场所，先后办过几次作品展览和朗诵会。挑选一些大家认为写得比较好的作品，把它们誊抄整齐，装订成册，拿来陈列，让大家阅读，或拿到朗诵会去让大家欣赏。如果是乐曲，就组织晚会演出，美术作品则举办画展。一九四〇年六月底的一天夜晚,茅盾向我们文学系毕业班同学作的那次讲话,就是在文艺俱乐部的小屋举行的。

不久,第二期文学系的学习结束了。在学习期间,我写成过一篇小说《从春到秋》。内容是写一个知识青年,在延安大生产运动中,得到实际生活的锻炼,认识而且在行动上初步克服了个人主义自由散漫的旧习气,思想得到提高,在行为上要求进步的转变过程。小说得到大家公认,作为我们习作中取得的新的收获。于是,在结业分配工作时,我就凭它被选拔留校,进入以培养新一代青年作家为目的的"文学研究室"的创作组。创作组当时的成员,有这样几位:孔厥、黄钢、葛洛、林蓝、李清泉和洪流;理论组则有贾芝、杨思仲(陈涌)、毛星、梅行和葛陵(陈元直)。

学院为了培养我们年轻一代的文艺工作者,使我们得到全面的健康的成长,特意把"文研室"安排在广阔的农村和部队。让我们到群众中去,补上生活的大课,取得丰富而全面的知识,为创作打下更坚实的基础。于是,当我们从文学系转入"文研室"之日,也正是我们要出发到农村、部队去之时。

同我结伴而行的是我们一起新进"文研室"的李清泉和林蓝,由剧作家姚时晓同志领头,组成一个小组,到离延安有五天路程(步行)的、濒临黄河西岸的绥德专区。那里是刘志丹烈士闹革命的故乡,又是方从前线开拔回来保卫河防的英雄队伍——三五九旅的防地。

到绥德以后,小组四个人,一分为二,林蓝和姚时晓愿到农村去倾听老游击队员叙述当年跟刘志丹闹革命的故事,我和李清泉却对抗战前线的英雄事迹发生兴趣。于是,当时在三五九旅司令部做秘书的郭小川同志,把我们引去拜见王震首长。出我们意外,王震同志对我们文艺工作者特别热情,欢迎我们到他的主力团七一七团去,以教育干事名义,下连队去和指战员一道学习、劳动,参加"百团大战"。半年后回学院。从半年的连队生活体验积累的素材里,我先后创作出两个短篇:一篇《落伍者》,第一次用陆地作笔名,发表于"文抗"的机关刊物《谷雨》第四期;另一篇《参加八路来了——一个游击队员的故事》发表在延安《解放日报》文艺版。

一九四一年十一月，留守兵团在“鲁艺”左邻开办一所“部队艺术学校”，到“鲁艺”来请教员。我就在这时候，从“鲁艺”的文学创作员变成了“部艺”的文学教员。此后，“鲁艺”经过整风运动，学习、贯彻执行毛主席《在延安文艺座谈会上的讲话》，从原先片面追求艺术技巧，关门提高，脱离实际，忽视群众的普及要求等偏向，一变而发动大家深入工农兵生活，改造世界观。终于，创作和演出了《兄妹开荒》和《白毛女》等著名的作品，这些对我来说已是“玄都观里桃千树，尽是刘郎去后栽”，其详情已不属于我这篇回忆的范畴了。

1980年2月6日载《红旗飘飘》23期

延安“部艺”生活点滴

1941年11月间，延安鲁艺文学研究室建立一年半之后，学院的实际领导周扬副院长认同社会舆论，领悟到照这样学院式的关门提高来培养革命文艺家，确实是脱离当今抗战现实的斗争生活，容易走入单纯为艺术而艺术、盲目追求世界名著的歧途。亡羊补牢，决定拨正办学方针，撤销文研室，将研究员分别调到实际工作岗位，或留校当助教，或分配给《解放日报》《边区群众报》等新闻单位去当记者或编辑，有的则派下各专区党委宣传部门做干事、秘书什么的。当时，周扬副院长找我谈话，说："取消文研室不是‘鲁艺’放弃对青年作家的培养，而是考虑改变采用另一种接近实际些的培养方式。你的去处，我们觉得你还年轻，趁着还在学习年龄，转去延安大学学俄文专业；为了日后搞好创作，掌握一种外文很有帮助。"这，也许是组织上出于爱护的用心，但我却误会是不留我下来当助教，显然是对我的放逐，不免产生逆反心理。

料想不到正在此时，在跟“鲁艺”隔条小溪（桥儿沟）的山坡，留守兵团烽火剧团要扩建为部队艺术学校，兵团政治部主任兼校长莫文骅亲到鲁艺学院要求支援文艺教员。学校的专业设置，照搬鲁艺学院的模式设戏剧、音乐、美术和文学四个队。于是，我便接受了聘书，从学院的研究员变成了学校的教员。

同我一道从鲁艺学院到部艺学校的除了写过《流寇队长》的剧作家王震之为副校长，当教员的就有戏剧队的翟强、地子、谢力鸣、马瑜、史行、李实和做队长的陈其通；音乐队的李鹰航、梁寒光；美术队的徐一枝等等。他们除了陈其通系原烽火剧团、长征红军英雄，其余人员全是“鲁艺”实验剧团主要骨干和各研究室的拔尖人才。

文学队的主任教员黄照系“鲁艺”文学系辅导员，他原先和严文井、刘祖春等人在北平曾是沈从文的门人。教员有我和叶克、吴微夫妇以及一位日本留学回来参加过北平“左联”的陶然，一位当过印度国际医疗队柯棣华大夫翻译的董均伦和一位矮个子的四川才子高鲁。

部队对待我们这批知识分子的新干部倍加优厚：“鲁艺”的专家教员，月生活津贴每位 12 元，我们“部艺”教员则得 6 元，比在“鲁艺”当研究员的 3 元多了一倍，而且每月每人另外还有五斤面粉、两斤猪肉的技术津贴；一人独居一孔窑洞，衣服是营级干部的那种浮吊口袋，有别于连级干部；饮食由“小鬼”从山下厨房挑送到山上的窑洞来。生活在当时的同辈可算够优越的了。

然而，专职副校长的王震之，到底是个知识分子专家，作为领导，家长作风暴露出不少毛病，在教职员工中引起忍无可忍的义愤，急得我们教员一群不得已而联名向上级政治部主任莫文骅校长状告。校长下来深入了解，逐个找我们单独谈话，然后在全体教员的座谈会上，首先表示歉意，说：“学校存在那样多的问题，自己名为校长，对下情不甚了解，真是尸位素餐了。副校长专家治校，经验欠缺，发扬民主不够，脱离群众，影响大家发挥积极性，是值得吸取教训的。同志们能及时反映实际情况，向上级提了有益的建议，目的是为了把学校办好，动机是肯定的。我们欢迎。不过，从客观的效果来考虑，问题是采取联名上告的方式，从严来说，那就是非同小可的错误了。诸位都是革命队伍成员，个人有任何意见，都可以通过一定的组织渠道逐级向上反映的嘛，为什么采取联名告状的非组织活动呢？每人都必须认识清楚，革命队伍里头是绝对不容许有联名、请愿之类小组织活动的，这是铁的纪律。前不久，两间学校为相互对调校舍的事扯皮,一间学校的总支成员不通过正当组织路线提出意见,而是联名告状反对。事情给毛主席知道了,批了'岂有此理'四个字,责令解散党总支组织,处分联名的党员。说明原则问题可不能儿戏。当然,你们大家是还未经多少锻炼的新同志,不懂党内斗争的原则,无知之过,这回就不给处分了。但是必须记取一次深刻的教训。不用多言,大家都是各有专长的人才,这是革命队伍的财富。因而,在此给大家奉告一句:'谁要是党性不纯,政治觉悟跟不上队,那,即使你业务能力再强,本事再大,也是飞不起来的!'……"一席话,特别是收尾言简意赅,斩钉截铁的箴言,果真叫我长期生活中受用不尽。

讲起文学队来,学员二十多名,分别来自军委系统直属单位和各旅团保送来的文学爱好青年,到来之后,学校再作一次测验才入伍。记得一位年龄最小的西戎,也许当时的作文因应考怯场,文章未能做得称心,取录名单没有他。苦得他找到主任教员来哭诉他死也要进文学队。念他一片赤诚,终于成全了他的志愿。天才加上勤奋,到了解放战争期间,他终于跟戏剧队的同学马烽合写成通俗章回体说唱故事《吕梁英雄传》,连载于作家周文主编的《晋绥群众报》,得到广大读者欢迎,自此闻名远近。当然,文学队的同学在创作上取得成就,在后来的全国文坛崭露头角的还不止他:比如还在延安大闹《兄妹开荒》秧歌广场剧时期,西虹便也写出一出颇受欢迎的《军爱民、民拥军》的秧歌剧。随后到东北,及时写出反映解放战场的中篇小说《在零下四十度》(连载于《东北日报》)和《英雄的父亲》等短篇,一跃而进入军队青年作家之林。再如以写电影文学剧本闻名于五十年代初期的孙谦和与人合作《智取华山》脚本的纪叶,以及总政文化部创作员的孟冰。还有建国后先在上海《文汇报》副刊当编辑、后到新疆大学做理论教研室主任的秦明和解放军文艺学院头头的陈辛火,都是文学队学员的优秀高材。此外,别队同期的学员后来成了专家的,就有戏剧队的马烽,音乐队的彦克,美术队的赵域,等等。当然,这些学员的成功,无疑对部队文学艺术事业做出了一定的贡献。其中说起来,都不全是出于当时作为老师的功劳,说到底,还是由于那个革命战争年代的现实生活环境的土壤和气候促进了他们的成长。

记起孔夫子(注:应为孟子)曰:"人之患在好为人师。"给我提起了戒心,所以我虽名为老师，在平日却爱跟几位同龄的学员生活打成一片；也许还因我教的是“写作实习”一课，针对每篇具体的习作分析、研讨其得失成败，做到有的放矢，比之专讲抽象空洞的理论课使得学员感受亲切，促成了我们师生之间弥补隔阂而成了朋友。日子过得比在“鲁艺”拿创作当任务而背的包袱轻松自在得多了。

然而比起戏剧、音乐和美术各队可以搞演出、开展览的多姿多彩的集体活动来，文学队的学习生活就单调而沉闷了。教文艺理论课的陶然老师讲课引不起学员兴趣，因而向我们同事传授他想出的窍门，说什么“你要想叫学员佩服你，讲课时候不妨吊吊书袋——言必称希腊，吹吹莎士比亚、托尔斯泰什么的，叫他们越听不懂就会越以为你了不起。所以说，在他们面前可不能过于天真，赤膊上阵。师生之间不能不保持一定的距离……”

陶兄的高论，叫人一时接受不过来。我仍然一心为了刺激、促进学员们习作的情绪，便仿效美术队的做法，不时将素描、速写作业的画稿，在学校内部展出，让大家相互欣赏、观摩，共同进步。我们文学队师生一道，便也集体办起一份名称《靶场》的大型墙报，从学员每次的习作中挑选写得较好的，用统一规格特制的稿纸誊录整齐，加上报头、尾花的装饰编好刊出。好比练兵的靶场让大家学射击，学员练笔有发表的场地，老师有合适的新作也拿来一起张贴，当做教官的示范动作，彼此观摩学习。像炸弹爆破，顿然攻破了文学队单调、沉闷和寂寞的气氛，引起全校刮目相看。这也许正是培育了西虹、孙谦、西戎等一批日后长成作家之林的苗圃吧。

1942 年，全面抗战经历了四个年头，战争局势处于持久战的相持阶段。从 1938 年拥入延安来的大批知识分子胸怀那股香客朝圣的狂热，随着岁月的流逝逐渐减退了。革命理论的求索已不再新颖迷人，革命前辈的气节教育和英雄故事，听起来也不再那么激动人心。昔年朝气蓬勃、青春作伴一路并肩而来的女伴，如今犹似暮春天气，花朝已过，绿叶成荫子满枝：都各有了归宿。传说有人凭空夸张玩笑，说什么延安知青男女比例是 18∶1。男人的精神世界，成了无言的苦闷象征。

在我生活周围的伙伴中，读书、写作已不可能全部寄托情思。于是，有人养鸡下蛋，有人种植西红柿，多少帮助补充物质供应匮乏的蛋白质和维生素C。

记得当时就同黄照、叶克也种起西红柿作消遣。利用星期天，顺桥儿沟走到深处，砍伐山坡的灌木枝干，背回山上窑洞前面空地，给种下的西红柿搭架。每天早晚还得用水桶从山脚汲水上山浇园。当时还真年轻不知累，相反，还觉得不这样，消耗不去年轻充沛的活力，也打发不了寂寞的日子。

西红柿又名番茄，是现已成了鲁艺校舍的法国天主教堂传下的品种，果实硕大、鲜艳诱人，宛若大红玉苹果。我们一个人才只种十来八株，结果累累，当作水果吃也吃不过来。叶克夫妇把它们熬成红艳艳的果子酱，早餐抹馒头片，充实穷对付的日月。邻家还在窑洞外壁挖只小洞，养起母鸡，每天午晌下蛋，"咯咯哆，咯咯哆"的啼唤，干扰别人午睡，但，这多少有如吹皱一池春水的涟漪，给生活增添些生气。可没多久，一天清早，邻居神色沮丧，向人喃道：昨晚忘了搬动片石堵住鸡洞，半夜，抓鸡虎来把鸡叼走了！没了鸡的啼唤，山头又趋平静，寂寞结了冰，叫人难堪。

不想忽然来了灵感：受鲁迅《鸭的喜剧》的启发，立即写成2000来字的《鸡的悲剧》，当做墙报稿，拿去《靶场》贴出来。引起围观者哈哈大笑，得到了共鸣。都说我捕捉到典型环境的典型形象，鼓励我就这样多写这些，给单调、寂寞的生活气氛增添些色彩。

这样一来的原故，还真使我想起1940年下部队体验生活，看到一位"独善其身"的炊事员的悲剧故事：他个性嘎孤，不爱合群，本分工作倒是无可挑剔的。就是在那次"百团大战"的战役中，某天发生意外的敌情，必须紧急转移，他因独自去找地方做饭，没跟得上队伍而掉了队。从他身上，使我悟到这真是个命运的弃儿，时代的落伍者啊！为着给唯我独尊的极端个人主义者唱挽歌，信手写出6000多字的小说《落伍者》。篇幅不算长，但在《靶场》显然是容纳不下的了，拿去哪里问世呢？当时延安的权威文艺报刊，除了党中央机关报《解放日报》文艺版之外，就只有全国文协延安分会由丁玲、艾青他们几位知名驻会作家每期轮流主编的会刊《谷雨》和鲁艺学院由周立波、何其芳负责编辑的《草叶》。两刊分别代表所在地的蓝家坪、桥儿沟两个山头。文人相轻,彼此多少存在互比高低,意气用事的成见。我虽鲁艺出身,而今仍没有摆脱桥儿沟环境的氛围,但组织关系已属军委系统的干部,无意于什么山头的瓜葛。因而将稿子直送往蓝家坪的《谷雨》。始料不及,我第一次署名陆地的《落伍者》,居然在该刊第 4 期(1942)上与诸位名作家并列,意味着我从此获得了较大社会范围的认同,走上艰难的文坛。

该期《谷雨》的轮值主编是东北作家罗烽,他很快给我这素不相识的新人写来一封充满热情的祝贺信,说小说可贵之处是在于作者勇于赋予不幸的小人物那样崇高而真挚的同情。要是人与人之间欠缺这点爱心,人类社会岂不成了“冰岛”世界了吗?紧跟着也是从未谋面的老作家吴奚如也来信说,读了《落伍者》才查知我系“部艺”的人。说他想要写个剧本,揭露反动派制造纂江惨案的罪行。请帮他在“部艺”图书室借出《太平天国》的演出本去作参考。“有话见面再谈”。想不到这位当“国防文学”两个口号之争时,站在鲁迅、胡风一边,为“民族革命战争的大众文学”讲话的“左联”党员作家,个性如此直率,同我年轻后辈初次见面,直说什么“周扬在鲁艺都叫你们躲进象牙之塔,专攻什么世界名著。可就是他周起应(周扬)在上海‘左联’时候,却拿走上街头冒险去搞飞行集会、贴标语、喊口号来考验各人的党性。把鲁迅、茅盾等都给吓跑了。现在呢,从一个极端走到另一极端,让你们脱离抗战现实,关起门来提高,不左即右”。末尾,他才转过头来说:“不知你才是个年轻同志,竟然用几千字写出《落伍者》,表现这样深刻的主题,本应得到鼓励才对。可周扬他作为党的文艺界领导,却对它说三道四,甚至把它选作有争议的几篇作品之一,拿到文艺座谈会上去讨论,好在朱老总说了公道话,认为‘青年文化人肯写我们部队,单这一点就值得欢迎。文章写的不够全面不要紧,以后继续深入连队生活就会克服片面性的’。可见大人大量,高瞻远瞩,拿与人为善的胸怀,爱护人才,不同一些或右或左的机会主义者那样小肚鸡肠。……”

另外,有的认为:比起来,拿《落伍者》所达到的水平而放在头篇,无疑是当之无愧的事,可《谷雨》的编辑老爷仍然是重名家轻新人的旧眼光,太不公平了;有的则讲:陆地不就是陈寒梅嘛,“鲁艺”培养出来的人,写出佳作为什么不给

《草叶》而拿去给《谷雨》？简直是对“鲁艺”的背叛，向文协投降。……

于是，便有了周扬手下理论班子的程钧昌的署名文章在《解放日报》文艺版首先向《落伍者》发难。文章啰嗦半天，归纳起来，无非两个观点：其一，指责作者人道主义，为不幸者的小人物的命运寄予过多的廉价的同情，当中便是无言反衬了革命队伍人情的冷酷；其二，说什么众所共识，革命队伍乃是造就人才的熔炉，即令有这样个别的落后炊事员，可为什么不能使他在熔炉的锻炼中得到转变而成为先进的战士呢？……

读完这样批评文章，很不服气。好在当时即令在党报上也还允许学术问题的批评与反批评的自由。凭一时意气，立即写篇《关于〈落伍者〉》的答辩文章，投去《解放日报》文艺栏给主编舒群，阐明《落伍者》的主题是在给个人主义者唱的挽歌，不免或有流露人道的同情，但不能接受批评者牵强附会，说什么反衬对革命队伍的歪曲。因而，引用鲁迅在《非革命的急进革命论者》一文讲的：革命者在进军途中，个人主义和集体主义两者“也时时有人退伍，有人落荒，有人颓唐，有人叛变，然而只要无碍于进行，则愈到后来，队伍也就愈成纯粹、精锐的队伍了”的道理，讥讽了程某们的形而上学的理论破船，在现实的沙滩搁了浅。紧跟不几天，黄昏时刻，照常在河边散步，不期遇上周扬和夫人迎面走来。周先开口招呼，直说：“你的小说和报上的文章，我都读了。你看什么时候到我那里谈谈。”这突如其来，叫我一时愣住，只支吾应付过去。回头心想：“鲁艺”，对我既已放逐出来，而今我又已属军委系统的人，对他已无所求，凭一股傲气，“不肯低眉事权贵”，终也未去登门领教，飘然超脱于蓝家坪与桥儿沟两个山头之外。

然而，回头一惊，在这过左的压力气候下，我在“鲁艺”习作的第一部长篇《寻》的初稿，恐也难避灾难。一夜之间悄悄把它投进了火盆，化成灰烬。

但是，“部艺”学校的艺术活动是跟着鲁艺学院学步的。戏剧方面，虽然起初曾有过翟强编导，李鹰航作曲的面向连队的歌剧《小八路》的演出，然而赶到后来，还是摆脱不了“鲁艺”的衣钵。“鲁艺”大力提倡舞台艺术而演大戏、洋戏的时候，“部艺”也在亦步亦趋：“鲁艺”演《日出》，“部艺”跟着演《太平天国》；“鲁艺”演莫里哀《伪君子》，“部艺”也在排练演《悭吝人》……

文学队的师生写作，上头政治部倒是下达一项任务，要我们都来写通俗小故事，提供连队文化教员拿去向战士作口头讲授，作为文化课的补充。这倒是新颖、切实的课题，值得尝试的写作去处。遗憾的是，同时立下条定规：不准写对立、矛盾。说军队内部只有进步快慢、多少的距离，不得拿阴暗陪衬光明、拿反动陪衬进步的反差。这，明明白白是画地为牢，缚住了创作想像力的翅膀。

正当我们文学队对待写作的规矩感到蒙头转向、无所适从的困惑时刻，“精兵简政”一声号令下来，学校政委萧元理向全校师生宣布上级组织一项决定：撤销部队艺术学校，戏剧、音乐和美术各队的大部分人员与中央青委的青年剧院合并，成立联政(联防军区政治部)直属的文艺宣传队；文学队师生则分别委派新的工作岗位。

这样一来，我和黄照就被派到联政所创办的部队报纸《部队生活》社当特派记者。黄照到骑兵旅。我原本要去独立一旅的，临行又被留下做编辑，教员的技术津贴自然没有了，营级干部的政治待遇不变。记得离开桥儿沟要到联政宣传部报到的那天，黄海(吴微)说了一句：

“今天正是三月十八啊。”

论年份是1943年，正当延安整风后期的审干阶段，康生操纵的中央社会部发动一场灾难性的“抢救运动”前夜的岁月。

转眼，几十年的风尘岁月过去了。原先部艺学校的旧班底，1949年后，发展成为武汉中南部队艺术学院，后来终于变成北京解放军艺术学院。

写于1994年5月31日

载1995年4月《新文学史料》

广西乡里相识在延安

1938年,抗日民族解放战争的烽火燃遍中华大地。

"到延安去!"犹如天际间炸响的阵阵春雷,成了时代的呼声。来自祖国四面八方,以及海外千千万万的爱国进步男女青年,憧憬大西北黄土高原上延安蓦然升起的光明、自由、真理、正义之曙光,纷纷投奔到它那片崭新的天地里,涌入那能容纳众多青年学子的中国人民抗日军政大学("抗大")、陕北公学("陕公")、鲁迅艺术学院("鲁艺")等学府学习深造。当中就有为数不少的广西籍热血青年。

这年暑期,延安各校正敞开怀抱,扩大招生规模,放宽入学条件,期待海内外爱国青年的来归。只要持有抗日团体、进步知名人士的推荐信函,即可向全国各地的八路军(国民革命军第十八集团军)办事处报名、申请,履行必要的填表、测试,获认可便能够奔赴大西北的抗日根据地陕甘宁边区入学。

当年,我是广西省政府派驻武鸣县试办农贷信用社的指导员,一时难寻进步关系介绍,只好毛遂自荐,冒昧向广州八路军办事处("八办")潘汉年、廖承志两位主任写信，诉说“个人近年深受‘一二·九’救亡运动思潮的启示，读过社会科学理论的进步书刊，衷心向往，追求新的世界，如今诚意申求‘到延安去’，但苦无叩门之砖，为此恳求回信指点！”信去不久，广州“八办”即由云广英署名写来回信：“信悉，欢迎入陕上学。望即持此信来穗百子路10号办妥手续可也。”得信如获至宝，我随即冒着违抗广西省政府颁定的“战时公务员擅离职守，必受严惩”禁令的风险，仓促离开武鸣，悄悄来到南宁买舟东下。不意在西关路口巧遇绥渌(今扶绥)小同乡黄光瑚徘徊街头，欲等待录取希望渺茫的广西大学放榜。我顺水推舟，怂恿他说：“干脆，马上与我赴大西北去读抗日大学！”他无可无不可地勉为权宜，同意一起结伴上路。赶到广州，我们即趋“八办”，在百子路10号一间挤满男女青年的客厅里，我与在广州读培桂高中时的同学黄诚修不期而遇。所幸彼此志同道合，于是三人抱团，成为一起奔向革命圣地延安的广西乡里。

到了延安，与大家一样，每人再填一张更为详细的入学登记表交予队列科，就成了“抗大”预科班新生，被编入离延安九十里开外，位于蟠龙镇新建的“抗大”第七大队第三中队。

黄诚修，又名黄流，出生于桂平县大湟江口一户既为郎中又为地主的家庭。亲哥黄一修，原广州国民大学学生，抗战全面爆发那年投奔延安，入陕北公学。先后是陕甘宁边区教育厅干事，延安通俗报纸《群众报》编辑，延安中央研究院(马列学院)新闻研究室研究员以及新中国《民族画报》主编。黄诚修好学马列理论，在“抗大”预科班即与我同时加入中国共产党，后又一起考进“抗大”第三大队高级班。不想几年后在延安整风运动中，他被无端指为延安地区抢救“失足者”的典型，《解放日报》头版点名披露其惊人敌特罪行。幸事后经查实其罪乃属“莫须有”。平反后，他深得中共西北局书记马明方首长器重，委以秘书处长一职。新中国成立，广西开展的土改运动，清算斗争了他的地主家庭。在他悬壶济世的老父亲性命面临生死的紧要关头，他借重首长的名声，致信当地负责同志——延安老友石钢说情。但碍于当时社会改革之非常局势，收信人无力回天，难以宽容超脱。由此，兄弟俩对广西心存芥蒂，始终不愿回归故里为之服务了。黄光瑚，后改名江湖、黄克勤，新中国成立后回广西，历任容县县长，百色专署副专员、专员,自治区粮食厅厅长、自治区财贸办公室副主任等职。解放战争期间,刘邓大军千里跃进大别山区后,他随二野6纵18旅在与蒋军游击周旋中,遭遇敌方主力合围,突围时不幸被俘,后虽脱逃归队,但“文革”时因有这段历史,被群众组织旧事重提,指为叛徒,遭严刑拷打、残酷斗争,终不堪其辱而自缢身亡。

在蟠龙三中队,还结识了宾阳人蒙圣瑞和南宁高中学生蓝径平、黄墀等广西乡里。蒙圣瑞,原为小学教员,因在家乡看不惯一位同辈投靠军阀后,到南宁搞得乌烟瘴气的现实,以及种种令人窒息的社会风气,忍无可忍,破釜沉舟下决心投奔到阳光普照、号称“中国的莫斯科红场”延安来的。他政治思想敏锐,具正义感,且风度翩翩、气宇轩昂,谈吐举止极富个人魅力。与之在蟠龙朝夕相处三个月,感觉他既是身边体贴、仗义的邻家大哥,又是时常能予以人生课题答疑解惑、指点迷津的师长,以至当年为其吟诗一首,纪念彼此相识一场:“知音自古世间稀,延水逢君恨晚迟;最是平生难忘事,蟠龙旷远畅怀时。”然而后来,他却对新的社会环境处处强调集体,事事离不开铁的纪律的做法难以适应。在他看来,这些形式主义的机械作风,扼杀了人的天性,民主、自由更是遭到非人道的约束。最终,他凭手中仅有的一块“袁大头”(银元)发下狠话:即使一路乞讨,也要背朝着离开这片“新天地”。他真的走了,这一走竟杳如黄鹤。多少年后,有人回乡打探他的踪影声息,却毫无斩获,徒留一声叹息。蓝径平,广西著名大律师莫呈祺的公子,南宁高中某位中共地下党员的高足。他心高气傲,跟三中队的广西同学是若即若离。在蟠龙完成学业回延安后,经甄别,他与黄墀去了华北抗日前线。几年后,传说在日伪军的一次大扫荡中,蓝被俘而自首脱党,尔后潜回老家上林县,自发拉队伍上大明山打游击,牺牲于武鸣。但在“蓝径平之墓”上,看不到“抗日烈士”的称号。

1939年元月初,为圆作家梦,我离开“抗大”第三大队高级班,考入“鲁艺”文学系,在那里新认识了一批广西乡里。有美术系教授马达和学院党总支书记钟光。马达,祖籍北流,曾是鲁迅先生赏识、提携的几位进步青年版画家之一,新中国成立后为天津市美术家协会主席;钟光,陆川人,于1945年响应中共“七大”号召,投身八路军南下抗战武装支队广西干部大队,在突破同蒲铁路封锁线、一夜急行军二百余里的征途上，心脏病突发，不幸埋骨山西太岳。

广西籍的同学有音乐系的龙天雨，灵川人氏，自信具男中音天赋，不惜放弃党籍也要考“鲁艺”，矢志成为声乐家。然而人生好事多磨，他终未进入音乐殿堂，却于新中国成立后在西安担任了教育局局长。戏剧系的女生王思真，曾就读于梧州高中。她天生丽质、妩媚迷人，俨然是“鲁艺”一朵“校花”，身边常围绕着不少异性追求者。有一天，她超脱了“包围圈”，让人始料不及地闪电宣布：一位革命前辈的后人，朱老总秘书的公子才是她的最爱。1949 年以后，人进了北京城，随着生活环境的改变，情感也发生了变化。昔日那个让她一见倾心的白马王子，与自己这个人见人爱的娇娃，最终却要“劳燕分飞”，一句“白头偕老”也成戏言。

合浦县于民国属广东省，新中国后它的行政区划经两度调整，现为广西出海大通道上一个重要大县。当年与我在“鲁艺”一起学习的合浦籍同学有三四人：美术系辛莽，文学系白原和蓝村伉俪、音乐系女生张恒（系党支部委员、班干部）。辛莽，日后成为北京著名画家，其绘制的一幅反映毛主席在延安窑洞写作的油画，成为传世之作，被中国革命历史博物馆收藏；白原，写诗成了名，广西解放之初，任《人民日报》社驻广西记者站站长；张恒，“文革”后在天津任新蕾出版社社长。

1940 年，我作为“鲁艺”文研室创作研究员，深入王震将军的三五九旅七团体验生活，意外地碰上了一位参加过百色起义、经历长征，曾是红七军卫生员的百色人李华清。在离家数千里之遥的西北抗战前线遇见老乡，异常兴奋。李华清还专门请我吃了一顿非同寻常的狗肉宴。1945 年 6 月，我们在八路军南下支队广西干部大队再次相逢，作为战友，我于行军中碰上伤病时，得到他不少照顾。支队进入东北，接管城市沈阳，他被任命为辽宁医学院院长。

1941 年下半年，我从“鲁艺”文研室调到延安部队艺术学校（“部艺”）当文学教员。“部艺”是以“鲁艺”的部队艺术干部训练班和延安留守兵团政治部的烽火剧团为基础组建的，校长由留守兵团政治部主任莫文骅兼任。莫校长是南宁亭子人，参加百色起义成为红七军指挥员之前，是南宁“省一中”的初中生，能写文章，在红军中是为数不多的革命化知识分子。一次，他以校长身份召集我们十来位教员开个小会，谈及党性锻炼与非组织活动问题时的那番话，让我至今牢记，受用一生。他说："毋庸讳言，在座各位都是革命军队中值得尊重的人才，各有专长，是革命事业的宝贵财富。但作为过来人，我仍要奉劝大家，干革命是伟大事业，如果谁党性不纯，政治觉悟跟不上队，那，即使他业务能力再强，本事再大，纵有双翅也是飞不起来的！"1945年中共"七大"后，这位令人尊敬的老首长有天突然来到《部队生活》报社，找到我和韦必克说，为争取早日打败日本鬼子，迎接全国解放，让我们参加他任副政委的八路军南下抗战武装支队，打回广西开辟新的抗日根据地。解放战争，莫文骅在东北任南满军区副政委兼政治部主任等职，参加四保临江、塔山阻击战等重要战役，后任四野十三兵团政委率部南下解放广西。解放广西之初，兼任广西军区第一副政委、省委第二副书记、南宁市委书记兼市长。1951年5月后，历任东北军区政治部主任、解放军政治学院院长、福州军区副政委、解放军装甲兵政委。1955年被授予中将军衔。

"部艺"的学员有桂林人秦明、鹿寨人林芳。秦明在创作实习班学习。来延安之前毕业于广西军校第五期。在"抗大"参谋班读书时，因嗜读马列著作入迷，患精神分裂症，一次犯病竟胡乱扒上陈嘉庚赠给毛主席的汽车，受嫌在案。过后，延安整风"抢救运动"一来，不免被捕。新中国成立，曾任上海《文汇报》编辑，后为新疆大学马列理论教研室主任。林芳，原烽火剧团吹笛子的演员，不知什么原因，延安整风"抢救运动"他成了"失足落水者"。解放后回广西，历任中共玉林地委秘书长，桂西壮族自治区政法战线党组书记暨人民检察院检察长、省检察院副检察长，"反右"运动不幸被划为右派分子。"文革"后平反，任自治区人民检察院党组副书记、副检察长。

1942年冬，陕甘宁边区部队、机关实行"精兵简政"，"部艺"停办。我于1943年3月被派到《部队生活》报当特派记者。同事韦必克是扶南(今扶绥)人，南宁"省一中"初中生，因闹学潮被开除，辗转到北平加入中共地下党。"西安事变"后到延安进"抗大"，曾是延安留守兵团政治部宣传科长。解放战争，在东北任通辽地委宣传部长。新中国成立，调回广西，历任土改委员会秘书长、崇左地委书记、广西医学院党委书记等职。

"鲁艺""部艺"邻近的柳树店，有座白求恩国际和平医院。我在那儿就医时，认识了X光技术员张羽和他在卫生学校学习的爱人李玉洁。张的老家邕宁苏圩，离我老家绥渌东门不算远；李到延安前就读柳州某初中，说起来都是乡亲，备感亲切。张羽还爱好文艺，彼此常来常往，成了同志加朋友。新中国成立回广西，张初任省卫生厅办公室主任，后历任广西中医学院副院长，自治区卫生局副局长；李则成了大夫，任医学院附属医院院长。

在延安，有次为了借阅毛主席放在中央研究院（延安马列学院）的哲学书，我到该院哲学研究室找萧鲁（泰国华侨、"鲁艺"文学系同学）帮忙。在他住的窑洞里，偶遇贵县（今贵港）人石钢，认了老乡。再次与石钢相见，则是在1945年6月从延安出发的八路军南下支队广西干部大队里，作为战友一同踏上打回广西的征程。第三次见到石钢，已是1949年12月，在梧州市军事管制委员会欢迎中共中央委员、省委书记张云逸莅临的小会上，与当地地下党负责人交流会面时，惊讶地发现在座的桂中游击支队司令员兼政委廖联原，原来竟是当年延安马列学院的一介书生石钢。真可谓士别三日，当刮目相看！

1945年6月，八路军南下抗战武装支队在延安组建时，有50多名广西籍干部被集中统一编入广西干部大队，随支队一起行动。在这支队伍里，除有早先认识的莫文骅、李华清、石钢、韦必克、钟光等人外，更多的则是初次相识的新面孔，他们有红军时代的老同志，也有抗战参加革命的新干部。例如：雷经天（南下抗战支队政委，南宁津头村人，曾就读于厦门大学、上海大夏大学，土地革命战争时期为右江苏维埃政府首任主席，抗日战争为陕甘宁边区高等法院院长，解放战争任两广纵队政委。解放广西后，历任广西省人民政府副主席，最高人民法院中南分院院长等职）；黄一平（支队广西干部大队大队长，贺县人，1925年在广州农民运动讲习所学习，百色起义任红七军政治部社会科科长，1944年为延安中共党校二部学员，解放战争时期任四野第43军参谋长，解放后历任广州军区副参谋长、广西壮族自治区副主席等职，1955年授少将军衔）；李志明（广西干部大队政委，田东人，参加百色起义、红军长征，延安中共党校学员，1945年出席中共"七大"，解放战争时期任华北军区18兵团4纵12旅政委，解放后任中央军委海军岸防部第一副部长，1955年授少将军衔，曾出版一本小册子《长征诗草》，被誉为"长征诗人"）；黄道充（广西干部大队副大队长，都安人，参加过百色起义、红军长征，延安中央党校学员，解放战争时期任四野骑兵五师参谋长，广西解放后历任宜山军分区司令员、广西军区副参谋长，1955 年授大校军衔)；涂履游(灵川人，1936 年在陕北脱离胡宗南部队加入工农红军，曾在延安军事学院炮兵科干部班学习，广西解放后曾任桂林专员公署副专员、桂林市副市长)；王玉祥(干部大队中队长，田东人，红七军老战士，曾任田东县武装部长，1955 年授中校军衔)；孟国基(干部大队小队长，百色人，曾是红七军张云逸军长的通讯员，广西解放后历任百色军分区副政委、自治区卫生厅办公室主任)；黄善法(红军老战士，广西解放后任百色右江宾馆经理)；王本立(红军老战士)；黄大发(红军老战士)；韦树辉(桂平人，延安中央组织部干事，广西解放后，曾任玉林地委书记，自治区党委组织部副部长)；黄传林(贺县人，延安自然科学院教员，解放战争时期任桂东游击队领导人，新中国成立后，曾任平乐地委副书记兼统战部部长，自治区监察厅副厅长，广西大学党委书记，自治区教卫办副主任等职)；高仕克(玉林人，曾在延安陕北公学、中共中央管理局工作，广西解放后曾任玉林专员公署专员兼地委统战部部长、宾阳专员公署专员，广西大学党委副书记兼副校长等职)；石屏(即周琼邦，马来亚华侨，北流人，延安马列学院学员，广西解放后曾任省建工局副局长、省城建局副局长、自治区统计局副局长、自治区储备局副局长)；杜绝、洪向东(杜、洪二人为亲兄弟，贵县人。广西解放后，杜绝初任贵县县委书记，后调任黎湛铁路建设工程负责人、柳州铁路局局长；洪向东历任玉林地委社会部部长、省人民检察署容县分署检察长、北海市委书记、钦州地委副书记、合浦地委副书记兼监委书记)；毕凯(灵川人，1938 年到延安陕北公学学习，后任延安中学教员，解放战争时期任辽宁省彰武县委副书记兼副县长，1946 年 6 月带领数名战士去接受新任务途中，遭国民党军骑兵袭击，光荣牺牲)；陈华敏(临桂人，延安中央社会部干事，南下支队抵达东北后分开，失去联系)。

八路军南下抗战支队经过数月千里跋涉，到达豫北地区之际，传来振奋人心的消息——日本于 8 月 15 日宣布无条件投降！这样一来，部队继续南下将师出无名。延安来电，要求支队南下干部统统北上，到中共中央东北局分配工作，那边极缺干部！往北去，天气一天比一天冷，部队先转经太行山八路军总部增添御寒冬装，然后出冀南，直奔山海关。11月初，我们到达东北首站城市沈阳。因在延安编过报纸，中共中央东北局来电话叫我到《东北日报》社报到。“这是组织调动，你就去吧。”临别，支队政委雷经天对我说，“四个多月的行军，大家都很辛苦，发几句牢骚是可以理解的。你呢，青年同志缺乏锻炼，见老同志讲些怪话，自己也跟着学，这就不好。往后，不论到什么地方工作，都应该时刻记住，凡事要向上向前看齐，千祈别往下往后学样，这才是正道啊！”

雷政委这段语重心长的话语，如同最好的临别赠言，迄今仍深深地铭刻于我的脑海，激励我奋力前行，永不止步。

至此，我生命中的延安岁月算是画上了一个圆满的句号。

2000年初稿，2006年修订

过汾河

——八年抗战中一段插曲

午夜，被一声紧急命令惊醒："马上转移，开回马家庄。"

爬了一夜山，又回到无人区来了。这时，连昨天住的无顶磨坊都找不到了，到处只有松林和荒草。为避风雨，人们好比蜜蜂，来来回回奔波忙碌。砍树、折枝、拔草，七手八脚，闹哄哄一阵，一个班组一伙通力合作。半天工夫，山谷里居然出现一座座人字形的草棚——一条绿色的长街。

夕阳西下，炊烟弥漫林梢，战马嘶鸣，林鸟归巢，好一派山情野趣。

第二天午夜时分，队伍离开无人区，黎明前赶到离汾河不远的一个村庄隐蔽下来。炊事班烧好热水，让大家烫脚解乏，以为可休息一阵，等到天黑下来好渡过汾河。哪知才洗罢脸烫完脚，突然，通讯员急匆匆跑来猛喊一声："马上集合！"区队长跟着赶来说明："我们目标暴露了。平遥县城里敌人见我们队伍大，以为要攻城。估计他们不敢出来。不过，太原的敌人会赶来增援，他们乘同蒲路火车，很快就会到。我们只好强行军，白天抢渡汾河。和二支队分成两个梯队，并肩平行，彼此相距10公里，左右呼应。过了汾河，立即突破同蒲路的封锁线，进入太岳军分区……”

区队长的话刚落音，天空突然响起嗡嗡飞机声。

“散开，隐蔽！”

飞机低空飞行，掠过头顶，能看到机翼下白色五角星。啊，美国飞机往北飞去，估计是轰炸太原去了。大家松了口气，赶紧回村集合，立即出发。

区队长在我们身边，边走边说，出了村头就是汾河，水有齐腰深，可以徒涉。不过，河床是淤泥，陷进去就拔不走腿，但有老乡领路，个人不得乱跑。

一条黄汤似的浊流呈现在面前。河面百米左右，看来并不像传说那样天险，可是气氛却十分紧张。对岸左边约5公里地便是平遥县城，右边1500米距离的那条跨河铁桥，是汾阳接上同蒲路的支线。我们两个支队两三千人马云集河滩，左右都受威胁。

队伍保持着镇定，依照安全的标记，一队接一队，一个跟一个脱下草鞋，挽起裤腿涉水而过。河里，老乡们脱光裤子，面对面站成一条甬道，让我们从中通过。看你走不稳的，有另外一两个老乡来回搀扶，渡过中流。我走到河边正要蹲下脱鞋，小腿肚竟然抽起筋，不由“哎哟”一声，一位中年老乡立刻过来将我背起，一步一步挣扎终于涉过对岸。上了岸在沙滩坐下把腿肚揉搓片刻，才赶紧撵到自己的班组站好。

铁路线离河边约3.5公里，平遥城垛就在视线之内。蓦然，北边传来山炮爆炸的巨响，中间还夹杂机关枪嗒嗒的呼啸。有人说：“右边二支队攻打敌堡，快走！”队伍穿过前面的刘家庄。老乡们站在自家门口默默地用目光慰问我们，家家户户门前都摆着一桶桶茶水。大家拿口盅迅步到水桶前，舀上大半盅，边走边喝，不敢停步。

出了刘家庄，长长一声嘶啸，附近玉米地轰隆一声巨响，腾起一股硝烟。平遥城里发射出迫击炮来了。

“同志们，沉着！别慌张！一个跟一个，拉开距离，快走，不要走成一堆！”

指挥员骑着战马，赶上来喊话。

右边的机关枪声越来越密了。人们全身血流不由沸腾、燃烧，奋力奔跑，跑过瓜田，跑过麦地，跑过青纱帐，越过发亮的同蒲路的铁轨……

跑了5公里多地,终于跑出敌炮射程以外。力气全都使尽了似的,队伍松弛下来。伙伴们有的赶到前头去了,我实在无力抢先,脚步放慢下来。后头,一位叫韦树辉的桂平老乡赶来说:走不动了,坐下,吃点干粮再走。我们就地歇下,韦从干粮袋分给我半盅炒面。正吃着,后头一骑飞马奔来,疾声呼喊:

"快走,后卫部队撤了,敌人骑兵出城追上来了!……"

我和韦"忽"一下跳起,拔腿便跑。队伍成了散兵线,潮浪一般往前直奔。"前面拿武器的停下!"一位目光炯炯、英气逼人的人大声命令,"拿枪的统统给我停下,向后转,进入阵地,准备战斗!"

看他肤色黝黑,眉毛胡须粗黑,一脸霜,威严难犯。

原来他是总政宣传部长陶铸。"七大"后要到浙江去,同我们这支南下两广支队一道同路,担任统一支队领导。

我手无寸铁,惴惴地从他身边绕过,只顾拼命奔跑。跑了半个小时功夫,总算撵上队伍的尾巴,拥进前面一个庄子。

支队政委雷经天骑在马上喊:"有武器的跟我来,一个跟一个,走成一路。"

雷政委往南门去,我捉住他坐骑的牲口尾巴,让它拖带走,一步步往山坡去。以为险关已落在后头,不远便进山了,谁料才走到山脚的洪堡屯,蓦然叭叭响起枪声。离得近,"哧"一声子弹从头顶飞过。"前面有敌情,停止前进!"原来鬼子把我们上山的路堵了。刚刚缓和过来的心情,一下子又紧得生疼。这儿只有警卫班6支步枪,怎么办?

雷政委马上命令警卫班:

"到村口,集中火力抵住敌人进村,不准退!要死,我们一块共存亡!"

雷政委找村里老乡来了解情况。原来前面山脚有座炮楼,是鬼子封锁进山的据点,守敌经常是一个班。现在要上山,非得将"乌龟壳"砸烂,把几只"拦路虎"赶跑。

雷政委把拿武器的人集合起来,组成一个突击排,下令他们摸到炮楼偷袭,把守敌轰跑,扫清我们进山道路。

密集的枪声响了一阵便沉寂了。不一会,侦察参谋回来报告:敌人一个排进山抢粮,回头跟我们突击排遭遇,打了一阵跑了,我们可以上山了。

黄昏，随着牛羊回村时光，雷政委叫集合队伍进山。从这到预定宿营的村子，只有十来公里，要是平时，是不在乎的，可此刻，人从昨天下午3时开始，连续不断行走已经二十六七个小时，路程120多公里，没吃一顿饭，再走10公里，对我们来说，可真是难于上青天。但是，岂能容你躺下？爬也得爬着走。

天色逐渐黑了下来，山间特别寂静。爬了一段山坡，后头撵上一位熟人，原来是延安"部艺"学校戏剧队的学生。他见我一个人，陪我走了一段，觉得走不快，就说："你慢慢走，我在前面一边走一边等你。"回头见我两手空空没了挂包，递给我一块蓝色手绢抹汗。走到前面，久不久跟我互相呼应："哦嗬，加油！""哎，来啰，来啰！"如此重复两三次，他的声音越来越远，音量越来越弱，终于听不见了。

山里传来猫头鹰的叫唤，令人发毛。

一会，听到狗吠，灯光透过幽暗的树影显在眼前。这真是如同溺水的人抓到岸边的茅苇，大大呼口长气，却没想到这是支队司令部驻地，我们干部大队还得走1.5公里才到雷家庄。

也不知怎样移动麻木僵直的腿来到雷家庄村口的。善良的房东点着火把迎上来，连声说道："同志，辛苦了！来吧，来吧，这就到家啰！"老乡满怀热情，把胳膊搀着，一步一步挪上坡。

笃笃，村里传来敲二更的梆声。

进到屋，二话不说，往炕上一倒，什么也不知道了！

载1995年6月13日《漓江日报》

哈尔滨抒怀

对哈尔滨太阳岛来说,我曾经是她的过客。在那儿留下过青春的脚印,回头盼顾,记忆犹新。我之成为一个作家,如果说延河水边的桥儿沟是育苗的温床,那么,这里的松花江畔的名城,该当是培植树木的土壤。诚然,在作家之林中,比起当代名家,我只不过是一棵微不足道的小草。不过,它的生长总也离不开土壤。

我是1946年4月下旬,苏联红军撤离哈尔滨才不几天,随着《东北日报》社的迁移,在某天晨曦微明的时分,结束了从长春到哈尔滨的旅程,暂住到南岗一个临时接待站——哈尔滨大学宿舍。当时,蒋介石不容许我们东北抗日民主联军从日伪手里接收东北地区的主权,竟从万里之遥,调兵遣将,来夺取抗战胜利果实。内战烽火蔓延到了松花江畔。哈尔滨能否为我们报社长期居留,心中是没底的。因而在戎马倥偬的时刻,到达的当天,我们报社几位同志——严文井、华君武和潘若等,便抓紧空隙,以领略号称"东方的巴黎"的风光为快。我们漫步于江沿长堤,渡过松花江访问了太阳岛。文井同志还特意下江游泳,作为方到松花江的纪念。

如果说当时长春给新来者的印象最深的是,日本人的孤女寡妇,那么,在这儿,令人最触目的就莫过于老毛子(白俄)的逸民了。每当黄昏,不少见到某些大腹便便、衣冠楚楚的老头老太婆流连于江沿林荫道上,或旁若无人高视阔步,或靠着排椅静坐,凝眸脚下悠悠流逝的江水,眺望对面太阳岛上冉冉下沉的夕阳。有的老头,胸前还不肯忘记别着当年沙皇赐予的闪闪发亮的勋章,手里拄着拐杖,往事萦怀,表现无可奈何的迷惘。有的老妇人牵着毛茸茸的哈巴狗,在打皱而干瘪的嘴唇上,精心涂着鲜艳的口红,穿着花簇灿烂的连衣裙,自我沉醉。星期天,也是这些人,特意穿起节日的衣衫,出入于南岗、道里和马家沟等街区的圆顶教堂;见到我们这些穿军装的,往往忙不迭地,举手对胸划十字,口里念念有词。平时,所见到的隔壁邻舍,也是这些被"十月革命冲刷出来的污泥",他们却展现另外一种景况了:有的在大街上打扮得花枝招展的大姑娘,在家里却赤着大脚丫来回提水劈柴,有的老婆子披着破衣烂衫,蹲下地挤牛奶,生炉火……生活并不那么得意。年轻人,有不少肯接受革命的召唤,愿意回归故国,追求新的生活去了;他们的长辈却宁愿再度漂泊,奔赴巴西、南美洲等地,另寻栖身之所,也不肯摘下胸前的勋章和十字架。

历史的记载,哈尔滨在半个世纪(对四十年代说)之前,沙俄帝国的侵略之手,就给她打下了罪恶的烙印。由于中东铁路的开拓,要在这地方设站,"十月革命冲刷出来的污泥"漂流到了这儿。利用我中华民族劳动人民廉价的血汗,装扮着这座城市。正因为她几乎全是新的俄罗斯装饰,加上十四年伪满帝国的帷幕的遮掩,祖国传统的文化,在此是"春风不度玉门关"。接受十四年日伪奴化教育的青年人,就连中国拥有四万万同胞的知识,都很少知道。记得初到的头些日子,到处听到的是,从地下室酒吧间、咖啡馆和水上俱乐部这些场所,不厌其烦地吹奏着的不是施特劳斯等人的圆舞曲,就是《蔷薇处处开》的流行歌;在文学爱好者的青年当中,稍有流传的也只是巴金的书。然而,年轻人追求进步的求知欲是旺盛的。不久,《蔷薇处处开》《风流的寡妇》和《梦幻曲》等等,终于逐渐销声匿迹，而为《没有共产党就没有新中国》取代了。年轻人都具有憧憬着未来的赤心，渴望得到新颖而健康的精神食粮；要求得到指引，跟上时代步伐，向前驰骋。就当这一时刻，由于知名大家或忙于组织班子，建立队伍，或深入农村、工厂发动群众，进行社会改革，有的则上了前线，在战壕里观察、体验解放战争的“战火纷飞”，总之，知名大家各有更重更大的光荣任务，一时写得少些。而我因为是编报的，稿件组织不来，只好勉为其难，拿起荒疏有年的秃笔，又做起小说来。不料一篇《叶红》产生了影响，竟然得到相当广泛的青年读者的鼓励。宛如青苗得到雨露，从此一鼓作气，放开写去，两年工夫，几个短篇结成一集。自己也没想到，居然挤进了文坛，成了作家。饮水思源，假使没有哈尔滨这样一片土壤，我这个“并不怎么样的”作家是成长不起来的。这便是我在一生的文学事业的道路所走过的一段关键性的足迹，因而，使我对这个城市衷心感念不已。

哈尔滨是寒冷的，然而她使我留下美的记忆却是冬季。我爱她使人清醒冷静，宜于沉思；爱她银装素裹，感到纯洁的温暖；喜欢她那些如花的树挂，时令冬日却到处见到梅林一样的花园。最令人赏心悦目的，莫过于霜花了：每天晨起，玻璃窗上显现着一天一个样、千姿百态、变化无穷的霜花，把窗户装饰得如此富丽。

哈尔滨是越来越丰满而妩媚了。当年的妙龄少女，如今恐怕也不免鬓发染霜，然而，谁说今天的姑娘不是比她们的妈妈打扮得更加标致呢？我是 1948 年全东北解放后不到两个月就离开了的。三十年后——1977 年 8 月间，一个偶然的机会，访问大庆油田归来，路过小住几天。每天，夕阳一如既往，依依吻着太阳岛上的林梢，徐徐沉入江湾，风景依然。江沿长堤竖起宏伟的抗洪回廊和巍巍顶天的纪念碑，展示全市人民战胜洪水的磅礴气概；江里岸边，那些胸前挂着十字架和勋章的老头和那些手牵哈巴狗的老婆子的影子消失了。现在，眼前见到的是，多少男女老少穿着鲜艳夺目的游泳衣衫，都在这儿嬉戏，欢度宽余的暇日；水上俱乐部座无虚席，都是普通劳动者占满了当年只有大腹便便的白俄大商和贵妇人才能入座的位置；号称贫民窟的三十六棚，寻不到她的遗迹了；能制造三十万千瓦发电机组的工厂，在原属郊区的动力之乡，每天升起她的炬云。

听，《太阳岛上》的歌声到处飞扬哪，可谁知道歌唱者的父母，也许就是当年《蔷薇处处开》的演奏者呢？总之，后来居上，新陈代谢，旧的让位给新的了。

哈尔滨，但愿她打扮得更美！

1980年11月11日于南宁

载1980年12月14日《哈尔滨日报》

没有结果的落花

——轶事之一

一天，档案馆来人征集个人资料，便翻箱倒柜，捡起了历尽劫难尚能硕果仅存的文字。终于在一束书信中，发现有封背面注明1965年元月在靖西（搞“四清”运动）时收到的来信。这真仿佛随意翻书，乍见压干的玫瑰花瓣；也像是死灰复燃，闪烁记忆的火花。

那是1964年除夕，在北京出席政协全国（四届）委员开会期间，突如其来地接到寄来大会堂转交的一封年卡。展开来瞧，才明白是17年前（1947）在哈尔滨结识的一位女学生对老师的祝福。当即复信，表示喜出望外，万望从此重新架起因战争而中断的彼此联系的桥。等开罢会，回到靖西，便见到用挂号郑重其事地写来的这封异乎寻常的长信。

信是倾诉着当年作为少女一往情深的真纯，委婉吐露了当时来不及表白的初衷。读罢，宛如美梦醒回，懊悔与欣慰同在，激动之情，难以自制。虽然，往事毕竟已是“没有结果的落花”，然而，这出自衷心虔诚的声声呼唤，还真不禁叫人欲罢不能；即令反复再读多遍，仍觉隽永温馨，耐人寻味。把它珍藏至今，不舍委弃。

岁月催人,瞬间,将近30年漫长的时光过去了。此刻,重睹旧物,仍感按不住跳动的心,顿忆难以磨平的感情脚印。犹似北国冬日,那无比美丽的树挂和每天清晨窗口结的霜花。至于说其社会意义,以为虽属个人私信,却不失使人共识40年代、那刚从伪满帝国桎梏解放出来的关外东北青年男女,在迎接来自关里的革命干部(作家),如何这样充满着倾慕、敬重的心态所形成的那个历史时代的社会风情。

正是如此考虑:以为与其当作一位作家的轶事,存入档案馆库,不如公开于社会,或许还能让当代青年懂得,过去那动荡不安的战争年代,个人命运就有这样那样令人遗憾的情缘,世上并不都是“有情人终成眷属”。

下面就是来信的全文。把它照样一字不改、誊录于此,献给大家共赏。

老师:

接到你的信,已经是元月三日的黄昏了。我急不可耐地拆开它,没能读完热泪就禁不住夺眶而出。我是被您憨厚的胸怀和真诚的心地感动得哭了!假如,这时您能在我的面前,我一定会把一切都告诉您。然而,这毕竟是不可能的。

老师,请原谅我过于幼稚。忘记了我给您留下的那些不愉快的回忆吧!不瞒您说,十多年来,我从没忘记过你对我的教导,你给我的关怀,已经在我心灵上留下了不可磨灭的印象。任何人给我的深情和厚望都无法和它相比。正因为如此,才使我长期的痛苦,不断受到良心的谴责。真的,我实在不能理解,我到底有什么优点值得您对我这样的眷念不忘?18年前是这样,18年后仍然这样呢?

近年来,我的书看得很少,一共只看过你两部作品,其一就是《美丽的南方》那本长篇小说。它对我的教育不小,我对它比任何一本书都偏爱;这除掉我对它有一种特殊的感情之外,更重要的是,它写出了知识分子的心理,指出了知识分子应该走的道路。您知道吗?我是多么为您所获得的成就而感到欣喜和自豪!并坚信:您会继续写出更多更成功的作品。

在来信中，为什么一字不提您的私生活？我想您早已选择到像"全昭"那样美好的爱人了，我相信您的生活一定会很幸福的，你也送给我一张全家的照片做个纪念吧！您到底患的什么病？我很惦念。而今带病到那么远而艰苦的地方搞运动是好的，我很担心您坚持不了，请千万珍重自己的健康，为革命工作，我们还要走的路是很长的。

本来不想和您谈自己的事，主要是太惭愧了。可是为了遵命，只得厚着脸皮汇报。如果我能用简单的话来自我介绍：我就是说，我是一个庸庸碌碌的无所长进的个人主义者。十几年来，我不但不专，毫无成就。自您走后，我一直留在哈市，曾做小学教员、中学教员、市直属机关的青年团的专职干部和广播电台的记者。现在又在一个类似中等专业技工学校里做学生的政治思想教育工作。长期以来，病魔就没离开过我（大概从离开马街小学时开始直到今天），我为这久治不愈的偏头痛和失眠所苦恼。我之所以下决心离开记者生活，就是因为这种顽固症的折磨。当然，现在又为自己的草率而开始后悔了。总之，从我参加革命以来，虽从未犯过错误，但确实走了不少个人主义的弯路。您看您的学生就是一个这样患得患失，不能全心全意为人民服务的人。我恨自己不能努力学习，很好的自我改造，尽早的认识和纠正自己，一直拖到近一两年才有所反省。然而，已经是"少小不努力，老大徒伤悲"了。真的。现在使我感到最大内疚的还不是自己虚度了年华，毫无成就，倒是对革命事业无所贡献而感到抱歉。我期待着能够通过这次社会主义教育运动来使自己有所提高。我是一个在各个方面都不开展的人，连自己的私生活也处理的较晚。我是1956年夏结婚的，现在已经有了一个六周岁的男孩子，他叫罗鹏，他的父亲是在一个政法机关里做政治工作，我们的生活还算可以。

我的亲戚朋友不多，也从来未有写过一封这样冗长的信，拉拉杂杂的讲了不少废话。我想，早就使您厌烦了。但是我认为这样讲也有好处，它可以使您了解一下，新云已不是当年那个纯洁朴实、积极向上、快乐的小姑娘了。她如今已经变得很可憎。

随信附去两张照片，这是几个月前一位驻阿尔巴尼亚的老朋友归国度假，来看我时，顺便为我们摄的。人本来就难看，照片照得也不太好，如果您不嫌弃就请收下吧！这两张照片的背景都是于松花江，也许从它身上能看到当年的影子。如果您不喜欢这两张可以来信告诉我，我可以再给您寄去在室内拍的。那可能比室外照的清晰些。

我的母亲家还在老地方。现在改为西头道街16号。我几乎天天都回去……

新云

1965年元月五日

这中断18个春秋的南北两地相思，本来从此可望得到连续交流了的。谁能想到，紧跟而来的一场空前浩劫的政治冰雹，把一切正常生活都全给砸碎了！

我个人的遭遇，只因所作的《故人》（一部短篇小说），年来于读者几乎成了偶像，倾倒了多少青年男女。也许正是如此，一夜之间，倒反被列入“大批判开路”的典型。很不幸作者便跟着遭了殃，顿成“全国共讨之，全党共诛之”的射击靶子。被迫与世隔绝多年，在农村劳动改造的万般无奈的日子，只能于无声处，从心坎里低徊沉吟，悄悄自打腹稿，寄托未能申诉的旧情。自知少不谙音律，老来何敢言诗。这，其中的两首，只不过遥想北地霜花，聊抒胸臆也罢：

其一

一纸飞来惊别梦，
依稀犹见白雪踪；
漫道无缘天涯隔，
南北相思一脉通。

其二

素裹银装雪夜天，
如花树挂忆华年；

“叶红”初识怜年少，
“全昭”着意悔悭缘；
两地情怀天亦老，
三生离恨海难填；
生涯有限情长在，
欲报知音却无言。

注：“叶红”和“全昭”，分别为小说《叶红》和《美丽的南方》中的人名。

载《广西文学》1992年11月号

羊城邂逅

说来已是四十多年前的事了。那是正当十月一日天安门上发出“中国人民站起来了!”的巨人呼声时刻,我们一行数百名南下干部在叶剑英率领下的华南工作团,从东北入关来到江西南部赣州,汇合那举起“跟着共产党走!”红旗的各界群众队伍,浩浩荡荡步入体育场,欢欣若狂地庆祝中华人民共和国成立的空前盛会。

会后,本着“宜将剩勇追穷寇”的敌忾,风雨兼程,取道三南(龙南、定南、虔南)挺进粤北。抵达温泉从化时刻,传来叶帅向毛主席告捷:“×日拂晓,我军进入羊城,电灯还在亮着。”广州解放了!

我们队伍紧赶到达出产沙河粉的沙河镇上已是午夜时分,为了保持解放军三大纪律的优良传统,自觉露宿街边,等待黎明入城。

广州,南方最繁华的大都市。昔年惟一一座十三层的爱群酒店屋顶花园,需花五元门券才可登临纵览全城。这对穷学生无异是禁区,可望而不可即。而今,“天翻地覆慨而慷”,我们一行胜利者,居然以主人的豪情进驻其间了。遗憾的是：大厦的宏伟虽可游目骋怀，但街市的热闹，却不能叫人信步徜徉其间。不少北来的外江同志，大天白日逛街归来，莫不大呼晦气：不是手表被撸了，就是钱包叫小偷摸了去。……种种奇闻怪事，听来叫人困惑不解。凭着广州旧游之地，本着就不信邪的傻劲，身边连通讯员也不带，只同妻子漫步净慧公园门前，对面走来两位撑伞的少妇，风姿楚楚可人。不想她俩竟凭借其妖冶色相，吸引你的目光，把伞触撞你胸口，迅速擦肩而过。等你低头一瞧，哎也，胸袋别的派克金笔已不翼而飞！回头去看，那两把阳伞却若无其事，从容冉冉而去。当然明知金笔已落入她俩小巧玲珑的化妆手袋了的，但谁敢惹她们啊，那可是马蜂窝，你要触动她，她可是贼喊捉贼，反咬你一口，诬赖你调戏她"良家妇女"，引来闲人围观叫你有口难辩。

不过，最败胃口的还是街边那五花八门的风光：大街小巷，到处是开不动的汽车，到处堆满难闻的垃圾还不说，茶楼、戏院邻近的地段，随处可见形形色色的色情书刊和不堪入目的春宫画片跟美国香烟、巧克力糖等公开兜售。

当时有人把它概括成三句话："电灯不明，马路不平，自来水不清。"

一天，在接管市教育局的一个抽屉里，发现一张"督学吴大基"的名片。这是1934年培桂高中同班同学哩，也许人已跑过香港或去了台湾吧？没想到过了两天，他人不期而至。一见如故，表示东道主热情，邀到惠爱中路大公冰室冷饮。说他1938年秋，送走我和他的挚友黄流（辽宁省商业厅副厅长，已离休）北去之后，便进中山大学哲学系，毕业后留校，研究自然辩证法，而今仍在"中大"教授哲学。名片的官职系他表哥祝秀侠局长拉扯去帮忙的。我说，以为他也流亡香港或赴台北求偏安孤岛了的。吴慨然而叹，说香港虽好，毕竟是洋人世界，谁甘心情愿去瞧那些"罗摩文"（印度佬警察）的嘴脸？台湾是从日本魔爪解放回来了，可蒋介石的国民党在大陆统治二十二年只留下大堆垃圾，逃到那里隔海而栖，或可苟延残喘，但能期望起死回生，造出什么奇迹来吗？讲到末了，吴说很遗憾，自己虽非中共人士，却自信能较为冷静，对客观现实看得更清，对美帝标榜的民主、自由，体会得更透。国共双方相权，还是"风景这边独好"。只盼有天同故人重聚，携手共建新世界，也就快慰平生了。

岁月催人,瞬间四十年过去了。那幢曾经独一无二的十三层高楼,而今比之“花园”“白天鹅”和中国大酒店等的豪华气派,已是小巫见大巫了。当然,宇宙之大,苍蝇、蚊子的小偷小摸,仍未灭绝。黄色读物如同带菌的“故衣”,顺着开放、引进的渠道,从洛杉矶、台湾和香港等地,又偷偷倒流进入它们曾经失去的市场。然而,可以预言,这些回光返照的西方文明,正如今年五六月间一场在天安门广场妄图竖立纸糊的自由女神以替代英雄纪念碑的恶作剧,终归会被当作垃圾扫除干净的。

这可不是谁的主观偏见,而是历史发展的必然法则。

想来此刻出任老年大学校长的吴教授,也会运用自然辩证法的理论云授予他的高龄学员的吧,却不知他老夫子的远大抽象理想,可能说服得了孙耋短视实用的观点否?

1989年8月30日于南宁江滨医院

载《羊城晚报》

一段苏木

这两天搬房间，收拾书柜，在抽屉里发现一段和桂皮放在一起的，有手指那样长的小木头，看了半天，才认出是可以入药的苏木。见到它，拿在手上揣摸，就像是握住阔别多年老朋友的手，感到微温。十多年前的往事，不禁油然而生。

是在那样非常的日子里的事了。当时，由于多次被“造反有理”的红卫兵捉去戴高帽游街示众，所犯的“罪行”种种，以及本人的面貌特征，在大街小巷，几乎是家喻户晓。接着每天又在附近马路扫大街，早晚来回，街坊邻居是看惯看熟了的。因为成天干的体力劳动的活路，衣服费得多，一些破了肩膊、膝盖和裤裆什么的，常常拿到街口一家老裁缝去缝缝补补，但是彼此都不敢多嘴。有时路过，老裁缝偶然抬头，从老花眼镜上边瞥见，也只点点头，以目示意。这无言的目光，在当时对我来说，无异风雪中的行人，在荒郊野岭意外见到的篝火。老裁缝那半秃的天窗，那用细绳绑着以代替臂架的眼镜，那缝纫机札札的噪音……总是在眼前出现。

那又是一场意外的灾难，从劳动场地被拉去陪斗，回来卧床养伤几天。那天总算勉强可以下地走动了，家人催促去医院看医生，只好挣扎出门。走过街口，被老裁缝见到了。看我走道，步履蹒跚，不禁一愣，停下了操作，抬起老花眼镜，睁着惊异而怜悯的目光，瞥我一眼，看看左右无人，才压低嗓子关切地悄声问道：

“几天不见出来了。……怎么样，没事吧？”

我一时无言，只有报以苦笑。

老人家从裁剪的案台下拉出一张小方凳来，让我坐下。瞧他那股真诚，是不好推辞的，顺情坐下，而且小声告诉他：挨揍了。本来只是个陪斗的角色，料想不到，一脚从背后飞来，疼得不禁倒下了，头发挨剪成梯田状。事后回家卧床两天，自己翻不得身，不知肋骨断了没有，正要去医院看看。

“哎呀，要是受了内伤，可不能小看啊！”老人家焦急起来，“这时候医院内部也在打派仗，谁顾得了你……？这样吧，我家常备一种跌打药，你等等。”

老裁缝进屋去了。不一会，一只手捧着半斤装的扁平型瓶子，装有大半瓶红色药酒，一只手拿一段有手指粗、半尺来长，松明一样的小木柴。说是他自家泡的药酒，医治跌打内伤很见效，内服外擦都行，酒只剩这一点了，叫我拿这段苏木回家，找个酒瓶，买双料米酒来浸泡，十天八日，见酒色变红就可以用了。

“赶紧治，即算肋骨不折，只怕血淤在里头，不散不好啊。”老人家把药酒和苏木塞进我拿的小孩上学用的帆布书包，然后坐回衣车跟前，继续干他的活路。不等我开口表示谢意，他自己又喃喃道：

“我就不相信你们共产党的老同志是这样的人，犯这样那样的罪！嘿，不讲别的，解放十七年，共产党新世界，给老百姓办了多少好事，全都明摆着的嘛，哪个没看到？要是共产党的老革命同志都像他们讲的那个样子，那，今天这样好世界谁领头干的？我今年五十多快六十了，世界好坏，总是见过一些，眼前飞过的苍蝇，是公是母，都能分得出来。国民党收了我们百姓二十二年的捐税，他们那些大官小吏，到底办了什么嘛。不怕不识货，只怕货比货。谁好谁坏，总要讲事实不是？老同志，你们可是得保重啊，老百姓是要你们的。”

我默默地听着听着，眼眶禁不住噙着泪水，不知说什么好。

一个十来岁的小男孩，手上拿着橡皮弹弓，连蹦带跳地跑到老裁缝跟前喊一声：

“爷爷！”

我觉得应该走了，站起来，还没开口向老人家道谢。小孩一眼认出我来了，两只龙眼核似的眼珠睁得溜圆，惊呼：

“嗨，你……牛鬼蛇神！看……”说着，拉开弹弓朝我瞄准，即将射击的瞬间，爷爷站起，伸手啪一声，把孙子的弹弓打脱了手，飞到门前的马路边边上了。

孩子呜呜地哭起来。

“你还哭！”爷爷威严地吼一声，“快给同志伯伯赔不是！”

爷爷拉开孙子那只捂着眼抹泪的小手，强迫他向我立正鞠躬。弄得我很难为情，说声“谢谢”，赶紧走了。

这一情景，一直珍藏在我记忆的囊匣，舍不得丢开，如同这段苏木，保存在柜里那么多年。

是它，给我生活下来的安慰和鼓舞啊！

载 1981 年 11 月《散文》月刊

咏梅诗话
——逝水回流

曾经风雨传春讯，
代谢因时花已零；
却遇童贞怜洁白，
禁地偏觅种梅人。

这小诗吟成的背景是这样的：

35年前，一场历史悲剧还在天地大舞台演得火爆的年代。记得那一天，我随同一群被横扫下地的“牛鬼蛇神”一道，去某公社生产队支农“双抢”，正在旱田里扯秧。

午餐过后，烈日当空，炎热煎人，大伙放下活路躲在山坡的树阴下歇晌。这时，在我们连队的一片地头骤然冒出两位红卫兵模样的姑娘，一位扎着两根辫子，另一位戴副深度近视眼镜。两人一路走来，见人便开口打听：“你们这儿是第四连吗？哎哟，叫人找得好累啊！”

跟我并排坐在地头的“甘蔗专家”老彭立马回应：“找谁？”

“找陆地！”

老彭歪过头来瞟我一眼，幽默地答道：“这脚下不全是一片大地嘛，还用找？！”

“哎，人家是要见见那个使人好奇的名人！”两根辫子侧脸盯她伙伴，爽快地说道。

“名人？”老彭含笑向我眨眼说，“名人，我们这儿没有。只有共同的名分——牛鬼蛇神、专政对象。”

戴眼镜的顺着老彭的目光，不由激动地转眼看住我：“噢，是你！你就是写《故人》的作家！好哇，敬礼！”话脱口说出，同时举手示敬。

顷刻间，引起旁边的人都站起围拢过来凑热闹。一位“支左”的军人赶紧挤进圈里来，紧张而严厉地睁大惊异的眼睛直瞅两位陌生的来人，质问：

“是哪个单位的？来外调的吗？”

“不，是生产队的小百姓。”戴眼镜的先说，神气镇定。

“我们是下来插队的知青。”两根辫子补上一句。

“来这干啥？”“支左”兵追问。

“来认认他！”戴眼镜的对着我示意。

“跟他什么关系？”“支左”人不免诧异，直盯两人。

戴眼镜的鼓起勇气直言不讳：“他，《故人》的作家；我们，《故人》的读者。彼此关系嘛，不言而喻，作家与读者，青葱拌豆腐，一清二白。”

“嘿？作家？你不知他是个什么分子吗？”

“报纸上都接连不断批了38天吧，还有不知道的？”

“知道了还找他？”

两根辫子见伙伴被逼问得发窘，焦急地抢过话头说：“《故人》是坏，不错，害得人家真的哭了一场呢！哈哈，再见！”

两人手拉手，拔开腿跑了。跑出几步，两根辫子回头高声呼喊：“作家，多多保重！好好再写篇‘新人’，让我们笑吧！”

“支左”的人好尴尬，瞅着飞走而去的背影，含怒不已，叹口长气：“中毒太深了！”

入夜，恰巧同老彭轮值在月光下巡逻。于无声处，老彭悄悄对我吐露心思：

“常人说：‘桃李不言，下自成蹊。’当个作家可了不得呀。能有如此纯真的少女崇拜，一生也不算白活了！”

我说：“在这历史悲剧的天地大舞台上，作家已成了明日黄花，更何况再好也只不过赚得几点天真的眼泪而已，实在还不如老大哥你的甘蔗给人奉献甜蜜让大家都开心欢笑呢！”

“哎，真是鲁迅说的：‘夜正长，路也正长！’”老彭仰望天上半圆的月亮叹了口长气，“该到点了吧，接岗的还不来？”

往事萦怀

三十年前,刚开过庆祝壮族自治区成立大会两天,我便急忙上道,赶去武汉出席中宣部召开的中南五省宣传部长座谈文教战线如何开展"大跃进"的会议。火车经过桂林站,市委副书记送贵宾进包厢来,不想竟是中宣部常务副部长周扬和夫人苏灵扬同志。两位长者都是延安"鲁艺"那个年代的旧人。可以说,我曾是在他们眼皮底下长大的。但因1942年文艺座谈会前后,我的一篇小说,不幸在周扬的主持下,被以署名文章在延安《解放日报》作了形而上学的理论抨击。当时我正是血气方刚,初生之犊不畏虎,面对批评未能违心接受,立即撰文反驳。不久,文章就在《解放日报》上发表了。一天傍晚,散步延河边,周扬迎头招呼:"你的小说和反批评文章我都看了,什么时候到我那里谈一下呢?"当时,自以为已离开了"鲁艺",到军委系统当教员去了,不属周所能颐指的人,于是竟敢负气,不屑趋前领教。直到此刻——十六年后才邂逅于局促之间,一时不无尴尬。可周扬到底是位善于组织的领导者,对当年一个学生的幼稚也许就不在意。如今一旦相逢,还是那样宽容大度,本着奖掖后进的精神,予我以恳切关怀。

他说:“自治区成立,见报上社论讲,广西是美丽富饶的。可在文学艺术上也该有相应的表现才好哇!”我说:“这可得要有人才,中央能不能给予特别照顾呢?”“不,人才还是靠地方上自力更生。”周扬的口气凛然。我却鼓起勇气说句心里话:“我个人现任这份职务可是一种误会,能不能归队——从事专业创作?”周说:“那就看广西方面怎样安排了。其实呢,做组织领导工作也不是不重要。”

紧接下来,在中南各省宣传部长的餐桌上,大家都在扯自己本省这位那位名作家的精神状态。周扬不无遗憾地说:“他们都老了!”然后向大家指着我说:“他——比我们年轻,能写。”不久,中宣部即派一位理论处副处长来广西接任宣传部长。为要给建国十周年献礼,发动文艺界拿作品,于是,找到我头上,他说:“临来,周扬同志嘱咐我,说你是当年‘鲁艺’的高材生,很能写。你现在就去写,拿出作品做献礼好了。部里工作,我给你顶火。”

这样,我得了三个月创作假,赶到国庆十周年过后三个月,终有《美丽的南方》问世,填补了广西新文学长篇小说创作的空白。这之后,由广西作家创编的轰动全国、影响海外的歌剧《刘三姐》也就接踵出现了。

但是,十年“文革”的风灾、旱涝,使文学艺术的花事不仅失掉百尺竿头的趋势,相反,还把一些刚破土而出的幼苗都连根拔掉了。自治区二十周年的庆祝典礼就见不到有可观的文艺花簇。唯有到了十一届三中全会之后,特别是到1979年第四次全国文代会召开,有了邓小平同志代表党中央所作的祝词,文学艺术才真正得到解放了。这时,作为文艺界领导人周扬同志,也认识到了自己过去执行种种“左”的领导的偏颇,一再表示歉意。

这后来的第三个十年,广西文学艺术的各个品种都有了空前的开拓。单就文学的创作来看,如果说,自治区初建年代,长篇小说只有一部《美丽的南方》,新诗只有《百鸟衣》一本长诗,歌剧只有《刘三姐》,电影只有一出《苗家儿女》,那么,如今作为庆祝三十周年的献礼,作品名录可就能列出一长串,在自治区内外都产生影响的知名作家诗人也不止于三十年前那寥寥几位中国作协会员了,三十年来随着历史发展,新人也在不断成长,形成了一支引人瞩目的队伍。曾经花事寥落的景况,一去不返,如今眼前成果累累,蔚为壮观。

不过,时不我与,历史的进程毕竟已到了八十年代了,人也步入了暮年,比起伟大的时代,个人的成就到底是微不足道的。韶华易逝,岁月如流,人生道路,跋涉维艰。成功固不堪夸,失误又何足悲?值得记取的,应当自强不息,“有一分热发一分光”。

载《广西日报》1988 年 12 月 9 日

七十回首话当年

(一)

我是用汉语写作的壮族人。

1918年11月18日初冬圆月升起的时辰,广西省绥渌县城关(今广西壮族自治区扶绥县东门镇)姓陈的农家诞生了一个男婴,起名小五,即是我的乳名。上学取名陈克惠,1938年参加革命组织,改名陈寒梅;1942年发表《落伍者》笔名陆地。1945年底到东北日报社工作,陆地便为日常称呼。

(二)

现在回头来看,我走上文学道路,恐怕是植根于性格的土壤。我小时候沉默寡言,常常独自陷于沉思遐想,从读懂《小朋友》起,书本便成了离不开的伙伴。

从小学到初级师范阶段，我对"五四"以后的新文学——鲁迅、胡适、叶圣陶等的小说、诗歌，外国的《木偶奇遇记》《天方夜谭》和《鲁滨逊漂流记》等等，大都涉猎了一通。此外，还有中国古典文学作品，如红楼、水浒、三国以及《千家诗》《古文观止》等等；但是影响日后写作最深的却是二哥从广东寄来的一套《苏曼殊全集》和在南宁上中学的小朋友带回的郁达夫的《迷羊》等作品。

这段少年时期，春情萌动，仅靠阅读已经不能完全寄托内心情怀了。往往从书里联想到自身的生活感受。于是开始尝试做旧体诗，倾吐怀乡思友的惆怅；也学郁达夫的小说写法，将个人的感受，写了十来篇比日记较为集中的散文。

（三）

1933年寒假，在本县初级师范毕业。从1934年秋到1937年暑假，在广州度过了我的中学后期阶段。先是在私立培桂中学高中读了一个学期，深感理科课程太紧，挤掉了我平素的文学爱好，因而违背二哥要我做工程师的期望，另考入了广东省立第一师范。

这前后三年间，我的阅读领域大大扩展了。艾思奇的《哲学讲话》、恩格斯的《费尔巴哈论》等等，对我的世界观、人生观起了转折性的作用。初步懂得运用辩证唯物论和历史唯物论的望远镜和显微镜来观照文学作品。普列哈诺夫的《艺术与社会生活》和本间久雄的《欧洲近代文艺思潮论》等书，都是在这时读到的。

这期间，我做班会的学术干事，担负编写壁报的义务。在全校各班级的壁报文章和班会干事的联席会上，给我印象最深的有三位同学：一个低我两个年级的杨思仲；另两个是高我一年级的梁奇达和郭植秀。前一位后来在延安"鲁艺"又成了同学，那就是解放后成了研究鲁迅的有名学者陈涌。后者梁奇达当了暨南大学的党委书记，而当年在省一师时，他就是地下党支部的党员。

讲到写作实践,记得是1937年清明前后,我见到毕业班同学为应付全省会考,废寝忘食,觉得这种会考制度的实际意义很值得怀疑。于是,从给壁报写文章发展到向报纸投稿。一篇题名《期考的前夜》居然在广州一家惟一刊登新文学作品的《民国日报》的《学生园地》发表出来了。这是我的作文头一遭排成铅字,在我日后的文学生涯中,当然是一次非同寻常的起步。跟着下来,因受普希金等人的著作影响,也学写过一些抒情的短诗。其中只有一首,假托一位东北青年流亡关内给母亲写的家信,意外地得到赞赏,发表于铅印的校刊。

(四)

1937年暑假,我正在广东鼎湖——我二哥服役的驻军防区消夏,卢沟桥的枪声揭开了全面抗战救亡的帷幕。

作为军人的二哥,怀着"雪耻急如焚"的激昂气概,奔上国防前线。我便离开鼎湖,跟雁嫂在肇庆城里住到暑假终了才回校复课。此时,广西当局登报招考学生军,为随营抗战服务。马上改变入学入册的主意。一位海南同窗黎秀统热情鼓励,陪同回穗,九月六日傍晚,送到长堤西濠口码头,登上开往梧州的轮船。就此告别了生活了三年的广州,告别了中学时代。

(五)

九月中旬到南宁。李宗仁以第五路军总司令身份,正率领桂系部属整装待发徐州,局面动荡。我因未曾受过广西中学生统一军训,终于在学生军考场上名落孙山。

岁暮回到老家,满怀惆怅。为了生活,到离家不远的南乡中心学校代人授课。这时,以成仿吾做校长的陕北公学正在遥远的西北高原向全国招收学生!好多令人仰慕的文化名人:艾思奇、丁玲、周扬、李公朴等都到那边去了!感到无比的向往。

只是有件事把我难倒了：从广西到广州，去武汉，入西安，进延安，一路盘缠，非得百元不行。百元，在 1937 年还是不小的数字啊。

哪知事有凑巧，随着 1938 年到来，不期天外透出一线亮光：省府建设厅新办一所速成合作人员训练所，由各县招考一名高中学生保送到省复试，取录后入所训练，结业后派遣中心县作合作指导员，试办合作社，这跟我一心一意要投奔延安学文学的志趣，可是南辕北辙。但到桂林复试，可领双程路费，何不借此机会去桂林，然后到前线，去寻找二哥取得川资，即奔陕北呢？再说，即令一时北去不成，能到桂林逛逛，总比在闭塞的乡间舒畅得多吧，

县里初考顺利地录取了。1938 年 2 月，到达桂林当天晚上，正是庆祝台儿庄大捷的游行示威，鞭炮满城，歌声如潮，实在激动万分。

延安出版的《群众》周刊，广州出版的《救亡日报》《文艺阵地》，武汉出版的《抗战三日刊》和《七月》等等，在这里很快便看到了。

由于形势紧张，原来的计划行不通了。这样，只好耐下心来，且受合作业务训练。以为延安一时去不成，能从事“我为人人，人人为我”的合作事业，总也差强人意。三月末结业，四月初和四位同事由姓林的主任被派往武鸣县推行农贷互助社试验。

（六）

这边旧世界的腐败，伤了我单纯的心，那边新社会的光明，愈益令人憧憬。“到陕北去！”的召唤，无时不在耳边长鸣。便迫不及待地写封信，自荐于八路军驻穗通讯处主任潘汉年，自述几年来接受进步思想的过程，提出申请到延安学习。很快即有署名云广英的回信：表示欢迎到陕北上学，告诉拿这信直接到百子路 10 号面谈。得到信，同时又有二哥的百元汇票，一时真是插上了翅膀，大可以天空任鸟飞了。

八月末，一个炎热的下午，冒着触犯战时公务员擅离职守应予严惩的风险，

借口下乡复查农贷的使用情况,从武鸣乘上班车直奔南宁,立即买舟东下广州。

九月六日,正是去年回广西的日子。整整一周年,我又踏上熙熙攘攘的长堤。来前,雁嫂嘱咐说:二哥曾为我跟她姨表妹撮合婚姻,姨妈和表妹看过我的照片,都有了默契;要我到广州,务必去走一趟。为着好奇,我还真去打了一转。见面接待的却是那表妹的姐姐,一位少将的年轻太太。说"很遗憾,妹妹跟妈怕空袭,过港躲去了",希望我过去相见。过香港,一夜间的海船,三个钟头的火车,来回极便,只怕去见了面,脱不开身,阻止了我梦寐以求的前程。踌躇了一下,最后还是把这头缘分放弃了。

在通讯处填张表,跟一位女秘书谈了话,隔天即去拿到了介绍信。九月十日,便和黄克勤、黄流、周洁玲三位新伙伴首途入陕。但因战时交通不正常,广州市郊铁道天天遭到空袭,只好先乘船到清远,再从湛江口站搭上粤汉路火车。到汉口,过郑州,下旬到达七贤庄八路军办事处,听从统一编队,步行去延安。

走了十来天,八百里行程终于在我们脚下走完了。十月三日傍晚时分,我们十多个人的小分队来到朝思暮想的宝塔山脚。

(七)

这时间,正是全国各地青年男女涌到延安的高潮。城里,旧屋房新窑洞,全部住满了人。抗日军政大学第七大队是扩大的新单位,住址设在蟠龙镇,离城还有九十华里。我们这批才到的人,除了女同志,几乎全都编入第七大队,在延安住了三个晚上便走了。

蟠龙,是个日中为市的古老集子。我们七大队三中队的住处是原先地主的大院套。操场、球场、课堂三合一的露天场子,都是自已动手在原先的打谷场扩建起来的。新的天地,新的伙伴,新的生活方式,大家都觉得挺新鲜,也挺开心,日子过得挺充实。

不久,广州、武汉相继失守,紧跟着延安首次遭到轰炸。一声巨响,震动了蟠龙。中队部发动学员每人写封信慰问延安。我写的那封,在"抗大"校刊头版加了花边登了出来,引起不少同学惊讶,也使我对写作产生进一步的自信。

也许是由于未到延安之前就接受到进步思想,也许是由于不远万里从边地投奔革命的实际行动,党支部很快便接受我的入党申请。十二月十五夜晚,中队副队长向阳明和指导员王立功作为党的介绍人,为我举行了入党宣誓仪式,候补期三个月。1939 年 3 月,按期转为中共正式党员。

"抗大"预科三个月结束时,我和部分同学参加了一场《论持久战》问题的考试,获得留校进研究班的资格。和黄流、肖鲁等几个人,便回延安校本部研究班报到。

这时,延安城里经过轰炸之后已成了空城,居民全都迁到南门一条山沟,各机关单位则住到城外四周的山头窑洞办公,景象比三个月前大大改观了。

"抗大"研究班设在清凉山附近山腰的一排排窑洞里。学员正在从"陕公"等校陆续来到,等待编班。看看图书资料,设备如此贫乏,研究工作如何深入呢?再说三个月来深感军事单位管理制度太死,纪律过严,自己真是难得适应,正在这时,"鲁艺"每周一次陆续招考新生,听人讲,那里学习生活特别灵活,用不着上早操,也不必搞什么繁琐的"整理内务",用不着过分强调集体,能依个人的爱好发挥专长,有大量的文学艺术图书可以阅读,等等。人们鼓动我去应考文学系。自己也在想,比起做社会科学理论工作,弄弄文学创作对我会合适一些的。因而抱着试试看的心情,去了鲁艺学院,报考文学系。去考的那一周,已经是考最后一场了。主考人是代系主任陈荒煤(主任沙可夫和何其芳率领第一期学员,到贺龙部队体验生活去了)。考试要求,主要是当场作篇文章,写自己感受最深的生活片断。我写的是想起童年时候,父亲每逢年三十躲债的凄凉日子,写了千把字,题目叫做《冬至》。其次,还要书面回答两个问题:一、喜欢那些作品?二、分析某篇作品的主题意义和艺术成就。在喜欢的作品里,举了高尔基《草原的故事》里的《马加尔·周达》;回答第二个问题,举了果戈理的《巡按》作例子。此外还有口试,系主任只问:喜欢那些作家的东西?我说:早先喜欢郁达夫、苏曼殊,近年爱读翻译的,普希金的小说和诗,屠格涅夫的《父与子》什么的。主任没让我讲完便点头首肯,让我过隔壁去同政治处王子刚(建国后曾任邮电部副部长)谈话。王听我说加入了党组织便不多问,算是通过了。三天后去看榜,这回,录取三人:李清泉和丁克辛两个,是从晋察冀根据地来的,早已住到系里了,实际上只取我一个。

(八)

要说我的文学生涯,应当是从1939年初,进入鲁艺文学系开始的。

先后给我们讲话、授课的老师,有全学院都听的:讲文艺理论的周扬、茅盾、吴玉章和陈伯达;讲哲学的艾思奇;讲政治经济学的柯柏年;讲革命气节的传统教育的赵毅敏、徐一新和宋侃夫;等等。

文学专任和兼课的教员,前前后后就有:沙汀、何其芳、周立波、陈荒煤、萧三、曹葆华、严文井、卞之琳和徐懋庸等等。

文学课方面,常设的有:1.马克思主义文艺理论;2.外国名著选读;3.专题讲座;4.习作讨论;等等。

学院起初在北门外孔庙遗址山坡上,到了1939年8月间,党中央为了照顾学院师生学习、工作的特殊需要,将一座天主教堂从中央党校让了出来,学院才搬到城东十多里地的桥儿沟,住进庭院式的庄园。此地北依青山,南面延河,榆柳成荫,溪涧流淌,环境幽静。学院老师都是来自全国各大都市文化艺术界的名流和经过筛选的青年学生。人杰地灵,一时传为胜地。

为了适应战时需要,同时还为培养将来建国文艺人才的战略任务,学院的教育方针和学习期限并不一成不变。文学系头一期,孔厥、康濯他们才只学了三个月就上前方去了;我们第二期却学了一年半才结业。1939年3月,投入大生产运动,一边学习,一边结合开荒种庄稼。到了七八月间,全院学员作了一次甄别,组成不分专业的综合普通班,由副院长沙可夫和教务长吕骥率领,开赴晋察冀边区,编入华北联大文学院。文学系五十二位同学,林漫(李满天)、田家、肖鲁、陈冷等,有三分之二的人走了,留下的有贾芝、葛洛、杨思仲(陈涌)、林蓝、柯蓝和我(陈寒梅)等十来个人。不久,诗人萧三从苏联回来了,刚好接替系主任的空缺。研究员严文井给我们做辅导。学员采取自愿组合办法,建立人数不等的学习互助组。过了两三个月工夫，沙汀、何其芳和陈荒煤先后从冀中和太行带回和他们一起上前方去的同学孔厥、康濯、岳瑟、黄海（吴徽）、尤琪、黄钢、梅行和聂眉初等，刚从大后方归来的周立波也在这时到文学系来任教。学员除了从前方回来的一期学员还有新来的魏伯、陈落、高亮、洪流、浪淘（曾扬清）、叶克、张沛，和几位女同学苏菲、夏蕾、李一纯等等，师生济济一堂，盛况空前。

1939冬，周扬从边区教育厅长任上调来学院任专职副院长（院长为吴玉章兼），何其芳接替萧三当系主任。在学院的教学方针上，周扬接受"左联"教训，主张强调提高艺术质量，着重培养尖端专门人才。文学系的创作指导思想，是以何其芳当时的观点为依归。他根据自己上前方采访战斗英雄的体会，形成这样一种观念：认为知识分子的思想感好和工农战士之间是存在着距离的，硬要去写，吃力不讨好；认为"五四"以来文学作品中够得上称为中国知识分子典型的，至今还没有。于是，他向我们学员提出这样的课题："我们现在的文学创作，为什么不去补这一课呢？"系主任这指导思想正好结合了学院"高举艺术质量的旗帜前进"的号召。我们的学习便都往外国古典名著里钻，盲目地闯进了"言必称希腊"的王国。

文学系一年半的学习，我写作上是有收获的，先后交出四篇习作。本来打算将在广西农村所见所闻分作若干篇章，仿效基希《秘密的中国》那样写一本报告文学，揭露旧世界的种种丑恶。第一篇叫《乡间》。一天午休时间，冒冒失失闯进严文井窑洞请他给指导。过两天，他劈头就问："你爱读郁达夫的作品吗？也写过东西？"他认为初次作文，能写成这样流畅已经不易了。但是，他不大赞成我接二连三地照此写下去。说这类暴露文学是消极的，不符合当前举国上下、团结一致、积极抗战的精神。这样一来，原想要写的自己熟悉而深有感受的生活素材便照教导放到一边去了。于是，凭空虚构，连写两三篇有利于抗战的"小说"，请教于卞之琳老师。得到的评语是：主题好，思想正确；可惜，情节不真，人物形象模糊。一句话：概念化。

失败的教训很深，不能再瞎编了。

"九一八"八周年，延安各界要开群众庆祝大会。鲁艺学院要拿出各种文艺节目去参加演出。文学系拿出什么东西去应付呢？系主任萧三向我们提出任务，要我们学苏联正在提倡的集体创作方法，写些篇故事性强点的、以东北抗日联军故事为题材的朗诵小说。要我们十多位同学，由各人自愿组合成三个创作小组。每组集体讨论，拿出一个提纲交系主任从中挑选一个，再由执笔人集中组里意见写出来。三个组的执笔人一个是葛洛，一个是杨思仲，再一个就是我。系主任认为我写的一份故事性较强，较适合朗诵。题目叫做《重逢》，是写东北抗联两支来自不同山头的游击队，从分裂到团结的故事。在“九一八”那天的晚会上，由夏蕾（蔡若虹夫人）登台朗诵，也曾引起阵阵笑声。稿子后来让魏伯拿去第二战区他主编的文学期刊《西线文艺》发表，得稿酬五元，给系里加菜会餐，大家欢聚了一番。又是集体创作，又是朗诵小说，无论是成功还是失败，在我却是头一遭也是仅有的一次尝试，以后再没接触这种合作方法和这种通俗形式的创作了。

秋收季节到了，春天开荒播种的庄稼有了收获。看到人们在劳动过程中精神面貌明显变化，人与人之间互相有了进一步的了解，深深感到在这新的天地里真有如此的幸福和欢乐；从而体会到，体力劳动即令不能完全说它是一种娱乐，但也并不一定是一种沉重的苦役；觉得某些同学在劳动过程表现的那种虔诚、单纯、勇敢都太美，太善良，太可爱了。从此还看到了集体力量的伟大，不禁产生一股抑止不住的创作冲动。终于花了一星期工夫，一气呵成，写了篇二万四千来字，名为《从春到秋》的小说。其中的人物是从系里某些同学摄取来的印象，生活细节都是大家日常见到的情形。系主任何其芳给的赞誉很高，认为反映当前大生产题材，虽然有文协作家《开荒篇》那样的东西了，但却没写出人物来，而这篇《从春到秋》可说是新的收获，说得上超出了水平线。不足之处只不过语言、文字不那么准确、优美，类似一些蹩脚的翻译，读起来拗口。稿子给了周扬编入《文艺战线》第 7 期。由沙汀带去重庆付印，向全国发行。不幸，《文艺战线》出到第 6 期，国民党当局把刊物给查禁了。据说沙汀在重庆跑防空洞，把稿件也带着的。后来学院把它收进准备要出版的《鲁艺文艺丛书》，可是当时延安的纸张和印刷能力有限，丛书又未能出成；底稿在 1945 年要南下时，交给孟冰保存。日本投降后，他带到张家口，撤退时，未能带得出来。这篇标志我创作生涯的一次飞跃之作，如此几经折腾，终也未能问世。

不过,在创作经验上倒是可贵的。起码懂得了“写你最熟悉的”。但同时也产生了副作用:给我带来了骄傲的幼稚病和狂妄的自负、急于求成的野心。以为一星期既然能写两万多字,一个月不是可以写它十来万了吗?写长篇!写从“一二·九”运动到1938年投奔延安、参加大生产运动的背景,一个知识分子在这历史潮流中思想感情的转变过程。素材是足够的。自信能比齐同的《新生代》(反映北平“一二·九”运动题材)写得好。

1940年元旦开始动笔,动用了全部时间,即使当着同学们烤火聊天的身边,或在大家都午睡时候,我都没停下笔来,专心致志的写呀、写呀,一直写到五月十七日中午,十八万多字的草稿总算杀青了。手稿在部分同学中传阅,引起了普遍兴趣。鲁艺建校二周年开展览,这部书稿(暂名《寻——时代的儿女》)曾做学员创作成绩展出。遗憾的是,到了1942年整风运动,自己担心它或许会同别的作品一样,遭到断章取义、牵强附会的指责,一把火给烧了。跟《从春到秋》差不多的命运,都夭折于襁褓之中。

一年半的学员生活结束了,我以《从春到秋》的成就,被留校深造,进入以培养党的青年作家为中心的文学研究室。同在创作组的有孔厥、黄钢、李清泉、林蓝、葛洛、洪流、杨明和我(陈寒梅)八人;理论组有六个,他们是:贾芝、毛星、杨思仲(陈涌)、岳瑟、梅行和葛陵(陈元直)等。

(九)

1940年7月,进入文研室的同时,就要下乡、进厂、到部队体验生活。这时刻,茅盾刚从新疆来到延安,落脚处就在鲁艺学院。我们临走的前夕,周扬院长特意请茅公给我们几位新兵讲话。茅公答应就“创作与生活”讲了一番跟他在《创作的准备》里写的差不多的道理。

这回和我到群众生活中去的伙伴,有戏剧系老师姚时晓和文研室的同仁李清泉、林蓝。到了绥德专区,姚、林两位分别下农村,我跟李到河防部队三五九旅。旅长王震对我们到来表示特别欢迎。那天他一面让理发员剪发,一面跟我们谈话,说部队战斗英雄惊天动地的事迹很丰富,红军时代固不用说,就是当前抗战,可歌可泣的人物故事还少吗?可惜,部队还没培养出自己的作家,地方的同志又来得少。你们这回下来开了个头,以后多来,我们一定热烈欢迎,工作一定给大家提供方便。郑重其事地嘱咐他的秘书郭小川关照我们下主力团(七团)去,以宣教干事名义,深入连队,协助指导员教战士学文化。

七团所用各个连队,以义和镇团部的驻地为中心,沿黄河西岸一线布防。到团部时,得到宣教股的干事侠静波热情招待,是值得记忆的。哪里料到,二十六年之后,“文革”开始,他老兄却以广州军区宣传部副部长身份到广西“支左”,牵头组织写篇批我作开路的大文。不几天,他自己也成了“大革命”的对象。这是今天说的事了,可当时他给我们的印象倒是挺诚恳、淳朴的同志。听他的介绍,我下的连队是驻宋家川渡口附近的村庄,对岸便属晋西北的柳林镇,日本鬼子经常来骚扰的地带。河声怒吼,日夜喧嚷。连队生活除了巡逻、守望,便是出操、打球、学文化和种菜浇园。按时间表排列进行,周而复始,像河滩、像涛声一样,单调而平凡。平凡的生活不到一个月便发生了突变:太行总部发来紧急电令,部队要过河参加“百团大战”。和李清泉一道,赶到碛口东渡,追上了参战的前头队伍。作为军中宣传鼓动工作的干部,在晋西北游击区的火线下辗转个把月,首次闻到战争的火药味儿,见到敌后军民关系的鱼水之情,听到敌后武工队员口述他们生龙活虎的游击故事。战役结束,一支由地下党一位文化人张宗汉为头领发展起来的游击队,改编成三五九旅九团,从冀南开回河西陕甘宁边区休整。我便请调到那里去,在那里跟政治处宣教股长高铁相处很短一段日子,听了不少关于这支农民抗日队伍逐渐成为正规的八路军的种种故事。

为期半年的体验生活,转眼便过去了。和林蓝、李清泉一道,按时离开农村和部队。记得临走,王震旅长还托我们带只注满酥油的羊肚回延安奉献给毛主席。

半年的连队生活体会,给我提供的创作素材应该说是丰富的。不过,要把它写成小说,就像一锅沸腾的开水,不经相当时间的沉淀,清浊难分,一时还不好落笔。这跟几位下农村的同仁遇到的苦闷是相通的。大家觉得既以创作为专业,当然就得拿出作品作为任务交差。任务越完不成,精神压力也就越大。

弄得人人自危，个个愁眉苦脸。周扬院长了解大家情绪，把话讲得很委婉：一时写不出就不必硬写嘛，妥斯朵也夫斯基二十四岁写出《穷人》，能说才华不高吗，可他也停滞了好多年后才再有新的创作。还说，一个人生活了二十来岁，积蓄的生活、知识，在头篇处女作大概用得差不多了。写不出就读书好了，多读书，多读名著——那是经过人类千百年淘洗下来的精品，可作借鉴，对写作大有裨益。

但是，作为组织的领导者，可能还要考虑到问题的另一面：似乎认识到，采取关在"象牙之塔"来培养未来的红色作家，未必是个好办法。于是，文研室办了一年半之后便解散了。周同我谈，问愿不愿去延安大学学俄文？说懂得一两种外文对创作很有帮助。这不能说不是出于爱护。可当时年少气盛，误会是自己被嫌而给放逐了，负气写了封信，认为解散文研室的措施，带有不公正的偏心。听说这引起周很大的不高兴。从此，造成了彼此多年的隔阂。

（十）

1941 年 11 月，正当鲁艺文研室解体时刻，留守兵团在鲁艺旁边要开办一间部队艺术学校，兼校长的政治部主任莫文骅来鲁艺请求派教员支持。借此时机，和黄照、叶克三人便从鲁艺学院转过部艺学校，从创作研究员成了文学教员。给学员讲授习作课，一直干到 1943 年 3 月。文学队学员当中，有后来因写《吕梁英雄传》成了大名的西戎（另一位合作者马烽，当时是戏剧队学员），《在零下四十度》作者的部队作家西虹和电影剧作家孙谦和纪叶，等等。

原先半年的部队生活素材，在鲁艺写不出东西，现在到了部艺，因为经过一定时间的过滤，倒是写成了两个短篇。其中一篇《落伍者》登在丁玲、艾青和罗烽等几位轮流主编的文协会刊《谷雨》四期（1942 年 4 月号），与名家之作并列。署名"陆地"的新人，引起了文学圈的注目，老作家吴奚如、罗烽齐声赞赏，顿然成了文坛新秀。然而，想不到麻烦竟接踵而来。有人就说："你本是鲁艺培养出来的人，有作品为何不给《草叶》（何其芳主编的鲁艺校刊。在人们心目中，《草叶》跟《谷雨》乃是鲁艺与文协两大山头的阵地)?”鲁艺的人以为我另投山门,成了异己分子。等到文艺座谈会一来,我这篇本为个人主义者唱的挽歌,却被鲁艺的程某署名文章当头一棒,认为革命队伍即令有少数落后分子现象,终将也会受到感化而转变成革命者的,为什么写他掉队去呢?作者赋予落伍者的同情,不就是对革命队伍的诬蔑吗?面对这种逻辑的指责实在难以接受,趁着当时即使党报的批评文章也还允许反批评的风气,本着初生之犊的拗劲,立即写文章,引用鲁迅在《非革命的急进革命论者》的话,驳斥了程文那种形而上学的观点。文章在舒群主编的《解放日报》副刊发表后,有一天在延河边散步,与周扬邂逅。他客气地说:“你的小说和最近的文章,我都读了。什么时候来我处谈谈。”谈谈,兴许是长者出于对晚辈的好心吧?但我当时还是认为程某对我的打击是有来头的,无疑是代表着包含周在内的程某一伙理论权威。我当时已归属军委系统的干部了,以为鲁艺的组织已管不到我头上,不管周对我怎样,只有敬而远之。始终不肯应邀趋前领教。这就进一步加深和鲁艺程某一伙的隔阂。只有彼此都经历了“文革”十年之后,一次,与一位一贯以马列主义者自居的鲁艺旧人重逢叙旧,他老兄这才带着歉意地叹道:“42 年我们批你的那些,都‘左’了!”

(十一)

1942 年冬,陕甘宁边区部队、机关实行精兵简政,部队艺术学校停办。我的教员生活也随之而告终。接下来是从 1943 年初到 1945 年 6 月两年半的报人生涯。

本来调令是到联防军政治部新创办的《部队生活》报社去当特派记者的,这跟我的文学创作还是比较接近的行业。不想正要随同徐向前首长(陕甘宁晋绥联防军区副司令员)出发去独立一旅的时刻,莫名其妙地突然被留下了。顶头上司“联政”宣传部副部长兼报社社长向仲华找谈话,说报社内勤缺人,先干一段编辑再下去吧。这样,我就跟这位当过《新中华报》社长的老报人、副部长面对面坐在办公桌前,由他手把手教我学起了编报的业务。

七月间,作为党中央社会部领导人康生搞的逼供信,掀起了一场抢救运动的龙卷风。霎时间,我成了抢救对象,从而经历了九个月隔离审查的种种折磨。到了1943年除夕,党支部才当众宣布:我的历史问题,原来是根据中央党校职工班邓某检举材料,说我来延安之前,通过他接受日本特务派遣。这才不让做记者,列为抢救对象。但经过查证,邓某1941年到了延安之后,经黄流介绍才跟我相识,而且邓某在其遗书中,对他被逼的供词已作了否认。因而,审查结论是:个人历史清楚,不存在任何政治问题。

个人政治历史问题解决了,无异于组织上第二次入了党,真正是成为自己人了。这本来可以做记者的,只是总觉得到部队采访还是难免被动,受约束很多。自知一生若真能对社会有所贡献,惟有从事创作,或许会有所作为。但要弄文学,除了重回鲁艺别无去处。而鲁艺,有程某一伙人在,又有周扬对自己那么一些也许是不公正的看法在,自己既然从那里被放逐出来了,现在又要回去,好吗?犹豫了几天,最后,为了夙愿得偿,为了特长得到发挥,比起来,过去的恩恩怨怨统统不去管它了。决心上书文艺界领导周扬,申请重回鲁艺。不想很快便有亲笔回信,说欢迎回学院搞创作;只不过问了肖部长(我的顶头上司),说是等到"七大"开过后,看干部如何调整再作定夺。过不了几天,原兼部艺校长的莫文骅来找肖向荣、向仲华两位我的顶头上司,要求支持他回广西老家开辟新区工作,指名要我和韦必克两个广西老乡一道随他南下。肖说:"周扬正说要他(指我)回鲁艺,我们是留不住了。回广西还是回鲁艺,看他个人拿主意吧。"莫在部艺学校兼校长任内,对我和对他手下的宣传科长韦必克是认识的。他找我和韦谈:目前在钦州、防城十万大山一带,有五六万农民暴动,正缺有力的干部去领导,说韦、我两人回去,就到那边去打开局面。想想自己,一介书生,居然受命耍弄刀枪,那是赶鸭子上架。不过,南方那边青山绿水的大千世界,对我却十分诱惑。这边大西北的黄土高原毕竟是太单调了,挨过了那么漫长的七年,实在真想能够有所改变。尤其一心为了要写作,对生活的追求总是无穷无尽的,所以说,这机会对我是求之不得的。

在延安这新世界的摇篮,一住就是七年。如今,人要走了,往日多少情谊,宛如飞鸟失落下片片羽毛，那是不能带得走的。回想当年告别母亲离家出走的情景和心绪，多么洒脱、多么轻快。如今，正要打回老家的时刻，反而不禁感到茫然和怅惘！

六月十一日，队伍出发的前夕，毛主席向即将南下的部队作动员。我却请了假，赶到桥儿沟边区师范学校，向黄海、叶克两口告别。后天一早，南下队伍出发，是要经过桥儿沟来的，当晚我便不回队上了。

八月初，部队从中条山太岳军区地带的旧垣曲某个渡口，南渡黄河，进入洛阳附近的新安县邱沟煤厂休整。中旬，日本无条件投降，抗战宣告结束，部队继续南下便成了出师无名。朱总司令连发三道命令，要八路军、新四军就地受降。我们满以为马上便开进洛阳了的。蒋介石却以中央国民政府名义，强调统一受降。胡宗南队伍即将从关中开来郑州，接管陇海沿线各城。我们只好从西沃镇北渡，退回豫北沁阳，围城发动群众。过了半个来月，党中央来电：两广南下干部即同武装部队星夜兼程，直奔东北。队伍便取道太行，解决御寒装备。然后每天以八十里的行军速度，跋涉于一望无际的河北大平原。

赶到白洋淀边边上新镇的时候，我打起了摆子（疟疾），被迫留在冀中行署卫生部，服了两天奎宁丸。愈后，政治部动员留在冀中等待进入北平或天津。我却怀念着一起相处了几个月的伙伴和队伍，还是要求拿到了追赶队伍的组织介绍信和“路条”。沿途有乡、村公所或兵站的车辆、牲口载送。过了北宁路，遇上三五九旅收容队十来位同志，跟他们搭伙，直奔山海关。

到此，步行结束了。在七年未见的电灯光下爬上了开往锦州的装煤车厢。翌日，天色微明时分，列车在锦州站停了下来。头次见到令人景仰的苏联红军，也是头次看到，曾经不可一世的日本鬼子，这时却成了动物园的狼似的在街头广场被铁丝网圈起来了。一些戴眼镜、口罩的家伙，个个耷拉着脑瓜，乖乖地在扫大街。

广东干部队和他们的武装队伍三五九旅驻扎锦州。收容队的伙伴回到他们各自的单位去了。我一个人独自找军区政治部，转关系去沈阳向东北局报到。在一座豪华的奉天旅社意外地遇上了部队政委雷经天和大队长黄一平。原来部队到了冀东玉田时，广东、广西两支干部队和武装队伍便兵分两路出关，广东的三五九旅奔山海关，广西的警一旅走承德。承德到锦州火车不通，队伍都停在那里了，雷、黄和其他几位老团长脱离部队先赶去东北局汇报。大队长见我这个掉队的病号倒反赶到前头来了，特别高兴。马上给仍在流通的二百元伪满钞票，让去街上理发、洗澡和买些日用品，吩咐明早同他们一行去沈阳。

傍晚，从理发店出来，在街口看到从火车站走出一队穿灰一色的行列。有人从背后猛喊我名字，回头一瞧，嗨，原来是文学系老同学浪淘，他们一行全是一大串延安常见的熟人：严文井、天蓝、公木、雷加、高阳（李江）和华君武等等。听他们讲，“八一五”之后，延安文艺工作者统一组成一个文艺工作团，步行两个来月，到了张家口。周扬、艾青、欧阳山一部分人留在那儿开办华北联合大学文学院。他们这批要到沈阳去。翌日，我们又都巧遇于锦州到奉天的列车上。抗战终于胜利了，彼此说东道西，兴高采烈。到此，山沟沟的单调生活已成了历史。我的四个半月零两天的徒步行军也就到此结束。

四个多月的日日夜夜，跟经历过二万五千里长征的红军老同志生活在一起，听到不少惊险动人的故事，亲眼看到这些老英雄在行军里头表现的可敬可亲的优良作风；最令人感动的还是经过几个抗日根据地甚至游击区时，见到农民群众对待我们八路那么亲，那么诚实，那么淳朴、敦厚，真像是自家兄弟。总之，感受太丰富了。日后写的短篇《钱》《中途》和中篇《钢铁的心》以及稍后才整理出来的《行军手记》（从延安到沈阳）都是这段生活的回声。其中一篇《钱》在《东北文艺》发表不到半年，即为苏联著名的文学期刊《旗》（1948 年 8 月号）译载。苏联期刊译载中国小说，在当时来说，不是头一回也是极为罕见的。副刊部一俄文的刘仲平同志，一天从中苏友协拿回刊物来见面便欢呼：“乌拉，阁下可是成了国际作家了也！”这叫我都为之愕然。

（十二）

1945 年 10 月最后一天，和雷经天、黄一平、欧致富、李志明等几位广西老红军负责同志一道，从锦州抵达沈阳，苏军抵不住国民党政府的攻击，不让我们关里来的八路干部在城里公开露面。半夜里东北局把我们安排到铁西区飞机场附近名叫烟粉屯的小窝铺住下,和雷、黄两首长睡在一条炕上。第二天,雷征求我个人对工作的要求,说今后我们就要管大城市了,工作门类不同山沟里那样简单了,问我想干哪一行,能干哪一行,都可以提出个人意见,让组织去考虑决定。这时刻,要提出去写作、当专业作家,显然是不合时宜的了。但是考虑能干什么的问题,唯有编报纸还可以对付。雷说,东北局的机关报——《东北日报》,目前正在到处物色干部,急需有这方面经验的人才。过两天,东北局组织部便给雷来电话,让我直接去报社找廖井丹副社长。就在那天,我把介绍信交廖的时候,提出把名字改称陆地。廖问,愿做记者还是想编副刊都可以。我说先编副刊一段,等对社会情况熟悉一些以后,再做记者吧。没想副刊一编下来就脱不了手,从1945年11月初到1949年8月离开报社进关南下,一直干了将近四年工夫。而且从报社筹建开始到后来发展阶段,一直担任编辑组长,主持整版副刊的全部编务。先后在副刊部编辑的同事,除了副总编严文井分管副刊以外,曾有过几位女作家——陈学昭、白朗、林蓝和李媛,男同志则有刘仲平、刘和民、关沫南和姜健等,专画画的有以华君武为首的宋小四(高莽)和黄铸夫。

报社开头是在沈阳《盛京日报》《康德新闻》两家伪满报纸的底盘筹建的,后来东北政局动荡,随着东北局迁移,从沈阳迁出到本溪,再到海龙,不久,进入长春一个月,又北迁哈尔滨,等到全东北解放才重返沈阳。

1946年七八月间,在哈尔滨稍定下来的时候,一天,东北局宣传部长凯丰召我谈话,说东北青年学生遭受日伪十四年奴化教育,文化知识水平、政治思想觉悟都不高,不能把关里根据地那一套全都搬来,他们一下子还接受不了。他们不是只知道巴金那样的东西吗?你的副刊是不是组织那样的文章呢?目的只要让青年学生肯跟我们走就行了,调子不能太高。

遵照这一指示,副刊就发了林蓝一篇《樱桃》,跟着我自己写了一篇《叶红》。写了新时代一位女性,从个人怀着浪漫的英雄幻想投奔革命圣地延安,经历种种实际生活。学习的锻炼,特别是经过学习"讲话"之后,思想感情逐渐有了变化,跟工农群众打成一片。小说一经发表,正如我每星期在副刊写的《阅读与写作》专栏文章一样,在知识青年当中产生意想不到的影响。有一天,去催周立波要《暴风骤雨》的连载稿，扯谈起来，周说，他在乡下土改，别人听说工作队有个文化人，便问他是不是叫陆地？

但是，“木秀于林，风必摧之”。等到日丹诺夫批判左琴科和阿赫玛托娃的那股旋风，从西伯利亚吹到哈尔滨时候，在东北首届文代大会上，我这篇曾为广大青年倾倒的《叶红》便被牵强附会，当作同左琴科鼓吹“小资情调”一路的货色，而列为大会批判中心。在文学小组连续批了三天，批得剧作家宋之的听得都不耐烦了，诘问主持人刘某“天天都叶红、叶红，说个不完；请问，我们的会还谈不谈别的问题了？”诗人李江敢讲句公道话：“我看，在这儿讲来讲去，还是我们几个人的说法。我说，干脆，拿到群众中去听听读者的意见，看是不是同意我们的观点。”最后决定由严文井写篇评论，作为收场。可文章一直未见出来。这场批判虽未一棍子打死，不过，对脆弱的创作神经不能不是一种创伤。何况还真因为我受过批判，出席首次全国文代大会的名分即于无言之中被否了。

《东北日报》副刊工作四年，除了主持编务，也曾下乡土改，进厂搞民主运动。因而写有工人生活的《大家庭》，农村题材的《乡间》等几个短篇小说和一些散文。1948 年在哈尔滨出版了第一本小说集《北方》（1950 年上海群益出版社重排，改名《好样的人》）。同年，应三联书店的哈尔滨光华书店邵公文之约，将报上《阅读与写作》专栏文章收编成单行本《怎样学文学》，列为新中国小百科丛书之一，在北平、上海、香港等地一印再印。1949 年还有一本中篇《生死斗争》，在沈阳东北书店发行（1950 年上海群益出版社重排改名《钢铁的心》）。

1948 年 11 月 4 日，全东北解放。就在当晚万众欢腾的庆祝声中，我在而立之年同年方十九的小姑娘于凤乡（于千）在哈尔滨结为伉俪。

（十三）

1949 年三月，为迎接全国解放，在东北的两广干部大多数调离原单位集中长春准备入关南下。我这才离开了《东北日报》副刊部，从沈阳到长春，加入叶剑英的华南工作团的广州干部大队。在广西籍的朱光（后来当首任广州市长）

直接领导下，集中学习政策。月底进关，经天津、济南、南京、上海、杭州和南昌。路过赣州，赶上庆祝中华人民共和国成立的群众大会。十月初，到达广州市，进驻当时最高的爱群酒店，接管市教育局。十一月下旬调广西工作团，到梧州任市党委宣传部部长，奉省委书记张云逸面命，创办《建设日报》，首任社长。

1950年7月，上调广西省委宣传部，从此，历任处长、秘书长和副部长，直到1966年6月"文化大革命"。十六年的漫长岁月，主要精力和时间全部消耗在"会海文山"了。这当中，1951年冬，参加广西土改工作团跟北京中央团的田汉、艾青、李可染、胡绳、吴景超以及胡昭等作家、诗人、艺术家、教授和领导干部以及大批清华、燕京两校的学生，一道搞了大半年的土改运动。

1952年11月，中宣部文艺处从全国各地借调作家、诗人上京，统一安排各人下乡、下厂，到部队深入生活，为期一年。我有幸获得了这求之不得的机遇，企图就此良机，将土改的生活感受写部长篇：塑造个从奴隶翻身成为主人的当代农民形象；同时表现一群知识分子在与工农相结合的过程中，思想感情发生变化的精神面貌，其中不免顺带批评某些思想僵化的干部领导作风。一心想写有别于已有的土改题材作品的模式。但因酝酿、准备工夫不成熟，1953年一年的借调期限很快便过了，愿望落了空。

1954年初，又坐回办公室，行政工作的担子加重了：秘书长、副部长接连升级；另外还有第三届政协全国委员和广西作协主席等社会职务的活动，写作实在没有可利用的业余时间了。不过为着要写心中的长篇，脑子一直没少酝酿。到1959年初，组织上为国庆十周年献礼，动员作家们创作，先准我有三个月的创作假。三个月要写部长篇，按说时间是不够的，好在事前有着五年怀胎，人物形象已活现眼前，其中细节也都有了清晰的想象，一旦执笔写来，得心应手，进度神速。从四月初到六月上旬，不要三个月便写出了二十多万言书稿。1952年初那段农村绚丽多彩、令人难忘的生活图画，终于在《美丽的南方》(1960年作家出版社)得到了反映。

（十四）

1960年到1963年，因病住院疗养，乘机架构另一部现代革命历史题材的蓝图，数易设计草稿，拟出二百来页提纲。在未进入创作之前，先写两个短篇试笔。真想不到头篇《故人》竟会获得如此广泛的读者，《广西日报》、新华书店一段时间就收到为数不少的书信和电话，要求报上转载，打听有没有单行本出售。

《故人》的成功，大大鼓舞了我酝酿多年、一心要写以反映从本世纪初反袁称帝到三十年代中华工农苏维埃诞生，那段民主革命题材的信心。

1963年3月，出席中宣部针对外国修正主义文艺思潮而召开的反修防修文艺工作座谈会回来，便得假动手写我第二部长篇。仅仅用了一年半工夫，七十万言的初稿便出来了。初步拟名《他留下的脚印》，是以一位革命前驱者的命运为中心的书。这时，正要开展农村"四清"运动，大抓走资本主义的当权派。文艺界紧密配合政治运动，批电影《早春二月》、批戏曲《谢瑶环》、批史学《忠王李秀成自述》等；"以小说反党是一大发明"的余震还在令人惴惴不安。而我这部以资产阶级民主革命历史时期为背景，表现知识分子出身的革命先驱者所经历的曲折道路为题材的长篇，其中不仅闯了为知识分子树碑立传的禁区，而且直写到孙中山那样的历史人物，直写毛泽东、周恩来等那样的真人形象，这在近年来已成司空见惯的现象了，可在六十年代初是要有敢担风险的傻乎劲才行的。难怪一家出版社看过初稿，虽然说什么人物个性的刻画、历史时代背景的再现，以及整个布局构架等，颇具匠心；但值得考虑的是，规定主人公的地位过高（中央苏维埃委员），会不会招致物议？特别是领袖人物真人如何塑造得恰如其分？因无前例，不能不予顾忌。因为已是"山雨欲来风满楼"的严重时刻了，所以对书稿的取舍，没说否，也没敢说要，模棱两可。接下来不久，果真一声霹雳，一场惊天动地的"大革命"旋风便令人目瞪口呆，什么都说不准了。

（十五）

那是正当全国到处都在紧急传达《"五一六"通知》之时，我还在桂林芦笛岩山脚的肖家庄领着"四清"工作组学习这红头文件之际，广西区党委秉承中南局部署要每个省区必须揪出个代表人物来作大批判开路的旨意，6月5日开会决定：拿我作为修正主义分子的典型，号召全自治区人人口诛笔伐，罪名便是炮制《故人》大毒草！不教而诛。谁能想到，曾为广大读者（包括现在要判她罪的衮衮诸公）赞美备至的《故人》，那纯粹而且明显不过的在控诉国民党特务给知识分子制造的悲剧，怎能昧着良心颠倒黑白把它说成是"为地主分子树碑立传"？谁敢相信欲加之罪何患无辞的莫须有的冤枉，竟在革命队伍中重演？然而，一夜之间，我居然就这样为《故人》受难——成了"三反"分子，成了文艺黑线在广西的代理人！作为权威的党报，每天以一版到两版的整版通栏标题，连续刊登了三十八天（从6月15日到7月23日）所谓工农兵群众大批判文章，所谓各地区各团体的声讨电文和声讨大会的图片。至于我本人以及家属所有成员所受的冲击，实在超过人所能忍的极限。但丁在《地狱》写不到的残酷，我在人间却真受够了。只因有1943年被"抢救"过的教训，深信党最终将会做公正的裁决，于心倒能坦然；怀着苦涩的好奇心冷眼静观这出戏剧如何终场。再就是幸亏自己平生无怨敌，没给乱棍打死，终归经历了第二次严酷的考验。记得运动初起，身受冲击，心事万千，吟成几句抒怀，题为《冰雹》：

> 霹雳一声天地崩，何来夜半排山洪？
> 村前乌桕逐狂浪，屋后青松啸疾风。
> 茅舍倾圮仍有础，渡船漂泊已无篷。
> 雨里老夫迎风立，翘首凝睇望旭东。

1972年国庆前夕，已是林彪死后周年了，我才总算"死去活来"，从六年的噩梦中得到了解脱。1973 年初被安置到自治区文化局当副局长,排第九。人们取笑叫我“老九”。老九是分不到什么工作来干的。另一位“支左”的副局长来叫拿出写作计划去,交党组讨论,通过了,便在家写东西,不给设办公室了。

写什么呢？自知一贯写作的心情就像谈恋爱那样害羞,不到成熟可以公开的程度是不好意思向人泄露秘密的。要事先拿到会上去叫人七嘴八舌说这说那,实在太难为情。当然,最难以从命的还是江青的“三字经”,还有接二连三掀起的大批判开路:一下子批《水浒》,一下子批《创业》,一下子又批《三上桃峰》……写作无异谈虎。我的大捆书稿,一直束之高阁,真没心机也缺那份勇气去触动。白白混了好几年的日子。

(十六)

1976 年 10 月,十年灾难终于结束了！创作思想终于挣脱了紧箍咒。12 月即给领导机关打报告,请求批准创作假,完成长篇《瀑布》(《他留下的脚印》最后定名)的书稿。但石投大海,没得回音。事隔一年,由于中国青年出版社刘平、李荣胜两位得江晓天推荐,专程来访,看过初稿前头十多万字之后,格外赞赏。立即代向自治区党委文教办主任罗立斌交涉,获准我的假期。

从 1978 年初开始,一边修改《瀑布》,一边还得兼顾恢复文联的筹备工作。到十一届三中全会时才完成全书前两卷,只好作为第一部(《长夜》)先出书,1980 年 4 月第一次印行。1981 年荣获全国少数民族文学创作一等奖。后两卷因种种缘故,拖到 1984 年末才以第二部《黎明》出版。到此,《瀑布》全书一百零五万言四卷本的整个工程终算告竣。这是自己认为用生命写成的书,无疑是代表我一生创作所能达到的高度了。要说短篇的代表作,则该是《故人》,《落伍者》只能标志着我开始迈进作家之林的第一步台阶。

党的十一届三中全会全盘否定了“文化大革命”,1979 年 3 月,广西区党委才肯为我这个曾经被当作打倒对象的代表人物予以平反,才肯承认 1966 年 6 月 5 日会议把我作为“三反”分子而撤销党内外一切职务的决定是错误的了。

于是恢复我区党委宣传部副部长的职务。1979 年全国四次文代大会,当选四届委员,同时入选中国作协理事。1980 年广西文联和广西作协重建,均当选主席,并任党组书记。1982 年离休。最后,吟成如下几句旧体诗作自白:

自古文章憎命达,从来骚宦不一家;

桑榆寂寞思冯异,留得清名对噪鸦。

载《新文学史料》1989 年第 4 期

生涯事略

陆地,1918 年 11 月 18 日生,作家,中国作家协会会员,壮族,原名陈克惠。广西扶绥县东门镇矗山村农家子弟。

1934 年秋,因有在粤军当连长的二哥资助,得从绥渌县立师范讲习所升学于广东省立第一师范学校。那时代,适应全国学界掀起“一二·九”抗日救亡运动影响下,领受马列主义启蒙,思想意识进步飞跃。

1938 年 9 月,投奔延安,10 月进入抗日军政大学第七大队学习,12 月加入中国共产党,改名陈寒梅。

1939 年初,考进鲁迅艺术学院,文学生涯从此起步。其间,习作短篇《从春到秋》反映当时陕甘宁边区大生产运动,知识青年经过劳动锻炼,思想感情发生变化,觉悟提高的现实生活。小说获好评,并因此日后毕业时,留校当了研究员。

1942 年,以笔名陆地发表处女作小说《落伍者》于延安文艺抗敌协会会刊

《谷雨》第四期，因缘竟成文坛新秀。随之，受聘于军委部队艺术学校当教员。后又调任《部队生活》报特派记者、编辑。

抗战胜利后，1945 年至 1949 年间，从延安到东北的沈阳、长春、哈尔滨。专职中共东北局《东北日报》副刊部编辑组长，主编第四版文艺副刊。其间，几年业余文学创作，有三本书：《怎样学文学》（三联书店的新中国小百科丛书之一）、《钢铁的心》（中篇小说）、《好样的人》（短篇小说集）。

1948 年 11 月，30 岁而立之年，南疆男子，艳遇北地芳龄待字闺女于千，两相缔结命运同盟，了却终身大事。

1949 年 9 月，从长春首途入关南下，抵达江西省赣州市时，恰逢 10 月 1 日全市群众大会庆祝中华人民共和国开国盛典，现场从广播里聆听毛主席庄严宣告："中国人民从此站起来了！"

1949 年 11 月，随胜利之师凯旋广西，出任中共梧州市委宣传部首任部长，同时创办《建设日报》。

1950 年 7 月之后，直至 1982 年离休，几十年岁月，组织关系基本在中共广西省委（自治区党委）宣传部。职务从宣传科（后改称处）科长（处长）逐步提升秘书长以至副部长；同时，还兼挂第三、第四届全国政协委员；全国文联第三、第四届委员；中国作家协会理事、顾问，终至名誉委员；并广西文联名誉主席等头衔。著作有：长篇小说《美丽的南方》（作家出版社 1960 年出版）、《瀑布》（中国青年出版社 1980 年、1984 年出版上、下两部，上部《长夜》获全国首届少数民族文学创作一等奖，下部《黎明》获广西首届〔1978—1988〕"振兴广西文艺创作铜鼓奖"）；中篇小说集《浪漫的诱惑》；短篇小说集《故人》；散文集《青春独白》《劫后余灰》；文论《写作杂谈》《创作余谈》；自传《直言真情话平生》；诗稿《落花集》。此外，还有从 1935 年迄今，几乎未断，一年一本的数十本日记有待问世。

……

总而言之，笔耕一世，薪尽火传。收获成果有长篇小说《美丽的南方》和《瀑布》。两书均反映革命历史时代的精神风貌：前者，欢呼翻身农民成了当家人，是描绘天时、地利、人和的长卷山水图画；后者，壮丽《瀑布》高唱劳动群众从"长夜”隧道走出，迎接“黎明”曙光，是一幅编织民主革命一代英雄人物形象的壮锦。

再说，作为革命干部，更系共产党员，敬业乐群，忠诚不贰，却也不免经受非常严峻考验，那就是 1942—1945 年三年延安整风运动，1966—1976 年十年“文革”浩劫。幸有 1979 年党中央实事求是拨乱反正，冤假错案终获昭雪。

2008 年 8 月修订

文学因缘

说起跟文学结下因缘,恐怕要回溯到读《小朋友》的童年去了。至于拿文学当事业,则是一九三九年进了延安鲁迅艺术学院文学系以后才开始的。但从一九四一年年底,也就是从离开“鲁艺”之后,几十年来,差不多一直是搞党的宣传工作,文学创作只是业余。

是的,对文学创作,我一直是锲而不舍,不管工作怎样繁忙,我都要挤出时间来写点什么。如今回过头去看看,走过来的路,是多么坎坷不平!

记得我头一回的成名之作——短篇小说《落伍者》发表于当时由丁玲、艾青、罗烽轮流主编的延安“文协”机关刊物《谷雨》第四期上。这个短篇发表之后,在延安曾经引起前辈和同行们的关注。而我,也因之作为新人走上文坛。但不久以后,这篇小说竟被视为不经之作。理由是:跟时代的革命进行曲不合拍;说什么革命队伍是熔炉,凡经熔炉锻炼的都应一律成为钢铁战士。革命作品只能是以写英雄式人物的转变为使命,而《落伍者》对落后分子们的下场赋予过多的同情,“哀其不幸,恨其不争”,这是有悖于革命现实主义的创作法则的。

就这样，一场冰雹，《落伍者》这棵幼苗被压下去了。

第二回，又是一个短篇《叶红》引起的一场烦恼。那是一九四六年的东北解放初期，为了鼓励新区青年跟党走，我以抗战时期到延安去的青年生活为题材，写了这么一个短篇。它的出现，在当时东北的学生群、青年群当中，引起了躁动。这有什么不好呢？革命，在青年人的心目中展现了一片崭新的思想天地。然而，谁也不曾想到苏联日丹诺夫批判左琴科等诗人、作家的那篇大报告，和苏共中央关于意识形态的各项决议精神竟会波及中国。于是，在东北首届文代会上，《叶红》便受到围攻，说它是散布小资产阶级情调，是非无产阶级的典型，是歪曲了当年延安艰苦奋斗的革命传统，等等！真是八方鼓涌、备受挞伐。

第三回，《故人》这部作品写的是旧社会一个知识分子的命运。它的问世和前两个作品相似，得到广泛的欢迎。可万万没有想到，“文化大革命”一来，一夜之间，这部作品却成为广西“文革”祭坛的牺牲。论客把它斥为“为不革命的地主子弟树碑立传”，列入“三反”的“大毒草”。不用说，人以文罪，我也跟上作品成为过街老鼠。

经过这三次折腾，特别是“文革”的死去活来，许多好心朋友，莫不善意规劝：文学这碗饭不好端，何必再作冯妇。我自己也曾反躬自省：遭受几次三番的折磨，为什么还不灰心？还要笔耕砚耘去孜孜不倦的追求——而我求的，又是什么呢？是名么？不是！是利么？不是！名利于我如浮云，我何求哉！再说，致名求利之道多矣，如果我熏心于名利又何必借助于文章！

我之所以九死而不悔，致力于文学创作这门事业，说来话长，要而言之，不外三点：

一、文学虽非经国之大道，但确是醒世点俗之盛业。我在气质上既然有文学的细胞，并且选定了这条道路，我就应当踏着荆棘走下去，去追求，去发现……

二、去追求什么呢？去追求永无涯岸的理想。去寻找什么呢？去寻找既有历史、时代，又同时超越一切功利观念的爱。去发现什么呢？去发现理想的美，爱的美，以及美的理想，美的梦。正因为有这样的信念，所以我才执著，我才不计成败利钝，荣辱得失。总想从我敏感着的种种人情世态中去揭示点什么！无论是宣扬美,或者是鞭挞丑,究我本意,我是都去作如此这般,求其达到美满的境界,来弥补现实生活中的缺陷……

三、我始终认为,现实主义的文学,不应也不能排斥它必须具备的社会功能,不应也不能否认它所具有的"生活教科书"的作用。但也决不把这些作用、功能和政治、政策概念等同起来。记得"文革"时期对我的批斗,有人在会上质问:为什么要写这些"大毒草"而不去写像焦裕禄式的人物呢?回答是不言而喻的。这比老师给小学生出题作文还要厉害。一句话:文学作品不是政治论文。因此,它是不能折服人的。这就是我之所以不屈,并且坚持现实主义的道路,一而再、再而三地写、写、写……是的,我想通过我的作品,去向那些形而上学的理论,作不妥协的抗争!

党的十一届三中全会以来,拨乱反正。文学在坚持为人民、为社会主义的前提下,得到了广阔的空间。作为一个过来人,我深深地感到,我们的文学繁荣,已经不是一句空话了。关键是,我们自己如何在为人民、为社会主义的这个总前提下辛勤耕耘、踏踏实实地创作,既不能迷惑于某些时髦的文学思潮,也不能抱残守缺故步自封。这样,我们是会有所创造、有所革新,从而写出经得起历史和生活的检验的佳作!

这不是套话,我常常以此自励!

载 1987 年 4 月 23 日上海《文学报》(317 期)

笔名的由来

我原名陈克惠。1938年到延安,先后在抗日军政大学、鲁迅艺术学院、部队艺术学校和《部队生活》报等单位学习或工作。期间,都是用陈寒梅这个名字。其用意无非,一是因自己素性孤僻,落落寡合,尝以清高自许;二是生日于农历十月十五,古有“十月岭上梅花香”句,乃借“寒梅”之名以寄傲。但该姓名使用后,没想到常使人尴尬——易招来女性俗名之嫌。另外,在延安这个革命队伍的大熔炉里待久了,思想认识也变化了,渐渐地发现孤高自傲的秉性跟革命倡导的集体主义观念是极不协调的,于是便动了改名的心思,只是一时没碰上机会。

“陆地”是1942年在延安《谷雨》杂志第四期发表短篇小说《落伍者》时才头回使用的笔名。以后在延安《解放日报》发表另一个短篇《参加八路来了》,和一篇文学评论《关于〈落伍者〉——自我批评,并答程钧昌同志》,及在《大公报》(桂林版)文艺栏发表的短篇小说《乡间》,用的笔名都是陆地了。

1945年11月初，到东北解放区的沈阳《东北日报》社工作，机会来了，趁新单位熟人不多就把名字改了。以后，不论是发表文章还是日常的称呼，都只用陆地这一个名字了。本意以为这个名字顺口好叫，如果硬要说还附带着什么寓意的话，那也许是想到大地是人类的摇篮，以博大的胸襟孕育着万物，也以无言的忍耐来承受着一切灾难，默默地贡献出自己的所有。由此，以其宽厚为怀、无私奉献的特征借以自勉吧。

1980年8月

文坛来去

无论什么事，对我，即便是爱情，也没有超越想要作文写人那样，一往情深，锲而不舍。

历史性的五四运动发生的前一年，农历十月十五初冬，正当圆月初升的时辰，我，出生于广西壮族地区一户虽不富裕，也非贫寒的陈姓农家。命名陈克惠。自然是壮人之子，却不保守壮人的民族意识。

自幼嗜书成痴，文学读物成了初恋的情人。

1934 年秋季，有幸得到在粤军任职的二哥供给，离家远赴广州，升学于江村一间拟仿陶行知晓庄师范模式的学校广东省立第一师范。

那年月，正值国难当头。1935 年的“一二・九”学生救亡运动的时代怒潮风起云涌。时势催人接受马克思主义的启蒙，观念思维初步飞跃。读高尔基“写你最熟悉的”，尝试向报纸写稿，处女作《期考的前夜》1937 年在广州《民国日报》上发表，讽刺抨击当局推行中学会考的弊政。

1938年,抗日战争进入烽火年代。

憧憬前程,向往光明、自由、真理和正义。

决然逃出“这里,只有石头才不会饮泣”的旧世界;自觉投奔“黄河之滨,集合着一群中华民族优秀子孙”的新天地。

1938年12月,在延安抗日军政大学加入中国共产党,易名陈寒梅。

1939年元月,为圆文学爱好的梦,考取了为培养革命青年作家和艺术家的延安鲁迅艺术学院,进入文学系学习。

投身延安总动员的生产大运动。

首次习作《从春到秋》,歌唱一群知识青年从春天的开荒、播种到秋天的收获,经历劳动锻炼,思想感情起了变化——从自由散漫的个人转变成为集体劳动的英雄模范典型。始料不及,这一习作居然得到学院前辈赏识,看作是文学创作圈子的脱颖,印证真情实感是创作成功的箴言。最终赢得毕业后留校做创作研究员的名分。

作为创作研究员,第一课即下部队体验生活。临行,聆听茅盾先生的“创作的准备”作赠言。随即深入连队参加闻名于世的“百团大战”。

而后,调进军委系统。先在延安留守兵团的部队艺术学校当老师,后到联防军区政治部的报纸《部队生活》做特派记者、编辑。

1942年4月,我的一篇“写兵”的小说,本是为独善其身者唱挽歌的《落伍者》,在延安“文协”会刊《谷雨》发表,一跃成为文坛认同的新秀。

不想,却因小说对落后人物流露过多的“哀其不幸,恨其不争”的“小资”温情而被列入“文艺座谈会”上有争议的作品之一。接着1943年的延安整风运动,作者个人历史遭怀疑,又不幸沦为被抢救的失足落水分子。经受一场惊心动魄、异常严峻的政治考验,深刻领悟革命并非天真烂漫的儿戏!

1945年抗战胜利后直到解放战争期间。

11月初,从延安行军抵达沈阳。因有三年记者工作经历而被调进中共中央东北局的《东北日报》副刊部担当编辑组长(主编)。

从此开始,用笔名陆地作为日常称呼。

副刊部工作,每天除负责编审、签发稿件之余,还得撰写“阅读与写作”星期专栏的文章,配合时事写短评,针对社会思想写杂感,不时还下工厂,到农村,及时写回速写、散文、报告文学和小说。

名字在各报频频出现,名声在广大读者中耳熟能详。

1948年,第一本收录包括曾经打动过不少读者的《叶红》《钱》和《在抚顺炭矿的日子》等短篇在内的小说集《好样的人》出版,接着中篇小说《钢铁的心》,理论专著《怎样学文学》等也相继问世。

这一年,是我文学耕耘得到丰盛收获的最佳年成。

遗憾的是“木秀于林,风必摧之”。然而正当小说《叶红》广为读者倾倒,《钱》很快即由苏联文学杂志《旗》译载之时,一股来自西伯利亚的日丹诺夫文学批判的旋风席卷哈尔滨。文坛上有人牵强附会,将《叶红》视为中国的左琴科式“小资”情调的作品,而成为东北首届文代会上打击批判的目标。作者为此失去可能出席1949年在北平召开的全国第一次文艺界代表大会的机会。

这,不免令我惊讶且深受委屈。但也因此明白,文学创作之得失,终不免受限于政治气候的制约。不过,即便如此,也从未泯灭我素所执著的文学童心。

新中国成立后,1949年冬,回归广西。工作岗位,组织上考虑,比起文学,政治专职更为重要。个人只好无我服从,于是改行,离文从政。

五十年代的10年间,在政坛上可算是官运亨通,步步高升。先后担任中共梧州市委宣传部部长,省委宣传部秘书长、副部长,兼任全国政协、全国文联委员等职务。参与系列社会改革的政治运动,出席1957年号称有八百高级知识分子社会名流参加的全国宣传会议……

无疑,10年间政治思想是提高了,而于文学创作,却停滞下来,疏远了文坛。

1959年,为拿出文艺作品向国庆十周年献礼,奉命得创作假三个月,完成第一部长篇小说《美丽的南方》。它反映广西土改的现实斗争,叙述贫苦农民翻身做主人,以及知识分子走与工农群众相结合道路的故事。

另外,作短篇小说。其一,讲诉旧社会一位自由主义者的悲剧命运《故人》;

其二，讴歌新社会翻身农民奋发前进的《一对夫妻》。还结集论文编成《写作杂谈》一书。作品先后发表、出版，引发读者的热情。

久违文苑多年，如今“前度刘郎今又来”。当选第三届全国文联委员，广西作家协会首任主席。

1966 年 6 月，灾难的“文革”骤起，小说《故人》首当其冲，无端竟被诬为“大毒草”，作者随之受累，枉成“三反分子”，“文艺黑线”在广西的代理人！

日日夜夜，备受不堪的折磨，深深读懂“冤枉”二字的悲哀。

1976 年 10 月，“文革”十年终告结束。

冤案得到昭雪，重新接受委派，主持恢复广西文联，当选主席，任党组书记。

全国第四次文学艺术工作者代表大会召开，获选全国文联四届委员和中国作协理事。

到此，几十年形而上学的文艺教条失势，更有利于创作之翼飞翔。乃鼓起余勇，再做冯妇。得心应手地顺利写完革命历史一代英雄传奇，凡一百余万言的四卷长篇《瀑布》。1980—1984 年，全书先后由中国青年出版社出齐问世。其中第一部《长夜》(上、下卷)荣获全国首届少数民族文学创作一等奖，第二部《黎明》(上、下卷)获广西最高文学奖“铜鼓奖”。

1982 年 7 月，按干部离休年龄规定，离开领导岗位，保留社会职务：全国文联委员、中国作家协会理事，以及广西文联、作协名誉主席。

离休后，发挥余热，除完成《瀑布》第二部《黎明》外，创作编选的有纪实文学《青春独白》，综合文集《劫后余灰》《陆地作品选》，理论专集《创作余谈》和诗集《落花集》等。

1995 年全面抗战五十周年，获中国作家协会向全国 86 名抗战老作家颁发的一块“以笔为枪，投身抗战”的荣誉牌。

1996 年，在中国作协第五次全国代表大会上被聘为顾问。

终了，在此说出几句感悟的闲话——

弄文学创作，如同谈恋爱，属感情用事范畴，可凑合游戏，不能当作正经职业。

文学——精神食品，可当茶酒，不可做饭食。

古今诗文，何止千万，说到底，无非是“真情”二字。

文艺，人情世态的载体；世态人情，文艺的要素。

创作小说的要求，不只满足于写到合乎逻辑的伦理世故，最重要的，要求写得引人同感共鸣的人情。它必须是，未必曾有那样现成的实事，而一定会有这样可能的真情。换句话讲，就是，主观虚构的情节，必须合乎客观现实必然的逻辑。

创作的规律，只能是：必先拥有了真情实感，然后才能着手塑造典型人物形象；切忌为了企图宣传什么一种善良的理想，而去凭空虚构离奇古怪不可信服的故事。

小说人物之所以成活，总也离不开三个要求：一要体现时代精神的健全头脑——思想、灵魂；二要与众不同的鲜明独特的个性；三要冷静、热烈、真挚的情感。

童心，诗人之舟的风帆。

兴趣，登临事业殿堂的阶梯。

1999 年 8 月于江滨医院

载 1999 年《今日广西》第 3 期

无悔当初

——我的创作生涯的终结

说起我的文学生涯，打从1939年初起步，直到1989年后基本搁笔，整整半个世纪。

当中，做过艺术专门学校教师，当过军报、党报的文艺副刊编辑；建国后，转业改行，专职、专注于政治宣传岗位打发日子，兼任全国政协委员、广西人民代表等社会职务。

创作，除去在延安鲁艺当研究员的三年工夫得用全力以赴而外，其会悠悠岁月，写作只不过为消遣寂寞才作的业余玩儿。断断续续，锲而不舍，时有所作，借得声名。实际贡献稀微，不尽如人意。

回首平生实践，深知文学创作之所以取得成功，真正令人产生同感、共鸣的社会效应，秘诀在于：必须写出真挚的人情，体现入微的世故。换句话讲，就是要真能刻画、塑造活生生的典型人物个性，淋漓尽致地渲染喜怒哀乐、悲欢离合的人世真情。

人生百态，良莠不齐。文学创作惟有择其真、善、美作对象，标新立异，才能创造出艺术典型。用心于鼓吹精神文明,着意在陶冶人们的灵魂,使之净化、升华。

遗憾的是,我这纯真的文学童心,终未能将困苦、艰难的人生表现得完善、美满、真实。

若说前40年,因服从政治使命,难得畅所欲言,抒发愤懑;而后10年,则又扼于经济效益的侵蚀、利诱,以致心有余而力不足以构架真正的文学会堂。文学美梦的翅膀,依然不胜现实的高空,自由、自在,尽情、任意翱翔。

人生苦短,到老始信人言:

"一切文学作品,都是作家的自传。"

基于这一信念,赶在生命的黄昏,还真敢于领教东坡居士的豪情——"老夫聊发少年狂",争取早夕,捡起难忘的回忆,点点滴滴注入《我的生涯》——反映半个世纪的风云,体现一个作家的命运。但愿上苍或假我天年,力可从心,补偿终生遗憾。

然而"文章合为时而著,歌诗合为事而作",而我到此居然甘作时代盲人,闭门造车,埋头制作超越时空的传记文学。这,面对严峻的商品经济新潮,其命运无异明日黄花,成为"漏夜"背时的货色,当难挤上时代市场的列车。

不过,俗话说:"自己的孩子,就是癞痢头也是好的。"我也未能免俗。对自己拿心血孕育的硕果,敝帚自珍。即令村女蛾眉难为时赏而束之高阁,留与后人作笑谈。

然而,问心也无悔当初。

1994年8月31日

载全国文联《文艺界通讯》1995年第3期

答　谢

——在作品手稿档案捐献仪式上的讲话

请允许我在这儿讲几句感谢的话。

首先，感谢广西壮族自治区档案馆各位同志奔走张罗，郑重其事地举办如此正式的档案交接仪式，接受我捐赠的作品手稿等一批个人资料，永久收藏；再说，还要感谢给予此事以大力支持的自治区党委和政府。

我是个在广西扶绥县普通农家出生的壮族子弟，年幼时家乡闭塞落后，人民生活困苦，要想摆脱宿命，从那贫穷狭小的天地里走出来很不容易；要想为社会为国家做些有益的事情，那更是难上加难。今天我之所以能够超越本地区本民族的小天地局限，成为在全国有一定知名度的作家，特别是在"文革"十年浩劫中，能经得起严酷考验而不至于倒下不起，归根结蒂，与其说自己有什么与生俱来的特别天分，还真不如说这一切都要归功于中国共产党。因为从我文学生涯刚一起步就被党组织发现，得到党的悉心培养，后来经历中国革命和社会主义建设各个不同的历史发展阶段，在思想上更是多方地受到党的启迪教育，党悟不断提高，于实践中锻炼成长，才最终有所成就。所以说，没有党就没有我的今天，在这里要感谢我们亲爱的党，这才是最根本的。

当然，这同时还应该对广大读者多年的错爱，以及今天在座的各位不我嫌弃，抽空莅临捐献仪式现场表示感谢，由衷地向大家说声“谢谢”！

1995 年 11 月 17 日

·第三辑·

直言真情话平生

第一章　童年天地

——嗜书如痴　文学伴侣

我是圆月初升时出生的,那天正当民国七年农历十月十五日夜,对照公历,应是1918年11月18日。我的祖籍,民国年间称广西省绥渌县第一区东门街岜等村。"岜等"是壮话单词,翻译成汉语意即"矗立的山"。广西解放后,绥渌县与相邻的同正县、扶南县于1951年合并为一个县,同年10月正式命名为扶绥县。1958年广西壮族自治区成立,祖籍随之改称广西壮族自治区扶绥县东门镇。

讲起祖宗族谱,幼年听母亲讲古,说县城里的外公老辈人都议论认定祖根是山东省白马县,几百年前宋朝时候,壮丁"随狄(青)"南征来剿平侬智高后,狄青兵马就地解甲屯田,同壮人通婚成家,繁衍生息,开辟南蛮的疆土。汉壮既通了婚,民族血统自然融合而一,风俗习惯,逐渐向先进的汉族转化,子孙上学读书识字，科举功名，当官作吏，都没了汉壮民族界限；区别民族特征的五大因素——血统、语言、文字、风俗、生活习惯，目前完全只保留下来的仅是语言。壮语语言有其独特之处，不仅语音迥异，语法也与汉语语法相对，多为倒装句式。例如，物名都是通称在前，专称在后。如李果叫做“果李”，白马叫做“马白”。不过，新名词是汉语借词的就例外，广西省就不称“省广西”了，汽车也不叫“车汽”。这借词的语法同广东人或上海人的方言是一致的。在民族意识形态上，讲壮话的人，面对讲汉话——不论他是讲桂林官话还是讲广州白话的外地人，都视为“我族”，不存在其乃异类的思维。基于这点民族意识，我的民族身份，从来囿于汉族范畴。没料到1953年，广西省在邕宁、百色、宜山3个地区41个县的基础上正式成立桂西壮族自治区后有个不成文规定，凡祖居地为壮族区划又讲壮话的，不管其上个几辈人来自外省何地，统统属壮人。从此，我便成了壮人之子，自然也就是个壮人作家。顺着这个逻辑，我创作的文学作品，因之被列入“壮族文学”。若将壮人用汉语写的，题材又并不限于壮人或壮人区域的现实生活的东西而硬归纳入“壮族文学”一类，那就使我疑惑而反诘《红楼梦》《骆驼祥子》的作者都系满人，为何不把它们当做“满族文学”呢？这个问题一直困绕着我，专门请教研究壮族文学史的行家也始终得不到清晰明白的解答。

提起祖宗，母亲说过，我出生之前，祖父母和外祖父母都已故去。

祖父，陈继禹，是个武秀才，置有几十亩保水田收租，算是地主人家；外祖父李本荣，土司衙内管钱粮小吏，外祖母则是从邻近的思乐州城嫁来的。祖辈两亲家在当时算是门当户对的富贵人家。

我个人的辈分，兄弟姐妹七人，堪夸“七子团圆”，美满之家。我排行小五，二哥陈克孝(后名陈曼夫)给我在忠、孝、廉、洁之后取名克惠。前头四位兄长，都先后入旧学的私塾或新学的学堂启过蒙、读书，但只二哥而外，其余三位均因种种缘故，中途辍学务农一生。两个姐姐(亦英、亦娇)都嫁了富裕人家，两家同样都有丫头使唤。大姐夫晚年操业郎中，医治儿科惊风奇症，屋里厅堂挂有大大小小的“华佗再世”“妙手回春”一类镜屏。二姐中年守寡，成个小土地出租者，等到新中国的土改运动一来，也就没能逃过佃户讨还剥削债的大难关。

这里，必须着意提到二哥的意思，缘于我这一生对社会多少有些微不足道的贡献,都应该记取是二哥从小对我一直怀抱爱心,予以的栽培、教导、鼓励和资助。

记得在尚未入学的幼年,二哥从县城高等小学堂每每放假回乡,总给我和三四位堂兄弟做启蒙,当开讲的老师,他教我们诵读陶渊明的《桃花源记》、范仲淹的《岳阳楼记》、苏东坡的《赤壁赋》、诸葛亮的《出师表》以及王勃的《滕王阁序》等文章和《千家诗》等古文诗词。当然,这些文章词赋的深义,我是似懂非懂。只有一回,二哥讲个口头流传的民间故事:传说当年苏东坡被贬谪钦州,他家丫头上街买鱼,渔翁有意考考苏学士家人肚里是否真有与众不同的墨水,于是,跟小丫头打赌开玩笑:小丫头倘若能即席口占四句诗,每句含两个头字,就白送一尾大鳙鱼,要不,小丫头就得当老渔翁的下手,帮卖完了鱼才得回家。丫头沉吟片刻,欢欣微笑说声“有了!”信口吟诵:

上头来赶下头圩,
丫头来买蚌头鱼;
腰头开钱手头数,
两头打赌一头输。

渔翁听罢,哈哈大笑,真捡条大鱼让小丫头拿走了。

当时,不知怎个灵感的启发,我的记性特好,过后,竟能一字不差复诵那四句“两头”的诗,二哥惊喜不已。

二哥从高等小学堂毕业后,遇上时局风云变幻,国民革命军新桂系首领李宗仁、黄绍竑分别上任广西省军务督办、会办,一正一副,取代了北洋军阀在广西的势力——旧桂系陆荣廷,从而统一了广西。他们仿效孙中山创办黄埔陆军军官学校的模式,开办一间广西军官学校,向各县招收高小毕业生作预科班的入伍生团学兵。二哥便乘机投考进入伍生团,得到督军署参谋长吕竞存赏识,选进督军署当近卫士,后吕氏出长军官学校第二期,让二哥随他入学,做第二期步兵科学员。待到毕业时,正当北伐战争胜利结束。蒋介石反革命搞独裁,随即爆发蒋桂战争,二哥便脱离新桂系,投奔粤军。抗日战争时期,二哥在第四战区司令张发奎部下参加保卫大武汉外围的“南浔战役”。在戎马倥偬中也不忘鼓励、支持我投奔延安的志愿，在信上叮咛我：“……那边，当是未来中国必走的去路！要好自为之！”并汇给百元路费。

抗战胜利后，他以陆军中校代团长的名分复员还乡，迎接全国解放。建国初年，他协助人民政府清匪反霸，当过县政协副主席，晚年享受自治区文史馆馆员待遇。

说我个人，因家道中落（祖父暮年嗜好鸦片，几乎荡尽田产，父亲陈会邦靠承袭三四亩水田自耕自收，维持中农家景），幼年便缺富家子弟相与玩伴，自己只好拿书当朋友，度过童年的寂寞日子。从而嗜书如痴，文学也成生活的伴侣。

三十年代初，高小读完了，家庭因经济原因无力供我上省城读中学，但也无须我下田种地，只待在家里等县简易师范讲习所开办投考。这时，二哥从赣州军次，陆续寄来他读过的书，有柳亚子主编的一套精装的《苏曼殊全集》、张资平的三角恋爱小说《爱的涡流》，陈独秀和胡适“文存”，以至日本人秋泽修二《西洋哲学史》和本间久雄《欧洲近代文艺思潮》之类。一位去省城上“省一中”的朋友给带来的则有《天方夜谭》《鲁滨逊漂流记》，鲁迅的《呐喊》《彷徨》，郁达夫的《迷羊》《沉沦》等新文学作品，使我从中窥见外面世界多彩多姿的人生。

16 岁时，父亲病故，兄长们分家另起炉灶，我也于乡村师范毕了业，在东门街小学当了个教员，跟母亲和独居的二嫂一起生活。

当时，按广西当局基层政权体制，小学校长是本街街长、民团后备队队长，即所谓“三位一体”。校长工作忙不过来，就让从省里官场失意归来的老弟帮忙，跟我们两三个老师一道授课。这位校长的老弟名叫梁升俊，可是个非同小可的风流倜傥才子。二十年代大革命时期，县里新上任的县长黄肖彭，以他从广州农民运动讲习所学来的革命模式，开办一间本县农民运动讲习所，招收高小毕业同等学历的学员，培训农运的骨干。梁升俊高小未毕业，以同等学历去考，侥幸得取。在该所学员中，数他年纪最小，站队最末一个。但他凭作文、演讲，样样都名列前茅而大出风头。接下来，省城以黄绍竑省长为校长的国民党广西省党务学校建立招生，这位梁兄紧赶时代新潮，踊跃应试。同在县农讲所一样，成为省党校年纪最小的。也许还因得自母亲的美人丽质长相英俊之故，吸引爱才的黄校长青睐,19 岁就当上校长手下的少校政治干事。遗憾的是,好景不长,黄氏突然脱离新桂系,投奔南京蒋氏政权。梁兄未能“搭上船”挤进金陵古都,享受六朝金粉的余绪。无奈,他悄然回归故里,跟我同做“猴子王”——呼吸粉笔生涯。一位附庸风雅的徐家豫县长给他赠诗,讽其“小鸟恋巢归树早,马嘶残垒夕阳斜”。梁兄不服气,立即抄袭苏曼殊两句反唇相讥:“笼鸡有食汤刀近,野鹤无粮天地宽。”县衙内藏有商务印书馆分赠全国各县的,由王云五主编的一套 500 册《万有文库》,梁兄自有办法从那儿借出来。从中汲取古典诗词文赋的文化营养。我呢,通过他也读到翻译的世界名著:大仲马《侠隐记》、狄更斯《块肉余生记》、斯陀夫人《黑奴吁天录》、果戈理《巡按》、屠格涅夫《父与子》等。读中外小说多了,脑子充满各种各样想像,我就模仿郁达夫《九种日记》《履痕处处》那样的笔调,偷偷试写日记之外某些触景生情而想像中的人情世态的文章。让梁兄无意发现,也许触动了他自身的生活感受,他居然仿照张恨水的章回体小说《啼笑因缘》,写出一本他的浪漫故事,书名《人面桃花》。在书中作者的肖像下端题首本事诗:“星沉月落漏更残,典却春袍买笑还;归至童仆相诧问:为何不着去时衫?”书稿拿出南宁,一间强华书局竟敢给予出版发行,赢得少男少女的欢心。然而作者乃系投降于南京的黄绍竑派,而且书中又在散播消极颓废思想情绪,明显跟当时正在厉兵秣马、志在问鼎中原的新桂系集团唱对台戏,因而《人面桃花》刚开放,即遭政治风雨吹打落地,“人面不知何处去”了。

我的儿童、少年岁月,终于在这寂静的山村流逝了。

第二章　中学时代
——走出宿命　见到阳光

1934 年秋季,幸得二哥资助,便得从寂静的小山村走进繁华的大都市。来到广州,是我一生命运的转折——走出传统宿命观念的隧道,豁然看到一道革命的阳光。

我,一个乡村师范毕业生,要升学,面对广州林林总总的校园,何去何从?

只好直奔之前在通信中已知的广西留穗学会升学指导委员会请教。接见我的是该会负责人潘宗武。不待我多说,他即急切的讲:“干脆来读我们即将开办的培桂中学得了。虽说是私立,实际上是以广西会馆的资产拨钱作经费,再说借重广西大学校长马君武博士来做名誉校长;各学科都用重金聘广州第一流的中学教师来担任,说同事们都有决心和信心,要办就办成比培正、培英那样名牌的教会学校还要强的中学!不行吗,人家教会能办到,靠的无非就是财力嘛。我们呢,有会馆雄厚的产业作基础,办间培养本省子弟的中学是不成问题的。”他接着劝我:“就这样吧,报个名考高中部好了。考试呢,不过是走走过场罢了。”这样,我便顺利成为培桂中学高中部第一班学生。

可是,不如意事十之八九。入学后,我发觉普通高中课程繁重、枯燥、乏味,挤不出半点课外时间来随心所欲的读自已爱读的书籍杂志了。勉强对付读完一个学期,恰巧遇上广东省立第一师范学校春季招生。于是,我宁愿放弃培桂中学一个学期的学龄,转考进“省一师”本科第14班。

这所学校,原本是模仿陶行知在南京试验创办生活教育的晓庄师范而建的,校园就在市郊江村一片田畴当中,园内简单地盖起竹葵结构的“农家”作实验班的学生宿舍,旁边是田亩耕地,可种庄稼。但这设施到后来都名存实亡,成了一般的校舍而已。不过,对我来说,它倒是理想的学习乐园!

那年月,正当“一二·九”运动,学界掀起抗战救亡的怒潮,波及全国各地。广东“省一师”也深受影响。部分同学特别活跃,隐隐约约、秘而不宣的私下谈论什么读书会呀、歌咏队呀之类的事。这些标榜读书、歌唱的葫芦里,到底装的什么药嘛?我脑袋瓜的问号,一直挂到跟先我一年毕业的第11班老同学异地相逢叙旧时,曲线的问号“?”才拉直成个感叹号“!”。

那是1939年七九河开、八九燕来的春暖花开的日子吧,一天,在延安,我从清凉山走过延河回鲁艺,不期迎头走来一位老相识,四目相碰,不觉“啊”一声,原来是广东“省一师”校篮球队的中锋阿波(符德裕)!他老哥听我讲入了党,前两天已转正了,便伸出他惯于投篮的手紧紧握着我,摇了又摇,不胜高兴地坦诚告我说:1935年在“省一师”时,他跟我同班的梁奇达(梁湘的弟弟,建国后曾任暨南大学党委书记),就是中山大学地下党支部梁湘(首任中共深圳市委书记)直线领导下的秘密党小组成员。当时,我和王国强(建国后湛江市首任市长)、王禄位、陈进礼等几个人组成的读书会、歌咏队的种种救亡运动,就是他的党小组外围组织活动。1937年冬,他到延安,进中央党校学习一段时间后才分配到团中央胡乔木那里当干事,下个月就要回老家海南岛参加冯白驹游击队,上五指山打日本鬼……阿波一口气讲到这,稍停片刻,看了看我:"你细佬,耍起笔杆,行！努力奋斗,干成个中国的高尔基就好。可千祈不能当个同路人的叶塞宁啊！好,再见,后会有期！"

这次邂逅,叫我回头忆起抗战前夜,那"山雨欲来风满楼"的抗日救亡呼声震撼神州大地的日子。那时,我虽然正在热衷于社会科学马克思理论的新知"书友",却并不冷落文学的"初恋情人"。在一本译自苏联的《给初学写作者一封信》中,我牢牢记住高尔基一句导语:"写你最熟悉的！"同时读到茅盾的《创作的准备》、胡风的《文学与生活》、周钢鸣的《怎样写报告文学》,以至鲁迅、郭沫若等关于国防文学问题的争论,所形成的当代文艺思潮对我都产生深刻的影响。身边的同学中,高班的麦若鹏(建国后曾任教育部林砺儒副部长的秘书)在《中学生》杂志发表散文,低年级的杨思仲(陈涌)在校内壁报上评论丰子恺的画趣,这也引发我试笔学写的愿望。我写出的第一篇叫《期考的前夜》,意在取笑同学们被迫应付学期考试,死记硬背条文、公式,废寝忘食的徒劳无用的可悲。始料不及,这不敢告人的处女作的玩意,竟成铅字见载于广州《民国日报》唯一刊登新文学作品的"学生园地"专栏上。之后,我乘兴又写出模拟东北流亡关内的游子遥寄母亲的诗信——

五儿啊,回来吧！
可怜,可怜;
盼儿迟归害了眼瞎。
妈！等着吧,
别为儿过多牵挂,
小儿总会回家。
等着吧,再等一下,

等儿拿到了火把，

好打回老家，

好照明黑夜沉沉的大地，

好好照亮妈的眼瞎！

诗，得到老师赏识而刊载于校刊，引起全校关注。自己真没料到，这，竟是我后来创作之树的萌芽。

1937年7月7日，全面抗日战争终于爆发。

抗战救亡的火炬，点燃千万青年的心！这时，传来广西当局正在招考高中生作随军服务的“学生军”的消息，极大地诱惑着我，激起投考的决心。于是义无反顾地断然抛开在“省一师”尚差一年即可完成的课程，壮怀激烈，投笔从戎，急回广西应考即将开赴抗战前线的部队。岂料，因我未经广西的中学军训而名落孙山！

可也巧，此时远在大西北边地出现一座借重“创造社”名人成仿吾作校长的“陕北公学”，正向全国青年敞开大门，招手欢迎。进步报刊披露：成百上千青年男女纷纷闻风而去。广州的同学好友也来信相邀，更是叫我心驰神往，梦寐以求。但因必得自备约100元的长途旅费，一时无从告借济急，加之正值隆冬季节，西北冰雪不适宜南方人的种种缘故而踌躇。突然闪现一道阳光般的招考广告：因抗战撤退，河北定县乡村建设派以晏阳初为首的试验区人士迁来广西继续开办合作事业，桂系当局借此引来农业银行资金，补救农村财政短缺，改善民间高利贷的积弊，要在全省各地兴办合作事业。要各县择优保送一名中学同等学历人员到省建设厅复试合格后，进合作人员训练所受训，取得合作指导员资格，即委派下各县指导合作社业务。按合作社事业标榜“我为人人，人人为我”的宗旨，倒是招人向往的崇高目标。我对此考虑：眼下北去既难成行，不如就地暂且走这条路，也未必就是误入无为的歧途吧？终于做出抉择，先取得本县保送，到桂林通过复试，接受短期业务训练取得合作指导员资格。从1938年4月到9月，就凭省政府合作指导员身份到武鸣县各区乡在正式成立信用合作社之前，先试办农贷互助社。这过程，我本着与人为善的好心，核准社员购买耕牛项目的钱数偏高,遭了上司责备:“青年人做事不要太过于理想！要懂得,钅行发放农贷,是要考虑到期社员能将贷款如数还得上来的!”我心想,要是怕还不来,那,给贷多点买得耕牛,既可使用,又能保本。给贷少了,零花浪费完了,到时,倒反本钱还不来了！但话到嘴边,不敢顶撞犯上,忍了。不过,上司这带刺的软话,无异给我一杯醒酒汤。原来以为干这一行可以给社员解决实际困难,减轻他们受高利贷的重负,是为穷人办善事的。这下才明白,自己不过是替官僚资本放债取利而当跑腿的小伙计罢了。抱着失意的心思往书本找答案,发觉经济学家薛暮桥在一本《关于农村经济讲话》的书说:资产阶级领导的合作事业,只不过是改良主义的药方,实际对农村经济危机的痼疾聊为治表,绝非根治！这样,我不得不认真想想自己一生事业究竟何去何从？从进步杂志、书报,从广州同学来信中,读到不少大西北那边的信息,耳边不断听到《延安颂》《抗大校歌》等激动人心的歌;再说,当代最令人仰慕的文化名流,如丁玲、艾思奇、冼星海、吕骥、沙可夫、李公朴等一大串人奔那边去的不少,这时势对我产生了极大的诱惑。终于,冒昧给八路军(十八集团军)驻穗办事处的潘汉年、廖承志正副主任写了封自我介绍要求“到陕北去上学”的信。不几天,收到广州“八办”署名云广英负责人回信,表示欢迎我到那边读书。叫我就拿他这封信,直到广州百子路10号“八办”备办必要的手续。得到信,我不禁心花怒放,真胜过“家书抵万金”！立即收拾行李,启程赴穗。临行,我将刚写成的一篇反映农村印象的文艺通讯稿《乡间》带上,准备顺便送到《救亡日报》拜会文艺通讯员指导部的林林和葛琴,希望以此能够入选,做个文艺通讯员,好练笔写“报告文学”。这时,我正在读尼克拉索夫的长诗《在俄罗斯谁是最快乐最自由的》,卷首题词“在这里,只有石头才不会饮泣”。这警句与我最近几个月在乡下耳闻目睹乡村长们鱼肉乡民的情景太相似了。稿子带到广州,时间紧,没空亲送《救亡日报》,后来在延安“鲁艺”,何其芳把稿子拿去寄给《大公报》社的萧乾。1942年11月6日《乡间》发表于《大公报》桂林版文艺栏头条。

到此,便是我20岁生活于旧世界的来龙去脉留下的脚印。

第三章　奔赴延安

——入党序曲　革命生日

1937—1938 年间，“到陕北去”的呼声，对广大青年男女的诱惑，只怕并不亚于二十年代大革命时期“到黄埔去”的号召那样激情澎湃、鼓舞人心。

回顾 1938 年 9 月间，我们这些来自五湖四海的热血青年，风雨兼程，不辞艰险，跋涉于从西安到延安的黄土高原上，说句心里话，当时我们对革命的信仰，远远胜过了那些无比虔敬至诚的朝圣香客。

抵达延安的时候，城里不论是旧街的住屋，还是山头新挖的窑洞，全部住满了人。“抗大”五大队、六大队的学员人数也都超额了。和我同时到来的，只好编进新建的第七大队，住址在离延安城约 90 华里的吴起县瓦窑堡、蟠龙镇的山沟沟里。

一路走去，满眼荒凉，光秃秃的黄土高原，见不到一棵树，也听不到一声水响，尽是死寂深沉景象。

然而，这却是我和伙伴们心中渴望的新社会人间天堂。

我，兴许是 A 型血的缘故，个性内向，神经质，寡言少语，孤僻好静。这，不言而喻，在注重集体生活的新环境气氛里就显得较为突出的个别了。

最易被误会而受委屈的事就是口语南腔北调，惹人发笑，自己干脆沉默寡言。这里头还缘于自己素性不屑拾人牙慧，人云亦云，即使忍饥挨饿吧，也绝不肯咽别人嚼过的馍馍。就是这份德性，当然不免在有些左倾幼稚病者的心眼留下“政治不开展”的成见：说表现在开会少发言，怕暴露思想，叫人摸不准我这个人一天都想些什么？想家？想爱人？想名誉地位？其实，开会少发言的缘故，其中一点是：每晚小组学习讨论会，讨论当天教员讲授什么帝国主义五大特征喽，马克思主义形成的三个阶段喽，该轮到谁发言，谁都照样屈指数一、二、三，跟小学生背书差不多。面对这种十分乏味的“和尚念经”的发言，我的确往往守口如瓶。每每到小组长做小结，总是不外一个公式：“今天学习讨论会，优点，各人态度端正，严肃，认真。缺点，发言还不够普遍，有死角。我号召：下一次，不，就明天，大家努把力，坚决把死角拿下，取它个全胜！好不好？”“好！”“鼓掌，散会！”

这气氛，对我真是一种无形的压力。不过，我却乐观，自信只要真是千里驹，总会遇上伯乐的。果然，就有人对我采取一分为二的看法，说什么“沉默乃是含蓄深刻，石头自有玉，矿沙自藏金”。又说：“人表面虽口讷寡言，实质倒反是满腹经纶哩。”一天，墙报上我的小诗《篝火晚会》引起爱好文学的人的兴趣：

从山角地边拾来
大小长短不齐的柴禾
摞成一大垛
燃起熊熊篝火
照亮黑幕深重的大地
消融了地面厚厚的积雪

大家读后议论纷纷，猜测作者是不是诗人？特别是有一回，队上动员每个学员给延安城里遭敌机轰炸的受难群众写封慰问信，料想不到，我写的那份居然见登于报纸，还被当作花边文学加框排在要闻版上，这又一次引起注意、叫好。

记得那是到了1938年隆冬季节，在延安蟠龙镇“抗大”七大队三中队学习的时候，那天，班上轮值派到我跟王泽井下伙房帮厨，协同炊事班干活。淘米下锅，洗菜、破瓜、碎煤、生火烧灶……忙乎一阵，才出门外歇歇。在空地铺件光板羊皮大衣，在上面或坐或躺，晒太阳、抓虱子，海阔天空，闲聊开心。

王泽井这位班上同学，人说他系北平某大学的中华民族解放先锋队队员，现在中队学生组织的救亡室张罗娱乐节目。

此刻，他有意要同我私下作非同一般的悄悄话，问：“你不远千里，竟然从所谓的四季如春、美尽东南、山水甲天下的名城胜地，奔来这凉秋九月、塞外草衰、当年苏武牧羊的冰天雪地，吃小米、住窑洞，到底图个啥？”

听他弦外之音,我不假思索、直言不讳答他:

“当然,要是单纯只为抗战而抗战,那就不必置生死于不顾,既敢冒日寇飞机轰炸的风险,又勇闯国民党反动派关卡的阻挠、刁难了。”

泽井留心倾听我表白之后,稍微斟酌,再试质疑:

“那,你对政治是抱什么要求吧?唔,对啰,三班陈肇源(建国后曾任中国驻英国、印度两国大使,后任外交部副部长)他系中山大学的抗日先锋队的同志,南方‘抗先’跟北方的‘民先’都属中共地下党领导下的青年团组织。你俩是同学?同乡?之前,彼此是熟悉的战友、伙伴?”

泽井连声几个问,等我解答。

我苦笑,带点歉意的口气:

“我,1934 年秋季到 1937 年卢沟桥抗战前夕,是在广州上学,会讲一口地道的广州话。这儿北方同学把广东、广西人都混称广佬。其实,中山大学对我穷小子,门槛高,我只在其门外徘徊,徒劳梦寐的奢望而已!”

泽井望我笑笑:“不过,我觉得你可是见过花花世面,过惯大都市浮华生活的呀,一旦来到这,开门见山,满目净是和尚脑瓜,光秃秃不毛之地,不会向隅而泣、哭鼻子吗?哈哈!恕我直言!”

应对其玩笑,我沉着脸,毫不含糊地坦诚反诘:“哭鼻子,说我哭鼻子?不,不。”我直摇头:“真是敬谢不敏了:自知我个人,到底是个 20 世纪青年,绝不至于甘作时代的盲人,也无心聊发思古之幽情,效法魏晋六朝世称‘竹林七贤’之一的阮籍那样狂妄,走到十字路口,便叹穷途而哭回头的可悲狼狈相。说实话,我之所以抛弃一切如同破衣烂衫,执意向旧世界诀别,其中,那些点燃明亮我投奔革命的火种,最重要的是两本书,一本,哲学理论《大众哲学》;另一本,文学作品,苏联小说《被开垦的处女地》。

“《大众哲学》的作者艾思奇,当代文化名人,他用通俗易懂、深入浅出的讲话形式,透明地诠释唯物史观的深义,使我思想意识茅塞顿开,卸下了沉重的传统宿命的包袱,轻身走出长长的唯心观念的隧道;凭它,我掌握到开启人生观、世界观玄学迷宫的钥匙。何况就是这位学者以及同他一样声名显赫、令人崇拜的精神偶像,他们个个都以身作则,先我们成千上万的青年学生走前一步,多数都投奔这边的新天地来了。无疑，这无言的时代召唤，形成一股空前壮阔的历史潮流，对我真是魅力难拒的诱惑！再就是，那部《世界文库丛书》之一《被开垦的处女地》，平心而论，别的不必多讲，单按其主题所示，那是在于：表现世界第一个取得胜利的社会主义新型的国度才会出现的新人新事的现实——政治上无压迫，经济上无剥削，人间没了存在贫富悬殊的阶级矛盾，而处处充满着让人看得见、感觉得到的天国啊！真是足以吸引人憧憬未来的国际共产主义成功的蓝图美景！就这样，我内心便萌生着遐想：我们这边的黄土高原，与他们那边的西伯利亚，不是毗邻而居的吗？他们的今天，该是我们的明天吧?！反正我本着这个美好的信念，才抱赤子童心，欢喜雀跃，投身'到陕北去'的洪流，衷心自觉自傲，认为并不亚于宗教圣徒、朝山的香客那种忘我的虔诚！"

泽井默默听我南腔北调，啰嗦了半天，用多少带点迟疑的口气说："不好意思，难道真是仅仅两本书就对你产生这么大的作用呀？"

"当然，不完全都是。"我直截了当回答，"其实，我读的书很杂：从《小朋友》儿童杂志开始，便嗜书成瘾，文学自然就是我'初恋的情侣'。大体分别讲来，鲁迅的《呐喊》《彷徨》，使我认识，在古老的中国封建专制下，竟是如此可怕的人吃人的世道人生。茅盾的《子夜》，让我看到半封建农村进入半殖民地城市的社会：资本主义的金融垄断是那样残酷无情吞噬民族工商企业的生机。巴金的《家》，作者说它是宝盖底下的猪，揭开盖来，便让人明白封建伦常的大家庭樊篱，是那样严峻地限制着年轻后辈子孙追求进步发展的超越。郁达夫的《薄奠》等名篇，吐露真情厚爱：亲近弱小，疏远权贵。

"再说，外国文学，旧俄普希金的《欧根·奥尼金》，一部爱情的绝唱；苏联高尔基的《海燕》，一曲鼓吹革命的高歌……这些名著佳作，给我思想感情的感染、熏陶很深。

"另外，还有生活书店一套《青年自学》丛书第一、第二两辑共 24 本小册子的社会科学方方面面的理论，以及邹韬奋、戈公振、金仲华、陶行知等先进的社会名流所主编的杂志期刊，也都成为我精神食粮的柴米油盐酱醋茶，一天也离不了。

"总而言之，种种因素，煽旺我胸怀的闷火，难以自禁心驰神往的跃动，增强趋时应世的理想，催醒对未来美好的梦幻，而奔来这片童话的净土，安身立命！"

"好！好！这叫我明白了！"泽井呼口气，站起，"今天就谈这些吧，往后再聊！"

过了两天，晚饭后，中队协理员向阳明来班上邀我出外面谈话。开口便说："你的事，泽井同志都向党总支详细汇报了。现在还想知道：你老家还有什么亲人吧？他们对你来这冰天雪地吃苦，能放心吗？"

我，不卑不亢，一五一十细诉自家身世，侧重介绍二哥：他二十年代大革命时期，毕业于黄埔军校广西第一分校。不幸，卷入蒋桂军阀混战的漩涡中，身不由己，是一位饱经几度波折的失意军官。那年，正当抗日战争炮火连天，他在保卫大武汉外围的"南浔战役"前线。我给他去信，询问我的前程何去何从，他在资助我北来的路费汇单附言，写上几句隐讳的话：

"去那边，当然好。未来的中国终归是走那条路的！世事艰难，男儿当自强。执著敬业，比如登高山，非达巅峰不却步，才不愧七尺男儿之躯！"

"这，殷切期望的叮咛，对我投奔革命，实在是其大无比的鼓励。

"总而言之，我所追求的目标，概括说来，无非八个字——'光明、自由、正义、理想'！"

协理员颔首一笑，高声："好哩！"伸出手来，使劲跟我握得好紧。

又过三天，泽井欣然拿来一份"入党申请表"让我如实逐项填上：

祖宗三代、家庭经济状况、个人学历、业务专长、社会关系……

终于，1938 年 12 月 15 日，便成我革命的生日。标明我在政治生涯的马拉松跑道上，从此起步！

第四章　文苑春秋

——艺术摇篮　政治熔炉

1938 年冬至时节，我在"抗大"第七大队三中队预科的三个月学业结束了。三中队举行一场甄别考试，将原先混编在一起的小学生、初高中生、大学生、留学生，甚至文盲，文化水平参差不齐的学员分别筛选出来，按个人素质各得其所，分派到中央党校、马列学院、“抗大”校本部直属高级研究班。另外，还顺应个人志愿，送部分学员奔赴晋察冀边区的华北前线部队。

考题出自刚读到的《论持久战》，我跟16名队友侥幸过关，离开了蟠龙镇的三中队，回到延安城进校本部高级研究班。在高研班，发现不论是军事还是政治的图书学术资料都很欠缺；上军事课，还是一般的制式操典——立正、稍息、跑步、托枪、枪上肩，或跪或趴的瞄准、打靶……

恰巧，这时“鲁艺”各系正在招考第三期学员。听说，那儿艺术气氛和学习生活特殊，没有军事管理那套形式的严格纪律，学员可以自由自在、散散漫漫地坐在草地上晒太阳、读小说、画画、抓虱子、摆龙门阵，或吊嗓子、练功——总之，是个象牙之塔——艺术家的乐园。比之“抗大”，那简直是世外桃源啊。“鲁艺”的图书室，有周恩来副主席在重庆呼吁文化界捐来的大批古今中外名著典籍，精神食粮充足。文学、美术、音乐、戏剧各系先后来了一批又一批令人久仰的文化名流当老师。每期(届)学员，各系招收四五十名不等，每周招考一次，择优录取，满额为止。各系专业聚集了延安的“才子佳人”。这都深深吸引了我，令我向往。第一、第二期的学员先后上前方实习、体验生活去了。第一期因没设文学系，眼下招考的第三期对文学系而言，只算是第二期。

身边的朋友极力主张我去应试，说凭我的天赋，定能如愿以偿！1939年元旦放假三天，我便趁这段不必请假的时间，鼓起文胆悄悄地去“鲁艺”试叩文学之门。管报名的同志告知：文学系的宿舍窑洞只可容50个名额，此刻已收47位，另外从晋察冀前方保送来的两位已经住进来了，实际只剩一个名额，报名可以，要考就看你的运气如何了。当时，我的决心已成开弓箭，非试一下不甘心。没二话，就碰碰运气去了。

那趟考试包括：作文——“写一段你最难忘的回忆”。此时，正当数九寒天，又值冬至节刚过不久，每逢佳节倍思亲，不免让我忆起幼年常听老人叨念的“冬至就到年，讲过就算钱”那叫人犯愁年关难过的凄凉岁月。顺手信笔以《冬至》作题，草草写出千来字。写书评——读高尔基成名作《玛加尔·周达》和果戈里的《钦差大臣》。口试——文学系代主任荒煤问：“喜欢谁的哪些作品？”我随口即答:“最爱读郁达夫的《迷羊》《沉沦》,俄国普希金的长诗《欧根·奥尼金》和屠格涅夫的小说《罗亭》,以及……”主考人不让我再啰嗦下去:“得,得。”叫我过隔壁政治处去接受王子刚处长(建国后曾任邮电部副部长)的问话。王只听我说最近入了党,便点头说:“好!后天来看榜吧。”元月7日,到教务处见门边贴出信笺大小的白纸上有三个名字:李清泉、丁克辛、陈寒梅(即本文作者——编者注)。我们三人同住一孔窑洞,成为文学系第二组成员。组长,林漫(李满天,建国后河北省文联主席),组员有雷诺(肖鲁,建国后湖南省轻工厅厅长)、柯蓝、田家、汪润、金曼辉(罗章龙另立中央时曾当过罗的秘书)、司丁(来自米脂县的小姑娘)。

在“鲁艺”的日子可堪回味的轶事,有这样一些——

习作课要交的第一篇作业,是从1938年日记簿抄出来的那篇打算投寄《救亡日报》、当作文艺通讯员初次试写“报告文学”的东西。我拿去请辅导员严文井看看。严看过后,第一句话就说:“来这之前,在外边写文章吧?看你这篇稿子,写得自然、亲切,满有郁达夫式的笔调嘛。喜欢读他的作品吗?”不等我回应,紧接着就讲:“看你在题目上标个‘一’字,是不是往后还要继续写几篇呀?依我看,当前国共两党团结合作领导全国抗战,我们写文章嘛,应当本着抗日民族统一战线原则,认同白居易的‘文章合为时而著,歌诗合为事而作’的说法,在当今抗战非常时期,时代精神主要就是以积极态度去鼓吹全民万众一心、全力以赴的正面情绪,投入抗日救亡战场。所以劝你不再继续作消极的暴露反面的文章也罢!”这无异一瓢凉水浇下来,把我原打算模仿基希著《秘密的中国》那样的手法,连续写一二十篇类似的报告文学,把广西当局标榜的“模范省”农村中存在的黑幕暴露出来的想法浇灭了。此刻,听严这一指点,只好抛弃初衷,凭空向壁虚构种种意在歌颂光明,欢呼胜利的正面故事。连写了两三个短篇,请诗人卞之琳老师指教。卞老师婉转说:“主题思想健康正确,故事编得还合理,文字表达力度也可以。可惜,可惜不大合情——人物不活,感情失真;落入概念化、公式化的圈圈套套去了,达不到引人同感共鸣的艺术效果。努力吧,多注重真情实感的现实生活,多写多练,缺点会克服的。”

卞这一席话与上次严的一番劝说,弄得我是一头雾水,创作之路,到底咋个走向？不免让我左右为难，无所适从。

就在这时节，一位号称国际诗人的革命老前辈萧三同志从苏联第三国际归来，到“鲁艺”顶上文学系主任的空位（系主任沙汀上前方未回）。萧这回搬来的文学法宝，已不是被否认的唯物辩证创作方法公式了，他现在同我们强调的是社会主义现实主义文学原则下的集体创作方式，提倡写朗诵诗、朗诵小说的大众文艺。这时候，正遇上延安要筹备开纪念“九一八”群众大会。大会筹备组要求各单位都要准备一个文艺演出节目。文学系接到了创作一篇朗读小说的任务，系主任萧三要求同学们采取集体创作的方法来应付。具体操作的办法便是要我们采取自愿组合的方式，分成三个创作小组，由各组集体讨论，分别拟出提纲上交系主任审定，从中选出一份合格的发回该组，再由该组集体讨论全篇细节，统一意见后，选出执笔人写成作品交卷。三个组的组长分别是杨思仲（陈涌）、葛洛和我。萧主任审阅了提纲，选中的那份是我和叶克（建国后浙江省文联主席）、黄海（吴微，建国后杭州大学中文系教授）三个“臭皮匠”，拿东北抗联司令周保中来“鲁艺”所讲的东北抗联游击队的故事作素材，合伙讨论写成口语化的类似说书的朗诵小说《重逢》，请蔡若虹的夫人夏蕾去纪念“九一八”的群众大会上朗读表演，当场还赢得一些掌声。这可是文学系的“集体创作”，又是“朗诵小说”创作的首次尝试。但它当时没有获得像后来的戏剧系的《兄妹开荒》《夫妻识字》，音乐系的《歌唱南泥湾》，美术系蔡若虹、张锷、华君武三人的讽刺漫画展览那样轰动一时，也不如团中央童大林编的大字报《轻骑队》、《解放日报》王实味的《野百合花》、丁玲的《三八节有感》那样产生广泛影响，而无声无息地消失了。作为执笔人，我只觉得仿佛吃了一顿无盐的免费午餐，不知啥滋味。

何其芳从华北前方回文学系来了，这位得过《大公报》文学奖的《画梦录》作者，对国际诗人萧三搬来的那套集体创作法宝，持冷眼旁观态度，不置可否。但在上创作实习课时，他却讲了一通颇不寻常的见解：认为“五四”以来新文学的创作，够格称得上典型的仅有《阿Q正传》，可惜，那还只是个农民的形象而已，知识分子典型，还是个空白点。他希望大家努力，争口气，创作出无愧于时代的知识分子的典型来将空白点染上鲜艳的红色，完成历史使命！

这呼唤,无异平地一声惊雷,深深触动我的创作灵感。想起当年(1939)上半年参加延安大生产运动所见所闻所感,并将经过身体力行的集体劳动而掌握的丰富生活素材汇聚一起,选择其中印象最深最为出众的身边同学做原型,加以想象,虚构编成个故事,题名《从春到秋》——从春天开荒、播种,夏天锄草、施肥,到秋天收割、搬运、打场等全过程,塑造一位善良而又极富正义感,可是却自恃我行我素、自由散漫的怪人,在经历了一番集体劳动生产的实际锻炼洗礼,终于蜕变成赢得大家敬佩的劳动模范典型。小说写成24000字,写的时间只用一个星期。老师何其芳作为第一个读者,首先表示意外惊喜,誉为延安文艺界时下创作圈的脱颖。决定选编入以周扬名义主编的具有全国影响的权威文学期刊《文艺战线》第七期。遗憾的是,该刊出到第六期便遭重庆当局查禁,我的这篇作品遂胎死腹中。不过,不幸之侥幸,我的这一收获,倒成日后进入"鲁艺"文学研究室的入门券;凭它,获得创作研究员的身份而成为被人羡慕的"七才子一佳人"的圈里人。

文研室,七男一女("七才子一佳人")——七男:孔厥(《新儿女英雄传》作者)、黄钢(《开麦拉前的汪精卫》和《我看到了八路军》的作者)、李清泉(建国后鲁迅文学院院长)、杨思仲(陈涌,鲁迅研究学者)、贾芝(建国后中国民间文学研究会会长)、葛洛(建国后中国作协书记处书记)和我,一女:林蓝(电影《祖国的花朵》剧作者)。

当时,我年轻气盛,总因《从春到秋》一鸣惊人,便飘飘然产生妄想不实的奢望:满以为一星期既可一口气写成两万四千字不算太短的小说,那,一个月四星期,写它十万字的长篇,岂不是可以如愿以偿吗?"陈寒梅,真野心勃勃,要写长篇呢!"这旁人的诧异传到周扬院长那里,听一位朋友告诉我,周对我要写长篇的企图,不太赞成,讲句轻淡的冷话:"年纪还轻,写长篇谈何容易,起码生活体验就不足嘛。"这,可能是长者出于好意,但在我听来,却产生逆反心理,错怪院长偏心,小看了我。心想,高尔基第一篇成名小说《玛加尔·周达》、莱蒙托夫《当代英雄》、曹禺《雷雨》,不都是二十四五岁写成的吗?越想,例子越多,越不服气。于是,我从1940年元旦开始动笔,夜以继日,连午休时间也手不停笔。即使和大家围炉闲话旁坐,我都能独自不断地思考,在膝盖上托本厚书摊开稿子,一个劲儿地只顾埋头写呀写呀……写到了5月17日晌午,将近20万字的草稿终于画上了最后一个句号。初拟书名《寻》——表现20世纪初青年一代追求光明、自由、进步、真理这一过程的悲欢离合的命运。草稿得到黄照前辈欣赏肯定,还被当作“鲁艺”成立两周年文学创作的优秀作品之一,在学院的文艺俱乐部大厅向外公开展出。美术系版画专业的同龄伙伴古元读了很感兴趣,乐意要为书稿画连环画插图。总之,在“鲁艺”所谓象牙之塔——艺术之宫,顿时听见一阵赞赏的喧哗,真使我受宠若惊。

就缘于此,我更是不知天高地厚,很欣赏巴尔扎克的名言“拿破仑用剑未能完成的事业,我要拿笔来完成它”,以此当作自己的抱负。日常的言行,多多少少掩饰不住自己的年少轻狂,流露一副恃才傲物,“真名士自风流”的派头。招惹旁人讥笑:“20世纪唐·吉诃德——装怪。”我却自我解嘲:“天才就是怪人,世界闻名的诗人、作家谁不是与众不同的超人?曹操不是说过不招人妒是庸才嘛,沙漠里的狮子就是独来独往的兽王。我的名字叫寒梅是由于我的生日在十月,十月岭上梅花香,生来就带傲霜欺雪的德性。”班组里有一位称得上知己的大姐有天特意对我讲:“你知道吗?有人说你太冷了!”“谁?”我吃一惊。大姐笑笑:“你猜猜?”讳莫如深地歪个脑袋盯着我。我不禁“啊”一声:“可能是她!有一天,我一个人在井台打水,她姗姗来迟,稍作思忖便向我兴师问罪——‘你为什么老这样盯人家?’”大姐问:“是吗?她是哪个?”我说:“就是那位自我标榜蒙娜丽莎的何如呗。”“那,你当时怎样回答人家?”“我脸发烫,心跳得厉害,赶紧提起水桶走了,你说我是阿木林、老憨是吧?”大姐笑笑说:“所以啰,人家说寒梅、寒梅,是太冷了嘛!大胆点,爱需要耐心,但更要勇气!”

过不几天,元旦,学院出大幅墙报,总题“希望与梦想”专号。我在上面写这样两点——

希望,在新的一年,找到女友的坟茔,我将用我胸怀的烈火去拥抱坟上的积雪!

梦想,梦想我变成一位幼儿园的阿姨,天天跟天真烂漫的孩子生活在一起!

大姐看了,笑笑:“你呀、你呀,说你什么好呢,希望太冷,梦想又太热。”我也笑笑:“古人不说嘛,‘行出于众,人必非之’。好坏由人说去,冷暖自知。哎,人到秋天,岁月逝矣,我还是我,依然如故!”

大姐含笑摇摇头走了。

文学生涯的甘苦,在艺术之宫——鲁迅艺术学院就如此这般摸石头过河,一步一步走过来。那年月,抗日战争形势,前方,进入相持阶段,后方,幸得偏安一隅。前方火线下,对普及的文艺兵要求不再那样吃紧了;后方安全环境,注重提高艺术人才的素质,为培养战后新国家需要的文艺领导骨干作好准备,就成为战略的任务。如何去完成这一历史使命,提高艺术质量水平,培养出尖端人才,一下子摆在党组织面前,需要及时采取对策应对。

“鲁艺”,作为培养艺术人才基地,需要及时采取对策,理所当然地要顺应时代思潮,便冒出一股“言必称希腊、写要向名著看齐”的风气,弄得不少人志大才疏、眼高手低,陷入井底观天的苦闷。这不良倾向引起上级领导的关注,认识到,钻进象牙之塔闭门造车,单纯为提高而提高的办法是个误区,逼得非断然采取改辕易辙措施不可。在“鲁艺”,就解散了文研室,将成员分别委派到实际工作岗位去,有的到报社当记者,有的去学校当教员,个别人要求到延安大学专修俄文。事情来得突然,事先又没经大家充分酝酿,不免让人困惑不解,引起思想混乱。

对此,我一时冲动,竟敢以个人名义上书院长,出言不逊,直指这道措施,简直是因噎废食、急功近利、鼠目寸光者所为,不适应高远宏图的革命目标要求!……信上写的,多少带点儿讥诮,冒犯了长者的威严。真想不到,我这童言无忌的贫嘴饶舌,竟在某位副院长心里留下芥蒂,成了异己的嫌弃。后果便是先被放逐于“鲁艺”,后被冷落于文坛。从此,经历几许文学道上坎坷、曲折的弯路。

当中最是深刻的一例:那是 1942 年清明时节,一场划时代的延安文艺座谈会召开的前夕,我一篇反映部队题材的小说《落伍者》在文艺界抗敌协会延安分会会刊《谷雨》第 4 期发表。小说取材举世闻名的抗日“百团大战”的火线下,一位倔老头炊事员在一次紧急转移行军掉了队的悲剧;主题思想本是对独善其身者感慨赋予的挽歌:“哀其不幸,恨其不争。”表达对弱小者悲剧命运的怜悯。该期会刊的轮值主编东北作家罗烽特意给素不相识的作者来封赞赏的信，认为“作品虽有落后、守旧的缺点，但对好心、善良的弱小者赋予人道的同情、怜悯是很可贵的。倘若这样一点温情都不存在，那，人间不成冰岛了吗？”左联前辈吴奚如（当时是新四军某旅政治部主任）特意写信到“部艺”请我代向“部艺”借正要演出的《太平天国》台本，我将台本送去；初次跟老前辈见面，他就说：“尔那样年轻哦。真是后生可畏呀，你的《落伍者》写部队生活好嘛。你是‘鲁艺’学生吧？你们的副院长周扬同志，嗯，怎么说呢，我们是上海“左联”时期老相识啦，鲁迅骂过他左得可爱。那时，他听王明路线指挥，搞标语口号，公式化、概念化。现在呢，一百八十度转向，又教你们盲目崇拜托尔斯泰、莎士比亚。真是鲁迅说的，‘老往左转，不是又走回到右边来了吗’？你现在到军委系统深入现实斗争生活好，部队英雄辈出，是文艺创作最好的用武之地，要多写点！”除了这两位前辈的鼓励，文研室同辈孔厥也当面恭维：“老弟，你真行，《落伍者》可是鲁迅《孤独者》的姐妹呀！”站在旁边极富正义感的伙伴李清泉很为我抱不平：“蓝家坪‘文抗’山头那帮自命不凡的大作家，欺负我们桥儿沟‘鲁艺’的无名小辈，这期《谷雨》居然就把你的《落伍者》排在小说栏的最后一位，其实比他们的第一位的作品还耐读。”文研室另一位老哥岳瑟却跟我私下悄悄说：“有人说你是叛徒，背叛了桥儿沟‘鲁艺’自己的母校，另依山门，投靠人家蓝家坪山头去了。写出好作品，为什么不给自己的《草叶》而投给人家的《谷雨》？”当时听了，不禁愕然，难道文人相轻，自古依然的幽灵直到今天还在革命队伍游荡？不过，我只说：“我现在两头都不靠岸，我只是军委一个丘八而已。”

谁也想不到，隔不多久，一场用中共中央名义邀请文艺界名人参加的“文艺座谈会”于1942年谷雨时节在延安开幕了。

我的《落伍者》居然陪同几篇所谓存在“小资”意识、不健康情调、歪曲革命现实生活的作品：丁玲的《在霞村的时候》、马加的《间隔》、方纪的《意识以外》、叶克的《科长病了》、朱塞的《厂长捉猪去了》、黄既（黄树则，在胡风主编的《七月》发表的几个短篇小说）并列于会上被批判的角落，引起正反对立的争议。

会外，传出这样那样的小广播、小道信息：关于《落伍者》——一位留在周扬身边做理论研究的杨思仲自应得风气之先，当大家一片赞扬声中，他在一边不冷不热的说:“叛徒吹捧的作品,嘿,能有好的?”说吴奚如是叛徒这样耸人听闻的话,是当时整风运动的审干阶段,从康生的社会部那里散播出的。诸如,在皖南事变中身为旅政治部主任被俘,进了上饶集中营。虽逃得归来,可没找到同案者作证,因而在审干中被挂上“叛徒嫌疑”看待。听说在文艺座谈会上,他对周扬把《落伍者》列入有问题小说之一感到不公平,跟周有争辩。何况他还是在上海“左联”站在鲁迅一边反对周的《国防文学》的党内作家。周扬当然将他视为异己。杨思仲的话,自然有来由的了。另一位热情诗人洪流还给我提个醒:“你听到没有?听受到邀请出席座谈会的人回来讲:朱老总在会上对你都说话了!”“说了什么?”我问。洪流说:“朱老总讲‘作家年轻,下部队时间短,对指战员实际生活的了解不全面,对某些现象有片面看法,当然是缺点,但不好就说是有意歪曲革命队伍。欢迎他们今后多下去,多多写出我们队伍的英雄来就好!’”我说:“说我看法片面?朱老总他是他,我是我。反正我绝不至于存心歪曲八路军!”

想不到这些道路闲话,对我可不得了了,在个人档案卷竟记上一笔:“文艺思想存在较严重错误,有反军反领导的牢骚怪话。”

过后,单位进行审干、抢救时候,从档案捡出有关我这一记录。当时成为文艺界党的领导人周扬院长指派他信任的严文井、杨思仲两位大员到我工作单位“部艺”来督促、“帮助”我认错。严文井在读到《落伍者》“每天徒然拿神奇的胜利……来装饰着梦幻”这句时,不禁脱口“啊”一声:“你认为我军的胜利不是真的吗?”一旁的杨思仲接口武断:“反战!托派观点!”连声斥责,叫我惊愕发愣,哑口难辩。

过不几天,另一位周院长欣赏的理论研究员秉承院长授意写成《评〈落伍者〉》一文。署名程钧昌,发表于《解放日报》。文章中心两点:一、说革命队伍是个一大熔炉,炼出来的都应成钢铁战士,怎会有落后掉队分子呢?这不表明歪曲了革命队伍的真实吗?二、面对这样落伍者,作者却赋予那样多的怜悯,岂不反衬革命队伍的冷酷、无情,欠缺阶级友爱优良传统?读了这两点高论,心秤顿失平衡,正当年少气盛,立即借重鲁迅在《非革命的急进革命论者》中大意的话,反驳程文:“革命队伍正在进军途中,也不免会有人落荒、逃亡,甚至叛变,但只要坚持走到终点,那,必成精锐的部队。”很明白,拿鲁迅这唯物辩证观点对照程文,不是看出形而上学的教条破船在客观现实的沙滩搁浅了吗?以这意见我写了篇《关于〈落伍者〉》反批评的文章投给《解放日报》。当年在党报发表反批评的文章是没有先例的,《解放日报》文艺版接替丁玲主编岗位的东北名作家舒群却敢破例让《关于〈落伍者〉》见报了。有天散步,周扬院长迎面招呼:“你的小说和最近回答程钧昌的文章,我都看了。什么时候来我窑洞好好谈谈吧!”我一时愣住,点点头,心里却想:我已被“鲁艺”放逐,成为了军委系统的干部,现是丈八杆子也打不着了,看你能奈我何?负气不哼一声,给周院长让开路走了。

第五章　窑洞冬暖
——整风抢救　斗争考验

1943年初。陕甘宁边区实行“精兵简政”,“部艺”停办,改成文艺工作团。文学队的教员黄照(建国后曾任辽宁省出版局局长)和我两人上调“联政”(原留守兵团政治部改称陕甘宁晋绥联合军区政治部)宣传部。在部长肖向荣(建国后曾任中央军委办公厅主任)、副部长向仲华(红军时期《红色中华报》主编,建国后曾任副总参、广州军区政委)直接领导下,担当新创办的《部队生活》报特派记者,黄照被派去陇东骑兵旅,我被派去绥德独立一旅。正将随司令员徐向前出发前夕,突然被向副部长留下,说报社内勤编辑人手少,不让我跑外勤当特派记者,留在部里做内勤当编辑。向副部长个人系学生出身的老红军干部,平易近人,为使我对编报树立信心,说:“编报嘛,也没啥窍门,无非就是改改文章,我们这张报读者对象是连队指战员,文字要求精简、通俗、易懂。不管谁写来的稿,都不妨给它吃红粉条,删!”就这样,在向副部长办公桌对面,他手把手教我如何按主次编排稿件,作大标题,划版面,标明正文、副题的大小字体符号等编报业务。

工作半年下来,延安“整风运动”也步步深入,逼近每个人面前——个人坦白、组织审干,最后升级至抢救失足落水的反革命特务分子。

7月9日那天一早,向副部长一如既往,面命我:"今天午后毛主席出席延安各界民众大会,动员抵抗胡宗南入侵,保卫延安。你去会场采访,回来赶写篇特写,明天见报。"

谁都没想到,晚饭后,部里突如其来召开紧急会议。会上,向副部长一反常态,特别严肃地说话:"坦白运动以来,各人多多少少都在会上讲、书面写,坦白交待了政治历史问题了。不过,是否全部如实向党交待了呢?这就要看你个人是否自觉了。若要人不知,除非已莫为,纸总包不住火的。自己的问题瞒着不坦白,让别人揭了出来就成了另一回事了。胡宗南要进攻延安,必然要勾结早派进来的爪牙内应外合的。今天毛主席不是号召保卫延安吗?现在给大家最后一次机会,为了保卫延安,个人还有什么问题以前没交代彻底的,此刻就作个补充,一样得到宽大。讲吧,谁先打先锋!"

在座的人,个个面面相觑,全场鸦雀无声,气氛窒息。向翻脸不认人,突然惊堂木一敲,吼一声:"陈寒梅,大家认识他!他的问题不是原先我们看的文艺思想问题,发牢骚讲怪话的小资产阶级自由主义……现在得到人家揭发,他的罪行不小,支部决定:从此刻起,停止他一切自由!散会。"

紧接着,编《战士文化课》的两位同志来到我的房里加铺陪睡监视。一位姓宋的同志好心地劝导:"还有什么没交代的,全部竹筒倒豆,讲完它吧!"我发呆发愣地朝着他俩,十分为难。自问道:"还有什么呢?难道又得再重复一遍吗?""那,就看你自己了。"没想到,过了两天,这宋同志也同我一样被隔离审查了。之后,宣传部支部小会,政治部全体大会,小会大会接连不断的批、斗、逼供,叫你无地自容,有口难辩。部里斗了三天,总共两三百人如临战阵,集聚小礼堂。在本部门本单位已经坦白交代自己是特务分子的人一个接一个上台向大会亮相。分别公开承认自己是复兴、蓝衣社、CC、三青团、日伪特务分子……全场气氛杀气腾腾,吆喝口号,一浪高过一浪。坐在我身边的积极分子猛一下站起,声色俱厉地指着我吼:"我们宣传部这个人,平时跟他常来常往的狐朋狗友,不是CC就是复兴,甚至是日本汪伪特务。大家评评看,他自己是什么?"接着一声怒吼:"揪他上台自己坦白!""打倒特务分子!"全场掀起一片呼啸。两个大汉过来左右把我推搡,押上台。我仿佛全身着火,尿都失禁了,膝盖尽在打颤,口说不出话。"狗日的,耍死狗!""把他拉下来,回本单位斗!"又一片呼啸。

当晚，部里开小会，继续逼供，一位搞发行的老红军同志说："大会上不是挑明了嘛，你那些狐朋狗友，个个都是特务，你在他们当中难道能干净得了吗？"我说："照这样想，部里13号人，绝大多数都是党员，却有两位是非党人士……"旁边一位积极分子立即痛斥"不准你吠，癞皮狗！"全场陷入沉寂。一位支部委员装做和气的样子凑过来小声问："你是个党员吧，你信不信党的话？现在党说你有问题你不信？"我冷静下来，回答："我信真理，当然我也相信自己。"那支委说："是这样，这种事，你个人自己可能不明白，实际上已经上人家圈套了。比如你同人家合影照张相片吧，那就是入伙的铁证，你能脱得了？"我说："那，我就没话可说了！"会场又陷入尴尬。

隔两天，小会仍旧这种状态。听到积极分子私下交谈："后勤部昨晚打出两个来了，锄奸部今晚斗出三个，我们落后了。""抓特务，有一个就抓一个，要真的没有，你抓谁，能比赛吗？""哎，听说，康生讲，连续斗，不让他睡觉，叫他脑瓜迷迷糊糊，就会讲出真话了。酒醉吐真言嘛。""那，我们倒可以试试，车轮战，像站岗放哨一样，一班两人，两点钟换一班，让他睡不得。"

就这样车轮战式的批斗了九天九夜，抢救剩下最后一天了。要是斗不出来，人就被送去边区保安处入狱坐大牢了。那晚，已是深更半夜，我还是没话可说。千般无奈，只好唏嘘叹气："这样吧，为了保卫延安，把我毙了，我也无憾。只求党，在我死后还要调查核实我的身世，还我清白！我是抱着为共产主义奋斗的理想，真心诚意抛弃一切投奔革命来的！"话刚落音，坐在身后的肖部长忽一下站立，激动发话："你那么一点小事，算得什么？讲句话就明白了嘛。把过去的历史都向党一五一十坦白交代了，就算革命家庭里自己的同志了，以后工作上纵然犯这样那样错误，都是思想意识问题嘛。思想问题，认错、下决心改正，就是革命好同志嘛。"肖部长连珠炮般的一口气讲了一个多钟点，天亮阳光入门，他迈步夺门走了。

经历一年半时间的审查，我的政治历史问题、文艺思想错误，终于在1944年除夕有了结论。一次党支部会上对我宣布："历史清楚，文艺思想有错，须加强学习、改正。"除文字定论外，支书还口头解释："当时之所以将我定为重点审查、抢救对象的原因，系得到中央党校职工班一位来自香港反汪(汪精卫)工人组织的头头邓某的口供，说他在香港时曾指派我做日伪特务先潜入延安，尔后他到延安和我接上关系，进行造谣、挑拨离间等特务破坏活动。此事，经过多方审查核实：其一，邓供出的罪过与事实不符。邓与陈是在延安经别人介绍才认识成朋友来往的，陈来延安之前从未到过香港；再说，邓供出与陈关系后，自己即跳崖自杀身亡，自杀前留有遗书，否认他供出的那些与陈交往的特务罪行。其二，关于托派分子的问题。根据中央党校陈岸同志（准备出席党"七大"的广西代表）谈话，广西的托派，没有一定的组织形式，在青年学生中流传的，不过是一般的混乱思想而已。据此，本着实事求是原则，结论断定为政治历史清楚，不存在任何问题。"在场的周洁夫（建国后广州军区文化部副部长）听了这番解说，居然哭了。原来他在骑兵旅也曾是个被抢救的人，同病相怜。

会后，张海（叶剑英同乡，《部队生活》报第二版编辑、建国后中宣部干部处长）和苏平（邹晓青，梁漱溟外孙，当时《部队生活》报第三版编辑）两位私下跟我闲话抢救情况："当时以10天为限，要是你到死也不肯认罪就被送去边区保安处坐牢了。肖部长觉得同你在一个办公室工作半年，怎也看不出你是个坏人，实在不忍心送你去。因而让我们去文工团找同你特别要好的知己大姐黄海和叶克两口子来和你当面对证，相互承认彼此是CC特务，所以第10天才没送你去进革命大狱哪。说来肖部长到底是个老红军，能真正体现党实事求是的精神呀。要不是他，在10天抢救过程中，向副部长是主张打你一顿的，最后是肖部长制止了。"我说："其实，白天黑夜不停的车轮战不让睡觉，比挨揍也轻不了多少，不让睡眠，在古代唐朝是惩治罪犯的一种刑法呢。向副部长嘛，后来还是他亲自去整风大队提前把我要回来，派我采访全军学习代表大会的。那可是个重要盛会，在大会开幕式主席台上我有幸目睹彭德怀、陈毅等军队首长飒爽英姿的风采，聆听他们铿锵有力的发言；最难得的是，那天在飞机场参观骑兵旅的表演，见到了毛主席，我还和《解放日报》记者一起上前同他握了手！哎，顷刻间我激动得忘了状态，仿佛梦里飞上天。"张、苏同声笑问："你没忘记抢救时，斗你的同志吧？"我不禁由衷应声："哎，早已一阵龙卷风给吹飞了，谁还去记那时吆喝的声音！老实说，经过这场空前的风雨，我真心相信党实事求是的伟大，要不是，按当时大家个人自己被逼违心认的罪和做伪证供出的人，不是个个都得人头落地了吗？可是现在却都获得解放，成了革命的自家人。人的一生能有什么比这更为珍贵的呢！我对部里同志，不管当时谁说了什么，谁不说什么都一视同仁、一如既往,心里不存任何芥蒂。打个比喻,这次挨斗挨骂,就同儿时自己顽皮、淘气挨父母打一顿罢了!”

经历这场死去活来的革命考验,一旦精神上死而复生,就想专心读点书,思考点问题。书本中最使我得到启示的莫如当时延安出版的《鲁迅杂文选集》了。有些文章,这时重读才大大解惑,认识鲁迅真不愧是伟大而崇高的先驱。觉得自已认识的太迟了。30年代之初,他在上海“左联”作家成立会上讲的一席话,早就语重心长地阐明革命道路左右互转的真谛,另外接二连三的投枪,指斥第三种人的谬论:《文学与出汗》《文学的阶级性》和《非革命的急进革命论者》等系列杂文,都如警钟,震醒我无知可笑的心。

一天,肖部长女秘书张丽真向我透露一个消息:说原先留守兵团政治部主任莫文骅来找肖部长要干部,支援他回广西老家开辟新的抗日根据地,指名要你和韦必克两人。肖部长说,周扬在开“七大”会时曾向他提出要求,让你回“鲁艺”搞创作。肖当时答应周,等开完“七大”看干部如何调整再定。支援莫南下是没二话的,问题是让你本人拿主意,请莫明天来同你和韦面谈。“你看,是好事不是?”张丽真盯我眼问。我笑笑反问:“你说呢?”张含嗔:“谁知你的心!”

第二天,莫文骅果然来找我谈话。他是原“部艺”老校长,是我熟悉的老上司,见了面像自家人,不讲客套便对我说:“是这样一件事,据最近内部情报,目前十万大山地区有五六万农民起义,反对国民党征兵征税,我们地下党领导力量薄弱,急需加强。你同韦必克回去就到钦州、防城、上思一带,跟在那里的粤桂边纵队一道扩大游击区。你看怎样,同我一起打回老家吧!”我沉思片刻嗫嚅说声:“我——一直只会耍笔杆,手无缚鸡之力……”“那,没关系,”莫不让我把话讲下去就拦住说,“我当年也是个‘省一中’学生嘛。干革命,主要靠用脑用心想办法,不能单靠手脚力气。好了,后天十六号同我一道出发!马上回窑洞收拾行李吧!”

晚饭,同张丽真等几位围着一盆菜,沉默无语,平时六个人在一起吃饭,习惯边吃边聊,这天张见我脸色凝重,似乎心事重重,不好说话,等到饭后才单独要我跟她进她管的图书室去。“怎样?答应莫了吗?真决心投笔从戎做英雄?”她用关注的目光望着我,等我开口。“这儿,梁园虽好,可是——”“可是什么?”张逼问,盯着我不放。我只好借庄子名言应对:“涸辙之鲋,相濡以沫……不如相忘于湖海！”她默默瞟着我，猜问：“真舍得离开桥儿沟那位大姐吗？”我从上衣口袋掏出张照片递过去。她盯着照片，“噢，”一声，念出照片背面的赠词：“‘您把她带到美丽的南方去吧！’你大姐真是个才女啊！一句话就表达那样的深情！”我说：“她说我是个要从泥沙里找金子的人。”丽真说：“唔，红豆生南国，但愿你不要把北国的雪莲花忘了啊！哎，你要走了，不给人家留句话吗？”看她眼睛，懂得要我对她说什么。我想想：“说句什么呢？觉得在这革命的摇篮，女同志真是得天独厚呀，白马王子可是群贤毕至，择偶的缘分可即可遇。不过，依我看，千祈不要以貌取人，只图外表潇洒，实际是个绣花枕头。选人嘛，像挑鸡蛋，不要挑来捡去花了眼，到头挑个散黄臭蛋就糟了。”“哎哟，你真会说话，谁教的？……明早就走？不送你了，祝一路顺风！”丽真站起，我也站起，脚步趑趄，眼睁睁地打量着对方好一会：“还记得歌德一句话：‘衣服新的好，朋友旧的可贵’！”丽真的心弦仿佛被触动，接上话头：“我昨天读到一本书，一位作家也这样讲：‘朋友如同健康一样，失了才觉得珍贵！’凑合给你说句衷心祝愿：保重、保重！”她说完，即出了门。

想想，这就是延安革命摇篮曲的休止符吧！

第六章　冰城情结

——创作丰年　爱海无边

1945年6月16日到10月4日，3个半月又2天。我作为以雷经天(陕甘宁边区高等法院院长)为政委、莫文骅为副政委，以文年生(警备第一旅旅长)为司令员率领的南下第一支队的干部大队一员，随原警一旅两个团的武装队伍，从延安首途出发南下，一路渡黄河又涉汾水，穿越同蒲路日寇封锁线，经过中条山太岳军区，继续南下再渡黄河，抵达洛阳以西90华里的陇海路上新民县境时，敌国日本宣布无条件投降了。继续南下抗战成了出师无名，队伍停在豫北沁阳府城下待命入城受降。延安朱总司令发来号令：南下第一(广西)、第二(广东)支队改向北，进军东北三省，务必星夜兼程，争取及早抵达沈阳，接管敌伪军政大权。等因奉此，支队全体人马立即从豫北开往太行总部根据地补充御寒冬装。途经焦作、博爱、新乡、武陟、林县，沿清漳河边到达太行根据地。之后，从冀南向冀中广袤平原挺进，为赶时间采取强行军，一天两头不见太阳，直奔长城出关。抵达白洋淀边上，我骤然患上疟疾，跟不了队伍，落在后头。后来我随收容队出山海关乘火车抵达锦州，在冀东军区招待所（伪满时的泰山大酒店）遇见骑马代步走在队伍前头而先到的首长——支队政委雷经天、干部大队长黄一平，才知他们是和第二（广东）支队一道出山海关的，而我们第一（广西）支队走古北口，还在承德。大队长给200元伪满钞票，让去理发、洗澡、买些日用品，叮嘱明早跟他们一道去沈阳。

10月4日到了沈阳，住进东北局组织部招待所。第二天，雷、黄两位说："当前整个东北新区总的局势是急需大批各方面的干部，军队需要旅长、团长，地方政权需要厅长、局长、专员、县长，工矿企业需要厂长、车间主任等，各行各业都缺干部，关里来的同志，各人自己想想，能干什么？想干什么？都可自己申报，大家评议，组织决定批准。"雷问我："个人想想，打算拿什么主意呢？"没等我说话，黄即插话："东北局正急筹建《东北日报》，关里来干过报社工作的干部都由东北局安排。"我说："在延安七年，四年读书写文章，三年编报，别的工作都没干过。"雷马上高兴说："好呀，耍笔杆去吧。等下，我和一平去东北局汇报支队干部情况，你就同警卫员到街上看看吧。"

过了两天，雷政委通知我："东北局组织部来电话，要你等一下到《东北日报》报到。"临行，雷政委语重心长地赠言："四个月行军，风风雨雨，大家辛苦备尝，难免发牢骚、讲怪话。你呢，一个年轻同志见到某些老红军同志在骂娘、发脾气，自己也就学样，说这说那，这样不好。不过，你们年轻同志还少锻炼，不怪了。可是，今后一定得记住：不论在任何场合，遇上任何人任何事，千祈要向好的正面的学样，要向上看齐，不应朝邪、朝歪的背面处走！"

10月8日那天，我便到三纬路口的伪满《康德新闻》报社附近一座印刷厂旁边的小学楼上，找到《东北日报》社临时筹备处，向副社长廖井丹交上介绍信，随口声明名字改用陆地（原为笔名）代替陈寒梅。廖含笑说："陆地，地厚天高好呀。想搞什么？跑外勤做记者，还是坐板凳当编辑？"我迟疑一下："跑外勤，沈阳汪洋大海，初来乍到，有点望洋兴叹，怯于问津，还是稳坐板凳编副刊吧，在延安《部队生活》报我编第四版。”廖说：“好吧，不过，编辑是文章的理发员，可就不能尽可能发挥你写小说的特长了。”“骑毛驴看通书，边走边看吧。”我说。廖点点头，郑重地讲：“副刊部此刻只有你先到，报纸先办半公开的八开小报，试刊几天，第四版副刊一天容纳5000字，你个人先唱独角戏行吗？张罗去吧！”

独角戏怎唱？没商量，只好面对国民党蒋介石政府凭借美国支持准备发动内战的危险时局，以及日伪政权遗留下的污泥浊水的社会现象，试写几篇杂文滥竽充数——《从糖盒子说起》《雪花片片》，揭露蒋介石假和平、真内战的虚伪嘴脸，针砭旧社会马屎外光的种种丑陋。

一天，在街头旧货市场遇见华君武，约他给副刊画漫画。他说：“你给出题来呗。”接着，他顺口相告：“我和严文井可能也要到你们报社工作。到时，好商量。”不几天，华、严两位鲁艺旧人果然来成了伙伴。严来挂副总编分管副刊部，华在副刊部负责编辑美术稿。美编人员还有一位兼作俄文翻译的哈尔滨青年宋小四（高莽、乌蓝汗）。跟着又来两位东北本地青年刘仲平、刘和民做副刊部助理编辑。前者，伪满某厅长公子，留学日本懂日文并正学俄文；后者，伪满时学过军医，可兼当报社医务室大夫。反正我不再演独角戏就是了。

一天，东北局宣传部长凯丰打电话到报社，要第四版副刊和第二版地方新闻的主持人去面谈。报社让我和林聿时两人去。凯丰部长见面直言：“东北新解放区的青年，深受十四年伪满亡国教化，连祖国有四万万同胞、五千年灿烂文化的基本知识，都被日本人封锁得严严实实，不让课本记载；听说，一些爱好文艺的青年只知关里有个作家巴金。副刊的文章要面对这新的严重现实，不能搬我们关里老解放区的工农兵文艺那套东西硬塞给人家。不妨考虑组织发表巴金式的‘小资’东西，好让青年知识分子乐意接受，启发他们觉悟，愿意跟我们一道走就行！”

从此奉命，副刊便开辟《阅读与写作》周刊专栏，由我署名以讲话形式阐述文学知识，一周刊登一篇。其次，为带头示范，还试写反映知识分子的短篇小说《叶红》，表现一位先进女青年与工农群众相结合的革命过程。跟着发表林蓝作的《樱桃》，讲的也是青年知识分子的爱情故事。果然，这些作品引起青年们极大兴趣，受到普遍欢迎。

东北知名女作家白朗来副刊部加强领导。一上任她便主张走出办公室，到社会上跟广大读者见面。一次，在萧红母校哈尔滨女中召开读者座谈会，征求对副刊作品的意见，爱读的是哪些，不喜欢的又是哪些？不妨举出具体篇名、作者，以利今后副刊稿件的取舍，改善副刊的工作。

会上，冒出一位市十四中女生贺心云，语惊四座，引起视听："我不会客套，免得多占大家时间，干脆讲句心里话。我读了陆地的《叶红》很受感动，觉得像叶红那样的人，就是我们青年的楷模。最没耐烦读下去的呢，对不起，是柳柏如记者写的那些战场通讯，差不多篇篇都是干巴巴的、枯燥寡味。特别是那篇《战火纷飞》吧，尽是打打杀杀，硝烟弥漫，叫人透不过气来……哎，不啰嗦了。"她身旁的伙伴接口补充："不过，战场通讯也有叫人爱读的。比方一位叫华山的作者写的那篇《踏破辽河千里雪》，我读了就像眼见其景。"另一位插句取笑："哟，你俩一个陆地、一个华山呀！"……会场活跃。最后，白朗说："会开得好，感谢大家光临，感谢诸位提宝贵意见！"

回到副刊部编辑室，白朗仍兴奋不已，觉得很得意，叫二刘将记录整理，全文见报，扩大影响。

副刊部人手多了，我也就腾出时间，除了继续一星期写篇《阅读与写作》，还写社会思想杂文，时事短评；下工厂侧身于工友中参加民主改革斗争，到农村参加暴风骤雨般的土地改革运动，写散文速写、报告文学和短篇小说，散见于各报刊。一篇写工人题材的《在抚顺炭矿的日子》在公木主编的大型杂志《东北文化》创刊号发表，东北新华广播电台在"文艺作品"节目里全文转播；《阅读与写作》专栏文章为大连《实话报》逐期全部转载……总之，陆地名字，频频出现于报刊。总编李荒出差回来说："我们副刊办得可以啊，在车厢上听人闲话，总是陆地、陆地的在议论。"有一次，去周立波家催他的《暴风骤雨》连载稿。周一见面就说："噢，陆地，你可成了大名人了啊。我这次化名在农村搞土改，可能是戴副眼镜的原故，老乡问：'你在省里是个高干吧？'我说，我是同你们拿锄头一样，拿笔杆的小百姓。老乡就问：'写文章的？那，你名叫陆地？'哈哈，你听，是不是名人了！唔，还有件事，昨天中苏友协的人送来一本新到的苏联权威文学杂志

《旗》(1948)8月号,我看里边有一位女汉学家译了你的小说《钱》,这是我们解放区文学作品第一个被她们翻译过去的呢,该在报上发个消息!友协送你一本没有?”我说:“昨天高莽拿来一本,我不懂俄文。”“让他们给你翻译出来,在报上发个文化消息嘛。”

倘若可以这样讲:我的文学生命,春华,是在革命圣地延安绽开蓓蕾;秋实,则在北国冰城收获佳果。

1946到1948年间,我几乎忘却了时光的分分秒秒如何从身边流逝,不分日夜、不辞辛劳的埋首笔墨耕耘,但在备尝创作甘苦的同时,不免受政治的制约,深深感受到文学之路的坎坷。

1947年秋,苏联日丹诺夫发难掀起一场思想意识形态斗争,批判小说家左琴科和女诗人阿赫马托娃的非布尔什维克的小市民意识,这股寒潮很快穿越西伯利亚吹袭哈尔滨。

东北第一次文代会居然把我的《叶红》牵强附会当作中国左琴科式鼓吹“小资”情调,歪曲延安革命的艰苦斗争现实,是当年延安文艺座谈会所否定的漏网作品典型,而成大会批判的中心,自命一贯正确的红色作家柳柏如操纵会场,发言竟然联系自已,愤愤不平地大言不讳:“我到前线采访,在战壕读到报上副刊那版《读者座谈会记实》全文,觉得是在诋毁战场战斗英雄事迹,党报上居然刊登这种文章,实在痛心疾首……”会上依此定下调子,各人发言不断重重复复,说过来讲过去,无非是“小资”调调,腐蚀革命队伍。剧作家宋之的听得不耐烦,讲了话:“这样座谈,你说我也讲,都差不多。三天了,天天叶红、叶红,试问,别的作品,其他问题还谈不谈了?”诗人李江接口就说:“我看,我们在座只不过十来八个小圈圈里的人,再讲也不一定就准就透。干脆拿到群众中去,听听多数读者怎样说吧!”这时,我才忍不住站起,说:“《叶红》是什么东西,不好讲自已的孩子,癞痢头也说美。不过,她是奉命于凯丰部长而写的——”话讲到这,柳某吆喝一声:“不准诬赖凯部长!”主持会议的舒群,无可奈何,宣布休会。请严文井写篇稿登报作总结。可过后一直也没读到严的文章。

然而,后果是,解放之初在京开的全国第一次文艺代表大会东北代表团成员却没了我的份,不免让同行伙伴深感莫名其妙。

莫名其妙的事,跟着还出现在报社庆祝创刊三周年表彰模范工作者会上。总编李荒宣布:“模范工作者,文章写得多少不能算作模范候选条件。”候选10人名单榜上就没见我的名字。但是唱票时,10人之后,陆地得1票。散会出来,记者刘哲小伙子拉我去角落一边,贴我耳边悄悄说:“选你一票是我投的,我就为你打抱不平。写文章不算数!什么道理?”是呀,什么道理呢?我不禁哑然失笑。

到此,深感文学事业在革命的大道上,总归是条窄门旁道,我一路跋涉,并非那么春风得意,也非赏心乐事。然而对初恋的情人,依然初衷难变。几年涂鸦,好歹集结成书三本。

其一,短篇小说集《北方》(又名《好样的人》)——哈尔滨东北新华书店(1948)版。书中收入写部队题材的《落伍者》《钱》,写厂矿生活的《在抚顺炭矿的日子》《大家庭》,写知识分子的《叶红》《最后的夜晚》,写农村的《还乡》《好样的人》。

其二,中篇小说《生死斗争》(又名《钢铁的心》)——部队素材,一个抗日战士的控诉。

其三,文学理论专著《怎样学文学》——三联书店哈尔滨分号光华书店邵公文约稿,集结我在《东北日报》“阅读与写作”专栏发表的文章。该书收入三联书店编的一套《新中国百科小丛书》,解放前分别在上海、香港、广州和北平出版。

这些,按说是我在文学耕耘中值得庆幸的丰产年成。然而,在爱情的海洋探险中,却几度遇上潮起潮落,终留恨海难填的遗憾。

1945年冬,我们从条件艰苦、物质匮乏并生活过七八年的山沟沟窑洞,骤然进入久违的近代工商业的繁华大都市的花花世界,心情感受产生的变化是可想而知的。

一位原名朱华丽,现改称马丹的少妇,自夸其夫的朋友艳羡他艳遇摩娜丽莎。她写散文诗,文如其人,诗清丽可读,人谈吐优雅。我们初识在本溪,但她说,此前,在延安,她从我一位非亲大姐却胜似大姐的黄海那里早知我是个理想主义老憨,总想从泥沙寻找金子的痴人,又是个敢说皇帝不穿衣的傻孩子。她自己嘛,巾帼英雄革命女性的崇拜者,小说迷,但自嫌啰嗦,不如学写散文诗,抒发抒发真情实意。

《东北日报》社随东北局从本溪北迁梅河口,等待苏军撤出长春,即进入接管。在梅河口西边邻近海龙县的空闲日子,和马丹聊天的空档更多了。问她怎么不随她的爱人去东边的通化？她说:"他,俗,官瘾特大。像大观园里的贾琏,《罗亭》里的潘辛!"空闲无聊,我们便剪烛西窗没日没夜谈小说谈诗。她问:"中国四大名著的人物你最喜欢谁?"我说:"最令人钦佩的是《水浒》的武松、鲁智深,《三国》的赵子龙,《红楼梦》的柳湘莲。"她说:"中国封建思想根深蒂固,写的妇女多数是规规矩矩的贤妻良母典型。我倒是崇拜外国名著的女性,托尔斯泰的《安娜·卡列尼娜》不用说了,法国福楼拜的《包法利夫人》就很真实,叫人感到亲切。""因此你才改名马丹?"我含笑问她。她脸一下红了,不好意思:"其实马丹还不如我国的卓文君呢!"我说:"那,对你也许李清照更相称吧!"马丹立即辩白:"你怎学会说恭维话了？我岂敢攀比一代才女!"

两人就这样彼此不拘形式耳鬓斯磨的谈心。一次,在雪地闲步,马丹挽我胳膊,紧挨肩头凑近耳旁悄声问:"你说,对我什么印象?"我不觉一愣:"镜里的玫瑰,水中的月。那,你说我呢？认同黄海大姐的看法?""不,"马丹说,"更深一步:你是哈姆雷特,耽于犹豫,怯于行动! ……告诉你吧,我结婚几年了,从来都是他主动的!"……到此,我下意识两人正面临悬崖"行人止步"的警示界石。过两天,马丹的爱人从通化看她来了。她说:"人家可会讨好人呢,给我带来一只日本的瓷猫,笑靥迎人,真逗。送给你吧。"我说:"很抱歉,我可没相称的红木写字台让给她呀!""让她装进你心坎!"马丹意味深长瞟我媚眼:"唔,他要我跟他去通化,你说去不去呢?""嫁得浮云婿,相随即是家。"我喃了一句,便说:"家是幸福的港湾嘛,好,祝福!"翌日,她同一道晨曦来敲窗告别,悄声细语:"在房里枕上留下东西,去拿吧!"我赶紧下炕赶去,只见人去屋空的枕头上坐尊瓷猫,下面压着一本《寂寞的心》歌谱。翻开歌谱先见张含情脉脉的灯下头像。又一纸分行写的散文诗:

当时不愿去通化
今朝忍心离开海龙
说句真心话
这,全都因一道无形而
难以超越的
道德樊篱
千般无奈
但愿瓷猫代人
永远陪伴着你

再翻瞧照片背面,写的这样两行字:“让她给你做伴!永远的朋友马丹 1947 年冬。”

事隔多年,马丹入京,成了小有名气的散文诗作家。1960 年代在一次中宣部召开的反国外修正主义文艺会上,我们不期幸会于京华,相对回首往事,感慨叹息,事后我还吟成七言诗句,寄托那段难忘的青春时光。

风停雪霁夜青青,
云自飘飞月自明;
人去书中肖像在,
燕归梁上旧巢倾;
东肆把杯人共醉,
西窗剪烛泪空零;
莫道红颜多薄命,
但得相知恨也平。

说到东北逸事,还有段昙花一现的邂逅,总也难忘于怀:那是一位朝鲜族姓朴的姑娘,刚从伪满监狱获得解放的爱国青年,堪称赵一曼后辈的巾帼女杰吧。原叫名华,现改称朴木,是进入东北认识的第一个本地人。那天,为《东北日报》

副刊去当地工、青、妇群众团体约稿,在本溪湖县妇联初次见面,也许缘于我是关里新来的解放军干部,被看成革命英雄的骑士;久居山沟的人乍见都市的佳丽,真同早晨看到绿荷池里出水的红莲。两石碰撞,自然迸发出火花,一见钟情往往就这样来自刹那间。之后,一方约稿,一方送稿,来往逐日增多加深。她说坐牢前在省师读书,为抗日反满闹学潮被捕入狱蹲了九个月黑牢,解放军和苏联红军来把牢门打开才得出来见到阳光。我鼓励她写写"狱中记"。她说:"在校时,我也是挺爱读小说的,有时偷偷的能读到关里的书,有时就读从日本译自苏联的当代小说和俄国名著《战争与和平》等等,唔,对啰,前几天读到你们《东北日报》副刊版有篇作者叫吴谓的文章,是无所谓的意思吧,名字怪怪的。一定是笔名? 是你吗?"我说:"那是不得已写的小稿凑合版面做补白的东西。笔名随意安的。在延安有位大姐叫吴为,我灵机一动就用了她名字的谐音。"名华听了,沉下脸,不好意思的问:"你们报社要干部吗? 我也想做个'无冕之王'——当记者。"

这样,我们都满以为能工作在一块成同事多好。不成想,天有不测风云,国民党蒋介石要争夺东北三省地盘,时局动荡,蒋军借重美国军舰从南方海上运来重兵,占领了山海关、锦州,沈阳危在旦夕,我们解放军当时处于弱不敌强的形势,只好急往北撤梅河口、海龙、通化一线,坐待苏联红军撤退后立即接管长春。我和名华之间刚架起爱之桥,突遭战火中断了!

进入长春不几天,名华来信:说她在我们报社北撤之后即向组织要求尾随北来的,未得批准,只好服从留在南满地区参加反蒋游击队充当医护工作,救死扶伤。信末,写:"等我吧! 条条道路通罗马,只要目标一致,后会总有可期!"

这段情缘之花就此遇上风吹雨打而失落了。在日记本中,徒留一阕《调寄渔家傲·本溪过处》:

天涯过客惊奇丽
银涛浩瀚望天低
粉装树树腊梅枝
此何处

人道钢都属本溪
一见自许平生志
倥偬戎马去何疾
相对无言难为意
音书至
烽火河山人千里

《东北日报》副刊(第四版)发表“征求读者意见座谈会记录”全文之后,一个星期天,座谈会上表现突出、引人注意的那位十四中女生贺心云和伙伴秦纪元(白俄血统)、袁崇真来报社登门拜访,声明:“我们是读者,要见识《叶红》的作者。”秦、袁两人拿来稿子给副刊“学生园地”,让二刘编辑指导她们修改处理。不久,报社一位记者去十四中当党支书记,邀我去助威,给毕业班开新文学讲座。这就加深同贺心云的师生之谊。贺毕业,表示决心革命,积极主动要求做供给制工作,接受教育局统一分配于就近的道里马街小学当教员。对我始终保持崇敬,来来往往如同自家人。一次送她上电车站,等车,车来了两三趟她却不急挤上去,依依不舍地欲言又止,到末班车时刻了,才从我大氅腋下抽出手,声音带颤地说:“老师,等我什么时候介绍一位十四中同学给你吧!”话完,不听我反应,也不上车,即信步小跑离开了。看她背影消失后,我一路走回一路猜疑:“介绍十四中同学?纪元混血儿?崇真太精灵,轻浮!难道还不从我们接触的眼神看得出来吗?是不是她借口推脱自己呢?哑谜,难猜!”之后,她一如既往,抽空常来,有时来借书,有时来邀到江沿公园坐在长椅上,看对面太阳岛落日含林迟暮的归鸦、看松花江冰场上绿男红女溜冰飞翔。几次来往,纪元、崇真两位都没来。我不禁疑惑问:“纪元和崇真怎不来了?”“你想着她俩?”心云盯我眼不放。我无言以对。片刻,心云才开口:“你讲句真心话,对她俩什么印象?”我坦然直说:“秦,呆板、沉闷;袁,机灵、轻浮。”心云对我评品不在意,说:“你不知道,纪元跟一位苏联红军军官回莫斯科了,她老爸却死脑瓜,不信苏联那些宣传斯大林的电影,不愿同女儿走。崇真呢,关里来的一位你的同行、写马耶可夫斯基楼梯式的诗人,以诗为媒死缠崇真不放。崇真妈是金陵女大基督徒,发现诗人示爱的诗，极力赞赏女儿的选择。圣诞节那天她们结婚了。可，你猜，第二天，崇真对妈又哭又闹：'都是你，让我嫁个老头！'原来洞房之夜，诗人把假发揭开，露出个秃顶脑袋。"我说："个人幸福与不幸，都不应听从父母之命为准啊。"心云马上搭腔："所以啰，我昨天已离开家了：把铺盖搬到学校，住教室，傍锅炉边取暖，睡得好觉，你去看看。"第二天，晚饭后，经过秋林——白俄侨商开的百货大公司，买包巧克力径直到马街小学看望心云脱离家庭拘束，来住自由自在的居处。果然，教室一角，靠锅炉处摆着一张床，上面是整齐干净的被褥。坐一会，心云出门十来分钟回来，抓把巧克力，边走出门，边嘟哝含嗔："死鬼，闹着要人家请吃糖！"请吃糖，听说东北人风俗：那是人家要她承认有了爱人该请吃糖的玩笑。见她转回来，往床上一坐，挺得意的样子。沉思一会，才问："哎，《钢铁是怎样炼成的》读完了。你说，我是塞尼娃吧？"目光直盯我。我瞪着她："那你说我是——""你是个作家，《叶红》的塑造者！对啰，叶红真有这个人吗？她是谁？在哪儿？""在我心上！不，在文章不是写了吗，人家已嫁给一位县长了嘛。""看你倒挺会狡辩。唔，你延安那位大姐不是说你要从泥土淘金子吗，淘到了没有？""金子算什么，再贵也有价，不稀罕。""那你——""我要，我要……"她追问："别吞吞吐吐嘛。"我说："唔，鲁迅说'人生得一知己足矣'。唉，高山流水，知音难遇！"说到这，看心云敛容，不好开口，我便站起，"不说了，言多必失，节约留给明天！走了！"心云也站起披上大氅："送你！"挽我胳膊并肩走到电车站。终于说道："放在书里的纸片写的话应当倒过来，是学生问老师的！"听了这话，我无异触电，心一悸："什么纸片呀？"一头雾水，这时电车到站了，只好默不哼声，挤上了车。

回到报社，脑里老缠着：那是张怎样的纸片呢？子夜时豁然忆起：原来有一回多情的少妇马丹，借故拿来片诗笺，说是新作请给提意见。当时我随手夹进那本《钢铁是怎样炼成的》书里，诗只短短几句：

我不曾向人乞求过
爱的施舍
也未曾施予向我

乞求的人

今天却伸出颤动的手

叩问你的心扉

我,是不是你要

等待的客人?

这,爱的挑逗,竟然成为纯情的少女误会是老师向学生求爱的暗示,而巧借反作自己的诺言。心想:“这,‘错中错’的戏该怎唱啊?明天问她个明白吧!”

第二天,党支书找我谈话,说:“当前农村正在天翻地覆搞土改运动,领导机关也要跟上政治形势整顿阶级队伍。一位常来找你的姑娘是跟你谈恋爱吧?你了解她的家庭成分吗?我们调查过,她父亲是道外一家皮革厂老板,资本家,典型的资产阶级,跟我们不属同一条道路的人。支部决定要你和她中止来往。你看,有什么意见?”“我是个共产党员,组织对这事既然已经作决定,我个人还有什么意见可讲呢,服从呗!”支书听我口气不太痛快,便劝说:“算了吧,人不是说‘十步之内必有芳草’吗?哈尔滨的漂亮姑娘有的是,何苦要在一棵树上吊死呢!”支书说完话走了。我却死心眼,老想:依情依理都应当去跟心云见最后一面,表白对知音的感激。但是,世事难随人愿,这可悲的遗憾,一直未有机会补偿!单纯痴情的心云,永远都无法知道,自己所尊敬的老师竟然丢下了一个让她难以猜透的哑谜!

事过17个春秋,1964年除夕,上京出席第四届政协全国委员会全体会议意外收到一封寄自哈尔滨道里西头道街16号的信。信是投到会务组查交的,写得简洁、情真意切、吐露心声:

老师,还记得当年十四中一个幼稚无知的学生吧?假如今天有幸能在老师尊前,学生定会将一切都向老师倾诉的了!不过,这已经是不可能的幻想而已!老师,原谅学生当时年轻不懂事,给老师添好些麻烦。前些日子,拜读大作《美丽的南方》,真羡慕美丽可亲的全昭姑娘获得老师那样关爱,该多幸福啊!我——一个永远的学生很不争气,多年都让老治不愈的偏头痛的恶疾缠身。从马街小学调到职工学校仍旧操持粉笔生涯，去年才转入电台当记者跑腿。如今早已做了人妻人母，日子还平顺度过。老师，把您的幸福喜讯告诉我吧！请将全家福照片寄赠一帧好吗？我这张照片是让一位驻外使馆回国探亲的朋友在江沿公园——老师曾留下脚印的地方摄下的，请留下作个纪念吧！说不完的话，下次再写了。遥祝健康长寿！——永远的学生心云 1964 年除夕

读罢信，往事历历涌上胸襟，如同呷口苦酒，随笔抒发无限感慨：

一纸飞来惊别梦
依稀犹见泥雪踪
无缘漫道天涯隔
南北相思一脉通

1948 年 11 月 4 日，正当哈尔滨万人空巷，倾城欢呼东北全境解放的狂欢夜。我，30 岁当婚的南国书生幸偕 19 岁待嫁的北国冰城佳丽凤乡(于千)，欢度良宵。

到此，终身有了归宿，登上爱海彼岸！

第七章　归去来兮
——官场炙手　文苑裹足

1949 年 8 月，全国解放在即。正是古人说的“一年好景君须记，最是橙黄橘绿时”。落叶归根，自是涌动游子思乡的心。恰当此时，申请得准，追随叶帅(剑英)率领的入关南下工作团，告别松花江上直取五羊城下。

10 月初，当电灯光还在闪烁的时辰，我们北来的干部大队便进入刚解放三天的广州，驻进长堤唯一顶高十三层的爱群酒店大厦。我参加接收市教育局政

权。接管工作个把月完了,就要考虑接受正式工作岗位:是去华南文教系统找延安归来的文艺界领头人欧阳山,要求回本行弄创作呢?还是答应现任华南分局宣传部长老上级肖向荣去办《南方日报》?思忖再三,踌躇满志。华南分局组织部负责人李嘉人一看介绍信就面带歉意说:“分局这里当然很欢迎你能留在广州工作的了。可惜,广西省委雷经天同志有份名单在这里,有你名字,一定要让你回老家。非要不可,我们不好讲话。到底广西干部更缺。”就这样,我便到西堤“东亚酒店”加入准备回老家的“广西工作团”,等待广西解放的号外新闻。

梧州解放第二天,我就同新识的陈枫、张华和杨明几位,领着梧州市工作队,也学广州革命行动,先驻进梧州最豪华的江西大酒店。出乎意外,在账房来往客户芳名的流水粉笔黑牌上,留下显眼的“梁升俊”三个大字。问起账房先生,说这位官员昨天傍晚才仓促携同家小几人乘末班船逃亡香港去了。一位中山大学的地下党员覃伯承在我身边讲:“梁某此人可不简单:李宗仁远房侄婿;李夫人郭德洁资助他在梧州办张报纸《言报》,为他吹捧;广西小有名气的诗人胡明树,曾在《言报》编过副刊。梁某这张报出不久就遭柳州一霸覃连方(桂系下台旅长)收买吞并了。梁利用李郭裙带关系,挤进广西当局借重进步文化人杨东莼、陈此生、邓初民和周钢鸣等名流作幌子的广西地方建设干部学校,当上首任的秘书长,实干的是为新桂系当局坐探进步文化人言行举动的勾当。哎,你在哈尔滨不是见过白俄侨民吗,我看,梁某和培桂中学那位创办人、苍梧县长潘宗武,现在都逃亡香港当‘白华’去了。”覃说的梁兄故事,使我忆起少年的乡情,以至十年后,成为我写旧社会知识分子悲剧的《故人》的素材。

作为接管梧州市文教委员会主任,忙了一个月,以为任务完成了,可以上省会南宁,协助前辈周钢鸣筹建广西文艺界联合会了。料不到,七届中央委员张云逸受中央委派任广西省委第一书记,从华南分局路经梧州。在欢迎会上张云逸接见市委同志时,专对我面命:“我们一来,就把人家原来十几家大小报纸全都封了。要知道,梧州是广西门户,广州的兄弟城。市民生活习惯都同广州差不多。每天早上茶楼,人人都手拿份报,读新闻看广告。现在,报纸没有了,能叫老百姓不失望嘛。人家会笑我无能不是?不,无论如何,你,”张郑重地盯住我脸,“宣传部别的事先放一放,当务之急,首先尽早把我们的党报办起来,满足人民大众要求!”这一重担压在肩,即同部里仅有的两位干事张扬和梁成业商量,邀请报界民主人士开座谈会,征求创办一份新社会的报纸。大家意见一致赞成以《建设日报》为报名,趁张书记莅临我市,请他给题书报名。

从此,我便全力以赴,审稿改稿定稿从早忙到午夜,席不暇暖。惨淡经营半年,党中央突然来电,指示各省集中力量加强领导,只准办好一份省级大报,省内各地市已建的小报一律停办。为此,华南分局肖向荣、李凡夫两位宣传部正副部长商量要调我回广州,说我是分局干部,派去广西的,现在梧州报纸既已停办,干部理应调回,由分局安排。梧州市委书记张华则热情挽留继续担任宣传部长,和他一道合作建设新梧州。省委却赶紧派专人(办公厅主任许革夫)专程来梧州要我同他上南宁。

我原以为大可重返文坛,协同周钢鸣筹建广西文联机构。不料,见到兼任组织部长的省委副书记李楚离,他留心听完我的申述之后,即说:“其实组织上对每个成员的了解,总是比他自己更为全面。你长期在军委、党委的高层领导部门工作,有阅历,有经验。广西是解放新区,当前,省委宣传、文教战线的领导干部水平,赶不上新形势的理想要求。你就到宣传部去加把劲,占领阵地,打开局面,显示新社会的革命气派。至于社会文艺团体那方面,就让本地知名人士周钢鸣他们去张罗摆摊子好了。反正工、青、妇等群众团体都归党委部门领导嘛。”

就这样,书记严肃、庄重地一锤定音。我惟有服从是听。从此,再深一步疏远了过惯的文艺圈生活,而涉足于陌生的官场舞台。就这样,我平素只知埋头耍笔杆、不善应酬的孤僻的德性,如今却因时因地被迫要扮演个抛头露面、四处张罗的角色了,实在是成了上架的鸭子。好在这位现任的前辈副部长,对我这个后辈青年特别信任,放手让我担当部里重要处室负责人,使我少受约束,能大胆积极主动地工作。

工作下来,按一般要求,谁都可以做到的事,我个人却多少做得较为突出的有如下几件:

1950年,党中央代表团从苏联取经回来,传达建设国家的规章法度。中宣部常务副部长胡乔木主持召开宣传工作会议。我被派作广西的代表出席。会议的中心议题是:全面推广仿效苏联党宣传部门的先进经验,建立宣传网、宣传员体制的业务。领会这番业务的操作门道归来,立意创办一份为宣传员提供向群众宣讲的资料——64开本小型袖珍本,随身携带方便的通俗期刊——《宣传员手册》,宣传员拿它作宣传,即令文盲群众也能听懂。半个月出一期。宣传员手册运用讲故事、唱山歌的形式,宣传革命道理,传唱耕种、医药卫生,破除迷信等知识,获得相当效果。其次,主持部里机关肃反运动。破获两起潜伏的敌特、政治骗子的重要案件:一个是郭文瀚,国民党中央青年部长陈雪苹手下的北平反动学联首要。解放战争面临北平和平解放前夕,他极力进行破坏,向国民党CC派密告我党进步民主学联负责人名单,带领特务警宪,逮捕陈瑾昆进步民主教授。破坏捣乱我方策划护校护厂、欢迎解放军入城的会场等系列罪行。直到和平解放入城在即,他摇身一变,乔装打扮,混入傅作义起义部队,以进步学生身份潜伏进我军招收的学生南下工作团,后到武汉,他得寸进尺,加入广西组建的文工团,乘当时复杂局面,以及我方同志的疏忽,得到重用,居然被选进宣传部,成了骨干。另一名是政治骗子杨某,桂系李宗仁的亲信,以两人合影做幌子,为李宗仁竞选副总统奔走,拉来西北马步芳派系的选票,而成为李倚重的红人。待到我军胜利过江,国民党大势已去,杨某即改头换面,妄称进步文化人,自吹曾在民主人士储安平主编的进步期刊《观察》杂志发表过若干文章,并吹嘘我党已故的某某同志是他的入党介绍人,以我党地下秘密党员自居,招摇撞骗。解放之初,我方干部流动频繁,他借机混进省委宣传部,由于负责同志的疏忽,误认他系地下党员,分配他去省文教厅筹建文化处做负责人。面对这两位非同一般的对象,我经过反复几次与他们谈话,查阅他们前后填写的简历档案,感到存在不少疑点。结果,从北京外调档案,核实郭文翰系潜伏下来的CC分子,且有血债。再就是从储安平主编的《观察》杂志中找不到杨某所说写过的文章,又从几位知情的地下党同志处核实,证明杨某捕风捉影,交代的身世简历,纯属子虚乌有,所谓共产党的地下秘密党员,完完全全是谎言。

基于机关肃反运动取得的这些成果,省公安厅长夸我一介书生从政当官,竟是个"过五关斩六将"的能人。

1952年1月,我参加广西省委土改工作队,与北京下来的中宣部的理论处长胡绳和办公厅副主任吴寄寒和清华、燕京大学吴景超、徐毓枬等教授,“世和”大会亚洲北京分会的总干事唐明照(后来任联合国副秘书长),戏剧家协会主席田汉,中国作协诗人艾青,中国美协画家李可染、张正宇、夏同光,中国音协理论家江定仙,中央文研所教授李则蓝(又然)等名家一道,组成土改工作团第二团,深入邕宁县第十三区各乡镇的村庄农户,实行“三同”(同吃同住同劳动)。同时,我作为宣传部代表,出面组织筹办一场土改实物巡回展览会,邀请画家李可染等人跟广西文联的美术工作者合作,运用实物、画片、漫画等,展示地主阶级剥削、压榨贫下中农的种种罪状,促进全省土改运动的斗争大势,一些展览品还编成大型画册,成为土改历史文物画卷。

就此经历几番实际斗争的考验吧,我这个“上架的鸭子”,意外官运亨通,从处长而秘书长以至副部长。另外还兼任了广西人民代表大会代表、广西文联副主席、全国政协委员等职务。

但是,若说在官场上堪称政绩的话,那还是对壮族文教事业的发展进步,发挥过堪夸的作用。在一次省委常委(扩大)会上,我憨劲十足地在威严的书记们面前,陈述所见推行壮文试点的弊端,不赞成“两年内全省小学课本采用壮文教学的决定”。直言元王朝都不用原有的蒙文代替汉文,清王朝也为利于统治全国而放弃本族传统的满文,而承传汉文化。我们不过一个省区,为何要新造壮文用于学校?这不但不利于为大中学校造就人才,而且在普通百姓日常生活中,也被讥笑为:“这样的壮文书报,读起来不是叫人用背后走路了吗?”常委会听了我的发言,最后取消了这项“决议”。这在我个人不免遭忌于某位壮族书记,但往后的社会实践证实我对推行壮文的观点是正确的。

提到1957年“反右”的那段历史,我仍记忆犹新。那年3月,我个人以广西省委文教部副部长的名分出席中共中央召开的号称800名高级知识分子、社会名流参加的全国宣传会议,在北京沙滩红楼孑民堂中宣部陆定一部长主持的预备会上,聆听中央文教部康生部长致词:“这次会议的中心是要引蛇出洞,放手让人家各种不同思想大鸣大放,把水搞混。然后,后发制人,澄清敌、我、友,左、中、右。”当时,不禁惊心:“这康部长,不是又要导演一场延安整风的悲剧吗?”我因感同身受康生导演那场悲剧的生死考验，对将要重来的暴风雨，不免心有余悸。会后回来，曾对某些为帮助党的反官僚主义而大鸣大放的青年干部暗示："……凡事都应掌握个度，适可而止，切忌过火。比如烧开水吧，见到沸点就好。若要直烧不停，水岂不终成蒸汽了嘛。"后来，对待一些遭受错划成"右派"的相知朋友，仍旧始终如一地以同志相待，保持来往。例如对延安鲁艺同学秦兆阳、陈涌、李清泉、胡征、戈壁舟、李鹰航等。

1957年"反右"后，紧接1958年"大跃进"。当年3月，我作为广西区党委宣传部负责人到武汉出席由中宣部周扬副部长主持召开的中南局辖下的6省宣传、文教部长座谈文教事业放卫星的打擂台会议。

这会于我个人，可是意外的机遇。自从延安文艺座谈会之后，16年来第一次和周扬重相会晤。在同一圆桌聚餐时，他向各省宣传部长介绍我："他，广西的，年轻、能写；后浪推前浪。哎！"转身对广东省委文教部长杨康华说："你们欧阳山的《三家巷》还可以吧？老了，到底岁月不饶人！湖北姚雪垠、碧野怎样？姚的《半车麦秆》抗战初期给人印象不错；湖南，人才都在外，打算调立波回老家牵头领青年一代赶上来。"会议结束，我去周扬房间作礼节性告别，乘机把心想多年的话说了出来，"在广西，真是常言讲'山上无柴茅草贵'，我这份官差确实是个误会。一直都在想回归文学队伍，专业弄创作！"周扬谨慎应声："这，要看广西地方党委怎样关照安排了！唔，对啰，中宣部理论处有两三位副职，准备应广西要求，派人去替补因右派问题被撤下的部长空缺。到时看派谁去，我交代他一声便是。"

不久，中宣部果然下来一位理论处副处长葛震当我们的部长。恰当其时，正要组织放文艺卫星，还要给国庆10周年奉献文艺作品。葛部长便对我说："听说你有部长篇稿没时间完成，现在给你时间全力以赴去把它完成好了。临来，周扬同志交代要给你时间写作，说你是这门道的能手、'鲁艺'的高才生。干吧，放你创作假。部里的日常工作我'独裁'，一个人顶着就是。"

这样，我这只鸭子很庆幸的得以从架上放回水塘了。

1959年4月清明至6月中旬，我先躲进桂林雁山的植物研究所，后又转到曾是白崇禧官邸的榕湖饭店闭门谢客，不分昼夜赶写向国庆10周年献礼的文学作品。为了能专心致志埋头爬格子，其间，在北京召开的第三届政协全国委员会议，我这个新当选的全国政协委员也请假没出席。幸好，要写的这部书稿素材系几年前同艾青、田汉、李可染、胡绳、唐明照，以及吴景超、徐毓枏等名流一道搞土改半年的亲身经历，感受很深，在心中酝酿了数年之久，因而下笔得心应手，三个月假，22 万余字的书稿就脱手了，书名《美丽的南方》，作家出版社于1960 年出版。这部反映土改运动现实题材的作品，主题在于表现：农民翻身，从奴隶成了主人；知识分子走与群众结合的道路；革命干部通过实践，坚持实事求是，纠正主观片面的官僚作风。出版当年，即成全国第三次文代会上老舍作的报告认为优秀长篇小说之一。

也许这一成果，组织上考虑：与其继续让我当部门助手，不如让我从事文学创作，更能发挥专长。这时，《人民文学》杂志也向我约稿，欢迎写工农兵题材外的有关知识分子命运的作品。因而，多少受苏联红火一时的《一个人的遭遇》影响，信手写成表现旧社会知识分子悲剧命运的《故人》，引起的轰动，不亚于当年《叶红》在东北赢得的声誉。

一部四卷本的革命历史题材的长篇，则历尽艰辛的劳动和政治的风波：在病榻枕头、膝上也孜孜不倦，将多年搜集、访问、积累、酝酿的革命英雄一代的史料素材，草拟详细大纲、想像人物面貌、框架故事轮廓种种草图都熟稔于心之后，着手写了一年半工夫，得 70 万字初稿，几位誊抄的青年作为第一批读者，热情洋溢、同声预祝我的成功。但书稿送去中国青年出版社，却被退了回来，婉言："书稿所写的历史背景、故事结构和刻画的人物形象，都颇具匠心；只嫌人物规定的社会地位档次过高，又署的是真名真姓，碍难处置。建议斟酌，予以适当修改才好出书。"言外之意是因那时"文革"的序幕即将拉开，文艺界人心惶惶，谁还敢冒风险评说当代政治人物的功过啊。《瀑布》反映的正是革命前辈英雄一代的历史——从鼓吹反袁复辟帝制以至欢呼中华苏维埃政权诞生的革命过程。其中就写到毛泽东、周恩来的真名，同时还以朱老总、吴玉璋和邓小平等中央领导同志为原型塑造的形象。说来伤心的是，书稿退回时，我正在百色地区搞"社教(四清)"运动，因患肝炎，"社教(四清)"工作队的一位女护士每天来给我打针，见了书稿拿去读，动了心吧，居然在日记写下荒唐的幻想："一个作家真叫人羡慕,我可要生个有作家细胞的儿子。”谁曾想到,护士同我天天接触,引起工作队某负责人的不满,叫其秘书设法偷看护士的日记,以抓住我犯不正当男女关系(政治堕落)的把柄。此事后来还成为我在“文革”被打倒的罪证之一。真令人感叹“文章得失书生累”的悲哀!

第八章 十年浩劫
——故人受难 破帽遮颜

说起“文革”的恶作剧,一言难尽。事后回想,感慨信口吟成《冰雹》一首:

霹雳一声天地崩,何来夜半排山洪。
村前乌桕逐狂浪,屋后青松啸疾风。
茅舍倾圮仍有础,渡船漂泊已无篷。
雨里老夫顶风立,翘首凝睇望旭东。

如今明白,“冰雹”的降临,并非一日之寒。之前,全国的政治气候已经有些异常,大有“山雨欲来风满楼”的征兆。先是由历史著作《李秀成自述》的学术争论升级为政治问题——批叛徒、批投降主义,接着又以批判新编历史剧《海瑞罢官》点燃烧荒之火,火势逐步蔓延到批判文艺作品《燕山夜话》《三家村札记》,继而烧遍神州大地,爆发全国史无前例的“文化大革命”。其时,我还在桂林市郊芦笛岩下的刘家庄大抓农村的走资本主义道路的当权派,发动农民群众为革命种田。一天,骤然而来紧急电话:自治区党委通知即日随同桂林市委副书记回南宁参加文化革命会议。途中列车上,广西师院党委书记要来跟我打招呼,却被市委副书记使眼色而不好开口。我随即产生不祥预感:“文革”之火难道要烧到我的头上了。但扪心自问:“我犯了什么错?”面对建国以来文化思想战线上批判《武训传》《清宫秘史》《红楼梦研究》、“胡风反革命集团”“丁、陈反党集团""右派大鸣大放",直至批《李秀成自述》《海瑞罢官》等系列,几番风风雨雨,一场接一场的斗争,我无论在公开场合发言,还是在报刊发表文章,始终与此不沾边。自己创作的《故人》《美丽的南方》《瀑布》(初稿)等文艺作品,都赢得读者的广泛赞赏,实在也想不出其中什么地方出了差错,更不可能想到有一天会牵扯进反党反社会主义的政治问题。回到家晚饭后,部里主持日常工作的副部长奉自治区党委之命登门找我这位副部长谈话来了。见了面他便直截了当说:"这次运动,中南局第一书记陶铸同志动员,每个省一定要揪出一名'三反'分子作大批判开路的典型。区党委开会考虑:你的《故人》影响比《刘三姐》更大更深更广,况且最近有群众来信提出了批评,中南局又催得紧,广西也要拿出个典型。不得已,只好决定拿《故人》顶上,书记处六位书记三位赞成三位不表态,国清同志(韦国清,自治区党委第一书记)说'陆地是不是分子,批了再讲'。"听到这里,我由衷叹口气:"历史的悲剧!"来人诧问:"什么?你说什么悲剧?你有话,可以去找书记谈,随便找哪一位都行。"我说:"组织上既已决定,我是党员,怎能为个人的事去干扰运动的大局呢?""反正现在的问题,就看你的态度了!"来人留下警告,夺门悻悻而去。

第二天,正在外地参加"四清"运动的妻子于千被急电召回,一下火车,便被叫去那位主持日常工作的副部长家里,听了吩咐后才能回到自己的家,一进家门,对着我欲哭无泪,唏嘘叹息:"组织上说这是大是大非的问题,要我关照你,劝你想开点,别钻牛角尖,想不通……"我苦笑,镇定地对妻子:"你放心!我,经历过延安整风运动,见过大风大浪,绝不会自私到连老婆孩子都丢下的!这回,我倒好奇,等着看这场戏怎么演下去!但我相信党,大小轻重问题,等到最后总会是半斤八两,分毫不差的。"

6月15日一早,广西广播电台第一声吼叫:

"揭开三反分子陆地画皮!"

《广西日报》头版要闻整版冠以特大通栏标题:

"打倒三反修正主义分子陆地!""陆地"二字倒排,且用XX红杠压住。

这天,飞机运到的《人民日报》社论:

《横扫一切牛鬼蛇神!》通栏标题。

天地间,乍闻一声震人惊雷,接来暴风骤雨。气氛空前惊心动魄。

紧跟这场风暴,全区各地、市、县以至各乡、公社、报纸、广播、电文,莫不一哄而起,一吼同声:

"热烈拥护区党委打倒'三反'分子陆地的革命决定!"

大报小报,头版二版连篇累牍,当中还配上群众大会声讨现场图片漫画,加上个人署名文章,天天连续一样模式一个调子。其中所揭的'三反'现行罪行,无非如此种种——

一位文工团员控诉:

"他——'三反'分子对我散播污蔑的话:'工农群众是一堆萝卜、南瓜!'"

其实,这话是一回她向我诉苦,她是个新演员,初次出台提心吊胆,战战兢兢,总是害怕台下千万只眼睛像闪电,直射你不放。我顺口说某位外国大戏剧家导演的名言:"演员站到台上就得目中无人,忽视台下观众,当它一堆萝卜、南瓜!"

一位后来画的——"你办事我放心"的宣传画而大出风头的革命英雄,第一个广播揭我向他放毒:

"爱情不能炒旧饭!"

这话的来由是:那年,他系中央美院附中毕业分配下广西,知我跟他导师古元院长曾是延安鲁艺老同学,为了要巴结我,特意登门请教,说他正暗恋《刘三姐》扮演者,我曾给他念鲁迅《伤逝》中的话:"……爱情是要时时更新、生长、创造……才能持久。"不想,他竟然恶意歪曲。

又一位搞理论工作的贴大字报挖苦我:"出卖马列主义的宣传部长!"说我卖掉《列宁全集》!

此事是一位挚友好意私下告知:"内部消息,康生讲,《列宁全集》初版译文有误,即将重版。"恰当此时,党校正缺这套书,求我让给他们图书室。

再一位姓何的县委书记趁"批陈天才论"运动而出风头,欲表现他的高明,居然揭我《美丽的南方》的主人公名字叫杜为人,顾名思义就是"崇拜伟人"——陈伯达天才论调子的合唱。

一位小护士揭发:

"《故人》里的主人公黎尊民,就是她早年地主东家少爷莫逸民的故事。可见《故人》是为地主儿子树碑立传的反革命玩意。……"

日日夜夜,耳闻这些谴责的广播,目睹这样的控诉文字,令我感到惊讶万分:《故人》原先不是曾被党报吹捧为佳作,而且被广大读者当作偶像崇拜的吗?怎会一夜之间成了大毒草?我,无非是个作者,又怎成了"三反分子",落得"批倒在地踩上一脚永世不得翻身"的下场?……大桶大桶粪水往我头上泼来。

住宅外墙显眼处,贴上大幅海报"三反分子陆地之窝"。引来了无数外地串联的造反英雄,一群群破门而入,如同观赏动物园怪兽,幸灾乐祸地要看"三反分子"、牛鬼蛇神是怎么个嘴脸。屋外不时飞来石块破窗而入,逼得我这只"过街老鼠"外出街头巷尾,倒不致遭受人人喊打。有一天,混进人群围观新贴上墙的大字报时,无意中竟然见到挚友谭流,他挤到跟前,悄悄招呼一声:"怎样?"我即顺口引用金圣叹幽默:"杀头至痛也,吾于无意中得之,大奇!"谭再问:"报上七嘴八舌的符咒都看了吧?"我说:"要是不死,他日大家能相见的话,脸红的,绝不是我!"当时,我真是那样坚决。谭左顾右盼,如同惊弓之鸟,即刻抬腿走了。

1966 年 8 月 18 日,一个非常的日子。红卫兵去北京串联回来,如法炮制绑架"牛鬼蛇神"去游斗示众,坐"飞机"、罚跪,上门抄家、打、砸、抢……种种花招都在我身上体现了。12 月 5 日那天上午,红卫兵忽然从天而降,踢开门闯进家来,大声嚷嚷:"最高指示,马克思主义的道理,千条万绪,归根到底,就是一句话,造反有理。"逼我依他们照诵一遍,并交出钥匙让他们一伙七八个人倒柜翻箱,掳掠一空。徐悲鸿的奔马,齐白石的虾,李可染的牛,黄胄的毛驴,叶浅予的仕女,马万里的枇杷,任伯年的花鸟,郑板桥的竹和字,邓石如的对联,三希堂、淳化阁法帖各一套,端砚(砚海)三方、歙砚一台,哥窑香炉、水盂、笔洗,"沧海一粟、瞬息百年"的一对青田石印,一套明版《金瓶梅》,以及《海上述林》……眼看着一套精装的《鲁迅全集》也要被拿出家门口了,妻子于千哆哆嗦嗦低声问一句:"鲁迅的书也是'四旧'吗?"书才被丢下地来。除了粮票、被褥、衣裤,屋里东西被一扫而光,装上卡车拉走了。门前,孩子的集邮本碎片散落满地。

家被抄空后,人即被押进文教战线大队的“牛棚”,打斗一阵,不久,又被放逐离开城市,集中到武鸣县的“毛泽东思想学习班”(外省叫“五七干校”),在那里集中了四百多号敌我矛盾的“专政对象”。学习班宣布了铁的纪律:此地是禁区,到此的人,就得自力更生,劳动自给,安分守己,来往信件都得经专案人员过目。专政对象之间,彼此不得交头接耳——悄悄说私房话。

可偏巧有一天,我同队里其他“牛鬼蛇神”去附近生产大队支农双抢——抢收抢种,在旱田里扯秧苗。午饭过后,烈日当空,炎热炙人,大伙放下活路,躲到山坡树阴下歇晌。这时,在我们连队一片地头骤然冒出两位红卫兵模样的姑娘,一位扎着两条辫子,另一位戴副眼镜,她们一路走来,逢人便打听:“你们这儿是第四连吗?哎哟,叫人找得真累呀!”

跟我并排坐在地头的甘蔗研究专家老彭立马回应:“找谁?”

“找陆地!”

老彭歪过头来瞅我,幽默地答道:“这脚下就是一片大地嘛,还用找?”

“哎,人家是要见见那个使人好奇的名人。”两根辫子歪脸盯她伙伴,爽快地说。

“名人?”老彭含笑朝我眨眼,说:“名人,我们这儿没有。只有共用的名号—‘牛鬼蛇神’、专政对象!”

戴眼镜的顺着老彭目光,不由激动地转眼看住我:“噢,是你!你就是那位写《故人》的作家!好呀,敬礼!”话脱口而出,手举到帽沿边。

顷刻间,引来一群人围观。一位监督我们劳动的“支左”军人赶紧挤进圈里来,紧张而严厉睁大眼直瞅两位陌生的来人诘问:“是哪个单位的?来外调吗?”

“不,是生产队的小百姓。”戴眼镜的抢先,神气镇定。

“我们是下来插队的知青。”两根辫子补一句。

“来这干啥?”“支左”兵追问。

“来认认他!”戴眼镜的对我示意。

“跟他什么关系?”“支左”兵诧异,盯俩姑娘。

戴眼镜的鼓起勇气直言不讳:“他,《故人》作者,我俩,爱好《故人》的读者;彼此关系嘛,作家与读者,青葱拌豆腐,一清二白。”

“嘿，什么作家？你不知道他是什么分子吗？”

“报纸都批了38天，还有不知道的！”

“知道还找他？”

两根辫子见伙伴被逼得发窘，抢过话头说：“《故人》是坏，不错。害得人家真的哭了鼻子哪！哈哈，再见！”

两人手拉手，拔腿跑了。跑出几步，两根辫子回头高声呼喊：

“作家，保重！好好再写篇‘新人’让我们笑吧！”

“支左”的人好尴尬，瞅飞走而去的背影叹口气：“中毒太深了！”

入夜，恰巧轮到我同老彭值班，在月光下巡哨，于无声处，老彭悄悄吐露心思：

“常人说‘桃李无言，下自成蹊’，当个作家了不得呀，能得如此真纯的少女崇拜，一生也不白活了！哎，你还不知道吧？听人说，批判《故人》会上，一位小护士居然敢跟红卫兵辩论挨了打，结果，挨揪挨剪头发成了‘现行反革命’，弄得人精神分裂成了疯子。”

我说：“这种历史悲剧演下去，不知多少人倒霉啊。政治上的是是非非谁说得准？真是鲁迅说的‘夜正长，路也正长’。”

这段插曲给我感慨太深，事后信口吐露：

曾经风雨传春讯
代谢因时花已零
却遇童真怜洁白
禁地偏觅种梅人

1999年，时隔30年之后，此事仍清晰印在我的脑海里，于是以上面四句话作引，写了篇回忆散文《逝水回流》，《今日广西》主编、作家李延柱读后有感，寄来条幅：

延安归来传薪火
故人远去留声名

另外,还有中央民大教授吴重阳书赠条幅是:

延安七年,初露锋芒
冰城四载,创作不辍
笔耕一世,硕果累累

又一位诚实的读者黄承辉同志读《浪漫的诱惑》有感,发表于《老年知音》一首诗:

长卷绘成七彩花,
硝烟散尽见桑麻;
人间信有真情在,
赤子丹心照晚霞。

第九章 夕阳无限
——死去活来 再作冯妇

1972年国庆前夕,我和难友蒋祖鉴(丁玲的侄子)同时被宣布“解放”,终于可以离开“毛泽东思想学习班”,回家与家人团聚了。临行,学习班一位负责专案的干部周振华对我讲:“红卫兵从你家抄走的东西全都没有了。这部《瀑布》书稿,我读过一遍,发现内容丰富、情节感人;把它毁了可惜,我特意保留下来。现在还给你,回去遵照新的革命精神要求,把它修改修改,会成部佳作。”

这,真叫我感到比自身获得自由还开心!庆幸今后有此活路干,就不至于虚度晚年了!却不曾想,回来后被安排于自治区文化局挂名第九位的副局长,被人戏称"老九"。既然排在末位,工作自然是轮不到的。一位分管行政的"支左"军官对我吩咐:"局里办公室少,就不安排你来坐班了,你可以在家里写作。写作也就是干革命嘛,不过现在新规距,个人写作要实行'三结合'——领导、专家、群众三方一道集体合作,不署个人名字;个人自已要写什么,必须把提纲拿到党组会上讨论通过后再照着写稿。这样吧,你还有什么说的吗?"

此时此刻,我还能说什么呢?不到办公室坐班,当然是求之不得。至于写作,要讲什么"三结合""三突出",可真令人感到丈八和尚摸不着头脑。人们在议论,江青衡量文艺作品的尺度是根魔棍,叫人无所适从。这样,写作对我,无异"谈虎"。死去活来这几年,在有关文艺问题的任何场合,人们都在盯我表态,始终都没听到我讲过一句"三突出"的话,就连临得解放回来,周同志诚意希望修改的《瀑布》书稿,我也原封不动,束之高阁,无心甚至害怕去接触。

1976 年 10 月,"四人帮"恶作剧的舞台坍塌了!

12 月,我,从噩梦醒来,立马给自治区党委打报告,请求创作假。也许新领导班子仍有派性的亡魂附体,不敢给我这个在"文革"中死去活来的人作肯定承诺或否定的驳回。待到恢复全国文联工作领导小组的负责人冯牧让江晓天(长篇历史小说《李自成》的责编)下广西来调查文艺界情况,顺便了解我个人问题,我便提出要求能有时间,修改《瀑布》。江回京向他原工作单位中国青年出版社反映我有部类似《李自成》的历史题材长篇小说稿。不多日子,中青社便派来刘平和李荣胜两位责任编辑,把我书稿开头章节的十多万字要去。第三天他们即来表示诚心赞赏读过的章节,预言不会逊色于中青社走红的四大佳作——《青春之歌》《创业史》《红旗谱》和《红岩》。他俩当天即去自治区文教办主任罗立斌处,替我请假,希望尽快批准。并表示,倘若罗主任不便首肯,他俩再向区党委书记交涉。我说,罗是常委,批准就算数了。

从此,我可超脱官场跑龙套的角色,回归久违的文坛,再作冯妇。从 1978 年初开始。秉承胡耀邦在全国第四次文代会的讲话以及邓小平的祝词精神,挣脱了江青"三字经"的桎梏,得心应手,每天不分日夜,埋头跟书中人物形影不离,关注他们一举一动、一言一行,如同亲人相处,小说中的人物往往出现于梦寐。1980 年《瀑布》第一部《长夜》两卷出版,两年间重印 3 次,获全国首届少数民族文学创作奖长篇小说一等奖;第二部《黎明》两卷1984年出版,获广西文学创作最高文学奖——铜鼓奖。

我虽然复原职,但可悲的是:在几位副部长分工的职责上,我的名分却被指定为一位不懂文艺的副部长当助手。这一反常的举措,在文艺界不免引起了一片不平的议论。在我个人,只感仍未超脱“文革”遗风的圈套!深觉不得志。于是,在无前例的时势下,索性提前申请离休,解除专任的职责——自治区党委宣传部副部长、文联党组书记,空挂社会团体虚名——广西文联名誉主席、中国作协理事、顾问等,从此摆脱文山会海,取得闲适,能读爱读的书,能写要写的故事。

几年下来,继续完成《瀑布》全书四卷百多万言,另外写成一本纪实文学《青春独白》——1938年记事,一本综合文集《劫后余灰》——含“文革”后的小说、随笔、游记和回忆录。此外,选编一本中短篇小说集《浪漫的诱惑》,其中,圣地七年岁月,美的诱惑;冰城四载日子,爱的情结;在前言和后记上表白:笔耕一世春秋,创作得失。

此外,还有一册文学理论选集《创作余谈》,一册诗稿《落花集》。

至于尚未整理成书的则有:1.日记——1950年回广西工作、生活的见闻、思想,一年一本;2.书信——家书、致友人和读者。

……

以上,咀嚼人生百味,万语千言,话难尽意。聊将一生感悟,吟成几句无题的衷曲:

自问平生何所以
处事诚真执一心
与人为善不二意
笔端含美表心思

2003年雨水于江滨医院

· 第四辑 ·

雪花片片

一

在关里，随便一个三岁小孩都知道周佛海、罗君强他们和汪精卫是一个样。卖国贼、大汉奸、战争罪犯，是和日本法西斯一道，杀害中国人民的刽子手。今天，抗战胜利结束了，照理是要严惩这类战争罪犯，给老百姓报仇、申冤才是的。可是怪了：这些罪犯、卖国贼，国民党政府反而委派他们当什么“上海行动总队正副司令”。照这样，假若汪精卫不死，他不也会当国民党政府副主席了吗？照这样，这类卖国贼，可不是卖国贼、民族罪人，都是抗战的“功臣”了？！

二

在关里，不，岂止关里呢，就是外国的记者爱卜斯坦和福尔曼，就是国民党宣传部美籍顾问名叫武道的那位先生,他们到陕西、山西的解放区走了一趟,回去写文章,也说他们亲眼看见了八路军跟日本侵略军战斗,说他们"看见一大批从敌军夺到的战利品,还用日本火柴吸了日本纸烟"。爱卜斯坦还说:"虽然现在八路军装备不好,但是八路军及其各种辅助的武装组织,是继续不断地向敌伪进攻,他们在机智上是远远超过敌人的。"

今天,战争胜利了,照理是要论功行奖,褒奖抗战有功的部队的。可是怪了:国民党军却拿着蒋委员长的"剿匪手本""追剿"这支曾经支持敌后战场的八路军,竟说他们是"扰乱"治安的"奸匪"?!

三

在八年抗战期间、在日本侵略军正在糟蹋着整个华北的岁月里,大部分国民党军远远躲到云南、贵州去了,拿五十万大军包围、封锁陕西、甘肃的八路军的根据地。他们对日本侵略军是满不在乎的,中国那么大,日本抢占整个华北也算不了什么,反正还有天府之国——四川,可以让小姐们大大的发国难财!可怪的倒是,今天日本投降了,要和平建设了,国民党的兵那么多的师、那么多的军、那么多的兵团,什么美械化,什么新式装备,耀武扬威,一股脑儿都开到华北来追剿"奸匪"!好像这些"奸匪"比日本兵还有害似的。可是怪了:这些"奸匪"却是和日本侵略军浴血抗战了八年,收复好几百个被国民党军队丢给日军的大小城市的也是这些"奸匪"。整片广大华北的城乡人民是拥护、欢迎这些"奸匪"的。这些人民为数达全国四分之一,一亿多人民跟这些"奸匪"结下八年并肩作战的深情厚谊,一若小孩离不开母亲。惟恐亲人走了,国民党兵又带回反动的地主老财、土豪劣绅还乡,生活又会遭受那些记忆犹新的苦难。

四

日本是我们的交战国,日本兵屠杀了我们成千上万的父母兄弟姐妹啊,我们整个村庄整个村庄都被这些刽子手纵火烧光。这血海深仇是有目共睹的。然而可怪的是:今天国民党第二战区司令长官阎锡山却在太原出了一张布告,叫老百姓和日本兵“和平共居”!陆军总司令何应钦却发电报给日本军,叫人家帮忙维持治安;这些践踏我们八年的敌人,如今反而成了亲爱的邻居,成了可以信托的朋友,岂非咄咄怪事?

五

美国曾经和我们同盟,共同抵抗日本法西斯,当时他们要在我们国土上建筑机场,让美军飞机起落,那是共同利害关系,无可厚非。可奇怪的是,今天日本军已无条件投降了,美国飞机反而变本加厉,一批接一批飞来从前不敢莅临的日本军占领地的北平、天津等地,耀武扬威。好像这些中国的领土是战败国的城市。而战败国的日本本土,美军统帅麦克亚瑟说,只要少数部队去就够了!这又岂非咄咄怪事?

1945 年 11 月 16 日沈阳《东北日报》

从糖盒子谈起

在乡下住久了，看惯了农民的诚实，因而对人们的一举一动，以为都是老老实实的，不会有什么浮夸、虚伪和奸诈，很容易轻信。正因为如此，今天一旦到都市来，往往受骗上当。

前天在街上见到盒装的糖包。盒子装潢挺讲究，外面包着一层玻璃纸，玻璃纸下显示着诱人的文字说明。说什么“滋养丰足”，“元气百倍”。以为这大概差不离吧，花了五元伪满币买了一盒来试试。撕开玻璃纸，里边还有两层光洁滑净的薄纸包得整整齐齐的。纸包那么厚，糖块自然是不会太大的了。分量多少姑不论它，糟糕的是，糖块味道跟无纸包的一般糖球并无差别，要不是有漂亮的商标为之装潢，敢说它的销路比普通的麦芽糖块好不到哪里去。不过，据说奸诈是商人的“道德”，那就无话可说了。

问题是，这种“商人道德”，今天的政坛也受了污染。记得还在今年五月间，国民党召开“六大”，决议案是够多的，话都讲得堂而皇之。只是，当时经过八年抗战的离乱，全国人民所渴望的是，如何团结全国力量尽快把日本侵略军打回去，彻底光复国土。而国民党“六大”议案却奢谈什么“保持优良人种，规定结婚年龄”等等，等等。国民党这样忽视当前急务而空谈遥远的不着边际的未来，其用心无非是害怕当场试验，剥开外衣，露出肮脏的马脚而已，与诈骗的商人道德何异？

人们都知道，变戏法的花样固然很多，法门却只有一道——以假乱真。要不信，请看近来时事：日本投降之后，全世界呼吁和平，中国也不例外，那些年老的母亲、年轻的少妇，谁不翘首依门盼望复员，期待儿子、丈夫战后归家啊。作为元首的蒋主席呢，他也信誓旦旦，谈什么国家要“和平”，军队要“复员”的。不信，共产党主席毛润之不是被专机接到战时陪都来共商国是，双方签署了“双十”协定，国民党军队不是开到华北，从事“恢复交通”的吗？这些堂而皇之的誓言、协议，是如此庄严，如此郑重地在人们面前闪烁，前程撒下五彩缤纷的纸花。遗憾的是，这些只不过是政治舞台上魔术师手上的扇子和幕布，是包装糖块的盒子，在这些扇子、幕布、盒子的包藏里头，全是肮脏的次货甚至是麻醉人的毒品。具体的就是蒋氏的《剿匪手本》。“手本”命令国民党部队开到华北地区来，为的是剿灭“共匪”，而不是什么“恢复交通”。可是，蒋氏在颁发“手本”之前三天——双十节（十月十日），却煞有介事地跟共产党领袖毛润之面谈什么“希望国共两党恢复民国十三年（1924）大革命时代那样双方互相合作，共同建设新中国”！

历史是螺旋式发展的，不会走回头路。人民在上当中学会聪明，蒋某妄图借民主幌子进行欺世已经掩饰不住他独裁的马脚了的。人们不会再相信法西斯政治的魔术师能变出真正的民主、和平鸽来。

1945 年 11 月 17 日沈阳《东北日报》

蝙蝠及其他

蝙　蝠

记得小时候在教科书里曾念过蝙蝠的故事。蝙蝠是聪明而狡猾的家伙，遇到走兽，它就说："我有四只脚呀，我们是同类！"后来遇到飞禽，它又展开两只透明的翅膀说："看，我有翅膀可以飞翔，我们本来就是同一个祖宗的呢。"

夏天，正当绿遍天涯的时光，蚱蜢、螳螂们的颜色是绿油油的。到秋天，西风一吹，满地都成了枯槁黄叶了。蚱蜢、螳螂也像时装的女郎改换了趋时的打扮，个个都成了灰黄的了。鳄鱼在水里时会说，江河湖海就是它的祖国，多么美多么可爱；等到它必须登陆栖息产卵了，它马上改口，大陆正是它的家乡，那里有万紫千红的花卉，有千姿百态的生物，多么使它神往。鸟兽虫鱼，尚有求生的狡狯，无怪乎人类中亦有——昨天还是鼓吹"大东亚共荣圈"的歌者，今天却自命为"光复"的民族英雄了，而且居然还要给予加官晋爵！

忙

近来洗染店都在忙,忙于将日军军用的将校呢料的大衣和毛毯染成黑色。

木匠和油漆工也忙。也忙于收集原先什么维持会啦,新民会啦,协和会啦等等招牌,改头换面,统统写成中央军事委员会××行署,国民党××省××市党部,然后涂上油漆,焕然一新。可里头的官老爷呢,却依然是昔日的旧皮囊,只有胸口别的太阳徽章,换了个青天白日了。这,能说明什么呢?据说就是为了实现“国父”遗训:“人尽其材、材尽其用。”讲得通俗一点就是——“废物利用”嘛,是符合蒋委员长提倡的新生活运动意旨的。

此外,印刷工友何尝闲得下来呢,不也忙乎吗?多少官儿们把旧名片藏起来了,赶紧另印新的的官衔——什么委员、主任,什么师长、军长和司令……这不是叫印刷工友非加班加点不可吗?呜呼,忙矣哉!

1945 年 11 月 25 日海龙

谈正统

中华民族肩负着封建的传统太沉重，历时太久远，不易翻过身来。即使一旦翻过身来了，人们还不那么习惯。比如说，辛亥革命以后，封建帝王给推翻了，建立了民国，该是人民一大翻身。然而，一些老百姓还是不敢把辫子剪掉，心眼里还在巴望有朝一日“真命天子”再会君临人间，而这些短发党只不过是一帮“乱民”，天下是坐不长的。于是，燃起了独夫们的野心，顺应民众落后的正统观念，披上封建的衣钵，用愚民的桎梏套到老百姓头上。这就是先后有袁世凯的洪宪，有张勋的复辟，和溥仪的“满洲国”的皇帝，都是以“正统”自命的。

当然，这些政治把戏，并非空前创作了。两千年前，汉刘邦，当他还是个流氓时候，见到秦始皇的威风，而发“大丈夫当如是也”的感慨，他脑子是不会存在什么“正统”观念的。但到后来，自己成了汉高祖，惟恐出现第二个楚霸王，对他的王位也产生“彼可取而代之”的野心。于是，“斩白蛇起义”的神话流传开来了：原来布衣出身的皇上是有来头的，人家是天命所定，是正统的天子！无知小民谁敢忤逆天意？

不想历史潮流，中国万里长城再也锁不住洋鬼子的大炮、洋枪，什么迷信风水，什么八字宿命的邪说，在科学实验面前也都逐渐土崩瓦解。遗憾的是，旧袈裟改头换面，仍然可以袭用。倒回十三四年前，胡汉民、萧佛成等所谓国民党元老一派，为对抗蒋介石南京国民政府的独裁，在广州成立了西南国民政府，宣称是继承国父孙中山的“正统”。蒋介石哪肯示弱，为争得“正统”这面大旗，竟造出“宁可少十万兵，不可少一蒋中正”以为总理遗言。既有遗言为据，谁该继承“正统”是不言而喻的了。这虽非“斩白蛇起义”来自天意，可乃系国父遗言，也该为党所尊。不久，胡氏弃世，萧氏去国，西南政府失去了支柱，只剩蒋氏“一个领袖、一个政府”一台戏了。总统的说法，当然得到泛滥开来。

本来，革命先驱者是以解脱封建枷锁为目标而取得人民归附才成功的。今天这些自命为先烈的后人，当上“人民公仆”，却唯恐人民觉悟“过头”，认识自己葫芦里装假药——借正统而行独裁，于是变换江湖口诀、花招：搬出以礼义廉耻为标榜的“新生活运动”，写一本《中国之命运》，大言不惭，鼓吹封建社会制度的“美满”，胡说“一个领袖、一个政府”，是实施宪政的“建国大计”！

独夫们是惯于装饰自己的，正如疯妇人总爱把自己打扮成花花绿绿一样。满洲傀儡溥仪，日本天皇，德国法西斯希特勒，意大利独裁墨索里尼以及大汉奸汪精卫之类，何尝不都把自己说成是为国为民谋利益，贯彻民族尊严的正统？然而，兖兖诸公，而今安在？历史自会给他们作出公正的判决：汉刘王朝自称来之天命，以正统自居，何尝抵挡魏曹的更替？袁世凯帝王之梦难圆；希特勒“我的奋斗”，结果，死无葬身之地；墨索里尼“总是有理”却难免于人民刀下；溥仪终成俘虏，汪精卫又何尝善终？前车之鉴，这里应该使那些站在人民头上自命正统的独夫民贼，会被历史车轮抛下，粉身碎骨的，管你信不信。

1946年6月11日哈尔滨

闲　话

中华民国十五年三月十八日，段祺瑞政府使卫兵用步枪、大刀，在国务院门前包围虐杀徒手请愿，意在援助外交之青年男女，至数百名之多。还要下令，诬之曰："暴徒！"

如此残虐险狠的行为，不但在禽兽中所未曾见，便是在人类中也极少有的，除却俄皇尼古拉二世使哥萨克兵击杀民众的事，仅有一点相像。（鲁迅《无花的蔷薇之二》）

以上是鲁迅先生当年在北平看了北洋军阀的凶残而写下的悲愤。

算起来，民国十五年到如今，岁月已过二十个年头了。照理，这种血腥统治，应当同妇女的缠足、男人的辫子一样，被我们这年青一代所忘却。谁知二十年后的今天，这种"在禽兽中所未曾见的残虐险狠的行为"又重见于云南省会昆明。二十年前，段祺瑞还只不过用步枪、大刀而已，今天的蒋介石却用起机关枪、手榴弹了。二十年前鲁迅先生已经觉得那三月十八日是"民国以来最黑暗的一天”，今天，十一月二十五日的昆明惨案，该叫它什么日子呢！

在以前，昆明还是龙云将军管治的年月，人们在那里还能看到一些文化界、妇女界对时局发表宣言什么的，某些进步的教授有时还作要求民主的演讲。今天，国民党中央大员到那里去，口口声声说是为“实行宪政，还政于民”而来的。实际上呢？大员们带来的宪法和民主，给人民大众以集会、结社的自由，只不过是个幌子，实际上是专制独裁，炸弹和机关枪；在那里，国民党当局是拿炸弹往学校投掷，用机关枪包围请愿和平的学生。

在北平、天津，国民党的广播，胡说什么“人生观第一应该是爱而不是恨”。国民党实行“剿匪”出发点是为了“爱”！这回，在昆明架起机关枪虐杀了手无寸铁的学生之后，国民党广播怎说呢？说这正是蒋主席对昆明学生的“关怀”！这是什么逻辑？岂不是猫哭死老鼠的慈悲，妓女对嫖客讲爱情吗？这，使我们想起鲁迅早就讲过的话：

墨写的谎话，决掩不住血写的事实。

1945年12月14日沈阳

幌　子

美国是号称民主国家的。所谓民主的起码标准就是让老百姓享有集会、结社、言论、出版、信仰、居住和迁徙的自由，让在野的政党有批评政府施政得失的权利，让议会制定国家的施政纲领。

然而，前几天“美国之音”广播一则消息：议会议员、商务部长华莱士作批评政府的外交政策的演讲，发表和平的主张；事后却“奉杜鲁门命令提出辞职”。简言之就是，批评了政府而丢了乌纱帽。

那么，美国的民主精神何在哉?!

如果说，美国的民主只不过是幌子，那么，和平也只能是一块遮羞布。尽管“美国之音”、《基督教箴言报》，以及它的国务卿贝纳斯的嘴一股劲地叫嚷，和平、和平！实质上，所作所为却是贾瑞看的风月宝鉴显示的色相：正面是诱人的美女，背面却是吓人的骷髅。

事实胜于雄辩。希特勒已经覆亡，美国兵却仍驻扎大西洋彼岸，不见复员；中国的日本侨俘已经遣返完毕了，美国兵却在中国土地上肆意玩弄吉普女郎，强奸女学生，乐而忘返。华莱士主张和平的真正兑现，却是被杜鲁门总统撤了职。马歇尔扛着和平的旗作幌子，来到中国“调处”国共两党纠纷，口袋里却装着单方面援蒋军事法案，后面还跟着装运28亿金额的“剩余物资”交付国民党蒋介石嫡系军队使用。因为这批“剩余物资”只是大炮、弹药的军用品，不给军队能作什么用场呢？

人们正是要问：美国的和平方针指向哪方呢？

法西斯侵略这项帽子已被全世界进步力量踩在脚下了，谁肯去捡起往自己头上戴呢，还是紧紧抓住和平作幌子，才好招摇过市呀。然而，遗憾得很，手脚做不利索：对外到处扩张势力，到处掠夺市场，兜售可口可乐、原子笔、牛仔裤……U.S.A，比比皆是。人家别国人民从法西斯统治的痛苦中觉醒了，起来要求独立、和平、民主和自由，不幸遭到反动政府无情镇压。奇怪的是，镇压者的后台可不是法西斯，而是打着和平民主旗号的五角大楼的老板们。

1946年9月23日哈尔滨

对　照

十年前，日本侵华行动越来越嚣张，全国人民都众口一声要求抗战救亡的严重时刻，国民党蒋介石政府却下令：

有言抗日者，杀无赦！

于是举国上下，所有报纸杂志，遇有“抗日”两字都得避讳，用“××”作代替。

后来闹出救国会派的“七君子案”——沈钧儒、邹韬奋、李公朴、章乃器、沙千里和史良被捕入狱。诬之曰：

“‘抗日’是共产党的口号，救国会派也提这个口号，可见也是共产党。”

七君子的长者沈钧儒先生对此答辩得很妙：

“共产党饿了要吃饭，我们饿了也要吃饭，难道饿了要吃饭的人都成了共产党吗？”

今天，十年之后，抗日战争胜利了。美国兵开进中国来，说是为帮助遣返日本战俘和侨民的。但是，遣返工作早结束了。美国兵就该撤离。这不仅中国老百姓,就是美国人民也是发出这样呼声。作为中国人的民主同盟的人士,当然也不例外,要求美军撤出。可是,国民党当局惯用的怪逻辑,又重弹起旧调来了:

最近在美国少数人发起的“退出中国周”,“中共”还没有说话,而“民盟”却先叫喊起来了,不只是应声去,有时还作共党的帮手。

十年前,沈钧儒狱中的答辩,今天不是还可适用以驳斥国民党当局的诘问吗?哪怕国民党自己极力否认“美国目前所行的对华政策,正是与日本在十年所行的对华政策相同”(九月廿七日上海时评《忠告民盟》),然而,种种事实全摆在那里,人所共见,诡辩是徒劳的。

十年前,一些反对抗日的大员,后来都露出了马脚,成了引狼入室,认贼作父的汉奸国贼了。今天,反对美军撤退的官儿,历史又将给予什么判断呢?吴三桂离我们毕竟远了些,汪精卫的下场却是足以殷鉴的。请国民党当局好好对照看看!

1946 年 9 月 30 日哈尔滨

官样文章

在中国旧社会，凡是政府公务员，甚至人民百姓，不管谁吧，一向对政府的文告是不那么重视的。即使皇上圣旨，如果不是册封本人官衔，不是颁发本人或亲友功名的“报条”，那，关心圣旨的人也不会太多。这倒不是我们同胞文盲太多，读懂文告的有限，而是历来帝王、统治者的话，讲的和做的不是一码事，谁去搭理它呢？比如以“国民公仆”自命的孙中山先生信徒的国民党官员来说，能有几人身体力行，真心实意地奉公守法，甘为百姓真正办过事呢？衙门的告示牌明明贴的是查禁鸦片毒品的布告，可戒烟局里往往正是保险的烟馆；“新生活运动”，是以礼义廉耻为标榜的，可谁料到其中耍的什么样的花招？一九三六年作为与南京国民政府相抗衡的西南政府实力派的陈济棠由于部下余汉谋反叛而倒台了，蒋介石的势力伸进了广东。蒋氏推行新生活运动以维持其精神统治，黄慕松、宋子良一行嫡系人物，扛起中央大员招牌，南下广东主政。于是，新生活运动甚嚣尘上，学校读经，被推广到社会上来了。有趣的是，正是这个时刻，一桩离奇而耸人听闻的桃色新闻不翼而飞，充斥了所有民间小报的篇幅。

原来，广州市公安局，在某道观从尼姑们的箱柜秘笈里搜出一批胭脂、唇膏、眉笔、宫粉、假发、避孕套等等，一些妓女惯用的东西；还特别点明，据云，南来新贵宋某乃系此间常客；而且添上一笔收尾，说什么“孰料贵人多难，竟染麻疯恶疾，不日将买舟东渡，出洋求医去矣”。然而，官办报纸却自有其喉舌：“财长宋氏即将出国考察金融；新生活运动方兴未艾。”

“官样文章”是怎个样？难道以上这些不是很好的注释吗？

九年前，我就是忍不住这样的“官样文章”的揶揄而逃开的。

九年来，生活在另一个崭新的天地里，存在决定意识，官样文章的老概念逐渐变样了。看看身边的老乡们对新社会——抗日根据地政府哪怕用粉笔写在黑板上的通知，油印的一张布告，都已经改变了以往对待衙门告示那样的态度了。因为这些吧，都不再是于大家有损，而是跟各人利害有关的消息。村头小块黑板上新出现的通知，就跟荞麦地新绽开的花儿，很快就会引来无数的蜜蜂。人们走过来，即使他夜校认的字还不够用，也要站立一会，倾听旁人给念个明白，高兴地喃道：“对，该响应政府号召，赶紧送肥下地，争取今年多打粮！”

这里，官民成为一体了，政府文件讲的是人民百姓的事情，人民百姓的利益都写在人民政府的文书。官样文章成了木乃伊了。

不过，今天到了新区——刚从受够十四年小日本导演的伪满洲国黑暗统治解放出来的地方，一些已被遗忘了的影迹，又悄悄钻进脑子来。下乡、进工厂，接触到一些农民和工人，初次见面总是那样客客气气，甚至借口想法躲开我们这些“当官”的，对待报纸、政府颁布的文件，总是那样不闻不问，不咸不淡，可是叫人纳闷。后来经过一段日月，仔细了解，才逐渐弄明白，这里老百姓比关里的多受了十四年亡国奴之苦，官府给他们的欺负更深，难怪他们对当官吃粮的人，对政府文书，报纸广播，有着本能的戒心。

比如，一本伪满洲国《警察手牒》，扉页上是写——

警察官须持身廉洁，公平无私。

然而，在海龙县，有十七家人，不仅是家长，就是小孩，甚至瞎眼的老奶奶，

一提起警察,个个都不假思索地随口就讲:

“哎哟,那帮警尉狗崽子,可把咱们老百姓闹腾苦啦!”

那,他们会信得过你官家“手牒”上讲的什么“持身廉洁,公平无私”吗?

再说,“日满共同建立东亚共荣圈”的叫嚷,尽管报纸、广播,天天都登、都播,老百姓却看到自己本人、看到父母兄弟姐妹和子女、看到亲戚朋友和邻居,个个因橡子面得不到起码的营养而骨瘦如柴,披麻过冬,你说“共荣”,荣在哪里啊?

这里,又使我回想九年来已经遗忘的四个大字:

官样文章。

历史总往前进步的,这类“文章”的出现,只不过“回光返照”吧,它将会像黑影在光明中消失,自然也将会叫人们遗忘。

1946年10月13日哈尔滨

药品、炸弹

十月十七日上海《文汇报》载一则消息,照抄如下:

> (成都通讯)四川省卫生处于本月左右运来大批联合国总部“救济物资”的医药器材,不料在启箱时,竟发现大量轻机枪、炸弹和手榴弹等物,这批枪械、弹药都印有U.S.A的标志,而包装的箱子却标明“救济物资”。该处发现后,不胜骇异,立即关照不得将此事向外间泄漏。但此事终于泄漏出来了。(十二日航寄)

救济物资的药品箱子,装的却是机关枪、手榴弹。乍一听见,的确“不胜骇异”。然而仔细一想,类似挂羊头卖狗肉的事,难道还少吗?怪事又何足怪哉。君不见以美国和平使者自居的马歇尔的所谓“调处”,所谓促成中国和平统一,何尝不就是外面贴着“救济物资”的箱子,里边装的却是助蒋内战的枪弹?记得是抗战初年,所谓“抗战必胜、建国必成”的口号,就是汪精卫首先唱起的;最近,大汉奸汪精卫的遗孀——战犯陈璧君,在特别法庭上受审时,还煞有介事、大言不惭地胡说什么因为看着"中央"丢下东南各省老百姓不管,他们无非是勉为其难,出来为老百姓做点事情罢了……好家伙,多动听的词藻!也许用花言巧语掩饰罪犯的狡辩,跟用"救济物资"的标签包藏枪弹的勾当一样,是可以聊以摆脱一时的窘境,也能遮人耳目于一时的吧。不然,一方面有国民党彭学沛奉蒋介石之命向记者宣布,对国共两党谈判达成的"双十停战协定","吾人必须克服任何偏见及猜疑仇恨情绪,贡献于全国人民利益"。另一方面在重庆却发生了"较场口事件"——一批国民党便衣特务,破坏为庆祝"双十决定"集会,殴打与会民主人士郭沫若等人,接着,呼吁和平解决的马叙伦教授挨打于南京下关,北平军调执行部被捣乱。这,破坏"停战命令"、仇恨"和平解决"的,到底来自何方?难道还用"猜疑"吗?本来,人们对"一月停战协定"是没有猜疑的。然而,签署协定的墨迹未干,而原属八路军防地的承德、张家口、安东、本溪和鞍山却一个一个先后都被国民党军不远千里从云南等地赶来抢占了。可彭学沛却在声明中说什么"我军不得已,实行自卫"(?)到此,不由得人们不"猜疑"国民党单方面宣布要"召开国大"来制宪,是不是又像装枪弹的箱子,贴的"救济物资——药品"的标签?

1946 年 11 月 10 日哈尔滨

联　想

农家对六畜——马、牛、羊、鸡、犬、豕，都是关照得很周到，一怕狼咬，二怕瘟疫。总之，不敢掉以轻心。到快过年那时刻，饲养它们就格外殷勤了，巴不得要它们一下子能长膘肥胖起来。从六畜们看来，农民是别具慈悲心肠的人，是幸福的给予者。可是从人的角度来想，谁不懂得，把牛、羊、猪、鸡养肥，正是将它们的血肉来养胖自己。

这里，使人产生一个联想：

美国是我们的“盟国朋友”，对国民党当局是够朋友的了：看，为了援助接收“主权”，把兵舰、飞机和坦克，甚至火箭炮等精锐武器都远渡重洋、源源不断输送到中国大陆来了，惟恐无条件投降了的日本还敢持枪拒降似的。除了枪炮另外还给钱，已给五亿美元还不够，第二次借款又由魏道明大使宣布：“借款手续业已办理完竣”，数字没明说，估计不会太少吧。总之，盟友是慷慨的。看来“虔诚”的基督教徒，是真心诚意帮助中国富强起来似的。可是呢，中国老百姓总也忘不掉曾经有过这样教训：

那就是汪精卫的盟邦日本,它何尝不是以“建立东亚共荣圈”作为派兵侵占中国的借口?口口声声说什么为着帮助“复兴中国”而来的。然而,我们在山西、河北一些抗战游击区,却成了日本的华北侵略总指挥冈村宁次“三光政策”(杀光、烧光、抢光)的牺牲品,连水井都被填平了,举目一片废墟。能有这样的“帮助复兴”的做法吗?汪精卫在南京当上主席,溥仪在东北三省当了“满洲国”康德皇帝,无疑是日本人帮助扶持的,然而,广大的老百姓连井口都被填平了,能说跟他们得到“共荣”吗?

狼外婆的尾巴是藏不住的。你可以相信饲养牲畜不全都为了屠宰,可你不能相信美国老板给国民党的援助不是为了赚钱。尽管总统杜鲁门怎样分辩说什么美国的支援不是帮助蒋介石打内战,尽管特使马歇尔讲什么美国帮助中国完全是为了中国能得到和平。但是,历来的政治把戏,嘴说的话、笔写的文章是可以不兑现的。不然,四平、通化、梅河口……大片的东北土地上,居民的屋顶被炸弹炸塌,母亲们为怀里的死婴呼天抢地,这些怵目惊心的惨状就无法解释了。

东北抗日联军已从战败的日本关东军手上夺回主权,人民正在重整家园,医治多年苦难的创伤,开始过休养生息的日月了。马歇尔却用兵舰飞机,从昆明、海南岛运来美械化新一军、第五军、第九十三军……投入东北平原,这是为真正帮助和平的吗?

照理,这个信奉杜威实用主义的国度,投机诈骗应当是没有思想基础的。然而,实际并不如此:中国人经过百年来跟帝国主义者打交道,终于觉悟过来了,不会再接受“嗟来之食”,靠别人豢养。是人就不会同猪狗一样。

1947年6月9日哈尔滨

打落水狗

——纪念鲁迅逝世十四周年

“鲁迅的方向，就是中华民族新文艺的方向”。这是毛泽东在《新民主主义论》谈到文艺工作的论断。

今天，我们纪念这位伟大的文学家逝世十四周年的时候，记起这句话，更是加深向鲁迅先生学习的意义。诚然，伟大导师留给我们的遗产是丰富的。特别是那些针砭时弊的杂文，虽然，时过境迁，他谴责诅咒的那个社会的闸门已经被人民的手推倒了，但废墟上残留的瓦砾仍待清除，旧势力的幽魂仍在揶揄着人，鲁迅笔下所指的，在今天仍不失其现实意义。还不能“文字须与时弊同时灭亡”(鲁迅)，都让它统统埋进“坟”里去。比如：我们重温《论〈费厄泼赖〉应该缓行》一文，便看到鲁迅在民国初年，就敏锐地向当时奢谈“恕道”的道德家，一针见血地提出了驳斥，举出好些个“血写”的事实揭穿道德家的虚伪。鲁迅就说，革命推翻了帝制建立了民国，一群臭架子的绅士们便立刻皇皇然若丧家之犬，将辫子盘在头上，说是咸与维新了。道德家们便以慈悲为怀，说什么“我们不必打落水狗，让它爬上来吧”。它们还真爬上来，潜伏到民国二年下半年，待到二次革命一来,就是这帮落水狗突然钻了出来做了袁世凯帮凶,咬死了许多革命党人。其中的例子就有浙江革命都督王金发,就宽宏大量地将杀害秋瑾女士的谋主开脱了。意思何尝不是如道德家们所说的,即使曾是反动家伙,如今已成了落水之狗,让它去吧,不必再打了的。谁知,二次革命失败,都督王金发被杀。加害者不是别人,恰恰正是当年被宽恕放走的、杀害秋瑾女士的那位谋主!

现实就是那样给人以无情的嘲弄。

鲁迅先生身经目睹了这些,在《论〈费厄泼赖〉应该缓行》中告诫了我们:有些"塌台人物",他会"假装跛脚,聊以引起人们恻隐之心,可以从容避匿罢了,他日复来,仍旧先咬老实人开手,'投井下石'无所不为。寻起原因来,一部分正是因为老实人不打'落水狗'之故"。最后,先生提醒人们接受教训:"倘是咬人之狗,我觉得都在可打之列,无论在岸上或水中。"

今天,蒋家王朝终于崩溃了,桂系的地方势力,企图龟缩广西,固守老臭,作负隅顽抗的妄想,也被人民解放军在广大工农群众的配合追击下,已成丧家之犬,被打落下水。对此,有人就说:敌情已不足为患,用不着费大劲去对付了的;也有的人凑上来说什么目前各地出现的拦路抢劫匪徒,未必是桂系埋下的"地雷",土匪问题未必是政治性。只要新政府能解决得了工作、吃饭问题,匪患自会减少,大家都会得到安居乐业的……

我说,发这些议论的先生们,如果不存恶意,搅乱视听的话,那也未免过于天真了!二十二年的革命与反革命斗争,蒋介石一直是矢志不谕——"不消灭共产党死也不瞑目"的,他现在虽被赶出大陆,但是,他还活在台湾;他的帮凶——桂系集团,当面临崩溃,即将鸟兽散的前夕,不是还作什么善后交待,妄图卷土重来吗?

可想而知,这些被打落了水的狐群狗党,其咬人的兽性绝不会就此驯服,这些残渣余孽,自会人还在心不死的。外表上,当然见不到他们身上别着闪闪发光的肩章、勋带,脚上改穿了布鞋,没蹬着擦得锃亮的皮靴了,看他一副落难公子的可怜象,可他们的眼睛并没有真正闭上,他们复仇的心并没有冷却。不信,请听下面的故事:

×月×日,《广西日报》披露了这样一则消息:

[剿匪前线讯]匪首凌云——国民党派遣军某支队副司令员落网。凌某,原系国民党反动军队某部副团长。一九四七年山东沂蒙山孟良崮战役被俘,接受教育七八个月,释放遣返。回反动军队后,重操旧业,复任原职,继续与我军作战,在淮海战役再次被俘,又经过五个月学习,再予释放。不想,我军在解放长沙中,在绥靖军署军官收容队遇到了他,还是第三次把他放了。据他自供:回到广西老家,也曾想就此放下屠刀,当个安分守己的,靠砍柴劳动生活了的。哪知逃离大陆到香港,缅甸的罗活、姚槐等桂系的败将,将一个"支队司令员"的诱饵秘密送到他面前。利欲熏心,再作冯妇,结果,天网恢恢终于第四次落到人民手心。……

消息告诉我们懂得:咬人的兽性是那样顽固,落水狗可不能轻易放过。

无疑,我们一直都执行着一条宽大政策。但,它与所谓"恕道"是有原则区别的:坦白从宽,抗拒从严;首恶必办,胁从不问,立功受奖。鲁迅对打落水狗的态度也说"要看清对手,而且还要有等差",主张"等到落水狗带有人气之后,就可以不必打的"。

宋太祖有句名言"卧榻之旁,岂容他人鼾睡",也许是狭隘了,但是,对于敌人,对于那些仍未改变咬人的落水狗,绝不可过分宽容。鲁迅的至理名言是值得纪念的。

1950 年 9 月《广西日报》

杂　感

两年前,在东北某个工厂里同工友聊天,他们向我坦白地谈起东北解放初期工友们对新来的共产党干部的印象:说当时乍见我们这些人,样子土里土气,穿的戴的都不如国民党的接收大员那样神气;以为是我们这些人没多大能耐,日后办事,不定干得好。赶到后来,慢慢见到我们管粮、管钱做买卖,管铁路交通,管工厂生产,管政府办公安,等等,各方面工作都上了轨道,向前发展。原来的印象才逐渐改了过来。以为共产党干部和它的部队,跟国民党官员和日本关东军、伪满洲国警察,都不一样:一个是为民谋利,一个是损民谋私。

东北解放初期,群众得到这种印象,产生这样想法,在今天的广西群众里,恐怕也不是绝无仅有吧。有的已经不止限于私下闲谈,而是扩大开来,成为一种舆论了。听说,解放之初,一位南下干部新任某市市长,南方蚊多,公家蚊帐一时供给不上,只好暂借一床来用。这样一来,有人就用不屑的轻蔑口吻议论了。

在他们眼光里,并不把这看成是革命干部艰苦作风的美德,反而当作没出息的寒伧来嘲笑。

我投奔革命十二年,随着胜利一旦回老家,乡亲们见面就问:“带得几斤金子回来吧?”在他们的传统老眼光里,出门吃粮当官回来,都应当是衣锦还乡、腰缠万贯吧,哪知道,却是身无分文,吃供给制大锅饭,身穿比走时的学生装差不离。管你当的什么高干,还不如人家谁谁一个国民党县长威风哩。乡亲们的观念跟东北工厂的工友的闲话相似,是不足为怪的。旧社会财产私有制的土壤,必会滋长着这样的意识。只要你敢于而且能够捞到钱,不管是奸商、污吏、贪官或昏君,一律被尊为能人、怪杰。相反,你为民,正直、善良、穷愁潦倒,你做官,奉公守法、两袖清风,往往被看成无能之辈。

又提到东北那个工厂——哈尔滨车辆厂,日本投降不久,国民党委任一位厂长接收去了。那绅士派头使得看惯日本人神气的工友觉得真“了不起”。一定是战胜敌人——日本鬼子的英雄无疑了。然而,过不多少日子吧,厂长并无所长,来了三四个月,叫木工厂做了四五套金丝绒沙发拿走了;搬走、变卖机器,裁减工人,克扣工资,让有用的机器长锈,让无用的草占领了花坛……不久,他虽然仓皇逃走了,可姨太太那染得红艳艳的脚趾,在工友们中仍留下深刻的印象,比老毛子白俄老板的娘们那露在雪靴外面的丝袜,比小鼻子日本经理的主妇太太那涂得显眼的口红,还要咄咄逼人。相比之下,解放军派来的厂长可就太寒伧,那样不起眼,“讲句心里话,当时真觉得连个小工比不上”,却居然走进铺着地毯的经理室当厂长,怎能叫人折服嘛。然而,想不到这位“那样不起眼”的厂长,一来,首先找各分厂派工友代表来议事,共同商量如何下手、把生产恢复起来。说干就干,厂长带头从废铁堆去寻找可用的零件,作修补被盗卖、偷走的机器的代用品;烟囱很快恢复冒烟,掉在地上的轮带,挂起来了,开始运转;汽笛每天早晨长鸣,通知工友,一天工作开始;缺乏住房的职工,分别住到腾出的办公用房里,逐步改善职工生活;在原有基础,研究改进生产技术,提高生产效率;加强班前班后学习,提高觉悟,树立工人当家做主的观念。……工作,一个环节紧扣一个环节,有节奏有规律地在一定的轨道上开动。想不到就是这位起初叫人“看不起眼”的厂长,穿戴虽然还一样,在职工们眼里却变成一位叫人由衷地敬重的领导同志了。

这,对人前后印象的变化,不是说明了新旧社会的现实生活的变化,在人们观念的反映吗?不过,人的观点——对客观事物的看法,还不完全相等于单纯地直接地反映在镜面上的形状。人的观念的形成,还得包含着个人主观的立场。改变一种观念,并不同于换副眼镜那样简单。怎样去引导人民大众抛弃旧社会遗传下来的思想意识,怎样去启发人民大众提高觉悟,跟上时代前进?其中一部分担子是要落在作为"人类灵魂工程师"肩上的。

伟大文学家鲁迅早在一九二五年就讲过:"文艺是国民精神所发的火光,又引导国民精神前途的灯火。"可见文艺活动,并非仅仅只是提供消愁解闷的玩意。

1951 年《广西日报》

《讲话》精神永存

45年前，在文学队伍中，我是个新入伍的列兵，在听到《在延安文艺座谈会上的讲话》之前，我已经接受了1930代左联革命文艺思潮的启蒙，学习了高尔基等无产阶级文学大师的新现实主义文学观，并关心着国内周扬跟胡风关于现实主义问题的论战，这场论战后来发展为以郭沫若、周扬等为一方的“国防文学”和以鲁迅、胡风等为另一方的“民族革命战争的大众文学”两个口号之争。尽管如此，当我面对世界观与创作方法的关系，以及社会主义现实主义创作方法的阶级属性等较为费解的新课时，我在理解上还是处在粗浅、模糊、幼稚的阶段，观念并不那样明确。因而联系到自身写作的实践，当然也就不可能不掺和某些超阶级的是似而非的人道主义的色彩。然而可悲的是，自已却以为掌握了永恒的真谛而沾沾自喜，自鸣得意。

等到《讲话》出来了，才真是听到了“大喝一声”，出了一身冷汗。我初步认识到：一个作家脚跟站在什么方位，跟光摄取什么样的角度，对于他判断现实生活的是非、真假供和美丑，都大有关系。《讲话》中关于思想感情变化的论述，对加强一个作家的修养来说，是具有根本性的极其深刻的意义的。你要立志做个革命的诗人、艺术家吗？那首先你就得脚踏实地，刻苦锻炼，认真地改世界观，提高思想觉悟，务必使自己真正成为一个地道的革命者。唯有你的思想感情跟革命的意志，革命的观念浑为一体了，你所创作的作品才自然会是革命的文艺。

《讲话》无疑是马列主义文艺理论跟中国文艺现实相结合的产物，内容十分丰富，意义深远。学习起来，不可能一次过便能理解其全部的精华。比如，关于人性与阶级、文艺与政治的辩证关系问题，《讲话》讲得十分扼要，意义又非常的深远。倘若囫囵吞枣，草草读过一遍，字面上是容易明白的，但是联系到具体的作品来分析，那就不是那么吃得准了，我经过反复多次的再学习，另外还结合着阅读鲁迅有关这两个问题的论著，如《文艺政治的歧途》、《文学与出汗》和《对于左翼作家联盟的意见》等等一系列的文章，才逐渐加深了理解：懂得了为人民，为社会服务乃是文学艺术工作者的天职，懂得了“人类灵魂工程师”崇高称号的内涵所在。

《讲话》发表迄今，将近半个世纪了。历史也证明了它不仅对于当年的文艺现象具有现实的指导意义，而且几十年来，其理论原则莫不随着文艺事业的发展，越来越被证实具有旺盛的生命力。

在1979年全国第四次文代会上，邓小平同志代表党中央给大会做的祝辞是针对着新时期的文艺现实讲的，它对开拓社会主义文艺新局面起了巨大的推动作用，它正是《讲话》精神在新的历史时期的体现。这就足以回答某些人的所谓“过时了”的观点。

当然，话又说回采，其所以造成某些人，特别是一部分青年人对《讲话》产生某种误解，或多或少总是事出有因的，无须讳言，几十年，在我们自身对《讲话》精神的理解和实践的过程中，不是没有存在过片面的观点和采取过失误的方法。比如：在艺术标准的问题上，对政治第一、艺术第二的提法，就有过机械的理解；在题材选择的问题上，对“首先是工农兵”的观点，就产生了单纯、唯一的片面的领会。由此一来，不少作品往往成了政策的图解，或是把文艺创作跟新闻通讯划了等号，具体表现出来的只有干巴巴的正确主题，却少见到活生生的人物形像。这样的作品虽然思想性是正确的，艺术性却很苍白。打个比方来说,艺术之鸟本是以合情合理的两翼而构成整体的,要是只强调“合理”而忽视了“合情”,艺术之鸟就不可能展翼高飞。

由于历史向前发展了,工农兵群众登上了历史舞台,在题材的问题上,以反映人民大众思想感情为主的题材取代了原先以帝王将相和老爷太太,公子小姐为中心的位置。作为现生活的反映的文艺作品,着重于塑造以工农兵为主角的英雄形象,那是理所当然的,是需要为之大声疾呼的。问题是,构成人类社会生活丰富多采的宏观世界,以及推动人类历史向前发所必须的多方面的力量,只凭工农兵群众一方面是不可能完全包办得过来的。社会主义文艺,应当以唯物史观作指导,文艺作品要表现的对象除了以工农兵为主,广大的知识分子的生活也应有相应的位置。这点,《讲话》都作了周到而恰当的阐明。遗憾的是,有一段时期,在极左思潮影响下,这一点被我们忽略了。而近些年来,又出现了相反的情况,一些作者对表现广大工农兵生活的题材失去了热情,这也是与《讲话》精神不相符的。

《讲话》的马列主义文艺观的原则精神是经得起实践的检验的,决不会因时代的推移而失去它的光芒。

1987 年 5 月 7 日《广西日报》

新年献辞

八十年代只剩最后一天了。过去的 3650 个日日夜夜，我们教育战线的战功是不可忽视的。作为教育工作者，为国家培育了大批建设人才；作为学生，刻苦学习、丰富知识、增长才干；作为科研人员，高、精、尖的创造发明不断涌现，无私地奉献给伟大祖国的改革开放事业。教育成就有目共睹，雄辩地植根于广大人民心中。当这一光辉胜利归功于教与学双方孜孜不倦辛劳之时，还应看到它是社会主义教育方针正确指导的结果。

但是，比之日益增长的时代文明发展和社会主义改革开放建设事业的需求，我们在教育这条战线的另一方面还是显露了不足，工作中存在一定程度的欠缺，那就是在抓紧提高学生科学文化知识水平的同时，放松了对他们的思想教育，在德、智、体全面发展的要求上，往往偏重于智育而忽略了德育。对学生的打分，重视学习成绩本来无可厚非，问题是今天我们在顾此失彼，没有将学生日常行为的道德教育摆到应有的位置。这样一来，学生学习知识的目的不明确，奋斗目标、科学研究就会脱离实际，为人民服务、为社会主义服务的信念就模糊,人生观、世界观的正确与否在他们的脑子里也就无所谓了。结果,资本主义思潮泛滥,和平演变乘虚而入。今年春夏之交在北京发生的那场政治风波中,吾尔开西等“高自联”一小撮败类竟嚣张一时,居然妄图在天安门广场上用纸糊的美国自由女神来取代中国革命前辈用鲜血铸成的人民英雄纪念碑。当然,这一荒唐事件的背景相当复杂,原因并非一端,但就某种意义讲,岂不正是暴露在教与学方面,我们的思想教育存在严重缺点!教训无疑是深刻的。亡羊补牢,为今之计在学生中,要经常开展社会主义思想教育,再请雷锋叔叔回来,并结合当前学习赖宁先进事迹活动,以他们的崇高精神为榜样,陶冶道德情操;于教育工作者,不妨给德育打相应高分,时时注意端正社会主义道德观念,把树立正确人生观、世界观作为衡量人才优劣的重要尺度。这或许就是作为新的一年,补偿过去教育战线失误(如果有失误的话)的一点信念和希望吧。

1989 年 12 月除夕

载《广西教育报》1990 年 1 月 2 日第 4 版

五十年之见

《讲话》以来，半个世纪过去了。常言说得好，“前事不忘，后事之师”，有些往事，温故知新，不是没有必要的。就说《讲话》的来由吧，那是有的放矢——针对当时特定的抗日战争年代和特定的延安地区所出现的文艺现象而发的。实践使人懂得：因其立论乃系马克思主义文艺观的原理，阐明了文艺上的基本规律，所以它不仅只限于当时当地有其现实意义；即令后来，历史进入五十年代，客观世界有了飞跃发展，跟着便有“百花齐放、百家争鸣”文艺方针的提出，这正表明了《讲话》是不断结合历史时代思潮的发展而发展的。当然，大家都不会忘记，历史曾有一段“十年只有八台样板戏”的悲剧，但这也是人所共知的：那是表面虽挂《讲话》的金字招牌做幌子，葫芦里却卖的假药，本质上是歪曲了《讲话》的真谛。

时至今日，社会的现实存在，更是大大改观了。面对国家正在实行以经济建设为中心，采取改革、开放的战略方针以建设有中国特色的社会主义，形成了划时代的历史新阶段的宏观气候，文艺如何体现《讲话》的主旋律？在创作思想上怎样去反映这新的时代精神,成了文艺工作面临的新课题。对此,邓小平同志本着文艺固有的特殊规律,遵循《讲话》的宗旨,及时地在全国四次文代会上作出了英明、深邃的《祝词》,进一步发展了《讲话》的马克思主义文艺观。

完全可以肯定这样的信念:《讲话》是经得起半个世纪的实践检验,其理论生命之树是常青的,所指的前进方向是文艺海船的航标。

但也毋庸讳言:过去人们在实践过程中,是曾经走了这样那样或“左”或右的弯路而招致程度不同的失误和偏颇。可是平心而论,实事求是地检查分析开来,那过失和偏差,不应归咎于《讲话》的本身;要怪只能怪执行者自我学习、领悟的不深不透:囫囵吞枣,囿于似是而非的形而上学的片面观点,满足于摘取片言只语当作教条,而自欺欺人地陷入误区。当然,这当中也还有个人立场的内在因素起作用。比如讲,你要是站在敌对的资产阶级立场,拿这种那种唯心文艺观的眼光来看《讲话》,那其见解,不言而喻,自然只能是其负面。

温故知新,此时来谈五十年之见,除了前面的理解,以为有个问题值得思考,那就是:马克思主义者一直认为意识形态的两条路线斗争是没有和平共处的余地的。文学艺术在整部共产主义革命事业的机器中,无疑是不可或缺的重要部件。当今,全国上下正在投入建设有中国特色的社会主义,明确号召对物质、精神两个文明建设两手抓,这在指导思想上是不成问题的。问题是,体现在针对某些文化艺术所采取的措施上,权衡物质、精神两头的轻重,那就出现或多或少某些失常的倾斜。文艺战线要改革,但不能盲目追求挣钱,与“二为”的社会主义文艺方针背道而驰。如果违背了“二为”方向,我们就要丢失社会主义文艺。若要能够防止、堵死这股盲目挣钱的逆流,我以为关键还是要继往开来、高举《讲话》这面红旗,开拓社会主义文艺思想阵地!为此,国家是否可以考虑:不吝支付一笔必要的学费,加强确认精神文明建设乃是社会主义事业的重要部分,予以多一些的投入。

书生一孔之见,未必窥及全豹,姑妄言之,无非是对《讲话》五十周年奉上一瓣心香。

载 1992 年 5 月 1 日《广西日报》

纪念鲁迅

1936年10月19日，一代文豪鲁迅先生逝世的日子。当时在广州的我还是个在校学生，噩耗传来，学校里并未引起多大震动。倒是不久，上海出版的各种进步期刊来了，或出追悼专号或辟纪念专栏，连篇累牍登载中外各方人士的唁电和悼文，读书界笼罩一片哀荣的气氛。记得一种不大显眼的小品文期刊《芒种》登出写杂文的作家徐懋庸这样一副挽联：

友乎，敌乎，唯我自问
知我，罪我，公已无言

不少读者不免惊愕相问："徐某其人，难道应该这样来回答先生的《答徐懋庸并关于抗日前线问题》吗?"当时自己之于文坛，还真远哉遥遥，对"国防文学"与"民族解放战争的大众文学"两个口号的是是非非，不甚了了，脑子只留个"?"号。

1938 年到了延安，在鲁迅艺术学院亲身聆听到副院长周扬亲口“漫话左联”。大意说是：“三十年代，一开头即奉行党内李立三‘左’的路线，把连鲁迅、茅盾那样的前辈都得罪了。……至于后期徐懋庸他写的那封信，只是他个人擅自作的，没有同我们上海文委的组织商量。鲁迅却误会是我们四条好汉的意思。”在另一场合。抗日军政大学教员徐懋庸来我们学院兼课，一次联系讲到他和鲁迅之间的恩恩怨怨，说：“那封信使他老先生误会了。动机不过出于爱护，以为当时斗争环境十分险恶，提醒他老先生千万警惕身边的人的挑拨离间，破坏抗日统一战线。当然，在对某些具体人的看法，或许是有所偏颇，不过，以为在魑魅魍魉的世界，知人论世，即使有误，老先生也不至于不给谅解的。不想先生竟然嫉恶如仇，即使对自己人也不肯含糊。”（大意）

但是在我，真正心悦诚服地认识到先生的所以伟大，却迟到 1942 年经过延安整风，听了文艺座谈会讲话之后，又结合认真重读瞿秋白编的《鲁迅杂文集》才恍然认同了。

比如自己曾经自以为是的极端民主、绝对自由的思想；比如自己曾经盲目崇拜的所谓永恒、不朽的人性典型的文艺观。其错误的症结，鲁迅早就于《讲话》之前，从二十年代与京派教授的分歧开始，到三十年代揭穿第三种人的虚伪、驳斥民族主义文学敌人的反动和批评自己队伍内部战友的“左”。如《华盖集续篇》里的《我还不能带住》，《而已集》里的《文学与出汗》，《二心集》里的《“硬译”与文学的阶级性》《非革命的急进革命论者》《对于左翼作家联盟的意见》和《南腔北调》里的《论第三种人》等系列文章，莫不一针见血地作了精辟的剖析。可怜自己才真是“非革命的革命急进派论者”喊喊嚓嚓的愚蠢。

遗憾的是，这回又一次惊愕：几十年过去了，赶到八十年代文坛上竟有人提出了所谓“反思”，念起了尼采，吹起了弗罗依德，说鲁迅成了古董，而梁实秋、周作人、徐志摩却一时走红了起来。真是当年鲁迅在《战士和苍蝇》里所指斥的那样，对此，话是不必重复多讲了，以为即使鲁迅二三十年代的投枪，针对今天还是一把锋利的武器，所以显见其精神的伟大。

载 1993 年 10 月 19 日《广西教育报》

匪夷所思

友人来访，好心相告：有本新书系知名人韦君宜绝世之作——《思痛录》。读罢，果见作者在书中，终也忍不住将其一生政治生涯所见所闻，坦然如实地吐露令人不屑明言的一些失当的“一个指头”的阴影。《思痛录》自有它敢讲真话而有其令人惊喜的独到处，但也不免使人惊讶她流露那难以掩饰的失望而“思痛”的遗憾。遗憾作者本系出身名门的闺秀，又赶上新时代的狂潮，决然投身民族解放事业而出尽风头，况且还侥幸遇上当代先进人物的赏识，顺利地加入时人向往的共产主义组织，俨然成了无产者的先锋战士，艰难困苦也曾磨炼过一辈子。到如今，为何人已临近生之穷途，却倾吐如此悔不当初的“思痛”心声？

按说，以她这一层次的文化人，不会没读到鲁迅早在30年代上海左翼作家联盟成立大会上讲的一席话吧？鲁公当时便意味深长地举出苏联十月革命后的诗人叶赛宁等作家的事例作前车之鉴，对与会同行说：“革命是痛苦，其中也必然混有污秽和血，决不是如诗人所想像的那般有趣，那般完美；革命尤其是现实的事，需要各种卑贱的，麻烦的工作，决不如诗人所想像的那般浪漫；革命当然有破坏，然而更需要建设，破坏是痛快的，但建设却是麻烦的事。所以对革命抱着浪漫蒂克幻想的人，一和革命接近，一到革命进行，便容易失望。”他还告诫大家，倘若不和实际的社会斗争接触，左翼作家是很容易成为右翼作家的。

历史虽已过去半个多世纪，然而鲁迅当年的忠告，读来仍不失其现实意义。不妨借以作为镜子，观照《思痛录》那言外的“匪夷所思”的苦衷，自应不难理解了！

不过，也还让人困惑。比起来，为何当史无前例的浩劫过后，好几位也同样被那场灾难弄得死去活来的名流，如丁玲、艾青……甚至彭大将军，在他们的《自述》、回忆文字或谈话中，对自己矢志信仰的崇高理想共产主义远大目标，可是始终都没说句二话的啊。那么，这其间的明显差异，说到底，是不是就在乎各自的阶级立场所命定的呢？

1999 年

考不上学校怎么办？

我国在几千年来的封建社会制度下，劳动人民是被当作奴隶，读书是件万分困难的事。读书人往往都是那些贵族、地主。因而“学而优则仕”“劳心者治人，劳力者治于人”“万般皆下品，惟有读书高”等思想形成了整个封建社会以思想的统治力量。这种思想力量一直影响着今天人们的观念。比如，今天有不少的父兄送子弟上学，并不完全是尽自己的责任，而是放利债似的——花一部分本钱供子弟读书，是希望他们日后能找到一官半职，衣锦还乡；既可获利，也能光宗耀祖。

这种思想来源的另一面，就是由于我们国家长期停留在小农经济的落后生产方式，广大农民的生产，仅仅凭靠着世代相传的经验，谈不上什么科学知识。如果一个读书人种起田来，那就成了奇闻。

但是，这只能说是封建社会的意识形态，也只是在剥削阶级统治的社会里才会发生的产物。

今天，由于人民革命的胜利，社会制度已起根本变化；也由于文化、科学日益发达,生产力要求不断提高。不论做哪一样专业,没有一定的文化科学知识是对付不了了。就拿农业生产说吧,采用科学的农作法比起沿用旧式的耕种来,收获量就有显然的差异。这生活本身就提出了新的要求:读书已经成为普遍的为着生活所需要的了。正是因为这样,人民政府除了开办小、中学校以教育培养青年之外,还提倡创办成人教育,推广扫盲运动,就是根据这个目的而来的。只有全国人民具有一定的文化基础,人们才能接受先进的思想和科学技术知识,惟有人人具备着这些思想和知识,生产建设才能得到高度的发展,社会主义社会的实现才能加速。

有人说,人民政府既然不能让小学毕业生全都升学,何必开办那么多小学校?这提法显然是不对的。虽然小学,或者初中毕业生不能全部升学,但是,我们的小学教育今后还是要继续扩大的。理由是小学教育不完全是升入中、大学校的阶梯,而更重要的是普遍满足全国人民必备的基本文化知识。这与国家开设大专学校,培育专门人才并不矛盾。只有普遍发展全民的文化基础,专家才有他发挥作用的活动天地;人民群众有了普及的文化知识,也必须要有专家给以指导和提高。在国家方面来说,两者都需要分别照顾。但是现在国家用大量的资金投放于经济建设,不可能不分轻重缓急地对文化教育事业作更大的投资。就是说,今天要满足每个人的文化生活要求——人人都能上中学,那还是办不到。因而,作为个人来考虑的话,则应该根据个人的能力和条件来尽自己的义务。

是不是参加了工农业劳动就不光荣了呢?如果说不光荣,那只能说明自己还是站在剥削阶级的立场来看问题。一个有先进思想的青年,他应该知道"爱劳动"是"五爱"教育中的主要内容之一,知道劳动创造世界的光荣意义;一个好公民,他应该懂得《宪法》草案第十六条规定:"劳动是中华人民共和国一切有劳动能力的公民的光荣事情。"当然,这里所说的劳动是包括脑力劳动和体力劳动都在内的。偏爱这一种而厌恶那一种都是错误的。

除开大道理不讲,现实中有很多具体事例也可以说明,蒋在球是青年农民,王崇伦是青年工人,郝建秀是青年纺织女工,由于他们劳动得好,他们所得的荣誉,就非挂着空头衔的"名人""专家"所能比。

光荣,是由个人对人民革命事业的贡献大小来决定的,不是在乎他们所从事的职业。如果你的资产阶级个人主义的思想没有根除,即使做着名义上是最光荣的职业,也不会把工作做得好,最终不免要堕落到卑鄙污秽的泥坑中去。

有着正确的人生观和世界观的人,他应该相信着我们新社会的合理制度,正如《宪法》草案第九十四条所规定的"国家特别关怀青年的体力和智力的发展"。那么,当着不能升学的时候,应该选取自己能做的工作去劳动。能做工的就当工人,能种地的就做农民……不论做哪一样,都能同样对国家有所贡献,同样得到人民给予的荣誉,同样得到无限发展。只要你自己是真正的英雄,就不会感觉到无用武之地。

有些父兄因子弟考不上学校或作过分的责备,或抱怨政府开办学校少了;有些学生考落了榜,以为是丢面子,而悲观失望,怨天尤人。这些,都是反映着他们思想中了毒——剥削阶级个人主义的思想残余在作祟。保存着这种思想的人,正如身上染上了结核菌,不把它消灭,即使让他有升学的机会,但这种个人主义思想在集体的革命专业中终归是成为"瘤子",而为集体所抛弃。

因而,应该打定主意:考上学校就努力读书;考不上的就积极参加工农业劳动生产。升学和参加生产同样都有宽广而光荣的前途。

1954 年 7 月 21 日《广西日报》

怎样消除沉闷

穆朴先生：

你这种不安的心境，并不奇怪的，跟你有同感的人一定也还有好多。的确，目前有好些学校还是存留着以前的风气，同学们太谨慎，太畏缩了。好多同学还是迷恋过去的那一套道理：以为“科学救国”，以为“独善其身”，“各人自扫门前雪”。因此，大家弄得老头子一样了。

但是就是这样，你也不必去烦恼。民主联军来了，不但带来安宁，同样，它必然会带来快乐的。我们一直都相信着，人们的意识、思想、感情，总会是随着环境在变更。然而，这个变更也得需要人们大家去努力推动。你说，一部分同学很沉闷，那仅仅是一部分，仅仅是你的那个学校，其他不“沉闷”的，或是不甘心沉闷和你一样的同学，还是有一部分的。这一部分人就会推动环境走向新生，走向快乐的。

当然，最简易的办法就是到“东大”去，正如“东大”的同学所说，“东大”是一个新式的学校，是青年们精神的摇篮。你能够去，那是再好没有了。不过，倘若你去不了“东大”呢，那，上面我已说过了，你总还有一部分同学跟你一样，凭着觉醒的热情，一定会把你的学校生活加添一种活气。比方，在课外，可以邀约几位趣味相投的同学，不管三个四个都好，成立个读书会，阅读些文艺的，讨论些时事新闻，还是旁的科学，或者你是爱唱歌、打球，也可以几个人一起学习那些东西。总之，不要让日子过得太沉闷，不要年青青的，装成个老太婆了。

这样做下去，开头时，人也许会少些，但日子久了，大家一定学你们的榜样，都会逐渐改变得活跃起来的。学校本来是个陶冶身心，锻炼技能和培养知识的地方，你们这样做，也就是把学习弄得更好，把世界的事物认识得更明白，把精神弄得更愉快。这些，是今天教育当局赞成而且倡导的。所以我们说，你应该把生活想快活，把前途想得光明一些。你说是不是？当然要是你还有弄不明白的事情，以后还希望写信来，我们大家讨论。

此致

敬礼

编辑先生：

我是中学还没有卒业的学生，东北解放以后，本来可以安心读书了，然而有一部分同学们依旧很沉闷，依旧各管各的书读，旁的事情总不爱理睬，连报也不爱看，都以为把功课弄好，将来就有饭吃，有职业做，社会国家大事，咱管不了。

但是，最近从佳木斯东北大学来帮助遣侨工作的同学说，他们"东大"可好哪！他们学习也罢，游玩也罢，工作也罢，都是有学习讨论会啰，生活检讨会啰，娱乐晚会啰，弄得很活泼，做什么，学什么都是你帮助我，我帮助你，集体生活，大家进步。人家学三个月，跟咱过去学三年明白的事还要多。我听了，心里有点波动。但是，我是我妈最幼小的女孩子，今年十七岁了，从来没有一个晚上离开过她。现在要突然离开她，心里实在舍不得，不离开她吧，又觉得这样死气沉沉的学校，学不到啥益处，怎么好呢？编辑先生，你看我太软弱了，如果我不能去"东大"，在原来的学校又是怎么才学习得好一些呢？我心乱极了，请你给我一个回答吧。

即此顺问

编安

穆朴　八月廿六日

·第五辑·

《北方》序言

这里收集的八篇东西,头一篇五年前发表于延安《解放日报》,以下七篇都是这两年来在东北的写作;当中除了《家乡》是暴露着蒋区抓丁的黑暗,其余几篇的内容,全是一些在解放区发生着和存在着的故事和人物。

这里边,不论是内容还是技巧,都显得不够整齐的,这正表示出我对于新的各种样式的生活和事务的理解没有同样的深切。然而,里边的那几个人物和那几个故事却使我同样的难以忘怀。在他们身上,我深深感到热爱,感到力量,看见了光辉。因此,总想把他们的名姓和事迹记录下来。记录下来了,也总还是喜爱着它。这次把它们集印成书,与其说是珍惜自己的劳作,倒不如说是为了这里边的几个人物使我由衷的敬爱,把它作为一个纪念存留下来。如果说还有旁的什么心愿,那就是希望有人能从里边得到对于新的生活的鼓舞,确定新的信念,从中看到前进的足迹。

这个时代是多彩而壮丽的。而我这几篇东西,不过是些微末小事,是一些枯叶,不足为这个时代留下它的面貌。亦许有人说:“一粒沙一个世界,一朵花从一个天堂。”而这是不是“沙”，是不是“花丛”？我自己是知道的。不过每一回被过往的记忆涌塞脑际，觉得不能忘怀之时，我就想起契诃夫说过“大狗叫，小狗也叫”的话，于是，提起勇气写下来了。当然，这就难免有粗糙，贫弱和幼稚。欠缺洗练，欠缺色彩的渲染和雄伟的构图，表现手法也缺乏多样，这都是我所自知的。但，我倒是存心保持着它的真实，朴素，让读者易懂，乐意读得下去。如果大家读完了不以为是撒谎、扯淡，而真正能够得到一些自己所需要的东西，那就是我所希望的了！

1947 年 11 月 7 日记于哈尔滨

《生死斗争》前言

一九四〇年六月,我在延安鲁迅艺术学院结束了学习计划后就参加一个文学团体。紧接着,大家都要深入农村、工厂和部队去学习,体验工农兵的生活。当时,我的选择是到部队去。记得临走的那天,在文艺俱乐部的晚会上,周扬同志还邀同茅盾先生来给我们这些初上阵的"新兵"讲了一番话。话的详细意思今天已经记不起来,而当时以至于到后来好些年,都觉得那是一个启示:以为处在今天这个伟大的时代,特别是处在新社会的环境里,可歌可泣,惊天动地的事情太丰富了,对于一个文艺工作者来说,应该是一种幸运,同时也是一项艰巨而光荣的工作。

我就怀着无比的欢喜和崇敬去接触我们的武装部队的。

这是抵御着日寇的侵略,曾经驰骋于华北大平原,转战于雁北,表现了无数次生死斗争的贺龙将军领导的人民武装部队。可惜,我在那里只待了六个月。大部分时间是整训,其间有很短的一个来月,才是到黄河东岸去参加"百团大战"。这新的生活和新的人物给我好多的感动。只是由于时间太短,对生活理解不深，写了一两篇以后就不敢尝试了。

但是，部队中指战员们的勇敢，单纯，忠贞、坚定……这许许多多的美德，宝石一般时常在记忆中闪光。有过好多夜晚，把思索都让给想像了，私自会有个大愿：企图把这些为人民解放而战的英雄们的形象塑成典型，让他们永留于人间。为了这，第二年我又再次进入军事部门，重新又把皮带扎起来。以后，不论是在部队艺术学校的教书生活，还是在部队报纸的编辑工作里，都有意地跟那些从部队中成长的同学学习，或是从部队的通讯中去捉摸部队的特点和搜集一些材料。但是，总也没有写出什么东西来。因没有写，所以心里好像负债似的，老是放不下。

到一九四四年冬，西虹从部队带来好大的欢喜，说是他记录了一份动人的材料，是指导员任书天同志的一段悲壮的英雄的故事。叫我拿来好好给他写成一篇小说。这虽然是一个素材，然而，它已经使我不安，觉得非把它写出不可了。曾经写了两万多字，但是我们的一位批评家给这不足月份的婴儿指出了弱点：说是作者对生活体会不深，作品显得虚弱。那样，只好松手了。可是，对于任书天们的英雄事业的向往，并没有因此忘怀。

一九四五年六月，一个较大规模的行动等待着我。我把笔放下了，换来一支步枪，加入了南下的一支武装部队的行列。从此，在白杨声萧萧，或是秋雨连绵的夜里，我曾经是一个游动哨的步兵，守卫我们的宿营地；曾经在一天夜中连续不停的急行军，走了二百三十多里，强渡过汾河和同蒲路的封锁线；曾经在陇海路上，在豫北，奔驰于火线下。这里，经历了三个半月零两天的“兵”的生活。在这里，也许我是一个扛着枪的战斗者，而不是五年前拿着笔的文人，比起来，这回的生活对我是提供着更深更多的内容了。眼看到日寇“三光政策”下的无人区的颓垣，和那“美丽”的鸦片烟的花朵，因而使我认识到每一个指战员在炮火中，那种钢铁般的斗志的原因。自己的思想水平也提高了，想像也因而涌现多样的色彩。

到今天，当六十年来的民族的大敌——日寇被打败了，而阶级的敌人蒋家匪帮也正加速崩溃，人民快要彻底解放的时候，回顾这段生死斗争过来的道路，当中是由于千千万万的任书天们的不屈不挠，再接再厉的斗志和英勇牺牲的血铺起来的。为了纪念，也为了表示对武装战士们的敬仰，我又再次拿起笔来，写了如下一篇东西。虽然，这里与四年前一样，长进不多，可能还是“对生活体验不深，作品显得虚弱”，不过，对于为抗日战争而牺牲的烈士们来说，当它是一个花环，表示我衷心的挽悼；对于读者，当它作为一个朋友的劝勉，希望有人从这个故事中学习“马化龙”坚贞不屈的气节，而为革命事业战斗到底！或者说，就当它是一个故事来讲，也让大家知道：在我们中国伟大的八年抗日战争中，八路军、新四军（人民解放军的前身）是怎样战斗过来的，敌人是怎样败亡了，我们是怎样地赢得了胜利。这就是我所要写出来的意思。

1948 年 11 月 4 日于松花江

《好样的人》后记

这里收集的八篇东西，都是我这些年来在北方的写作；也是一些发生在早年的北方解放区的故事和人物。当时由于工作的需要，使我有过几回机会去访问我们的工厂、农村和武装部队。在那儿，我曾同铁路工厂的工友、窝棚里的农民、部队中的战士有过一段友谊的交往。

但是，也由于工作上的限制，使我对各方面的生活都缺少深切的观察与体验。所以，反映在这几篇东西的，不论是内容还是形式，都显得不够那样整齐；不过，这里边的几个人物和那几段故事，却叫人难以忘怀！在他们身上，我深深感到热爱，感到力量，看到了光辉。因此，总想把他们的名姓和事迹记录下来，记录下来了，也总还是喜爱着它们。这次把它们集印成书，与其说是珍惜自己的劳作，倒不如说是为了这里边的几个人物使我由衷地敬爱，把它当作一个纪念存留下来。如果说还有旁的什么心愿，那就是希望有人能从里边得到对于新的生活的鼓舞，确定新的信念，从中看到前进的足迹！

这个时代是多彩而壮丽的。而我这几篇东西，不过是些微末小事，是一些枯叶，不足为这个时代留下它的面貌。亦许有人说："一粒沙一个世界，一朵花丛一个天堂。"而这是不是"沙"，是不是"花丛"？我自己是知道的。不过每一回被过往的记忆涌塞脑际，觉得不能忘怀之时，我就提起勇气写下来了。当然，这就难免有粗糙，贫弱和幼稚。欠缺洗练，欠缺色彩的渲染和雄伟的构图，表现手法也缺乏多样，这都是我所自知的。可是，我倒是存心保持着它的真实，朴素，让读者易懂，乐意读得下去。如果大家读完了，能够得到一些他所需要的东西，那就是我所希望的了！

1950年5月29日改写于梧州奎庐

《美丽的南方》三题

一、后记

这本书稿的写作过程很长，从开始酝酿时算起，已经是七年前的事了。

那时自己刚刚结束了农村的清匪反霸、土地改革工作回来，对于那场阶级斗争中出现的形形色色的人物和事迹，记忆犹新，很想用文字把它们记载下来。正好 1952 年冬，作协总会组织第二批作家分头下乡下厂和到志愿军中去深入体验生活。我也有幸参加那次活动，回到曾经在那里参加土改斗争的邕宁县华安乡，又同农民群众一起，搞了五个月的互助合作运动。1953 年 5 月初才转到南宁郊区白沙，住在一个农民家里，一边继续深入生活，一边开始了这本小说的写作。

当时正是南方溽暑的季节，每天就在小小的纸窗下，对着发黄而多烟的煤油灯，顶着炎热和蚊蝇的烦扰，专心致志地和自己幻想中的人物打交道：分配他们工作，安排他们的命运，分给他们以悲喜。9 月中旬，因出席全国第二次文代会，写作遂告中断。会后，工作岗位有了变动，创作假期就此告终，已经写了百分之九十左右的草稿,也只好搁置下来。

但,这些人物的影子却始终在脑子里活跃,不把他们描绘出来,总好像是欠了一笔债似的,精神上不免有个负担。

今年正是新中国成立十周年,自己给自己许了愿:要把这未完成的东西继续写出来,作为一份礼物献给十周年大庆。这一愿望得到了组织的支持,得到两个月的假期,来到秀丽而宁静的桂林,先后在雁山和榕湖两个地方,夜以继日地把几年来经常活跃在脑子里的人物,涂抹在一张张的稿纸上。两个月过去了,全书三十个章节,二十余万字的初稿,终于在昨天午夜时分全部结束。

稿子写了出来,对作者来说,有如母亲生下了婴儿,喜悦之情是不待言说的;但,它将带给读者一些什么呢?它能否给文艺的花园增添一点儿色彩?这就不能不使我踌躇起来。

当然,这些人物和故事所以缠着我那么多年,使我那样执拗地非得把它写出来不可,无非是想通过韦廷忠这个人物从奴隶变成主人的这一翻身故事,使读者不但看到世世代代受剥削和被迫害的农民如何在党的领导下,跟地主进行了尖锐而复杂的斗争,终至获得了胜利;同时也看到各级干部怎样通过斗争的实践,逐步树立为人民服务的思想。同时,通过这段故事,也想让读者看到,在这新旧交替的时代,一部分资产阶级知识分子,怎样通过与工农群众的同甘共苦,通过斗争和劳动的实践而得到了真理的启示,终于修正了原来的阶级偏见,精神上获得了新生;而少数腐朽以至反动的人物,终于成为时代的垃圾,被时代的潮流和革命的旋风所抛弃。

正如大家已从书上看到的,故事发生的年代,是在新中国开国之初。那些事情都曾为大家所熟知。几年来由于共产主义思想教育的深入,由于党的社会主义建设总路线的光辉照耀,由于党对社会主义建设人才的关心和培养,书中所描写的一部分人物今天已经有了很大的进步、发展和提高,大家的精神面貌已今非昔比了。当年在屋边种下的树苗,今天已高出屋顶;当年的婴儿,今天已成了小学生;当年的小学生,现在已经是青年,成为社会主义建设的生力军。我现在之所以还给大家讲述这样一些往事,无非是感到:故事虽然是过去了,但它也许还能使读者从中窥见这一时代的步伐和一部分知识分子所经历的思想改造的道路。

但是，文学作品的客观效果与作者的主观愿望往往是有所距离的，就是说，作家未必能够那样熟练地运用他的艺术技巧，完美地表达他的主观愿望。因而这部小书能否达到上述的心愿，只有待于读者的判断了。

陆　地

1959年6月3日记于桂林榕湖

二、重版的话

这本书的初版，原系作家出版社于1960年第一次印行。几年工夫，重印多次，数达18万之多。“文革”中，被指为毒草，遭受无理批判，倒反引起更大影响。“四人帮”垮台后，广西人民出版社为了满足读者要求，从作家出版社租来原版纸型，重印出版，要我写几句话。自想，书的好坏，还是让它本身说话吧。也应相信，公正而善意的读者终归予以明断，作者的自谦或自夸都是多余的。

书是反映五十年代初期，社会改革运动的生活面貌的。其中，为数众多的贫下中农群众方从半封建的枷锁挣脱出手脚来，当家作主的自觉性仍在启蒙，昂扬的斗志才逐步抬头；知识分子的思想改造也只能随着斗争实践的锻炼而日见其进步；剥削阶级的反动人物所披的伪善的外衣，是在反复较量中才一层又一层地被剥离。如果拿今天的眼光回顾当年那些人和事，无疑是显得幼稚、简单甚至可笑的。正如翻阅童年照片，不免自觉赧然。然而，那是那段历史年代留下的影迹，即令未能概括一代的全貌，却何尝不可当作一鳞半爪，从中窥见——今天出现这样崭新的天地，是从昨天那样的废墟开创出来的；今天随处可见的英雄，岂非当年那样一些被侮辱与被损害者的蜕变。

“前事不忘，后事之师”。此书也许能使读它的人，不忘过去。至于其中为丑为妍，读者自会识别，这里就不需重新梳妆打扮以粉饰了。

1978年国庆于南宁

三、一本书的因果来历

那时节是新中国两周岁生日之后的一个冬季,我从中共广西省委宣传部宣传处处长的专职任上,奉命到省委新组建的土改工作队,会合党中央下派广西省开展土改运动的干部和首都大专院校的师生,统编成广西省土改工作团。第一团去柳州地区柳城县,第二团就近下到南宁周边的邕宁县。我归属第二团,挂职党总支委员和一中队的党支书、副队长。我们一中队随团部留在邕宁县的第十三区,二中队则去第十四区。第二团的团长是省委宣传部常务副部长刘宏,副团长是北京来的著名经济学家、清华大学教授吴景超和著名戏剧家、国歌词作者田汉。北京来的土改队员还包括了艾青、胡绳、唐明照、李可染、夏同光、张正宇、徐毓枬、赵德清、吴寄寒、王宗一、李又然、刘建庵、江定仙、安娥等一大批全国文化教育界的名流。

当时的第十三区政府设于老口圩,管辖江西、乔板、永安、和安、灵湾、托洲、滩头、忠良、三乐、庙背、杨村、滕村和那扼岭等乡镇村屯。第二团团部驻扎在老口圩对河岸边一座名叫麻子畲的小村庄。村上有间小学校、一个篮球场,校舍和球场空地便于召开大小集会。在将近五个月的土改运动中,我与北京来的工作队员朝夕相处,从陌生疏远,逐渐变得熟悉亲近。尤其是跟清华、燕京两所大学那些风华正茂的大学生吕森、吴克俭、王大中、金再及、张秀湄、薛传钊等在一起的时候,人也变得年轻。而他们每个人留在你心中的故事更是让人久久难忘。天时、地利、人和,新天地使人流连忘返。燕京大三女生薛传钊临回京依依惜别之际,陡生感慨:“真舍不得离开这块美丽的地方啊!”也许她并未意识到这脱口而出的由衷之言,竟应了先前艾青家书中的一句诗:“不必给我寄寒衣,此地温暖无冬季!”暖人心扉的两声不同凡响的衷曲,最终竟会成为点亮我事后执著要写《美丽的南方》灵感的灯!

再说这次土改运动过后,当年的11月,中宣部为促进社会主义现实主义文学的繁荣,特意从全国各省以及中央机关抽调原本对文学创作有素的作家、诗人齐聚北京，给予一年创作假，好让各人拿出作品以领头示范。我也“榜上”有名。所以能凑合上这次机遇，自忖是土改时有幸为田汉、艾青赏识，而向中宣部文艺处丁玲、林默涵推荐的结果？反正是广西省委奉了调令，指名要我上京的。在京和赵树理、艾青、孙犁、秦兆阳、李季、孙峻青等一批作家诗人一块集中学习政策后，中宣部尊重个人意愿选择的生活基地，随即批准作家们分别进工厂，下农村，到部队，去油田、矿山，深入工农兵群众，体验基层生活。

难求的创作机遇，让我得到一年时间。1953 年初，我成了当今的“前度刘郎”，重返邕宁县十三区，住进华安乡和安村一户邓姓农民兄弟家里，和农民群众一起搞互助合作运动；观察土改后农村社会呈现的新气象；体验农民分得土地后过上欢乐幸福生活的情景。半年过后，移居邕江南岸南宁近郊的白沙村雷姓农家，一边继续深入生活，一边动笔描绘土改运动那段难忘的历历往事。于是夜以继日，平铺直叙，粗枝大叶地让鲜活形象被干巴巴的概念盖过，文字倒写出不少，但情感瓜葛的微妙，故事穿插的细节，都未能编织得天衣无缝，使之成自然绚丽画卷而让人信以为真。光阴荏苒，一年将尽，书稿却未杀青。意欲借此机缘，告辞政坛，重归文苑，舞文弄墨，以酬夙愿。中南局宣传部刘祖春副部长闻讯，径自向中宣部申请，调我去武汉作协当驻会常委，然后下武汉钢铁厂体验生活，期待于我写出一部中国工业化建设的长篇小说，类如苏联当代名著《远离莫斯科的地方》那样的作品。武汉真给广西发来调令，要我到职上任。岂料那年的广西省委宣传部长趁上京开会之机，亲自向中宣部请求：“陆地本系少数民族干部，不宜他调外省。”回头，又为我抚平去意，破例给我从省委宣传部的处长升职为副秘书长，不久又秘书长。这样一来，个人的意愿只好服从组织的安排，未完成的书稿也只好束之高阁了。其实，就个人而言，无论什么长在我心里那都不过是官场舞台跑龙套的角色，倒是年来孕育于怀的小说人物，如同母腹中躁动的胎儿，日夜撩人，难免让我在专职岗位上分心。赶到“反右”风波之后，中宣部委派理论处副处长葛震来广西替补省委宣传部长一职的空缺。葛一到，见面即说：“临来，周扬同志嘱咐我，广西那儿有个陆地，是延安鲁艺的高才生，能写小说，多予关照，给条件让他写，发挥其专长。”紧跟“大跃进”风起，呼吁放文艺卫星，为国庆十周年献礼。这对我无异是久旱禾苗遇上甘霖！顺利获准创作假，得以在桂林榕湖饭店闭门命笔。从1959年4月初到6月中旬，终将1953年未完成的初稿，接连修补写成三十章二十三万字的长篇，书名《美丽的南方》，于1960年4月由作家出版社出版面世。在当年7月召开的全国第三次文代会上，中国作协副主席老舍大会发言，总结文学创作成果时就点名肯定了长篇小说《美丽的南方》。可悲的是，当书畅销达十八万册之际，遇上“文革”浩劫，佳作无端成禁书！挨到“文革”过后，1979年天降福音，邓小平代表党中央给全国第四次文代会致的祝词，彻底砸碎了“文革”强加给文艺创作的桎梏，使文艺的春天重回神州大地。至此，广西出版单位才敢从作家出版社租用《美丽的南方》的版权纸型，在原来印数十八万册的基点上，加印四万五千册，以满足读者的需求，使之成为社会主义文艺百花园中一朵重放的鲜花。

2006年8月17日南宁纬武路160号

关于《瀑布》的话

一、把话说在前面

这本所要讲的故事，历史背景是从1915年春末夏初开始，以北京学校师生首先发难，继而席卷全国的反袁卖国条约（“二十一条”）的风潮为序曲，结束于1931年冬，以工农民主中央政权诞生的烽火年代，作为尾声。

这一历史时代，是“灾难深重的中华民族，一百年来，其优秀人物，奋斗牺牲，前仆后继，摸索救国救民的真理，是可歌可泣的”。在这儿，就是着重塑造一位革命战士的英雄形象，以他不凡的生涯作主线，贯穿着这一动荡的历史时期、各个不同阶级的代表人物相互间的联合和斗争。通过错综复杂的现实生活，编织成波澜起伏、迂回曲折的故事。从他们留下的脚印，辨认当代人的道德面貌，体现那一特定时代的思潮，以示革命进军的道路。

这当中，所反映的社会生活，是选自祖国西南某些省（区）人文地理的某个角落的场景。其中，有现代繁华的都市，也有古老而僻静的小城，有正待开发的富饶而美丽的森林和田野,也有冷落而萧疏的村庄和农户,有色彩斑斓的集市,也有少数民族特有的歌圩……这些,也许会引起读者的联想,从中看到当年社会生活的侧面,懂得在那个历史时代,曾经有过那样的风习。

总之,意图是,一方面让读者了解我们的前辈,他们在寻求救国救民的真理的道路上,在为消灭不合理的剥削制度而奋斗的过程中,曾经跋涉过如此漫长而崎岖的长途,其经历,曾有过这样那样值得汲取的经验和教训。在此,借取先驱者的脚印立起的路标,以奉献于后来者的面前,望其在革命的征途中,或得赖以遵循前进的标志。另一方面,让读者也同时看到,曾经是我们祖辈生长养息的生活摇篮,原来是如此广大而可爱的一片疆土,促使今天正为社会主义祖国实现四个现代化建设的伟大事业而贡献力量的年轻一代,在新的长征路上,增强信心,步子迈得更大一些,把我们锦绣河山,装饰得更为壮丽,把社会主义大厦建筑得更加辉煌。

二、一本书引起的话

这部书稿是一九六〇年初开始酝酿的。起初把它编成八场名为《叱咤风云》的话剧剧本,因篇幅过长,朗诵都要四个多小时,不宜上演。一九六一年十一月,在疗养院治病,利用空闲,重新构思,改写小说。原想采用讲故事的章回小说形式,初步拟出六十八个标题的回目。同时,再进行搜集、披阅、调查和访问有关这段历史文献、民间传说的革命故事,和各地方、各民族的风俗人情等素材,以充实其内容,改变了原定的表现手法,采用以塑造人物形象为主的形式。一九六三年三月初,动手写第一章。随后,因出席中央宣传部召开的文艺工作座谈会而中断,五月初才又接写。第二年五月九日凌晨,在灯下写完最后一行草稿。从第一章到末尾一章(草稿八十二章,字数约七十万),实际用于写作时间总共不到一年半。但是从酝酿到写成,前后整整花了四年又五个月。

初稿写完之日,正是"四清运动"在全国铺开之时,所谓走资本主义道路的当权派,列入运动的斗争对象。文坛上紧跟配合这一政治运动,先后公开谴责了影片《早春二月》、戏曲《海瑞罢官》和小说《三家巷》等作品。我这部书稿真是生不逢时。题材既非写“十三年”,何况又写的是“五四”前后,知识分子所走的那段属于资产阶级民主革命历史的曲折道路。稿子寄到出版社,不久退回来了。提的意见,措辞倒是委婉的:说什么人物形象、布局结构等等,都颇具匠心,但望改好云云。可是,这时的政治气象,已濒临十年浩劫前夜,阴霾密布,山雨欲来。自己惴惴于旧债尚且难还,何敢再讨新债?稿子就此束之高阁,让它冷落一边。作者则响应革命号召,投身于推广“桃园经验”的狂流,深入“十三年”的现实斗争生活去了。岂料“经验”未及总结,人却不教而诛:竟因《故人》(拙作短篇小说)而为十年浩劫作了祭旗之牺牲——被点名列入另册。一夜之间,竟成为全区(省)三千多万人共诛共讨的“三反分子”!按说书稿既未问世,流毒何由而来?然而,在“造反有理”之下,因人论文,则断章取义,牵强附会;因文论人,则颠倒黑白,罗织成罪。城门失火,殃及池鱼,此稿也难幸免于厄运。

现实却也无情。万想不到,“九一三”终于出现。越年,作者幸获新生,稿子乃成硕果——所有被没收的全部家私,仅此物归还原主。遗憾的是,当时“江记”的“三突出”经,正风靡文坛,咄咄逼人。有言创作,无异谈虎。书稿宛如沉船,让其埋没海底,何敢问津!

一九七六年十月,物极必反,乾坤扭转,浩劫终于尽头,历史遂序新章。回顾曾费心血抚育的弃儿,情亲犹在。忖思大海不择细流,百花坛上,或不嫌弃山花?所幸中国青年出版社刘平、李荣胜两同志,得到江晓天同志介绍,不远千里来访;初读前头部分章节,欣然代为请得写作假期。一九七八年初,沉船终被打捞,弃儿又回到亲人怀抱,这一被迫下马长达十二年的未完工程,才又获得重建。同年七月,上半部——《长夜》改成定稿,共五十二章,中青社予以出版。巧合遇上建国三十周年和五四运动六十周年的纪念。余下工程亦五十二章,则赶到昨天才告竣工。至此,全书总共一百零四章,字过百万;前后历时凡二十年,终告完卷。

也许读者会问,为什么要写这样一部东西呢?真是说来话长:那是一九三九年上半年,在延安鲁迅艺术学院学习时,从一位政治处主任的一席话引起的。主任是一位年轻的、身经百战的红军老干部,因工作调动,临别前夕,特意向我们同学叙述他一段很不一般的斗争经历。说他少年时期,为求温饱,从江南鱼米之乡,投奔沪上,在商务印书馆当学徒。第一次国内革命战争高潮席卷黄浦江时刻,投入周恩来、罗亦农和赵世炎领导下的工人大罢工的队伍,迎接北伐军进占上海。及后,蒋介石叛变革命,发动"四一二"大屠杀,他即随同郭沫若一行,乘一艘船溯江而上,到达武汉。在那里的革命洪流中,他曾是武汉儿童团的总指挥,轰轰烈烈,出过一阵风头。当中,认陈赓作大哥,一些女同志也都把他当作小弟弟给予关怀。不久,宁汉合流,汪精卫终于露出反共的狰狞面目;陈独秀犯了右倾机会主义错误,革命遭受挫折。这时,他身边一些投机分子,发生了动摇,几个大姐好心劝诱,要他同她们一道,返回上海,愿助其上学读书。他却一心念念不忘驻扎在大河对岸独立团的陈赓大哥平时教导的革命思想。某天午夜,等到大姐们熟睡之后,赤着脚板,悄悄下楼溜走,赶到长江边上,得到一位好心的老艄公的帮助,送他渡江,过到武昌找见大哥,一起随同独立团开赴九江,参加了震撼全国的南昌起义。从南昌随贺龙将军左右,挥戈南下,进入广东潮汕,在大埔县三河坝同桂军黄绍竑部打了一场遭遇战,在火网中逃生。逃到海陆丰地区的汕尾海边,认林伯渠做干爹,一道乘木帆船漂流香港。到达后,林派他每天到码头、街口认领失散的同志前来聚会。事后,奉命赴苏(联)学习。三年后,乔装海员回到青岛上岸,然后转回上海,进某工厂做学徒、搞工运。不久,从上海进入鄂豫皖苏区;尔后,参加了二万五千里长征。由于第四方面军张国焘闹分裂,命他率领一个干部团向西康进军。途中队伍被打散了,他只身一人被迫藏匿于深山密林,历尽艰险。敌人纵火烧山,逼他走投无路。幸为一善良农民收容,结拜弟兄。此后一段时间,与革命队伍中断了联系。一天,该弟兄从县城带回报纸,才知工农红军已编为"八路军",同国民党合作抗战了。于是同该弟兄一道,扮成行商小贩,沿途步行到达兰州。在八路军驻兰办事处会到谢老(觉哉)。不久,终于回到自己的"家"——延安。

讲述者这一长串惊涛骇浪、波澜壮阔的经历,连续讲了一天又两个晚上。讲得既详细又生动,听来惊心动魄,给人印象极深。多少年过后仍萦绕于怀。觉得这是一部革命英雄的史诗。从那时起,曾给自己许下宏愿:但愿此生,有朝一日,能将这一叱咤风云的英雄一代,再现于文书,以纪念这段历史中的革命先烈。事经多年，虽然不忘于心，只因限于间接听闻，并非亲身感受，到底捕捉不到其中具体而生动的细节，人物形象塑造不起来，迟迟不敢动笔。过了二十年之后，社会阅历与日俱增，人情体念逐年加深，理解能力也稍有长进。到一九六〇年初，一个偶然的题材来到面前，灵机一动，成了诱发多年心事的触媒，以为通过现在写下的这些人物的命运，未尝不可以从另一侧面，反映那段梦寐难忘的历史时代的精神面貌。于是，抱着赤子的心，不揣冒昧，以文字代替语言，也如当年那位革命前辈，向大家讲述如上的故事。事实未必曾有，人情倒是力求其真。是否如此，这就有待于读者的评论了。

在此，作为作者，谨向曾给予我以支持、鼓励和督促的朋友和同志，致以感激之忱！同时，恳求热心的读者给予批评、指正！

陆　地

1980年11月19日于南宁市文化大院

《故人》题记

——《故人》(短篇小说集)序

这里收集的几篇东西,从思想内容,题材范围和写作技巧等方面来要求,都是参差不齐的。只不过留下我业余创作生活中的一些片断,从中或可辨认,在写作的道路上是曾经如此一步一步地跋涉而来,即到今天也未能在创作的大道上健步如飞,登斯大雅之堂。之所以不自谦其简陋而把它们结集成书,对自己,只作为纪念,以期继续努力,求其进步;对关心的读者,或许当作无言的表白,让大家见到这里所写的也并非篇篇都是成熟的,可见创作艰难,并非天成。

开首一篇《乡间》是到延安后,在鲁迅艺术学院学习中的第一篇写作,也就是我头一遭向文学创作学步的尝试。那是暴露抗日战争初年,广西农村的反动统治鱼肉乡民的阴暗角落,也是我个人对旧社会不堪回首的诀别。稿子幸得何其芳、严文井两位老师的推荐,寄给当时《大公报》文艺专栏主编萧乾、杨刚。发表于一九四二年《大公报》桂林版,全国解放后,才在桂林图书馆发现。这篇文章,现在看来是幼稚而单薄的,把它收集起来也只当作一点纪念罢。

后头一篇《故人》是经历了八年抗战又三年解放战争的离乱之后,人民终于胜利了，旧社会解体，反动势力一去不复返。然而过去的黑暗统治给人们的创伤所造成的悲剧是该诅咒的，资本主义对个人意识的腐蚀竟让人落得如此凄惨的结局，使人为之挽歌。

其余各篇所写的，都是在新天地的阳光下人们的生活和斗争。这，在一定的角度上，或多或少、或深或浅地反映了某些现实生活的一鳞半爪，是当年某些生活场景的速写和某些人物轮廓的素描。在这里，读者或能从中对过往的岁月有所认识就是了，凭它却未必能显示我们的英雄一代的精神面貌。

作为时代的回声的文学使命来说，这几篇东西是远远未能完成任务的。这里，只能是儿童幼稚的学步，其中不免有可笑之讥，不过，也或伴有天真之处，可供善心者予以指导！

1979年3月3日

《陆地作品选》后记

集子编完后，自觉与其说它为作品选，倒不如说是纪念册较为切实了。正如时装，拿八十年代的时髦眼光，看待四十年代、五十年代和六十年代的衣着，不免自惭形秽，自然是端不上台盘的，不过，犹如秦砖汉瓦之于博物馆，旧物作佐证，好古者将可得以研究利用。集子出版之意当不外乎此。

正因如是，各个历史时期写下而发表的文章，大都编了进来。其无非借以为过往写作生涯留个纪念，同时也想，或许还能向好奇的读者提供一段历史认识。由此一来，各篇作品的水平难免会参差不齐，其中掺杂的问题和存在的不足也不会少，但信从善如流的读者是明智的，自会评判选择。

1986 年 6 月 6 日于桂林龙隐

《青春独白》小引

这是一本年轻时候的日记。一九三八年初,从家乡到桂林,接受合作社业务的短期培训;尔后,到武鸣县,指导农民试办信贷互助社,目击农村黑暗,正义受到压抑,激起追寻光明、自由,投奔革命的决心,于是,不辞而别,逃出武鸣,经广州而武汉而西安,终于投进革命的摇篮(延安)。行色匆匆,居无定所,仍始终坚持逐日记完一年间的见闻和杂感,年末,寄回老家。家人藏之深山岩洞,幸免毁于日寇。

回顾一九三八年,论历史背景,正当祖国处于民族抵抗侵略的非常年代,于个人生涯,却是颗透明的心,一片虔诚,憧憬光明,渴望自由,日日夜夜,充满着喜悦和惆怅。

转眼半个世纪即将过去了,多少事都已化作云烟。对照那伟大的时代,这仅存的一年日记,只不过微不足道的一鳞半爪。但想,点滴触媒,或许会引发对历史的联想,从而认同社会主义祖国,原来曾有如此艰难的岁月。个人这斑斑脚印，又何尝不是一代人精神的投影。正是这样，才加以整理而把它公布，以求教于读者。或可作为历史的佐证。

陆　地

1985 年 8 月 7 日

《劫后余灰》题记

十年浩劫，说起写作无异谈虎。只因平生夙愿未偿，痴心仍在。1978年党的十一届三中全会之后，以往过左的形而上学的桎梏一旦解脱，一如春回大地。乃敢鼓起余勇，再作冯妇。顺利完成《瀑布》（四卷本）、《窑洞》（“遗憾三部曲”之一）和纪实文学《青春独白》等三种长篇；另外还创作《牙科大夫》等若干短篇，并且不时散发于全国各类报刊的随笔、回忆录等多种形式的文章数十题。记录了“文革”劫后在改革思潮的启迪下，对文艺观以及人生真情的新认识。择其至今仍觉真善可读的结集成书，请教于广大读者。

1996年6月13日于南宁纬武路干休所

《浪漫的诱惑》后记

选进这本小书的作品，要拿艺术的尺度来衡量的话，显然是参差不齐的，当然也就并非什么代表之作。但之所以编选于此，意义不过作为创作一生，留下点滴纪念也罢。

这儿，以为若是诚意爱心的读者，或许不难看到：从一个作家幼稚学步的习作，到暮年止步的封笔所留下的斑斑笔迹中，领略到各个不同时代社会的场景处处，窥见到工厂工人、乡村农民、部队指战员以及社会上的知识分子——形形色色的人物所体现的时代精神面貌。勿庸讳言，对各篇艺术技巧的评价高低、得失，或褒或贬，往往会因时、因地、因人的差异，而有过这样那样正负相反的争议。比如：

处女作《乡间》，那是在于暴露旧世界农村社会贪官污吏、鱼肉乡民的黑暗角落的。文章只能从延安遥寄于旧时代桂林版的《大公报》文艺栏才得以发表。

成名之作《落伍者》，写它的灵感是怀抱怜悯、惋惜之情，为一位独善其身的个人主义者好人的命运而唱的挽歌，也许它的问世是在延安文艺座谈会之前，那时社会对文学作品的要求还放松尺度，因而小说方一出现，即赢得较多较广的读者，作者便一跃而为文坛认同的新秀。然而，不料政治气候一紧，到了延安文艺座谈会的召开，《落伍者》便被列入“有争议”的几篇作品之一，批评者竟举起形而上学的棒子，指责它是小资产阶级人道主义的东西。

又一篇反映一位投奔革命的新女性，经历一番革命熔炉的锻炼，思想感情起了与工农群众相结合的变化的《叶红》，本是奉命作文，为争取新解放区的东北青年接受新社会的思想而向他们展示祖国关内解放区现实生活的，小说一问世，叶红这一形象果然成了一股旋风，席卷广大读者。谁也想不到，时移势易，一篇好端端的脍炙人口的小说，骤然成为东北首届文代大会指名批判的典型，说它为“小资”招魂，歪曲了革命社会的现实斗争生活，背叛了“写工农兵”的文艺最高要求原则。

再说《故人》，在“文革”之前，它的影响，可不亚于当年《叶红》在东北那样令人倾倒。因其诞生于三年困难的非常年代，对知识分子的要求又有一阵宽容的空间，所以故人在旧社会的知识分子命运的悲剧，能引起普遍的善心人的同情。然而，人世规律，“福兮祸之所伏”。一场史无前例的人为冰雹降临，忽来夜半排山洪，香花骤成了毒草！传说有位痴心的女读者，为《故人》无端被诬成毒草，挺身与红卫兵争辩而致精神失常，成了疯子。

《钱》，题材可是属工农兵文艺范畴的“写兵”了。主题在乎表现金钱于“军事共产”社会，它可是失去旧世界所歌颂“万能”的魔力。这无疑是向世界名著的守财奴、吝啬鬼典型的挑战。或许这一主题具有独到的发现，恰巧迎合了当时苏联社会制度的观念，所以发表于哈尔滨不久，即被苏联权威的文学期刊《旗》译载。

另外，多部头百多万言的四卷长篇《瀑布》，那是塑造20世纪初叶，中国革命历史英雄一代的典型。“文革”前夜，即已写出了初稿，但因它写到了当代革命前辈领袖人物形像，出版单位还没那份勇气敢于给予这类题材的书出版。书稿只好束之高阁。直到第四次全国文代大会，有了党中央的“祝词”出台，文艺思想从政治的桎梏中获得了解放，中国青年出版社才敢纠正原先的误读，大胆予以出书。其中第一部两卷《长夜》，还荣获全国首届少数民族文学创作一等奖。

综观前面所举之例,无非证实:小说创作之得失,于社会所受的褒贬,终也不免局限于时空政治宽严风气的制约。质言之,文艺作品的荣枯,一如草木的开花、结果,离不了依存于其所在的政治土壤和阳光。

1999 年 1 月 27 日于江滨医院 104 室

《广西当代少数民族作家丛书·陆地卷》后记

我本是始终对创作小说的门道情有独钟，一生执着，锲而不舍。前前后后写成中、短篇和长篇几本堪称像样的书，在国内乃至海外，也都或多或少产生影响于当时。那倒是算得上我个人文学生涯成就的代表。

这里所集的长长短短几十篇散文，却并非我创作中的强项，读来未必如同小说那样脍炙人口。只不过平生写的这样那样一些真人真事，实实在在令我难以忘怀而倾诉于笔端，决非随意煽情、虚拟，违心哗众取宠，无病呻吟。说到底，真是情不能已而当做一片馨香，奉献于庄严的文学殿堂，让大家评说。

唯其苦衷如此，自以为是：文章千古事，平生一片情。此书或可作为辅佐爱好者面对现实人世——时代精神面貌得到加深认识，也或可借此作为我所著的小说注脚，让大家理解得更深刻、更明了、更真切。

2001 年 6 月 29 日凌晨于南宁

《怎样学文学》前言

这十多篇文章都曾经在报上陆续地发表过了。这里所说的一些道理也不是什么新的理论。只是怀着一点希望,想用比较浅近的话,把“阅读与写作”的老题目加以解释一番,让爱好文学的年轻朋友从此摸索到文学的门道。

文章在报上发表时候,曾经有不少的读者要求把它们印成单行本;也有人对某些不恰当和欠缺的地方给以指正。现在一方面还是本着提供年轻朋友做参考的心意,同时,乘这机会把一些不够妥当和欠缺的地方,给予订正和补充。因而,把它整理,编集成书,献给爱好文学的年轻朋友们!

1948 年 4 月 10 日记于哈尔滨

《创作余谈》编前的话

一九四七年在哈尔滨编《东北日报》副刊时候，为了同爱好文学的青年们探讨文学学习上的一些问题，曾在副刊开辟一个叫做“阅读与写作”的专栏，一星期发表一篇，连续了十三个星期。引起不少青年朋友的兴趣。三联书店哈尔滨分店(当时叫光华书店)负责人邵公文同志和作者商量：为了迎合青年读者要求，普及文学写作的常识，想把十三篇东西集成一本小册子。结果，叫做《怎样学文学》的单行本，在东北解放区出版了，得到广泛发行。一九五〇年到广州，发现这本小册子竟被设在香港的三联书店当作《新中国百科小丛书》之一，分别在香港、上海出版。看来，当时在解放区以外的青年读者，也有欢迎这样的读物的。五十年代虽在宣传部门工作，多少也还接触到文艺方面的问题，讲过一些话，还整理成了文章在报刊公之于众。出版社要把它编成书，于是，从原来《怎样学文学》小册子里头，拣出那些仍有参考意义的篇章略加修正，合编成一本《写作杂谈》，一九五九年作为建国十周年纪念出版。经过十年动乱，江青、姚文元的文艺谬论终于被揭穿了，文艺思想上的混乱亟待澄清，特别是广大爱好文学的青年朋友,这方面知识的要求更为迫切。座谈会要讲话,报刊编辑登门索稿,读者来信要求解答写作问题,等等,逼着老牛拉车,不得已而勉为其难;几年来,在创作之余,多少讲了些话,写过几篇简短的文字,答复过几封来信。

现在,把一九四七年以来断断续续发表、出版过有关这方面的文章,统统收集在一起,加以修改整理,合成一本《创作余谈》,献给青年的文学爱好者,作为学习的参考。其中分为两辑,第一辑包括"文化大革命"以前的,一九七七年以后的编为第二辑。

客观世界永无休止的在运动,立论难得周全、确当,昨天的话未必符合今天的思潮。特别是以往某些"左"的观点概念,显然是不足为训的。为了如实反映当时历史的政治思潮,有些地方只好仍留原样,以作教训。

作　者

1982 年 2 月 26 日

《落花集》前言与后记

前　言

我的文学生涯本来是从学写新诗开始的。第二篇铅印的文字就是学写的一首《给母亲的诗信》,可是后来由于兴趣移了位,着重追求小说创作了。

这里搜集到的一部分,系中学时代在广州写的旧体诗。另一部分,则于十年浩劫中,有口难言,无可奈何,惟有于无声处,从心眼里打腹稿,低徊沉吟,寄托情思。事后,能用笔记得下来的就有这么一些。其他,则属于晚年离休闲居,回首往事,感悟人生,抒发胸臆,随心吟成。全都未敢言诗。但因都属真情吐露,将它集印成册,当作心迹,留个纪念。

1992 年 1 月 18 日于南宁纬武路 160 号

后　记

《落花集》修订本总算编完了。现在看来，与其当作纯诗的集子，真不如称为“诗杂碎”更加贴切了。

其中，文言旧体诗部分，由于童稚家教背诵《千家诗》和上初中时课外喜读《唐诗三百首》以及泛爱近代“南社”诸位诗家的大作，尤其风流和尚苏曼殊那种真情、自然、明白如话的诗品，不免使我见猎心喜，居然犹似大观园的香菱，附庸风雅，试笔吟诗填词这一玩意。用意无非借以抒发胸芜，排遣块垒。本来，自知于诗之道，从未专注音律，就是常识性的平仄也分不准。只凭一时兴之所至，信笔写下几句“打油”，真是贻笑大方。不过，所写的这些乡情、友谊、爱的渴望和生的叹息，莫不是由衷的吐露，并非刻意在雕饰。

至于白话新诗，则是我读高中时乃至以后进“鲁艺”学习的岁月里，从翻译的文学名著中受到启发和影响而作的。那英国的拜伦、德国的歌德，特别是俄国的普希金、莱蒙托夫和尼克拉索夫等著名诗人，个个成了我文学追求的偶像。从他们的系列名作中，吮吸写作的营养。于是就有了在延安新天地写下的几首类似当时流行的所谓“街头”“朗诵”诗式的玩意。

此外，还有非新非旧，仅凭一时感悟所作的断句直言和题词、挽联等一一拉杂地拼凑于此，聊以回首往事，纪念平生。

2000 年 11 月 18 日于南宁江滨医院

《前尘落照》(书简·日记选)后记

写信、记日记,这些笔墨活路,对我个人一生著作来说,真如小孩学步。记得读小学课本第8册,开始学习“作文”课程的时候,恰逢正在读中央军事政治学校广西第一分校的胞兄二哥不时给家里来信,父母为免去求人代笔,要我听他俩口授,试写回信。为此,始从《秋水轩尺牍》入门,摸索书写应酬信函之规范。读中学期间,也说不清什么因缘,居然喜爱阅读和尚大师苏曼殊那非同凡响、不拘首尾称呼,脱离俗套书简格调,而又令人深受其行文亲切、情挚、直言不讳启示的书函。由此而后,无意袭用于自己笔下,致书与亲友之间,尽情任意倾吐衷肠。可惜,历年所写书函,并未惯于留下底稿。如今印在本书的这些,只是晚年偶尔从复写纸上下笔,才捡起这一鳞半爪,自非书简手稿之全部。

说记日记,乃日积月累,连年不断记录所见所闻、所知所行、所感所悟。用当年商务印书馆发行的“自由日记”、生活书店的“生活日记”和“文艺日记”等款式的日记簿子,一年一本,几十个春秋,到底记载了等身的生活踪迹。不过,眼下集结印出的如许篇幅段落,也只聊当悠悠岁月中一些永志难忘的日日夜夜而已。

末了，再说几句。书信、日记，这类文体乃系个人自语的怡情轶事，将它呈献于社会，其意或可附会一位哲人名言："一粒沙里见世界，一朵花里见天堂。"而我这些顺意随笔的文字，在客观现实的星空，无异一纤尘于环宇，微不足道。但话说回来，它作为岁月的一个侧面，人生的一个视角，完全可能借以观照过往时代一段特定的世道人情，从中知鉴戒、懂取舍、明得失。而有心的读者当然还可予我指点批评，以之改正。

2005 年 10 月 28 日而安书室

壮乡气息
——《隔壁官司》序

第一次读韦一凡同志的小说是油印本的长篇书稿《松涛歌》，虽说是初作，却能一口气读完。感觉仿佛小时候老师领去野外踏青，闻到一股清新的泥土气息，仿佛见到一幅春意盎然的景象，那人物面貌和他们的生活环境也都和谐而自然的。听说作者是广西师范学院中文系毕业不久的青年，在某个中学教书。业余习作，竟有如此可观的收获，其才华和努力是值得赞赏的。珠江制片厂一位老导演，对书稿就很有兴趣，找到作者来商量，要求合作改编电影脚本。于是小说的加工只好给电影的改编让路。不幸的是，当时正是“三结合”“三突出”的三字经盛行的年月，凡是文艺创作的节目，都得经党委常委集体讨论，纳入“三结合”的轨道才行得通；《松涛歌》改编电影文学脚本，也必须符合“三突出”的规范才能成立。其实，当时的文艺创作只能是政策、路线、阶级斗争的图解，作者无疑成了任人摆布的奴婢，完全失掉个人独立的见解。何况那几年，阶级斗争的风向，忽东忽西，剧本情节，跟着改来改去，反复折腾。小说固然遭受夭折，电影何尝不是紧跟不上而报废。

直到江青垮了台，文艺思想得到了解放。韦一凡同志才又重归文学的乡土，从中学调进县文化馆。为了使其开拓视野，给他提供一定的创作条件，乃进一步调到自治区文艺部门，担任《广西文学》编辑。随后又被选送上京，进文学创作讲习所深造。回来后，准他作为专业创作员，回老家上林县乡下，长期居住，以深入观察、体验农村现实生活日益发展的历史过程和新人成长的变化，望其在创作中再现那深刻而生动的、具有民族色彩和时代精神的画卷。

一凡同志的创作态度，一如他的为人：始终那样诚诚恳恳，埋头耕耘，专心致志，坚持不懈。转眼几年，果然不负众望，终有收成，拿出《隔壁官司》——一本中短篇小说集，贡献于文学花坛。

比起《松涛歌》，《隔壁官司》无疑是向前迈了一大步的。说文采则更为明丽，说技巧则更加娴熟了，成就是令人可喜的。难得的是，用汉文表达跟汉语语法、语音迥然不同的壮族人民语言，一向是横在壮族作者面前的一道不易跨越的关隘；壮族人民也同其他兄弟民族一样，自有其特别生动、优美而富于形象和哲理性的口语，但一经译成汉语，往往失掉原有的韵味，褪去鲜丽的光彩，比起汉文直写汉族的语言来，自然是逊色得多。如今，《隔壁官司》出来了，这遗憾会有希望得到弥补。

一凡同志是土生土长的壮族子孙，对本民族特有的风尚，自有天然的情感；对那里的人情世道，语言结构形式，自有深切的感受和理解。即使采用汉文表现，也能做到既区别于汉译的外国文学，又不同于纯粹用汉文语汇来包装的壮族特有的生活内容。在叙述故事，而能流畅通达，言简意赅；于人物描绘，则眉目传神，恰如其分，保持民族本色。例如下面一串口语，虽经译成汉文，而能具有壮族特有的意味，又为一般读者所领会：

他面子比牛背还大哩。

一天赚十块二十块(元)，到手还不出汗呢。

这事就像打桩拴牛，跑不了。

睡觉打出磨谷子一样的鼾声。

这事说出去，你淘干水井也说不清哩。

土掩的粪不臭。

人家两个，早就种了菜，现在才围篱笆。

大家都累得睡在水里也打呼噜啦。

屋里老鼠都跑光了，还有米献给你食堂？

妻子拉丈夫往水缸边说：“自己照照脸，眼窝都成酒杯啦。”

我也不是烂泥巴，有用得到我，我也上得墙。

心思就像八月瓜藤，理不出头来。

有话明讲，别在水里打屁。

脖子软过火燎葱，硬不起来。

他就老实得像根任随斧头砍劈的老树蔸。

他气力足，一拳能打死牛。

他身板壮，开口如打钟，走路能踩断桥。

一根筷子点盐送粥。

蛋打粥，一搅就熟。

洒鸡血，吓猴子。

有话直讲，别拐弯走田螺路。

你就摆开箩筐装意见去吧。

无法数她好处，点灯难找。

你叫我额角贴膏药，治他的头痛病呀？

这都是千年万代走成的旧路了。

这里，比较全面地表现壮族乡土风情的，莫过于中篇《歌王别传》了。小说通过一位山歌手世家的前半生的遭遇，充分揭露了旧社会土官的种种愚民统治，给劳动人民带来无边的祸害，同时也反映出解放了的新社会仍然残存着某些守旧思想，有时会兴风作浪，正直而善良的人，还难免蒙受不白之冤。但光明终归替代黑暗，善良终归战胜邪恶，一个民族的精神生命是不会任由人为的毁弃而泯灭的。

集子的艺术成就还不仅如此。可贵之处还在于刻画了壮族人民的典型性格，体现在女性形象的塑造尤为突出。也许正是由于壮族人民在生产劳动中，女性的作用，占有重要的位置，天生赋予她们的独立性就多一些，她们的言语、行为，就比较大胆泼辣，普遍带有浓烈的男性色彩。这里，不难看到，好几位姑娘、大嫂和大婶，形象就特别鲜明，个性特别爽朗。

过去曾流行过一种似是而非的说法：以为壮族汉化，年代久远，壮汉难分，要求文学艺术表现其民族特征，感到束手无策。现在，一凡同志这一创作，却作出了榜样。这里人物的民族性是显而易见的，民族的共性，通过有声有色的个性形象而得到体现，读者得到感染，印象深刻。

作家之所以达到这一步，正是由于长期承受乡土气息的熏陶，思想感情同民族弟兄联结成一体。并未只停留于生活表面现象的观察，可贵之处，还在于作家进一步深入人物精神世界的探索。一如从深厚的矿石场，筛选出典型的高品位的产品。这比拟，从小说取得的成就便是很好的说明。

1984 年 7 月 1 日

为《相思红》说几句话

——序《相思红》

瑶族人民生活,在人们的观念中是丰富多彩的。由于保持坚毅、勤劳的民族优良传统,虽经久远的历史长河的淘洗,而民族的独特风貌,却能屹立不倒,于中华民族大家庭增添一分光彩,无疑是值得重视的。

在广西,瑶族弟兄除了大瑶山比较集中之外,其他某些边地山区,或多或少也还住有过山、白裤、蓝靛等因生活方式或因服饰打扮而得名的各种瑶族同胞。与越南接壤的十万大山的余脉是我县的分界,那里就住有瑶族人家,说来我们是近邻。但我幼年,仅知冬菇(香信)、蜜糖、草药是山里瑶人的特产,那山里到底是怎个样?对我一直是个谜。三十年代,听说上海某家电影公司曾来拍摄过《瑶山艳史》;又说有一年,曾发生一场规模不小的瑶民起义,震撼到桂系军阀统治,逼迫统治当局与之媾和,让一位官员作为瑶王驸马。总之,她在我幼年心中是染着传奇、神秘的色彩的。

等到我亲眼看见瑶族同胞的时候,已经是 1938 年初了。当时乘公路车去省会桂林,经修仁县城(今鹿寨中度公社),正逢乡民趁圩赶闹子,在车窗看到一些服饰特异的妇女:有的脑袋盘缠一大捆头巾,有的戴着尖顶的用竹叶编成的笠帽,都穿的蓝靛布青裙,襟袖和裙裤,绾着斑斓的花边。这才算是见到活生生的瑶人了。可这些,是属于哪一种瑶民呢?蓝靛瑶还是茶山瑶?她们的生活天地又是怎个景况啊?脑子里这些"?"号,总也未能拉直成为"!"号。

1963年动手写起《瀑布》,其中有些章节是要反映瑶山风情和人物面貌的。不得已而借助于典籍文献,从第二手资料去找参考。这里头,从《盘王歌》懂得这民族一直是以她曾有那样悠久的祖先的英雄业绩而自豪的啊;从典籍记载,知道瑶王、山主对待瑶民的原始奴役而制定的山规乡约;从歌谣、舞蹈懂得民间的风俗人情。但都只限于理性的抽象的概念,瑶族弟兄生龙活虎的实际生活情景,仍然是隔膜的,缺乏感性的、生动的形象。后来又过了好多年,才有机会访问大瑶山。和诗人、画家们一道,到瑶寨,跟瑶族父老兄弟谈叙桑麻。诗人记录歌谣、故事传说,画家描绘木楼、梯田、人物肖像。进原始森林,那给人的印象更不一般:那里,在遮天蔽日的群落中间,我们看到长出香菇、木耳的有合抱粗的名贵乔木,被放倒山边路旁。看到四方形的特种竹林,看到熏衣的香草,看到可供生津解渴的甜茶树。最有趣的还是,每年秋末冬初,从海滨飞来的成千上万的一种小如麻雀的候鸟,人们掌握到它们的生活的习性——寻水解渴,而将长长的南竹破成两半,接成长长的水管,从泉边引流,绕过山腰,一段一段装置木盆,注水入木盆。盆边抹上树胶,等待鸟来就盆喝水,爪子粘上树胶,有翼也难飞了,只好等待受捉。这种名叫"鸟盆"的狩猎办法,一年只花个来月工夫,可捕获几百上千只。鸟捉得来,经过处理,加佐料,装进坛罐。压盖泥封,窖藏几个月甚至两年后,开盖取出便是"鸟酢"的名菜,作为招待嘉宾贵戚的佳肴……

诚然,瑶族自有她奇异而美妙的天地。可惜,以往对这一世界的介绍,其作者仅仅是一些外来的游客、学者,并非自家子弟,可想而知,他们对这一特定的生活现实了解得不深也不全,只不过浮光掠影地猎奇某些片面现象,搜集某些古老的传说。对民族内在的心理状态,民族特性的素质——典型环境的典型性格,以及其生活风情的细节……都未能做到恰如其分地公之于世。这,不能不说是我们在文学创作上多年来的遗憾。

所幸的是,这遗憾,如今终于有了蓝怀昌同志的《相思红》,作为初步的弥补。

怀昌同志是一位在新社会培育成长起来的新一代瑶族青年作家，对本民族生活，自有其天然的体会：这里的一草一木，他是了如指掌的，这里的人情世态，他是那样熟悉而亲近。当他描绘所熟悉而热爱的山山水水，用不着过多粉饰，自然会散发出土地的馨香；当他歌唱那可敬的男男女女，不须去矫揉造作，而人物的憨厚、朴实的性情，娟秀、健美的体态，自会跃然纸上；听他那幽默、诙谐的趣谈，那隽永、生动的谚语，莫不使人增长知识，获得生活的启示。

怀昌同志本着民族的坚毅不懈的追求事业的精神，刻苦用功，终于拿出初步成果，贡献于文坛，一如专心致志的园丁，善于其事，终将大瑶山的相思红，成功地移植于百花园，让人们得到悦目的观赏。

当然，新植的幼苗，难免稚嫩、弱小，然而，应当相信，擎天乔木，遍地豹香花，都是从幼苗长成的！

1984年6月端午

创作三说

——代序《遍地黄金》

文坛新秀潘荣才拿他的新一本中短篇小说集《遍地黄金》的书稿来，请为他在其书前写上几句创作心得的话。

想起谁似乎讲过“文章千古事，得失自心知”。意思正是说，作文犹如分娩，做母亲的总会是各有各的体验，不可拾人牙慧，人云亦云的。

从我个人几十年文学创作过程的认识来讲，就有如下三个逐步深入的发展阶段：起初，从几次成败的事例中得到的教训，头回觉悟到做文章，特别是文学创作，除了写你所熟悉的生活题材，最要紧的还是，必须出自肺腑之言，切忌无病呻吟。换句话讲，就说别做没病装病，哼哼唧唧是引不起别人同感共鸣的。作品要使读者读起来感到亲切，信以为真，情绪受到感染。那就得像“给家人或朋友写信”那样，心想什么就写什么，有一说一，有二说二；求其做到单纯、明白，随意、自然；不落俗套，不故弄玄虚。只有这样，作品才可能做到完善、美满和成功。即令文字、辞藻稍嫌朴实无华，可，只要内情真纯、虔诚，自然也会打动人心。

随后,写作实践日见深入,进一步,觉得白居易讲,诗歌之所以“感人心者,莫先乎情”这句话,无疑给了我提供个启示:认同了文学作品,不仅局限于道德观念的阐述,重要还在于感情的渲泄。马克思主义者普列哈诺夫在《艺术与社会生活》一书中说:“一个少女为失恋的悲伤而歌唱是会引起同情的,而一个守财奴为了丢掉钱袋而哭泣,可就不至于叫旁人产生共鸣了。”(大意)讲的也正是这个理。另外,还有人作个比喻:文学作品若装不进感情,正同烧菜忘了搁盐,那是令人乏味的。于是,我的体验便跟着有了第二步发展,那就是:以为创作,应当如同“给恋人写的情书”。写情书,大家都懂得,要是没有独出心裁的感情真挚的倾诉,那是燃烧不起对方激情的火花来的。

赶到最后,实践再往前迈进,体验也就一步一步深刻。终于认识到:文学创作是极其复杂而微妙的、非同一般的精神劳动,尤其是做小说方面,可是不能把它看作写封情书那样单纯。比方造座会堂,从蓝图的设计到现场的施工,以至装修、竣工,到交付使用的种种工序,都非同随便修间库房那么轻而易举。显然,把小说的创作比为写封情书,那是未免简单片面了。于是,在认识上最终有了第三步的飞跃,那就是以为:“凡是每作一篇或一部作品,都是一场新谈的恋爱。”谈一场恋爱是要有“衣带渐宽终不悔”的执着追求的耐心才可能有美满、幸福的结果。一篇或一部作品的创作,同样必须拿出专心致志、全力以赴的投入才有希望得到成功的报偿。

以上所讲,只不过是个人在文学创作的生涯中,先后不同阶段所体验的三点认识。一孔之见,未必中肯。冒昧提起,或许可与同行互勉。

1993 年 2 月 10 日

《冯云山》序

一天，一位年过半百的女同志领着她的两位公子来访，自称已故作家胡明树家人，说老胡生前辛辛苦苦、埋头写作，最后留下一部未完成的书稿《冯云山》。现由老胡生前好友徐君慧老师肯予协作，给予加工、修订、增补而完稿，特来请写篇文章介绍。

太平天国史料，我一向缺乏研究，冯云山其人的英雄业绩知之也少，对作品本身的得失说不出什么话的。只觉得明树一生勤耕，甘苦备尝，虽历尽坎坷，仍矢志不渝，临终尚有未竟之作留下，且有同行老友为之完篇面世，这于文苑，不无弥可珍贵了。

胡、徐两位都是我于解放初年认识的。1950 年 6 月间，文坛前辈周钢鸣从广州华南分局调回广西，筹建文艺工作者协会，随身带来几位广西籍的作家、诗人，胡明树便是其中的一位。当时我刚从梧州市委上调省委宣传部任职，奉命兼任文协筹委会的副主委。于是，和这几位在抗战时期于桂林、香港等地成名的作家就此相与认识起来。显然，他们几位的派头和我们从解放区来的土气迥然两样。唯有胡一人却特别：显得憨厚、老成，活像村学塾师；按说岁数不至太大，看样子却不大像是三十岁左右的人了。头回在会上见他，规规矩矩端坐于不显眼的末座，眼睁睁地注视他人神气活现，高谈阔论，自己则守口如瓶，似乎是始终也没哼声。听人说，他留学日本，和林林他们到抗战前夕才回国。抗战时期，在老家桂平，进李宗仁夫人郭德洁资助的《言报》，当过一段时期的报人。尔后，在桂林、香港的进步报刊上就时常见到他的名字；以写儿童文学居多，出过书，小有名气。

解放前，延安和重庆，华北抗日根据地和大后方蒋管区是两个隔离的世界，两地的文学现状彼此都很生疏。对胡的文学成就和社会声誉，了解极少。文协成立后，胡出任文学部主任。也许因他用心于社会活动多了，顾不了写作，也许是对工农兵的新生活不熟悉而无所适从，总之其文学创作停滞了好些年，在较长的一段时间内，几乎见不到他的文字。

1957 年 3 月，他作为广西文联负责人，和我一道出席号称全国八百名知识分子参加的宣传工作会议，回来之后，他可一反常态，以其兼任的广西民主促进会头领的身份，积极大鸣大放，后果不免正如大家所知道的。广州的熟人对他这一挫折，不无感慨地说："明树一介书生，何苦如此不堪寂寞；听说他居然有做南宁市长之谋，这可真是始料不及啊！"道路传言，空穴来风。说胡有政治野心，恐怕也属莫须有而已。难怪他忍了二十年委屈，到了 1976 年，一旦在解放思想的创作座谈会上，他可就为挣脱多年的精神桎梏而慷慨陈词，激动过分，猝然昏倒，人就再也起不来了！

沉默了二十年，可他并不因此甘心放弃创作的追求，而能善于利用在图书馆工作有查阅历史资料的方便条件，也因自己对故乡金田村的情怀，默默地为太平天国南王冯云山立传，给文坛留下一部三十多万言书稿。这就足够我们为之永志不忘的了。

君慧写作勤奋，文笔通达，多产且严谨。教学之余，不仅有长篇《澎湃的赤水河》的创作，而且另有《大唐巾帼英烈传》《桂林山水传说》等通俗读物，以及论著《从〈金瓶梅〉到〈红楼梦〉》。由于惯用章回体表现手法，所以接手完成明树这部以通俗故事叙述冯云山一生的书，自是驾轻就熟，能做到恰如其分，形式与内容得到完美统一，让历史留下回声，人物获得了生命。

1988 年 6 月 3 日

《奔腾的红水河》序

那年，自治区民间文艺研究会在柳州地区召开座谈会，作为东道主的地区文化局局长蒙光朝同志陪同我们下乡参观。一路上，主人为了解除我们客人的旅途寂寞，满腔热情地给大家不断叙说这个那个民间传说的新老故事。叫人惊讶他竟有如此非同凡响的满腹经纶，还善于出口成章演说逸闻趣事，赢得人人捧腹不已。

当时，旁人就说蒙局长其人，解放战争时期，参加地下党游击队，建国初期当上县长。他人缘好，工作积极，组织上曾拟委予重任，其却无心于升官，执意请求放他从事文艺工作，组织上只好成全了他，准他到专署担任文化领导职务，让其发挥专长。

多年下来，他就这样甘心于寂寞的清水衙门，潜心致力于地方文化事业这份差事，领导、组织、参与有关民间文艺的搜集、整理和研究。老天不负有心人，他不但使得柳州地区的群众文化艺术活动蓬勃开展，取得长足进步，就是在民间传统戏剧的改革、整理上，也获得相应的成果，在自治区甚至国内外都产生一定的影响。不但演出，还出了文学剧本。在其个人名义上，还另有诗作《心声集》、短篇小说集《给死者的情书》、壮族长诗《双姑传》、歌剧《山寨新风》和理论专著《壮师剧概论》等等。

他离休后，仍不服老，尽可能发挥余热，锲而不舍，“为当代而写熟悉的过去”，创作出这本二十多万字的长篇——《奔腾的红水河》。如果说，光朝同志他平日所口述的这个那个脍炙人口的小故事，只不过是零散的碎锦，那么，而今这本长篇却是他心灵手巧地把碎锦缀成绚丽多彩、完美和谐的巨幅长卷了。说是一位电脑排字员，读了书稿的前头几章便爱不释手，要求让他做第一个读者，先读完全书过把瘾，然后再动手付排。这可证明，书是成功的，自有其独特吸引人的艺术魅力。

光朝不乐于做官而醉心于文艺，到底终有所奉献于文坛，不负社会、人民的期望。这就是我之所以要向大家介绍的。

1995年9月3日南宁

《蹄花》序

和福林同志相识较晚。1964 年 9 月,在赴靖西参加“四清运动”试点途中,路过田东,得勇刹同志介绍,我们才第一次见面。那时,他正在负责筹划建立右江革命纪念馆,馆址就在当年(1929)广西右江苏维埃政府旧址。我们一行有两位是红军老同志,他以为他俩都是目击者,郑重其事地征询当年苏维埃政府会议厅的陈设、布局状况,红七军政委邓斌(邓小平)、军长张云逸、苏维埃主席雷经天的办公和寝室的家具、摆设模样。接着,私下里同我谈起右江革命斗争年代流传下来的故事、诗歌和民谣,认为十分丰富。革命前辈,邓(斌)、张(云逸)、韦(拔群)的英雄事迹,在民间都有很多动人的传说。说他打算采用旧体诗的古风形式把那段革命斗争历史记录下来。这时,我刚好才写完以左、右江革命历史为背景,以革命先烈韦拔群为原型的长篇小说草稿,便请他给提意见。那时期,电影《早春二月》、京剧《海瑞罢官》、史学《李自成自述》、哲学的《合二而一》等等,都成了批判的靶子。《部队文艺工作座谈纪要》正在酝酿。在文艺、学术界,莫不笼罩着“山雨欲来风满楼”的浩劫气氛。我这部孕育多年的长篇,自叹其生不逢时,草稿出来后已无心及时给它加工、修饰了。因为写的是当时被列为禁区——知识分子一群,前半部只是反映资产阶级民主革命那一年代的思潮,全书也并非“十三年”的社会主义革命的故事。本来是不敢显示于人的。不想福林读后,却给来一封热情洋溢的长信。对这不合时宜的产儿,讲了好些溢美之言。这在当时来说,非独具慧眼,别有胆识是不敢如此直言不讳的。真是难能可贵。对作者无疑是最大的鼓励和支持。

以后,几次来回路过,促膝面谈,书信来往,以及从旁人进一步的介绍,逐渐认识到福林同志不仅文学修养和表现的才能有相当水平,而且还是一位参加多年地下党斗争的战士,生活经历丰富。一位坚持二十多年地下武装斗争直到解放的老红军黄举平同志曾说到他:虽然是知识分子,可他在解放战争那几年,打起仗来还真是勇敢的,只是有个缺点——恃才傲物。据说是他对某些上级,顶顶撞撞,不易被人了解,解放后,几度摔跤。一次农历七月十四,是壮族风俗的鬼节。这一天依旧例,家家户户都忙过节,是没人下地干活的;地委为了考察各县生产队出勤率的真相,特意来电话要县委上报当天出工人数。县委书记直接报称:全县下地人数达十万。地委信不过,再给办公室来电话核实。黄福林同志是县委办公室负责人,未经请示书记径自报告:“今天社员人人在家过节,仅有百林农业社一位老人出工看田水。”这样一来,县委书记由于欺上谎报,在地委挨了批;黄福林说了真情,在县委便犯了目无领导自作主张而受嫌弃。终于调离领导部门,几经折腾才放到不足轻重的单位——革命纪念馆馆长,当作区级干部使用,等于安闲置散,一直到“文化大革命”。

幸有十一届三中全会,社会主义事业的各个方面次第趋入正轨,文学艺术相应得到发展。福林同志的工作,开头是调来民间文学研究会,主持编写革命故事集成,后来(1982 年 7 月)才到作协广西分会当专业创作员。几年来,除了外出参观学习和下乡深入生活、调查研究,写作是勤奋不懈的,在自治区各地和外省(市)文学报刊,他的名字在读者中并不陌生。现在,他应出版社之约,编成《蹄花》散文集以问世。这是他专业写作之后第一个收获,是值得庆贺的。不是因为是熟人而偏爱,就是按一般的尺度衡量,这集子的成就自有其异彩。在福林个人来说,是头一遭的处女之作,文字语言的表达,粗疏、局促和忸怩,是难以掩饰的，达到从容不迫，挥洒自如的境界，还有待于努力。然而她却令人感觉清新，亲切而朴实，可增进人以知识，开拓人以视野。在革命故事的传说中，从以往左、右江革命故事，到当今保卫边疆的法卡山战斗，都给我们娓娓而谈，叙述着当年可敬的革命前辈和如今的英勇战士，如何跟广大农民群众血肉相连，艰苦奋斗，战胜万恶敌人，可歌可泣的英雄业迹，激发人们为社会主义四个现代化而献身的精神。在游记的散文里，将记事、状景、抒情熔于一炉，都能恰如其分。其中就有使人们懂得“合浦珠还”典故的遗址，有苏学士(东坡)的足迹过处的踪影；在龙州的小连城，就有苏元春(宫保)守疆戍边的建树；桂平的西山，何止仅以寺观、名茶、美酒和太平天国的营盘而著名啊，明朝瑶民起义领袖侯阿苟，早就在此留下他的试剑的磐石；随同一派龙鳞劲松阵列山路，足供游人景仰。祖国锦绣河山，果真胜迹处处，使人流连：吐鲁番的葡萄，比真武阁的沙田柚子别具一番风味；黄山的峻峦奇观的雾霭，却不同于漓江的倒影的柔情。作为创作旅行，福林同志并未只满足于悦目走马观花，浮光掠影，同时还善于运用着脑力，思索着事物的内在意义。这里，不仅让我们看到今天的美景，同时令人联想到过去史实的变化。

处女作，一般是年轻人的产儿，这《蹄花》，在福林同志今天来说，算是晚育、晚产的了。晚育晚产，由于母体已经成熟，怀孕时间长，婴儿是比较壮实、健康的。福林同志具有年深月久的生活储备，对世事人情的体会，自能洞明练达，把握分寸较准，源远长流，大器晚成。即令初试难免瑕瑜互见，只要肯耐心琢磨，相信美玉终会呈现闪光！

1984年7月1日于南宁

山水·风情·名胜

——《广西游踪》小引

好些年前曾有个念头:什么时候得个机会,找一位画家或一位摄影师结伴同行,遍游广西各地,将特有的名胜古迹、民情风俗、山山水水,用文字记录,用绘画或摄影,编集成书,供之于世。或给游客作向导,或供学者作考察、研究的参考。然而年华虚度,夙愿未酬,不免耿耿于怀。如今葆青同志将其数年如一日地不辞旅途跋涉,不断努力写作的成果,编集成书,读来深觉告慰。

诚然,广西之闻名于世,应该不仅限于桂林一隅的山水。正如桂林山水之甲于天下,不止于山峦的奇秀多姿,也在于它兼有清丽的漓江作衬托。一方面是肃穆庄严而岿然独立,另一方面却活泼欢笑而奔流不止,一静一动,凑在一起相映成趣。这在别处是难得两全的。

广西之闻名于世,也还不限于边地山国聚居多种民族而别具风情的异彩。它之所以区别于其他各省区,还在于它自有其非同一般的历史记载、文物古迹。百多年来,在全国掀起的几次轰轰烈烈的民主、民族革命运动——太平天国的金田村起义、永安州的立国,“刘二(永福)打番鬼(抗法战争)”,孙中山的镇南关、防城和廉州的两次起义，以及桂林的北伐誓师，工农红七红八军的百色、龙州起义，等等。这些叱咤风云的壮举，都曾先后在这片土地上留下历史的印迹。清末民初，以至全国解放之前，各省军阀称雄的年代，从旧桂系的岑毓英父子和陆荣廷，到新桂系的李(宗仁)、白(崇禧)、黄(绍竑)，对全国来说，都曾产生举足轻重，左右政局的影响。远在两千多年前，秦的两大水利工程，除了四川灌县的都江堰，就是广西兴安的秦堤。在名胜古迹中，容县城关就有唐代诗人元结创建(四百年前作过重修)的四梁悬空的独特结构——经略台真武阁；三江侗族自治县的程阳桥成为全国著名的四大古桥之一，全国仅存的两方元祐碑，其中之一就在大瑶山得到保留；柳州市的柳侯公园，就有柳宗元的衣冠冢、柳侯祠和桔香楼；宜山白龙洞摩崖有黄庭坚、石达开诗文的石刻；石刻在桂林，并不亚于岩洞钟乳石的耐人观摩，象鼻山、还珠洞就有范石湖的诗词、米南宫的雕像；合埔城里，苏东坡掘开的水井，于今仍方便于群众饮用；梧州革命前辈周恩来亲临指导而建立的中共广西党支部的旧址，留给后人纪念。

这些，在广西，正如它出产的亚热带特有的各色各样的佳果奇花、珍禽异兽一样别具一格。无疑，它是祖国锦绣河山的一小片，足以使见者流连，闻者向往。前人徐霞客，在他的《游记》里，对广西各地的山川文物、民情风范观察相当周到，记载相当翔实。他主要是拿地舆学的眼光来作科学探索的，给人增长了知识，在学术上取得一定的地位。如果拿文学作品来要求，要求在描绘景物上给人以美感，在叙述风情上给人以兴趣，那还有待于后人为之补笔。何况徐氏当年见到的那些社会现状，那些人民生活景况，经历过时代风雨的冲刷，回头看去，已今非昔比。无论是要认识过去的旧物，还是要看当前的新貌，都有待于拿新的眼光，用新的形式去叙述和描写。

游记是属于散文的文学形式，它把纪实与抒情揉成一体，除了记述客观的社会现实内容，还得注重赋予娱乐情趣的文学形式。写作散文，作者可随意行文，有如行云流水，挥洒自如，好比同知友谈天，使人感到亲切，觉得诚实、自然。人说，风景名胜，只宜耳听演说目阅文书，不宜身临其境。可见这一文学形式自有其独到之处。

葆青这本《游踪》所记，以其真切的叙事和朴实的描绘，把人领到了五彩缤纷的境界,突出地使人领略各地的各族人民特有的传统风情;教人懂得当地历史掌故,看到旧貌换新颜,了解当今景象万千的世界。比如——

在壮乡,我们可以寻到歌仙刘三姐在群众中流传的动人故事;可以观赏壮族古代文化遗址——左江花山摩崖刻画的奇观;可以看到“斗鸡”的习俗;可以闻到歌圩上男女青年们的歌声。

上苗山,不仅见到清丽碧绿的贝江,见到遍山茂密的杉林,沿江葱茏的翠竹;更为奇异的还有“斗马”“坐妹”“试婚”,以及烤鲤的滋味。

入侗寨,男吹芦笙,女奏琵琶;主人打油茶待贵客,猎手放鹞鹰捕鹦鹉,处处都那样新奇。

从云南大理迁来定居的彝族,在隆林“马驮之乡”,就有彝王龙蟒的城堡遗迹,以及有关龙蟒残暴淫威的种种传说。

仫佬、毛难(现称“毛南族”——注)和京族人民。如今得到因地制宜,多种经营的方便,靠山吃山、靠水吃水,生活面貌大大改观:山区毛难族,围山养殖菜牛;北部湾京族三岛,拥有七百多种海产的鱼场。到处呈现欣欣向荣的气象。

曾经震撼过明宪宗朱见深王朝统治的瑶民领袖侯大苟,在浔江的大藤峡留下供人凭吊的旧营盘;南丹的大瑶山,也不乏惊人的轶事。

“合浦珠还”的典故,就在白龙湾珍珠城广泛流传。

慈禧御笔题赐的“荣禄第”——西林宫保府,是荣获花翎头品顶戴、太子太傅和兵部尚书岑毓英,和清末的广西总督、民国的“七总裁”之一的岑春煊父子两代的府第,如今只见凄凉衰败的空屋了。

如今我们看到新的一面,那是——宛若撒下遍地黄金的金钱桔,在融安得到繁盛的生机。象州的古热泉,不再白白流失了,如今建起了地热电站,将温暖输给万户千家。首府南宁,原先可俯瞰全城的镇宁炮台,已为绿树荫蔽;纵横的街道,处处是花果、浓荫,炎夏行人忘了打伞戴帽……

以上这些,书里都一一作了描绘,叙述相当周全。不但提供了人文地理的知识,而且引人游兴,是良好的旅游伴侣。

1985年元月22日

大树下一片阴凉

——序《今宵别梦欢》

1990年10月中旬,桂花盛开时刻,西南五省区的桂柳笔会,在柳州举行闭幕式。会后,柳州市文联、柳州市作协留住部分作家、诗人,为两位新人合著的《花与刺》杂文集开座谈会。这才初次认识其中之一的作者——《柳州日报》总编辑陈明贵同志。

真想不到,那样善于撰写社会评论,那样善于观察、分析事物的文章里手,竟是那样年轻、活脱。

座谈会上的发言,对又是"刺"又是"花"的文笔,几乎是一致深表共识:认为作者敢于直面人生,针砭时弊,喜怒笑骂,皆成文章,俨然是支异军突起的投枪。

记得自己当时即席乘兴曾作姑妄之言:觉得《花与刺》之难能可贵处,还在于文笔能做得"短"的分量上。当然。文章本是表达真情实意,有话则长,无话则短,其效应自不在乎长短;缠脚的裹布过长,徒增腐臭,这是人所共识的。一句话既可讲得明白的事,又何苦非啰嗦半天呢？有位外国作家讲过,作文应该惜墨如金,同打电报一样,多个字就要多付一个钱。想起当年广州刚解放时分,作为中共华南分局书记的叶剑英给党中央毛主席发电报,头一句话是:“X晨我军进城时,电灯还亮着。”这可真是要言不烦,寥寥十二字,不仅讲清进城时间,连带最关紧要的、影响人民生活的大事——电灯厂竟能完好无损地落在人民手中的一段话,概括得如此精练。文笔要能做到这样干净、利落,可就非一日之功。

这里,明贵文笔之所以明快、洒脱,一如其人。正是说明他的报人修养有素,主笔工夫的功底不浅。

然而,正因惯于撰作社会短评,往往侧重于理论的概括,说理色彩自然会是浓重些个。比起抒情文字,那就不免稍嫌刺多而花不盛;尖刻的硬度跟含蓄的软体结合,必然存在反差,自有美中不足。

但,一时一事是不足以概括全人的,何况那才是初试锋芒。而且又是与他人合作,当然不应视为明贵个人文章的风格。事实果真如此:曾几何时,隔不两年工夫,如今作家又捧出新著《今宵别梦欢》散文集,这就成了《花与刺》的一个补偿。也许到底是后来这抒情的散文与前者政论的时评迥异;无论是人物素描如《斯人已去风范长存》,随笔掌故如《“揭帖”“匿名帖”及其它》,还是《烟雨秦淮河》的游记留踪,和《身前文章身后事》的人生感慨等系列文字,其爱心表白、真情的流露,莫不都见其自然、亲切,娓娓轻诉,款款细描,一一奉献于读者面前。读罢,无异炎夏苦渴,来到大树下享受一片阴凉。特意高兴向读者朋友作个介绍。

柳州,人杰地灵,人才辈出。古人,有文学家柳柳州(宗元)在此留下衣冠冢和柳侯祠的遗迹;有民间传说歌女刘三姐鱼峰山对歌的脚印。当代则有一代影星赵丹的愿将骨灰撒播在“天下都乐”的岩洞。还有世界体操王子李宁,乒坛世界冠军谢赛克,全国知名青年女歌星韦唯和《风流巷》三部曲的工人作家柯天国等系列人物,全都在这儿起步。

如今,正当国家要求经济建设跃上新台阶,柳州市也在遵循党的十四大路线,乘大干快上的强劲东风,争取到了产值一百亿元指标,占了全国五个自治区城市第一位的同时,注意到抓精神文明建设,重视发挥知识分子作用。选拔了优秀文化人陈明贵走上副市长岗位。从政的忙碌,为文的闲散,两相矛盾,难得同一。但事有得有失,此后何尝不可以更充分发挥长才,带动全市文化艺术部门,壮大队伍,有着更多同行,投入建设有中国特色的社会主义文艺事业,收获将会是更丰富的成果。

1992 年 11 月 26 日凌晨

写于柳州饭店 1 号楼

烧菜不能没有盐
——《无罪的维纳斯》序

认识青年作家柴立扬是这样来的——

八十年代初，中国青年出版社编审刘平专程来邕，请给位传奇人物写部传记小说。说是他刚调去全国文联负责筹备成立杂协工作，不再编书了，只因从报上发现有篇长文，连续叙述一位杂技世家周云鹏大半生坎坷浮沉的江湖生涯，故事很有吸引力，是提供作大部头小说的好素材。刘说，他信得过，只要我发挥创作《瀑布》那样的劲头，肯把它当作为小说来做，完全可以预见，一定将会又是动人的长篇。

为此，我从 1979 年的《南宁晚报》找到 32 章的连载文章来读，周云鹏风风雨雨的身世历程，确实极其惊险、曲折，很有戏剧性。令人惊喜的还在于，文章的作者能够做到，要言不烦有条不紊地详细笔录下事主的口述。作者叫柴立扬，这对我还是个陌生的名字，直到 1983 年在柳州的一次笔会上才初次相见。原来是南宁市新崛起的一群年青作家中的一位。当时便跟他谈起写杂技世家周云鹏的事，说他对周氏生平，已有一定的熟悉作基础，劝他编成多集连续电视脚本,也许可望成功。当然,若要创作传记小说,那是还须作更多的艺术加工:拓宽视野、丰富想像、刻画细节,特别重要的还须赋予深厚的真情和爱心。也许因他到底还年轻,对周氏那长长一段旧社会的现实生活过于隔阂,对周氏的故事,兴趣不那么高,比不上眼前的社会风气,给他产生那样多的感同身受,所以事过几年,一直见不到周氏杂技传奇的电视节目,传记小说更是读不到了。然而,柴立扬的名字却越来越常见于各种报刊,散文、小说,以及短篇文论,俨然成为广西文坛引人瞩目的活跃新人。

不难看到,他这一成就的获得,正是由于在写作思想,做到恰当其时地跟随流行的新潮步调,在题材方面,注意去接触青年一代最敏感的问题。因而在比较广阔的空间,自然会受到同辈读者欢迎和赞赏。

他谈起往后的写作意向,说专业是在编影剧期刊,创作只能是业余活动;比起来,做小说的兴趣更大些。今年自当一如既往,继续追求小说创作。为总结前段收获,将历年分散发表于各报刊的文字分别结集起来,仅仅中短篇小说都可编成两册。但因眼前出书都得作家自费,只能先印一册《无罪的维纳斯》作探路。出于对前辈的敬意,某天,带上书稿前来,恳请对他的作品集讲几句话。

讲什么呢?自问笔耕一生,虽也在做着小说,但随时代过去,觉得老调都已唱完,面对当今文风,不免自愧失落。要讲什么,只怕倚老卖老,姑妄重复一孔之见而已。

谈起小说做法,前几年,文坛上曾刮股新派旋风,记得有人呼喊什么"四无"——无人物、无故事、无情节和无主题的主张。到底做出个货样来了没有?似乎不见真有那样相应的实体。我这里要谈的,只能对不起,唱唱对台戏:认为凡称小说,不论其短篇还是多卷的大部头,总是离不开以人为中心。而人物形象要能写得活,写得所说有血有肉,能给读者以真情实感,那就非得在其身上体现这样三点缺一不可的要素——灵魂、个性、感情。说到灵魂,指的是个人脑子主观的思想精神吧。常言道,"人为万物之灵"。那是说,活着的人之所以有别于其他动物就因具备思维神经,能够反映、认识和判断客观大千世界形形色色的现象和人情世态的是非、恩怨,而自有其所持的态度和看法。

小说中塑造的主人公,要能达到栩栩如生的典型形象,就得表现出他或她鲜明的思想精神面貌。灵魂之于人物,同主题之于小说一样,人物是要通过心灵活动来展现。小说则通过作品里主人公的命运,表白作家世界观和人生观的倾向。一部小说生命力的强弱,除了看其艺术表现手段的高低,还得决定于它的主题倾向结合历史发展趋势和时代精神程度的深浅。古今中外的名著都证明了这一点。一个对人生采取积极态度,一心追求光明、进步的作家,只要是从唯物辩证法和唯物史观的“武库”取得思想武装,提高世界观、人生观的修养水平,心灵深处有个矢志不渝的信仰,那,“血管里流出来的是血”,他笔下创作出来的英雄,必然是社会主义高尚道德精神的化身。

个性,个人性格。“人人不同,各有其面”,世上没有两片完全相同的叶子。现实生活里,张三之所以有别于李四或赵五,不在于他们的名字符号,重要是在于他们之间有其各不相同的个性。小说《阿Q正传》的阿Q和《故乡》中的闰土两个典型的迥异,正是作家善于捕捉两人各自与其身份相称的个性特征,然后再作艺术加工刻画的结果。恩格斯有句名言:“典型——熟悉的陌生人。”意思是说,典型人物必须具有叫人熟悉的普通人共有一般性的一面,同时还要具备使人觉得陌生的特殊个性的另一面。共性与个性的统一结合体,典型形象才算是写活了。然而,过去一段年月,小说中人物个性的刻画往往被忽视了。在理论指导方面,简单片面的误解,以为工农兵群众文艺,只有注重于群体、共性一面的英雄行为,你要表现个性突出的个人特征,则难免被指责为小资产阶级的自我表现,美化个人主义的个人,盖过了群体英雄的光辉。实践结果,不少作品里典型形象的个性棱角都给磨平了,多数流入雷同的类型模式,这个主人公跟那个角色都有差不多似曾相识的面孔。创作简直成了模仿。然而,物极必反,事态的发展常常是走向它的反面:那就是为了改正原先那些只强调群体而忽视个人,只注重“我们”而无“我”位置的反差。而今却又产生另一极端:以为历史发展已进入八十年代,随着国家采取“一个中心两个基本点”,建设有中国特色的社会主义的时代要求,于是出现了一股吹嘘自我发展,抬高自我价值的自我个人主义思潮,我们的“们”字丢了,个体超过了群体,社会主义的道德精神,“个人在历史地位的作用”的马克思主义理论,被看成是过时了赶不上行市了。于是反映在文艺创作上,便连续不断出现帝王将相、才子佳人、军阀政客,妖妃名妓,以至所谓男子汉、女强人等系列角色,不一而足。这其实又走向另一头可悲的歧途上了。当然,不好否认,论个性,通过这些角色的风流轶事的渲染是可见其突出的。问题是,社会主义文艺对待所要表现的人物的立场、态度,理应而且必须是明确分清:歌颂、欣赏与谴责、批判的界限,一褒一贬的分寸,是要严格衡量的,不容许鱼目混珠,误将反动腐朽势力的败类和那些消极颓废、低级庸俗的男女,拿来跟民族英雄、爱国仁人志士和革命先驱作等量齐观。依唯物史观的理解:是“时势造英雄”还是“英雄造时势”? 两说是辩证的统一。倘若只看英雄造时势一面,那是有违客观现实逻辑的。何况过分夸大了唯我个人的作用,忽视个人与社会、国家、民族的天然关系,那只能是天方夜谭的神话,在客观世界既不可能存在,当然也就越出了现实主义的轨迹。

感情,人的七情六欲。一切文学作品,正是人们感情的记录。记得早年我初次讲起文学创作时说过,那并无秘诀可言,只不过如同“给亲戚朋友写封信”,把心想要讲的话,直白写来就成。这话也许讲得简单了,到第二次再讲时,把意思讲得稍为切实了些,认为“做小说就像写情书”,必须是真情实感的表白,才可能打动对方的心而引发同感共鸣的效应。及到后期,由于创作实践的深入,获得进一步悟道,觉得“作家每作篇小说,都是一次新的恋爱”。总之,始终认为:包含小说在内的所有文学作品,无非都是感情的产物。遗憾的是,也曾有过一段历史时期,指导创作的文论权威,多多少少都陷入形而上学的机械框架:比方说作篇小说,两者相辅相成,求其合二而一,才算是完美。可是,由于理论的片面,往往只求主题思想合理的正确,而牺牲了艺术表现合情的完美;终于导致诸多作品呈现干巴巴的说理概念,欠缺血肉丰满的感情色彩。不仅把男女情爱划为禁区,即令亲情、友谊之间的人之常情,也只能轻描淡写,认同一般礼节性的“阶级友爱”式的交往,这样一来,小说的人情味被挤干了,就像菜里忘了搁盐而失味。其后果,作品的社会效应在读者感情上既引发不起同感共鸣,在思想方面当然也不可能发挥潜移默化的教育作用。

载 1992 年 4 月 13 日《劳动者报》

涓涓清流

——序《山花寄语》

某天，诗人包玉堂同志来访，说中国作家协会安排他今年初冬出国访问苏联，同时，另从手提袋拿出一卷书稿清样，请为其散文集《山花寄语》作序，说，多少写上几句也是个纪念。诚意难违，只好在此稍谈点滴印象也罢。

常言“文如其人”。文章虽然不及篇篇细读，对作者倒是比较熟悉的。

建国初年，新中国的革命、建设各项事业都取得明显的成就，文艺园地也不例外，同样出现前所未有的欣欣向荣的春天。包玉堂作为一位初出茅庐的小伙子，当此文艺的春天季节，竟能拿出《虹》《歌唱我的民族》等诗，一举而摘取桂冠，成为首批走上新中国诗坛的新人之一。

他本家虽为仫佬少数民族，却是世代都也在中华民族的祖国大家庭中，共同接受传统文化的哺育而成长起来的青年。名气与其说是由于作者系少数民族而显著，还不如说因诗人的成名而给本民族增光。

这当中，确实在于诗人本着稚子之心，依恋童年的情趣，不但善于运用简洁、明快的汉语，描绘渲染家乡特有的色彩烂漫的风光和淳朴、憨厚的民情，同时，还在于他怀抱颗单纯、诚挚的心，歌唱仫佬人民在中华民族大家庭中，同样得到新生、繁荣的喜悦。

人以文传。诗人的社会影响，因其诗作出手不凡，广为诗坛瞩目，超出了地方民族区域，走向了全国。早在1959年便为中国作家协会吸收，成了新的青年会员。

说到十年的非常岁月，人人都以各自的方式表示自我的"革命行为"。其中的是非、功过、恩怨、亲仇，实难算得清那场历史所造成的官司。只想起1979年初，去京参与恢复全国文联筹备工作会议，其间得到一位北京下放广西多年的作家托人送来张短笺，相约赴宴全聚德，附言邀包（玉堂）一道。说"'文革'中，亏他救过我一命"。事后才知：这位作家同志在那史无前例的非常年份，曾因受不了非人的折磨而服用过剂量的安眠灵，危在须臾，包挺身而出，力排众议，即送医院抢救，且躬亲参与轮流守护三日三夜，终告脱险。可事后多年，也没听包为此自我张扬。足见其人单纯、诚实和憨厚的品格，一如他那朴素、清澈、明丽的诗文同调，表里保持特有的神采，宛若夏日山泉，涓涓清流，令人神爽。

载1991年12月17日《广西日报》

《黄勇刹诗选》序

歌剧《刘三姐》五人创作组之一的黄勇刹，从一个默默无闻爱好文学的青年，平步青云，突然成了知名的文坛新秀。这是他文学生涯的一次飞跃。之后，黄勇刹在创作活动和民歌研究方面，之所以比其他四位合作者更能发挥锐利的冲击力，事业愈益长进，声名愈益显著，是因为在这之前，他曾经长期不计日夜，不辞艰辛，以锲而不舍的执著精神——“衣带渐宽终不悔”，坚忍不拔地耕耘过。

我和黄勇刹相识，是在《刘三姐》一炮打响之后了。1962 年秋末冬初，我到柳州羊角山养病，那时，他已从柳州铁路局司法处承审员的岗位改了行，成为柳州彩调团的编剧人员。

我们初次见面，他那不修边幅的衣着，直率的个性，不凡的风格，给我留下深刻的印象。本来是规规矩矩坐着说说话的，他却习惯抽起两只脚，猴子似的蹲上椅子，两手抱住膝盖，睁着炽热的目光，滔滔不绝地背诵着他拥有的，比《刘三姐》还要绝妙的情歌。说到得意处，便跳下椅子，激动得浑身是劲，忘形地在地板上来回走动，似乎非这样不足以表达他的满怀激情。可这又不同于那种目空无人、狂妄自大的颟顸之辈的行状。他,叫人觉得“他就是这样一个人”——真名士,自风流,不存在半点虚伪、矫揉造作、装腔作势。

对民歌,他可真是如醉如痴。壮族的汉族的,两种语言他都精通。所以他能将丰富多彩的壮族口头文学(特别是山歌)译成汉文,而不失其民族特色。壮族汉族的民歌,他脑子装的真是“十万八千箩”,不论你问的什么,指的哪样事,他都左右逢源,不假思索地立即信口成歌,即席对唱如流。遣词造句,那样准,那样新颖,那样形象,意境那样深远,那样隽永,那样耐人回味。

世人未必有绝对天才,黄勇刹的民歌造诣,也不能否认得之家庭熏陶。乃母是本地远近闻名的歌手,儿子袭承先人衣钵,本是不难理解的。然而,唯有这个儿子如此,这就不得不归功于后学人专心致志地努力了。勇刹说自己家贫,倒反激励他上进。读书求学是孜孜不倦的,文学读物的魅力往往使他废寝忘餐。阿维洛娃的《在我生活里的安·巴·契诃夫》那薄薄的中译本,他是站在书店门市的书架前,一口气读完的,后来又反复读过五六遍也不厌。是文学读物加深他对民歌的爱好,而母亲的山歌又诱发了他对文学的追求,相成相依。

勇刹常对人叨念一句名言:“勤劳的蜜蜂是没有悲哀的时间的。”在他的生活中,诚然不见其沾沾自喜,满足于在民歌的搜集、整理和研究方面已取得的盛誉。他的精力仿佛山间泉水,总是那样不安分,时时刻刻都向前冲击。除了民歌,对新诗的创作,同样重视而付出了心血,极力为新的世界、新的社会、新的人民、新的英雄事业,尽情放歌颂扬,终于获得可观的成果。应当说,把他看作仅仅是一位民歌手,显然未见全豹,诗人的行列,也该有他的坐席。这里所集结的诗作,就是令人信服的注脚。

可惜的是,比起民歌的著作来,新诗,他写得少了,这本集子显然单薄了些。不过话又说回来,在他做着大量的民歌研究,写成了那样几本专著,兢兢业业,为民间文学事业作出如此贡献的同时,还能不遗余力写出这些诗作来,为文苑争辉,已经是难能可贵,值得纪念的了。

《刘名涛文集》序

“盖文章，经国之大业，不朽之盛事，人寿有时而尽，荣乐止乎其身，二者必至之常期，未若文章之无穷。是以古之作者，寄身于翰墨，见意于篇籍，不假良史之辞，不托飞驰之势，而声名自传于后。”

这段魏文帝曹丕《典论·论文》的话，今天读起来，联想到《刘名涛文集》的出版，觉得意义格外亲切。名涛方在盛年，遽然仙逝，文苑同悲。本有其生前至友苏上杰、龙明二位认为名涛生前开始于马列主义理论研究，后转业于文艺。因从事组织、辅导和编辑业务，未曾专注于著述而获显赫声名，但就其结合工作所写多种文体，辛勤耕耘，成果是丰硕的。

人虽辞世，文足以纪念。尤其在书信方面，与同辈评诗论文，自有其独到精辟之见；向后辈谈学问，则循循善诱，情义恳切。当今活跃于文坛的青年作家唐海涛以及号称神童的苏庆，谈起各自成长过程，莫不感激名涛老师给予辅导的恩情。

我个人跟名涛交往多年，每每读其所作，觉得文如其人，特别受其真诚感染。而今纵使人事已非，文章却仍返照当年精神面貌。说其可贵，意义无非在此。

1990年1月

《八桂古文新选集》序

广西壮族自治区,地处南疆边陲。全国解放后,省会(自治区首府)从桂林迁到南宁,虽然有5/6次国际列车从首都直达,但因终点伸延到与越南接壤的睦南关(友谊关)的凭祥市,列车挂牌只见“北京—凭祥”,南宁作为自治区首府往往不为外省人认识。由于地处山区海隅,又有十一个少数民族在此生长养息,以往人们偏见,曾视之为蛮荒之地。历代贬官如柳宗元、黄庭坚、秦观、范石湖和苏轼等等,不少名士被放逐来此。由于终究是伟大祖国版图中之一隅,终究和几千年的祖国文化息息相关,连绵不断。举世闻名的秦两大水利工程的伟绩,一处是四川的都江堰,一处就在广西的兴安灵渠(秦堤);汉代名将马援(伏波),在这有不少他的遗迹和传说。唐宋以后,外省文人学士来往日多,促进文化发展、培养了人才成长;清末太平天国金田村起义;冯子材、刘永福的抗法斗争;辛亥革命前后,孙中山领导的镇南关起义和桂林的北伐誓师;第一次国内革命的左、右江工农革命根据地的建立和斗争;等等。政治舞台风云,在这块地方,都留下轰轰烈烈的事迹。无疑,在中国近代革命运动史上,号称“两广”的广西部分，是占有举足轻重的历史地位的。

近年由于旅游业的开放，广西更为较多的人注目了。不过，人们——特别是青年一代，其所了解而感兴趣的，多半看重于桂林山水的奇丽。在奇峰秀水以外，还有哪些具有历史意义、社会风俗和少数民族特征方面的东西？这就不得不借助于历史文献了。

毛水清同志从中国古典文学的教学、研究中，着重选编了一册历代名人——有外省也有本地的有关广西的散文、著述，作了校点注解，这不仅帮助读者对古文的阅读，而且使人不但眼见广西今日的秀丽的山水风光，同时也给予人们有关广西过去的历史知识，懂得原有的社会习俗和各个民族的特点，在学术研究上自有其独特的作用。

人都爱恋其乡土，作为本地后辈，读起前人所作，倍觉亲切。由此而来，对编选者这一劳作也就特别欣赏，乐于写下几句话。

1982 年 11 月 11 日

《壮族当代文学引论》序

同广西师范大学黄绍清副教授认识,是在参加他与另外几位学者撰著的《壮族文学史》的讨论会上开始的。但是,印象浅,没进一步交往。只有后来在北京出的期刊《新文学论丛》上,读到他评论《瀑布》前半部(《长夜》)的大文——《壮族文学史上高耸的里程碑》,才对他的其他论著,稍加留心。

同时也就和他有多次交谈,从中了解到他是在讲授中国现代文学的创作课,并且着重于对当代壮族作家的汉语作品进行研究。他工作努力,为人正直、诚恳,做学问的态度严谨、认真,取得教学、研究双丰收,在学术上有所建树。

他将历年来研究的成果编成这本比较系统的专著出版,无疑,会给社会主义文艺的理论建设增添一砖一瓦,给精神文明宝库奉献一份财富。尤其是对壮族作家作品的介绍和评价,使得因壮汉合流年代久远,壮民的生活习俗汉化较深,原始的特色不显著,反映在用汉语表达的壮族作家笔下的作品,不易为一般读者辨识的文学现象,经教授分别一一给予公正的分析研究,作出适当的评价,还其民族属性,认定它们在中华民族大家庭中的文学位置。这,自有它的社会意义和科学价值的。

但,值得一提的是:壮族作家用汉语创作的作品,可不可以都一律混称为"壮族文学"?因为值得思考的是有的(并非个别)作家,虽身为壮人,然而一向所写的东西,其生活背景,未必全属壮人社会的乡土风情,塑造的人物精神面貌,也非壮族中的男女,若要硬将它归类,名之为"壮族文学",显然有违科学界说。正如一般不将《红楼梦》《骆驼祥子》《边城》等文学作品,因其作者所属的民族而划归为满族、苗族文学一样。

问题早在讨论《壮族文学史》的现代作品部分时就提出来了,至今似乎还有待明确的澄清。

1991 年 4 月 16 日

《龙明诗词选》序

广西解放之初，中共广西省委宣传部30多位青年干部，欢聚一堂。他们或来自华北“南下工作团”，或来自广东“东江纵队”，或来自与省内中共地下党有组织关系的大、中学的进步学生，个个莫不是风华正茂的青年。待到机关开展了“三反”“五反”运动，下乡参加“土改工作队”的同志也都回来之后，单位对他们开始甄别，进行县、区两级干部的选拔与评定。记得龙明同志当时便是两名县级之一。这，在30多名青年干部中，显然是出众的佼佼者。其后，党中央来文，要从各省市党委机关里，选送优秀青年干部上京，充实中央的部委机关单位。广西党组织意在顾全大局，遂将龙明奉送于中共中央对外联络部。迄至“文革”灾难过去不久，龙明才回归广西。当年，正好广西艺术学院急需加强党的领导力量，组织上就委派龙明去那里参加领导班子。他真能把艺术学院整顿得像个模样。也许因他有这能耐，数年后，当新建的广西教育学院需要领导人时，龙明又成为被物色的对象，仍回知识分子圈中去开展工作，在那岗位上一直干到规定的离休年限。

年年岁岁春节,习俗使人照例登门入室祝福贺岁。龙明总会同当年省委宣传部的故旧前来我居屋共话沧桑。

人,步入高龄,多少各自寻求爱好以消遣。学画、练字、吟诗、填词。龙明偏爱诗词。毕竟事不负人,由于锲而不舍,执着探索,著作成卷。其字里行间,吐露胸臆,感悟人生,言非乖谬,咏吟真情,留住童心;不屑“为赋新词强说愁”,不人云亦云,拾人牙慧。果予读者咀嚼品味,喜得赏心怡情。

2006 年 1 月 20 日

《乡谣》序

新中国成立之初——1951年岁末的冬日，北京的中央直属机关单位组成的土改工作团，从北京南下到边地广西来参加土地改革运动。他们有全国政协、中宣部等中央机关的干部和清华、燕京两高校的教授、讲师、学生等共数百号人马。这一行人中还不乏全国文艺界、教育界的名人、专家。广西省土地改革委员会将他们与省直属部门的干部、南宁师院师生混合编成广西省土改工作团第二团。选定于省会南宁市附近的邕宁县第十三区、第十四区人民政府所在地的周边村屯开展土地改革运动。团部地址坐落在老口圩对河岸边一座孤立的村小学校旁边的居民点麻子畲。

在这儿，往左，是江船可通至睦南关（友谊关）、龙州的左江；往右，是航程能达百色地区的右江。这里是左、右两大江河的交汇码头，故得名称“老口”。自古以来，它还是供销良种鱼苗等地方特产而闻名遐迩的圩场。

土改工作团的负责干部，有来自北京全国政协的著名戏剧家田汉、清华大学首席名教授吴景超、中宣部理论处处长胡绳（著名马列主义理论家）、全国文联的著名诗人艾青、中宣部办公厅副主任吴寄寒等,也有本地干部——中共广西省委宣传部副部长刘宏、省土地改革委员会肖寒、省委宣传部理论处处长谢芳春和宣传处处长陆地等。他们分别是正副团长,以及各中队正副队长的名分。

工作团的工作区,分别下到各乡村。第二中队胡绳、吴寄寒领头到潭洺、扬美、下楞的乡镇;第一中队艾青、陆地和张志民一道,在麻子畲、滕村、和安、华安、忠良、灵湾等村和石埠镇。全区村镇濒临大河,和安、华安两村一带为橄榄树林植被所覆盖,林木浓绿荫翳,枝杆银白光洁,呈现一片幽雅宜人的风光,大大令人叹为观止。此时,正值北国数九寒天季节,冰天雪地,不想在此南方却暖和如春。诗人艾青灵感敏捷,脱口沉吟:"不必为我寄寒衣,此地无冬如春季!"大家听罢,乐得哈哈欢笑,引起同感共鸣。

再说,此处不仅每年春汛水暖,适宜孵化鱼苗而引来远地贩苗行商聚集采购的热闹,并且另有民间歌谣野趣的习俗,引人喜闻乐见。饮誉全国的《刘三姐》歌剧那场脍炙人口的对歌,其中一组为人传唱不衰的曲词,就是吸取此地平民百姓素所耳熟能详的曲谱。

记得土地改革运动闹了半年之后,广大贫下中农次第从奴隶翻身成了主人。北京的中央来人回归京华之际,主客在村口握手依依话别,一位燕京大学女学生薛传钊,情不自禁,意味深长地面对敬重的新知友好,悄声吐露衷心的话:

"我……人家真舍不得这块美丽的地方啊!"

不好否认,因这句无奈惜别的心声,竟成了牢记在心的人于八年之后酝酿绽开的灵感之花,文苑上呈现一部借以为名而被人传诵的长篇小说《美丽的南方》。

瞬息半个世纪过去了。香港回归那年,一位正要着手撰写"郊区志"的学人覃芝馨,接受区长罗世敏同志的拟议,将要在郊区开发度假村作为旅游景点,并且兼建培养青年一代文艺人才的"创作之家"以促进精神文明与物质文明事业的同步发展。特意邀我——过时的老人一道趋赴胡绳等文化名家当年在那儿留下足迹的扬美古镇,追踪览胜。

古镇如今换了新颜,千言万语都难道尽世态的沧桑。只有在三叠酒家随笔书写两句补壁:

扬美传盛世

古镇今胜昔

世敏区长本爱文学,热心奖掖后辈,特意送来他所主编的一卷《乡谣》,嘱给青年人写些鼓励的话。

就读这批新人新作,可见都在欢欣鼓舞地歌唱祖国的和平发展和社会大众的幸福康乐,体现了时代文明的精神风貌。诚信后生可畏,前程无限!但愿他们都能在前进路上永不停步,做到“欲穷千里目,更上一层楼”!

2001 年 12 月 9 日

发刊词

——为《文艺旬刊》而作

我们在这里发刊《文艺旬刊》，当作广西省文联筹委会的机关刊物。趁着今天国庆第一周年，我们发了创刊号，这表示我们的庆祝，也意味着我们文艺工作者在此以无比的欢欣迎着新的历史阶段所给予的光荣任务——“通过各种文艺形式，反映新中国之成长，表现和赞扬人民大众在革命斗争和生产建设中的伟大业绩……”

在继续遵循毛主席指示的为工农兵的文艺方向而奋斗的过程中，我们广西当前的文艺方针，就是贯彻中南大区文艺工作会议提出的——普及第一，生根第一。

我们这个旬刊，必须具有民族性、群众性和通俗性三方面的特点。它一方面是成为联络、团结各个文艺团体和每个文艺工作者的核心，让我们的经验得到交流，同时用文学批评武器，对各种文艺活动进行思想指导；另一方面，就是运用本地各族人民喜闻乐见的各种艺术形式，积极反映各民族人民的现实生活。通过旬刊，培养新的年轻文艺工作者。在这里，特别欢迎、期待有广泛的工农兵群众的文艺通讯员参加我们这方面工作。

在广西，民族民间文艺形式是丰富多彩的，在人民生活中，都占有相当位置。就其现实内容讲，近百年来，在中国历次革命运动中，广西人民也都写下不可忽视的光荣的历史——金田村太平天国起义；刘永福、冯子材的抗法斗争；辛亥革命前后，孙中山亲临指挥的几次有名战役；二十年代大革命中，左右江轰轰烈烈的苏维埃运动，红旗一直延绵到全国解放的艰苦卓绝的斗争。在我们这片土地上都曾留下光荣的事迹，足以启迪后辈。新中国成立以来，清匪反霸、土地改革，各条战线莫不同样出现可歌可泣的英雄人物的故事。这些现实矿藏都亟待我们文艺工作者去发掘、筛选，把它记载下来，宣传出去，以收到教育群众、组织群众的作用。

我们专业的文艺工作者还不多，单靠专业人员的努力，还是满足不了广大人民日益发展的需要的。为此，呼吁在实际斗争中的业余文艺爱好者，和我们携起手来，共同肩负开拓这块园地的重任。

在此要求同志们，跟我们取得经常联系，给写来稿。

写文艺通讯——报告文学，反映各地文艺开展活动情况，介绍工作经验，反映民族民间文学。

创作小说、诗歌、戏剧、绘画……反映工厂、农村、部队的现实生活，表现革命、建设方面涌现出来的先进、模范人物。

写文艺理论，介绍、批评文学现象，帮助初学青年提高阅读和写作水平。

深知要把刊物办好，单靠编辑部几个人，力量是有限的。在此，诚恳地希望广大的作者和读者给予支援与督促！这种支援与督促，无疑是办好刊物的关键，也是我们共同的责任！

文艺的朋友们，让我们团结起来，一致担负起这个庄严的责任吧。让我们沿着毛主席指示的文艺方向奋勇前进，为建设工农兵文艺而奋斗不止！

1950年10月1日

寄语三则

为《电影之窗》说两句话

电影无疑是最能体现社会教育现代化的有力武器，好坏都将影响亿万人民大众的精神生活，其重要作用不可被忽视！

为了沟通电影工作者与广大观众的联系，办好一个刊物，作为互通声气的桥梁：通过宣传介绍，提高广大观众的思想认识，将观众的合理要求、建议和善意的批评及时反映上来；交流行业工作中良好而有效的经验，相互取长补短，共同前进。把桥梁架好，并且不断改进和加固，更好地为人民服务，为四化建设多作贡献！

载1981年《电影之窗》创刊号

1987 年新春抒怀

我国新时期的改革开放和“一国两制”的现实,正是中国式的社会主义深入发展的标志,绝不可误解为西方资本主义模式的翻版。

我们八十年代的文艺主流,只能是社会主义文艺的拓展和深化。它既不允许五六十年代“左”的重复,也不属于当今国际上所流行的、形形色色的资本主义文艺的花招。社会主义与资本主义体现在文艺上,应有各自的范畴,不容混淆。

载《广西艺术报》创刊号

作家寄语

文学是属于人民的,作家必须和时代、人民相一致,同呼吸共命运。

载《作家生活报》1987 年第二期

祝　愿

报纸、广播、电视通称新闻媒体。众所周知，无论是战争年代还是和平建设时期，新闻媒体都是有力的舆论工具，尤其是进行改革开放的今天，它顺应历史要求，正扮演着“节目主持人”的角色。

如今党以经济建设为中心，改革开放的热浪灼人，诸多科学技术情报、商品流通信息、企业经营管理经验等等，都必不可免地仰仗新闻媒介架起沟通的桥梁，需要及时广而告之。

南宁地区幅员辽阔，方圆2.98万平方公里，有500多万各族同胞，左江水孕育了她，人文地理、经济资源独特，自有价值，亟待开发利用。当前更要认同全国改革开放的新形势，乘其东风，加快发展。机不可失，时不再来，历史任务紧迫而艰巨。

为此，《南宁日报》诞生了，可谓生逢其时。我作为左江人由衷庆幸，祝愿它后来居上，跻身于先进姊妹报刊行列，及时而真实地反映本地区建设面貌，沟通内外信息，介绍先进经验，促进左江经济开发的成功和文明建设的进步。

当然，作为一个作家，我还寄望于《南宁日报》在专注新闻栏目的同时，也要悉心认真地把文艺副刊编好，使精神文明建设能结合物质文明建设的要求，体现社会主义时代精神，努力完成历史赋予的使命。

载 1992 年 8 月 1 日《南宁日报》创刊号